大秦帝國

第六部《帝國烽煙》

孫皓暉 著

全新增訂版

目錄

楔子 007

第一章 權相變異

一、南望咸陽 一代名將欲哭無淚 020
二、趙高看見了一絲神異的縫隙 034
三、殘詔斷句 李斯的勃勃雄心燃燒起來了 041
四、眩暈的胡亥在甘泉宮山林不知所以 060
五、李斯開始了別出心裁的才具施展 069

第二章 棟梁摧折

一、三頭合謀 李斯筆下流出了始皇帝詔書 092
二、長城魂魄去矣 何堪君道之國殤 103
三、連番驚雷震撼 洶洶天下之口失語了 129
四、李趙胡各謀 帝國法政離奇地變異 136
五、禮極致隆 大象其生 始皇帝葬禮冠絕古今 146

六、天下孜孜以求的二世新政泡沫般飄散了 156

第三章 殺戮風暴

一、滅大臣而遠骨肉 亙古未聞的政變方略 176
二、蒙恬蒙毅血濺兩獄 蒙氏勳族大離散 180
三、殺戮骨肉 根基雄強的嬴氏皇族開始了祕密逃亡 193
四、三公九卿盡零落 李斯想哭都沒有眼淚了 208

第四章 暴亂潮水

一、大澤鄉驚雷撼動天下 226
二、芒碭山逃亡者在劉邦率領下起事了 252
三、江東老世族打出了真正的復辟旗號 257
四、背叛迭起 六國老世族鼓起了復辟惡潮 268
五、陳勝死而張楚亡 農民反秦浪潮迅速潰散了 275

六、彌散的反秦勢力聚合生成了新的復辟軸心　288
七、項梁戰死定陶　復辟惡潮驟然頹勢　302

第五章　殘政如血

一、趙高給胡亥謀劃的聖君之道　310
二、逢迎反擊皆無處著力　李斯終歸落入了低劣圈套　318
三、飽受蹂躪的李斯終於走完了晦暗的末路　337
四、趙高野心昭彰　胡亥作夢也沒想到自己的結局　348

第六章　秦軍悲歌

一、以快制變　老將章邯迫不得已的方略　362
二、多頭並立的楚軍楚政　371
三、河北危局　天下復辟者面臨絕境　378
四、秦趙楚大勢各異　項羽軍殺將暴起　391

五、各具內憂　章邯刑徒軍與王離九原軍　408
六、鉅鹿大血戰　秦軍的最後悲歌　418

第七章　帝國烽煙

一、天地莫測　趙高的皇帝夢終作泡影　434
二、帝國迴光　最後秦王的政變除惡　438
三、軹道亭外的素車白馬　446
四、烽煙廢墟　帝都咸陽大火三月不滅　459

祭秦論　秦亡兩千兩百餘年祭

一、暴秦說　秦末復辟勢力的歷史謊言　478
二、歷史實踐與歷史意識的最初分裂　486
三、歷史煙霧的久遠彌散　495
四、認知中國原生文明的基本理念　506

五、走出暴秦說　秦帝國徭役賦稅之歷史分析　512
六、走出暴秦說　秦帝國法治狀況之歷史分析　518
七、走出暴秦說　秦帝國專制說之歷史分析　528
八、秦帝國驟然滅亡的兩個最重大原因　532

【跋】無極之外　復無極也　547
【全新修訂版跋】秦文明的永恆光焰　559

楔子

沙丘湖畔一片靜謐。

自來以夏風聞名的避暑勝地大陸澤，忽然停止了天地吐納，聲息皆無，悶熱平靜得令人心慌。殘月一鉤，碧空如洗，浩瀚星河伸向無垠的曠遠。城堡行宮外的重甲騎士營地中，雲車望樓的點點軍燈閃爍若天上星辰。茫茫沙丘營地，唯有城堡寢宮的燈光明亮依舊。寢宮門外的兩隊矛戈斧鉞甲士筆直地挺立著，黑森森甬道直達巍巍然城門。三丈六尺高的黑色大纛旗沉沉垂在城門箭樓，旗面上斗大的白色「秦」字靜靜地蜷伏在黑絲峰谷若隱若現。城堡內外的篝火坑早已經捂上了厚厚一層半乾半綠的艾草，徐徐瀰漫出覆蓋整個城堡行宮的驅趕蚊蟲的淡淡青煙。

丞相李斯在城堡外瀰漫著的煙氣中沉重地徘徊著，不時向城堡內焦慮地張望。說不清緣由，李斯只感心頭一陣陣悸動，莫名其妙地生出一種前所未有的驚恐，全身毛髮幾乎都要立將起來。倏地，李斯心頭電光石火般閃亮——必須立即見到皇帝，皇帝一定有事！可剛剛邁開大步，李斯又突然站定了。僅憑一種莫名的直覺貿然闖入行宮，在素來不言怪力亂神的秦國君臣眼裡豈非大是荒誕？更何況行宮一片平靜，皇帝並沒有召見自己，又能有何種突然事體？即或在驚恐慌亂之中，李斯依然確信：病中的皇帝一旦有事，第一個召見的必然是自己，以皇帝陛下的強毅，沒有召見自己自然意味著不會有事。身為帝國首席主政大臣，又兼大巡狩總執事，是不能無端失態的。儘管李斯告誡著自己停住了腳步，可是，莫名其妙的心悸卻絲毫沒有減弱。幾乎是下意識地，李斯抬頭仰望星空，掃視著紫微垣星區，想找見那顆對應於君王的帝星。突然，李斯發現那顆高居於九天中央的歷來閃射著強烈光芒的大星已經變得暗淡微弱，幾乎被一天星雲淹沒了。猛然一個激靈，李斯一身冷汗涔涔冒出，不禁用力揉了揉自己的眼睛……

陡然之間，颶風乍起，天地變色。

山川呼嘯中，大陸澤畔的雪白沙灘驟然捲起了一道道白色巨龍，彌天而起的白沙塵霧片刻間湮沒了方才還燦爛閃爍的殘月朗星，大湖林木行宮整個陷入了混沌黑暗之中。日間濃蔭可人的湖畔森林，在颶風席捲中激盪出連綿不斷的長嘯。行宮城堡內外，頃刻間天翻地覆。騎士營地的牛皮帳篷被一片片連樁拔起，一張張牛皮一件件衣甲滿天飛旋，怪異得如同陷入了黑色大蝙蝠群的洞窟。城門箭樓的串串軍燈劈啪炸響著破裂，倏忽飛入了無垠的高天暗夜之中。驅趕蚊蟲的一坑坑艾草篝火一掃上天，火星連綿如漫天飛舞的流螢，又於頃刻間杳無蹤跡。城門箭樓的黑絲大纛旗狂暴地撕扯著拍打著又粗又高的旗杆，終於，大纛旗裹著粗壯的旗杆猛烈晃動著轟然翻倒。那面以帝國功業交織成的「秦」字大旗轟隆隆張開飄起，在高天狂舞一陣，突然不偏不倚地正正覆蓋了皇帝寢宮的屋頂。所有的燈光都在颶風中熄滅了，唯有皇帝寢宮的一片紅光閃爍著，恍如一葉孤舟上的渺渺桅燈……在猝不及防的風暴中，天空滾過陣陣驚雷，天河開決暴雨白茫茫瓢潑而下，沙丘行宮頓成一片汪洋。橫亙天際的電光驟然劃破長空，一聲炸雷撼天動地，一片數百年老林齊刷刷攔腰而斷。樹身燃起的熊熊大火中，可見一條粗長不知幾許的黑色大蟒在凌空飛舞中斷裂成無數碎片，散落拋撒到雨幕之中，猙獰的蟒蛇頭顱不偏不倚地重重砸在了陀螺般旋轉的李斯身上……

颶風初起之時，入夢酣睡的甲士們便在淒厲的牛角號中裸身躍起，嗷嗷吼叫著向行宮城堡奔擁而來。巡狩大將楊端和赤裸著上身，緊緊抱著一棵大樹連連大吼發令。光膀子甲士們立即挽起臂膀，結成了一個巨大的方陣，在陣陣慘白的電光雨幕中齊聲嘶吼著「赳赳老秦，共赴國難」的老誓，激濺著泥水蹚向了城門洞開的行宮。

「丞相何在？大天變！」胡毋敬白髮散亂嘶聲大叫著跌撞過來。

「老奉常！大風起於何方？」李斯抓著腥臭沉重的蛇頭趴在地面大喊。

「乾位！風起乾罡之位！」胡毋敬抱住一輛鐵車費力地喊了一句。

「陛下——！」李斯驟然變色，一躍起身大喊著向城堡奮力衝去。

「護持丞相！護持列位大人！」楊端和帶著一個赤膊方陣捲了過來。

奮力衝進皇帝寢宮，將士大臣們都驚愕得屏住了氣息。

趙高趴在皇帝身上。皇帝倒在地上，一片殷紅的血從公文長案直灑到胸前。皇帝圓睜著那雙令人望而生畏的大眼，眼珠幾乎要爆出了眼眶。趙高緊緊抱著皇帝嘶聲哭喊著：「陛下醒來啊！風雨再大，小高子都替陛下擋著！陛下放心，陛下囑託的事，小高子會辦好的啊……陛下，你閉上眼睛啊！小高子怕你的眼睛……陛下，你閉上眼睛啊！」少皇子胡亥也抱著皇帝身軀哭喊著……一身泥水的李斯驟然一個激靈，渾身一軟幾乎要癱了過去。極力定住心神，李斯一個踉蹌大步撲了過來，猛然扒開了趙高，跪伏在了皇帝身側。李斯試圖扶皇帝起來，可是，當他雙手觸摸到皇帝身體時，一陣奇異的冰涼使他驚恐莫名了——皇帝的眼睛依舊放射著淩厲的光芒，身體卻已經冰冷僵硬了。心頭電閃之間，李斯倏地站起一聲大吼：「老太醫何在？施救陛下！」

一陣連綿不斷的傳呼中，楊端和帶著一隊光膀子甲士從寢宮外的一根石柱下將兩名老太醫搜索了出來，護進了寢宮。泥污不堪失魂落魄的老太醫踉蹌走出風雨天地，這才驟然清醒過來。看了看一臉肅殺的李斯，又看了看倒在厚厚地氈上的皇帝，兩人立即明白了眼前的情勢，一齊跪伏在了皇帝身側。饒是宮外風雨大作，兩位老太醫還是依著法度，吩咐內侍扶開了哀哀哭嚎的少皇子胡亥，謹慎仔細地診視了皇帝全身。當兩位老太醫一交換眼色正要稟報時，李斯斷然一揮手道：「先依法施救！」兩位老太醫驟然噤聲，一人立即打開醫箱拿出銀針，一人立即推拿胸部要害穴位。大約半個時辰之內，兩位太醫連續對皇帝進行了三次全力施救。

「稟報丞相：皇帝陛下，無救了……」老太醫頹然坐倒。

「陛下，陛下真走了，走了。」趙高一臉木呆，夢囈般喃喃著。

「不是有方士丹藥麼！」李斯一聲大吼。

「稟報丞相：方士走了，丹藥毀了……」老太醫嘶聲喘息著。

「趙高！還有沒有方士丹藥！」李斯猛力扯過趙高，臉色驟然猙獰。

「丞相不信，趙高毋寧追隨陛下……」木然的趙高一伸手，倏地拔出了李斯腰間的隨身短劍，頂在了自己肚腹之前。楊端和一個箭步過來奪下短劍，一聲怒喝道：「趙高大膽！回丞相問話！」趙高號啕一聲撲拜在地大哭起來：「丞相列位大人，果有方士之藥，趙高何須等目下施救啊！趙高追隨皇帝三十餘年，原本是要跟皇帝去的啊！趙高活著，是奉皇帝嚴令行事啊！丞相列位大人，趙高縱滅九族，也不敢遲延施救陛下啊！……」

李斯欲哭無淚臉色灰白，劇烈地一個搖晃，頹然倒在了皇帝身邊。兩位太醫大驚，幾乎同時撲來攬住了李斯，一人掐住了人中穴，一人銀針便撚進了腳掌的湧泉穴。片刻之間，李斯睜開了眼睛，一把推開太醫，猛然撲住了皇帝屍身一聲痛徹心脾的長哭：「陛下！你如何能走啊！……」哭聲未落，旁邊的頓弱一步搶來抱住了李斯，低聲急促道：「丞相不能張聲！目下你是主心骨，主心骨！」李斯心頭一緊，猛然大悟，倏地挺身站起一揮手厲聲下令：「楊端和封閉寢宮！所有入宮之人齊聚正廳，聽本相號令！」

楊端和奮然一應，大步走到寢宮廊下高聲發令：「鐵鷹劍士守住行宮城門！不許任何人再行進入！凡在宮內者，立即進入正廳！軍令司馬行號：宮外人等集結自救，不需進宮護持皇帝！風雨之後，列陣待命——！」隨著楊端和的連續軍令，一排排牛角號淒厲地響徹行宮，穿破雨幕，飛出城門；一隊隊最精銳的鐵鷹劍士挽著臂膀蹚進了暴風雨幕，開入了水深及腰的城門洞下，鐵柱一般扎住了行宮城堡的進口出口。牛角號連響三陣之後，城堡外遙遙傳來連綿不斷的歡呼：「皇帝大安！萬歲——！」與此同時，衝進行宮城堡的大臣將士們也齊刷刷聚在了寢宮正廳，一排排光膀子夾雜著一片片火把與一片片泥水襤褸的衣衫，密匝匝延續到風雨呼嘯的廊下，雜亂不堪又倍顯整肅。楊端和大踏步過來一拱手道：「稟報丞相：號令貫通，內外受命，敢請丞相發令！」

「敢請丞相發令！」寢宮內外的將士大臣一聲齊應。

「好！本相發令，所有人等完令之後立即回到寢宮！」

「嗨！」大廳內外一聲雷鳴。

「中車府令趙高會同兩太醫，立即護持陛下安臥密室。趙高派精銳內侍嚴密守護密室，任何人不得擅入！」李斯的臉上蒼白得沒有一絲血色，第一道命令平靜而嚴厲，顯然在片刻之間已經有所思慮了。見趙高帶著兩名太醫與兩名內侍抬走了皇帝屍身，李斯繼續發令：「老奉常與鄭國老令，督導寢宮吏員立即清理皇帝書房，悉數詔書文卷，一體妥善封存！」將士大臣們都知道，這是最最緊要的一項事務，皇帝對帝國未來大事的安排幾乎必然地包含在詔書文卷之中，自當由德高望重的大臣共同清理，以為相互制約而確保不生意外。丞相李斯能在匆忙急迫之中如此依法妥善處置，足見公心至上。是故，李斯話音落點，將士大臣們人人肅然點頭，從方才那種天塌地陷悲愴欲絕中相對恢復了過來。胡毋敬與鄭國一拱手領命，立即領著皇帝書房的吏員們大步去了。李斯渾然無覺，繼續發令道：「典客頓弱率所部文吏，立即對進入寢宮之將士悉數登錄，確保無一人在風雨止息前走出寢宮！衛尉楊端和率全部行營司馬，總司沙丘宮內外自救，務使人馬減少傷亡！」嗨嗨兩聲，頓弱與楊端和大步去了。

「其餘將士，全數走出寢宮，聚集車馬場！」

將士們還在驚愕之中，李斯已經大踏步走向寢宮宮門，從光膀子將士們閃開的甬道中走進了茫茫雨幕。當此危難之時，秦軍將士們立見本色，不管明白與否，立即挽起臂膀護衛著丞相走進了氣勢駭人的大風大雨之中。李斯長髮飛舞，突然嘶啞著嗓子奮激地振臂長呼起來：「九原大捷！胡虜驅除！上天長風激雨，賀我大秦千秋萬歲——！皇帝萬歲——！」皇室將士們大為感奮，光膀子一片齊刷刷舉起，在大雨狂風中巋然不動，山呼海嘯般的聲浪壓過了滾滾雷霆：「九原大捷——！大秦萬歲——！皇帝萬歲——！」頃刻之間，城堡外連綿呼應，內外交匯的奮激聲浪與風雨雷電交織成一片天地奇觀。

曙色初顯。風停了，雨住了。

天空又變得藍汪汪無邊無際，稀疏的小星星在天邊閃爍著。一個多時辰的狂風暴雨，將大陸澤畔的壯闊行宮激盪得面目全非一片狼藉。林中積水過膝及腰，水上漂浮著相互糾纏的旗幟衣甲樹枝頭盔兵器牛馬以及五顏六色的侍女彩衣。除了內外奔走自救的楊端和與一班行營司馬在城堡外號令善後沒有歸來，其餘夜來入宮的大臣與將士們都聚在了行宮城堡內的車馬場。幾位大臣被將士們圍在了僅存的三五輛殘破的戰車前，儘管嘩嘩流水浸過了膝蓋，卻沒有一個人挪動腳步。誰都明白，此刻將要做出的才是最為重要的決斷。

殘破的戰車前，李斯佇立在混濁的嘩嘩流水中，凝視著一大片目光炯炯的大臣將士，雙腿不禁一陣陣發抖。此刻，李斯第一次感到了自己肩負的擔子是何等沉重，也第一次明白地感受到「領政首相」這四個字的山岳分量。也就是在這一瞬間，李斯突然明白了嬴政皇帝超邁古今的偉大。因為，李斯深深地知道，皇帝在三十餘年的權力生涯中遇到的每一次挑戰都是生死攸關的，而皇帝從來都是毫無懼色地沉著應戰，以無與倫比的大智大勇激勵著無數追隨他的臣下與將士……而今皇帝去了，支撐帝國廣廈的重任第一個便壓到了自己這個丞相肩上，李斯啊李斯，你害怕了麼？你擔當不起麼？

「諸位！」李斯勇氣陡增，一步跨上戰車高聲道，「今日事發突然，唯我等將士臣工皆在當場，是以須共同會商，議決對策。國家危難在即，我等將士臣工，皆須戮力同心！」全場立即便是一聲秦人老誓：「赳赳老秦，共赴國難！」聲浪尚在激盪迴旋，李斯已經高聲接上，「目下非常時刻，當取非常對策。李斯身為首相，要對大秦興亡承擔重責。諸位在場親歷，同樣須為大秦承擔重責！據實審量，李斯以為：目下當祕不發喪，並中止北上九原，宜全力盡速還都。一切大事，皆等回到咸陽再議。本相之策，諸位以為如何，盡可說話！」

「老夫贊同丞相對策！」胡毋敬與鄭國一齊呼應。

「在場任何人，不得洩露皇帝病逝消息！」頓弱高聲補充。

「中車府令以為如何？」李斯肅然盯住了趙高。

「在下，贊同祕不發喪。只是……」

「只是如何？說！」李斯前所未有地冷峻凌厲。

「隨行將士臣工甚多，若有求見陛下者，不知丞相如何應對？」

「此事另行設法，先決是否祕不發喪。」李斯沒有絲毫猶疑。

「老夫以為，天下復辟暗潮湧動，猝然發喪難保不引發各方動盪。就實而論，祕不發喪並盡速還都，確為上上之策！」職司邦交的頓弱再次申述了理由。

「我等贊同祕不發喪！」全場將士齊聲呼應。

「好！」李斯一揮手道，「第二件事：選取直道速回咸陽，可有異議？」

「此事得徵詢衛尉，方為妥當。」趙高小心翼翼地說了一句。

「急召楊端和！」李斯立即決斷。

頓弱一揮手，最擅機密行事的邦交司馬立即快步蹚水出了車馬場。全場人等鐵一般沉默著，等待著，沒有一個人說話，沒有一個大臣提出新的議題。大約頓飯時光，光膀子散髮的楊端和大步赳赳來到，聽李斯一說事由，立即拱手高聲道：「目下還都，當以軍情擇路。取道中原，路徑雖近，然有兩難：一則得返身兩次渡河，恐不利陛下車駕；二則山東亂象頻發隱患多多，沿途難保不受騷擾遲滯回程！若從沙丘宮出發，經井陘道直抵九原直道，再從直道南下甘泉、咸陽，則路雖稍遠，然可確保安然無事！」

「衛尉贊同九原直道，諸位如何？」李斯高聲一問。

「我等贊同！」全場一吼。

「好！」李斯斷然下令，「今日在場將士，由衛尉統率全數護衛帝車，不再歸入舊部！一應行裝整肅，由典客署吏員督導，皆在行宮內完成，不許一人走出行宮！諸位大臣並中車府令，立即隨老夫進入寢宮密室，備細商議還都上路事宜！」李斯話音落點，全場嗨的一聲轟鳴，將士大臣們蹚水散開了。

一進密室，幾位大臣都一齊癱坐在了粗糙的石板草席上。素來關照諸般細節極為機敏的趙高也木然了，只矗在圈外愣怔著。直到李斯喘息著說了聲水，趙高才醒悟過來，連忙俯身扯了扯密室大書案旁一根隱蔽的絲繩，又連忙拉開了密室石門。片刻之間，兩名侍女捧來了兩大陶罐涼茶。趙高給每個大臣斟滿一碗，說了句這是趙武靈王行宮，一切粗簡，大人們將就了，又矗在一邊發愣。李斯汩汩飲下一碗涼茶，抹了抹臉上泥水，疲憊地靠著大書案道：「趙高，你只是中車府令，依法不當與聞大臣議事。然，此前陛下已經命你暫署符璽與皇帝書房事務，巡狩行營還都之前，你也一起與聞大事議決。來，坐了。」見其餘四位大臣一齊點頭，一臉木然的趙高這才對李斯深深一躬，坐在了最末位的一張草席上。

「兩位老令，皇帝書房情形如何？」李斯開始詢問。

「稟報丞相，」奉常胡毋敬一拱手道，「文卷悉數歸置，未見新近詔書。」

「趙高，皇帝臨終可有遺詔？」李斯神色肅然。

「有。然，皇帝沒有寫完詔書，故未交特使……」

「目下存於何處？」

「在符璽事所。」

「既是未完詔書，老夫以為回頭再議不遲。」老鄭國艱難地說了一句。

「對！目下要務，是平安還都！」楊端和赳赳跟上。

「也好。」李斯心下一動，點頭了。從風雨驟起衝進城堡寢宮的那一刻起，李斯的心底最深處一直鬱結著一個巨大的疑問：皇帝在最後時刻為何沒有召見自己？是來不及，還是有未知者阻撓？若趙高所說屬實，那就是皇帝沒有召見自己，已開始書寫遺詔了，而遺詔未曾書寫完畢，皇帝就猝然去了。果然如此，則有兩種可能：一則是皇帝有意避開自己這個丞相，而逕自安置身後大事；二則，皇帝原本要在詔書寫完後召見自己安置後事，卻沒有料到暗疾驟發。若是前者，詔書很可能與自己無關，甚或與自己的期望相反；若是後者，則詔書必與自己相關，甚至明確以自己為顧命大臣。李斯自然期望後一種可能。然則，詔書又沒寫完，也難保還沒寫到自己皇帝已猝然去了。果然如此，自己的未來命運豈非還是個謎團？當此之時，最穩妥的處置是不能糾纏此事，不能急於揭開詔書之謎，而當先回咸陽安定朝局，而後再從容處置。

「還都咸陽，最難者莫過祕不發喪。」李斯順勢轉了話題。

「此事，只怕還得中車府令先謀劃個方略出來。」頓弱皺著眉頭開口了。

「老夫看也是。別人不熟陛下起居行止諸事。」胡毋敬立即附和。

「中車府令但說！我等照辦便是！」楊端和顯然已經不耐了。

「在下以為，此事至大，還當丞相定奪。」趙高小心翼翼地推託著。

「危難之時，戮力同心！趙高究竟何意？」李斯突然聲色俱厲。

「丞相如此責難，在下只有斗膽直言了。」趙高一拱手道，「在下思忖，此事要緊只在三處：其一，沿途郡守縣令晉見皇帝事，必得由丞相先期周旋，越少越好。其二，皇帝正車副車均不能空載，在下之意，當以少皇子胡亥乘坐六馬正車，當以皇帝龍體載於中央轀涼車；皇帝慣常行止，在下當向少皇子胡亥備細交代，萬一有郡守縣令不得不見，當保無事。其三，目下正當酷暑，丞相當預先派出人馬，祕密買得大批鮑魚備用。」

「鮑魚？要鮑魚何用？」胡毋敬大惑不解。

「莫問莫問。」鄭國搖頭低聲。

「老夫看，還得下令太原郡守搜尋大冰塊。」頓弱陰沉著臉。

「好。頓弱部祕密辦理鮑魚、大冰。」李斯沒理睬老奉常問話，逕自拍案點頭道，「皇帝車駕事，以中車府令方略行之。我等大臣，分署諸事：衛尉楊端和，總司護衛並行軍諸事；奉常胡毋敬並治粟內史鄭國，前行周旋沿途郡縣，務使不來晉見皇帝；典客頓弱率所部吏員劍士，署理各方祕事並兼領行營執法大臣，凡有節外生枝者，立斬無赦！中車府令趙高，總署皇帝車駕行營事，務使少皇子並內侍侍女等不生事端。老夫親率行營司馬三十名並精銳甲士五百名，總司策應各方。如此部署，諸位可有異議？」

「謹遵丞相號令！」

「好。各自散開，白日歸置預備，夜半涼爽時開拔。」

疲憊的大臣們掙扎著站了起來，連久歷軍旅鐵打一般的楊端和也沒有了虎虎之氣，臉色蒼白得沒了血色。李斯更是癱座案前，連站起來也是不能了。趙高連忙打開密室石門，召喚進幾名精壯內侍，一人一個架起背起了幾位大臣出了行宮。

是夜三更，一道黑色巨流悄無聲息地開出了茫茫沙丘的廣闊谷地。

這是西元前二一〇年的七月二十三日深夜。

第一章 權相變異

一、南望咸陽　一代名將欲哭無淚

連接兩封密書，大將軍蒙恬的脊梁骨發涼了。

旬日之前，胞弟蒙毅發來一封家書，說他已經從琅邪臺「還禱山川」返回咸陽，目下國中大局妥當，隴西侯李信所部正在東進之中；皇帝陛下風寒勞累，或在琅邪歇息些許時日，而後繼續大巡狩之旅。密書最後的話語是耐人尋味的：「陛下大巡狩行將還國，或西折南下遥回秦中，或渡河北上巡視長城，兄當與皇長子時刻留意。」蒙恬敏銳過人，立即從這封突兀而含混的「家書」中，嗅到了一股不尋常的氣息。沒有片刻猶豫，蒙恬立即來到了監軍皇長子扶蘇的行轅。

自去歲扶蘇重新北上，皇帝的一道詔書追來，九原的將權格局發生了新的變化。變化軸心，在於扶蘇不再僅僅是一個血統尊貴的單純的皇長子，而已經成為皇帝下詔正式任命的監軍大臣了。列位看官留意，整個戰國與秦帝國時代，大將出征或駐屯的常態，或曰體制，都是僅僅受命於君王兵符的獨立將權制。也就是說，主將一旦受命於君王而拜領兵符，其統軍號令權是不受干預的，軍中所有將士吏員都無一例外的是統兵主將的屬員，都得無條件服從主將號令。其時，監軍之職完全是因人而異的臨時職司，在整個戰國與秦帝國時期是極少設置的。監軍之普遍化或成為定制，至少是兩漢三國以後的事情了。此時，始皇帝之所以將扶蘇任命為九原監軍，本意並非制約蒙恬將權，而是在皇帝與事實上的儲君發生國政歧見後對天下臣民的一種宣示方略——既以使扶蘇離國的方式，向天下昭示反復辟的長策不可變更；又以扶蘇監軍的方式，向天下昭示對皇長子的信任沒有動搖。蒙恬深解皇帝意蘊。扶蘇更體察父皇苦心。是故，九原幕府格局雖變，兩人的信任卻一如既往，既沒有絲毫影響軍事號令，更沒有任何的齟齬發生。唯一的不同，只是扶蘇的軍帳變成了監軍行轅，格局與蒙恬的大將軍幕府一般宏闊了。

雖然如此，蒙恬還是憂心忡忡。

蒙恬之憂，不在胡人邊患，而在扶蘇的變化。自重回九原大軍，扶蘇再也沒有了既往的飛揚激發，再也沒有了回咸陽參政期間的膽魄與鋒銳。那個剛毅武勇信人奮士的扶蘇，似乎莫名其妙地消失了。蒙恬與將士們所看到的，是一個深居簡出鬱悶終日且對軍政大事不聞不問的扶蘇。有幾次，蒙恬有意差遣中軍司馬向扶蘇稟報長城修築的艱難，稟報再次反擊匈奴的籌劃進境，或力請監軍巡視激勵民力，或請命監軍督導將士。可扶蘇每次都在伏案讀書，每次都是淡淡一句：「舉凡軍政大事，悉聽大將軍號令。」一說罷便再也不抬頭了。蒙恬深知扶蘇心病，卻又無法明徹說開。其間顧忌，是必然地要牽涉皇帝，要牽涉帝國反復辟的大政，甚或要必然地牽涉出儲君立身之道。凡此等等，無一不是難以說清的話題。蒙恬縱然心明如鏡，也深恐越說越說不清。畢竟，蒙恬既要堅定地維護皇帝，又得全力地護持扶蘇，既不能放棄他與扶蘇認定的寬政理念，又不能否定皇帝秉持的鐵腕反復辟長策。兩難糾纏，何如不說？

更何況，蒙恬自己也是鬱悶在心，難以排解。

扶蘇回咸陽參政，非但未能實現蒙恬所期望的明立太子，反而再度離國北上，蒙恬頓時感到了空前沉重的壓力。其時，帝國朝野都隱隱將蒙恬蒙毅兄弟與皇長子扶蘇看作一黨。事實上，在反復辟的方略上，在天下民治的政見上，扶蘇與蒙氏兄弟也確實一心。李斯姚賈馮劫頓弱等，則是鐵腕反復辟與法治天下的堅定主張者。以山東人士的戰國目光看去，這便是帝國廟堂的兩黨，李斯、蒙恬各為軸心。蒙恬很是厭惡此等評判，因為他很清楚：政道歧見之要害，在於皇帝與李斯等大臣的方略一致，從而使一統天下後的治國之道變成了不容任何變化的僵硬法治。此間根本，與其說皇帝接納了李斯等人的方略，毋寧說李斯等秉持了皇帝的意願而提出了這一方略。畢竟，一統帝國的真正支柱是皇帝，而不是丞相李斯與馮去疾，更不會是姚賈馮劫與頓弱。皇帝是超邁古今的，皇帝的權力是任何人威脅不了的。你能說，如此重大的長策，僅僅是皇帝接納了大臣主張而沒有皇帝的意願與決斷麼？唯其如此，扶蘇政見的被拒絕，便也是蒙氏兄弟政見的被拒絕。蒙恬深感不安的是，在皇帝三十餘年的君臣風雨協力中，這是第一次大政分歧。更令蒙恬憂慮的是，這一分歧不僅僅是政見，還包括了對帝國儲君的遴選與確立。若僅僅是政見不同，蒙恬不會如此憂心。若僅僅是儲君遴選，蒙恬也不會倍感壓力。偏偏是兩事互為一體，使蒙恬陷入了一種極其難堪的泥沼。想堅持自己政見，必然要牽涉扶蘇蒙毅，很容易使自己的政見被多事者曲解為合謀；想推動扶蘇早立太子，又必然牽涉政見，反很容易使皇帝因堅持鐵腕反復辟而擱置扶蘇。唯其兩難，蒙恬至今沒有就扶蘇監軍與自己政見對皇帝正式上書，也沒有趕回咸陽面陳。蒙毅也一樣，第一次在廟堂大政上保持了最長時日的沉默，始終沒有正面說話。然則，長久默然也是一種極大的風險：既在政風坦蕩的秦政廟堂顯得怪異，又在大陽同心的君臣際遇中抹上了一道太深的陰影，其結局是不堪設想的。目下，儘管蒙恬蒙毅與扶蘇，誰都沒有失去朝野的關注與皇帝的信任，然則，蒙恬的心緒卻越來越沉重了。

蒙恬的鬱悶與重壓，還在於無法與扶蘇蒙毅訴說會商。

扶蘇的剛正稟性朝野皆知，二弟蒙毅的忠直公心也是朝野皆知。與如此兩人會商，若欲拋開法度而就自家利害說話，無異於割席斷交。縱然蒙恬稍少拘泥，有折衝斡旋之心，力圖以鞏固扶蘇儲君之位為根本點謀劃方略，必然是自取其辱。蒙恬只能恪守法度，不與扶蘇言及朝局演變之種種可能，更不能與扶蘇預謀對策了。蒙恬所能做到的，只有每日晚湯時分到監軍行轅「會議軍情」一次。說是會議軍情，實則是陪扶蘇對坐一時罷了。每每是蒙恬將一匣文書放在案頭，便獨自默默啜茶了。扶蘇則從不打開文書，只微微一點頭一拱手，也便不說話了。兩人默然一陣，蒙恬一聲輕輕歎息：「老臣昏昏，不能使公子昭昭，夫復何言哉！」便踽踽走出行轅了……然則，這次接到蒙毅如此家書，蒙恬卻陡然生出一種直覺——不能再繼續混沌等待了，必須對扶蘇說透了。

「公子，這件書文必得一看。」蒙恬將羊皮紙嘩啦攤開在案頭。

「大將軍家書，我也得看麼？」扶蘇一瞄，迷惘地抬起頭來。

「公子再看一遍。世間可有如此家書？」

扶蘇揉了揉眼睛，仔細看過一遍還是搖了搖頭：「看不出有甚。」

「公子且振作心神，聽老臣一言！」蒙恬面色冷峻，顯然有些急了。

「大將軍且說。」畢竟扶蘇素來敬重蒙恬，聞言離開座案站了起來。

「公子且說，蒙毅可算公忠大臣？」

「大將軍甚話！這還用得著我說麼？」

「好！以蒙毅稟性，能突兀發來如此一件密書，其意何在，公子當真不明麼？依老臣揣摩，至少有兩種可能：一則，陛下對朝局有了新的評判；二則，陛下對公子，對老臣，仍寄予厚望！否則，陛下不可能獨派蒙毅返回關中，蒙毅也斷然不會以密書向公子與老臣知會消息，更不會提醒公子與老臣時刻留意。老臣之見：陛下西歸，逕來九原亦未可知。果真陛下親來九原，則立公子為儲君明矣！」

「父皇來九原？大將軍何有此斷？」扶蘇驟然顯出一絲驚喜。

「公子若是去歲此時，焉能看不出此書蹊蹺也！」蒙恬啪啪抖著那張羊皮紙，「這次大巡狩前，公子業已親見陛下發病之猛。這便是說，陛下這次大巡狩，原本是帶病上路，隨時可能發病，甚或有不測之危。蒙毅身為上卿兼領郎中令，乃陛下出巡理政最當緊之中樞大臣，何能中道返國？只有一種可能，奉了陛下的祕密使命！還禱山川，不過對外名義而已。然則，既有如此名義，便意味著一個明白的事實：陛下一定是中途發病，且病得不輕。否則，以陛下之強毅堅韌，斷然不會派遣蒙毅返回咸陽預為鋪排。蒙毅書說，國中大局妥當。這分明是說，蒙毅受命安置國事！蒙毅書說，李信率兵東來。這分明是說，蒙毅受命調遣李信回鎮關中！陛下如此處置，分明是說，陛下憂慮關中根基不穩！陛下既有如此憂慮，分明是說，陛下覺察到了某種可能隨時襲來之危局！公子且想，這危局是甚？老臣反覆想過，不會有他，只有一處：陛下自感病體已經難支……否則，以陛下雄武明徹，幾曾想過善後鋪排？陛下有此舉措，意味著朝局隨時可能發生變故。公子，我等不能再混沌時光了！」

「父皇病體難支……」扶蘇的眼圈驟然紅了。

「身為皇子，家國一體。」

「不。有方士在，父皇不會有事，不會有事。」扶蘇迷惘地叨叨著。

「公子，目下國事當先！」蒙恬驟然冷峻了。

「大將軍之意如何？」扶蘇猛然醒悟過來。

「老臣之意，公子當親赴琅邪，侍奉陛下寸步不離。」

「斷斷不能！」扶蘇又搖手又搖頭，「我離咸陽之時，父皇明白說過，不奉詔不得回咸陽。此乃父皇親口嚴詞，扶蘇焉得做亂命臣子？再說，父皇身邊，還有少弟胡亥，不能說無人侍奉。我突兀趕赴琅邪，豈不徒惹父皇惱怒，臣工側目……」

「公子迂闊也！」蒙恬第一次對扶蘇生氣了，啪啪拍著書案道，「當此之時，公子不以國家大計為重，思慮只在枝節，信人奮士之風何存哉！再說，陛下稟性雖則剛烈，法度雖則森嚴，然陛下畢竟也是人，焉能沒有人倫之親情乎！今陛下馳驅奔波，病於道中，公子若能以甘冒責罰的大孝之心趕赴琅邪行營，陛下豈能當真計較當日言詞？老臣與陛下少年相交，深知陛下外嚴內寬之稟性。否則，以陛下法度之嚴，豈能處罰公子卻又委以監軍重任？公子啊，陛下將三十萬大軍交於你手，根本因由，認定公子是正才。公子若拘泥迂闊，豈不大大負了陛下數十年錘鍊公子之苦心哉……」

「大將軍不必說了，我去琅邪。」扶蘇終究點頭了。

「好！公子但與陛下相見，大秦堅如磐石！」蒙恬奮然拍案。

可是，蒙恬萬萬沒有料到的是，午後上道的扶蘇馬隊，在當夜三更時分又返回九原大營了。當扶蘇提著馬鞭踽踽走進幕府時，正在長城地圖前與司馬會商防務的蒙恬驚訝得話都說不出來了。待蒙恬屏退了左右軍吏，扶蘇默然良久，才低聲說了一句：「我心下混沌，不知父皇若問我如何得知父皇患病消息，我當如何作答？」蒙恬皺著眉頭哭笑不得，一個如此簡單的問題竟能難倒這個英英烈烈的皇子，昔日扶蘇安在！蒙恬一直沒有說話，只在幕府大廳裡無休止地閒晃著。扶蘇也一直沒有說話，只在案前抱著頭流淚。直至五更雞鳴，草原的浩浩晨風穿堂而過，吹熄了大廳的銅人油燈，遠處的青山剪影依稀可見，蒙恬終於艱難地開口了：「公子猶疑若此，誤事若此，老臣夫復何言……」一句話沒說完，蒙恬已經老淚縱橫，逕自走進了幕府最深處的寢室。

……

蒙恬心頭的陰雲尚未消散，上郡郡守的特急密書又到了。

上郡郡守稟報說：皇帝陛下的大巡狩行營一路從舊趙沙丘西來，業已從離石要塞渡過大河進入上郡，目下已經接近九原直道的陽周段（註：離石，戰國秦漢時之黃河渡口要塞，在今陝北吳堡〔西〕與山西離石〔東〕之間的河段地帶。陽周，戰國秦時河西地帶軍事重鎮，屬上郡轄區，秦直道經此南下抵甘泉，在今陝北綏德縣西之秦長城地帶）；行營前行特使是衛尉楊端和的中軍司馬，給郡守的指令是：皇帝陛下須兼程還國，郡守縣令免予召見，只需在沿途驛站備好時鮮菜蔬豬羊糧草即可。郡守請命，可否報知九原大將軍幕府？兩特使回答，不需稟報。郡守密書說，因上郡軍政統歸九原大將軍幕府統轄，上郡糧草專供九原大軍，輸送皇帝行營後必得另徵大軍糧草，故此稟報，請大將軍作速定奪。

「怪矣哉！陛下進入上郡，何能不來九原？」

燈光搖曳，心念一閃，此前由蒙毅密書引發的種種憂慮立時一齊撲到心頭。蒙恬一邊拭著額頭冷汗，一邊大步焦躁地轉來轉去，思緒翻飛地推想著種種蹊蹺跡象背後的隱祕。陛下既然已經從琅邪動身西來，連續渡過濟水與大河，其意圖幾乎肯定是要北來九原；行營既然在沙丘駐屯幾日，很可能是皇帝病勢再度發作了；可是，能接著西進渡河，又已經進入上郡，顯然便是皇帝病情再度減輕了；病情既輕，開上直道舒緩行進，距九原也不過一日路程，如何卻急匆匆又要立即回咸陽？如此行止既不合常理，更不合皇帝寧克難克險而必欲達成目標的強毅稟性，實在大有異常！更有甚者，皇帝即或萬一有急務須兼程回咸陽，以皇帝運籌大才，更會提前派出快馬特使，急召扶蘇蒙恬南下於陽周會合，將大事妥善處置。畢竟，皇帝要來九原是確定無疑的意向，如何能沒有任何詔書與叮囑便掠過九原轄區南下了？皇帝陛下久經風浪，當機立斷過多少軍國大事，無一事不閃射著過人的天賦與驚人的灼見，如今善後大政，會如此乖戾行事麼？

「不。陛下斷不會如此乖戾！」

陡然，一個念頭電光石火般掠過心田，蒙恬脊梁骨頓時一陣發涼，眼前一黑，不由自主地跌倒在了將案……不知幾多時辰，蒙恬悠然醒來，一抹矇矓雙眼，竟是一手鮮血！上天有眼，幸虧方才額頭撞在了案角，否則還不知能不能及時醒來。顧不得細想，蒙恬倏地起身大步走進浴房，沖洗去一臉血跡自己施了傷藥，又大步匆匆衝出幕府，跨上戰馬風馳電掣般飛向了監軍行轅。

草原的夏夜涼風如秋，大軍營地已經燈火全熄，只有一道道鹿砦前的串串軍燈在高高雲車上飄搖閃爍。夜間飛馳，很難在這茫茫營地中辨別出準確的方位。蒙恬不然，天賦過人又戎馬一生，對九原大軍與陰山草原熟悉得如同自家庭院，坐下那匹雄駿的火紅色胡馬，更是生於斯長於斯熟悉大草原溝溝坎坎的良種名馬。一路飛馳一路思慮，蒙恬沒有對戰馬做任何指令，就已經掠過了一片片營地軍燈，飛進了監軍行轅所在的山麓營地。

「緊急軍務，作速喚醒公子！」尚未下馬，蒙恬厲聲一喝。

偌大的監軍行轅黑沉沉一片，守著轅門口的艾草火坑躲避蚊蟲的護衛司馬聞聲跳起，騰騰騰便砸進了轅門內的庭院。片刻之間，原木大屋的燈火點亮了。幾乎同時，蒙恬已經大踏步走進了庭院，急匆匆撩開了厚重的皮簾。

「大將軍，匈奴南犯了？」扶蘇雖睡眼惺忪，卻已經在披甲戴胄了。

「比匈奴南犯更要緊。」蒙恬對扶蘇一句，轉身一揮手對還在寢室的護衛司馬下令道，「監軍寢室內不許有人，都到轅門之外，不許任何人擅自闖入！」

「嗨！」司馬挺身領命，帶兩名侍奉扶蘇的軍僕出了寢室。

「大將軍，何事如此要緊？」扶蘇一聽不是匈奴殺來，又變得似醒未醒了。

「公子且看，上郡密書！」

扶蘇皺著眉頭看罷，淡淡道：「大將軍，這有甚事？」

「公子！陛下入上郡而不來九原，正常麼？可能麼？」

「公子，你以為，陛下素來獨斷？」蒙恬驚愕的目光盯住了扶蘇。

「父皇素來獨斷，想去哪便去哪，有甚……」

「父皇勝利得太多，成功得太多，誰的話也不會聽了。」

「公子，這，便是你對君臣父子歧見的省察評判？」

「大巡狩都如此飄忽不定，若是君臣會商，能如此有違常理麼？」

「大謬也！」蒙恬怒不可遏，一拳砸上書案，額頭傷口掙開，一股鮮血驟然朦朧了雙眼。一抹一甩血珠，蒙恬憤然嘶聲道，「國家正在急難之際，陛下正在垂危之時！你身為皇長子不謀洞悉朝野，不謀振作心神，反倒責難陛下，將一己委屈看得比天還大！是大局之念麼？蒙毅密書已經明告，陛下可能來九原。陛下來九原做甚？還不是要明白立公子為皇太子！還不是要老臣竭盡心力扶持公子安定天下！陛下如此帶病奔波，顯然已經自感垂危！今陛下車駕西渡大河進入上郡，卻不來九原，不召見你我，咫尺之遙卻要逕回咸陽，不透著幾分怪異麼？陛下但有一分清醒，能如此決斷麼？不會！斷然不會！如此怪異，只能說陛下已經……至少，已經神志不清了……」一語未了，蒙恬頹然坐地，面如死灰，淚如泉湧。

「大將軍是說，父皇生命垂危？」扶蘇臉色驟然變了。

「公子盡可思量。」蒙恬倏地起身，「公子若不南下，老臣自去！老臣拼著大將軍不做，也要親見陛下！陛下垂危，老臣不見最後一面，死不瞑目……」

「大將軍且慢！」扶蘇惶急地攔住了大步出門的蒙恬，抹去淚水道，「父皇果真如此，扶蘇焉能不見？只是父皇對我嚴令在先，目下又無詔書，總得謀劃個妥善方略。否則，父皇再次責我不識大局，扶蘇何顏立於人世……」

「公子果然心定，老臣自當謀劃。」蒙恬還是沉著臉。

「但有妥善方略，扶蘇自當覲見父皇！」

「好！公子來看地圖。」

蒙恬大步推開旁門，進入了與寢室相連的監軍大廳，點亮銅燈，又一把拉開了大案後的一道帷幕，一張可牆大的〈北疆三郡圖〉赫然現在眼前。待扶蘇近前，蒙恬便指點著地圖低聲說將起來。憂心忡忡的扶蘇不斷地問著，蒙恬不斷地說著，足足一個時辰，兩人才停止了議論。蒙恬立即飛馬返回幕府，扶蘇立即忙亂地準備起來。

黎明時分，一支馬隊飛出了九原大營。

清晨時分，蒙恬率八千精銳飛騎轟隆隆向上郡進發了。

蒙恬的謀劃是三步走：第一步，派王翦之孫王賁之子王離為特使，趕赴陽周，以迎候皇帝行營北上巡視為名，請見皇帝當面稟報九原大捷與長城即將竣工的消息。蒙恬推測，王賁與皇帝最是貼心相得，皇帝素來感念王氏兩代過早離世，親自將年輕的王離送入九原大軍錘鍊，以王離為特使請見，陛下斷無不見之理。第二步，若王離萬一不能得見皇帝，則扶蘇立即親自南下探視父皇病情，如此所有人無可阻擋，真相自然清楚。第三步為後盾策應：蒙恬自率八千飛騎以督導糧草名義進入上郡，若皇帝果然意外不能決事，甚或萬一離世，則蒙恬立即率八千飛騎並離石要塞守軍兼程開赴甘泉宮截住行營，舉行大臣朝會，明確擁立扶蘇為二世皇帝！蒙恬一再向扶蘇申明，這最後一步是萬一之舉，但必須準備，不能掉以輕心。扶蘇沉吟再三，終究是點頭了。

王離馬隊飛到陽周老長城下，正是夕陽銜山之時。

九原直道在綠色的山脊上南北伸展，彷彿一條空中巨龍。夏日晚霞映照著林木蒼翠的層巒疊嶂千山萬壑，淋漓盡致地揮灑著帝國河山的壯美。年輕的王離初當大任，一心奮發做事，全然沒有品評山水之心。王離很明白，皇帝雖然破例特許自己承襲了大父王翦的武成侯爵位，然自己沒有任何功業，在早已廢除承襲制的大秦法度下，其實際根基仍然是布衣之身，一切仍然得從頭開始。故此，王離入九原軍旅，其實際軍職不過一個副都尉而已。若非王氏一門兩代與皇帝的篤厚交誼，論職司這次特使之行是不會降臨到他頭上的。唯其如此，年輕的王離很是看重這次出使。臨行之時，大將軍蒙恬與監軍大臣扶蘇雖然沒有明說來龍去脈，精明過人的王離卻能從兩位統帥的神色中覺察到一股異常的氣息——覲見皇帝事關重大，絕非尋常稟報軍情。

「大巡狩行營開到！三五里之遙——！」

王離正要下令紮營造飯，遠處山脊上的斥候一馬飛來遙遙高呼。

「整肅部伍，上道迎候陛下！」

王離肅然下令。沓沓走馬，百騎馬隊立即列成了一個五騎二十排的長方陣，打起「九原特使」大旗，部伍整肅地開上了寬闊的直道向北迎來。未及片刻，便見迎面旌旗森森車馬轔轔，皇帝行營的壯闊儀仗迎面而來。突然，王離身後的騎士們一片猛烈的噴嚏聲，戰馬也咴咴嘶鳴噴鼻不已，一人喊了聲：「好惡臭！」王離猛力揉了揉鼻頭，厲聲喝令：「人馬噤聲！道側列隊！」片刻間馬隊排列道側，避過了迎面風頭，腥臭之氣頓時大減，馬隊立即安靜了下來。王離飛身下馬，肅然躬身在道邊。

「九原特使何人？報名過來！」前隊將軍的喊聲飛來。

「武成侯王離，奉命迎候皇帝陛下！」

「止隊！武成侯稍待。」行營車馬停止了行進，一陣馬蹄向後飛去。

良久，一輛青銅轀車在隱隱暮色中轔轔駛來，六尺傘蓋下肅然端坐著鬚髮灰白的李斯。王離自幼便識得這位赫赫首相，當即正身深深一躬：「晚輩王離，見過丞相。」李斯沒有起身，更沒有下車，只一抬手道：「足下既為特使，老夫便說不得私誼了。王離，你是奉監軍皇長子與大將軍之命而來麼？」王離高聲道：「回稟丞相，王離奉命向陛下稟報二次反擊匈奴大捷，與長城竣工大典事！」李斯沉吟道：「武成侯乃大秦第一高爵，原有隨時晉見陛下之特授權力。然則，陛下大巡狩馳驅萬里，偶染寒熱之疾，方才正服過湯藥昏睡。否則，陛下已經親臨九原了。武成侯之特使文書，最好由老夫代呈。」王離一拱手赳赳高聲道：「丞相之言，原本不差。只是匈奴與長城兩事太過重大，晚輩不敢不面呈陛下！」李斯淡淡一笑道：「也好。足下稍待。」說罷向後一招手，「知會中車府令，武成侯王離晉見陛下。」轀車後一名文吏立即飛馬向後去了。李斯又一招手道：「武成侯，請隨老夫來。」說罷轀車圈轉，轔轔駛往行營後隊。王離一揮手，帶著兩名捧匣軍吏大步隨行而來。

大約走罷兩三里地，李斯轀車與王離才穿過了各色儀仗車馬，進入了道旁一片小樹林。王離與兩名軍吏走得熱汗淋漓，一路又聞陣陣腥臭撲鼻，越近樹林腥臭越是濃烈，不禁便有些許眩暈。及至走進樹林，王離已經是腳步踉蹌了。

沉沉暮色中，小樹林一片幽暗。一大排式樣完全一樣的駟馬青銅御車整齊排列著，雙層甲士圍成了一個巨大的圓陣，將御車圍在了中央一片空地，前方甲士藉著兩排大樹肅立，正好形成了一條森嚴的甬道。

「武成侯晉見——！」甬道盡頭，響起了趙高悠長尖亮的特異嗓音。

「臣，王離參見……」話未說完，王離在一陣撲鼻的腥臭中跌倒了。

「武成侯不得失禮！」趙高一步過來扶住王離，惶恐萬分地低聲叮囑。

「多謝中車府令。」王離喘息著站穩，重新報號施禮一遍。

「九原，何事？」前方車內傳來一陣沉重的咳嗽喘息，正是熟悉的皇帝聲音。

「啟稟陛下：公子扶蘇、大將軍蒙恬有專奏呈上。」

「好……好……」御車內又一陣艱難喘息。

趙高快步過來接過王離雙手捧著的銅匣，又快步走到御車前。王離眼見御車兩側的侍女拉開了車前橫檔，睜大眼睛竭力想看清皇帝面容，奈何一片幽暗又沒有火把，腥臭氣息又使人陣陣眩暈，無論如何也分辨不出車中景象。

「趙高，給朕，念……」

趙高遂利落地打開銅匣，拿出了一卷竹簡。一個內侍舉來了一支火把。王離精神一振，跨前兩步向車中打量，也只隱隱看見了車中捂著一方大被，大被下顯出一片散亂的白髮。正在王離還要湊近時，旁邊趙高低聲惶恐道：「武成侯，不得再次失禮！」顯然，趙高是殷切關照的。王離曾經無數次地聽人說起過這位中車府令的種種傳奇，對趙高素有敬慕之心，一聞趙高的殷切叮囑，當即後退兩步站定了。此時，王離聽趙高一字一頓地高聲念道：「臣扶蘇、蒙恬啟奏陛下：匈奴再次遠遁大漠深處，邊患業已肅清！萬里長城東西合龍，即將竣工！臣等期盼陛下北上，親主北邊大捷與長城竣工大典，揚我華夏國威。臣等並三軍將士，恭迎陛下——！」

「好……好……」

車中又一陣咳嗽喘息，嘶啞的聲音斷續著，「王離，曉諭蒙恬、扶蘇……朕先回咸陽，待痊癒之日，再，再北上……長城大典，蒙，蒙恬主理……扶蘇，軍國重任在身，莫，莫回咸陽。此，大局也……」一陣劇烈的咳嗽喘息後，車內沉寂了。

「陛下睡過去了。」趙高過來低聲一句。

王離深深一躬，含淚哽咽道：「陛下保重，臣遵命回覆！」

李斯輕步走了過來，正色低聲叮囑道：「武成侯請轉告監軍與大將軍：陛下染疾，長城重地務須嚴加防範；但凡緊急國事，老夫當依法快馬密書，知會九原。」

「謹遵丞相命！」王離肅然一拱。

趙高過來一拱手：「丞相，是紮營夜宿，還是趁涼夜路？」

李斯斷然地一揮手：「夜風清爽，不能耽延，上路！」

一名司馬快步傳令去了。片刻之間，直道上響起了沉重悠遠的牛角號。王離肅然一拱手道：「丞相，晚輩告辭！」轉身大步走了。及至王離走出樹林走上直道，皇帝的大巡狩儀仗已經啟動了。夜色中，黑色巨流無聲地向南飄去，一片腥臭在曠野彌漫開來。

蒙恬軍馬正欲開出離石要塞，扶蘇與王離飛馬到了。

聽罷王離的備細敘說，蒙恬良久沉默了。扶蘇說，依王離帶來的皇帝口詔，他已經不能去晉見父皇了。扶蘇還說，父皇體魄有根基，回到咸陽一定會大有好轉的。蒙恬沒有理會扶蘇，卻突然對著王離問了一句：「你說幾被腥臭之氣熏暈，可知因由？」王離道：「兩位隨我晉見的軍吏看見了，大約十幾車鮑魚夾雜在行營車馬中，車上不斷流著臭水！」說話間王離又打了一個響亮的噴嚏，顯然對那腥臭氣息厭惡至深。蒙恬又問：「如此腥臭彌漫，大臣將士，丞相趙高，沒有異常？」王離又搖頭又皺眉道：「我也想不明白。當真是奇了！丞相趙高與一應將士內侍，似乎都沒長鼻子一般，甚事皆無！」蒙恬目光猛然一閃道：「且慢！沒有鼻子？對了，你再想想，他們說話有無異常？」王離拍拍頭凝神回思片刻，猛然一拍掌道：「對了對了！那儀仗將軍，還有丞相，還有趙高，話音都發悶，似乎都患了鼻塞！對！沒錯！都是鼻子齉齉的！」

「公子，不覺得有文章麼？」蒙恬臉色陰沉地看了看扶蘇。

「再有文章，只要父皇健在，操心甚來？」扶蘇似乎有些不耐。

蒙恬無可奈何，苦澀地笑了笑，不說話了。以蒙恬的天賦直覺更兼內心深處之推測，分明此中疑點太多，王離看到的絕非真相。然則，他沒有直接憑據，不能說破。王離親見皇帝尚在，你能說皇帝如何如何了？畢竟，隨皇帝出巡的李斯等大臣個個都是帝國元勳，趙高更是朝野皆知的皇帝忠僕，說他們合謀如何如何，那是一件何等重大的罪名，身為尊崇法治的大秦大將軍，豈能隨意脫口說出？蒙恬需要的是挑出疑點，激發扶蘇，使扶蘇刨根問底，他來一一解析。最終，蒙恬依舊想要激發扶蘇南下甘泉宮或直奔咸陽，真正查明真相。蒙恬設想的最後對策是：若皇帝已經喪失了斷事能力，或已經歸天，則扶蘇聯結蒙毅、李信守定咸陽，他則立即率軍二十萬南下，一舉擁立扶蘇即位！可是，這一切，都首先需要扶蘇的勇氣與決斷力，需要父子血親之情激發出的孝勇之心。只要扶蘇懷疑父皇病情，只要扶蘇決意澄清真相而必欲面見皇帝，大事才有可能。也就是說，只有扶蘇如同既往那般果決地行動起來，蒙恬才有伸展的餘地。畢竟，蒙恬的使命是實現皇帝的畢生意願，擁立扶蘇而安定天下。扶蘇死死趴著不動，蒙恬能以何等名義南下咸陽整肅朝局？顯然，眼前這位性情大變的皇長子監軍大臣，似乎一切勇氣都沒有了，只想鐵定地遵守法度，鐵定地依照父皇詔書行事，絕不想越雷池半步了。甚或，扶蘇對蒙恬的連綿疑慮已經覺得不勝其煩了。當此之時，蒙恬要對已經變得迂闊起來的扶蘇，剖析守法與權變的轉合之理，顯然是沒有用了。若咸陽沒有確切消息，或皇帝沒有明確詔書，目下局面便是只能等待。

「公子先回九原，老臣想看看大河。」

蒙恬一拱手，轉身大踏步去了。

登上離石要塞的蒼翠孤峰，俯瞰大河清流從雲中飛來切開崇山峻嶺滔滔南下，蒙恬的兩眼濕潤了。三十多年前，少年蒙恬義無反顧地追隨了雄心勃勃的秦王嬴政，一班君臣攜手同心披荊斬棘克難克險，整肅秦政大決涇水打造新軍翦滅六國統一天下重建文明盤整華夏，一鼓作氣，一往無前，那情形歷歷如在眼前，活生生一幅大河自九天而下的宏大氣象啊！……曾幾何時，一片清明的大秦廟堂卻變得撲朔迷離了，難以捉摸了。陛下啊陛下，你果然康健如昔，你果然神志清明，何能使陰霾籠罩廟堂哉？如今，匈奴之患肅清了，萬里長城竣工了，復辟暗潮平息了；只要萬千徭役民眾返歸故里，再稍稍地寬刑緩政養息民力，大秦一統河山便堅如磐石也。當此之時，陛下只需做好一件事，明定扶蘇為儲君，陛下之一生便將是沒有瑕疵的大哉一生了。陛下啊，你何其英斷，何其神武，如何偏偏在確立儲君這件最最要緊的大事上踟躕二十年不見果決明斷？陛下啊陛下，當此之時，你當真撒手歸去，大秦之亂象老臣不堪設想啊……

遙望南天，蒙恬心痛難忍，眼眶卻乾澀得沒有一絲淚水。

二、趙高看見了一絲神異的縫隙

一過雕陰要塞，趙高心頭怦怦大動起來。

從沙丘上路以來，趙高無一日不緊張萬分。若非三十餘年在權力風暴中心磨練出的異常定力，趙高很可能已經崩潰了。皇帝的驟然病逝太不可思議了，一輪光芒萬丈的太陽陡地被天狗吞噬了，天地間一片黑暗，誰都不敢輕易抬腳了。只有趙高的一雙特異目光，隱隱看到了黑暗中的一絲縫隙，隱隱看到了這一絲縫隙中彌散出的天地神異，心頭怦怦大跳著。然則，更令趙高緊張的是，天狗吞日是一時的，若不能在這片時黑暗之中飛升到那神異的天地，陽光復出，一切都將恢復常態，自己將只能永遠地做一個皇室宦臣，永遠地喪失那無比炫目的神異天地。每每心念及此，趙高便緊張得透不過氣來。短短的回歸路程，趙高幾乎要散架了，夜不能安臥，日不能止步，除了八方奔走應對種種紕漏與急務，還得恰如其分地在李斯等大臣們面前表現出深重的悲痛，還得思緒飛轉地反覆揣摩內心深處那方神異天地。旬日之間，一個豐神勁健的趙高倏忽變成了一個鬚髮虯結形容枯槁的精瘦人乾，每日挑著寬大的衣衫空蕩蕩水桶般在行營車馬中奔走，引來將士大臣們的一片感慨與憐憫。不知多少次，心力交瘁的趙高都要放棄閃爍在心底的神異天地了。可是，每每當他閃現出這個念頭時，總有一種神奇的跡象，使他心底掠過一陣驚喜，心頭又是勃勃生機。

沙丘宮的風雨之夜，趙高看到了第一絲亮光。

李斯沒有要他在大臣們面前立即出示皇帝遺詔，也沒有公議皇帝遺詔如何最快處置。李斯以當下危局為理由，將包括皇帝遺詔在內的一應國事，都推到了回咸陽議決。趙高不相信李斯當真在皇帝病逝的那一刻悲愴得昏亂了，沒有理事才具了，果真如此，那還是李斯麼？李斯的這一決策，使趙高第一次陡然心動，依稀看見了到達那方神異天地的可能。原因只有一個，李斯首相有斡旋朝局之私欲，沒有將擁立新皇帝看得刻不容緩！畢竟，皇帝猝然歸天，二世皇帝尚未確立，李斯便是權力最大的人物；其時，若李斯秉持法度，要趙高當即公示皇帝遺詔，並當即派特使將皇帝遺詔發往九原，閃爍在趙高眼前的那方神異天地便會立即化為烏有，一切將復歸可以預知的常態——扶蘇主持大局，帝國平穩交接。所幸者，李斯沒有如此處置，慌亂悲愴的大臣們也沒有人想到去糾正李斯，一切都順理成章而又鬼使神差地被異口同聲決斷了。不。應該說，只有趙高想到了其中的黑洞。可是，趙高不會去提醒李斯，也不會去糾正李斯。因為，精明絕倫的趙高立即從李斯的處置方式中捕捉到了一絲希望——李斯可以不對隨行大臣公示遺詔，他便可以不對李斯出示遺詔！而只要皇帝遺詔沒有公示，丞相李斯的隱祕忌憚與一己私欲便會持續，丞相府這架最大的權力器械便存在傾斜於趙高天地的可能。至於李斯究竟忌憚何來，李斯的私欲究竟指向何方，趙高完全不去想。趙高只死死認定一點：一個在皇帝猝逝的危難時刻敢於擱置皇帝遺詔的權相，內心一定有著隱祕的私欲，而這一私欲不可能永遠地隱藏。

自沙丘一路西來，趙高再次看到了一絲絲亮光閃爍眼前。

皇帝死於盛夏酷暑而祕不發喪，一路須得著意掩蓋的痕跡便不可勝數了。而從種種難題的解困之策，趙高則確定無疑地一次次領略了李斯的權變計謀。車載鮑魚以遮屍臭，是趙高最先提出的應急對策。趙高所說的鮑魚，不是真正產出珍珠的鮑魚，而是用鹽浸漬的任何魚類。因鹽浸魚皮，故此等鹹魚原本寫作「鞄魚」。「鞄」字本讀「袍」音，然民間多有轉音讀字，故市井民間多讀作鮑魚之鮑，時日漸久相沿成習，鹽浸鹹魚與真正的鮑魚，都被喚作鮑魚了。孔子所謂的「如入鮑魚之肆，久而不聞其臭。」說的便是這種鹽浸鹹魚。死魚以鹽醃製，在夏日自然是腥臭彌散。

趙高沒有料到的是，鹹魚腥臭夾著屍身腐臭濃烈彌散，大臣將士們根本無法忍受。上路當日，將士們嘔吐頻發，大隊車馬走走停停，一日走不得三五十里。次日，胡毋敬與鄭國兩位老臣連續昏厥三次，頓弱也在輜車中昏昏不省人事，眼看三位老臣奄奄一息。當時李斯立即決斷：將三位老臣留在邯鄲郡官署養息，入秋時由邯鄲郡守護送回咸陽。送人之時，偏偏頓弱陡然醒來，死死抓住了輜車傘蓋銅柱，聲稱不死不離開皇帝陛下，才勉力留了下來。李斯的臨機決策大得人心，獨趙高卻看出了其中隱祕——不送兩位老臣回咸陽而偏偏留在邯鄲，是有意無意地疏散重臣，使朝中要員不能在行營回歸之前聚集咸陽！

更令趙高叫絕的是，李斯與頓弱及兩名老太醫祕密會商，在當晚紮營起炊時在各營燉煮鹹魚的軍鍋裡不知放置了何種草藥，將士大臣竟全數莫名其妙地鼻塞了，甚也聞不到了。後來，輜重營熬製的涼藥茶分發各部，將士大臣們日日痛飲，從此便甚事也沒有了。李斯的此等機變，是以博大淵深的學問為根基的，趙高自愧弗如，心下生出的感喟是——只要李斯同心，所有的權變之術都將在無形中大獲成功！

陽周老長城會見九原特使王離，是最當緊的一個關節。無論從哪方面說，只要有公心，或有法度信念，李斯都當有不同的處置——或立即奔赴九原會見扶蘇蒙恬，或密令王離急召扶蘇蒙恬來見，共商危難交接長策。須知，祕不發喪是為防備山東老世族作亂而議決的對策，絕不是針對扶蘇蒙恬這等血肉肱股之臣的。然則，李斯並未如此處置，卻立即找到趙高密商如何支走王離，並力圖不使扶蘇蒙恬知道皇帝病逝消息。當時，李斯的說辭是：「方今皇帝病逝，九原立成天下屏障。若皇帝病逝消息傳入胡地，匈奴必趁機聚結南下！其時，皇長子與大將軍悲愴難當，何能確保華夏長城不失！為防萬一，當一切如常，國事回咸陽再從容處置！」趙高心明眼亮，立即明白了李斯內心的忌憚所在，也清楚地聽出了李斯說辭的巨大漏洞。然則，趙高想也沒想便一力贊同了李斯，並立即在片刻之間安置好了一切，將年輕的王離瞞了個結結實實。

若沒有李斯的種種異常，趙高斷然不敢推出自己的祕密傘蓋。

在皇帝身邊三十餘年，趙高一絲一縷地明白了廟堂權力的無盡奧妙與艱難險危。即便在大陽炎炎最為清明的秦國廟堂，也有著一片片幽暗的角落。這一片片幽暗的角落，是人心最深處的種種惡欲，是權力交織處的種種紐結，是風暴來臨時各方利害的冷酷搏殺，是重重帷幕後的深深隱祕。趙高一生，不知多少次的奉皇帝密令辦理祕事。趙高祕密撲殺過皇帝最為痛恨的太后與嫪毒的兩個私生子，在攻滅邯鄲後，又祕密殺光了當年蔑視欺侮太后家族與少年嬴政的所有豪強家族與市井之徒；至於刺探王族元老與權臣隱祕，部署侍女劍士進入黑冰臺祕密監視由姚賈頓弱執掌的邦交暗殺等等，更是不計其數了。趙高一生，始終活躍在幽暗的天地裡。趙高精通秦法，卻從來沒有真正信奉過秦法。在趙高心目中，再森嚴整肅的法治，都由定法的君王操縱著；廟堂權力的最高點，正是一切律法的空白點。在巍巍矗立的帝國法治鐵壁前，趙高看見了一絲特異的縫隙。這道特異的縫隙，是律法源頭的脆弱——在所有的權力風暴中，只有最高的帝王權力是決定一切的；帝王能改變律法，律法卻未必能改變帝王；只要帝王願意改弦更張，即使森嚴如秦法也無能為力。為此，屢屢身負觸法重罪的趙高要逃脫秦法的制裁，只有最大限度地靠近甚或掌控君王最高權力。趙高以畢生的閱歷與見識，錘鍊出了一頂特異的遮身傘蓋。

自從皇帝將少皇子胡亥交給趙高，這一獨特目標便隱隱地生發了。隨著歲月流轉，趙高的這頂獨特傘蓋終於大體成形了。數年之間，趙高教導的胡亥，已經是一個豐神俊秀資質特異的年輕皇子了，雖未加冠，卻已經成熟得足可與大臣們會議國政了。為了使胡亥能夠堅實地立足於皇子公主之林，趙高以最嚴厲的督導教給了胡亥兩樣本領：一則是通曉秦法，一則是皇帝風範。對於苦修秦法，胡亥是大皺眉頭的，若非趙高的嚴厲督導，這個曾被皇帝笑作「金玉其外，實木其中」的荷花公子肯定是一條秦法也不知所以。然對於修習皇帝風範，胡亥卻樂此不疲。趙高的本意，是要通過修習皇帝風範祛除胡亥的聲色犬馬氣息，好在將來正正道道地做個大臣或將軍。一旦皇帝辭世，胡亥所在便是趙高的歸宿。趙高深知，自己與聞機密太多，在扶蘇二世的廟堂裡是不可能駐足的。令趙高大大出乎意料的是，胡亥並沒有真正地修習皇帝的品性與才具，卻將皇帝的言談舉止模仿得惟妙惟肖，連聲音語調都驚人的相似。一日夜裡，趙高正在燈火熄滅的帷幕裡折騰一個曾經侍奉過皇帝一夜的侍女，廊下驟然一聲咳嗽，趙高立即從座榻上跳下來，跪伏在地瑟瑟發抖。突然一陣哈哈笑聲，趙高又嚇得大跳起來，一臉詭祕的胡亥正笑吟吟站在面前！趙高又惱怒又驚慌，當即嚴厲申斥了胡亥，說如此模仿皇帝陛下，要被砍十次頭，絕不能教不相關者知道！胡亥惶恐萬分地諾諾連聲，絲毫沒想到自己也熟悉的秦法裡，根本就沒有十次砍頭之罪。

若沒有李斯的會商求告，趙高不會貿然推出「皇帝風範」的胡亥。

胡亥，是一個無能而又具有特異天賦的皇子。最要緊的，胡亥是趙高的根基。當那片神異天地在趙高眼前閃爍時，最燦爛的影子便是這個胡亥。如今，從沙丘宮到陽周老長城的短短路程之間，李斯也隱隱約約地走近了這片神異的天地，不時晃動在趙高眼前。然則，趙高無法確切地知道，李斯究竟是否能真正地走入這片天地？畢竟，李斯是位極人臣的法家大才，是帝國廣廈的棟梁，是天下最有資望與權勢的強臣，要李斯走進趙高心中的神異天地，李斯圖謀何等利市呢？官職已經大得不能再大，資望已經高得不能再高，榮耀富貴也已經是無以復加，丞相之職，通侯之爵，舉家與皇帝多重聯姻；普天之下，除了皇帝，能有幾人如同李斯這般尊崇？沒有。一個都沒有。王翦王賁父子固然比李斯爵位高，然卻恬淡孤冷，除了戰場統兵，其對國政的實際掌控力遠遠不如李斯。蒙恬蒙毅兄弟雖一內一外，群臣莫敢與之爭，然卻距離實際政務較遠，與皇族融為一體的根基早已不如李斯家族了；若扶蘇做不得二世皇帝，蒙氏兄弟縱然可畏，也不是沒有應對之策。如此一個李斯，趙高的那片神異天地能給李斯何等尊榮呢？唯其如此，趙高仍然得繼續查勘李斯，得繼續結交李斯，得走進李斯的心田，看清那裡的溝溝坎坎。

至少，一個突然的消息，使趙高生出了吃不準李斯的感覺。

一個小內侍奉趙高之命，例行向李斯稟報「皇帝病況」，卻不經意看到了李斯正與自己的舍人祕密議事。小內侍只聽見了「姚賈如何」幾個字。待小內侍走近，舍人立即匆匆出帳，隨即，帳外一陣急促的馬蹄聲遠去了。趙高心頭驀然一閃，立即斷定這是李斯要密邀姚賈北上。姚賈北上做甚？自然是要與李斯合謀對策了。姚賈何許人也？李斯的鐵定臂膀，官居九卿之首的廷尉，又曾多年執掌邦交，極擅策劃祕事。如此一個人物先群臣而來，豈非李斯心存私欲斡旋朝局的開始？當然，李斯越有私欲，趙高心下越踏實。趙高此時深感不安的是，李斯究竟何事不能決，而要與姚賈會商合謀？李斯的心結在何處？是靠近那片神異天地，還是疏遠那片神異天地？趙高唯一能夠確定的是，無論姚賈如何主張，李斯的盤算都是根基，不將李斯內心根基探查清楚，一切都落不到實處。至少，在進入甘泉宮（註：甘泉宮，秦時行宮，遺址在今陝西省淳化縣之甘泉山）之前，應該對李斯心思的趨向有所探查。

趙高沒有料到，這個時機是李斯送上門來的。

送走王離，大巡狩行營連夜從直道南下。將及黎明時分，好容易才在一輛皇帝副車中打起鼾聲的趙高，突然接到了李斯書吏的傳令：丞相正在前方一座山頭樹林中等候中車府令，須得會商緊急事務。趙高二話沒說，下車飛馬趕去了。山風習習的林下空地中，只有李斯一個人踽踽閒晃著，幾名舉著火把的衛士都站在林邊道口。趙高提著馬鞭走進一片朦朧的樹林，第一眼看見的，是李斯腰間的一口長劍。數十年來，這是趙高第一次看見李斯帶劍，心下不禁怦然一動——殺心戒心，李斯何心？趙高走過去深深一躬，不說話了。幽暗的夜色中，李斯沙啞的聲音飄了過來：「老令，行營將過義渠舊地，這幾日行程有何見教？」趙高思忖間一拱手道：「高無他議，唯丞相馬首是瞻！」李斯沒有一句贊許，也沒有一句謙辭，默然閒晃片刻，突然道：「咸陽宮今夏儲冰幾多？」趙高思緒電閃，一拱手道：「稟報丞相，趙高尚未與給事中互通，不知儲冰如何。然則，以趙高推測：皇帝出巡，只怕儲冰會有減少。」李斯歎息了一聲，語氣透著幾分無奈：「若儲冰不夠，國喪之期足下如何維持？」趙高依舊是拱手道：「高無他意，唯丞相馬首是瞻！」李斯肅然道：「老夫欲使皇帝行營駐蹕甘泉宮，發喪後再回咸陽，足下以為如何？」趙高小心翼翼地道：「如此，丞相可盡快處置遺詔事，高無他議。」李斯卻道：「議決遺詔事，至少得三公九卿大臣聚齊方可。目下宜先行安置好陛下，再相機舉行朝會！」趙高心頭猛然一跳，當即一拱手高聲道：「甘泉山洞涼如秋水，正宜陛下，丞相明斷！」李斯一點頭，趙高一拱手，兩人便各自去了。

將近午時，一夜行進的將士車馬在泥陽要塞外的山林河谷中紮營了（註：泥陽，戰國秦時城邑，因在源自隴東的泥水下游的北岸，故名，大約在今陝西旬邑縣西北地帶）。各營各帳起炊造飯時，同時接到了行營總事大臣李斯的書令——丞相奉皇帝口詔，各營歇息整肅，午後申時整裝進發，直抵甘泉山之甘泉宮駐蹕。

三、殘詔斷句　李斯的勃勃雄心燃燒起來了

廷尉姚賈接到密書，星夜趕到了甘泉宮。

這座行宮城邑，坐落在涇水東岸的甘泉山。當初建造之時，因此地林木茂密河谷明亮，故有了一個官定名稱——林光宮。然則，此地更有山泉豐沛多生，甘泉山之名人人皆知。是故，秦川國人不管官府如何名稱，只呼這座行宮為甘泉宮。久而久之眾口鑠金，林光宮之名反倒淡出，朝野皆呼甘泉宮了。甘泉宮原本是一片庭院的小行宮，始皇帝在滅六國大戰開始之前對北方匈奴極為警覺，派蒙恬坐鎮九原郡河南地的同時，也將北出咸陽二百餘里的甘泉山小行宮擴建為頗具規制的城邑式行宮，以備國難之時駐蹕甘泉宮督導對匈奴作戰。這座行宮城邑周回十餘里，沿山脊築起石牆，山麓隱蔽處建造磚石庭院（宮殿），道道山泉下的冬暖夏涼的洞窟，都被依勢改建為隱祕堅固的藏兵所在，外觀並不如何壯闊，實際卻極具實戰統帥部之功效。滅六國之後，秦直道是以甘泉宮（林光宮）為起點直達九原。為此，甘泉宮依然持續著總監北方戰事的職能，依然是戒備森嚴。

輜車方停，姚賈被專一在宮外道口迎候的行營司馬領進了一座隱祕的庭院。司馬的口信是，丞相諸事繁劇，請廷尉大人先行歇息精神。姚賈心知肚明，微微一笑逕自沐浴用飯去了。飯罷，剛剛擺脫咸陽酷暑悶熱的姚賈，又在這谷風如秋的幽靜庭院大睡了半日，直到暮色沉沉才醒了過來。用過晚湯，已經是月上山頭，仍不見李斯消息，姚賈不禁有些迷惑了。畢竟，李斯絕不會一封密書召他來甘泉宮避暑。

「大人，請隨我來。」將近三更，那個司馬終於來了。

在一道山風習習明月高懸的谷口，姚賈見到了李斯。那個腰懸長劍的枯瘦身影在月光下靜靜地佇立著，如同一尊冰冷的石雕，彌散出一種令人不安的氣息。姚賈心有所思，輕輕地咳嗽了一聲。枯瘦的身影驀然轉身，良久沒有說話。姚賈深深一躬道：「敢問丞相，可是長策之憂？」李斯猛然大步過來拉住了姚賈雙手，用力地搖著：「廷尉終是到了！來，過來坐著說話。」說罷拉著姚賈便走，在一座山崖下一片雪白的大石上停了下來。機敏的姚賈早已經看得清楚，谷口已經被隱蔽的衛士封鎖，這片白岩無遮無擋又背靠高高石崖，清涼無風，幽靜隱祕，任誰也聽不到這裡的說話聲。唯其明白，姚賈心頭愈發沉重。李斯身為領政首相，素來以政風坦蕩著稱，即或在當年殺同窗韓非的政見大爭中也從未以密謀方式行事，今日如何這般隱祕？姚賈心下思忖著坐了下來，拿起旁邊已經備好的水袋，啜著涼茶不說話了。

「目下情勢不同，廷尉見諒。」李斯坐在了對面，勉力地笑了笑。

「外患還是內憂？」

「且算，內憂。」

「敢請丞相明示。」

「廷尉，這山月可美？」李斯望著碧藍夜空的一輪明月。

「美得冰涼。」

「設若國有危難，廷尉可願助李斯一臂之力？」

「赳赳老秦，共赴國難。」姚賈念誦了一句秦人老誓，卻避開了話根。

「廷尉，若陛下病勢不祥，足下當如何處之？」李斯說得緩慢艱澀。

「丞相！」姚賈大驚，「陛下當真病危？」

「方士害了陛下，陛下悔之晚矣！……」

「目下，陛下病勢如何？」姚賈哽咽了。

「上天啊上天，你何其不公也！」李斯凝望夜空，淚水溢滿了眼眶。

「丞相明示！陛下究竟如何了？」姚賈突然站了起來。

李斯很明白，姚賈身為廷尉，依據秦法對所有的王公大臣有勘定死因之職責；對於皇帝之死，自然也有最終的認定權；所謂發喪，對帝王大臣而言，就是經御史大夫與廷尉府會同太醫署做最終認定後所發布的文告。這裡，御史大夫通常是虛領會商，廷尉府則是完成實際程序的軸心權力。在所有大臣中，對任何人都可以在特定時日保持皇帝病逝之機密，唯獨對廷尉不可以保密；因為，從發喪開始的所有的國喪事宜，事實上都離不開廷尉府的操持。事實是，任何國喪，都是廷尉府介入得越早越好。李斯之所以用密書方式將姚賈召來，除了姚賈與自己素來同心共謀，還有一個原因，便是姚賈的廷尉職司實在太過重要了。默然片刻，李斯也站了起來。

「廷尉，皇帝陛下，歸天了！……」李斯老淚縱橫。

「何，何時？何地？」

「七月二十二日，丑時末刻，舊趙沙丘宮……」

「陛下！……」姚賈失聲痛哭，渾身顫抖著癱坐在地。

李斯猛然拔劍，奮力向一方大石砍去，不料火星四濺，長劍噹啷斷為兩截。李斯一時愣然，頹然擲去殘劍，跌坐於大石上雙手摀臉哽咽不止。姚賈卻已經抹去淚水止住哭聲，大步走過來道：「丞相，陛下可有遺詔？」李斯一臉沉鬱道：「有。在趙高的符璽事所。」姚賈驚訝道：「沒有發出？」李斯皺著眉頭將當時情形說了一遍，末了道：「山東復辟暗潮洶洶，只能祕不發喪，速回咸陽。不發喪，如何能發遺詔？」姚賈道：「丞相可知遺詔內容？」李斯搖頭道：「遺詔乃密詔，如何開啟方合法度，老夫尚未想透。」姚賈愣怔片刻，猛然道：「行營從九原直道南來，扶蘇蒙恬沒有前來晉見陛下？」李斯道：「王離做特使，前來迎候陛下北上九原，被趙高技法支走了。」姚賈大是驚訝：「趙高技法？趙高何能支走王離？」李斯長歎一聲，遂將那日情形敘說了一遍，末了道：「這件事，老夫深為不安。廟堂宮闈，似有一道黑幕……」這一夜，李斯與姚賈直說到山月西沉，方才出了谷口。

次日午後，姚賈探視典客頓弱來了。

姚賈與頓弱之間淵源可謂久矣。同被秦王延攬，同掌邦交大任，同為帝國九卿，同善祕事謀劃。最大不同是兩處，一則家世不同，二則稟性不同。姚賈家世貧賤，父親是大梁看守城門的一個老卒，被人稱為「大梁監門子」；是故，姚賈是憑自己的步步實幹進入小吏階層再入秦國的。頓弱卻是燕趙世家，名家名士，周遊天下而入咸陽的。就稟性而言，姚賈機變精明長於斡旋，與滿朝大臣皆有良好交誼；頓弱卻是一身傲骨，不屑與人濫交，公事之外只一味揣摩百家經典。在帝國大臣中，幾乎只有姚賈與頓弱能夠說得上有幾分交誼。今春皇帝大巡狩，原定也有姚賈隨行，卻因李斯提出廷尉府牽涉日常政務太多不宜積壓，皇帝才下詔免去了姚賈隨行。如此一來，頓弱便成為隨行皇帝大巡狩中唯一通曉山東老世族的大臣，原先從事邦交祕密使命的黑冰臺也事實上全部交頓弱統領了。皇帝猝然病逝，頓弱病體不支卻死也不離開行營，李斯多少有些不安了。

姚賈踏進典邦苑的時分，頓弱正在扶杖漫步。

一道飛瀑流泉下，坐落著典邦苑。這是甘泉宮的獨特處，因依著戰時秦王統帥部的規制建造，各主要官署都建造有專門的公務庭院。執掌邦交的官署所在，便叫作典邦苑。幽靜的山居庭院裡，頓弱扶著竹杖踽踽獨行，雪白的散髮寬大的布衣，身軀佝僂步履緩慢，遠遠望去分明一個山居老人。

「頓子別來無恙乎！」姚賈遙遙拱手高聲。

「姚賈？」頓弱扶杖轉身，一絲驚喜蕩漾在臉上蒼老的溝壑裡。

「頓子，看！這是何物？」

「目下不宜飲酒，足下失算了。」頓弱的驚喜倏忽消失了。

「誰說酒了？此乃健身藥茶，頓子失算也！」姚賈朗聲大笑。

「噤聲！笑甚？藥茶有甚好笑？」頓弱板著臉。

「哎——你這老頓子，不酒不笑，還教人活麼？」

「莫胡說，隨老夫來。」頓弱點著竹杖逕向瀑布下去了。

姚賈心頭頓時一亮——頓弱清醒如常！兩人同掌邦交多年，諸多習慣都是不期然錘鍊出來的。譬如但說大事，總要避開左右耳目，且要最好做到即或有人聽見也不能辨別連貫話音。目下，頓弱將他領到瀑布之下，水聲隆隆，對面說話如常，丈餘之外卻不辨人聲，足見頓弱心智如常絕沒有遲鈍麻木。兩人走到瀑布下，相互一伸手作請，不約而同地背靠高高瀑布坐在了距離最近的兩方光滑的大石上。頓弱順手背後一抄，一支盛滿清清山泉水的長柄木勺伸到了姚賈面前，隨之一聲傳來：「不比你那藥茶強麼？」姚賈握住木勺柄腰，低頭湊上木勺汩汩兩大口，抬頭笑道：「果然甘泉，妙不可言！」

「你既來也，自是甚都知道了，何敢屢屢發笑？」頓弱顯然不高興了。

「頓子何意？我知道甚？」

「姚賈若以老夫為迂闊之徒，免談。」

「頓弱兄……如此，姚賈直言了。」

「願聞高見。」

「請頓子援手丞相，安定大秦！」

「如何援手？敢請明示。」

「以黑冰臺之力翦除廟堂黑幕，確保丞相領政，陛下法治之道不變！」

姚賈說得很是激昂。頓弱卻看著遠山不說話。默然良久，頓弱的竹杖點著姚賈面前的大石緩緩道：「廟堂究竟有無黑幕，老夫姑且不說。老夫只說一件事：依據秦法，黑冰臺只是對外邦交之祕密力量，不得介入國政。否則，黑冰臺何以始終由邦交大臣統領？天下一統之後，陛下幾次欲撤去黑冰臺，奈何復辟暗潮洶洶而一再擱置。本次大巡狩之中，大肆追捕山東復辟世族，黑冰臺尚未起用。陛下亦曾幾次對老夫提及，秦政奉法，黑冰臺該當撤除了……」

「陛下可曾頒了撤臺詔書？」姚賈有些急迫。

「老夫勸告廷尉，也請廷尉轉告丞相。」頓弱迴避了姚賈問話，點著竹杖正色道，「治道奉法，秦政之根基也；縱然國有奸佞，亦當依法翦除；大秦素有進賢去佞傳統，只要幾位大臣聯名具奏彈劾不法，蛀蟲必除，廟堂必安！」

「姚賈只是慮及萬一。頓子主張，自是正道。」

「無非趙高在宮而已，有何萬一之慮？」頓弱很不以為然。

「趙高能使胡亥以假亂真，恐非小事。」

「老夫明說了。」頓弱一跺竹杖，霍然站了起來激昂高聲道，「以皇帝陛下奠定之根基，一百個趙高，一百個胡亥，也興不起風浪！陛下之後，大秦危難只有一種可能：丞相李斯有變！只要丞相秉持公心，依法行事，任誰也休想撼動大秦！趙高，一個小小中車府令，縱然在巡狩途中兼領了陛下書房事務，又能如何？只要召扶蘇、蒙恬兩大臣還國，召郎中令蒙毅來行營收回皇帝書房事務，你便說，趙高能如何？目下之事，老夫想不通！行營已到甘泉宮，丞相為何還不急召扶蘇蒙恬？祕不發喪，那是在沙丘宮，老夫也贊同。如今還能祕不發喪？縱然祕不發喪，難道對皇長子，對大將軍，也是祕不發喪？怪矣哉！丞相究竟是何心思！……」突然，頓弱打住了。

「頓弱兄，誤會了。」姚賈正色道，「變起倉猝，丞相縱有缺失，也必是以安定為上。兄且思忖，丞相與陛下乃大秦法政兩大發端，丞相若變，豈非自毀於世哉！至於沒有及時知會九原，只怕是慮及萬一。畢竟，邊塞空虛匈奴南下，其罪責難當……」

「老夫失言，廷尉無須解說。」頓弱疲憊地搖了搖手。

「姚賈一請，尚望頓弱兄見諒。」

「廷尉但說。」

「今日之言，既非政事，亦非私議……」

「老夫明白，一桶藥茶而已。」

「如此，姚賈告辭。」

「不送了。足下慎之慎之。」

匆匆走出典邦苑，姚賈驅車直奔丞相署，李斯卻不在行轅了。

李斯欲會趙高，趙高欲會李斯，兩人終於在望夷臺下相遇了。

望夷臺者，甘泉宮十一臺之一也。咸陽北阪原有望夷宮，取意北望匈奴日日警覺之意。甘泉宮既為對匈奴作戰而設，自然也有了一座望夷臺。這座高臺建造在一座最大山泉洞窟的對面孤峰之上，高高聳立猶如戰陣中雲車望樓。登上望夷臺頂端，整個甘泉山俯瞰無遺，那條壯闊的直道展開在眼前，如巨龍飛出蒼翠的大山直向天際。李斯與趙高在臺下不期相遇時，兩人都有瞬間的尷尬。趙高指著那道巨大的瀑布說，要找丞相稟報陛下安臥所在，好讓丞相安心。李斯打量著望夷臺說，要向趙高知會發喪日期，好讓中車府令預為準備。立即，幾乎是不約而同地，兩人都說望夷臺說話最好。及至登上巍巍高臺，殘陽晚霞之下遙望巨龍直道壯美山川，兩人卻都一時無話了。

「丞相，但有直道，駟馬王車一日可抵九原。」李斯淡漠地點頭。

「中車府令馭車有術，老夫盡知。」

「丞相又帶劍了？」趙高目光殷殷。

「此劍乃陛下親賜，去奸除佞。」李斯威嚴地按著長劍。

「這支金絲馬鞭，亦陛下親賜，在下不敢離身。」

「足下與老夫既同受陛下知遇之恩，便當同心協力。」

「丞相與陛下共創大業，在下萬不敢相比！」趙高很是惶恐。

「發喪之期將到，老夫欲會同大臣，開啟遺詔。」李斯切入了正題。

「在下一言，尚請丞相見諒。」趙高謙卑地深深一躬。

「你且說來。」

「在下之意，丞相宜先開遺詔，預為國謀。」

「中車府令何意，欲陷老夫於不法？」

「丞相見諒！」趙高又是深深一躬，「沙丘宮之夜，丞相原本可會同隨行大臣，當即開啟遺詔。然，其時丞相未曾動議，足見丞相謀國深思。在下據實論事：陛下遺詔未嘗寫就，說是殘詔斷句，亦不為過；既是殘詔，便會語焉不詳，多生歧義；若依常法驟然發出，朝野生亂，亦未可知。為此，在下敢請丞相三思。」

「也是一說。」李斯淡淡點頭。

「丞相肩負定國大任，幸勿以物議人言慮也！」趙高語帶哽咽再次懇請。

「也好。但依中車府令。」思忖片刻，李斯終於點頭了。

「丞相明斷！」趙高一抹淚水撲倒在地，咚咚叩首。

瞬息之間，李斯大感尊嚴與欣慰。皇帝在世之時，趙高官職爵位雖不甚高，卻是人人敬畏的人物。對於常常照面的大臣們，趙高不卑不亢，從來不與任何人卑辭酬答。只有在皇帝面前，趙高自甘卑賤，無論皇帝如何發作，趙高都忠順如一。對大臣撲拜叩首，對於趙高，是絕無僅有的。就目下境況而言，李斯可以不在乎趙高是否敬重自己，然卻不能不在乎目下的趙高是否會聽命於自己；若趙高要公事公辦，將已經封存的皇帝遺詔逕自交傳車發出，任誰也無權干涉；果真如此，李斯便該正當發喪，正當安國，不再作任何斡旋之想，即或扶蘇即位貶黜自己，也只能聽天由命了。然則，若趙高信服自己，聽命於自己，則事情大有可為也！至少，李斯可在遺詔發出之前，最大限度地安置好退路，不使扶蘇與自己的昔日歧見成為日後隱患；更佳的出路則是，通過擁立新帝而加固根基，進而繼任丞相，輔佐新帝弘揚大秦法政，成為始皇帝身後的千古功臣。果能如此人臣一生，李斯何憾！所幸者，趙高對自己的敬重超出了預料，趙高所敦請自己要做的事情也恰恰符合了自己的心願，豈非天意哉！在這片刻之間，李斯已經完全忘記了自己對姚賈提起的宮闈黑幕。那時，李斯從另外一個路徑揣摩趙高——封存遺詔不發，以謀個人晉身之階，奸佞之心可見！如今，趙高敦請自己先行開啟遺詔，這便是一心一意地依附了自己。李斯的內心評判是：這才是真正的趙高面目，清醒地權衡出目下的權力軸心，並立即緊緊地依附於這個軸心。此時，李斯已經不需要對趙高做出道德的評判。李斯深深地知道：在大政作為中，只有最終的目標能指向最高的道德，而對任何具體作為的是非計較，往往都會誘使當事者偏離最高的為政大道。李斯所秉持的最終目標，是堅持始皇帝身後的大秦法治，是確定無疑的為政大道。唯其如此，任何依附於李斯者，都符合最高的大政大道，都無需去計較其瑣細行徑的正當性。

李斯疏通了自己的精神路徑，也疏通了趙高的行為路徑。

山月初上時分，趙高將李斯領進了一座守護森嚴的山洞。趙高說，這便是甘泉宮的符璽事所。李斯曾久為秦王長史，也曾親掌秦王符璽。其時，天下所謂「李斯用事」，一則是指李斯謀劃長策秦王計無不用，二則便是指李斯執掌秦王書房政務並符璽事所。符璽者，兵符印璽也。符璽事所者，昔日秦王兵符印鑒，今日皇帝兵符印璽之存放密室也。任何兵力調動，都得從這裡由君王頒發兵符；任何王書詔書發出，都得從這裡加蓋印璽。是故，符璽事所歷來是皇室命脈所在，是最為機密的重地。雖則如此，然就職事而言，帝國時期的符璽事所並未成為獨立的大臣官署，既非九卿之一，也非獨立散官，而只是郎中令屬下的一個屬官署。從秦王嬴政到始皇帝時期，執掌符璽事所的大臣先後有三人：王綰、李斯、蒙毅。趙高目下執掌符璽事所，只是在蒙毅離開大巡狩行營後的暫領而已。論資望，李斯是內廷大臣的老資格，絲毫不擔心趙高在遺詔封存上故弄玄虛。饒是如此，李斯卻沒有在這甘泉宮住過，更沒有進出過甘泉宮的符璽事所，不知這甘泉宮符璽事所竟設在如此堅固深邃的洞窟之中，心頭委實有幾分驚訝。

「天字一號銅箱。」一進洞窟，趙高吩咐了一聲。

洞壁兩側雖有油燈，兩名白髮書吏還是舉著火把，從洞窟深處抬出了一只帶印白帛封口的沉重的銅箱。銅箱在中央石案前擺好，趙高從腰間皮盒掏出了一把銅鑰匙，恭敬地雙手捧給了李斯。雖未進過這甘泉宮石窟的符璽事所，然李斯對王室皇室的符璽封存格式還是再熟悉不過，瞄得一眼，便知這是極少啟用的至密金匱。古人所謂的周公金匱藏書，便是此等白帛封存的大銅箱（匱）。依照法度，此等金匱非皇帝親臨，或大臣奉皇帝詔書，任何人不得開啟。今日，趙高將始皇帝遺詔封存於如此金匱，李斯立即看透了趙高心思：任何人都無論如何不能說趙高做得不對，然任何人也都無法開啟此匱，除非趙高願意聽命；因為，皇帝不在了，任何人都不會有皇帝詔書，而趙高卻可以任意說出皇帝如何遺囑此匱開啟之法，可以任意拒絕自己想拒絕的任何人開啟金匱。當然，趙高若想拒絕李斯，只怕李斯會同大臣議決開啟遺詔，也得大費一番周折。當此情勢，趙高自請李斯開啟金匱，且拱手將鑰匙奉送，寧非天意哉！李斯清楚地知道，縱然大臣奉詔而來，打開金匱還得符璽事所之執掌官員。因為，此等金匱有十餘種鎖法開法，任誰也難以準確地預知目下金匱是何種開法。執掌吏員捧上鑰匙，乃皇帝親臨的一種最高禮儀而已，並非要皇帝親自開啟。而今，趙高對自己已經表示了最高的敬奉，李斯足矣！

「中車府令兼領符璽，有勞了。」李斯破例地一拱手。

「在下願為丞相效勞。」趙高最充分地表現出內廷下屬的恭敬。

小心翼翼地撕開了蓋著皇帝印璽的兩道白帛，小心翼翼地反覆旋轉鑰匙打開了金匱，又小心翼翼地拿去了三層絲錦銅板，好容易顯出了一方黑亮亮的木匣，趙高這才對李斯肅然一躬：「丞相起詔。」李斯熟知此中關節，對著金匱深深一躬，長長一聲吟誦：「臣李斯起詔——！」雙手恭敬地伸入金匱，捧起黑亮亮木匣出了金匱，放置到了金匱旁的石案上，又對趙高一拱手：「煩請中車府令代勞。」趙高上前對黑匣深深一躬，啪地一掌打上木匣，厚厚的木蓋「嘭」的一聲彈開。趙高又對李斯一拱手：「丞相啟詔。」李斯明白，這個「啟」不同於那個「起」，立即一步上前，一眼瞄去，心頭悚然一驚——一卷滲透著斑斑血跡的羊皮紙靜靜地蜷伏著，彌漫出一片肅殺之氣！

「陛下！老臣來也……」李斯陡然哽咽了。

「丞相秉承陛下遺願，啟詔無愧！」趙高赳赳高聲。

電光石火之間，李斯的精神轉換了，李斯不再是未奉顧命的大臣，李斯變成了謀劃長策而從來與始皇帝同道同心的帝國棟梁。如此李斯，啟詔何愧哉！心思飛動間，李斯捧出了那卷血跡斑斑的羊皮紙，簌簌展開在眼前——

以兵屬蒙恬，與喪會咸陽而葬……

「陛下——！」李斯痛徹心脾地長哭一聲，頹然軟倒在冰涼的石板上。

倏忽醒來，望著搖曳的燈光，李斯恍惚若在夢中：「這是何處？老夫如何，如何不在行轅？」旁邊一個身影立即湊了過來，殷切低聲道：「丞相，在下私請丞相入符璽事所。丞相無斷，在下不敢送回丞相。」剎那之間一個激靈，李斯的神志恢復了，雙手一撐霍然坐起道：「趙高，屏退左右。」趙高一聲答應，偌大的洞窟頓時沒有了人聲。李斯從軍榻起身站地，這才看見洞窟中已經安置好了長談的所有必備之物。石案上飯食具備，除了沒有酒，該有的全都有了；石案兩廂各有座席，座席旁連浸在銅盆清水中的面巾都備好了。李斯一句話沒說，剛要抬步走過去，趙高已經絞好面巾雙手遞了過來。李斯接過冰涼的面巾狠狠在臉上揉搓了一番，一把將面巾摔進了銅盆，板著臉道：「中車府令何以教李斯？說。」趙高肅然一躬道：「丞相錯解矣！原是趙高寧擔風險而就教丞相，焉有趙高脅迫丞相之理？趙高縱無長策大謀，亦知陛下之大業延續在於丞相。趙高唯求丞相指點，豈有他哉！」

「中車府令，難矣哉！」良久默然，李斯長歎了一聲。

「敢問丞相，難在何處？」

「遺詔語焉不明，更未涉及大政長策……」李斯艱難地沉吟著，「再說，此詔顯是陛下草詔，只寫下了最要緊的事，也還沒寫完……老夫久為長史，熟知陛下草詔慣例：尋常只寫下最當緊的話，然後交由老夫或相關大臣增補修式，定為完整詔書，而後印鑒發出。如此草詔斷句，更兼尚是殘詔，連受詔之人也未寫明……」

「丞相是說，此等詔書不宜發出？」

「中車府令揣測過分，老夫並無此意！」

「丞相，在下以為不然。」沉默一陣，趙高突然開口了。

「願聞高見。」李斯很是冷漠。

「如此草詔殘詔，盡可以完整詔書代之。」趙高的目光炯炯發亮，「畢竟，陛下從未發出過無程序的半截詔書。更有一處，這道殘詔無人知曉。沙丘宮之夜風雨大作時，在下將此殘詔連同皇帝符璽，曾交少皇子胡亥看護，直到甘泉宮才歸了符璽事所。如此，在下以為：皇帝遺詔如何，定於丞相與趙高之口耳。丞相以為如何？」

「趙高安得亡國之言！非人臣所當議也！」李斯勃然變色。

「丞相之言，何其可笑也。」

「正道謀國，有何可笑！」李斯聲色俱厲。

「丞相既為大廈棟梁，當此危難之際，不思一力撐持大局，不思弘揚陛下法治大業，卻逕自迂闊於成規，趙高齒冷也！早知丞相若此，在下何須將丞相請進這符璽事所，何須背負這私啟遺詔的滅族大罪？」

「趙高！你欲老夫同罪？」李斯愣然了。

「丞相不納良言，趙高只有謀劃自家退路，無涉丞相。」

「你且說來。」李斯一陣思忖，終於點頭了。

「洞外明月在天！趙高欲與丞相協力，定國弘法，豈有他哉！」

「如何定國？如何弘法？方略。」

「丞相明察！」趙高一拱手赳赳高聲，「始皇帝陛下已去，然始皇帝陛下開創的大政法治不能去！當今大局之要，是使陛下身後的大秦天下不偏離法治，不偏離陛下與丞相數十年心血澆鑄之治國大道！否則，天下便會大亂，山東諸侯便會復辟，一統大秦便會付諸東流！唯其如此，擁立二世新帝之根基只有一則：推崇法治，奉行法治！舉凡對法治大道疑慮者，舉凡對陛下反復辟之長策疑慮者，不能登上二世帝座！」

「中車府令一介內侍，竟有如此見識？」李斯有些驚訝了。

「內侍？」趙高冷冷一笑，「丞相幸勿忘記，趙高也是精通律令的大員之一。否則，陛下何以使趙高為少皇子之師？趙高也是天下大書家之一，否則，何以與丞相同作範書秦篆？最為根本者，丞相幸勿相忘：趙高自幼追隨皇帝數十年，出生入死，屢救皇帝於危難之中。丞相平心而論，若非始皇帝陛下有意抑制近臣，論功勞才具，趙高何止做到中車府令這般小小職司？說到底，趙高是憑功勞才具，才在雄邁千古的始皇帝面前堅實立足也！功業立身，趙高與丞相一樣！」一席話酣暢淋漓，大有久受壓抑後的揚眉之象。

「中車府令功勞才具，老夫素無非議。」李斯很淡漠。

「丞相正眼相待，高必粉身以報！」

「大道之言，中車府令並未說完。」李斯淡淡提醒。

「大道之要，首在丞相不失位。丞相不失位，則法治大道存！」

「老夫幾曾有過失位之憂？」

「大勢至明，丞相猶口不應心，悲矣哉！」趙高嘭嘭叩著石案，「若按皇帝遺詔，必是扶蘇稱帝。扶蘇稱帝，必是蒙恬為相。趙高敢問：其一，丞相與蒙恬，功勞孰大？」

「蒙恬內固國本，外驅胡患，兼籌長策，功過老夫。」

「其二，無怨於天下，丞相孰與蒙恬？」

「政道怨聲，盡歸老夫，何能與天下盡呼蒙公相比。」

「其三，天賦才具，丞相孰與蒙恬？」

「兵政藝工學諸業，蒙恬兼備，老夫不如。」

「其四，得扶蘇之心，丞相孰與蒙恬？」

「蒙恬扶蘇，亦師亦友，老夫不能比。」

「其五，謀遠不失，丞相孰與蒙恬？」

「不如……足下責之何深也！」李斯有些不耐了。

「以此論之，蒙恬必代丞相總領國政，丞相安得不失位哉！」

「也是一說。」默然有頃，李斯點了點頭。

「更有甚者，扶蘇即位，丞相必有滅族之禍。」

「趙高！豈有此理！」李斯憤然拍案。

「丞相無須氣惱，且聽在下肺腑之言。」趙高深深一躬，殷殷看著李斯痛切言道，「始皇帝陛下千古偉業，然也有暴政之名。若扶蘇蒙恬當國，為息民怨，必得為始皇帝暴政開脫。這隻替罪羊，會是何人？自然，只能是丞相了。丞相且自思忖：天下皆知，李斯主行郡縣制，開罪於可以封建諸侯之貴胄功臣；李斯主張焚書，開罪於華夏文明；李斯主張坑儒，開罪於天下儒生；而舉凡刑殺大政，丞相莫不預為謀劃，可說件件皆是丞相首倡。如此，天下凡恨秦政者，必先恨丞相也。其時，扶蘇蒙恬殺丞相以謝天下，朝野必拍手稱快。以蒙恬之謀略深遠，以扶蘇之順乎民意，焉能不如此作為哉！」

「大道盡忠，夫復何憾？」李斯的額頭滲出了晶亮的汗珠。

「丞相何其迂闊也！」趙高痛徹心脾，「那時只怕是千夫所指，國人唾罵。普天之下，誰會認丞相作忠臣，誰會認丞相為國士？」

「中車府令明言！意欲老夫如何？」突然地，李斯辭色強硬了。

「先發制人。」趙高淡淡四個字。

「請道其詳。」

「改定遺詔，擁立少皇子胡亥為帝。」

「胡，胡亥？做，二世皇帝？」李斯驚得張口結舌了。

「丞相唯知扶蘇，不知胡亥也。」趙高正色道，「雖然，少皇子胡亥曾被皇室選定與丞相幼女婚配。然在下明白，丞相很是淡漠。根本因由，在於丞相之公主兒媳們對胡亥多有微詞，而丞相信以為真也。在下就實而論，少皇子胡亥慈仁篤厚，輕財重士，辯於心而拙於口，盡禮敬士；始皇帝之諸子，未有及胡亥者也。胡亥，可以為嗣，可以繼位。懇請丞相定之，以安大秦天下也……」猛然，趙高再次撲拜於地，連連叩首。

「你敢反位擁立！」李斯霍然起身，「老夫何定？老夫只奉遺詔！」

「安可危也，危可安也。丞相安危不定，何以成貴聖？」

「老夫貴為聖人？趙高寧非癡人說夢哉！」李斯喟然一歎，繼而不無淒涼地長笑一陣，淚水不期然彌漫了滿臉，「李斯者，上蔡閭巷之布衣也！幸入秦國，總領秦政，封為通侯，子孫皆尊位厚祿，人臣極致，李斯寧負大秦，寧負始皇帝哉！足下勿復言，否則，老夫得罪也！」

「秋霜降者草花落，水搖動者萬物作。」趙高並沒有停止，相反地卻更是殷切了，「天地榮枯，此必然之效也，丞相何見之晚也！」

「趙高，你知道自己在說甚也！」李斯痛楚地一歎，「古往今來，變更儲君者無不是邦國危難，宗廟不血食。李斯非亂命之臣，此等主張安足為謀！」

「丞相差矣！」趙高也是同樣地痛心疾首，說的話卻是全然相反，「目下情勢清楚不過：胡亥為君，必聽丞相之策；如此丞相可長有封侯而世世稱孤，享喬松之壽而具孔墨之智。捨此不從，則禍及子孫，寧不寒心哉！諺云，善者因禍為福。丞相，何以處焉？」

「嗟乎！」李斯仰天而歎老淚縱橫，「獨遭亂世，既不能死，老夫認命哉！」

「丞相明斷！……」趙高一聲哽咽，撲拜於地。

……

天將破曉，李斯才走出了符璽事所的谷口。

手扶長劍踽踽獨行，李斯不知不覺地又登上了那座望夷臺。山霧彌漫，曙色迷離，身邊飛動著怪異的五光十色的流雲，李斯恍若飄進了迷幻重重的九天之上。今日與趙高密會竟夜，結局既在期望之中，又在意料之外。李斯所期望者，趙高之臣服也。畢竟，趙高數十年宮廷生涯，資望既深，功勞既大，與聞機密又太多，若欲安定始皇帝身後大局並攀登功業頂峰，沒有此人協力，任何事都將是棘手的。這一期望實現得很是順利，趙高從一開始便做出了只有對皇帝才具有的忠順與臣服，其種種謙卑，都使李斯很有一種獲得敵手敬畏之後的深切滿足。然則，李斯沒有料到，趙高所付出的一切，都是以最後提出的擁立胡亥為二世皇帝為條件的。始皇帝二十餘子，李斯與幾位重臣也不是沒有在心目中排列過二世人選，尤其在扶蘇與始皇帝發生政見衝突的時候。但無論如何排列，少皇子胡亥都沒有進入過李斯的視界，也沒有進入任何大臣的視界。一個歷來被皇子公主與皇族大員以及知情重臣們視為不堪正道的懵懂兒，以皇子之身給李斯做女婿，李斯尚且覺得不堪，況乎皇帝？胡亥若果真做了大秦皇帝，天下還有正道麼？李斯縱然不擁立扶蘇，也當認真遴選一位頗具人望的皇子出來，如何輪得到胡亥這個末流皇子？那一刻，李斯驚愕得張口結舌，根基盡在於此也。縱然趙高極力推崇胡亥，李斯還是怒斥趙高「反位擁立」。然則，便在此時，趙高淡淡漠漠地露出了猙獰的脅迫——捨此不從，禍及子孫！李斯既與趙高一起走進了符璽事所，一起私開了最高機密的皇帝遺詔，便註定將與趙高綁在一起了。

老淚縱橫仰天長歎的那一刻，李斯是痛切地後悔了，後悔自己走進符璽事所前，太失算計了。兩人同在望夷臺時，李斯真切地感到了趙高的臣服，尤其當趙高第一次撲在地上叩首膜拜時，李斯幾乎認定趙高已經是自己一個馴服的奴隸，而自己則是趙高的新主人了。那一刻，李斯是欣慰有加的。當趙高主動提出開啟遺詔預為謀劃時，李斯的評判是：趙高是真心實意地為新主人謀劃的，對李斯如同對先帝！此前，李斯自然也在謀劃如何能先行開啟遺詔。李斯唯一的顧慮是，趙高不認可自己；而只要趙高認可自己，當然最好是臣服於自己，一切不足慮也。為此，李斯在真切感到趙高的臣服後，幾乎是不假思索地跟趙高走進了那座洞窟。

在滿朝大臣中，李斯是以心思縝密而又極具理事之能著稱的。事實上，數十年理政處事，李斯也確實沒有失誤過一次。為此，非但舉國讚譽，李斯也是極具自信的。長子李由向父親求教理事之才，李斯嘗言：「理事之要，算在理先。算無遺者，理事之聖也！」李由問，父親理事自料如何？李斯傲然自許曰：「老夫理事，猶白起將兵，算無紕漏，戰無不勝也！」便是如此一個李斯，竟只算計到了趙高自保求主，卻沒有算計到趙高也有野心，且其野心竟是如此的不可思議，要將自己不堪正道的懵懂學生推上帝位！更感痛心者，李斯面對如此不可思議的野心，竟沒有了反擊之策，而只能無可奈何地接受了。

「李斯，執公器而謀私欲，必遭天算也。」

「不。李斯只有功業之心，從無一己私欲！」

一個李斯頗感心虛，一個李斯肅穆堅定，相互究詰，不知所以。以公器公心論之，李斯身為領政首相兼領大巡狩總事大臣，在皇帝猝然病逝之時能啟而不啟遺詔，能發而不發遺詔，聽任趙高將遺詔封存，如此作為，焉能不是私欲使然哉！然則，李斯之所以不假思索地如此處置，果真是要謀求個人出路麼？不是，決然不是！那一刻，李斯的第一個閃念便是：若發遺詔於九原而扶蘇繼位，始皇帝的新文明與法治大政是無法延續下去的，唯其如此，寧可從緩設法；若能與扶蘇蒙恬達成國策不變之盟約，再發遺詔不遲也。要說這也是私欲，李斯是決然不服的。畢竟，帝國文明的創制浸透著李斯的心血，李斯可以毫無愧色地說，只有他與始皇帝是帝國新文明的創制軸心！任何人都可以在某種程度上輕忽帝國文明是否改變，唯獨李斯不能。這是李斯內心最深處的戒備，也是李斯對扶蘇蒙恬的最忌憚處。雖然，李斯也有權位後路之慮，然那種絲縷輕飄的念頭，遠非維護帝國新文明的理念那般具有堅實根基。畢竟，李斯已經封侯拜相位極人臣，對青史評判與功業維護的信念，已經遠遠超過了維持個人官爵的顧忌。

在符璽事所第一眼看見始皇帝殘詔，李斯的功業雄心便驟然勃勃燃燒了起來。他看到的前景是：只要他願意，他便可以擬出正式的皇帝遺詔，另行擁立新帝，堅實地維護帝國新文明！甚或，在新帝時期，他完全可以登上周公攝政一般的功業最巔峰！果真如此，李斯將不負始皇帝一生對自己的決然倚重，為大秦河山奠定更為堅實的根基，使帝國文明大道成為華夏歷史上永遠矗立不倒的巍巍絕壁。那一刻，李斯被這勃勃燃燒的雄心激發了感動了，面對血跡斑斑的殘詔，念及始皇帝在將要登上功業最巔峰時撒手歸去，不禁痛徹心脾……如此一個李斯，責難他有私欲，公平麼？

是的，從此看去，可能不公平。另一個李斯開口了，然則，趙高脅迫之下，你李斯居然承諾共謀，這不是私欲麼？明知胡亥為帝，無異於將帝國新文明拖入未知的風浪之中，你李斯為何不抗爭？你沒有權力麼？你沒有國望麼？你沒有兵力麼？你沒有才具麼？你事權俱有，可是，你還是答應了趙高。這不是私欲麼？若是商君在世，若是王翦王賁在世，會是這樣麼？如此看去，要說你李斯沒有私欲，公平麼？青史悠悠，千古之下，李斯難辭其咎也……

且慢！肅穆堅定的李斯憤然了。此時，老夫若不權宜允諾，焉知趙高不會舉發李斯威逼私啟遺詔之罪？其時，李斯將立即陷入一場巨大的紛爭漩渦；而趙高，則完全可能倒向扶蘇一邊，交出遺詔，發出遺詔，使扶蘇為帝；果然扶蘇為帝，蒙恬為相，李斯能從私啟遺詔的大罪中解脫麼？顯然不能。更有甚者，扶蘇蒙恬當國，必然地要矯正帝國大政，必然地要為始皇帝的鐵血反覆辟開脫，以李斯為替罪犧牲品，而使「暴秦」之名得以澄清。那時，李斯獲罪可以不論，然帝國文明變形，也能不論麼？不能！老夫活著，老夫領政，尚且能與胡亥趙高周旋，除去趙高而將胡亥變為虛位之帝，亦未可知也。也就是說，只要老夫矗在廟堂，帝國文明便不可能變形！若非如此，老夫何能心頭滴血而隱忍不發？春秋之程嬰救孤，公孫杵臼問曰：「立孤與死，孰難？」程嬰曰：「死易，立孤難耳。」今李斯不死，畏死乎？非也，隱忍而救帝國文明也！這是私欲麼？

「如此，公以趙高胡亥為政敵耶？」心虛的李斯低聲問。

「然也！」肅穆的李斯果決明晰。

「公將設策，以除奸佞乎？」

「自當如此，否則國無寧日。」

「果能如此，世無老夫之李斯也！」

「謂予不信，請君拭目以待。」

朝陽升起在蒼翠的群峰時，李斯的目光重新明亮了，李斯的自信重新回來了。大步走下望夷臺，李斯登上軺車直奔姚賈的祕密庭院。

四、眩暈的胡亥在甘泉宮山林不知所以

趙高匆匆走進陰山宮時，胡亥正在亭下與幾個侍女做坊間博戲。侍女們全然像坊間婢女一樣，偎伏在胡亥的腿上肩上，興致勃勃地看著一個扮成貴胄公子的中年侍女與少皇子殺梟，驚呼著笑叫著喧嚷一片（註：殺梟，春秋戰國博弈遊戲之一，類似後世軍棋，以殺死對方之「梟」者為勝）。趙高遠遠望了一眼，立即下令幾個內侍武士守在了寢宮入口，不許任何人進來。片刻部署妥當，趙高大步過來厲聲呵斥道：「此乃皇帝寢宮！不是坊間市井！」侍女們聞聲大驚，倏地站起正要散去，卻見一排執法內侍已經從林下森森然逼了過來。趙高一揮手下令：「爾等誘使皇子博戲，一體拿下，全數囚禁餓斃！」侍女們個個面色青白，紛紛盯住了亭下枯坐的胡亥。胡亥卻低頭不語。侍女們頓時頹然倒在了草地上，沒有一個人向趙高求告，一個個默默地被執法內侍們架走了。

「老師，這，這……」胡亥終於站了起來，終於走了過來。

「公子隨我來。」趙高逕自走進了寢宮東偏殿。

胡亥惶恐不安地跟了進來，低著頭一句話不說。趙高卻一臉急迫道：「公子何其荒誕不經也！目下雖未發喪，可幾個要害重臣誰不知情？更不用說還來了一個姚賈！當此之時，公子竟能做坊間博戲？傳將出去，豈非大禍臨頭！公子如此不思自制，終將自毀也！」

「老師，我，知錯了。」胡亥喃喃垂首，一副少不更事模樣。

「公子啊公子，你叫老大操碎心也！」趙高的眼中閃爍著淚光。

「老師，胡亥不，不想做皇帝……」

「豈有此理也！」趙高捶胸頓足，「險難之際，豈能功虧一簣哉！」

「做皇帝，太，太難了。」

「老夫業已說服李斯，何難之有？」趙高的語氣冰冷堅實。

「丞相？丞相，贊同老師謀劃？」胡亥驚訝萬分。

「老夫奉太子之命會商，李斯敢不奉令！」

「老師，胡亥還不是，不是太子。」

「不。公子切記：自今日始，公子便是大秦太子！」

「老師，這，這……」胡亥搓著雙手，額頭滲出了涔涔汗水。

「公子如此失態，焉能成大事哉！」趙高很有些不高興了。

「老師……胡亥，只是心下不安。可否，許我告知父皇……」

「此舉倒也該當，公子且去。」趙高一點頭又叮囑道，「然則無論如何，公子不能走出寢宮，更不能再度嬉鬧生事。發喪之前，最是微妙之際，公子定要慎之又慎！公子但為皇帝之日，何事不能隨心所欲？不忍一時，何圖長遠哉！」胡亥認真點頭。趙高說聲老夫還要巡查寢宮，一拱手匆匆出了偏殿。胡亥望著趙高背影，長長地出了一口氣，抹了抹額頭汗水，從東偏殿偏門悄悄出去了。

甘泉山最幽靜的一片小河谷裡，坐落著東胡宮。

甘泉宮周圍近二十里，有十二座宮殿十一座臺閣，其功能、名稱均與對胡戰事相關。這東胡宮便是謀劃遼東對胡戰事的一座小幕府，昔年常駐著十幾個國尉府的司馬，四面牆上掛滿了東胡地圖，一切有關遼東戰事的消息都在這裡匯集。而那座最大的陰山宮，則是謀劃對匈奴主力戰事的行宮幕府，滅六國之後才改成了皇帝寢宮。在滅六國後的十餘年裡，帝國君臣忙得連軸轉，皇帝除了幾次大巡狩，都守在咸陽埋首山海一般的天下急務，幾乎所有的關中行宮都沒有帝國君臣的足跡了。唯甘泉宮不同，因地處九原直道必經之路，便成了事實上的一座皇家驛站。皇帝北上九原巡視，必在甘泉宮駐蹕幾日。九原直道修築時期，更有鄭國、王賁的行轅長期駐足甘泉宮。直道竣工之後，則不時有過往大臣因祕事留宿。縱然如此，甘泉宮依舊是大顯冷清，最深處的宮殿臺閣顯然地有了人跡罕至的荒冷氣息。而東胡宮，則是最為荒冷的一處。在甘泉山十二宮裡，東胡宮最小，地處甘泉山最為陰寒的一片河谷，縱是炎炎夏日也涼如深秋。正是這一特異處，李斯與趙高共商，將始皇帝的遺體祕密安置在了東胡宮，在發喪之前又設置了祕密靈堂。

胡亥心緒很亂，很想對父皇稟報一番自己的想法。雖身為少皇子，胡亥卻從未出過咸陽宮，自然也沒有來過甘泉宮。然則，胡亥對甘泉宮的這座東胡宮，還是烙印在心頭的。少時，胡亥便聽乳母斷斷續續地悄悄說過一些故事。故事說，胡亥的母親原本是一個東胡頭領的小公主，因部族戰敗族人流散，小公主流落燕國。後來，小公主又隨胡商進入了秦國，被胡商獻給一個秦國大臣做了女僕。後來不知如何，小公主便進了咸陽宮。兩三年後，小公主又被總掌內宮事務的給事中分派到了甘泉宮，在甘泉宮裡，小公主成了東胡宮的侍女頭目。故事還說，那年秦王北上九原，巡視了甘泉宮的所有宮殿幕府，暮色時分進入東胡宮，直到次日清晨才出來。乳母說，小公主後來有了身孕，才被給事中入冊為秦王妃，重新回到了咸陽宮。那年秋天，小公主生下了一個小王子。小公主對乳母說，王子生日她記得很清楚，是乙亥年丁亥月亥時生的。後來，小公主上書駟車庶長署，說少王子「生逢三亥，母為胡女，請名為胡亥。」駟車庶長轉呈小公主上書於秦王，忙得不可開交的秦王不曉得看了沒看，便以例照准了。可是，在胡亥長到一歲多時，小公主卻又請命回到了甘泉宮，依舊住進了人跡罕至的東胡宮。三五年後，已經是皇帝的秦王再來甘泉宮時，東胡小公主已經死了。乳母說，她與小公主只是在咸陽宮相處過年餘時日，這些故事都是聽小公主說的。小公主臨走時叮囑說，要她權且當做故事，將來說給小王子聽，記住記不住由他了。

乳母說的故事，胡亥記得很清楚，始終烙印在少年心頭。

對親情，胡亥素來很淡漠。從呱呱墜地到一天天長大，胡亥沒有過母愛，也沒有過父愛，唯一可以算作親人的，只有每個皇子都專有的一個乳母，與每個皇子都專有的一個老師。少年胡亥的一切衣食起居與行止，都是乳母照料的；後來，又加進了老師趙高。如同每個皇子公主一樣，胡亥自幼就有一個小小的人際防護圈。除了極其罕見的父皇會見、考校學業等公事聚集，胡亥極少與皇子公主們共處，更無共用兄弟姊妹天倫之樂的機會，相互陌生得如同路人。在所有的皇子公主中，除了皇長子扶蘇認識所有的兄弟姊妹外，其餘皇子公主，都認不全自己的血肉同胞。因為母為胡女、師為內侍等胡亥無法選擇的天定緣由，胡亥在諸皇子中更顯落寞，更生疏於自己的皇家兄弟姊妹，除了大兄長扶蘇，胡亥幾乎沒有一個可以相互說得幾句話的兄弟姊妹。還在懵懂無知的孩童時期，胡亥便知道一個說法：自己的命相不好。那也是乳母悄悄說給他的。乳母說，小公主當年流著淚說，亥屬豬相，少王子同占三亥，終將非命也！胡亥記得很清楚，乳母末了悄悄說：「公主通巫術，不忍見少皇子非命，故此才早早去了。」後來，胡亥將乳母的話說給了老師趙高。趙高卻大笑了好一陣子，拍案慨然道：「胡人巫術何足論也！皇帝陛下從不言怪力亂神，卻成就了千古大業，與命相何干！少公子只聽老夫督導，來日必成為大秦能臣無疑，何言非命哉！」也就是從那一刻起，胡亥真正地依附了趙高。

只有對父皇，胡亥的敬畏是無以言說的。

固然，父皇沒有皇子們期盼的親情關愛的抛灑，然則，父皇的皇皇功業卻是如雷貫耳連綿不斷地填滿了皇子們的歲月。每逢大捷大典，咸陽宮必大為慶賀，皇子公主們也必全數出動踏歌起舞。一次又一次，年年不知幾多次。在少年皇子胡亥的心目中，上天源源不斷地將人世功業塞給父皇，只能說父皇是神，父皇是最得上天眷顧的真正的天子！唯其如此，無論父皇如何記不得自己，也沒與自己說過幾次話，胡亥都對父皇有著無以言狀的敬畏與感佩。大約只有在這一點上，胡亥與所有的兄弟姊妹一樣，篤信父皇的威權，膜拜父皇的神異，崇敬唯恐不及，從來沒有過想要冒犯父皇的絲毫閃念……開春之時，老師設謀使胡亥隨父皇出巡，胡亥簡直快樂得發暈了。那天，他在咸陽宮的胡楊林下咿咿呀呀地不知唱了多少支歌，虎虎生風地不知舞了多少次劍，煞有介事地不知背誦了多少遍秦法，而這一切的一切，都是他準備獻給父皇，博得父皇一笑的。老師說，陛下勞累過甚，只有少皇子能給陛下歡悅，但使陛下一日大笑幾次，少皇子天下功臣也！這番話，胡亥非但聽進去了，而且牢牢刻在了心頭。胡亥別無所長，然對取悅父皇卻是樂此不疲，甚或，為此而模仿父皇的言談舉止，胡亥都是孜孜不倦的。能讓父皇開懷大笑，胡亥甚事都願意做。甚至，胡亥曾經想過，要拜那個滑稽名士優旃為師（註：優旃，先秦幽默名臣之一，有兩優旃：一優旃為春秋滑稽名家優孟之後，一優旃為戰國末期因慕優旃之名而同名的秦國滑稽名臣），專門做一個既能取悅父皇又能諫言成名的能臣。可是，老師趙高卻給胡亥當頭澆了一盆冷水：「公子才智於優旃遠矣！若為滑稽之士，必早死無疑！」

老師趙高給胡亥講了一則親見的故事：昔年，還是秦王的陛下聽一臣之言，欲將秦川東部全數劃做王室苑囿，以馴養群獸野馬；數名臣子諫阻，秦王皆大怒不聽。此時，旁邊身矮不過三尺的侏儒優旃，腆著肥肥的肚腹上前，昂昂高聲道：「秦王聖明！若是秦東皆為苑囿，秦國必多猛獸鹿馬。若六國來攻，放出漫山遍野群獸鹿馬衝將過去，敵必大敗無疑！如此可省數十萬大軍，何樂而不為也！」秦王愣怔片刻，又哈哈大笑一陣，立即下令廢除了這道王命。末了趙高冷冰冰一句道：「若遇難題，公子可有如此才思？」

胡亥打消了做滑稽名家的念想，對父皇的崇敬奉獻之心卻絲毫未減。

沙丘宮的風雨之夜，胡亥是親見父皇死去的唯一皇子。那日黎明，胡亥一覺醒來見父皇書房燈火依舊，睡眼惺忪地提著絲袍，興沖沖跑進了父皇書房。便在那一刻，胡亥驚恐得幾乎昏厥了過去——迎面一股鮮血噴出，父皇眼睜睜看著他，直挺挺地倒了下去！在老師趙高哭喊著撲上去時，胡亥也撲了上去……任風雨大作雷電交加，胡亥都沒有放開父皇的身軀。後來，父皇被安置在寢帳臥榻，胡亥又撲上去緊緊抱住了父皇身軀，任誰也拆解不開。三日三夜，胡亥不吃不喝地抱著父皇，任父皇的身軀在自己懷中漸漸變冷漸漸發出了異常氣味，胡亥依舊死死抱著父皇不放。若非老師趙高對胡亥施放了迷藥，胡亥被內侍們生拉硬扯地掰開了臂膊，胡亥很可能便隨著父皇去了……後來，胡亥守護著父皇的身軀上路了，任駟馬王車中腥臭撲鼻，胡亥的面色如同死人般蒼白，卻依舊是寸步不離地守護著父皇。那時，胡亥獲得了生平最大的尊嚴，老師看著他哭了，丞相看著他哭了，所有知情大臣看見他，都哭了。在九原直道的陽周段，老師在暮色之中喚醒了他，要他假扮父皇聲音支走王離特使，他想也沒想便照著做了。那時候，胡亥只有一個心思，為了父皇安心，他甚事都可以做，假若需要，他會毫不猶豫地為父皇去死。

胡亥的改變，源於老師趙高的開導與威逼。

在進入甘泉宮的當夜，老師又施放了迷藥，將胡亥從安置父皇的冰冷的東胡宮背了出來。胡亥醒來時，山月已經殘在天邊了，曙色已經隱隱可見了。榻邊沒有侍女，只有老師趙高守著。趙高關切地問他清醒沒有，他沒有說話，卻點了點頭。老師說有件大事要對他說，讓他飲下了一壺冰涼的山泉水，又讓他服下了一盞太醫煎好的湯藥。胡亥精神了，站起來了，老師這才說話。那一夜的對話，如同天邊那一抹怪異的雲霞，至今清晰猶在眼前耳邊。

「皇帝陛下走了！」老師先自長長一歎，眼眶中溢滿了淚水。剎那之間胡亥的一顆心怦然大動，幾乎又要放聲慟哭了。老師趙高沉著臉道：「危難在即，公子如此兒女態，何堪大事！」胡亥對這個老師，素來敬畏有加。老師趙高教他學問才具，對他的督導極為嚴厲。自從父皇為他定了這位老師，老師便奏明父皇，將他與乳母及兩名侍女一起搬進了老師在皇城裡的官署庭院。老師與乳母侍女事先約定：他對少皇子的教習，任誰也不能干預，否則不做胡亥老師。乳母侍女個個都知道趙高是追隨皇帝數十年的功臣，功勞才具聲望，至少在皇城這片天地裡顯赫得無人可以比肩，自然是諾諾連聲。從此，胡亥告別了在乳母侍女照撫下的孤獨而自在的懵懂歲月，開始了令他倍感吃力的少年修習。他清晨貪睡不起，老師會用那支金絲馬鞭抽打臥榻四周，直到他爬起來梳洗。他一捧起法令典籍便大感頭疼，不是打瞌睡，便是找出種種理由逃脫一日學業。老師在父皇身邊忙得晝夜連軸轉，卻總是有機會在他無法預料的時刻出現，只要他沒有寫完當日秦篆，或沒背誦過當日律令條文，老師便一定會將他關進府邸密室，直到他在老師再次出現時連連哭喊餓了渴了，老師才放他出來。他練劍常常偷懶喊累，老師便派一隻凶猛靈異的獒犬看守著他，他只要在不該累的時候停了下來，那只猛犬便會衝過來將他撲翻在地嗚嗚怒吼，嚇得胡亥毛骨悚然一身冷汗，爬起來泥土不撣便呼呼揮劍。如此反覆無數，胡亥終於不再折騰自己了，老師說學甚便學甚，老師說如何學便如何學，再苦再累也咬著牙關強忍了。雖則如此，胡亥也明白一點，老師百般呵護著自己。沒有老師，他不會走進父皇的視界。沒有老師，他在深廣的皇城便是一片飄盪的樹葉，隨時可能被人踩在腳下。一次，一個老內侍不許他踏進那片他最喜歡的胡楊林去練劍，還冷著臉咕噥了一句甚話。這時，老師出現了，一馬鞭便將那名老內侍抽得滾出了丈餘遠。胡亥清楚地記得，老師顯出了從未見過的粗莽凶悍，用金絲馬鞭刮著老內侍的鼻梁狠狠地說，給我悉數知會皇城宮人，但有欺侮蔑視少皇子者，老夫活撕了他人皮！從此以後，只要胡亥在皇城遊盪，所有的內侍侍女對他都禮敬有加。第一次，胡亥有了皇子的尊嚴。也是從此之後，胡亥對老師有了一種難以言說的依賴敬畏之情，心頭每每閃出「假父」兩個字。胡亥知道，那是父皇當年對長信侯嫪毐的叫法，早已經在皇城被列為第一禁忌了，否則他真的會對老師喊出那兩個字來。胡亥總覺得，老師真該做他的假父，老師雖是內侍之身，卻是天下罕見的雄傑……

「老師但說，我聽便是。」胡亥忍住了欲哭的酸楚。

「陛下發病猝然，少公子已經瀕臨危境也！」一見胡亥圓睜著兩眼發愣，趙高憂心忡忡道，「陛下只給長公子留下了一道詔書，對其餘皇子公主沒有隻言片語，沒有封王封侯。屆時，長公子回咸陽做了二世皇帝，而少皇子沒有尺寸立足之地，為之奈何？」胡亥有些驚訝，也有些釋然，搖著頭道：

「秦政不封建，原本如此。父皇依法行事，不封諸子，老師何可私說者！」趙高緩緩搖頭道：「老臣所言本意，此等情勢可變也，非私說陛下之過也。少皇子且想：皇帝突兀病逝而尚未發喪，方今天下權力與社稷存亡，皆在少皇子、老臣及丞相三人耳。老夫本心，願少皇子起而圖之也。少皇子，做君抑或做臣，制人抑或制於人，豈可同日道哉！」胡亥大感意外，愣怔良久搖頭道：「廢兄立弟，不義也。不奉父詔而畏死，不孝也。因人之功，無能也。三者逆德，只怕天下不服，身敗名裂，社稷不血食……」胡亥不敢直面斥責過甚，只是沉重地訴說著那樣做的後果。趙高卻連連搖頭，慷慨激昂的話語叫胡亥心驚肉跳：「少皇子差矣！湯武革命，天下稱義，不為不忠。衛君殺父，史載其德，不為不孝。大行不小謹，盛德不辭讓。做事顧小而忘大，後必有害。狐疑猶豫，後必有悔。斷而敢行，鬼神避之，後有成功！願皇子聽老臣謀劃，以成大事！」那時，胡亥眼見老師第一次如此目光炯炯奮然激烈，心頭一時怦怦大跳，既覺無法拒絕老師，又覺此事太過不可思議，長長一聲歎息道：「今日巡狩行營尚在半道，父皇尚未發喪，豈能以此等事體擾亂丞相哉！」老師卻倏地起身，斷然拍案道：「時乎時乎，間不及謀！贏糧躍馬，唯恐後時！」顯然，老師要他當機立斷先發制人，其急迫之心令胡亥心頭一陣酸熱——老師身為一介老仕宦，若非慮及學生身後，所圖何來也！

那一刻，情非得已，胡亥只有答應了。

然則，胡亥無論如何都沒有想到，老師居然真的說服了丞相！

老師帶來的這個大大出乎意料的消息，使胡亥頓時眩暈了懵懂了，一時竟不知是喜是憂。方才為幾名侍女活活餓死而生出的鬱悶，早已飄散到九天之外去了。此刻塞滿心頭的，有驚愕有惶恐有喜悅有擔憂有疑慮有奮然，種種思緒紛至遝來，胡亥總算第一次知道了甚叫作打翻了五味罐不知酸甜苦辣澀，一路念叨著晃悠著不知所以了。噫！丞相居然能贊同擁立我胡亥做皇太子，怪矣哉！先前，丞相連小女兒嫁我胡亥都不屑說起，今日如何能這般轉向？丞相究竟是先認了我胡亥這個女婿而擁立我這個皇子，還是先認了我這個皇太子而後再認我做女婿？胡亥啊胡亥，你知道麼？你准定不知道。是也是也，丞相的心思你卻如何知道？不可思議，不可思議。胡亥漫無邊際地轉著，兀自念叨著，念叨得最多的便是這四個字——不可思議。對於丞相李斯，胡亥原本是奉若天神的。父皇是神聖，丞相也是神聖。王翦蒙恬功勞固大，丞相則功勞更大，畢竟丞相領政，是與父皇一起執掌廟堂一起運籌決斷的，任何臣子都無法與丞相相提並論。唯其如此，當初丞相對將女兒嫁給胡亥的冷漠，胡亥也自甘卑下地接受了。在胡亥看來，天神一般的丞相不願將女兒嫁給他這個一無所長的落寞皇子，實在是太正常了；果真丞相願意了，胡亥倒是要大大驚愕了。唯其如此，李斯這個丞相竟能贊同擁立他為皇帝，不是不可思議麼？如此不可思議的事體，如何不讓胡亥百思不得其解？更有甚者，如此一個天神丞相，如何能被老師這個還未進入大臣之列的中車府令說服了？老師也是神聖麼？或者，老師比神聖還更是神聖……

以胡亥的閱歷與心智，這件事實在太費解，實在太深奧了。

酒醉般晃悠進東胡宮，疲憊眩暈的胡亥抱著幽暗大廳裡的靈牌癱倒了。胡亥再也沒有力氣向父皇稟報了，爛泥般倒在石板地面呵呵笑著呼呼大睡了。直到掌燈時分，一名進來換犧牲祭品的老內侍才發現了蜷伏在靈堂帷幕下的胡亥，連忙飛一般稟報了趙高。趙高丟下公事大步趕來，親自將胡亥背走了。臨走時，趙高對東胡宮總事厲聲下令，誰敢私洩少皇子今日之事，殺無赦！

五、李斯開始了別出心裁的才具施展

秋風乍起，車馬穿梭，甘泉宮醒來了。

第一個醒來的，是丞相李斯。自與趙高在符璽事所一夜相謀，李斯的心緒很快地明亮了起來。趙高有擁立胡亥的目下算計，李斯便沒有再度推進大秦文明新政的遠圖麼？仔細盤算起來，老夫便是擁立胡亥為帝，胡亥又能如何？能阻擋老夫實施新政？顯然不能。胡亥沒有通曉大政的肱股大臣。非但不能，且必將授予老夫更大的權力。因為，沒有任何人可以掌控龐大複雜的文明新政，沒有任何人可以掌控汪洋恣肆的天下大局；只有李斯坐鎮的丞相府，能通盤運籌天下政令使之暢通；若沒有李斯撐持，十個趙高也穩定不了天下大局。果真如此，屆時老夫放開手腳盤整天下民生（註：民生，先秦語，見《左傳・宣公十二年》：「民生在勤，勤則不匱。」）再創文明新政，何負陛下遺願，何負天下蒼生哉！思慮透徹，李斯頓覺鬱悶全消，心頭不期然滲出一絲冷笑，趙高也趙高，你自以為算計了老夫，安知給了老夫一架功業天梯耶？

心意一定，李斯第一個與姚賈會商。

開始，李斯並不想將全部真情對姚賈托出，不是疑慮姚賈，而是實在沒有必要。大政重臣之間，只需主軸協同便了，無須追求瑣細真實。如此廟堂法則，姚賈焉能理會不得？李斯說給姚賈的情勢是：陛下臨終之時，將遺詔交付與少皇子胡亥；趙高堅持說，陛下要將帝位傳承給胡亥，因此請求李斯奉詔擁立胡亥；李斯沒有親見遺詔，只能據趙高所言，臨機贊同了擁立胡亥；最終究竟如何，李斯欲與姚賈商議後再行定奪。末了，李斯特意坦然說明：「廷尉為九卿之首，賈兄與斯多年交誼，兄若不為，斯何為哉！」

「不見遺詔，此事終難服人也！」沉吟良久，姚賈只說了一句話。

李斯心下明白，姚賈已經認準了皇帝遺詔是要害，且顯然沒有相信李斯所說的未見遺詔之言。思忖之間，李斯岔開了話題，拍案慨然道：「自滅六國，我等竭盡心力創制文明新政，畢生心血盡在此矣！然則，終因種種糾纏，有所為，亦有所不能為也。譬如，秉持法治而以鐵腕應對復辟暗潮事，若沒有一班人無端干預，豈能使焚書令有名無實哉！豈能使坑儒鐵案攪成暴政之嫌哉！而今陛下已去，若無強力衡平，那一班人定然會以《呂氏春秋》為本，大行寬政緩法之王道。其時也，山東復辟暗潮洶洶大起，天下臣民皆以先帝與你我為暴虐君臣，大秦文明新政安在哉！你我畢生心血安在哉！」

「如此說，丞相是要真心擁立胡亥了？」姚賈很有些驚訝，「至於遺詔究竟如何，丞相已經不想問了？」面對見事極快的一代能臣姚賈，李斯情知不能深瞞，否則便將失去這位最重要大臣的支持。片刻沉吟，李斯喟然一歎：「賈兄何其敏銳也！李斯兩難，敢請賈兄教我。」李斯站了起來，向姚賈深深一躬。

「奉詔行事，天經地義，丞相何難？」姚賈連忙扶住了李斯。

「擁立胡亥，未見遺詔；擁立扶蘇，秦政消散。不亦難哉！」

「如此說，陛下有遺詔？」姚賈仍然咬著軸心。

「有。殘詔。」

「丞相親見？」

「正是。」

「殘詔？以陛下之才？」

「兵屬蒙恬，與喪會咸陽而葬……」李斯一字一頓地念著，停頓了。

「就此兩句？」姚賈驚愕地期待著。

「此，天命也！」李斯喟然長歎淚光瑩然。

「可是說，此詔有三殘？」良久默然，姚賈斷定李斯所言無虛，遂判案一般掰著指頭道，「其一，給何人下詔，不明；其二，全部遺願，未完；其三，未用印璽，不成正式。如此殘詔，當真是千古未見也……」

「廷尉明斷。」李斯拍案，「依據法度，此等詔書素來不發。」

「若依此詔，朝局將有三大變。」姚賈目光爍爍發亮，依舊慣常性地掰著指頭，「其一，扶蘇繼位皇帝；其二，蒙恬掌天下兵權；其三，蒙毅執掌皇城政務……然則，丞相還是丞相，丞相倒是無須憂心也。」

「賈兄至明，何周旋於老夫哉！」李斯淡淡一笑，「蒙恬掌兵，一時計也，賈兄焉能不知？九原大軍之中，尚有個武成侯王離。將兵大權交於王氏之後，領政相權交於蒙恬之手，廷尉重任交於蒙毅之手，如此轉換，這殘詔布局方算成矣！賈兄大才，可曾見過如此神異手筆：淡淡兩句，釐定乾坤？」

「蒙毅？任廷尉？」姚賈臉色有些難堪。

「當年，蒙毅勘審趙高之時，陛下已經有此意了。」

「如此說，陛下善後，將我等老臣排除在外？」姚賈臉色更難堪了。

「此中玄機，各人體察也……」李斯淡淡一句，言猶未了卻不說話了。

兩人對坐，默然良久，誰也沒有再說話。在李斯看來，對於頗具洞察之能的姚賈，到此為止足矣，至於本人如何抉擇，用不著多說，更不宜說透。在姚賈看來，李斯已經將最軸心的情形真實，更將另一種廟堂架構清晰點出，到此為止足矣，用不著究詰背後細節。月上中天的時分，李斯站起來，一拱手默默地走了。姚賈沒有留，也沒有送，愣怔枯坐直到東方發白。

次日午後，姚賈剛剛醒來，便接到丞相府庶務舍人送來的一卷官書，敦請姚賈搬到廷尉別署。姚賈立即注意到，官書是以「丞相兼領皇帝大巡狩總事李斯」的名義正式送達的書令。也就是說，這是一件公事，姚賈將從李斯的私行隱祕安置中走出來，正式入住甘泉宮特設的九卿別署庭院。顯然，此舉含意很是清楚，姚賈只要住進廷尉別署，處置皇帝喪葬的大政公事便要開始了。依著當時的浩浩戰國遺風，姚賈有兩個顯然的選擇：一則是以未奉正令而來為由，立即返回咸陽待命，並不會開罪於李斯；一則是將密行化作公務，立即入住廷尉別署而開始公事，亦屬正常。也就是說，姚賈願否與李斯攜手，這是第一個實際而又不著痕跡的輕微試探。姚賈立即意會了，李斯這個試探很是大度，也很是老到，既給了姚賈充分的抉擇自由，又向姚賈透露出一種隱隱的意圖——後續大業，李斯並不強求於任何人，志同則留，志不同則去。

「好。搬過去再用飯。」散髮未冠的姚賈淡淡應了一句。

搬入幽靜寬敞的山泉庭院，姚賈從隱祕行徑的些許鬱悶中擺脫出來，心緒大見好轉。用過午膳，姚賈在山泉林下漫步良久，暮色降臨方才回到庭院。姚賈預料，夜來李斯必有大事會商，晚湯後便正式著了冠帶，在庭院中漫步等候。孰料月上中天，門外動靜全無，姚賈陡然生出了一種莫名煩躁，便索性大睡了。次日清晨梳洗之後，姚賈正欲逕自遊山，丞相府的侍中僕射卻到了。

侍中，原本是西周官號，職司為侍奉於天子殿中也，故名。秦帝國之侍中，亦稱丞相史，則是開府丞相的屬官，無定員，幾類後世的祕書處。侍中職司，主要是往來於丞相府與皇帝政務書房以及各種朝會之間，代丞相府稟報各種政務於各方，同時主理丞相府一應書令公文。侍中署的長官，是侍中僕射。今日侍中僕射親自前來，自然是正式公事無疑。姚賈雖然不耐李斯如此一緊一鬆頗具玄虛的方式，卻依舊正了衣冠迎到了廳堂。

丞相府的書令只有兩行：「著廷尉姚賈入丞相行轅，會商大巡狩善後諸事。」姚賈瞄得一眼，不禁皺起了眉頭，看了看侍中僕射。孰料那個侍中僕射恭敬地捧過了一卷竹簡之後，便低頭垂首站在旁邊不說話了。一時間，姚賈覺得李斯頗有些詭異。以常心論之，此前試探尚屬正道，此次試探，則有些不可思議了。當此之時，最急迫的大事莫過於皇帝發喪，而發喪第一關，便是廷尉府主持勘驗皇帝正身而確定皇帝已經死亡。為此，所謂的大巡狩善後諸事，分明便是這件實際大事，豈有他哉！更何況，李斯已經在第一次會見時明白對姚賈告知了皇帝病逝消息，何以丞相府書令不作一道公文下達，而要隱藏在會商之中或會商之後？如此閃爍行事，真叫人哭笑不得也。

然則，一番推究之後，姚賈的心漸漸沉下去了。李斯如此做法，只能說是再次做最實際的試探——姚賈究竟願否與李斯同道？若姚賈「奉命」趕赴丞相行轅，則李斯必然正式出具書令，進入發喪事宜；若姚賈不入丞相行轅，不為李斯同道，則李斯與姚賈間的一切密談均成為無可舉發的孤證。也就是說，只要李斯不願意承認，姚賈便無法以陰謀罪牽涉李斯，更無法傳播密談內容而引火焚身，姚賈只能永遠將那兩次密談悶在心裡。如此看去，後續之延伸路徑便很是清楚了：姚賈若不欲與李斯同道，則李斯肯定要推遲皇帝發喪，直到找出能夠替代姚賈的廷尉人選。因為，沒有廷尉主持，皇帝發喪無法成立；除非先行立帝，更換廷尉，再行發喪。而李斯果然敢於如此作為，便只有一種可能，此前已經達成了必要的根基——李斯已經與趙高胡亥合謀，做好了先行立帝的準備！果真如此，姚賈面前的路便只有一條了，若不與李斯同道了，若不與李斯趙高胡亥同道，則很可能出不了這甘泉宮了……心念及此，姚賈有些憤然了。他本來已經要與李斯同道了，李斯當真看不出來麼？不會，以李斯之能，不可能沒有此等辨識；否則，李斯何以密書獨召姚賈入甘泉宮？李斯如此行事，更大的可能則在於：此事太過重大，李斯不敢掉以輕心，不敢輕信於任何人……

「走。」姚賈不願意多想了。

偌大的丞相庭院空空蕩蕩，不見任何會商景象。得知姚賈前來，李斯快步迎出了廊下，遙遙深深一躬：「賈兄見諒，老夫失禮也。」姚賈淡淡一笑一拱手，卻沒有說話。走進正廳，李斯屏退左右，又是深深一躬：「賈兄，此事太過重大，老夫無奈矣！」姚賈這才一拱手笑道：「斯兄魚龍之變，賈萬萬不及也，焉敢有他哉！」李斯第一次紅了臉，連說慚愧慚愧，一時竟有些唏噓了。姚賈見李斯不再有周旋之意，心下踏實，遂一拱手道：「丞相欲如何行事，願聞其詳。」李斯不再顧忌，低聲吩咐了侍中僕射幾句，便將姚賈請進了密室。直到夕陽銜山，兩人才匆匆出了密室。

旬日之間，甘泉宮車馬如流了。

先是御史大夫馮劫親率太醫令與相關重臣，飛車趕赴甘泉宮，會同廷尉姚賈，立定了國喪勘驗署，而後正式拜會丞相行轅。李斯召集了大巡狩隨行大臣及相關人等，在丞相行轅與國喪署大臣正式舉行了朝會。李斯先以大巡狩總事大臣身分，對皇帝於大巡狩途中猝然病逝事宜做了詳盡稟報。趙高以皇帝臨終時刻唯一的近侍臣子身分，稟報了皇帝發病的諸般細節，同時稟報了皇帝臨終三詔。趙高稟報說，皇帝臨終之時，留下了兩道事先擬好的遺詔，交趙高封存於符璽事所；趙高收好詔書，皇帝業已吐血，留下的最後一道口詔是：「山東動盪不定，取道九原直道返，祕不發喪，遺詔交丞相，會同諸大臣朝會施行。」趙高涕淚唏噓地說，皇帝陛下話未說完，便抵案歸天了。那日，胡亥作為唯一的隨行皇子，兩太醫作為最後的施救者，都一一做了眼見實情的稟報。最後，典客頓弱與衛尉楊端和稟報了當時由丞相李斯主持的對策議決。全部朝會，除鄭國與胡毋敬因病留邯鄲未到，所有的情形都有清楚的稟報，也都被史官完整地錄寫下來。

朝會完畢，勘驗署三方大員進入了供奉皇帝屍身的東胡宮。經兩個時辰的繁複勘驗究詰，姚賈主持的大員合署終於確證：皇帝因暗疾突發而身亡，並無他因。之後，御史大夫馮劫會同三方大員連夜會商，對朝會稟報與勘驗文書做出了正式論定，由廷尉姚賈擬就官文呈報丞相。次日清晨，兩件三方連署的官書便報到了丞相行轅。

李斯恢復了領政丞相身分，立即開始了連續作為。

李斯先行鄭重拜會了馮劫、姚賈與太醫令三大員，提出了「立即下書咸陽並邯鄲，召三公九卿同來甘泉宮議決國喪事宜」的主張。馮劫很是不以為然道：「丞相多此一舉也！以大秦法度，先君薨去太子未立，丞相便是暫攝國政之決策大臣。目下法定勘驗已畢，官文已報丞相，丞相有權批定是否發喪，何需驚天動地將一班大臣弄來甘泉宮？再說，馮去疾、蒙毅、李信三大員鎮守咸陽，能輕易離開麼？」李斯肅然正色道：「馮公差矣！陛下乃超邁古今之帝王，今猝然病逝，又有兩道遺詔未發，此所謂國疑之時也。三公九卿同來甘泉宮，一則會商，二則啟詔，其間若有疑義，正當一併議決之。主少國疑之時，該當坦蕩理政，此當國之要也，何能以鞍馬勞頓避之？以鎮守咸陽免之？」姚賈在旁點頭道：「在下倒是贊同丞相之策。馮公啊，善我始皇帝之後，非同尋常也！」馮劫皺眉道：「如此說，扶蘇是九原監軍大臣，蒙恬是列侯大將軍，也該召來同議了。」姚賈憂心忡忡道：「此兩大員須當慎之。九原，那可是北邊國門也！」李斯面色凝重地思忖了一陣，終於拍案道：「陛下在世時嘗言，『九原國門，不可一日無將也。』目下，萬里長城正在合龍之際，匈奴諸胡正在秋掠當口，九原大軍壓力甚大，大將確實不宜輕動。馮公但想，當年滅六國大戰何等酷烈，陛下尚從未調蒙公南下，況乎今日？匈奴但聞陛下離去，勢必全力犯我，其時兩統帥不在其位，預後何堪設想哉！」馮劫一揮手道：「也是一說！不召便不召，不需說叨了。」李斯卻是少見的耐心，手指叩著書案緩緩道：「不召兩將，並非不知會兩將。老夫當同時發出官文，備細知會甘泉宮諸事，之後再度知會三公九卿議決諸事；蒙公與長公子若有異議，必有快馬回書……」

「行行行，不需叨叨了。」馮劫不耐地打斷了李斯。

「馮公總是將廟堂當做軍營。」姚賈淡淡地揶揄了一句。

「當此危難之際，老夫如履薄冰，諸公見諒也！」李斯沉重地歎息一聲。

「丞相真是！」馮劫倏地站起慨然高聲道，「陛下縱然去了，還有我等老臣，莫非撐不起這片天不成！老夫今日一句話撂在此地：誰敢不從始皇帝遺詔，誰敢不從丞相調遣，老夫第一個找他頭來！鳥！大秦有國法，危難個甚，誰敢反了不成！」

「慎言慎言，馮公慎言。」李斯連忙過來摁住馮劫坐了下去，轉身走到廳中對三人深深一躬道，「李斯蒙諸公同心定國，不勝心感也！大事既定，老夫便去打理，告辭。」

「這個老李斯！官越大膽子越小。」馮劫看著李斯背影嘟囔一句。

「舉國重擔盡在丞相，難矣哉！」姚賈喟然一歎。

「也是，難為老丞相也！」馮劫的一雙老眼溢滿了淚水。

李斯回到行轅，立即擬就書令發往咸陽邯鄲。三日之後，咸陽的馮去疾、蒙毅、章邯等與邯鄲的鄭國、胡毋敬都陸續飛車趕到了。次日清晨，甘泉宮正殿舉行了三公九卿朝會，由丞相李斯主持；中車府令趙高、少皇子胡亥、皇帝大巡狩隨行太醫及太醫令等相關散官，旁列與聞。參與朝會的三公是：左丞相李斯、右丞相馮去疾，御史大夫馮劫；此時王賁已逝，太尉未補，故缺一公；朝會九卿是：廷尉姚賈、郎中令蒙毅、治粟內史鄭國、典客頓弱、奉常胡毋敬、衛尉楊端和、太僕馬興、宗正嬴騰、少府章邯。全部三公九卿，除去病逝的王賁，全數與會。從法度說，正式大朝會還當包括所有侯爵大臣將軍與重要郡守縣令，以及諸如博士僕射等中央散官。然則，作為日常決事定制，三公九卿與皇帝組成的朝會便是軸心決策的最高規格。且天下大事多發，三公九卿能如今日這般全部到齊，已經是很不容易了。因此，大臣們都明白，今日朝會乃皇帝缺席的非常朝會，在新皇帝即位之前，今日朝會所作的一切決斷都將是有效國策，都將決定帝國的未來命運。

「諸位大人，」李斯站在帝座階下的中央地帶，一拱手沉痛地開口了，「今日朝會，行之於甘泉宮而非咸陽，皆因非常之期也。非常者何？皇帝陛下於大巡狩途中，業已棄我等臣民而去也！……」一言未畢，大殿中哭聲暴起，李斯老淚縱橫搖搖欲倒。三公前座的馮劫一步搶來扶住了李斯，沉聲道：「丞相如此情態，何以決大事！」又轉身連聲大喝，「哭個鳥！要不要朝會了！都給老夫坐好！聽丞相說話！」這御史大夫的職司便是總監百官，更兼馮劫忠直公正稟性火爆，一陣吼喝，大殿中頓時肅然一片。李斯勉力站定，聲音嘶啞顫抖道：「當此之時，我等三公九卿，當協力同心，依據法度，安定大秦。唯其如此，今日朝會第一件大事，便是御史大夫稟報皇帝正身勘驗事，之後議決是否發喪。」說罷，李斯對馮劫一拱手，站到了一邊。

「諸位，」馮劫從案頭捧起了一卷竹簡，聲音悽楚，「業經老夫官署會同廷尉府、太醫署三府勘驗認定：始皇帝陛下，確因暗疾驟發，薨於沙丘……這，三府勘定的官書……廷尉，還是你來……」馮劫老淚縱橫語不成聲，將竹簡交給了姚賈。

姚賈離座，接過竹簡展開，一字一字沉重地讀著：「御史大夫府、廷尉府、太醫署三府合勘書：三府得皇帝行營總事大臣李斯書令，知皇帝異常而薨，遂趕赴甘泉宮合署勘驗。業經三府依法反覆勘驗正身，一致判定：皇帝積年多勞，暗疾深植，大巡狩至琅邪發病，曾遣郎中令蒙毅還禱山川，祈福於上天；其後，皇帝巡狩西來，途中發病三次；七月二十二日，行營駐蹕沙丘宮，皇帝夜來不眠，書罷遺詔，口詔未完，吐血而薨……其時，兩隨行太醫多方施救，未果……大巡狩行營總事大臣李斯，會同隨行大臣，遵奉皇帝口詔，議決，祕不發喪而還……三府合署論定：皇帝薨因明確，行營善後無誤；國喪如何發布，由攝政丞相決斷。大秦始皇帝十二年，秋八月。」

「諸位大人，可有異議？」李斯抹著淚水問了一句。

「我等，無異議……」殿中一片哽咽。

「在下一問。」蒙毅突兀站起，高聲一句引得舉殿驚愕，「敢問三府合勘署：始皇帝陛下口詔，何人受之？隨行太醫可在當場？行營取九原直道而還，顯然是捨近求遠，何能言善後無誤？」

「姚賈作答。」馮劫對姚賈揮了揮手。

「在下遵命。」姚賈對馮劫一拱手，轉身面對群臣道，「郎中令所言，亦是三府勘驗時所疑。業經查證：陛下伏案勞作完畢，已是寅時初刻四更將罷，隨行太醫煎好湯藥之後正在小憩，中車府令趙高侍奉湯藥；陛下正欲服藥，猝然吐血，趙高欲喚太醫，被陛下制止；陛下隨即口詔，口詔未完，陛下已薨……以法度而論，趙高一人所述口詔，確為孤證；然陛下夤夜公務已成慣例，趙高一人侍奉陛下也是慣例。故，合署勘驗取趙高之言。郎中令，此其一也。其二，取道九原而不走河內大道，一則有陛下遺命，二則有山東動盪之實際情形。如此情勢，不知姚賈可算說清？」

「姑且存疑。」蒙毅沉著臉坐了回去。

「甚話！」馮劫不悅拍案，「山東復辟暗潮洶洶，疑個甚來！」

「馮公，還是教郎中令直接詢問趙高的好。」李斯一臉憂色。

「不用！」馮劫拍案高聲，「都說！還有無異議？」

「無異議。」其餘大臣人人同聲。

「好！孤議不問。丞相繼續大事！」馮劫慨然拍案。

李斯無奈地搖了搖頭，對蒙毅一拱手道：「公有異議，待後也可質疑於老夫。當此非常之時，馮公秉持大義，老夫勉力為之了，尚望足下見諒。」見蒙毅目光直愣愣沒有說話，李斯拱手一周高聲道，「諸位，三府勘驗完畢，定論明白無誤。朝會議決，亦無異議。老夫依法宣示：大秦始皇帝，業已薨去……然則，此時國無儲君，尚不能發喪。立儲發喪之前，諸位大臣亦不能離開甘泉宮。此，萬般無奈之舉也。諸位大人，可有異議？」

「丞相是說，國喪之密絕不可外洩麼？」馮劫高聲問。

「正是。主少國疑，李斯不能不分外謹慎。」

「非常之期，在下以為妥當！」姚賈第一個附和了。

「在下，無異議。」大臣們紛紛哽咽點頭。

「好。」李斯含淚點頭，轉身對殿口的甘泉宮總事一點頭，「進午膳。」

「如何如何，在這裡咥飯？」馮劫第一個嚷嚷起來。

「國難之際，大事刻不容緩，老夫得罪諸位大人了。」李斯深深一躬。

「好了好了，何處吃喝不都一樣？」馮去疾瞪了馮劫一眼。

「也是，不早立儲君，萬事不寧也！」寡言的鄭國歎息了一句。

甘泉宮總事帶著一班內侍侍女，抬進了一案又一案的鍋盔肥羊燉。李斯遊走食案之間高聲道：

「國喪未發，哪位若欲飲酒，得在三爵之內，以免誤了飯後朝會。」馮劫頓時紅了臉高聲道：「你這丞相甚話！國喪未發，便是皇帝沒薨麼？老夫不飲酒，誰敢飲酒！」一臉沉鬱的大臣們紛紛點頭。李斯連忙一拱手道：「馮公息怒。老夫也是情非得已，恐諸位老軍旅耐不得有肉無酒也，見諒見諒。」大臣們遂不再說話，人各一案默默地吃喝起來，全然沒有了秦人會食的呼喝豪氣。一時飯罷，片刻啜茶間大殿已經收拾整肅，司禮的侍中僕射便高聲宣示朝會重開。

「諸位，國不可一日無主。立儲朝會，至為重大。」

李斯肅然一句，舉殿靜如幽谷。李斯從自己的案頭捧起了一只銅匣，語氣萬分沉重地開口了：「大巡狩行營至於平原津時，皇帝陛下給了老夫一道詔書，書匣封口寫就『朕後朝會開啟。』老夫手捧之物，便是皇帝詔書。此時詔書未開，老夫先行對天明誓：無論皇帝遺詔如何，李斯皆不避斧鉞，不畏生死，決意力行！老夫敢請，兩位馮公監詔。」

驟然之間，舉殿大是驚愕。三公九卿大臣們都知道的是，皇帝留有兩道遺詔，皆在趙高掌管的符璽事所封存；可沒有一個人知道，皇帝給丞相李斯還有一道遺詔！李斯本是帝國領政首相，皇帝有遺詔於李斯毫不足怪，假若沒有遺詔於李斯，反倒是奇怪了。大臣們驚愕的是，皇帝遺詔於李斯，自當李斯本人親啟，為何要李斯當著朝會開啟？是皇帝懷疑李斯可能謀私麼？一時驚愕之下，竟良久無人說話，連李斯親請監詔的馮劫、馮去疾也默然不語了。

「老丞相既已明誓，還是自家開了。」直率的馮劫終不忍李斯被冷落。

「兩公監詔，秉公護國，何難之有哉！」李斯有些不悅了。

「如何？監詔了？」馮劫對鄰座的右丞相馮去疾低聲一句，見馮去疾已經點頭站起，遂霍然離座一拱手高聲道，「好！老夫與右丞相監詔。」兩人走到李斯面前，對著銅匣深深一躬。馮去疾肅然站定。馮劫上前接過了詔書銅匣，放置在了今日特設在帝座階下的中央位置的丞相公案上，對旁邊肅立的馮去疾點了點頭。馮去疾面對大臣們高聲一句道：「詔書外制無誤。」顯然，這是報給所有大臣聽的，是說該詔書的存放銅匣與封匣白帛以及印鑒等皆為真實。之後，馮劫拿起了案頭備好的文書刀，割開了帶有朱紅印璽的白帛封條，原先被封條固定的一支細長的銅鑰匙赫然呈現眼前。馮劫拿起鑰匙，打開了銅匣。旁邊馮去疾又是一聲通報：「匣制封存如常，啟詔。」馮劫拿去了最上層的一張小銅板，又拿去了一層白絹，這才捧起了一個帶有三道銅箍的筒狀物事。旁邊馮去疾高聲道：「尚坊特製之羊皮詔書，開詔。」馮劫大手一順，兩道薄片銅箍便滑落在了匣中。馮劫展開了黃白色的細薄羊皮，一眼未看便肅然舉在了馮去疾眼前。馮去疾仔細打量片刻，高聲通報道：「始皇帝手書，印璽如常，宣示詔書——！」馮劫遂將詔書翻過，一點頭，高聲念誦道：「朕若不測，李斯顧命善後，朝會，啟朕遺詔安國。詔書完畢。」

殿中依然是靜如幽谷。大臣們對皇帝以李斯為顧命大臣，絲毫沒有任何意外，若皇帝沒有以丞相李斯為顧命大臣，反倒是大臣們不可思議的。李斯執意以監詔之法開啟詔書，顯然是在國疑之期秉持公心，雖顯異常，大臣們也全然體察其苦心。大臣們多少有些意外的是，顧命大臣如何只有李斯一個人？依照常理與朝局實情，至少應該是李斯與大將軍蒙恬、御史大夫馮劫三人顧命安國，而今只有李斯一人，似乎總有些不合始皇帝陛下的大事賴眾力的政風稟性。然無論如何，詔書既是真實的，誰又能輕易提出如此重大的疑慮？畢竟，始皇帝信託丞相李斯，誰都認定是該當的，能說此等信託是過分了？

「遺詔已明，敢請丞相繼續朝會。」二馮一拱手歸座。

「先帝將此重任獨托李斯，老夫愧哉！」李斯眼中閃爍著淚光喟然一歎，「老夫解陛下之心，無非念及，李斯尚能居中協調眾臣之力而已。立儲、立帝兩件大事一過，天下安定，老夫自當隱退，以享暮年治學之樂也……」

「國難之際，丞相老是念叨自家作甚！」馮劫不耐煩了。

李斯悚然一個激靈，當即一拱手正色道：「御史大夫監察得當，朝會立即回歸正題。」說罷轉身一揮手，「中車府令、兼領大巡狩行營皇帝書房事趙高，出封存遺詔於朝會。」李斯著意宣示了趙高的正職與行營兼職，顯得分外鄭重。畢竟，仍有並不知曉皇帝大巡狩後期隨行臣工職事更迭的大臣，如此申明，則人人立即明白了皇帝遺詔由趙高封存而不是由郎中令蒙毅封存的緣由，心下便不再疑惑了。

隨著李斯話音，趙高帶著兩名各推一輛小車的內侍，走出了帝座後的黑玉大屏，走到了帝座階下的李斯中央大案前，停了下來。趙高上前，先對李斯深深一躬，再對殿中大臣們深深一躬，這才轉身去對兩名內侍揮手示意。兩名內侍輕輕扯去了覆蓋車身的白絹，兩輛特製的皇室文書車立即閃爍出精工古銅的幽幽之光。兩內侍各自從文書車後退幾步，肅立不動了。

趙高一拱手道：「符璽事所封存之皇帝遺詔到，敢請丞相啟詔！」

「老夫之意：此遺詔，由御史大夫與郎中令會同監詔。」

「臣等無異議。」大臣們立即贊同了李斯的主張。

「如此，御史大夫請，郎中令請。」李斯對馮劫蒙毅分別遙遙一拱。

「又是老夫。」馮劫嘟囔一句離座揮手，「老夫只看，蒙毅動手。」

蒙毅沒有推辭，離座起身對李斯馮劫一拱手，走到了文書銅車前。蒙毅與三公九卿中的所有大臣都不同，出身名將之家而未入軍旅為將，自入廟堂便任機密要職，先做秦王嬴政的專事特使，再做長史李斯的副手長史丞，再做始皇帝時期的郎中令兼領皇帝書房事務，長期與聞署理最高機密，對宮廷事務洞悉備至。而三公九卿中其餘大臣卻不同，王賁馮劫馮去疾楊端和章邯嬴騰馬興七人，出自軍旅大將，素來不諳宮廷機密事宜；鄭國胡毋敬兩人，一個太史令出身，一個水工出身，職業名士氣息濃厚，更對種種廟堂奧祕不甚了了；姚賈與頓弱兩人倒是頗具祕事才具，卻因長期職司邦交，也對皇城內務不甚精通。也就是說，全部三公九卿之中，只有李斯、蒙毅具有長期職司廟章政事的閱歷，對最高機密形成的種種細節瞭若指掌。目下，李斯已經是顧命大臣主持朝會，自然不會親自監詔。只有蒙毅監詔啟詔，才是最服人心的決斷。李斯主動提出由蒙毅馮劫監詔，大臣們自然是立即贊同了，並實實在在地對李斯生出了一種敬佩。就實而論，蒙毅也是三公九卿中對此次朝會疑慮最重的大臣，此刻既有李斯舉議，蒙毅自然不會推辭。蒙毅自信，任何疑點都逃不過他久經錘鍊的目光。

一眼望去，兩輛文書車是甘泉宮的特有物事，大巡狩行營的符璽事所以輕便為要，自不會有此等重物。當然，蒙毅是不會糾纏此等枝節的。畢竟，皇帝遺詔從小銅匣裝上文書車，只是一種行止轉換而生出的禮儀之別，遠非其中要害。蒙毅所要關注的，是遺詔本身的真實性。

「啟蓋。」蒙毅對大臣座區外的兩名書吏一招手。

這兩名書吏是郎中令屬下的皇帝書房文吏，是蒙毅的屬官，也是每次朝會必臨大殿以備事務諮詢的常吏，本身便對一應皇城文書具有敏銳的辨識力。兩人上前一搭眼文書車，相互一點頭，便各自打開了銅板車蓋，顯出了車廂中的銅匣。蒙毅對馮劫一拱手，兩人同時上前打量，不禁同時一驚。

「有何異常？」圈外李斯的聲音淡淡傳來。

「詔書封帛有字！」馮劫高聲道。

「馮劫糊塗！封帛豈能沒字！」座中馮去疾有些不耐。

「有字？念了。」廷尉姚賈淡淡一句。

「好！老夫念了。」馮劫拍著文書車高聲道，「第一匣封帛：朝會諸臣啟詔。第二匣封帛：儲君啟詔。蒙毅，可是如此兩則？」

「是。」蒙毅認真地點了點頭。

「敢問郎中令，如此封帛何意耶？」座中胡毋敬遠遠問了一句。

「列位大人，」蒙毅對坐席區一拱手道，「這是說，兩道遺詔授予不同。第一道遺詔，授予丞相領事之三公九卿朝會，目下當立即啟詔。第二道遺詔，授予所立儲君，當由新太子啟詔行之。」

「諸位對郎中令所言，可有異議？」李斯高聲問。

「無異議！」大臣們異口同聲。

「如此，敢請兩位開啟第一道遺詔。」李斯向馮劫蒙毅一拱手。

馮劫大步上前，在文書車前站定，做了動口不動手的監詔大臣。蒙毅走到車前深深一躬，俯身文書車一陣打量，見一切都是皇室存詔的既定樣式，細節沒有任何疑點。蒙毅雙手伸進了車廂，小心翼翼地將銅匣捧了出來。一捧出車，蒙毅將銅匣舉過了頭頂，著意向銅匣底部審視了一番。此刻，蒙毅有了第一個評判：這只銅匣是大巡狩之前他親自挑選出的存詔密匣之一，銅匣底部的「天壹」兩字是老秦史籀文，誰也做不得假。蒙毅對馮劫一點頭，馮劫的粗重嗓音立即蕩了出去：「密匣無誤——！」

然則，蒙毅並沒有放鬆繃緊的心弦。他將密匣放置到文書車頂部拉開的銅板上，仔細地審視了封帛印璽。封匣的白帛沒錯，略顯發黃，是他特意選定的當年王室書房的存帛，而不是目下皇帝書房玉白色的新帛。印璽也沒錯，是皇帝大巡狩之前親自選定的三顆印璽之一的和氏璧璽，印文是朱紅的陽文「秦始皇帝之璽」。蒙毅記得很清楚，這顆和氏璧大印是皇帝的正印，所謂皇帝之璽，便是此印。大秦建制之時，是蒙毅徵詢皇帝之意，將原先的和氏璧秦王印改刻，做了皇帝的玉璽。因材質天下第一，此印蓋於絲帛或特製皮張之上，其印文非但沒有殘缺，且文字隱隱有溫潤光澤，比書寫文字更具一種無以言傳的神祕之感。然則，這顆皇帝之璽卻有一個常人根本無從發現的殘缺密記，那是製印之前皇帝與蒙毅密商的結果。蒙毅犀利的目光掃視過舊帛上的印面，立即從玉璽左下方的最後一筆的末端看到了一隻展翅飛翔的鷹；即或頗具書寫功力之人，也會將這一筆看成印文書寫者的岔筆或製印工師的異刀技藝，即或將它當作意象圖形，誰也說不準它究竟應該是何物，只有皇帝與蒙毅，知道它應該是何物。目下既是正璽，蒙毅心頭方稍有輕鬆。

「封帛印璽無誤——！」馮劫的聲音又一次蕩開。

蒙毅終於拿起了文書刀，輕重適度地剝開了封帛。在小刀插進帛下的第一時刻，蒙毅心中怦然一動！不對，如何有隱隱異味，且刀感頗有黏滯？蒙毅很清楚，皇室封存文書皆用魚膠，也便是魚鰾製成的黏膠。慣常之時，魚膠主要用於製弓，《周禮．考工記》云：「弓人為弓……魚膠耳。」此之謂也。然封存文書為求平整堅固，不能用麵汁糨糊，故也用魚膠。尋常魚膠封帛，既有堅固平整之效，又有開啟利落之便。蒙毅不知多少次地開啟過密封文卷，歷來都是刀具貼銅面一插，封帛便嚓地開縫；再平刀順勢一刮，密匣平面的封帛便全部開啟；再輕刮輕拉，密匣鎖鼻的封帛便嚓啦拉起；兩道交叉封帛的開啟，幾乎只在片刻之間。可目下這刀具插進封帛，顯然有滯澀之感，且其異味令人很是不適，足證其不是正常魚膠。大巡狩之前，皇帝書房的一應物事都是蒙毅親自料理的，三桶魚膠也是蒙毅親自過目的，如何要以他物替代？

「敢請御史大夫。」蒙毅向馮劫拱手示意。

馮劫已經從眉頭深鎖的蒙毅臉上看出了端倪，一步過來俯身匣蓋端詳，鼻頭一聳皺眉揮手：「甚味兒？怪也！」蒙毅心思極是警覺，對大臣座區一拱手道：「敢請衛尉，敢請老奉常。」大臣們見馮劫蒙毅有疑，頓時緊張得一齊站了起來——這遺詔若是有假，可真是天大事端也！原本若無其事的李斯也頓時臉色沉鬱，額頭不自覺滲出了涔涔汗水。衛尉楊端和已經扶著步履蹣跚的胡毋敬走了過來，兩人隨著馮劫手勢湊上了封帛。一聞之下，壯碩的楊端和茫然地搖著頭：「甚味，嗅不出甚來。」胡毋敬顫動著雪白頭顱仔細聞了片刻，卻一拱手道：「馮公明察，此味，好似鮑魚腥臭……」

「如何如何？鮑魚腥臭？一路聞來，我如何嗅不出？」楊端和急了。

「老夫嘗聞，行營將士大臣曾悉數鼻塞，足下可能失味了。」

「那便是說，封帛是用鮑魚膠了。」蒙毅冷峻得有些異常。

「敢問丞相，此事如何處置？」馮劫高聲問李斯。

李斯拭著額頭汗水勉力平靜道：「遺詔封存符璽事所，中車府令趙高說話。」

「趙高，當殿稟報。」馮劫大手一揮虎虎生威。

原本站在圈外的趙高大步過來，一拱手高聲道：「稟報列位大人：沙丘宮先帝薨去之夜，暴風暴雨，幾若天崩地裂，其時沙丘宮水過三尺，漂走物事不計其數。在下封存詔書之時，原本魚膠業已沒有了蹤跡，無奈之下，在下以宮中庖廚所遺之鮑魚，下令隨行兩太醫趕製些許魚膠封詔。在下所言，行營內侍侍女人人可證，兩名太醫可證，少皇子胡亥亦曾親見，在下所言非虛！」

「也是。」胡毋敬思忖道，「那夜風雨驚人，老夫大帳物事悉數沒了。」

「且慢。」蒙毅正色道，「此前三府勘定發喪之時，論定云：沙丘宮之夜，皇帝先書遺詔，後有口詔。敢問中車府令，皇帝書定遺詔，其時風雨未作，如何不依法度立即封存遺詔？」蒙毅語氣肅殺，大臣們驟然緊張起來。

「稟報郎中令。」趙高平靜非常，「皇帝素來夤夜勞作，書完遺詔已覺不支，在下不敢離開。其時，在下只將詔書裝進了銅管，皇帝便開始了口詔，沒說幾句驟然噴血了，便薨去了，便風雨大作了……在下非神靈，何能有分身之術？」

蒙毅默然了。趙高所言，不是決然沒有疑點。然則，要查清此間細節，便須得有種種物證人證；至少，皇帝書詔的時刻要有銅壺刻漏的確切時辰為證，否則無以舉疑。然則，當時不可能有史官在皇帝身旁，縱有也不會做如此詳細的記錄，若非廷尉府當作重大案件全力勘察，何能一時清楚種種確切細節？

「郎中令，還有勘問處否？」李斯在旁邊平靜地問。

「目下沒有了。」蒙毅淡淡一句作答。

「馮公意下如何？」李斯又對馮劫一問。

「啟詔！」馮劫大手一揮。

蒙毅再不說話，文書刀割開了黏滯的鮑魚膠，鑰匙打開了銅匣，掀開了匣中覆蓋的第一層白綾，又熟練地拉開了第二層銅板，這才捧出了一支銅管。對這等銅管，大臣們人人都不止一次地接受過，可謂人人熟悉其制式，一看便確定無疑是皇室尚坊特製的密件管。馮劫一聲無誤宣示，蒙毅便剝開了封泥，掀開了管蓋，傾倒出一捲筒狀的特製羊皮。蒙毅將黃白色的羊皮雙手捧起，捧給了馮劫。

「好。老夫宣詔。」馮劫對詔書深深一躬，雙手接過。

舉殿寂然無聲，大臣們沒有一個人回歸本座，環繞一圈站定，目光一齊聚向了中間馮劫手中的那方羊皮。眼見馮劫抖開了羊皮，大臣們驟然屏息，等待著那似可預料而又不能確知的決定大秦命運的宣示。不料，馮劫白眉一抖，嘴唇抽搐著卻沒有聲息。

「馮公，宣詔。」李斯平靜而又威嚴。

「好……」馮劫白頭微微顫抖著，雙手也微微顫抖著，蒼老的聲音如同秋風中的簌簌落葉，「朕之皇子，唯少皇子胡亥秉持秦政，篤行秦法，敬士重賢，諸子未有及者也，可以為嗣……朕後，李斯諸臣朝會，擁立胡亥為太子，發喪之期著即繼位，為二世皇帝……詔，詔書沒了。」

大臣們驟然驚愕，大殿中死一般沉寂，李斯也是面色灰白地緊咬牙關。蒙毅倏地變色，一步搶到馮劫身邊，拿過了詔書端詳。沒錯！皇帝手書是那般熟悉，連那個「帝」字老是寫不成威嚴冠帶狀的缺陷也依然如故（註：秦篆之「帝」字，上部若天平冠，下部若張開之袍服，字像頗具威嚴肅殺之氣）！印璽也沒錯，尚坊羊皮紙也沒錯。怪也！皇帝陛下失心瘋了？何能將帝位傳給胡亥？何能不是扶蘇？一時之間，蒙毅捧著詔書思緒如亂麻糾結，全然懵了。舉殿良久默然，所有的大臣也都懵了。

「陛下──！」李斯突然一聲慟哭，撲拜在蒙毅舉著的遺詔前。

大臣們一齊拜倒，一齊慟哭，一齊哭喊著先帝與陛下。然則，在哭喊之中誰都說不出主張來。丞相李斯是奉詔立帝的顧命大臣，大臣們能跟著李斯拜倒哭喊，實際是將李斯的悲痛看作了與自家一樣地對皇帝的遺詔大出意料，甚或可說是大為失望地痛心；然則，畢竟李斯只是慟哭而沒有說甚，誰又能明白喊將出來？以始皇帝無與倫比的巨大威望與權力，縱其身死，大臣們依然奉若天神，誰能輕易疑慮皇帝決斷？就實而論，此時的大秦功臣元勳們畢竟有著濃烈的戰國之風，絕非盲從愚忠之輩，若果然李斯敢於發端，斷然提出重議擁立，並非沒有可能。李斯不言，則意味著李斯雖則痛心，卻也決意奉詔。而無論發生哪一種情形，對此時的帝國大臣們都是極其嚴峻的。此時李斯未發，情形未明，哀哀慟哭的大臣們誰也不能輕易動議。

「諸位，老夫認命矣！」

李斯顫巍巍站了起來，嘶聲悲歎一句，拱著雙手老淚縱橫道，「惜乎老夫明誓在先，無論陛下遺詔如何，老夫都將不避斧鉞，不畏生死，決意力行……而今，陛下以少皇子胡亥為嗣，老夫焉能不從遺詔哉！焉能背叛陛下哉！焉能背叛大秦哉……」一言未了，李斯跌倒在地，額頭不意撞上銅案，頓時鮮血滿面……大臣們驚呼一聲擁來，甘泉宮大殿頓時亂成了一片。

李斯醒來時，已經是暮色時分了。大臣們依然肅立在幽暗的大殿圍著丞相李斯，沒有一個人說話，也沒有一個人就座。李斯開眼，終於看清了情形，示意身邊兩名太醫扶起了自己。李斯艱難地站定，一字一頓道：「帝命若此，天意也，夫復何言？目下，大秦無君無儲，大是險難矣！願諸公襄助老夫，擁立少皇子胡亥……敢請諸公說話。」

大殿中一片沉重的喘息，依然沒有人應答。

「諸公，當真要違背遺詔？……」李斯的目光驟然一閃。

「遺詔合乎法度。廷尉姚賈贊同丞相！」突兀一聲，打破了沉寂。

「老臣贊同。」胡毋敬一應。

「老臣贊同。」與李斯交誼深厚的鄭國一應。

「老臣亦贊同。」章邯一應，這是第一個將軍說話。

眼見馮劫等一班將軍出身的大臣與蒙毅、頓弱都不說話，李斯一擺手道：「何人不欲奉詔？實在說話！」將軍出身的一班大臣們還是不說話，蒙毅頓弱也依舊鐵一般沉默著。李斯思忖片刻，斷然揮手道：「如此，老夫以顧命大臣之身宣示：朝會議決，擁立少皇子胡亥為大秦太子，返咸陽後即位為帝！返歸咸陽發喪之前，由廷尉姚賈監宮：悉數大臣不得離開甘泉宮一步，違者依法拘拿！朝會，散。」一語落點，李斯逕自轉身走了。

「老丞相！……」馮劫猛然一聲，震盪大殿。

李斯沒有回身，步履蹣跚地搖出了幽暗的殿口。

難堪的沉默中，姚賈走了，鄭國走了，胡毋敬走了，章邯思忖一陣也走了。透窗的夕陽將幽幽大殿割成了明暗交織的碎片，離奇的光影中鑲嵌著一座座石雕般的身形。馮劫、馮去疾、馬興、嬴騰、蒙毅、頓弱六人靜靜地佇立著，相對無言。不知何時，夕陽落山了，光影沒有了，大殿中一片沉沉夜色……

第二章 ◎ 棟梁摧折

一、三頭合謀　李斯筆下流出了始皇帝詔書

在令人難堪的冷落中，胡亥坐上了太子大位。

儘管在擁立大典上，李斯將「奉詔」兩字重重地反覆念誦，大臣們的冷淡還是顯然的。沒有整齊的奉詔聲，沒有奮然的擁戴詞，甚至，連最必須的對太子政見方略的詢問也沒有人提出。整個大殿除了奉常胡毋敬作為司禮大臣的宣誦聲，一切都是在一片沉寂中完成的，沒有任何隆重大典都會具有的喧喧祥和。胡亥加冠之後，機變的李斯特意憂心忡忡地申明：「今日奉詔擁立太子，適逢非常之期，諸位大臣傷於情而痛於國，哀哀不言擁戴太子，此等忠心，上天可鑒也！之後若有長策，諸位必當如常上奏，太子必當盡速會商決斷。如此君臣聚心，天下必將大安矣！」依照擁立太子大典的素常禮儀，最後一道程序必是太子宣示國策政見。然則，李斯卻在自己說完之後宣布了散朝，並未請胡亥宣示。司禮大臣胡毋敬也沒有異議，大臣們更是一片默然。如此這般，隆重的大典幽幽散了。

李斯剛剛回到丞相行轅，門吏報趙高請見。李斯心緒很是灰暗，點了點頭坐著沒動。趙高匆匆進來深深一躬道：「太子有請丞相，會商大事。」李斯沉著臉道：「今日大典境況，中車府令知安國之難乎？」趙高恭敬道：「唯其艱難，方見丞相雄才大略。在下景仰丞相。」李斯心下略覺舒坦，矜持道：「足下頗具才情，以為老夫今日處置如何？」趙高一拱手道：「大局而論，丞相處置極是得體。」「如此說尚有不足？」李斯頗具揶揄地一笑。趙高道：「細處之不足，在於丞相底氣不足。最大錯失，沒有請太子宣示國策政見。」李斯臉色一沉道：「足下平心而論，太子有國策，有政見麼？老夫也想請他宣示，只怕他自取其辱。」對行將即位的儲君如此傲慢，這在李斯當真是生平第一次。趙高目光冷冷一閃道：「時至今日，丞相依然將太子作庸才待之，何能一心謀國？趙高縱然不才，然

可擔保：太子今日備好了國策政見宣示，軸心八個字，『上承先帝，秉持秦法』。丞相以為如何？」李斯淡淡笑道：「既有此番準備，何不預告老夫？」趙高一拱手道：「此乃大典必經，在下何能想到丞相繞開程序？」李斯目光一閃道：「足下當知，太子素常聲望欠佳。大典繞開這道程序，乃老奉常建言，非老夫主見也……乾坤之變，老夫勉為其難也！」趙高道：「丞相半道猶疑……」

「莫聒噪也。走。」李斯打斷了趙高，霍然起身了。

胡亥的居所在一處山坳宮殿，幽靜冷落不下於東胡宮。趙高親自為李斯駕車趕來的時候，天色堪堪過午，正在林下漫步的胡亥在轔轔車聲中快步迎來，遙遙便是深深一躬。剎那之間，李斯不禁大是感奮，心頭驀然掠過了當年第一次面見秦王政時禮遇情形——李斯布衣入秦，生當兩帝尊崇，何其大幸哉！感奮之際，李斯沒有如同第一次晉見秦王政那般恭敬奮然地行禮，而是安坐軺車坦然受了胡亥一禮。與此同時，車前的趙高與車下的胡亥卻渾然不覺，一個飛身下車殷殷扶住了李斯兩臂，一個快步前來再度肅然一躬，從另一邊扶住了李斯。

「太子如此大禮，老夫何敢當之也。」李斯淡淡一笑並沒有脫身。

「丞相如周公安國，亥焉敢不以聖賢待之？」胡亥謙恭溫潤。

「中車府令嘗言，太子慈仁篤厚，不虛此言也！」李斯坦然地獎掖後進了。

「長策大略，尚請丞相多多教誨。」

「太子盡禮敬士，何愁天下不安也！」終於，李斯舒暢地大笑了。

進入正廳，胡亥恭敬地將李斯扶進了左手（東）座案，自己卻不坐北面的主案，而是坐進李斯側旁的一張小座案前，儼然要謙恭地聆聽聖賢教誨。僅此一舉，李斯大有「帝師」尊嚴之快慰，一時覺得胡亥大有賢君風範，如此一個後生帝王，自己的小女兒果真嫁了他做皇后倒也是好事。心念之間，侍女捧來了剛剛煮好的鮮茶。胡亥當即離座，從侍女手中接過銅盤，躬身放置到李斯案頭，又小心翼翼地掀開白玉茶盅的蓋子，一躬身作請，這才坐回了小案。李斯心下奮然，一拱手道：「太子欲商何事？老臣知無不言也！」

「胡亥驟為太子，誠惶誠恐，丞相教我。」胡亥的大眼閃爍著淚光。

「太子欲問，何策安國乎？」李斯氣度很是沉穩。

「廟堂鄙我，天下疏我，胡亥計將安出……」胡亥哽咽了。

「天降大任於斯人也，太子何憂哉！」李斯慨然拍案，「若言長策遠圖，只在十六個字：秉持秦政，力行秦法，根除復辟，肅邊安民。簡而言之，太子只需凜遵先帝治道，天下無有不安也！若言近策，則只在四字：整肅廟堂。」

「丞相聖明！」胡亥額頭汗水涔涔，急迫道，「嘗聞魯仲連少時有言，白刃加胸，不計流矢。胡亥寢食難安者，非長策遠圖也，臥榻之側也！」

「太子尚知魯仲連之說，學有成矣！」李斯氣定神閒地嘉許了一句。

「願聞丞相整肅廟堂之大謀。」一直默然的趙高開口了。

「老夫倒想先聽聽中車府令高見。」李斯淡淡地笑了。

「如此，在下且作磚石引玉之言。」趙高明知李斯蔑視自己，卻似渾然不覺道，「以在下之見，太子已立，大局之要便在使太子順利登上帝位。唯其如此，目下急務，便是清除另一個潛在太子及其朋黨！否則，乾坤仍有可能反轉。」

「願聞其後。」李斯驚詫於趙高的敏銳，神色卻是一如平常。

「其後，便是整肅國中三明兩暗五大勢力。」趙高顯然是成算在胸。

「三明兩暗？五大勢力？」李斯掩飾不住地驚愕了。

「丞相乃廟堂運籌之大才，自不在乎人事瑣細也。」趙高先著意頌揚李斯一句，而後叩著書案一臉肅殺道，「首要一大勢力，乃扶蘇、蒙氏及九原大將朋黨。再次，馮去疾、馮劫、李信，再加王翦王賁父子之後的王離及其軍中親信。此兩大勢力，皆以統兵大將為羽翼，以蒙氏、王氏兩大將門為根基，人多知曉，是謂兩明。第三大勢力，便是丞相、姚賈、鄭國、胡毋敬，以及出自軍旅的章邯、楊端和、馬興等三公九卿重臣；這方勢力以丞相為首，也是朝野皆知，自然明勢力也。」

「中車府令之論未嘗聞也！暗處兩大勢力？」李斯聽得驚心動魄。

「所謂暗處勢力，朝野無視也，非事陰謀也。」趙高侃侃道，「暗處第一勢力，乃典客頓弱之黑冰臺及全部邦交人馬，外加遍布各郡尚未遣散的祕密商社。彼等唯皇命是從，不依附任何朋黨。暗處第二勢力麼，便是皇城、皇室、皇族及內侍政事各署，在下這個中車府也忝居其中……敢問丞相，國中格局，可否大體作如是觀？」

驚愕之餘，李斯靜靜地看著啜茶的趙高，良久默然了。趙高的說法，使李斯脊梁骨一陣陣發涼。李斯第一次感到了面前這個雄武內侍的深不可測，一個在國事朝會決策中從來沒有說話權力的車馬內侍令，竟能對國中政局洞若觀火，連他這個丞相也未必想得如此透徹，誠不可思議也！不，自己從來便沒有想過人事勢力格局，自己的心思只在謀事，從來不知謀人。趙高心有山川之險，令人可畏，令人可厭。驀然之間，百味雜陳，李斯對當初的抉擇生出了一種夢幻般的失落與恍惚……倏地一個激靈，李斯心頭電光石火般一閃——待老夫站穩腳跟，定然得除掉這個人妖……

「敢問丞相，整肅五大勢力，以何為先？」

見李斯趙高都不說話了，胡亥惶急地打破了沉寂。李斯驚醒過來，打量著這個冠帶袍服氣象端正的太子，嘴角抽搐著哭笑不得了。這是胡亥自感急迫主動說話，一開口便顯出了可笑的荒謬。顯然，趙高的事先教導沒有預料到如此變局。此前，李斯也隱隱覺察到趙高事事教導胡亥，胡亥的言行舉止很可能是趙高這個老師雕琢出來的。縱然如此，李斯也無論如何想不到，胡亥在自家說話時會是如此懵懂。片刻之間，胡亥連方才趙高說的目下急務也忘記了，竟以為要一齊整肅五大勢力，更不可思議者，還要問從何方著手。如此懵懂，何以決斷大事哉！一時間，李斯苦笑搖頭，不知該從何說起了。

「太子悲傷過度，心智恍惚，丞相體察也。」趙高的淚水湧出了眼眶。

趙高言未落點，胡亥哽咽起來：「丞相見諒……」

「老夫願聞中車府令第一長策。」李斯沒有理睬哭泣的胡亥。

「丞相乾坤巨匠，在下何能窺其堂奧？」趙高分外謙恭了。

「中車府令也是大書家，如何將此事獨推老夫？」李斯淡淡一笑。

「在下能書，胸中卻無文墨，何能與丞相書聖比肩哉！」趙高很是坦蕩。

「也好。先出第一策，安定北邊，太子即位。」思忖片刻，李斯點頭了。

「丞相安國立帝，誠萬世之功也！」趙高撲地拜倒在李斯面前。

「丞相護持秦政，父皇九泉之下心安矣！」胡亥肅然長跪，深深一躬。

驀然之間，李斯的尊嚴感油然重生，拍案喟然長歎道：「老夫受先帝陛下知遇大恩，位極人臣，敢不效商君護法哉！」說罷，李斯扶案欲起。胡亥立即倏地站起，恭敬地扶著李斯站了起來。「中車府令，明晨來老夫書房。」李斯對趙高一句叮嚼，任由胡亥扶著臂膊出了大廳，登車去了。

明月在天，山影蕭疏，甘泉宮的秋夜已經略帶寒意了。

丞相庭院最深處的書房徹夜亮著燈火，徘徊的身影直到四更才坐入案前。大才磐磐的李斯，第一次為一件文書犯難了。李斯之難，不在筆端，在心田溝壑之中。就製作而言，這件文書縱然非同尋常，但對於起草過無數秦王書令與皇帝詔書的李斯而言，實在不足以犯難；更兼趙高也是老於此道，兩相補正，做成一件無可挑剔的真正的詔書，當是有成算的。李斯之難，在於心海深處總是不能平息的巨大波瀾。

以目下時勢論，他的這道「皇帝親詔」的目標，必須使扶蘇與蒙恬結束生命。以天道良心論，李斯久久不能提起案頭那支曾經運籌天下文明架構的銅管大筆。從心底說，對扶蘇，對蒙恬，李斯都曾經是激賞有加的。以扶蘇的資質與歷練，以扶蘇的稟性與人品，以扶蘇的聲望與才具，都堪稱歷史罕見的雄主儲君；以扶蘇為二世皇帝，堪比周成王之繼周武王，秦惠王之繼秦孝公，帝國無疑將具有更為堅實而波瀾壯闊的後續業績。

蒙恬更不待言，自少年時期與李斯韓非結識於蒼山學館，同窗於荀子大師門下，便一直是李斯的金石之交。當年，李斯能以呂不韋門客之身而被秦王重用，蒙恬起了舉足輕重的作用。在大秦元勳中，蒙恬是與少年秦王最早結交的。自與秦王結成少年相知，蒙恬以他獨具的天賦與坦蕩的胸襟，為秦王引進了王翦，引進了李斯，舉薦了王賁，擔保了鄭國。可以說，沒有蒙恬，秦國的朝堂便沒有如此勃勃生機人才濟濟，便沒有如此甘苦共嘗和衷共濟的強大運轉力。此間之要，在於蒙恬最容易被人忽視的最大的長處——不爭功，不居功，不攬權，不越權，根基最深而操守極正，功勞極大而毫無驕矜，與滿朝名將能臣和諧共生如一天璀璨的星辰。在李斯被驅逐出秦國的時候，是蒙恬甘冒風險，將李斯的〈諫逐客書〉呈到了秦王案頭。在李斯遭遇入秦韓非的最大挑戰時，李斯因同門之誼而頗為顧忌與韓非爭持，其時，是蒙恬在秦王面前一力支持了李斯，批駁了同是學兄的韓非；若無蒙恬支持，李斯沒有勇氣接受姚賈謀劃，逕自在雲陽國獄處死韓非。在李斯用事的時期，蒙恬身在九原統兵，其胞弟蒙毅卻在秦王身邊操持機密，做李斯的長史丞；副手蒙毅能始終與李斯協力同心，不能說沒有蒙恬的作用。滅六國之後，在創制帝國文明新政的每一長策謀劃中，蒙恬也都義無反顧地支持了李斯。而對於功業，蒙恬也素來以大局為重。秦國名將如雲，滅六國大戰人人爭先，而蒙恬身為名將之後，本身又是名將，卻一直防守著北邊重鎮，沒有一次力主自己統兵滅國。當最後統兵南下滅齊時，適逢王賁南下更有利，蒙恬立即接受了秦王主張，從巨野澤回兵九原，將滅齊之功留給了王賁。在滿朝軍旅大將之中，包括軍功最為顯赫的王氏父子，無論是否與蒙氏一門有淵源關係，都對蒙恬敬重有加。將兵九原十餘年，蒙恬對邊地軍政處置得當，愛民之聲遍及朝野，為穩定秦政起到了基石作用。凡此等等，才有了天下皆呼蒙公的巨大聲望……

蒙恬有功於大秦新政，有功於天下臣民。

蒙恬無愧於李斯，實實在在地有恩於李斯。

教如此蒙恬去死，教如此扶蘇去死，李斯何能下筆哉！

然則，廟堂逐鹿業已展開，李斯又豈能坐失千古良機？李斯所以願意起而逐鹿，根基在於自己對自己的評判：李斯功勞雖大，然若李斯就此止步，在秦國重臣眼中，在身後國史之中，李斯便始終是個頗具聲名的謀臣而已。所以如此，全部根基只在一處：秦始皇帝的萬丈光焰，掩蓋了李斯的身影；有嬴政這般秦王這般皇帝，任何功臣的功業足跡都將是淺淡的。李斯不滿足。李斯要做商鞅那樣的功業名臣——雖有秦孝公在前，青史卻只視為商鞅變法！李斯要做周公旦那樣的攝政名臣——雖有周成王在前，青史卻只視為周公禮治！對目下李斯而言，達此聖賢偉業之境地，一步之遙也。而若退得一步，依據秦法秦政之道，秉承皇帝素來意志擁立扶蘇即位，則李斯很可能成為慘遭罷黜甚或慘遭滅族之禍的祭壇犧牲品。趙高固然可惡，然趙高對皇帝身後的變局剖析卻沒有錯：扶蘇為帝，蒙恬為相，則必然要寬緩秦政，要尋找替罪羊為始皇帝開脫；其時，這隻替罪羊當真是非李斯莫屬也。也就是說，要依據皇帝素常意志行事，李斯也相信天下可以大定，但卻一定要犧牲李斯！那麼，李斯作犧牲的道理何在？公平麼？若李斯是庸臣庸才，自是微不足道，作犧牲甚或可以成就名節。然則，李斯恰恰不是庸才。由是，另外一個追問便強烈地在心海爆發出來：若李斯繼續當政，繼續創造前所未有的功業而使天下大治，便果然不如扶蘇蒙恬之治道麼？李斯的回答是：不會不如扶蘇蒙恬，而是一定大大超越扶蘇蒙恬！對為政治國，李斯深具信心。扶蘇固然良材美質，然其剛強過度而柔韌不足，則未必善始善終。蒙恬固然近乎完人，然其大爭之心遠非王賁那般濃烈，則未必能抗得天下風浪。李斯固然有不如扶蘇蒙恬處，然論治國領政長策偉略，則一定是強過兩人多矣！

唯其如此，一個必然的問題是：李斯為何要聽任宰割？

李斯的老師是荀子。當年，李斯對老師的亦儒亦法的學派立場是心存困惑的。直到入秦而為呂不韋門客，為呂不韋秉筆編纂《呂氏春秋》，李斯才第一次將老師的儒家一面派上了用場，體察到豐厚學理帶來的好處。後來得秦王知遇，李斯又將老師的法家一面淋漓盡致地揮灑出來，從而連自己也堅執地相信，自己從一開始便是法家名士。李斯不諱言，對於老師荀子的淵深學問與為政主張，他是先辨識大局而後抉擇用之的。也就是說，李斯並不像韓非那般固守一端，那般決然屏棄儒家，而是以時勢所許可的進身前景為要，恰如其分地抉擇立場，給自己的人生奮爭帶來巨大的命運轉機。在李斯的心海深處，對老師的學問大系中唯一不變的尊奉，便是篤信老師的「性惡論」。

與孟子的性善論相反，老師的理念是人性本惡。李斯記得很清楚，老師第一次講「性惡論」時，他被深深地震撼了。自幼經歷的人生醜惡與小吏爭奪生涯，使李斯立即將老師的「人性本惡」之說牢牢地釘在了心頭。入秦為政，李斯機變不守一端，大事必先認真揣摩秦王本心而後出言，正是深埋李斯心中的「人性本惡」說起到了根基作用。李斯相信，人性中的善是虛偽的，只有惡欲是真實的。是故，李斯料人料事，無不先料其惡欲，而後決斷對策。多少年來，李斯能一步步走向人生巔峰，不能不說，深植心田的警覺防範意識是他最為強固的盾牌。

至今，老師的〈性惡〉篇李斯還能一字一句地背誦出來：

人之性惡。其善者，偽也。

今人之性，生而有好利焉，順是，故爭奪生而辭讓亡焉！生而有疾惡焉，順是，故殘賊生而忠信亡焉！生而有耳目聲色之欲，順是，故淫亂生而禮義文理亡焉！然則從人之性，順人之情，必出於爭奪，合於犯分亂理，而歸於暴。故，必將有師法之化禮義之道，然後出於辭讓，合於文理，而歸於治。由此觀之，然則人之性惡明矣！其善者，偽也！

今人之性惡，必將待師法然後正，得禮義然後治。今人無師法，則偏險而不正；無禮義，則悖亂而不治……孟子曰：「人之學者，其性善。」曰：是不然！是不及知人之性，而不察人之性、偽之分者也。凡性者，天之就也，不可學，不可事之在天者，謂之性。可學而能，可事而成之在人者，謂之偽。……今人之性，飢而欲飽，寒而欲暖，勞而欲休，此人之情性也。今人若飢，見尊長而不敢先食者，有所讓也；勞而不敢求息者，有所代也。子之讓父，弟之讓兄，子之代父，弟之代兄此二行者，皆反於性而悖於情也。……

凡禮義者，生於聖人之偽，非故生於人之性也。……凡人之欲為善者，為性惡也。夫薄願厚，惡願美，狹願廣，貧願富，賤願貴，苟無之中者，必求於外。故富而不願財，貴而不願藝，苟有之中者，必不求於外。由此觀之，人之欲為善者，為性惡也。……凡人之性者，堯舜之與（夏）桀（盜）跖，其性一也；君子其與小人，其性一也。……禮義積偽，豈人之本性也哉！……所以賤於桀（盜）跖小人者，從其性，順其情，安恣睢，以出乎貪利爭奪。故，人之性惡明矣！其善者，偽也！……

堯問於舜曰：「人情何如？」舜對曰：「人情甚不美，又何問焉！妻子具，而孝衰於親；嗜欲得，而信衰於友；爵祿盈，而忠衰於君。人之情乎！人之情乎！」……

李斯自然知道，老師荀子作〈性惡〉篇的本意，是為法治創立根基理論——人性之惡，必待師法而後正！乃老師性惡論之靈魂也。即或對人際交往之利害，老師也在〈性惡〉篇最末明白提出了「交賢師良友」之說，告誡世人：「……與不善人處，則所聞者欺誣、詐偽也，所見者污漫、貪利之行也，身且加於刑戮而不自知者，靡使然也！傳曰：『不知其子，視其友；不知其君，視其左右。』靡而已矣！靡而已矣！」也就是說，荀子的性惡論，本意不在激發人之惡欲，而在尋覓遏制人性惡的有效途徑。

雖然如此，對於李斯，〈性惡〉篇之振聾發聵，卻在於老師揭示的人世種種醜惡，在於老師所揭示的惡欲的無處不在的強大根基，在於性惡論給自己的惕厲之心。老師在〈性惡〉篇中反覆論證的六則立論，一開始便深深嵌進了李斯的心扉：一則，人性本惡，無可變更；二則，善者虛偽，不可相信；三則，利益爭奪，人之天性；四則，人有惡欲，天經地義；五則，聖人小人，皆有惡欲；六則，聖賢禮義，積偽欺世，效法必敗。總歸言之，老師的〈性惡〉篇在李斯心中錘鍊出的人生理念便是：人為功業利益而爭奪，是符合戰國大爭潮流的，是真實的人生奮爭；篤信禮義之道，則是偽善的欺騙，結果只能身敗名裂。李斯深信，師弟韓非若不是探刻揣摩了老師的性惡論，便錘鍊不出種種觸目驚心的權術防奸法則。李斯也一樣，若不是以老師的性惡論作為立身之道，也不會有人生皇皇功業。在靈魂深處，李斯從來都堅定如一地奉行著自己的人生鐵則。今日，有必要改變麼？

……

雞鳴之聲隨著山風掠過的時刻，李斯終於提起了那管大筆。

這是蒙恬為他特意製作的一枝銅管狼毫大筆。那是蒙恬在陰山大草原的狼群中特意捕獵搜求的珍貴狼毫，只夠做兩枝銅管大筆。蒙恬回歸咸陽，一枝大筆送給了秦王嬴政，一枝大筆送給了長史李斯。當年，李斯曾為這枝銅管狼毫大筆感動得淚光瑩然。因為，李斯知道蒙恬只做了兩枝，曾勸蒙恬將這枝大筆留給自己。蒙恬卻是一陣豪爽的大笑：「斯兄縱橫筆墨戰場，勾畫天下大政，焉能沒有一枝神異大筆也！蒙恬刀劍生涯，何敢暴殄天物哉！」自那時起，這枝銅管狼毫大筆再也沒有離開過李斯的案頭。每當他提起已經被摩挲得熠熠生光且已經變細的銅管，手指恰如其分地嵌進那幾道溫潤熟悉的微微凹凸，才思源源噴湧而出，眼前便會油然浮現出蒙恬那永遠帶有三分少年情懷的大笑，心頭便會泛起一陣堅實的暖流，是的，蒙恬的笑意是為他祝福的……

此刻，當李斯提起這枝狼毫銅管大筆時，心頭卻一片冰冷，手也不由自主地瑟瑟顫抖起來。蒙恬的影像時隱時現，那道疑惑的目光森森然隱隱在暗中閃爍，李斯渾身不自在，心頭止不住一陣怦怦大跳……李斯屏息閉目片刻，心海驀然潮湧了。

寧為惡欲，不信偽善！

人性本惡，李斯豈能以迂闊待之哉！

功業在前，李斯豈能視而不見也！

扶蘇蒙恬當國，必以李斯為犧牲，李斯豈能束手待斃乎！

……

終於，那枝大筆落下了，黃白色的羊皮紙上艱難地凸現出一個一個只有始皇帝嬴政才能寫出的獨特的秦篆——

朕巡天下，制六國復辟，懲不法兼併，勞國事以安秦政。今扶蘇與將軍蒙恬，將師數十萬以屯邊，十有餘年矣！不能進而前，士卒多耗，無尺寸之功，乃反數上書直言，誹謗朕之所為。扶蘇以不得罷歸為太子，日夜怨望。扶蘇為人子，不孝，其賜劍以自裁！將軍蒙恬與扶蘇居外，不匡正，安知其謀？為人臣不忠，其賜死！兵，屬裨將王離。始皇帝三十七年秋當最後一個字落下羊皮紙時，李斯的大筆脫手了，噗的一聲砸在了腳面上。疲憊已極的李斯頹然坐地，驀然抬眼，幽暗的窗口分明鑲嵌著蒙恬那雙森森然的目光！李斯心頭轟轟然翻湧，一口鮮血隨著山風中的雞鳴噴了出來……

二、長城魂魄去矣　何堪君道之國殤

大草原的秋色無以描畫，無以訴說。那蒼黃起伏的茫茫草浪，那霜白傲立的凜凜白樺，那火紅燃燒的蒼蒼胡楊，那橫亙天邊的巍巍青山，那恬靜流淌的滔滔清流，那蒼穹無垠的藍藍天宇，那無邊散落的點點牛羊，那縱使聖手也無由調製的色調，那即或賢哲也無由包容的器局，那醉人的牧歌，那飛馳的騎士，那柔爽的馬奶子，那香脆的炒黃米，那只有力士氣魄才敢於一搏的篝火烤羊大碗酒……廣袤的大草原囊括了天地滄桑，雄奇沉鬱而又迤邐妖冶，任你慷慨，任你狂放，任你感動，任你憂傷。

兩千二百一十七年前的這一日，草原秋色是一團激越的火焰。

萬里長城終於要在九原郊野合龍，整個陰山草原都沸騰了。

巍巍起伏的陰山山脊上各式旌旗招展，沉重悠揚的牛角號夾著大鼓大鑼的轟鳴連天而去。陰山南麓的草原上，黑色鐵騎列成了兩個距離遙遠的大方陣。方陣之間的草地上，是趕著牛群馬群羊群從陰山南北匯聚來的萬千牧民，牛羊嘶鳴人聲喧囂，或火坑踏舞，或聚酒長歌，或互換貨色，或摔跤較力，忙碌喜慶第一次彌漫了經年征戰的大草原。更有修築長城已經休工的萬千黔首，頭包黑巾身著粗衣，背負行囊手拄鐵耒，奮然擁擠在雄峻的長城內側的山頭山坡上指點品評，漫山遍野人聲如潮。草原的中心空曠地帶，正是東西長城的合龍口：自隴西臨洮而來的西長城，自遼東海濱而來的東長城，就要在九原北部的陰山草原的邊緣地帶合龍了。目下，秦磚築起的長城大牆與垛口已全部完工，唯餘中央垛口一方大石沒有砌上。這方大石，便是今日竣工大典所要完成的九原烽火臺龍口的填充物。此刻，中央龍口與烽火臺已經悉數披紅，臺上臺下旌旗如林；烽火臺上垂下了兩幅巨大的紅布，分別貼著碩大的白帛大字，東幅為「千秋大秦，北驅胡虜」，西幅為「萬里長城，南屏華夏」。

「蒙公，長城萬里，終合龍矣！」

「長公子，逾百萬民力，終可荷耒歸田也！」

烽火臺上，蒙恬與扶蘇並肩佇立在垛口，都有著難以言傳的萬般感喟。短短一個月裡，蒙恬已經是鬚髮皆白。扶蘇雖未見老相，也是精瘦黝黑一臉疲憊滄桑。自皇帝行營經九原直道南下，王離請見未見虛實，蒙恬扶蘇兩人便陷入了無以言狀的不安。其間，蒙恬接到郎中令府丞的公文一件，說郎中令已經奉詔趕赴甘泉宮，九原請遣返民力事的上書，業已派員送往甘泉宮呈報皇帝。蒙恬由是得知皇帝駐蹕甘泉宮，心頭疑雲愈加濃厚，幾次提出要南下甘泉宮晉見陛下，卻都被扶蘇堅執勸阻了。扶蘇的理由很扎實：父皇既到甘泉宮駐蹕，病勢必有所緩，國事必將納入常道，不需未奉詔書請見，徒然使父皇煩躁。蒙恬雖感扶蘇過分謹慎拘泥，卻還是沒有一力堅持。畢竟，蒙恬是將扶蘇做儲君待的，沒有扶蘇的明白意願，任何舉動都可能適得其反。然則，蒙恬還是沒有放鬆警覺，立即提出了另一則謀劃：加快長城合龍，竣工大典後立即遣返百萬民力；之後以此為重大國事邊事，兩人一起還都晉見皇帝。這次，扶蘇贊同了蒙恬主張。因為，蒙恬提出了一個扶蘇無法回答的巨大疑點：「皇帝勤政之風千古未見，何能有統邊大將軍與監軍皇子多方求見而不許之理？何能有遣返百萬民力而不予作答之理？縱然皇帝患病不能理事，何能有領政丞相也不予作答之理？凡此等等，其間有沒有重大緣由？你我可等一時，不可等永遠也。」那日會商之後，兩人分頭督導東西長城，終於在不到一個月的時日裡完成了最後的收尾工程，迎來了今日的長城大合龍。

「萬里長城合龍大典，起樂——！」

司禮大將的長呼伴隨著齊鳴的金鼓悠揚的長號，伴隨著萬千民眾歡呼，淹沒了群山草原，也驚醒了沉浸在茫然思緒中的蒙恬與扶蘇。兩人肅然正色之際，司禮大將的長呼又一波波隨風響徹了山塬：「監軍皇長子，代皇帝陛下祭天——！」片刻之間，牧民們停止了歌舞，黔首們停止了歡呼，牛羊們停止了快樂的嘶鳴，大草原靜如幽谷了。扶蘇從烽火臺的大纛旗下大步走到了垛口前的祭案，向天一拜，展開竹簡宣讀祭文：「昊天在上，嬴扶蘇代皇帝陛下伏惟告之：大秦東出，一統華夏，創制文明，力行新政，安定天下。北邊胡患，歷數百年，匈奴氾濫，屢侵中國！為佑生民，築我長城。西起臨洮，東至遼東，綿延萬里，以為國塞！祈上天佑護，賴長城永存，保我國人，太平久遠——！」扶蘇悠長的話音尚在迴盪，山地草原便連綿騰起了皇帝萬歲長城萬歲的山呼海嘯般的吶喊。

「大將軍合龍長城——」良久，司禮大將的傳呼又隨風掠過了草原。

號角金鼓中，白髮蒼髯的蒙恬凝重舉步，從烽火臺大纛旗下走到了待合的龍口前。兩名身披紅帛的老工師，引領著兩名赤膊壯漢，抬來了一方紅布包裹的四方大石，端端正正地擱置在龍口旁的大案上。蒙恬向老工師深深一躬，向兩赤膊後生深深一躬，向紅布大石深深一躬，遂雙手抱起大石，奮然舉過頭頂，長喊了一聲：「陛下！萬里長城合龍也——！」吼聲迴盪間，紅布大石轟然夯進了萬里長城最後的缺口……驟然之間，滿山黔首舉起了鐵耒歡呼雀躍如森林起舞，人人淚流滿面地呼喊著：「長城合龍了！黔首歸田了！」隨著黔首們的歡呼，合龍烽火臺上一柱試放的狼煙衝天而起，烽火臺下的大群牧民踏歌起舞，引來了茫茫草原無邊無際的和聲——

陰山巍巍　邊城長長
南國稻粱　北國牛羊
黔首萬千　汗血他鄉

牧人水草　太平華章
穹廬蒼蒼　巨龍泱泱
華夏一統　共我大邦

那一日，蒙恬下令將軍中存儲的所有老酒都搬了出來，送酒的牛車絡繹不絕。大軍的酒，牧人的酒，黔首的酒，都堆放在烽火臺下積成了一座座小山。萬千將士萬千牧人萬千黔首，人海汪洋地聚在酒山前的草原上，痛飲著各式各樣的酒，吟唱著各式各樣的歌，大跳著各式各樣的舞，天南海北的種種語言匯集成了奇異的喧囂聲浪，天南海北的種種服飾匯集成奇異的色彩海洋，金髮碧眼的匈奴人壯碩勁健的林胡人黝黑精瘦的東胡人與黑髮黑眼黃皮膚的各式中原人交融得汪洋恣肆，酒肉不分你我，地域不分南北，人群不分男女老幼，一切都在大草原自由地流淌著快樂地歌唱著百無禁忌地狂歡著……

扶蘇生平第一次大醉了。在烽火臺下喧囂的人海邊際，扶蘇不知不覺地離開了蒙恬，不知不覺地匯進了狂歡的人流。幾大碗不知名目的酒汩汩飲下，扶蘇的豪俠之氣驟然爆發了，長久的陰鬱驟然間無蹤無影了。走過了一座又一座帳篷篝火，走過了一片又一片歡樂流動的人群，扶蘇吼唱著或有詞或無詞的歌，大跳著或生疏或熟悉的舞，痛飲著或見過或沒見過的酒，臉紅得像燃燒的火焰，汗流得像涔涔的小河，心醉得像草地上一片片酥軟的少女；笑著唱著舞著跑著跳著吼著躺著，不知道身在何方，不知道身為何人，不知道是夢是醒，不知道天地之伊於胡底！那一日的扶蘇，只確切地知道，如此這般的快樂舒坦，如此這般的無憂無慮，在他的生命中是絕無僅有的。矇矇朧朧，扶蘇的靈魂從一種深深的根基中飛升起來，一片鴻毛般悠悠然飄將起來，飄向藍天，飄向大海，飄向無垠的草原深處……

蒙恬親自帶著一支精悍的馬隊，搜尋了一日一夜，才在陰山南麓的無名海子邊發現了呼呼大睡的扶蘇。那是鑲嵌在一片火紅的胡楊林中的隱祕湖泊，扶蘇蜷臥在湖畔，身上覆蓋著一層微染秋霜的紅葉，兩手伸在清亮的水中，臉上蕩漾著無比愜意的笑容……當蒙恬默默抱起扶蘇時，馬隊騎士們的眼睛都濕潤了。隨行醫士仔細診視了一陣，驚愕地說長公子是極其罕見的醉死症，唯有靜養脫酒，旬日餘方能痊癒。

蒙恬第一次勃然變色，對監軍行轅的護衛司馬大發雷霆，當即下令奪其軍爵戴罪履職，若長公子再有此等失蹤事端，護衛軍兵一體斬首！那一刻，監軍行轅的所有吏員將士都哭了，誰也沒有抗辯說大將軍無權處置監軍大臣之部屬。反倒是二話不說，監軍帳下的所有吏員將士都摘去了胸前的軍爵徽記，不約而同地吼了一句：「甘願受罰！戴罪履職！」

立即南下的謀劃延期了。

憂心忡忡的蒙恬只有預作鋪墊，等待扶蘇恢復。此間，蒙恬連續下達了五道大將軍令，將長城竣工的後續事宜轟轟然推開，務求朝野皆知。第一道將令，所有黔首營立即開始分批遣返民力，各營只留十分之一精壯，在大軍接防長城之前看守各座烽火臺；第二道將令，三十萬大軍重新布防，九原大營駐紮主力鐵騎十萬，新建遼東大營駐紮主力鐵騎十萬，其餘十萬餘步騎將士以烽火臺為基數，立即分編為數十個駐長城守軍營；第三道將令，所有重型連弩立即開上長城各咽喉要塞段，糧草輜重衣甲立即開始向各烽火臺運送囤積，以為駐軍根基；第四道將令，修築長城的黔首民力，若有適合並願意編入軍旅之精壯，立即計數呈報，分納各營；第五道將令，以九原、雲中、雁門、隴西、北地、上郡、上谷、漁陽、遼西、遼東十郡為長城關涉郡，以九原郡守領銜會同其餘九郡守，妥善安置並撫恤在修築長城中死傷的黔首民力及其家園。

五道將令之外，蒙恬又預擬了兩道奏章，一道是在北方諸郡徵發十萬守邊軍兵，以為長城後備根基；一道是請皇帝下詔天下郡縣，中止勞役徵發並妥善安置歸鄉黔首。依據常例，這兩道奏章蒙恬該當派出快馬特使呈報咸陽，以使皇帝盡早決斷。多少年來，這都是奮發快捷的秦國政風，無論君臣，誰也不會積壓政事。然則，這次蒙恬卻反其道而行之，非但沒有立即發送奏章，而且將大將軍令發得山搖地動，且有些不盡合乎法度的將令。蒙恬只有一個目的：九原大動靜使朝野皆知，迫使咸陽下書召見扶蘇蒙恬。若如此動靜咸陽依舊無動於衷，那便一定是國中有變皇帝異常，蒙恬便得強行入國了……

恰在此時，皇帝特使到了九原。

「何人特使？」一聞斥候飛報，蒙恬開口便問特使姓名。

「特使閻樂，儀仗無差！」

「閻樂？何許人也？」

「在下不知！」

蒙恬默然了。依據慣例，派來九原的特使歷來都是重臣大員，除了皇帝親臨，更多的則是李斯蒙毅馮劫等，這個閻樂卻是何人？以蒙恬對朝中群臣的熟悉，竟無論如何想不出如此一個足為特使的大臣究竟官居何職，豈非咄咄怪事？一時之間，蒙恬大感疑惑，帶著一個五百人馬隊風馳電掣般迎到了關外山口。眼見一隊旌旗儀仗轔轔逶迤而來，蒙恬既沒有下馬，也沒有開口，五百馬隊列成一個森森然方陣橫在道口。

「公車司馬令特領皇命特使閻樂，見過九原侯大將軍蒙公——！」

前方軺車上站起一人，長長地報完了自家名號，長長地念誦了蒙恬的爵位軍職及天下尊稱，不可謂不敬重，不可謂不合禮。熟悉皇城禮儀與皇室儀仗的蒙恬，一眼瞄過便知儀仗軍馬絕非虛假。然則，蒙恬還是沒有下馬，對方報號見禮過後也還是沒有說話。幾乎有頓飯時光，雙方都冰冷地僵持著，對方有些不知所措，九原馬隊卻一片森然默然。

「在下閻樂敢問大將軍，如此何意也？」

「閻樂，何時職任公車司馬令（註：公車司馬令，秦衛尉之屬官，職能有四：執掌皇城車馬進出，夜巡皇城，夜傳奏章，徵召公車。雖屬衛尉，實為皇城事務的要職之一）？」蒙恬終於肅然開口。

「旬日前任職。大將軍莫非要勘驗印鑒？」對方不卑不亢。

「特使請入城。」蒙恬冷冷一句。

馬隊列開一條甬道，儀仗車馬轔轔通過了。蒙恬馬隊既沒有前導，也沒有後擁，卻從另一條山道風馳電掣般入城了。蒙恬入城剛剛在幕府坐定，軍務司馬便稟報說特使求見。蒙恬淡淡吩咐道：「先教他在驛館住下，說待公子酒醒後老夫與公子會同奉詔。」軍務司馬一走，蒙恬立即召來王離密商，而後一起趕到了監軍行轅。

扶蘇雖然已經醒過來三五日了，然其眩暈感似乎並未消散，恍惚朦朧的眼神，飄悠不定的舉止，時常突兀地開懷大笑，都令蒙恬大皺眉頭。蒙恬每日都來探視兩三次，可每次開口一說正事，扶蘇便是一陣毫無來由的哈哈大笑：「蒙公啊蒙公，甚都不好，草原最好！老酒最好！陶陶在心，醉酒長歌——！」明朗純真的大笑夾著兩眶瑩瑩閃爍的淚光，蒙恬實在不忍卒睹，每次都長歎一聲默然不言了。今日不同，蒙恬帶來了王離，務必要使扶蘇從迷幻中徹底擺脫出來醒悟過來振作起來。

「長公子！皇帝特使到了！」一進正廳，王離便高聲稟報了消息。

「特使……特使……」扶蘇凝望著窗外草原，木然念叨著似乎熟悉的字眼。

「皇帝，派人來了！父皇，派人來了！」王離重重地一字一頓。

「父皇！父皇來了？」扶蘇驟然轉身，一臉驚喜。

「父皇派人來了！特使！詔書！」王離手舞足蹈地比劃著叫嚷著。

「知道了。聒噪甚。」

扶蘇顯然被喚醒了熟悉的記憶，心田深深陶醉其中的快樂神色倏忽消散了，臉上重現出蒙恬所熟悉的那種疲憊與鬱悶，頹然坐在案前不說話了。蒙恬走過來肅然一躬：「長公子，國之吉凶禍福決於眼前，務請公子清醒振作說話。」扶蘇驀然一個激靈，倏地站起道：「蒙公稍待。」便大步走到後廳去了。大約頓飯辰光，扶蘇匆匆出來了，一頭濕漉漉的長髮散披在肩頭，一領寬大潔淨的絲袍替代了酒氣彌漫的汗衣，冷水沐浴之後的扶蘇清新冷峻，全然沒有了此前的飄忽眩暈朦朧木然。

「敢請蒙公賜教。」扶蘇對蒙恬深深一躬，肅然坐在了對案。

「長公子，這位特使來路蹊蹺，老夫深以為憂。」

「敢問蒙公，何謂特使來路蹊蹺？」

「公子須知：這公車司馬令，乃衛尉屬下要職，更是皇城樞要之職，素由功勳軍吏間拔任之。衛尉楊端和乃秦軍大將改任，其屬下要職，悉數為軍旅大吏改任。皇帝大巡狩之前，公車司馬令尚是當年王賁幕府之軍令司馬。其人正在年富力強之時，如何能在大巡狩之後驟然罷黜？皇帝陛下用人，若無大罪，斷無突兀罷黜之理，而若此等要職觸法獲罪，我等焉能不知？今日這個閻樂，人皆聞所未聞，豈非蹊蹺哉！」

「以蒙公所見，如此特使有何關聯？」扶蘇的額頭滲出了一片細汗。

「人事關聯，一時難查。」蒙恬神色很是沉重，「目下之要，乃是這道詔書。老臣揣測，皇城人事既有如此大變，皇帝必有異常……老臣今日坦言：雄主嘗有不測之危，齊桓公姜小白雄武一世，安知暮年垂危有易牙、豎刁之患矣！……」

「豈有此理！父皇不是齊桓公！不是！」扶蘇突兀地拍案大吼起來。

「老臣但願不是。」蒙恬的目光冷峻得可怕。

「蒙公之見，該當如何？」扶蘇平靜下來，歉意地一拱手。

「老臣與王離謀劃得一策，唯須公子定奪。」

「王離，你且說。」扶蘇疲憊地靠上了身後書架。

「公子且看，」王離將一方羊皮地圖鋪開在扶蘇面前，「各方探知：皇帝行營目下依然在甘泉宮，且三公九卿俱已召去甘泉宮，整個甘泉山戒備森嚴，車馬行人許進不許出。由此觀之，朝局必有異常之變！蒙公與末將之策：立即祕密拘押特使，由末將率兵五萬，祕密插入涇水河谷，進入中山要道，截斷甘泉宮南下之路；而後蒙公統率五萬飛騎南下，包圍甘泉宮，請見皇帝陛下面陳國事；若有異常，蒙公靖國理亂，擁立公子即位！……」

「若，無異常，又當如何？」扶蘇的臉色陰沉了。

「若無異常，」王離沉吟片刻，終於說了，「蒙公與末將自請罪責……」

「豈有此理！為我即位，王氏蒙氏俱各滅門麼！」扶蘇連連拍案怒形於色。

「公子，此間之要，在於朝局必有異常，已經異常。」蒙恬叩著書案。

「請罪之說，原是萬一……」王離小心翼翼地補充著。

「萬一？十萬一也不可行！」扶蘇的怒火是罕見的。

「若詔書有異，公子寧束手待斃乎！」蒙恬老淚縱橫了。

「蒙公……」扶蘇也哽咽了，「扶蘇與父皇政見有異，業已使秦政秦法見疑於天下，業已使父皇倍感煎熬……當此之時，父皇帶病巡狩天下，震懾復辟，縱然一時屈我忘我，扶蘇焉能舉兵相向哉！……蒙公與父皇少年相知，櫛風沐雨數十年，焉能因扶蘇而與父皇兵戎相見哉！……王氏一門，兩代名將，戎馬一生，未享尊榮勞頓而去，唯留王離襲爵入軍，安能以扶蘇進退，滅功臣之後哉！……蒙公蒙公，王離王離，勿復言矣！勿復言矣！……」扶蘇痛徹心脾，伏案放聲慟哭了。年輕的王離手足無措，抱著扶蘇哭成了一團。

蒙恬長歎一聲，踽踽去了。

次日清晨，扶蘇衣冠整肅地走進了大將軍幕府。疲憊鬱悶的蒙恬第一次沒有雞鳴離榻，依然在沉沉大睡。護衛司馬說，大將軍夜來獨自飲酒，醉得不省人事，被扶上臥榻時還微微有些發熱。扶蘇深感不安，立即喚來九原幕府中唯一的一個太醫為蒙恬診視。然則，就在太醫走進幕府寢室時，蒙恬卻醒來了。蒙恬沒有問扶蘇來意，草草梳洗之後，便提著馬鞭出來了，對扶蘇一點頭便逕自出了幕府。扶蘇有些難堪，卻又無話可說，只對護衛司馬眼神示意，便跟著蒙恬出了幕府。可是，當護衛司馬帶著軍榻與幾名士兵趕來要抬蒙恬時，素來善待士卒如兄弟的蒙恬卻突然暴怒了，一腳踢翻了軍榻，一鞭抽倒了司馬，大吼一聲：「老夫生不畏死！何畏一酒！」丟下唏噓一片的士卒們，騰騰大步走了出去。

當驛館令迎進扶蘇蒙恬時，特使閻樂很是愣怔了一陣。

昨日蒙恬的蔑視冷落，已經使閻樂大覺不妙。在這虎狼之師中，蒙恬殺了他當真跟撚死一隻螞蟻一般。閻樂不敢輕舉妄動，既不敢理直氣壯地趕赴監軍行轅或大將軍幕府宣讀詔書，又不敢將此間情形密報甘泉宮。畢竟，九原並無明顯反象，自己也還沒有宣示詔書，蒙恬扶蘇的確切應對尚不明白，密報回去只能顯示自己無能。而這次重大差事，恰恰是自己立功晉身的最好階梯，絕不能輕易壞事。反覆思忖，閻樂決意不動聲色，先看看再說，扶蘇蒙恬都是威望素著的天下正臣，諒也不至於輕易反叛誅殺特使。

多年之前，閻樂原本是趙國邯鄲的一個市井少年，其父開得一家酒肆，與幾個常來飲酒的秦國商賈相熟。秦軍滅趙大戰之前，閻樂父親得秦商勸告，舉家祕密逃往秦國，在咸陽重開了一家趙酒坊。

後來，得入秦老趙人關聯介紹，閻父結識了原本也是趙人的趙高。從此，機敏精悍的閻樂進入了趙高的視線。三五年後，趙高將閻樂舉薦到皇城衛尉署做了一名巡夜侍衛。趙高成為少皇子胡亥的老師後，閻樂又幸運地成了少皇子舍人。除了打理一應雜務，趙高給閻樂的祕密職司只有一個：探查所有皇子公主種種動靜，尤其是與皇帝的可能來往。閻樂將這件事做得無可挑剔，將胡亥侍奉得不亦樂乎，趙高很是中意。皇帝大巡狩胡亥隨行，閻樂卻留在了咸陽，守著少皇子府邸，打理著種種雜務，也探查著種種消息。皇帝行營尚在直道南下時，閻樂便被趙高的內侍系統祕密送進了甘泉宮等候。唯其有閻樂的消息根基，趙高對咸陽大勢很是清楚，對胡亥說：「咸陽公卿無大事，蒙毅李信無異常，不礙我謀。」甘泉宮之變後，閻樂一夜之間成了太子舍人，驚喜得連自己都不敢相信了。閻樂萬萬沒有料到，更大的驚喜還在後面。

那夜，趙高與胡亥一起召來了閻樂。一入座，趙高沉著臉當頭一問：「閻樂，可想建功立業？」閻樂立即拱手高聲道：「願為太子、恩公效犬馬之勞！」趙高又是一問：「若有身死之危，子將如何？」閻樂赳赳高聲：「雖萬死不辭！」趙高點頭，遂將以皇帝特使之身出使九原的使命說了一番。閻樂作夢也沒想過，自己這般市井之徒竟能做皇帝特使，竟能躋身大臣之列，沒有絲毫猶豫便慨然應允了。於是，胡亥立即以監國太子之名，宣示了奉詔擢升閻樂為公車司馬令之職，並以皇帝特使之身出使九原宣示皇帝詔書。閻樂始終不知道皇帝死活，卻很清楚地知道自己該問甚不該問甚，涕淚唏噓地接受了詔書，卻始終沒問一句皇帝的意思，而只向趙高請教能想到的一切細節。趙高細緻耐心地講述了種種關節，最要緊的一句話牢牢烙在了閻樂心頭：「發詔催詔之要，務求扶蘇蒙恬必死！」最後，趙高顯出了難得的笑意：「子若不負使命，老夫便將胡娃嫁你了。」閻樂一陣狂喜，當即連連叩首拜見岳父，額頭滲出了血跡也沒有停止。趙高沒有制止他，卻倏地沉了臉又是一句：「子若不成事，老夫也會叫你九族陪你到地下風光。」

閻樂沒有絲毫驚訝，只是連連點頭。閻樂對趙高揣摩得極透——陰狠之極卻又護持同黨，只要不背叛不壞事，趙高都會給追隨者意想不到的大利市；假若不是這般陰狠，大約也不是趙高了。那個胡娃，原本是一個匈奴部族頭領的小公主，金髮碧眼別有情致，可自被以戰俘之身送進皇城，一直只是個無所事事的遊蕩少女。日理萬機的皇帝極少進入後宮女子群，這個胡娃也從來沒有遇見過皇帝。後來，熟悉胡人也喜歡胡人的趙高，便私下將這個孤魂般遊蕩的少女認作了義女；一個適當的時機，趙高又請准了皇帝，將這個胡女正式賜給他做了女兒。自從認識了這個胡娃，閻樂大大地動心了，幾次欲向趙高請求婚嫁，都沒敢開口，以致魂牽夢縈不能安寧。特使事若做成，既成大臣，又得美女，何樂而不為也！若自己不成事而死，活該命當如此；上天如此機遇，你閻樂都不能到手，不該死麼？這便是熟悉市井博戲的閻樂——下賭注不惜身家性命，天殺我自認此生也值。

戰國疲（痞）民者，大抵如是也。

……

依著對皇子與高位大臣宣詔的禮儀，閻樂捧著銅匣恭敬地迎出了正廳。扶蘇與蒙恬一走進庭院，閻樂立即深深一躬：「監軍皇長子與大將軍勞苦功高，在下閻樂，深為景仰矣！」閻樂牢牢記得趙高的話：依據法度，特使不知詔書內容，宣詔前禮敬宜恭謹。扶蘇一拱手淡淡道：「特使宣詔了。」閻樂一拱手，恭敬地諾了一聲，便在隨從安置好的書案上開啟了銅匣，捧出了詔書，高聲念誦起來：

朕巡天下，制六國復辟，懲不法兼併，勞國事以安秦政。今扶蘇與將軍蒙恬，將師數十萬以屯邊，十有餘年矣！不能進而前，士卒多耗，無尺寸之功，乃反數上書直言，誹謗朕之所為。扶蘇以不能罷歸為太子，日夜怨望。扶蘇為人子，不孝，其賜劍以自裁！將軍蒙恬與扶蘇居外，不匡正，安知其謀？蒙恬為人臣不忠，其賜死！兵，屬裨將王離。始皇帝三十七年秋閻樂雖然始終沒有抬眼，聲音顫抖如風中落葉，卻顯然地覺察到了庭院氣息的異常。幾名隨行的司馬與護衛都驚愕得無聲無息，公子扶蘇的臉色急劇地變化著，始而困惑木然，繼而惶恐不安，終至悲愴莫名地撲倒在地放聲慟哭……白髮蒼髯的蒙恬則一直驚訝地沉思著，面色鐵青雙目生光，炯炯直視著閻樂。

「蒙公，此乃陛下親封詔書……」閻樂一時大見心虛。

「特使大人，老夫耳聾重聽，要眼看詔書。」蒙恬冷冰冰一句。

「諾。敢請蒙公過目。」閻樂雙手恭敬地遞上了詔書。

蒙恬接過詔書，目光一瞄面色驟然蒼白了。詔書不會是假的，皇帝陛下的親筆字跡更不會是假的。畢竟，蒙恬是太熟悉皇帝的寫字習慣了。雖然如此，蒙恬還是無論如何不能相信這道詔書是皇帝的本心，除非皇帝瘋了，否則決然不會讓自己的長子與自己的根基重臣一起去死，不會，決然不會！如此詔書，絕不能輕易受之，一定要南下咸陽面見皇帝……

「敢問蒙公，有何見教？」閻樂不卑不亢。

「老夫要與特使一起還國，面見陛下！」「依據法度，蒙公此請，在下不敢從命。」「閻樂，要在九原亂命，汝自覺行麼？」蒙恬冷冷一笑。「在下奉詔行事，絕非亂命。」

「好個奉詔。」蒙恬面色肅殺，「唯其無妄，足下何急耶？」

「蒙公業已親自驗詔，此說似有不妥。」閻樂見扶蘇仍在哀哀哭泣，實在吃不準這位最是當緊的人物作何應對，一時不敢對蒙恬過分相逼；畢竟這是九原重兵之地，扶蘇更是聲望卓著的皇長子，若扶蘇也強硬如蒙恬，要挾持他南下面見皇帝陳情，閻樂便想脫身都不能了；那時，閻樂是註定地要自認晦氣了，一切美夢都註定地要破滅了……

「蒙公，不需爭了。」此時，扶蘇終於站起來說話了。

「長公子……」閻樂捧起詔書，卻沒有再說下去。

「扶蘇奉詔……」扶蘇木然地伸過了雙手。

「且慢！」蒙恬大喝一聲，一步過來擋住了扶蘇。

「蒙公……我心死矣！……」扶蘇一聲哽咽。

「公子萬莫悲傷迷亂。」蒙恬扶住了扶蘇，肅然正色道，「公子且聽老臣一言，莫要自亂方寸。公子思忖：皇帝陛下乃超邁古今之雄主，洞察深徹，知人善任，生平未出一則亂國之命。陛下使你我率三十萬大軍北擊匈奴、修築長城，此乃當今天下第一重任也！陛下若心存疑慮，你我豈能手握重兵十餘年耶！詔書說你我無尺寸之功，能是陛下之言麼？更有一則，天下一統以來，大秦未曾罷黜一個功臣，陛下又豈能以些須之錯，誅殺本當作為儲君錘鍊的皇長子？豈能誅殺如老臣一般之功勳重臣？今日一道詔書，一個使臣，並未面見陛下，安知其中沒有異常之變哉！……公子當清醒振作，你我當面見陛下！若陛下當面明白賜死，老夫何懼哉！公子何懼哉！若陛下萬一……你我之死，豈非陷陛下於昏君之境哉！」

「父皇罪我，非一日矣……」扶蘇哽咽著，猶疑著。

「蒙恬！你敢違抗皇命麼！」閻樂眼見轉機，當即厲聲一喝。

蒙恬一陣大笑，戟指高聲道：「特使大人，老夫之功，至少抵得三五回死罪，請見陛下豈容你來阻擋？來人！扶監軍皇長子回歸行轅！」司馬衛士們一聲雷鳴般吼喝，立即風一般簇擁著扶蘇出了驛館庭院。蒙恬轉身冷笑道：「老夫正告特使大人，近日匈奴常有騷擾劫掠之舉，特使若派信使出城，被胡人擄去洩我國事機密，休怪老夫軍法無情！」一言落點，蒙恬騰騰大步去了。閻樂擦了擦額頭冷汗，長吁一聲，頹然跌坐在了石階上。

蒙恬扶蘇回到幕府，扶蘇只一味地木然流淚，對蒙恬的任何說辭都不置可否。蒙恬無奈，只有親自帶著司馬護衛將扶蘇送回了監軍行轅。蒙恬做了縝密的安置：在行轅留下了唯一的太醫，又對護衛司馬低聲叮囑了諸多事項，嚴令長公子身邊不能離人，若長公子發生意外，行轅護衛將士一體軍法是問。諸般安置完畢，蒙恬才踽踽去了。

當夜，蒙恬踟躕林下，不能成眠。

反覆思忖，扶蘇似乎是很難振作了，要扶蘇與他一起南下也似乎是很難付諸實施了。而若扶蘇一味悲愴迷亂，蒙恬一人則孤掌難鳴。蒙毅沒有隻字消息，國中一班甘苦共嘗的將軍大臣們也沒有隻字消息，交誼篤厚的丞相李斯也沒有隻字消息；一國大政，似乎突然將九原重鎮遮罩在堅壁之外，這正常麼？絕不正常！如此情勢只能說明，咸陽國政確實有變，且不是小變。而變之根基，只在一處，這便是皇帝果真如齊桓公那般陷入了病危困境，已經沒有出令能力了，否則，任何人不能如此乖戾地顛倒乾坤。當此情勢，蒙恬反覆思謀，自己手握重兵，決意不能任這班奸佞亂國亂政。蒙恬將國中大臣們一個一個想去，人人都是奮發熱血的功勳元老，沒有一個可能亂國；畢竟，亂國者必有所圖，這些重臣果然亂國，其結局只能是身敗名裂，重臣們豈能沒有如此思量？儘管，蒙恬一時無法斷定誰是目下變局的軸心，然有一點似乎是明白無誤的：至少，皇帝陛下在某種勢力的某種聒噪之下，一時暴怒失心了。當年的秦王嬴政，不就是因了疲憊過甚煩躁過甚之時，被嬴秦元老們鼓噪得發出了荒誕的逐客令麼？因太后事連殺七十餘人，以致諫者屍身橫滿大殿三十六級白玉階，不也是秦王抑鬱過甚暴怒過甚麼？再想起當年撲殺太后與嫪毐的兩個私生子，攻滅趙國後的邯鄲大殺戮，每次都是皇帝在暴怒失常下的失常決斷。也就是說，皇帝不可能沒有失心之時，雖然極少，然畢竟不是永遠不可能。幾年來，皇帝暗疾頻發，暴怒失常也曾有過幾次，包括突然掌摑扶蘇那一次；據蒙毅說，尤其在方士逃匿之後，皇帝病況愈加反覆無常，時常強忍無名怒火鬱悶在心；當此情形之下，皇帝也確實可能一時失心而做出連自己也無法控制的荒誕決斷。是的，此等可能也是必須想到的……

「目下情勢，以先行復請為急務，後策另行謀劃。」

終於，蒙恬在紛亂的思緒中理出了頭緒。扶蘇業已悲愴迷亂，不能指望他做主心骨了；相反，倒是要立即著手保下扶蘇性命；只要扶蘇不死，便一定能清醒過來，而只要扶蘇清醒，則大局便一定能夠扭轉過來。對此，蒙恬深信不疑。畢竟，扶蘇的品格才具聲望，無一不是天賦大秦的雄傑儲君。唯其如此，便得立即復請，在復請之中等待轉機。復請者，就原本詔書再度上書申辯，以請求另行處置也。復請之可行，在於特使無法阻攔，縱然特使阻攔，蒙恬也可以強行為之；譬如大臣在法場高呼刀下留人，而後立即上奏請求重新勘審，而行刑官難以強行殺人一般。如此謀劃之要害，在於震懾特使閻樂，使其不能相催於扶蘇。而這一點，蒙恬更是放心。不需蒙恬自己出面，只要一個願意出去，有著拚死護衛統帥傳統的老秦熱血騎士，是決然不會給閻樂好看的。倒是蒙恬要再三叮囑這些騎士，不能越矩過分。在復請之間，既可等待扶蘇清醒，又可與王離祕密謀劃後續重大對策。也就是說，先復請保住扶蘇，再謀劃後續應對，不失為目下妥善對策。

四更時分，蒙恬踏著秋霜落葉回到了書房。

提起大筆，思緒翻湧，蒙恬止不住的熱淚灑滿了羊皮紙——

〈復請詔命書〉

老臣蒙恬啟奏陛下：長城合龍大典之日，突逢特使捧詔九原，賜老臣與監軍皇長子扶蘇以死罪自裁。皇長子悲愴迷亂，老臣莫知所以，故冒死復請：臣自少年追隨陛下，三十餘年致力國事效命疆場，深蒙陛下知遇之恩，委臣三十萬重兵驅除匈奴之患，築萬里長城以安定北邊。陛下嘗使皇長子少時入軍九原，以老臣為督導重任，輒委老臣以身後之事。臣每思之，無時不奮然感懷。何時不數年，皇長子正在奮發錘鍊才德俱佳之際，老臣正在整肅邊地之時，陛下卻責老臣與皇長子無尺寸之功、無匡正之力，賜老臣與皇長子以死哉！老臣死不足惜，皇長子更欲奉詔自裁。然，老臣為大秦新政遠圖計，強阻皇長子不死，並復請陛下：扶蘇皇長子深孚天下人望，正堪國之大統，今卒然賜死，陛下寧不思文明大業之傳承乎！寧不思天下邊患之氾濫乎！老臣直言，陛下素常明察燭照，然亦有萬一暴怒之誤，當年逐客令之誤陛下寧忘哉？陛下明察：老臣可死，秦之將軍若一天星斗；扶蘇不可死，秦之後來雄主唯此一人耳！老臣唯恐陛下受奸人惑亂，一時失察而致千古之恨，故強固復請，敢求免扶蘇之死，並明立扶蘇為太子，以安定大局。陛下果然明察照准，老臣可當即自裁，死而無憾矣！陛下若心存疑慮，願陛下召老臣咸陽面陳，或復明詔，老臣當坦陳無諱。

草原長風送來陣陣雞鳴時，蒙恬擱下了大筆。

原本，蒙恬尚打算給李斯一信，請李斯設法匡正皇帝陛下之誤斷，然終於沒有提筆。在滿朝大臣中，蒙恬與王翦、李斯淵源最深。王氏、蒙氏、李氏，既是最早追隨秦王的三大棟梁人物，也是帝國時期最為顯赫的三大功勳家族。雖說李斯因呂不韋原因多有跌宕，入廟堂用事的時間稍晚，但若以秦王問對為開端，則無疑是秦王早已謀定的廟堂之才。而無論是王翦還是李斯，都是少年蒙恬為少年秦王發掘引薦的。蒙恬的竭誠舉才，大大改變了蒙氏家族素不斡旋人事的中立君子之風，使蒙氏家族不期成為秦王新政集團的「製弓魚膠」。然則，蒙氏聲望日隆的同時，也有著常人難以體察的難堪。

這種難堪，恰恰來自於李斯方面。

在帝國三大功勳家族中，蒙氏兄弟與王氏父子坦誠和諧，其篤厚的交誼與不自覺的默契，幾乎是水乳交融的。王翦年長，對君對臣對國事，都有進退斡旋之思慮，故在以年輕奮發之士為主的秦國廟堂重臣中，頗顯世故之風。然則，蒙恬與王翦交，卻始終是心底踏實的。因為，王翦稟性有一種無法改變的根基——對大事絕不讓步。也就是說，王翦對非關大局的小事不乏虛與周旋，然對關乎邦國命運的大事，身為大臣的王翦卻是最為強硬的。這一點，王賁猶過其父。當年的滅趙滅燕大戰，王翦都曾與以秦王為軸心的秦國廟堂決策有過關鍵問題上的不同決斷，每次王翦都堅執不變；滅楚大戰更是如此，秦王可以不用老臣，唯用老臣，便得以老臣決事。王翦可以等待，但王翦絕不會退讓。這便是蒙恬與王氏父子相交之所以心底踏實的根本原因。蒙恬確信，若王翦王賁父子任何一人在世，甘泉宮之謎都會迅速揭開，甚或根本不會發生。王翦大哥，或許迂迴一些，或許平穩一些，但終歸不會聽任奸佞誤國。若是王賁兄弟，則會毫不猶豫地強行進見，誰敢攔擋，王賁的長劍會確定無疑地洞穿他的胸膛。天賦王氏父子於大秦，一大奇觀也。滅六國之中，王翦打了所有的大仗長仗，提舉國之兵與敵國經年相持，幾乎是非王翦莫屬。而王賁則打了所有的奇仗硬仗疑難仗，飛騎一旅馳驅萬里，數萬之眾摧枯拉朽，每戰皆令人目眩神搖，雷電之戰幾無一人可與王賁匹敵。戰風迥異，政風也迥異。王翦對於國事，可謂大謀善慮，極少關注非關總體之政務。王賁則恰恰相反，從不過問大局，也不謀劃大略，只醉心於將一件件交給自己的政事快捷利落地辦好。王賁以將軍之身而能居三公太尉之職，非獨功勳也，亦見才具也。當然，論根基才具甚或功勞，蒙恬做太尉，似比王賁更適合。然則，蒙恬對王賁沒有絲毫的嫉妒，反倒是深以此為皇帝用人之明。若為太尉，蒙恬豈有北卻匈奴之大業績哉！……此刻，蒙恬念及王氏父子，心頭便是一陣陣悸動，國難在前，無人可與並肩，殊為痛心也！上天早喪王氏父子於大秦，莫非果真意味著天下將有無可挽回之劫難麼？

蒙恬與李斯的來往，卻有著一種難以言說的隱隱隔膜。

與王翦相比，李斯的斡旋缺乏一種深層的力度。在蒙恬的記憶中，李斯從來沒有堅持過什麼。無論是長策大謀，無論是廟堂事務，李斯即或明確地申述了主張，只要有大臣一力反對，李斯都是可以改變的。當然，若是秦王皇帝持異議，那李斯則一定會另行謀劃，直到君臣朝會一致認同為止。與李斯交，談話論事從來都很和諧順當，可在蒙恬心頭，卻總有一種不能探底的隱隱虛空感。蒙恬是同時結識李斯與韓非的。蒙恬更喜歡孤傲冷峻而又不通事理的韓非，無論與韓非如何爭吵得面紅耳赤，蒙恬還是會興沖沖地捧著一罈酒再次去糾纏韓非。根本原因只在一處，韓非胸無城府，結結巴巴的言辭是一團團透明的火焰！後來，當蒙恬看到《韓非子》中解析防奸術的幾篇權謀論說時，幾乎驚愕得無以言說了——能將權術陰謀剖析得如此透徹，卻又在事實上對權術陰謀一竅不通，人之神異豈能言說哉！雖然如此，蒙恬還是喜歡韓非，儘管他後來也贊同了殺韓非……韓非與李斯，是兩類人。在蒙恬看來，李斯生涯中最耀眼的爆發便是〈諫逐客書〉，孤身而去，義無反顧地痛陳秦政錯失，一舉扭轉了剛剛起步的秦國新政瀕於毀滅的危境，可謂乾坤之功也。也是從那時開始，李斯奠定了朝野聲望，尤其奠定了在入秦山東人士中的巨大聲望。應該說，這是李斯人生中唯一的一次堅持。可是，蒙恬從李斯後來的作為中，卻總是嗅出一種隱隱的異味：〈諫逐客書〉並非李斯之本性強毅的體現，而是絕望之時的最後一聲吶喊。在帝國文明新政的創制中，李斯確實淋漓盡致地揮灑了大政之才，堪稱長策偉略之大手筆。李斯領政，所有大謀長策之功皆歸皇帝，所有錯失之誤皆歸丞相府承擔，極大維護了皇帝陛下神聖般的威權聲望，你能說李斯沒有擔待？然則，蒙恬卻分明地體察到，他對李斯的那種隱隱感覺，王賁也有。那是一次軍事會商，蒙恬說到了李斯的主張與秦王一致，王賁的嘴唇只撇了一下而已。王賁一句話也沒說，此後也從來沒有在蒙恬面前說起過李斯。雖然如此，僅僅是這一撇嘴，蒙恬卻明白地感受了王賁的心聲。越到後來，蒙恬對李斯的這種不安的感覺便越是鮮明起來。震懾山東復辟的大政論戰中，皇帝對六國貴族的怒火顯而易見，李斯便立即提出了「以法為教，以吏為師」的焚書令，後來又堅執主張坑殺儒生；其時，李斯對回到咸陽襄助政事而反對震懾復辟過於嚴苛的扶蘇很是冷落；李斯明知一直沉默的蒙恬也是扶蘇之見，卻從未與蒙恬做過任何磋商……凡此等等，蒙恬都深覺不可思議。以他對李斯稟性才具的熟悉，李斯為政不當有如此鐵血嚴酷之風。然則，李斯一時間如此強硬，強硬得連皇帝陛下都得在焚書令上只批下了「制曰可」三個字的寬緩決斷，而不是以「詔曰行」的必行法令批下。李斯如此強硬，實在是一個匪夷所思的突兀變化，蒙恬難以揣測其中緣由，又因不欲牽涉扶蘇過深而不能找李斯坦誠會商，這道陰影便始終隱隱地積在了心頭……不知從何時開始，蒙恬與李斯的來往越來越少了。甚或，在朝的蒙毅與李斯的來往也頗見生疏了。事實上，蒙恬從軍，李斯從政，相互交織的大事又有太尉府，大政會商之實際需要也確實不多。然則，這絕非生疏的根本原因。生疏淡漠的根本，在於李斯對扶蘇與蒙氏兄弟的著意迴避，也在於蒙氏兄弟對這種著意迴避的或多或少的蔑視。蒙恬為此很感不是滋味，可一時找不到合適的時機與李斯敘說。

在這難堪仍在繼續的時日，蒙恬從蒙毅的隻言片語中得知：皇帝大巡狩之前，李斯的心緒似乎很是沉重。蒙毅揣測，一定是王賁臨終時對皇帝說出了自己對李斯的評判，而皇帝一定是對李斯有了些許流露。蒙恬相信蒙毅所說的李斯的鬱悶沉重，但卻嚴厲斥責了蒙毅對皇帝的揣測。蒙恬堅信：皇帝絕不會疑忌李斯，縱然有所不快，也不會流露出足以使李斯突感壓力的言辭來。這不是皇帝有城府，而是皇帝有人所不及的大胸襟。果然如此，李斯鬱悶沉重又能來自何方……

蒙恬沒有為此花費更多的心思，縱然百般思慮，依然一團亂麻。這便是蒙恬，料人多料其善，料事多料其難，凡事舉輕若重，籌劃盡求穩妥第一。唯其如此，蒙恬不善防奸，又很容易將簡單之事趨向繁難複雜。此刻，蒙恬的思忖便是各方兼顧：首先，是不能拉扶蘇與自己共同復請，而要自己單獨復請，以使皇帝對扶蘇的怒氣不致繼續；其次，是自己的復請書又必須主要為扶蘇說話，而不是為自己辯護；再次，自己復請期間，必得設法保護扶蘇不出意外事端；再再次，當在此危難之際，既不能牽涉蒙毅，也不能牽涉李斯，不能與兩人互通消息，更不能請兩人襄助；畢竟，自己有可能觸犯皇帝，也有可能觸犯秦法，牽涉蒙毅李斯於國不利，於蒙毅李斯本人也不利。

……

霜霧彌漫的黎明時分，九原幕府的飛騎特使馬隊南下了。

清晨卯時，蒙恬將〈復請書〉副本送到了驛館特使庭院。閻樂看罷復請書，沉吟了好一陣方沉著臉道：「蒙公欲我轉呈皇帝，須得有正印文書。」蒙恬淡淡道：「上書復請，不勞足下。老夫是要特使知道，九原之行，足下要多住些許時日了。」閻樂突然惶急道：「蒙恬，你敢拘押本使麼！」蒙恬冷冷道：「老夫目下無此興致。只是足下要自家斟酌言行。」說罷大踏步逕自去了。

閻樂望著蒙恬背影，一時心頭怦怦大跳。閻樂此刻已經很明白，這件事已經變得難辦起來，難辦的要害是蒙恬。這老蒙恬久掌重兵，他不受詔你還當真無可奈何。然則，此事也有做成的可能。此種可能在於兩個根本：一則是蒙恬依然相信皇帝陛下在世，此點最為要害，否則一切都將面目全非；二則是扶蘇遠不如蒙恬這般強硬，若扶蘇與蒙恬一樣強硬，只怕事態也是面目全非。有此兩個根基點，大事尚可為之，閻樂還值得再往前走走。

「稟報特使，監軍行轅無異常，扶蘇昏睡未醒。」

正在此時，閻樂派出的隨監吏回來稟報消息了。隨監吏者，隨同「罪臣」督導詔書實施之官吏也。秦國法政傳統：舉凡國君派特使下詔，特使有督導詔書當即實施之權；若是治罪詔書，則特使必得親自監察以詔刑處置，事後將全部情形上書稟報。依此法政傳統，閻樂此來為特使，自有督刑之權。然則情勢有變，「罪臣」不奉詔而要復請等待重下詔書，特使便有親自或派員跟隨進入「罪臣」官署監察其行跡之權，此謂隨監。蒙恬扶蘇何許人也，威勢赫赫甲士重重，閻樂深恐自保不能，當然不會親自隨監兩家；故，只各派出兩名隨行文吏隨監兩府。如此依法正常之隨監，蒙恬扶蘇自然不當拒絕。清晨來向閻樂稟報者，便是隨監監軍行轅的一名隨監吏。

吏員說，監軍行轅戒備森嚴，兩名隨監吏只能一外一內；外邊一人在轅門庭院，只能在兩層甲士間轉動；進入內室的他，只能鑲嵌在四名甲士之間守候在扶蘇寢室之外；寢室之內，只有兩名便裝劍士與一名貼身軍僕、一位老太醫。吏員說，直到四更，扶蘇寢室尚有隱隱哭泣之聲，天將拂曉之時哭聲便沒了；之後老太醫匆匆出來片刻，又匆匆進去了，出來時兩手空空，進去時捧了一包草藥；至於清晨，扶蘇寢室仍無動靜。

「清晨時分，蒙恬未去監軍行轅？」閻樂目光閃爍著。

「沒有。在下揣測：行轅動靜，司馬會向蒙恬及時稟報。」

「扶蘇有無早膳？」

「沒有。在下揣測：一日一夜，扶蘇水米未沾。」

「好！你隨我來。」閻樂一招手，將那個隨監吏領進了特使密室。

片時之後，隨監吏帶著一個鬚髮灰白的老吏匆匆出了驛館，到監軍行轅去了。閻樂的謀劃是：對蒙恬無可奈何，索性示弱放手，以示對功勳大臣的敬重，如此或可麻痹蒙恬不找特使糾纏；對扶蘇，則要攻其迷亂之時，絕不能放鬆。

監軍行轅的隨監吏剛走，大將軍幕府的隨監吏便回來稟報了。幕府隨監吏說，大將軍幕府尚算禮遇，他們兩人只能在正廳坐待，蒙恬或在庭院閒晃，或在書房操持，他兩人一律不能跟隨不能近前，一夜無事。如此情形閻樂早已料到，聽罷只問了一句，方才蒙恬回府沒有？隨監吏說沒有。閻樂立即吩咐隨監吏回幕府探查，蒙恬究竟到何處去了？午膳時分，幕府隨監吏回報，說裨將王離於大約一個時辰之前進入幕府，與蒙恬書房密會片刻，兩人已經帶一支馬隊出幕府去了。片刻之後，閻樂著意撒在城外的吏員稟報說，蒙恬馬隊向陰山大營去了，王離沒有一起出城。閻樂一陣欣喜，心頭立即浮現出一個新的謀劃。

秋日苦短，倏忽暮色降臨。

初更時分，閻樂打出全副特使儀仗，車馬轔轔開抵監軍行轅。護衛司馬攔阻在轅門之外，一拱手赳赳高聲道：「末將未奉大將軍令，特使大人不得進入！」閻樂一臉平和一臉正色道：「本使許大將軍復請，已是特例。本使依法督詔，大將軍也要阻攔麼？」護衛司馬道：「特使督詔，業已有隨監吏在，特使大人不必多此一舉！」閻樂一亮特使的皇帝親賜黑玉牌道：「本使只在庭院督詔片刻，縱使大將軍在，亦不能抗法！若足下執意抗法，則本使立即上書陛下！」護衛司馬道：「現武成侯正在行轅，容在下稟報。」說罷匆匆走進了行轅。片刻之後，護衛司馬大步出來一拱手道：「特使請。」

朦朧月色之下，大庭院甲士層層。閻樂扶著特使節杖，矜持地走進了石門。年輕的王離提著長劍沉著臉佇立在石階下，對走進來的閻樂絲毫沒有理睬。閻樂上前一拱手道：「陛下以兵屬武成侯，武成侯寧負陛下乎！」王離沉聲道：「足下時辰不多，還是做自家事要緊。」閻樂不敢再硬碰這個從未打過交道的霹靂大將王賁的兒子，一揮手吩咐隨行吏員擺好了詔案，從案頭銅匣中捧出了那卷詔書，一字一字地拉長聲調念誦起來，念到「扶蘇為人子不孝，其賜劍以自裁」時，閻樂幾乎是聲嘶力竭了。詔書念誦完畢，閻樂又高聲對內喊道：「扶蘇果為忠臣孝子，焉得抗詔以亂國法乎！扶蘇不復請，自當為天下奉法表率，焉得延宕詔書之實施乎！……」

「夠了！足下再喊，本侯一劍殺你！」王離突然暴怒大喝。

「好好好，本使不喊了。賜劍。」閻樂連連拱手，又一揮手。

依著法度，詔書云賜劍自裁，自然是特使將帶來的皇帝御劍賜予罪臣，而後罪臣以皇帝所賜之劍自裁。那日因蒙恬阻撓，未曾履行「賜劍」程序，扶蘇便被蒙恬等護送走了。以行詔程序，閻樂此舉合乎法度，誰也無法阻撓。雖則如此，閻樂將皇帝御劍捧到階下時，還是被王離黑著臉截了過去，遞給了身後的監軍司馬。閻樂還欲開口，王離卻大手一揮，四周甲士立即逼了過來，閻樂只得悻悻去了。

次日清晨，當蒙恬飛馬趕回時，九原已經在將士哭聲中天地翻覆了。

在城外霜霧彌漫的胡楊林，王離馬隊截住了蒙恬。王離淚流滿面，哭得聲音都嘶啞了。王離說，閻樂的賜劍一直在司馬手裡，他也一直守護在扶蘇的寢室之外；夜半之時，閻樂的隨監老吏在寢室外只喊了一聲「扶蘇奉詔」，便被他一劍殺了；分明寢室中沒有動靜，軍僕與太醫一直守在榻側，兩名便裝劍士一直守在寢室門口，可就在五更雞鳴太醫診脈的時候，長公子已經沒有氣息了；王離聞訊飛步搶進，親自揭開了扶蘇的絲棉大被，看見了那柄深深插進腹中的匕首……王離說，驚慌失措的太醫在扶蘇全身施救，人沒救過來，卻意外地在扶蘇的貼身短衣中發現了一幅字跡已經乾紫的血書——

抗命亂法，國之大患。扶蘇縱死，不負秦法，不抗君命。

蒙恬捧著那幅白帛血書，空洞的老眼沒有一絲淚水。

直到血紅的陽光刺進火紅的胡楊林，蒙恬依舊木然地靠著一棵枯樹癱坐著，比古老的枯木還要呆滯。無論王離如何訴說如何勸慰如何憤激如何悲傷，蒙恬都沒有絲毫聲息。人算乎，天算乎，蒙恬痛悔得心頭滴血，卻不知差錯出在何處。閻樂相逼固然有因，然看這乾紫的血書，扶蘇顯然是早早便已經有了死心，或者說，扶蘇對自己的命運有著一種他人無法體察的預感。扶蘇這幅血書，雖只寥寥幾句，其意卻大有含義，甚至不乏對蒙恬的告誡。血書留下了扶蘇領死的最真實的心意：寧以己身之死，維護秦法皇命之神聖；也不願強行即位，以開亂法亂政之先河。身為皇帝長子，事實上的國家儲君，赤心若此，夫復何言哉！蒙恬實在不忍責難扶蘇缺少了更為高遠的大業正道胸襟，人已死矣，事已至此矣，夫復何言哉！

蒙恬所痛悔者，是自己高估了扶蘇的強韌，低估了扶蘇的忠孝，更忽視了扶蘇在長城合龍大典那日近乎瘋狂的醉態，忽視了覆蓋扶蘇心田的那片累積了近三十年的陰影。那陰影是何物？是對廟堂權力斡旋的厭倦，是對大政方略與紛繁人事反覆糾纏的迷茫，是對父皇的忠誠遵奉與對自己政見的篤信所萌生的巨大衝突，是植根於少年心靈的那種傷感與脆弱……而這一切，都被扶蘇的信人奮士的勃勃豪氣掩蓋了，也被蒙恬忽視了。蒙恬也蒙恬，你素稱慮事縝密，卻不能覺察扶蘇之靈魂的迷茫與苦難，若非天算大秦，豈能如此哉！

直到昨日，蒙恬還在為扶蘇尋覓著最後的出路。他飛騎深入了陰山草原，找到了那個素來與秦軍交好的匈奴部族，與那個白髮蒼蒼卻又壯健得勝過年輕騎士的老頭人商定：將一個目下有劫難的後生送到草原部族來，這個後生是他的生死之交，他不來接，老頭人不能放他走，當然更不能使他有任何意外。老頭人慷慨地應諾了，舉著大酒碗胸脯拍得當當響：「蒙公何須多言！蒙公生死之交，也是老夫生死之交！只要後生來，老夫便將小女兒嫁他！老夫女婿是這草原的雄鷹，飛遍陰山，誰也不敢傷他！」……蒙恬星夜趕回，便要將迷亂悲愴的扶蘇立即祕密送進草原，而後他便與王離率五萬飛騎南下甘泉宮了……一切都安置好了，最要緊的扶蘇卻沒有了，人算乎，天算乎！

「蒙公，三十萬大軍嗷嗷待命，你不說話我便做了！」

在王離的憤激悲愴中，蒙恬終於疲憊地站了起來，疲憊地搖了搖手，喑啞顫抖的聲音字斟句酌：「王離，不能亂國，不能亂法。唯陛下尚在，事終有救。」王離跌腳憤然道：「蒙公何其不明也！長公子已死，閻樂更要逼蒙公死！棟梁摧折，護國護法豈非空話！」蒙恬冷冰冰道：「老夫不會死。老夫寧可下獄。老夫不信，皇帝陛下能不容老夫當面陳述而殺老夫。」王離大驚道：「蒙公！萬萬不可！皇帝業已亂命在先，豈能沒有昏亂在後……」「王離大膽！」蒙恬被王離的公然指斥皇帝激怒了，滿面通紅聲嘶力竭地喊著，「陛下洞察深徹，豈能有連番昏亂！不能！決然不能！」

王離不說話了。

蒙恬也不說話了。

……

三日之後，陰山大草原見證了一場亙古未見的盛大葬禮。

扶蘇身死的消息，不知是如何傳開的。晝夜之間，沉重嗚咽的號角響徹了廣闊的山川，整個大草原震驚了，整個長城內外震驚了。正在尋覓窩冬水草地的牧民們中止了遷徙流動，萬千馬隊風馳電掣般從陰山南北的草原深處向一個方向雲集；預備歸鄉的長城民力紛紛中止了南下，萬千黔首不約而同地改變了歸鄉路徑，潮水般流向了九原郊野……第三日清晨，當九原大軍將士護送著靈車出城時，山巒河谷的情境令所有人都莫名震撼了。霜霧彌漫之下，茫茫人浪連天而去，群峰是人山，草原是人海，多姿多彩的蒼黃大草原，第一次變成了黑壓壓黔首巾與白茫茫羊皮襖交相湧動的神異天地。無邊人海，緩緩流淌在天宇穹廬之下的廣袤原野，森森然默默然地隨著靈車漂移，除了蕭瑟寒涼的秋風長嘯，幾乎沒有人的聲息。漸漸地，兩幅高若雲車的巨大輓幛無聲地飄近了靈車。一幅，是草原牧民的白布黑字輓幛──陰山之鷹，折翅亦雄。一幅，是長城黔首們的黑布白字輓幛──長城魂魄，萬古國殤。蒙恬與王離麻衣徒步，左右護衛著扶蘇的靈車。九原大軍的三十萬將士史無前例地全數出動了，人俱麻衣，馬盡黑披。十萬器械弓弩營的將士在營造墓地，十萬步卒甲士的方陣前行引導著靈車，十萬主力鐵騎方陣壓後三面護衛著靈車。大草原上矛戈如林旌旗如雲，轔轔車聲蕭蕭馬鳴，在血色霜霧中鐫刻出了雖千古無可磨滅的宏大畫卷……

巍巍陰山融入了血紅的霞光霜霧，茫茫草原化作了血色的海潮激盪。（註：陝西綏德縣城內疏屬山巔，有扶蘇墓。史家王學理先生之《咸陽帝都記》第九章注釋條對其記載是：扶蘇墓狀作長方形，長三十公尺，寬六公尺，高八公尺，墓前石刻「秦長子扶蘇墓」六字。城北一公里處，當無定河與大理河交匯處，傳為扶蘇月下憂國憂民處，名「涼月臺」；縣南一公里盧家灣山崖壁立，有水從空中落地成泉，傳為扶蘇自裁處，故名「嗚咽泉」。唐詩人胡曾有〈殺子谷〉詩云：「舉國賢良盡淚垂，扶蘇屈死戍邊時。至今谷口嗚咽泉，猶似當年恨李斯。」另，《大清一統志》云，綏德城內有扶蘇祠。《關中勝跡圖志》卷三十又云：扶蘇墓有陝西臨潼縣滋水村、甘肅平涼東寧縣西兩處。王學理先生認為，當屬紀念性假墓）

三、連番驚雷震撼　洶洶天下之口失語了

雖是秋高氣爽，甘泉宮卻沉悶得令人窒息。

三公九卿盡被分割在各個山坳的庭院，既不能會商議事，更不能進出宮城。丞相李斯下達各署的理由是完全合乎法度的：先帝未曾發喪，正當主少國疑之時，約束消息為不得已也，各署大臣宜敦靜自慎。每日只有一事：大臣們於清晨卯時，在衛尉署甲士的分別護送下，聚集於東胡宮祕密祭奠先帝。在低沉微弱的喪禮樂聲中，祭奠時一片默然唏噓，祭奠完畢一片唏噓默然，誰也不想與人說話，即或對視一眼都是極其罕見的事。祭奠完畢，人各踽踽散去，甘泉山便又恢復了死一般的沉寂。在整個甘泉宮，只有李斯、趙高、胡亥三人每日必聚，每夜必會，惴惴不安卻又諱莫如深，每每不言不語地相對靜坐到四更五更，明知無事，卻又誰都不敢離去。九原沒有消息，對三人的折磨太大了。

三人密謀已經走出了第一步，胡亥已經被推上了太子地位。大謀能否最終成功，取決於能否消除最大的兩方阻力：一是事實上的儲君並領監軍大權的扶蘇，二是以大將軍之職擁兵三十萬的蒙恬。若如此兩人拒不受命，執意提兵南下復請皇帝，那便一切都甘休了。因為，目下國政格局，即或是素來不知政事為何物的二十一歲的胡亥也看得明白：政事人事有李斯趙高，謀劃應對堪稱游刃有餘，不足慮也；而對掌控國中雄兵數十萬，則恰恰是李斯趙高胡亥三人之短；若蒙恬提兵三十萬南下，則李信駐紮於咸陽北阪的十萬隴西軍也必起而呼應；其時，三人毫無回天之力，註定的，一切都將成為泡

影。

「中車府令，可能失算了。」這日五更，最明白的李斯終於忍不住了。

「丞相縱然後悔，晚矣！」趙高的臉色麻木而冷漠。

「若不行，我不做這太子也罷……」胡亥囁嚅著說不利落。

趙高嘴一撇，李斯嘴角一抽搐，兩人不約而同地都沒搭理胡亥。

「久不發喪，必有事端。」李斯灰白的眉毛鎖成了一團。

「此時發喪，事端更大。」趙高冰冷如鐵。

「勢成騎虎，如之奈何？」

「成王敗寇，夫復何言！」

「功業淪喪，老夫何堪？」

「得失皆患，執意不堅，丞相欲成何事哉！」

對於趙高的冷冰冰的指責，李斯實在不想辯駁了。曾幾何時，李斯沒有了既往謀國時每每激盪心海的那番為天下立制為萬民立命的正道奮發，徘徊在心頭的，總是揮之不去的權謀算計，總是不足與外人道的人事糾葛，昔日之雄風何去也，昔日之坦蕩何存焉！李斯找不到自己，陷入了無窮盡的憂思痛苦。李斯每日議論者，不再是關乎天下興亡的長策大謀，而是一人數人之進退得失；李斯每日相處者，不再是昂揚奮發的將士群臣，而是當年最是不屑的庸才皇子與宦官內侍，心頭苦楚堪與何人道哉！若蒙恬扶蘇看穿了他的那道殺人詔書，李斯豈不註定要陷入萬劫不復之境地了？……

李斯沒有料到，在自己行將崩潰的時刻，出使九原的閻樂歸來了。

扶蘇自裁的消息，使這次夜聚彌漫出濃烈的喜慶之情。誰也顧不上此時尚是國喪之時，便人人痛飲起來。不知飲了幾爵，胡亥已經是手舞足蹈了。久在皇帝左右的趙高歷來不飲酒，今夜開戒，酒量竟大得驚人，一桶老秦酒飲乾尚意猶未盡，只敲著銅案大呼酒酒酒。李斯也破天荒飲下十數大爵，白髮紅顏長笑不已。驟然之間，李斯歆慕的一切又都回來了。功業大道又在足下，只待舉步而已。權力巨大的丞相府，倏忽在眼前化作了皇皇攝政王府邸，周公攝政千古不朽，李公攝政豈能不是青史大碑哉！痛飲大喜之餘，大謀長策重回身心，李斯立即詢問起閻樂，九原善後情形究竟如何，須得立即決斷定策。

閻樂稟報說，諸事雖不盡如人意，然也算大體順當。

當閻樂興沖沖趕去勘驗扶蘇屍身時，卻被黑壓壓的甲士嚇得縮了回去。無奈，閻樂又來到大將軍幕府，想試探蒙恬意欲如何。蒙恬出奇地淡漠，對閻樂也沒有任何顏色，只平靜地說出了心願：老夫須得為長公子送葬，葬禮之後老夫可下國獄，請廷尉府依法勘審老夫事。閻樂怒火攻心，然見王離一班大將要活剝了他一般凶狠，閻樂只有無奈地點頭了。閻樂輕描淡寫地以極其不屑一顧的口吻，大體說了扶蘇的葬禮經過，以及自己不能干涉的種種情形。李斯趙高胡亥，都對閻樂的機變大加了褒獎。閻樂說，扶蘇葬禮之後，他凜然催促蒙恬自裁，可蒙恬根本不理睬他的催促。那日清晨，蒙恬大聚各營將軍於九原幕府，也邀了閻樂與聞，向王離正式移交兵權。王離接受了兵符印信，第一件事便是對閻樂發難。王離與全部三十多位大將，異口同聲地要特使明誓，必須善待自請下獄的大將軍，若有加害之心或虐待之舉，九原大軍必舉兵南下除奸定國；最叫閻樂難堪的是，王離派出了自己的族弟王黑率一個百人劍士隊護衛蒙恬南下，即或蒙恬入獄，這個百人隊也得駐紮在獄外等候。閻樂說，他當時若是不從，九原事無法了結，他只有答應了。

在李斯的仔細詢問下，閻樂拿出了蒙恬的最後言行錄。

在兵權交接之後，蒙恬對將士們說了兩次話，一次在幕府，一次在臨行的郊亭道口。在幕府，蒙恬說的是：「諸位將軍，九原大軍是大秦的鐵軍，不是老夫的私家大軍。蒙恬獲罪，自有辨明之日，不能因此亂了大軍陣腳。萬里長城，萬里防區，九原是中樞要害也。九原一亂，陰山大門洞開，匈奴鐵騎立即會捲土重來！身為大將，諸位該當清楚這一大局。諸位切記：只要陛下神志尚在，老夫之冤終將大白！只要九原大軍不亂，華夏國門堅如磐石！因老夫一己恩怨而亂國者，大秦臣民之敗類也！」

在九原大道南下的十里郊亭，蒙恬接受了王離與將軍們的餞行酒。臨上刑車之時，蒙恬對一臉仇恨茫然的將士們說了一番話：「將士兄弟們，我等皆是老秦子弟，是秦國本土所生所養，身上流淌著老秦人的熱血。數千年來，秦人從東方遷徙到西方，從農耕漁獵部族到草原農牧部族，再到諸侯秦國，再到天下戰國，又到一統華夏之九州大邦，如此赫赫功業，乃老秦子弟的熱血生命所澆灌，乃天下有為之士的熱血生命所澆灌……蒙恬走了，不打緊。然則，你等要守在這裡，釘在這裡，不能離開一步。不管國中變局如何，只要萬里長城在，只要九原大軍在，大秦新政泰山不倒！」

聽著閻樂稟報，看著書吏卷錄，李斯良久無言。趙高一臉的輕蔑冷漠，全然一副意料之中的神色。胡亥則驚愕萬分，連連打起了酒嗝，想說想問卻又吐不出一個字來。直到五更雞鳴，還是李斯斷然拍案，明白確定了後續方略，這場慶賀小宴才告完結。趙高對李斯謀劃連連點頭卻又漫不經心，反倒是對閻樂著意撫慰褒獎了一番，臨出門時拍著閻樂肩膀明白道：「後生可畏。回到咸陽，便是老夫女婿也！」閻樂頓時涕淚交流，撲拜在趙高腳下了。

次日，李斯與太子胡亥合署的返國書令頒下了。

三日之後，皇帝大巡狩行營儀仗轟隆隆開出了幽靜蕭疏的甘泉山，在寬闊的林蔭馳道上浩蕩鋪開南下秦川了。沿途庶民相望風傳，爭睹皇帝大巡狩還國的人群絡繹不絕地從涇水河谷向關中伸展著。關中老秦人皆知，皇帝大巡狩都是從函谷關歸秦，這次卻從九原直道經甘泉宮南下入咸陽，是第一次從老秦腹地歸來。在老秦人的心目中，皇帝的行止都是有特定含義的，這次從北邊直下關中腹地，也一定是基於謀國安民而選定的路徑。多方揣測眾說紛紜，最後的大眾認定是：皇帝從甘泉宮沿涇水河谷再入鄭國渠大道南下，定然是要巡視關中民生了；畢竟，自滅六國而定天下，皇帝馬不停蹄車不歇道地奔波於天下，關照的都是山東臣民，對秦人，尤其對關中所剩無幾的老秦人，卻一次也沒有親臨關照過，也該走這條道了！五月之後，關中老秦人風聞郎中令蒙毅「還禱山川」，便一直紛紛擾擾地議論著皇帝的病情，加之山東商旅帶來的種種傳聞，關中民心一直是陰晴無定。進入八月，關中秦人得聞皇帝行營已經從直道進入甘泉宮，心下頓時舒坦了許多——能在甘泉宮駐蹕避暑，顯然是天下無大事也！否則，以皇帝的勤政勞作之風，斷不會安居養息。唯其如此，一聞皇帝行營南歸，關中老秦人厚望於國忠君守法的古道熱腸便驟然迸發了。從涇水鄭國渠的渠首開始，家家扶老攜幼而來，三百里人潮汪洋不息，皇帝萬歲的吶喊聲震動山川。最終，雖沒有一個人見到皇帝，關中老秦人還是自覺心安了許多。皇帝老了，皇帝病了，只要老秦臣民能為老皇帝祈福禱告踏歌起舞也就心滿意足了，皇帝當真出來，人山人海的誰又能看見了？

老秦人沒有料到，喜滋滋心情猶在，連番驚雷便當頭炸開——

國府發喪，皇帝薨了！

皇帝曾下詔，皇長子扶蘇自裁了！

皇帝曾下詔，大將軍蒙恬死罪下獄了！

皇帝有遺詔，少皇子胡亥立為太子了！

少皇子胡亥即位，做秦二世皇帝了！

天下徵發刑徒七十餘萬，要大修始皇帝陵墓了！

二世說先帝嫌咸陽宮狹小，要大大擴建阿房宮給先帝看了！

上卿兼領郎中令蒙毅被貶黜隴西領軍，功勳望族蒙氏岌岌可危了！

中車府令趙高驟然擢升郎中令，並執「中明法令」之大權，侍中用事了！

隴西侯李信的十萬大軍不再屯衛咸陽，被調回隴西了！

三公之一的御史大夫馮劫被莫名罷黜，形同囚居！

誰也不知其為何人何功的皇族大臣嬴德，驟然擢升為御史大夫了！

武成侯王翦的孫子王離由一個裨將，驟然擢升為三十萬大軍的九原統帥了！

丞相李斯開府令權大增，可以不經皇帝「制可」而直頒政令了！

二世胡亥要巡狩天下，示強立威了！

……

快馬飛馳使者如梭，連番驚雷在九月深秋一陣陣炸開，關中老秦人懵了，天下臣民都懵了。無論是郡縣官吏，無論是士子商旅，無論是市井鄉野，無論是邊陲腹地，無論是生機勃勃的秦政擁戴者還是隱沒於山海的六國復辟者，舉凡天下臣民，都在這接踵而來的巨大變異面前心驚肉跳，震驚莫名。廣袤人們不可思議，人們難測隱祕，人們驚駭莫名，人們感喟不及，人們無由評說，人們茫然無措。廣袤九州，無垠四海，以郡縣制第一次將諸侯分割的古老華夏連為一個有機整體的帝國天下，第一次出現了彌天漫地的大心盲。事實猙獰如斯，任何智慧都蒼白得無以辨析了，任何洞察都閉塞得無以燭照了。始皇帝何其雄健，竟五十歲盛年而亡！始皇帝何其偉略矣，竟下得如此一連串匪夷所思的詔書！長公子扶蘇何其大才矣，竟莫名其妙地自裁了！大將軍蒙恬何其雄武矣，竟能自甘下獄待死！少皇子胡亥何其平庸矣，竟能驟然登上皇帝大位！御史大夫馮劫何其忠直勳臣矣，竟能在二世即位大典上被驟然罷黜！嬴德何其老邁昏聵矣，竟能驟然位列三公而監政！趙高一個閹宦中車府令，竟能做統領皇帝政務的郎中令！還要執申明法令之權而侍中用事！關中宮殿臺閣連綿不斷，二世竟然嫌咸陽宮狹小！七十萬刑徒雲集驪山，丞相府不以為隱患，反以為消除復辟隱患！……

黑變白，白變黑。

天地大混沌了，人心大混沌了。

九州四海臣民在戰國末世的一統潮流中錘鍊出的所有鐵則，所有常識，都驚天動地地大逆轉了！天下口碑巍巍然的雄武勳臣，如山般一座座轟然崩塌了。天下皆為不齒的庸才飯袋，如突發之弩箭令人炫目地飛升了！顯然大謬的政略決斷，一道道皇皇頒行了！除了庶民們久久盼望的寬法緩徵沒有頒行新政令，一切都在九月這個沉甸甸穀穗入倉的時節神奇地飛旋著眼花繚亂地顛倒了。一時間，人們連「陰陽失序，乾坤錯亂」這般話也不敢說了。因為，所有的人都在懷疑，世間還有沒有陰陽乾坤這樣的天地秩序與治世之道。篤信帝國法治的天下臣民困惑了，鬆動了。人們分明地看見了一種可能：一種微小而卑劣的渺渺物事，詭異且輕而易舉地撬動了巍巍山岳般的新政帝國，廟堂構架已經傾斜得搖搖欲倒，帝國山河正在隱隱然滑向深淵。而這一切，竟然都是在短短的夏秋之交發生的，迅雷不及掩耳，颶風不及舉步，整個天下都陷入了巨大無邊的夢魘……

洶洶天下之口，寂然失語了。

第一次，天下臣民對功業亙古未聞的始皇帝的國喪，麻木得沒有了動靜。最是遵奉國政的咸陽市井，連當年呂不韋死去時遍搭靈棚的哀傷祭奠都沒有了。鄉野沒有了送別聖賢帝君的由衷野哭，都會沒有了失卻雄武天子的失魂悲愴。九州四海，官民一體，都被一種對未知的無形而猙獰的天命的莫名恐懼劫掠了……

這便是西元前二一〇年的深秋時節，天下失語，帝國失魂。一代曠古大帝驟然留下的巨大權力真空，被一場發端於私欲的荒誕政變所填充，轟轟然前行的帝國新政倏忽大變異，華夏大地陷入了前所未有的大迷茫之中。

四、李趙胡各謀　帝國法政離奇地變異

只有李斯趙高胡亥三人的心思，仍在亢奮地旋轉著。

三人都不約而同地開始了雄心勃勃的謀劃。李斯的信念在做攝政周公，自然謀劃的是安定天下的大政長策。也就是說，二世新政如何發端，李斯得真正按照自家的主張拿出整體方略來。沒有了目光如炬的始皇帝盯著自己，李斯輕鬆了許多，大展才具的雄心勃勃燃燒起來。然則，當李斯大筆落下時，筆端卻再也沒有了那種堅實酣暢的流淌噴發，自以為成算在胸的種種方略倏忽間縹緲起來了。驟然之間，李斯想不出在秉持秦法遵奉始皇帝之外，還能有如何創制新政的長策偉略。而若僅僅如此，自己豈非只能亦步亦趨地效法始皇帝？果真如此，這孜孜以求的如同「商鞅變法」一般的「李斯新政」的名號如何矗立得起？第一次，李斯有了一種獨步天下而一籌莫展的空落落之感。再沒有皇帝可以事先指點要害了，再沒有群才濟濟一堂的會商激發了；執帝國大政而英才獨斷，這個念茲在茲的權力境界一朝在手，李斯才具反而不知流散到何處去了。走扶蘇蒙恬的寬法緩徵之路麼？新倒是新，可李斯信誓旦旦地維護秦法秦政，又明白無誤地反對扶蘇政見，而今，李斯能掌摑自己麼？冥思苦想竟日，李斯終歸還是無可奈何地長歎了一聲，天寬地闊，自己面前的路卻只有一條也！

雖則如此，李斯還是將這件別人無法品咂個中滋味的大事，做得虎虎生氣。二世胡亥的即位大典上，李斯當殿呈上了一卷〈安國新政書〉。亢奮得面色通紅的胡亥稍事瀏覽一番，立即依趙高密囑，當殿批下了三個字：「制曰：可。」李斯要的便是這般形同攝政的尊嚴與權力，而不是始皇帝時期的當真審閱當真會商。大感欣慰之餘，李斯捧書回到丞相府，立即開始了大肆鋪排。

李斯的新政方略是十六個字：大尊皇帝，秉持秦法，整肅朝局，示強天下。

這十六個字，在李斯上書中化成了十件具體大事：

其一，以曠古大格局修建始皇帝陵墓，以彰顯大秦法政之不朽功業。

其二，集天下刑徒七十萬於驪山建墓，以消除刑徒被復辟勢力利用之隱患。

其三，獨尊始皇帝寢廟為帝者祖廟，大秦天子世代正祭。

其四，關中宮殿未盡者，以阿房宮為要，可擴建重起以宣秦之富強。

其五，外撫四夷，盡徵胡人材士，成五萬之旅屯衛咸陽，李信軍重回隴西。

其六，改蒙恬以北地民力屯衛長城之策，徵發中原民力，屯衛漁陽等邊郡。

其七，申明法令，以明法大臣趙高為監法用事之臣，查究奸宄不法之徒。

其八，整肅朝政，罷黜馮劫，以皇族大臣嬴德為御史大夫監政。

其九，增丞相府屬官，許丞相政令直頒郡縣。

其十，二世皇帝當秉承始皇帝政風，巡狩天下，示強政以威服海內。

舉凡上述諸事，李斯雖深感器局太小，然落到實處畢竟皆有深意，也就只好罷了。李斯十事之要害，在於整肅人事，以達成李斯掌控國政之實際所求。精明的李斯在備細揣摩了趙高之後，第一次大悟了「結人可成勢位」的奧祕。試想，趙高若不將少皇子胡亥這個要害人物掌控手中，縱然欲圖宮變，小小中車府令焉能為之？反之，李斯當年若誠心結交扶蘇，又豈能因患失權位而擁戴庸才胡亥？又豈能處處受制於一個小小中車府令？人事至要哉！勢位至要哉！基於此，李斯的政事舉要皆含人事之議。也就是說，每事之議，必給二世胡亥明白舉薦擔綱此事的人物，說是舉薦，實則是要胡亥照本批下，而不能像始皇帝時期那樣由皇帝遴選決斷任事之人。對此，此時的李斯尚深具信心。

始皇帝陵墓與宮殿重起事，李斯舉薦皆由少府章邯統領。公然理由是人人皆知的，章邯將軍出身，既能威服刑徒，且精於統轄器用製作之百工，又掌皇室財賦苑囿，便於梳理各方以和衷共濟；真實心思李斯卻不必說出，章邯是秦軍能才大將中唯一拜服李斯者，如九卿文臣之中的姚賈，堪稱李斯之左右臂膀。徵發胡人材士，則意在將李信的十萬隴西軍調離咸陽，又使貶黜蒙毅領軍隴西有了一個最妥當的說辭，此舉乃安定關中之一大要害也。改蒙恬之策，從中原徵發民力戍邊，則意在向新任九原大將王離施壓：你若一切秉承蒙恬之策，則丞相府與皇帝必不能放任！王離乃兩世名將之後，又與李斯素來疏遠，定要多加制約也。明法舉薦趙高，則是李斯與趙高之人事交易耳。趙高與二世一體，其「勢位」難以動搖，若不使其得益，勢必事事掣肘。為此，李斯非但欣然贊同了二世胡亥在即位大典上唯一的一道封黜詔書：罷黜蒙毅，擢升趙高為郎中令；且又以舉薦之法，送給趙高一項更大的權力——申明法令之監法大臣。對李斯而言，此一舉兩得也：一則換取趙高支持自己統政，二則搬去馮劫這方硬石頭。若非如此，則趙高不會支持罷黜馮劫。自然，並非趙高與馮劫同心，而是李斯與趙高都很清楚，馮劫的監政之權對李斯的威脅遠遠大於對趙高的制約，再以那個對李斯幾乎是唯命是從的皇族大臣嬴德代替馮劫，則朝政格局有利於李斯甚矣！

至於丞相政令直達郡縣，則是李斯的攝政根基所圖。依照大秦法政，開府丞相的領政權依舊有一層制約，這便是任何以丞相府名義頒布的政令，都得有皇帝的制書批示，便是那「制曰：可。」三個字。而李斯所請之直達郡縣，便是要不再經過皇帝制書之程序，由丞相府直接號令天下郡縣。果能如此，則李斯便能在很短時日內，將自己的長子李由做郡守的三川郡變成李氏部族的根基所在，使李氏之實際威勢形同舊時諸侯。小吏出身的李斯，很是看重擁有一方土地而根基極深的舊時世族貴胄，甚或很是看重赫赫儀仗所生發的權力尊嚴。然則，自從當年那次聲威赫赫的車騎儀仗被始皇帝無意發現而露出不悅，李斯立即知趣地收斂了。雖則如此，李斯欲使李氏後世子孫擺脫布衣身分而變成貴胄世家公子的遠圖，一直深深植根於心海深處。今日大權在握，寧不乘機而為哉！

趙高之思謀所圖，則與李斯大相逕庭。

不需思謀天下大政，趙高所慮者，盡在擴張權力也。自沙丘宮風雨之夜李斯未開遺詔，一種突發的權力欲望便在趙高心頭迅猛地滋生起來，到甘泉宮李斯進入符璽事所，趙高的宮變謀劃已經清晰起來了。諸般事端不可思議地順利，法治鐵壁上的那道縫隙已經被趙高完全看清楚了——秦法雖然整肅森嚴，然則在作為律法源頭的廟堂，卻有著很大的迴旋餘地。也就是說，法治風暴的旋轉軸心裡，有一方法度無法制約的天地，這便是「成法立制，終決於人」的最高程序。也就是說，以皇帝為軸心的廟堂，是天下律法的源頭；皇帝的意志，更是廟堂權力分配的源頭。常人難以明白的奧祕，在久處幽冥心境的趙高眼裡卻越來越清晰：無論秦法多麼森嚴整肅，可決定廟堂格局的權力卻始終掌控在皇帝位階，只要不急於改變諸如郡縣制之類的涉及天下根基的大法，而只求廟堂權力轉移到自己手中，其斡旋餘地是極大的。此間根基，便是奪取皇帝之位。

列位看官留意，趙高並沒有將皇帝看作任何一個個人，而是看作一種勢位。也就是說，在趙高心目中，任何人登上皇帝寶座而擁有勢位，都可以改變權力格局，縱然森嚴整肅如秦法也是無法制約的。如此法治縫隙之下，自己手中恰恰擁有胡亥這個少皇子，寧非天意哉！此間要害，便是確保運籌權力期間天下大政不亂。否則，帝國一朝傾覆，趙高縱然做了皇帝還不是亂軍亂民之階下囚一個？要確保天下服從自己的駕馭，便得有能臣確保最初的大局穩定。成此要害使命，李斯再合適不過也。天賜李斯以大才丞相之位，天賜李斯私欲處世之心，寧非天意哉！前有胡亥開道，後有李斯護衛，趙高之居中圖謀豈能不大放異彩？及至扶蘇死而蒙恬入獄，趙高已經確信自己的謀劃大獲成功了，下一步方略只有一個，便是盡可能地拓展權力，盡早地將整個天下裝進趙氏行囊！趙高記得，那夜聚酒慶賀扶蘇死去時，醉眼矇矓的自己忽然生出了一絲喜極而泣的悲哀——惜乎趙高無子，只能一世一人窮盡權力，子孫富貴不復見矣！

及至咸陽發喪胡亥即位，趙高的權力運籌已經自覺游刃有餘了。

亢奮的胡亥大顯憨癡，即位前夜在太子府召見趙高，辭色殷殷，一心要趙高做丞相取代李斯，至少取代馮去疾做右丞相。趙高哭笑不得，很是費了一番唇舌，才說得胡亥點頭了：即位大典只擢升趙高做郎中令，其餘人事皆聽李斯所奏。胡亥好容易明白了趙高反覆申明的大勢：此時李斯無人可以取代，必須放權任事；此時右丞相形同虛設，老師不能做既招人恨又沒有實權的空頭丞相；郎中令統領皇帝政事系統，不能仍然被蒙氏把持，要罷黜蒙毅，老師做郎中令名正言順。趙高很清楚，在扶蘇身死蒙恬下獄之後，胡亥對蒙毅已經不懼怕了，不想再整治蒙氏了。然則，趙高不能鬆心。蒙氏，尤其是幾乎曾經要殺掉趙高的蒙毅，是趙高自來的心病，不根除蒙氏，趙高寢食難安。趙高一力堅持，立即罷黜蒙毅，且不能教蒙毅留在關中。胡亥原本想給蒙毅換一個九卿大臣位作罷，可趙高反覆申述種種道理，繞得胡亥雲山霧罩，又只好點頭了。如此不疾不徐，趙高在二世皇帝即位大典上，一舉做了郎中令，位列九卿。

回到府邸，族弟趙成與剛剛成為趙高女婿的閻樂，設宴為趙高慶賀，稱頌喜慶之情溢於言表。趙高卻板著臉道：「九卿之位何足論也！老夫少年為宦，追隨先帝四十餘年死不旋踵，救難先帝不知幾多，與聞機密不可勝數；修習法令，力行文字，教習皇子，安定皇城；老夫之功，幾同列侯矣！先帝不封趙高，趙高自甘犬馬。然先帝已去，天下無人可使老夫服膺也。今日老夫出山，九卿之位小試牛刀耳，何賀之有哉！」一番訓誡，趙成閻樂等無不萬分景仰，紛紛拜倒受教，趙高這才高興得呵呵笑了。

目下，趙高謀劃的要害是應對李斯，而不是胡亥。

對於李斯，趙高看得越來越透了。在秦王時期，趙高是敬佩布衣李斯的。尤其是李斯奮然向秦王呈上〈諫逐客書〉時，親歷逐客令險象的趙高對李斯簡直視若天神了。趙高奉命駕馭王車追趕李斯於函谷關外，奮不顧身地將李斯背著下山，趙高是心甘情願的。李斯重回涇水工地日夜勞作謀劃，朝野有口皆碑，趙高也是景仰唯恐不及的。李斯為長史用事，統領王城政務，孜孜勤政夙夜不息地與秦王並肩操勞，趙高更是日日親見的。那時候，趙高一心一意地操持侍奉包括李斯在內的秦王書房事務，不僅是盡職盡責，也實實在在地融會著他對秦王對李斯的十二萬分的景仰與敬畏。這便是趙高，敬你服你，可為你甘效犬馬之勞，不敬你不服你，便會將你踩在腳下。趙高終生甘為秦王嬴政與始皇帝嬴政之悍奴，雖嬴政身後不敢出輕慢之辭，根基在懾服於嬴政皇帝之品性才具也，非獨恪盡職守也。而對於李斯，趙高是日復一日地漸漸浸潤出另一種感覺的。

雖非大臣，趙高卻幾乎「參與」了數十年中所有的大大小小的朝會。在繁忙的進進出出的事務操持之中，趙高星星點點地積累起對每個大臣的獨有體察。王翦的持重寡言，蒙恬的勃勃生氣，王賁的簡約直率，尉繚的隱隱玄機，頓弱的滔滔機變，姚賈的精明思慮，鄭國的就事論事，胡毋敬的略顯迂闊……無論這些大臣們朝會之風如何，都有一個相同處：驚人的堅韌，驚人的固執己見，非反覆論爭而不能達成同一。漸漸地，趙高不經意地有了一個反覆累積反覆加固的記憶：李斯是朝會會商中的一個特異人物，極少與人爭持，極少固執己見。而李斯每次提出的方略對策，大多總是與皇帝不謀而合，是故，因李斯主張而引發的論爭也極少。在趙高的記憶裡，似乎除了諸如郡縣制與封建制等皇帝特詔下議的幾次重大國策，幾乎沒有過因李斯對策而引發的軸心朝會的論爭……當時，趙高心下只有一個評判：李斯機變處世，曉得與皇帝事先會商，確實聰敏也！

後來，李斯的長子李由出任三川郡守，李斯並未力拒；李斯的一個個兒子與皇帝的一個個公主互嫁互婚，李斯也大有欣慰之情，毫無王翦那種越是功高越是自謙的謹慎。後來，李斯彰顯威勢赫赫的車騎儀仗，被皇帝不經意發現而不悅，李斯因公主兒媳之關係，立即得到宮廷內侍祕密消息，立即收斂了車騎儀仗。皇帝因此大為惱怒，認定此等口舌是非攪擾君臣相處，但卻追查不出何人傳播消息，遂全數殺了那日跟隨的侍從。如此重大事端，李斯卻一無承擔，聽任十餘名內侍侍女被殺。巧合的是，那次被殺者大多是趙高委派的親信內侍侍女。趙高無從發作，便對李斯大為惱恨，第一次對李斯生發出一種異樣的警覺：此人以利己為本，善變無情，得小心躲避為是。

那時，趙高對權勢赫赫的李斯是無可奈何的。

王翦王賁父子相繼離世後，操持完王賁葬禮的皇帝與李斯有一次夜半長談。那次之後，警覺的趙高第一次從李斯離開皇城的背影步態中，覺察到了李斯的落寞失意。大巡狩中，每日都與李斯相見的趙高，更覺察到李斯的沉重心緒。皇帝與鄭國祕密會商，與頓弱祕密會商，李斯都沒有與聞；皇帝中途發病，祕密派遣蒙毅返回咸陽預為安置，李斯也不曾與聞；趙高接手皇帝書房事務，李斯也不曾與聞。也就是說，大巡狩途中的李斯，除了掛一個行營總事大臣的頭銜，似乎已經隱隱被排除在軸心決策之外了。那時候，趙高是幸災樂禍的。為了那不明不白死去的幾個親信，趙高等待著李斯這座大山的崩塌……

然則，皇帝突兀地死了，一切都驟然地改變了。

從沙丘宮的風雨之夜開始，趙高不得不重新審視自己對李斯的仇恨了。皇帝沒有了，李斯便是巍巍泰山了。無論皇帝臨終時李斯如何隱隱失勢，畢竟沒有成為事實。皇帝駕崩之後，天下厚望依然在李斯。為此，趙高對胡亥說了真話，此事沒有丞相合謀，事不可成。那時，趙高對李斯可說只有三四成勝算，畢竟，李斯位極人臣大權在握，很難有使其動心的誘惑物事。趙高反覆思慮，選擇了未來的危險與可能的功業。說動李斯的方式，趙高很是斟酌了一番。說動李斯，不能從大政功業入手。一則，論大政功業，自己遠沒有李斯雄辯滔滔；二則，趙高需要李斯認為自己不通國事，也不求功業，而只求保身。然則，趙高又必須將李斯的思緒引向功業。趙高確信，若僅僅是保權保位，而沒有未來的皇皇功業誘惑，李斯未必動心。畢竟，扶蘇蒙恬以李斯為犧牲替皇帝開脫，只是一種可能，而且是極小的可能，趙高可以誇大這種可能，但不能保證李斯相信這種可能。所以，趙高必須以開啟遺詔為由，營造深謀深談的情境，再以扶蘇即位後有可能對李斯形成的威脅入手，做出一心為李斯設謀，同時也為自己後路設謀的兩利格局，使李斯最大可能地相信這一結局之成功得利最大者是李斯，從而最終使李斯成為同謀。一心只為李斯而不為自己，必然顯得虛假，李斯未必相信；只為自己而不及李斯，看似直奔立帝大格局，然李斯必然會斷然拒絕。此間之微妙尺度，盡在趙高心中。趙高按照謀劃，在甘泉宮的符璽事所與李斯做了徹談，合謀成功了。

及至李斯在扶蘇自殺前後憂喜無定，趙高幾乎是完全把握了李斯。

當閻樂攜帶李斯製作的假詔書前往九原後，旬日不見消息，李斯憂心忡忡，幾次頗見痛悔；而得扶蘇自殺消息後，李斯又大喜痛飲，其執意不堅體現得淋漓盡致矣！面對如此李斯，趙高殘存的些許景仰與敬畏也都煙消雲散了，並油然生發出另一種心境，這便是蔑視與不齒。至此，趙高深信，從廟堂剔除李斯，只剩下最後一段路了。

這段路，便是支持增大李斯權力，使李斯在大展雄才的施政作為中陷進無邊的泥沼。趙高之所以確信李斯會陷進泥沼，之所以確信增大李斯權力不會使李斯真正成勢而危及自己，其根本之點，在於趙高對李斯兩則弱點的深徹把握。其一，李斯為政好大喜功，極善鋪排，極重功業口碑。山東士人亦嘗言，始皇帝好大喜功。趙高卻以為大大不然。始皇帝為政，非但確實有亙古未聞的大器局，且精於聚天下之眾力以成事，更有鐵志雄心，善激發，善用人，善決斷等等常人難以企及的天賦稟性與才具聚於一身，所以謀大事無一不成。且看始皇帝畢生作為，事事石破天驚而無一不恪盡全功，鐵錚錚明證矣，何談好大喜功哉！李斯不然，有皇帝謀劃大政之才，而無皇帝實施大政之種種實力。僅僅執意不堅這一點，便使趙高確信：李斯成不得任何真正的功業。善謀者未必成事，此之謂也。更何況，一班元勳零落之後，李斯幾乎是獨木一柱了，成就功業豈非癡人說夢？然則，李斯早已經自負得忘記了這一切。唯李斯好大喜功，急於在天下臣民中樹起「李公安國，功莫大焉」的口碑，便必然地要生發出諸多事端。其時，李斯安能不陷入泥沼，焉能不成為砧板魚肉矣！

其二，李斯弄權頗顯迂闊，私欲既深卻又看重名士氣度，於權謀之道顯得大而無當。趙高認定，欲弄權謀私，便要心黑術厲而不能有名士顧忌，且要捨棄功業之心。李斯不然，心有私欲而半遮半掩，權術謀劃則欲做還羞，既欲謀私，又欲謀功，既做小人，又做君子，事事圖謀兼得之利，必然事事迂闊不實。假造詔書逼扶蘇蒙恬自裁，李斯大大地心有不安，卻也依舊做了。罷黜馮劫蒙毅，李斯也老大不忍，還是終究做了。只要李斯依然看重大秦創制功臣的天下名分，依然力圖秉承秦政護持秦法，李斯的謀功之志便必將與謀私之實南轅北轍，最終活生生撕裂李斯。一個既矛又盾的李斯，在廟堂權謀運籌中必將左支右絀，既威脅不到趙高，又將層出不窮的漏洞彰顯於天下，如此李斯者，不倒不滅豈有天理哉！

種種思慮之下，趙高謀劃了兩則對策。一則，遵奉李斯，以驕其心。也就是說，趙高要支持李斯的力行新政，要胡亥這個皇帝聽任李斯鋪排國事，要使李斯實實在在地覺得他的功業之路已經踏上了正途。二則，靜觀時日，雕琢胡亥。那個剛剛做了皇帝的胡亥，是趙高的根基。沒有胡亥，趙高甚也不是。可這個胡亥也二十一歲了，說長不大也長大了，常有匪夷所思之心，常有匪夷所思之說，趙高不得不小心應對了……

三人之中，胡亥圖謀者全然不同。

胡亥作夢也沒想到，自己竟能做了皇帝！儘管從沙丘宮開始，皇帝夢已經開始了兩個月餘，胡亥還是雲裡霧裡不知所以。始皇帝方死之日，胡亥被趙高描摹的險境籠罩了心神，終日心驚肉跳，祈求的最好前景，也就是安居一方自保而已。扶蘇自裁前，胡亥雖然已經被擁立為太子，然整日眼見趙高與李斯心事重重，更恐懼於趙高描摹的扶蘇稱帝後的殺身之禍，胡亥夜來常常被無端夢魘嚇得失聲尖叫，根本沒有做太子的絲毫樂趣。直至回到咸陽，在舉國發喪的悲愴驚愕中登上了皇帝大位，胡亥還是如芒刺在背不得舒坦，即位大典上大臣們的冰冷目光總是讓胡亥心頭發毛。如此心境姑且不說，言行舉止還得處處受制。朝會散了，不能如同既往那般優哉遊哉地與侍女內侍們博戲玩鬧，得坐進書房，一卷一卷翻閱那一座座小山般的文書，活活將人鑲嵌在文山書海裡，憋悶得透不過氣息，當真豈有此理！第一夜坐到三更，胡亥無論如何受不住煎熬，鼻涕眼淚縱橫流淌，哭兮兮歪倒在碩大的書案上呼呼大睡了。聞訊趕來的趙高大皺眉頭，連忙吩咐兩名侍女將胡亥背進了寢宮。

不料，次日五更雞鳴，胡亥正在沉沉大夢中兀自呵呵癡笑，卻被督宮御史喚醒了，說有要緊奏章呈進，皇帝得立即批下。尚在懵懂大夢的胡亥頓時怒不可遏，一腳踹翻了御史，自己也坐地號啕大哭，連聲哭喊不做皇帝了。已經是郎中令的趙高匆匆趕來，摒退了左右內侍侍女，沉著臉親自給胡亥穿戴好衣冠，又親自扶著胡亥走進了東偏殿書房，翻開那卷緊急奏章放置在案頭，將銅管大筆塞進胡亥手裡，示意胡亥批寫詔語。

胡亥懵懂搖頭道：「寫甚？不是有丞相麼？」趙高哭笑不得道：「陛下，丞相是丞相，皇帝是皇帝，皇帝比丞相大。便是丞相做事，也要皇帝批下准許方可。」胡亥滿面愁苦地瞄了一眼奏章，大有不耐道：「他說要在陳郡徵發民力，戍邊漁陽，我能說不行麼？」趙高道：「陛下是皇帝，自然能說不行。然則，這件事不同，皇帝得說行。」「為甚？」胡亥倏地一笑，「不是說能說不行麼？」趙高目光一閃道：「皇帝要說不行，便沒人守護國門了。沒人守護國門，匈奴便打來了。匈奴打來，皇帝就沒有了。」胡亥驚訝道：「皇帝沒有了？皇帝做甚去了？」「喀嚓！」趙高做了個劍抹脖頸的架勢，「皇帝被人殺了。」「噢！被誰殺了？」胡亥大是好奇。趙高一臉認真道：「被匈奴殺了。」胡亥頓時恍然大悟：「噢——，明白了！我是皇帝，他是郡守；郡守接丞相令要徵發民力戍邊，皇帝要說不行，匈奴便要打過來；匈奴打過來，皇帝便被匈奴殺了。可是？」趙高連連點頭：「陛下天資過人，大是大是！」胡亥不耐道：「如此簡便事，奏章卻說得這一大片繁雜，真愚人也！」趙高一拱手道：「陛下天賦異稟，方能貴為天子，與愚人何計？批下奏章便是了。」胡亥方一提筆，兩隻大眼一撲閃道：「能行兩字好寫得緊，不難不難。」趙高連忙一拱手高聲道：「陛下不可！不能寫能行！」胡亥很覺聰明地一笑：「怪也！說能行又不寫能行，寫甚？寫不行麼？」趙高一步過來道：「陛下得寫『制曰：可。』三個字。此乃皇室公文典則，『能行』不作數。」「典則？典則是甚？」胡亥又茫然了。趙高一臉苦笑道：「典則，就是法度，就是程序，就是規矩。從皇帝到百官，都得照著來。」胡亥又頓時恍然大悟：「噢─！與博戲一般，你走一步，我走一步，走到何處，得有規矩。可是？」趙高連忙點頭：「大是大是，陛下天賦過人也！」胡亥呵呵一笑又突然大皺眉頭道：「皇帝規矩，便是天天寫『制曰可』三個字。可是？」趙高一拱手道：「陛下明察，大體不差，此乃出詔發令之權也。」胡亥連連搖頭道：「不好不好，甚規矩？誰不能寫這三個字，非得皇帝寫麼？」趙高臉色一陣青一陣白，終歸勉力平靜道：「這三個字，任何人都寫不得，只能皇帝自己寫。不能寫這三個字者，不是皇帝。」胡亥驀地驚喜道：「老師是說，能寫這三個字者，便是皇帝了！」趙高被糾纏得終於有些不耐了，臉色一沉道：「陛下若不喜歡寫這三個字，那自然是能寫這三個字者便是皇帝了。」胡亥驀然愣怔一陣，費力地品咂著兀自念叨著，大有揣測啞謎一般的童心稚趣：「皇帝若不寫制曰可，便有人要寫制曰可，凡能寫制曰可三字者，便是皇帝。可是？」趙高嘴角一陣抽搐，突然一臉恐懼道：「陛下若再不寫，匈奴馬隊要來了！」胡亥倏地一驚，連忙道：「寫寫寫……寫在何處？」趙高過來，指著蓋有郡守陽文方印的卷末空闊處道：「寫。這裡。」胡亥不再說話，竭力認真地寫下了「制曰可」三個字，像極了趙高的筆法……

胡亥沒有料到，隨之而來的國葬使他大大地品咂到了做皇帝的快樂。

五、禮極致隆　大象其生　始皇帝葬禮冠絕古今

自九月以至入冬，李斯一直在全力操持始皇帝葬禮。

對於始皇帝國葬，李斯是盡心竭力的。胡亥接納趙高舉薦，發喪之後恭敬地拜李斯為主葬大臣，且頒行了一道詔書：丞相李斯得全權處置始皇帝葬禮事宜，舉凡國府郡縣官署得一體從命，否則以法論罪。李斯倍感奮然，當即擬就了一卷〈致隆國葬書〉呈上，胡亥立即批下了「制曰可」三個朱紅大字。在春秋戰國諸子百家中，將葬禮論說得最透徹的，當屬李斯的老師荀子。荀子的〈禮論〉，其軸心便是論說葬禮。李斯之所以要鄭重上書，便是要以老師立論為根基，將始皇帝葬禮操持成有大師學說為根據的亙古未見的盛大葬禮。李斯由衷地以為，這既合始皇帝超邁古今的大器局，也很合目下安國之要義。李斯在上書開首，先大篇引述了老師荀子的葬禮論：

禮者，謹於治生死者也。生，人之始也。死，人之終也。終始俱善，人道畢矣！……故死之為道也，一而不可再得其復也。臣之所以致重其君，子之所以致重其親，於是盡矣！故，事生不忠厚，不敬文，謂之野；送死不忠厚，不敬文，謂之瘠（刻薄）。君子賤野而羞瘠，故天子諸侯棺槨七重……，使生死終始若一。一足以為人願，是先王之道，忠臣孝子之極也。天子之喪動四海，屬諸侯……若無喪者而止，夫是之謂至辱。

喪禮者，以生者飾死者也，大象其生，以送其死也。故如生如死，如亡如存，終始一也……是皆所以重哀也。故生器文而不功，明器貌而不用。凡禮，事生，飾歡也；送死，飾哀也；祭祀，飾敬也；師旅，飾威也。是百王之所同，古今之所一也，未有知其所由來者也。故，壙壠（陵墓），其貌象室屋也；棺槨，其貌象版蓋斯象拂也……上取象於天，下取象於地，中取則於人，人所以群居和一之理盡矣！故三年之喪，人道之至也。復是謂之至隆，是百王之所同，古今之所一也！……三月之殯，何也？曰：大之也，重之也，所致隆也！

列位看官留意，荀子的葬禮說，給後世解讀始皇帝陵墓奧祕提供了必須的路徑，然卻極少為人注意。至少，荀子關於葬禮的四個基本立論，已經被史書記載的始皇帝葬禮與後來的歷史發掘與一定程度的科學探測所證實。其一，「大象其生，以送其死」——人之葬禮應當與生前身分相合。這一葬禮法則，決定了始皇帝葬禮與陵墓格局的空前絕後。其二，葬禮以「致隆」為要，不能失之刻薄（瘠）——人之葬禮以死者生前享有的禮遇為本，進而最大限度地隆重化。這一葬禮法則，是始皇帝葬禮與陵墓之所以窮極工程財富之能，而又為當時天下所接受的傳統禮治根基，非胡亥李斯趙高的任何權力意志所能一意孤行也。其三，「壙壠其貌象室屋」——死者陵墓及地下寢宮之形制鋪排近似於生前行為環境。這一葬禮法則，決定了始皇帝葬禮陵墓的諸如兵馬俑軍陣等種種盛大氣象的現世所本，並非憑空臆想。其四，「上取象於天，下取象於地，中取則於人」——死者地下寢宮應當取諸天地人三象，以盡「人所以群居和一之理」。這一葬禮法則，見諸不同身分之人，可謂天差地別。然，即或庶民葬禮，至少也是當有者都有，庶民墓室上方的磚石上刻畫星月以象天也是完全可能的。也就是說，荀子只提供了一種原則，實施之規模大小則取決於死者生前地位。

始皇帝葬禮陵墓依此法則展開，自然是宏大無比。《史記・秦始皇本紀》云：「……以水銀為百川江河大海，機相灌輸，上具天文，下具地理。以人魚膏為燭，度不滅者久之……葬既已下，……樹草木以象山。」此等地下宏大景象，已經被發掘出的兵馬俑軍陣，以及尚未發掘而進行的科學探測所大體證實：廣袤蒼穹星斗羅列，取象於天也；水銀為江海河川，取象於地也；兵馬俑軍陣與廟堂朝會羅列陵城，中取於人也。

後人每每驚歎於始皇帝陵墓氣象之瑰麗龐大，多將此等營造謀劃之奇蹟，本能地歸結於秦始皇帝本人的超絕創制之才。其實不然，始皇帝一生勞碌繁忙於國事，五十歲之時驟然死去，無論其心志、其時日，都不可能從容地去鋪排身後如此盛大的葬禮。這裡只有一種可能：謀劃力與想像力幾乎與始皇帝匹敵的李斯，以荀子關於葬禮的法則為根基，最極致地營造出了格局驚人的隆盛葬禮，最極致地營造出了冠絕歷史的宏大陵墓。合理的歷史邏輯是：始皇帝葬禮與陵墓，幾乎與始皇帝沒有必然關聯；人們忽視了後來變得灰濛濛的李斯，於是也將人類奇蹟之一的始皇帝陵墓，變成了無法破解的奧祕。此乃後話也。

引述荀子之論後，李斯提出了始皇帝葬禮與陵墓的總方略：

> 先帝偉業，冠絕華夏而超邁古今，葬禮陵寢亦當如是也。老臣總司國葬，擬議方略：以荀子葬禮之說為本，大象其生，禮極致隆，陵極宏壯，室極深邃，工極機巧，材極精麗，藏極豐厚。非此，不足以大象先帝之生也！

胡亥批下上書後，李斯立即星夜聚集老奉常胡毋敬屬下各署及博士宮全部博士，會商決斷國喪與陵墓建造的總體格局。胡毋敬與一班博士對二世批下的李斯上書激賞不止，儒生叔孫通一言以蔽之：「丞相既通法家之精要，亦通儒家之禮教，此葬禮方略深合荀儒之厚葬精義，大哉大哉！」於是，三日三夜會商之後，確定了葬禮與後續陵墓建造的總體格局。其中最大的創制，是一致認可了李斯提出的建造地面陵園的方略。

列位看官留意，蓋古之中原葬禮者，有墓無園也，有墓無祭也。此所謂「古不墓祭」之說也（註：古不墓祭之說，見《續漢書・祭祀志》）。也就是說，中原文明的古人，祭祖在宗廟（庶民謂家廟），而不到墓地祭祀；唯其不祭墓地，春秋戰國及其之前的中原墓地，都是孤零零墓地而已，沒有地面建築而任其自然湮滅；這也是先秦墓地幾乎沒有地面痕跡的原因之一。墓地祭祀，原本是戎狄游牧部族之禮儀。因其居無定所，再加財力有限，沒有建造固定宗廟家廟之可能，故有年年趕赴墓地祭祀之風習也。秦人自殷商時期進入西部，在戎狄部族海洋中半農半牧奮爭數百千年，生存之艱難與戎狄部族無異，自然秉承了墓祭之風。今始皇帝必然有陵墓，秦人也必然要到墓地祭祀，既然如此，孤絕矗立之墓地，則有無以「大象其生」之缺憾。此，李斯創設園寢制之起因也，卻非實質目標也。李斯之實質目標，是以可見的宏大的地面城堡式的陵園建造，大張始皇帝之萬世不朽——始皇帝不朽，始皇帝廟堂運籌之李斯焉能朽哉！

何謂園寢？寢園也，安寢之園也。也就是說，使死者安寢於地下之地上園囿，便是園寢。李斯謀劃的園寢制是：以始皇帝陵墓（山墳）為軸心，建造一座分為內城外城的壯麗城邑，內城周圍五里，外城周圍十二里，內外城俱有四座城門；其形制規模，遠遠大於春秋戰國「三里之城，七里之郭」的尋常現世城堡；陵園城邑之內，除地下盡行鋪排龐大軍陣朝會等等宏大格局外，地面山墳一側同時建造祭祀之宗廟，供皇室與天下臣民入廟祭祀。這一宗廟的正式名稱是「寢廟」，也就是建造在陵寢的宗廟。

時當戰國末世，在墓地建造宗廟（寢廟），堪稱一件改變天下葬禮習俗的全新事物。李斯既創設園寢宗廟，本意自非僅僅供天下臣民自發地流水祭祀，而是要成為一種祭祀定制，成為皇家正宗祭祀禮儀。為此，建造陵墓城邑一開始，李斯便特意與老奉常胡毋敬聯名上書，請尊始皇帝寢廟，以始皇帝陵寢之宗廟為祭祀正宗所在。二世胡亥自然是立即寫了「制曰可」三個大字，並破例將李斯胡毋敬上書發下讓群臣議決。這大約是二世胡亥唯一的一次「下群臣議事」了。此時的大臣們已經是人心惶惶了，自然是無一異議。於是，主持議決的李斯與胡毋敬歸總上書，明確定制為：「今始皇為極廟，四海之內皆獻貢職，增犧牲，禮咸備，毋以加。天子儀當獨奉始皇廟，以尊始皇廟為帝者祖廟。」自此，皇帝陵寢宗廟制正式確立。也就是說，自始皇帝陵墓開始，廟祭與墓祭合二為一了。相沿後世，華夏民族的墓祭風習日漸彌漫，終將清明節約定俗成為一年最為隆重的祭祀日。

自始皇帝園寢制創立，歷代皇室相沿承襲漸成定制。後世史家對園寢制演變的解釋是：「漢氏諸陵皆有園寢者，承秦所為也。前廟後寢，以象人君前有朝後有寢也。廟以藏主，四時祭祀。寢有衣冠，象生之具以薦新（註：見《宋書・禮志》）。」此乃後話。

自九月以至大雪飄飄的冬日，李斯一直深陷在連綿不斷的盛大葬禮中。

要做的事情太多了，要頒行的政令太多了。若非李斯極善理事，任誰在這人心惶惶的時日也料理不清這頭緒極其龐雜的種種事務。曾經總理過百萬民力大決涇水的李斯，將一切禮儀細務俱交老奉常胡毋敬處置。李斯自己則只盯住兩處要害不放：一則是葬禮總鋪排與陵墓總格局，一則是須得即時解決的陵墓工程難點。第一則要害，關乎「禮極致隆」能否做到「大象其生」，自然得李斯親決親斷。第二則要害，關乎龐大的園寢工程之成敗，諸多難點雖是最為實際的細節，卻恰恰得李斯親自過問。

為決陵墓工程之難，李斯請出了交誼篤厚的鄭國。

鄭國已經耳背了，眼花了，蒼老得步履維艱了，已經對國事不聞不問了。李斯高聲大嗓，費力地比劃著喊話一番。鄭國好不容易聽清了李斯來意：一則，這是大工師用武之地，非鄭國莫屬；二則，只要鄭國坐鎮指點要害，餘皆不問。思忖良久，這個酷好治水且一生醉心於揣摩工程的老水工，終於應了：「不涉國事，老夫走走看看。」當日，李斯立即將鄭國祕密而隆重地護送到驪山工地，護送進章邯幕府，這才長長地出了一口粗氣，心下稍見輕鬆了。李斯力邀鄭國出山，自然非鄭國通曉葬禮，而是鄭國極擅解決工程之難。李斯確信，沒有鄭國這個千古奇才，這個亙古未見的地下大工程無法令人放心。

果然，有鄭國坐鎮，陵墓工程的諸多難點逐次一一解決了。

第一則，鄭國立即改變了章邯平均使用工匠的做法，指點章邯法則：將八成皇城尚坊的能工巧匠集中編為大工營，率三萬精壯刑徒，專一致力各種地下工程；其餘兩成尚坊工匠，率全部郡縣工匠與數萬民力，專一致力地面寢廟與製陶工程；剩餘全部數十萬刑徒，皆以施工官吏分部統領，分別致力於排水、取土、運土及石料磚料木料等各種原材料的採集輸送。章邯依法施為，工效大見增長，一時連連大呼：「老水工運籌營造，神也！」

第二則，石料採集地的確定。始皇帝陵墓工程浩大，地下石料用量之巨猶過地面，從何方採石是一個很大的難題。鄭國也不踏勘，探水鐵尺遠遠伸出，敲打著章邯座案後的地圖，聲音蒼老高拔，生怕別人聽不見：「玉料，取藍田玉！材質粗韌，堅實耐磨。其餘石料，涇水甘泉口山岩！石白，石堅，萬世不足毀也！」章邯立即實施，分出二十萬刑徒專一採石運石。至此，整個關中腹地渭水兩岸日夜火把燭照天地，黑壓壓人群車馬川流不息；未出旬日，沉重的拖拉巨石的號子聲，遂變成了撼人肺腑的號子歌——運石甘泉口，渭水為不流，千人一唱，萬人相鉤！……據《關中勝跡圖志》並《長安志》記載：始皇陵東南二里處（在當時園寢之內），尚有形似巨龜的佷石矗立，石高一丈八尺，周長十八步（秦步六尺，大體當今二十餘公尺）；此佷石「置之驪山，至此不復動」。佷者，音同狠，意同狠；佷石者，狠石也，足見其龐大無倫。此等巨石開鑿運輸令人驚歎無由也！唐人皇甫湜題有〈佷石銘〉云：「佷石蒼蒼，驪山之傍。鑱樸礱瘢，嶷然四方。……發石北山，言礎於墓。故老相傳，以佷名之。自昔太古，不封不樹。有葛於溝，有薪於野。後聖有作，緣情不忍。為之棺槨，其在唐虞……視茲佷石，炯戒千春！」

第三則，取土之地的確定。驪山本身為山墳，其土不可取。然園寢為土木工程，用土量極大，焉能無取土之地？老鄭國這次倒是坐著高車在驪山周遭閒晃了幾日，回來用探水鐵尺敲打著地圖道：「驪山東去，園寢外十餘里，新豐水北岸有一土山，土色上佳。」章邯立即分出三萬刑徒，趕赴新豐水土山晝夜取土。後世《水經注・渭水注》云：造陵取土，這座土山被挖成了一片巨大的深坑，其地淤深，水積成池與新豐水通，魚蝦生出。故此，後人將大坑呼之為魚池，將新豐水呼之為魚池水。

第四則，地下開鑿之兩難終歸解決。始皇帝陵地下寢宮氣象宏大，開鑿尤為艱難。難點之一，驪山地下泉水豐沛，且多有溫泉，鑿地數丈便有泉水橫流噴湧，要開鑿數十丈之深簡直無從著手。鄭國乃天賦絕世水工，精於水事更精於水性，踏勘揣摩旬日，便謀劃出一個施工方略：塞以文石，致以丹漆，錮水泉絕之而後開鑿。

由於史料行文的簡約，後世已經無法具體地知道這一方略究竟是如何具體實施的了。我們僅能大體描述為：用花紋巨石累積築牆，並輔以鐵條錮之，堵水牆外塗抹某種類似丹漆（紅漆）的塗料，以堵塞縫隙滲漏，而後繼續開掘。在此施工方略之下，連續鑿過三層地下泉流（穿三泉），也成功堵塞了三層地下泉流（下錮三泉）。

此時，地下開鑿突然遇到了一種奇異的境況。《漢舊儀》描述這種狀況為：「已深已極，鑿之不入，燒之不燃，叩之空空，如天下狀！」這便是第二個最大的難點：地下岩石層。舉步維艱的鄭國，被章邯親自帶領護衛甲士用軍榻抬下了地下工地。火把之下，鄭國全部踏勘了叩之空空的地下石層，最終長歎了一聲：「天工造物，老夫無奈矣！目下之勢，只能旁行開鑿。欲圖再深，無望也。」回到地面，章邯立即將鄭國決斷上書稟報了丞相府。李斯立即上書二世胡亥，請以鄭國之法行事：可廣不可深。二世胡亥請教趙高之後，批下了似乎頗有主見的兩行文字：「制曰：鑿之不入，燒之不燃，其旁行三百丈乃止。」

至此，始皇陵的龐大地下工程終止了深掘，不再求窮極於地了。

工程諸難決斷之後，李斯最後的忙碌，是統籌謀劃始皇陵地下寢宮的格局並全部藏物。李斯原定的葬禮總方略中，有「藏極豐厚」一則。在李斯看來，地下寢宮之藏物也必得做到「大象其生」，既滿足始皇帝對天下珍奇的讚賞喜好，又彰顯一統帝國擁有九州四海的驚人財富。因陵寢藏物須直接取之於皇室府庫，李斯為此專門上書胡亥，請以皇室府庫之三成財富藏入先帝陵寢。胡亥這次沒有就教趙高，立即獨斷批下，其語大是驚人：「制曰：先帝國葬宜厚宜豐，舉凡先帝生前所涉器用珍奇財貨，一體從葬！先帝後宮非有子者，出焉不宜，皆從死！」

李斯接到詔書，心下大是不安了。

財富珍奇，厚藏可也。這人殉，可是早在戰國初期便已經廢除的駭人舊制，如何能再現於大秦新政？更有一端，戰國廢除人殉者，秦獻公發端也，今復人殉，既有倒行逆施之嫌，更有褻瀆先祖之嫌，豈非荒誕絕倫之舉哉！儘管，胡亥詔書的實際所指李斯也清楚：是讓曾經侍奉先帝寢室而沒有生子的嬪妃侍女一體從死，而不是教後宮所有女子一體殉葬。縱然如此，大約也是百數上下甚或數百人等，何其酷烈矣！李斯本想諫阻，如同當年之〈諫逐客書〉一樣奮然發聲。可李斯思謀良久，還是打消了諫阻之心。畢竟，自己是主葬大臣，極盡隆盛而大象其生，是自己一力主張的；況且，胡亥的理由是侍奉先帝的女子放還民間是不宜的，畢竟不能說完全沒有道理；而放還後宮之六國女子，恰恰又是李斯的後續新政之一，此時為後宮女子而諫阻，後續整肅後宮事勢必胡亥不悅。當然，更為根本的是，李斯想要最大限度地減少自己走向攝政的阻力，便必須在某些不關涉大政的小事上容讓胡亥；今恢復人殉固然駭人聽聞，然畢竟不關涉後續大政，認真計較起來，剛剛達成默契的君臣際遇便很可能就此夭折……終於，李斯沒有上書諫阻。在天下最需要李斯膽略的時候，歷史卻沒有留下如同〈諫逐客書〉一般的雄文。李斯不置可否，對人殉保持了沉默，只全力以赴地操持地下寢宮格局與物藏種類了。

始皇帝陵之格局與豐厚物藏，歷代多有記載，幾則具有代表性的描述是：

《史記・秦始皇本紀》云：「（始皇陵）穿治驪山……穿三泉，下銅而致槨，宮觀、百官、奇器珍怪，徙藏滿之。令匠作機弩矢，有所穿近者輒射之。以水銀為百川江河大海，機相灌輸，上具天文，下具地理。以人魚膏為燭，度不滅者久之。」這則記載中，值得注意者是「人魚」一物。《史記正義》引《廣志》云：「鯢魚聲如小兒啼，有四足，形如鱧，可以治牛，出伊水。」可知，這人魚便是今日陝南猶有的娃娃魚。又引《異物志》云：「人魚似人形，長尺餘，不堪食。皮利於鮫魚，鋸材木入。項上有小穿，氣從中出。秦始皇塚中以人魚膏為燭，即此魚也。出東海中，今臺州有之。」由此可知，當時此等人魚尚有多處產地，捕撈雖難，然終不若後世那般珍奇。

《漢書・劉向傳》云：「始皇葬於驪山之阿，下錮三泉……石槨為遊館，人膏為燈燭，水銀為江海，黃金為鳧雁。珍寶之藏，機械之變，棺槨之麗，宮館之盛，不可勝原。」

《漢書・賈山傳》云：「始皇死，葬乎驪山……下徹三泉，合採金石，冶銅錮其內，漆塗其外，被以珠玉，飾以翡翠，中成觀游，上成山林。」

《水經注・渭水注》云：「秦始皇大興厚葬……斬山鑿石，下錮三泉，以銅為槨。旁行周回三十餘里。上畫天文星宿之象，下以水銀為四瀆百川五嶽九州，具地理之勢。宮觀、百官、奇器、珍寶充其中。令匠作機弩，有所穿近，輒射之。以人魚為燈燭，取其不滅者久之……項羽入關，發之，以三十萬人三十日運物不能窮！關東盜賊，銷槨取銅。牧人尋羊燒之，火延九十日不得滅。」

此外，尚有《太平御覽》引述多種史料之描述，也還有《晉書・載記七》對石季龍盜掘始皇陵而取銅柱鑄器的描述等。舉凡後世所記述，大體皆以《史記》為根本衍生，其中諸多條則，後世皆不敢相信，每每多有質疑。譬如藏物極厚到何種程度，史家每每質疑項羽盜墓時「三十萬人三十日運物不能窮」的財富規模。直至當代，始皇陵之地面城邑早已蕩然無存，而地下發掘多有成果，科學探測亦部分證實史料記載之後，人們依然不敢相信，如此龐大輝煌的奇蹟能在兩千多年之前創造出來。而歷史必將證實：去秦帝國百年的司馬遷的記述是大體無誤的，後人今人之種種質疑，大多是喪失歷史想像力的結果而已。

六、天下孜孜以求的二世新政泡沫般飄散了

因國葬而頗顯冷落的年關一過，疲憊已極的李斯重新燃起了一片心火。

還在去冬第一場大雪落下的時節，李斯已經開始籌劃來年開春後的皇帝大巡狩了。二世胡亥與始皇帝不可同日而語，李斯自不會對其巡狩天下抱有何等奢望。李斯只存一個心思：使二世胡亥的大巡狩，成為宣示新一代大政的開端，使自己重新整肅天下的政令能借勢鋪開。唯其如此，李斯謀劃的大巡狩路徑很簡單：沿始皇帝東巡的主要路徑東進，主要部署三個駐蹕宣政點，一則濱海碣石，一則越地會稽，一則遼東長城；如此三點所經地域，大體已將事端多發的要害郡縣包攬無餘了。

其所以主張二世開春立即東巡，是李斯已經從紛至沓來的郡縣文書中敏銳地嗅出了一絲異常氣息——天下已經開始生發流播種種神祕流言了！有一則託名楚南公的流言，看得李斯心驚肉跳：「楚雖三戶，亡秦必楚！」顯然，天下人心已經如隱隱大潮四面動盪了。雖然，李斯不能確切地預知此等大潮將釀成何等風暴，也不能確切地預知自己的新政能否平息這隱藏在廣袤華夏的暗潮動盪。然則，李斯確切地直覺到：得立即實施新政，得立即整肅郡縣民治，將長城、始皇陵、直道馳道等大型工程盡快了結，將二世欲圖再度修建的龐大的阿房宮設法中止，使民力盡快回歸鄉里，使農耕漁獵商旅等諸般民生大計，盡早地正常流轉起來；諸多重大弊端若不盡快矯正，天下洶洶之勢便將很難收拾！

整肅此番大局，李斯倍感艱難。

最根本處，在於天下大勢已經發生了一種極其危險的兩大潮流融合，時移也，勢易也。秦滅六國前後，天下始終激盪著四大潮流：期盼天下一統的潮流，擁戴大秦文明新政的潮流，天下庶民渴求結

束戰亂而安居樂業的潮流，山東六國老世族的反秦復辟潮流。在一統六國的連綿大戰時期，在帝國大政創制初期，始終是前三大潮流始終緊密地融合一體，結成了浩浩蕩蕩的天下主流大勢。那時候，秦軍作戰如摧枯拉朽，秦政實施如江河行地，天下臣民「歡欣奉教，盡知法式」；其時所謂復辟暗潮，星星點點而已，幾乎被呼嘯而來的統一新政大潮淹沒得無影無蹤了。然則，隨著帝國大政全力以赴地傾注於盤整華夏河山消弭南北邊患，天下庶民的生計被忽視了。萬千黔首有了土地，有了家園，卻不能安居樂業；南海北國屯衛戍邊，種種工程連綿不斷，土地荒耕了，家園蕭疏了，商旅凋敝了，人民的怨聲也漸漸地生發了，天下民心對帝國大政的熱切嚮往也不期生發出一種冷漠。當此之時，山東老世族的復辟暗潮乘機湧動了，刺殺皇帝、散布流言、兼併土地、鼓蕩分封，攪亂天下而後從中漁利之圖謀昭然若揭。

至此，埋首於大力盤整華夏的始皇帝終於警覺了，終於看到了離散的民心被復辟暗潮裹挾的危險。依始皇帝後期的謀劃：幾次大巡狩嚴厲鎮撫山東復辟暗潮之後，土地兼併的惡流已經大體被遏制；緊接的大政方略，便該是長城、直道竣工，兩大工程之民力返鄉歸田；與此同時，懲治兼併世族與緩徵緩工的法令緊隨其後。以始皇帝之才具威權勤奮堅韌，以大秦廟堂之人才濟濟上下合力，果能以如此方略施政，天下大勢完全可一舉告定，從此進入大秦新政的穩定遠圖期。

然則，不合始皇帝驟然病逝，一切都因廟堂之變而突兀地扭曲變形了！原本已經根基潰決而陷於山海流竄的六國世族，驟然沒有了強大的威懾，又悄悄地重新聚攏了，死灰復燃了。原本已經精疲力竭的民眾，將最後的一絲希望寄託在了新皇帝身上，或者說，也隱隱約約地寄託在了老丞相李斯身上。孰料大大不然，渴盼歸鄉的百餘萬長城直道徭役，被李斯下令暫緩歸鄉，轉至直道未完路段搶工並同時屯衛北邊長城；已經歸鄉的部分民力，又被各郡縣重新徵發，匆忙應對龐大的驪山陵工程，還要啟動更大型的阿房宮工程。大秦廟堂陷入了湍流飛轉的權變漩渦，顧不得民生大計了。倏忽大半年，徵治兼併、緩徵緩工等於民有利的政令，竟一樣都沒有頒行。……凡此等等，天下庶民豈能不大失所望，豈能不與復辟暗潮憤然合流？李斯很清楚，民心之勢一旦向反秦倒秦的復辟暗潮靠近，天下大格局便行將翻轉了，大秦便危機四伏了，再不認真整飭，只怕是始皇帝在世也來不及了。

應該說，大半年來每一項政令的為害後果，李斯都是清楚的。然則，每一道政令，李斯都不得不頒行郡縣。李斯認定，當此情勢，只能如此，遺留之後患，只有轉過身來彌補了。國喪期間，長城不加固屯衛行麼？直道不盡快完工行麼？始皇帝陵滅小鋪排行麼？不行，都不行。更根本的是，李斯若不秉承始皇帝強力為政的傳統，李斯便自覺會陷入被自己攻訐的扶蘇蒙恬一黨之於民休息泥沼。為此，李斯必須彰顯自己是秦政秦法之正宗，否則，李斯便不能在與趙高胡亥的較量中占據上風！也就是說，此時的李斯，已經無暇將天下民生作第一位謀劃了。李斯目下能做的，只是說動了二世胡亥稍緩阿房宮工程。若此工程不緩，當真是要雪上加霜了。

艱難之次，舉國重臣零落。目下的李斯，已經沒有一個可與之並肩攜手的幹才操持大政了。姚賈自是才具之士，可大半年來驟然猛增的刑徒逃亡、民眾逃田、兼併田土，以及咸陽廟堂接踵而來的罷黜大臣，罪案接踵不斷，廷尉府上下焦頭爛額連軸轉，姚賈根本不可能與李斯會商任何大謀。右丞相馮去疾，承攬著各方大工程的善後事宜，一樣地連軸轉；更兼馮去疾節操過於才具，厚重過於靈動，一介好人而已，很難與之同心默契共謀大事。除去姚賈，除去馮去疾，三公九卿之中，已經沒有人可以默契共事了。三公之中，最具威懾力的王賁早死了，最具膽魄的馮劫下獄了，新擢升的御史大夫嬴德虛位庸才不堪與謀；李斯一公獨大，卻無人可與會商。九卿重臣同樣零落：胡毋敬、鄭國、嬴騰三人太老了，幾乎不能動了；楊端和、章邯、馬興三人大將出身，奉命施為可也，謀國謀政不足道也；頓弱心有怏怏，稱病不出；最能事的蒙毅又是政敵，下獄了；新擢升的郎中令趙高，能指望他與李斯同心謀政麼？……當此之時，臨渴掘井簡拔大員，李斯縱然有權，人選卻談何容易！為此，李斯對大巡狩尚有著另一個期望：在郡守縣令中物色幹員，以為日後新政臂膀。

……

當李斯將奏疏捧到熟悉的東偏殿書房時，二世胡亥很是直率，未看奏疏便欣然認可了。及至李斯說罷諸般事宜謀劃，胡亥一臉誠懇謙恭道：「朕在年少之時，又初即大位，天下黔首之心尚未集附於朕也。先帝巡行郡縣，示天下以強勢，方能威服海內。今日，我若晏然不巡行，實則形同示弱。朕意，不得以臣下畜天下，朕得親為方可。丞相以為如何？」

「陛下欲親為天下，老臣年邁，求之不得也。」

李斯不得不如此對答，心下卻大感異常。李斯全權領政，這原本是三人合謀時不言自明的權力分割，如何大政尚未開始，二世胡亥便有了「不得以臣下畜天下」之說？若無趙高之謀，如此說辭胡亥想得出來麼？儘管趙高這番說辭已經是老舊的「天子秉鞭作牧以畜臣民」的夏商周說法，然其中蘊含的君王親政法則，卻是難以撼動的。胡亥既為二世皇帝，他要親自治理天下，李斯縱然身為丞相，能公然諫阻麼？原先三人合謀，也並未有李斯攝政的明確約定，一切的一切，都在默契之中而已。如今的胡亥，眼看已經開始抹煞曾經的默契了，已經從大巡狩的名義開始作文章了，李斯當如何應對？一時間，李斯脊梁骨發涼，大有屈辱受騙之感。然則，李斯還是忍耐了。李斯明白，這等涉及為政根本法則的大道說辭，無論你如何辯駁都是無濟於事的，只能暫時隱忍，以觀其後續施為。若胡亥趙高果欲實際掌控丞相府出令之權，李斯便得設法反制了；若僅是胡亥說說而已，則李斯全然可以視若無聞，且又有了一個「曾還政於天子」的美名，何樂而不為哉！

就實而論，李斯直到此時，對於趙高的權力野心還處於朦朧而未曾警覺的狀態。李斯固然厭惡趙高，然卻從來沒有想到一個素未參政的宦官有攫取天下大政權力的野心；至於這種權力野心實現的可能，李斯則更沒有想過。李斯對權力大局的評判依舊是常態的：胡亥是年輕皇帝，即位年歲恰恰同於始皇帝加冠親政之時，胡亥的親政想法是天經地義的，也是該當防範的。因為，胡亥不知天下政道為何物，聽任其親為，天下必將大亂。而身為宦官的趙高，做到郎中令位列九卿，已經是史無前例的奇聞了，要做領政天下的丞相，縱鬼神不能信也，況乎人哉！李斯畢竟正才大器，縱陷私欲泥坑，亦不能擺脫其主流根基所形成的種種特質。非獨李斯，一切先明後暗半明半暗的雄傑人物，都永遠無法逃脫這一悲劇性歸宿。洞察陰暗之能，李斯遠遠遜色於師弟韓非。然則韓非如何？同樣深陷於韓國的陰暗廟堂，同樣無可奈何地作了韓國王族的犧牲……正是這種正才陷於泥污而必然不能擺脫的致命的迂闊懵懂，使李斯在人生暮年的權謀生涯中一次又一次地失卻了補救機會，最終徹底地身敗名裂了。

舉國惶惶之中，春日來臨了，大巡狩行營上路了。

這是西元前二〇九年，史稱二世元年的春二月。

除了沒有以往皇帝出巡的人海觀瞻，大氣象似乎一切都沒有改變。只有李斯明白，大巡狩行營已經遠非昨日了。郎中令趙高成了總司皇帝行營的主事大臣，趙高的女婿閻樂與族弟趙成，做了統領五千鐵騎護軍的主將；李斯仍然是大巡狩總事大臣，事實上卻只有督導郡縣官員晉見皇帝之權了；隨行的其餘重臣只有兩位：右丞相馮去疾，御史大夫嬴德；留鎮咸陽的重臣，竟只有衛尉楊端和、老奉常胡毋敬與少府章邯領銜了。

對於鎮國重任，李斯原本舉薦了九卿首席大臣之廷尉姚賈。可二世胡亥卻在李斯奏疏上批了一句：「制曰：廷尉國事繁劇，免其勞頓，加俸千石。」李斯哭笑不得，帶著詔書去見姚賈，叮囑其多多留心咸陽政事。姚賈卻一臉陰沉，良久無言。李斯頗覺不解，再三詢問。姚賈方才長歎了一聲：「大秦廟堂劫難將臨，丞相何其迂闊，竟至依舊如此謀國謀政哉！」李斯大驚，連連問其緣由。姚賈卻良久默然了。李斯反覆地勸慰了姚賈一番，叮囑其不必多心，說他定然會在大巡狩途中力行新政安撫郡縣。至於廟堂人事，李斯只慨然說了一句話：「二世疑忌之臣盡去，縱然擢升幾個親信，何撼我等根基乎！」姚賈驀然淡淡一笑，打量怪物一般靜靜審視了李斯好一陣，最終離席站起，深深一躬，喟然歎道：「姚賈本大梁監門子也，布衣入秦，得秦王知遇簡拔，得丞相協力舉薦，終為大秦九卿之首，姚賈足矣！自去韓非起，姚賈追隨丞相多年，交誼可謂深厚。姚賈能於甘泉宮與丞相深謀，唯信丞相乾坤大才也！……然屢經事端，姚賈終歸明白：大道之行，非唯才具可也，人心也，稟性也，天數也！……國政之變盡於此，丞相尚在夢中，姚賈夫復何言哉！」

說罷，姚賈一拱手逕自去了。

姚賈的感歎，在李斯心頭畫下了重重一筆，卻也沒能動搖李斯。

出得咸陽，每過一縣，李斯必召來縣令向二世胡亥備細稟報民治情形。胡亥聽過內史郡幾縣，便經趙高之手下了一道詔書：「朕不會郡縣，民治悉交丞相。」李斯喜憂參半頗多困惑，遂問：「陛下曾云要親為天下，不會郡縣，焉得決斷大政？」趙高搖頭喟歎道：「丞相明察，陛下已將國事重任悉交丞相，丞相正當大展政才矣，何疑之有乎！」李斯心中大石頓時落地，慨然一拱手道：「如此，敢請郎中令稟報陛下：老臣自當盡心竭力安定郡縣，陛下可毋憂天下也！」趙高一臉殷殷地將李斯稱頌了一番，便告辭去了。

自此，李斯分外上心，每遇易生事端之郡縣，必帶新任御史大夫嬴德與一班精幹吏員趕赴官署，查勘督導政務，一一矯正錯失。即或皇帝行營已逕自前行，李斯人馬已經拖後一兩日路程，李斯依舊不放過一個多事之地。如此一出函谷關，李斯便忙得不可開交了。

第一個三川郡，李斯滯留忙碌了三日三夜。

對於李斯而言，三川郡之特異，在於郡守李由恰恰是自己的長子。這三川郡，原本是周室洛陽的王畿之地。自呂不韋主政滅周，三川郡便是秦滅六國精心經營的東出根基之地。直到始皇帝最後一次大巡狩，三川郡都是力行秦法最有效、民治最整肅的老秦本土的門戶大郡。而三川郡郡守李由，也一直是被始皇帝多次褒獎的大治郡之楷模郡守。然則，短短大半年之間，這三川郡竟不可思議地亂象叢生了。自山東刑徒數十萬與各式徭役數十萬大批大批地進入關中造陵，毗鄰關中的三川郡便成了積難積險的「善後」之地。難以計數的無法勞作的傷病殘刑徒，都被清理出來，滯留關外三川郡；追隨探望刑徒與徭役民力的婦孺老少們，絡繹不絕地從東北南三方而來，多以三川郡為歇腳探聽之地，同樣大量滯留在三川郡；洛陽郊野的道道河谷，都聚集著遊蕩的人群，乞討、搶劫、殺戮罪案層出不窮；洛陽城內城外動盪一片，三川郡守李由叫苦不迭，連番上書丞相府，卻是泥牛入海般沒有消息。

「如此亂象，如何不緊急稟報？」一進官署，李斯便沉下了臉。

「父親！由曾九次上書丞相府……」李由憤憤然。

「呈給右丞相了？」李斯大皺眉頭。

「這是父親立定的法度，三川郡事報右丞相府，不能呈報父親……」

「好，不說此事。只說三川郡如何靖亂！」李斯很是嚴厲。

「父親，只要派來萬餘甲士，三川郡平亂不難！」

「如何不難？你能殺光了傷殘刑徒與婦孺老幼？」

「至少，將滯留人等驅趕出三川郡。」

「豈有此理！別郡不是大秦天下麼？一派胡言！」

「如此，聽父親示下。」

「妥善安置，就地化民。八個字，明白麼！」

「父親是說，出郡縣之財力安置滯留人口？」李由大為驚訝。

「當此之時，唯有此法，不能再行激盪民亂！」

「父親，秦法不救災……」

「此非救災，是救亂，是定大局！」

「父親，李由明白！」

之後，李斯巡視了三川郡府庫，給三川郡守李由寫下了一道丞相手令：「特許三川郡以府庫財貨糧秣並官府占地安置民力，迅即平盜。」精明的李由從與父親的斷續交談中，已經覺察出父親處境的艱難，自感穩定三川郡對於父親的重要，接令之後立即全力實施。李斯臨走之時，李由的郡守官文已經到處張掛，四野流民已經有了欣喜之色。李斯料定，大巡狩回程之時，三川郡必將有大的改觀。畢竟，李由是自己的兒子，不會輕慢大事。屆時，三川郡民治將成為天下平定的楷模，李由也可擢升於廟堂，成為李斯的左右臂膀。

三川郡之後，李斯馬不停蹄地進入了陳郡。

這陳郡正當舊楚要地，北與舊韓之潁川郡毗鄰，正是當年扶蘇祕密查勘土地兼併黑潮的重點地域之一，也是歷來的事端多發地，李斯不得不分外留心。當日住進陳城，李斯立即快馬出令，召來了潁川郡守，將兩郡政事一併處置。兩郡守稟報說：目下土地兼併黑潮確有回流，然尚在掌控之中；原因是徭役民力未歸鄉里，祕密遊蕩的老世族想買土地也很難找到當家男人。目下兩郡之難，是無法落實李斯早已經發出的徵發令，徵不齊閭左之民的千人徭役之數。李斯下令隨行書吏認真查閱了兩郡民籍，逐縣逐鄉做了統計，倒也是明明白白地呈現著各縣各鄉出動的徭役民力，閭左可徵發者至多數百人而已。

「敢問丞相，漁陽戍邊……非，非這千人之數麼？」陳郡郡守雖小心翼翼，然心中憤懣卻也是顯然的，「長城竣工之後，本說民力歸鄉……今非但不歸，還要再行徵發……」

「田無男丁，家無精壯，亙古未聞也！」潁川郡守卻是不遮不掩。

「目下非常之時，郡守何能如此頹喪？」李斯板著臉，「新君即位，主少國疑，屯戍北邊正當急務。若匈奴趁機南下，天下重陷戰亂之中，孰輕孰重？」

「但有蒙公在，何有此憂也！」潁川郡守歎息一聲。

「大膽！」李斯厲聲一喝，「先帝詔書，豈是私議之事！」

兩郡守一齊默然了。若依秦法，李斯身為丞相，是完全可以立即問罪兩位郡守的，更兼御史大夫嬴德在場，緝拿兩郡守下獄是順理成章的。但李斯沒有問罪，更沒有下令緝拿，而是憂心忡忡地長歎了一聲：「國家艱危之時，政事難免左右支絀也！老夫體察郡縣之難，縱有權力亦不願任意施為……然則，身為大臣，足下等寧坐觀成敗而不思盡力乎？」

「願奉丞相令！」兩郡守終歸不再執拗了。

「老夫之見，」李斯第一次將政令變成了商榷口吻，「先行確認兩名屯長，郡尉縣尉護持，逐縣逐鄉物色閭左民力，能成得八九百之數便可發出。兩位以為如何？」

「閭左屯長最難選，得後定。」潁川郡守面色難堪。

「也好，先定人數。」

「潁川郡，至多四五百人。」

「陳郡如何？」李斯黑著臉。

「陳郡雖大，從軍人口多，閭左丁壯至多也是三五百。」

「便是說，兩郡差強湊夠千人之數？」

「難……」兩人同聲，欲言又止。

「再難也得千人之數。至少，不能少於九百人！」

「丞相，閭左之民最好不……」

「違令者國法從事！」李斯無奈，疾言厲色了。

「謹遵丞相令！」兩位郡守終究領命了。

陳城一過，李斯立即南下項縣。這項縣乃陳郡南部大城，原本是楚國名將項燕的根基封地，項燕戰死之後，項氏部族後裔雖大部轉往江東隱匿，然在此地亦多有出沒，歷來是始皇帝東巡的鎮撫地之一。二世不知此間根底，逕自觀賞山水而去，李斯卻不能不留心。李斯沒有要陳郡郡守隨行，親自率領護衛馬隊查勘了項城，並備細詢問了縣令，得知項氏部族很長時期沒有在項城出沒，項氏族人幾乎已經在陳郡南部銷聲匿跡，李斯這才放心東去北上了。

進入泗水郡，李斯著重查勘了沛縣。

年餘之前，泗水郡守曾急書稟報丞相府，李斯又立即稟報了始皇帝：當時的泗水亭長劉邦率數百民力西赴徭役，途經芒碭山，民力多有逃亡，那個劉邦索性放走了其餘民力，自己也畏罪隱匿不出，郡縣查無音訊。當時李斯本欲徹查，然始皇帝卻將其納入次年大巡狩一體解決而沒有單獨查處。然則，次年大巡狩，也未查出這個山海流竄的劉邦的隱匿地點。今次東來，李斯想要清楚地知道，這個小小亭長究竟如何了？

到得泗水郡城，李斯同時召來碭郡郡守與追捕盜寇的郡尉，會同備細查問。兩郡尉稟報說，兩郡郡卒在芒山碭山之間搜尋多次，均未察覺劉邦蹤跡。只聞當地民人傳聞，說芒碭山深處常有怪異雲氣，五色具而不雨，必有奇人隱之。泗水郡郡守又稟報說，碭山下有一呂姓民戶，其小女名呂雉，嘗與人入山，但往雲氣聚集處走去，便能遇見山野怪人，疑為劉邦等流竄者，然追捕之時，又一無所見。李斯聽罷稟報，一時默然不語了。兩郡守郡尉則是異口同聲，要追捕劉邦不難，但發兩萬甲士入山，必得劉邦死活之身！

「此等山野傳聞，不足為憑據也。」

李斯終究沒有大舉操持。一則聚兵發兵皆難，秦軍主力三大塊，一在九原，一在隴西，一在南海，除此之外便是屯衛咸陽的五萬新徵發的北胡材士；郡縣捕盜軍兵，郡不過千縣不過百，聚集十數郡郡兵搜捕一個逃亡亭長，顯然是小題大作，動靜太大了。只要大局安定，一個亭長逃亡，除了老死山林又能如何？於是，李斯馬隊離開了泗水郡東來，兼程追趕行營，終於在抵達吳越之前與皇帝行營會合了。

二世胡亥沒有詢問李斯後行巡視郡縣之意，李斯也便打消了稟報的念頭。好在除了警戒與提醒，也確實沒有必須通過皇帝詔書的大事。行營進入江東，李斯又率親信吏員離開皇帝行營，緊急查勘吳中治情。這吳中乃是會稽郡治所城邑，瀕臨震澤（今太湖），是楚國項氏後裔的活躍之地。上年春始皇帝最後一次大巡狩，對祕密聚集在江水下游各城邑的六國老世族大肆搜捕，復辟世族們遭受重創，一時都作鳥獸散了。那時李斯也在行營坐鎮總事，清楚地知道頓弱與楊端和始終沒有覓得項氏蹤跡。當時，連同始皇帝在內的巡狩君臣，人人大覺驚詫。

然則，就在去冬今春的大雪時節，李斯卻接到了關中櫟陽令一份緊急密報：查得項燕之子項梁攜侄子項羽祕密進入關中，以商旅之身住櫟陽的渭風古寓，私行勾連遷入咸陽的山東舊世族。一月之後，二人被櫟陽縣尉緝拿下獄，因咸陽廷尉府公事滯留太多，故未立即押解咸陽。不料關押未及旬日，項梁叔侄突兀失蹤。經查，乃櫟陽獄吏司馬欣受泗水郡蘄縣獄吏曹咎之託，私放罪犯潛逃。目下司馬欣已經被下獄，請丞相府會同廷尉府下書泗水郡，立即緝拿曹咎。東出巡狩之前，李斯查詢了廷尉府，得知逮捕令已發下（註：逮捕，秦漢語。《史記．項羽本紀》云：「項梁嘗有櫟陽逮……」《索隱》云：「逮訓及，謂有罪相連及，為櫟陽縣所逮錄。漢世每治獄，皆有逮捕也。」《集解》韋昭云：「謂項梁被櫟陽縣逮捕。」），泗水郡與蘄縣等地尚無回報。李斯進入吳中，便是要查勘此事。

「稟報丞相，自逮捕令發下，項氏早，早已在吳中遁形了。」

見丞相親臨，會稽郡守很是緊張，說話都有些不利落了。李斯下令召來郡尉縣尉一起稟報，各方也都眾口一詞，說項氏開春以來再也沒有出現在江東各地。李斯頗為疑惑，備細查問了項氏後裔原先在江東的作為。幾個縣尉稟報說，項梁在江東各地流竄，多化名喬裝商旅之士與民眾多方結交。但凡吳中有大舉徵發徭役事，抑或喪事，項梁等常為鄉里親自操持，事事辦得井井有條。人皆云項梁暗中以兵法行事，民眾很是擁戴。江東有童謠云：「國不國，民不民，舊人來，得我心。」這「舊人」二字，便是經年流竄江東之項氏也。因得人心，各縣都是在項氏離開後才察覺蹤跡的。再加郡縣徵發不斷，郡卒縣卒根本無力追蹤此等四海流竄的人物，是故終無所獲。

「項氏如此招搖作為，郡縣如何不早早稟報？」李斯頗見嚴厲。

「丞相可查公文，在下稟報不下五七次！」郡守頓時急了。

「書呈何處？」

「右丞相府，御史大夫府。」

「何時呈報？」

「去冬今春，三個月內！」

「好。老夫盡知也。」

李斯不能再追問下去了，國政之亂，他能歸咎何人哉！無奈之下，李斯只有殷殷叮囑郡守縣令郡尉縣尉們留心查勘隨時稟報，如此而已。追趕行營的一路上，那首江東童謠始終轟鳴在李斯耳畔，「國不國，民不民，舊人來，得我心」，這是何等令人心悸的歌聲也！曾幾何時，一統山河的帝國竟是「國不國」了，萬千黔首竟是「民不民」了，備受天下唾棄的六國貴族，竟至於「得我心」了；天下大勢如江海洪流，其湍流巨漩竟如斯飛轉，可歎乎，可畏乎！如此匪夷所思的人心大逆轉，究在何人乎！……

趕到會稽山的皇帝行營時，李斯疲憊極了，鬱悶極了。如此重大警訊，本當立即奏明皇帝會商對策。然則，對眼前這個醉心山水忽癡忽精的二世胡亥，說得明白麼？趙高若在旁問得一句：「施政之權在丞相，如此亂象豈非丞相之罪乎！」李斯又當如何對答？只怕辯解都要大費心神了，君臣同心豈非癡人說夢？思忖良久，李斯還是打消了與胡亥會商政事的想頭，只思謀如何在大巡狩之後盡快扭轉天下民治了。

在會稽山，二世胡亥興致勃勃地登臨了大禹陵，也依著始皇帝巡狩格局，祭祀了禹帝，遙祭了舜帝，也遙望南海祈禱上天護佑南海秦軍。諸事皆同，李斯卻看得心頭滴血。這個二世胡亥處處都輕薄得像個聲色犬馬的貴胄公子，祭文念得陰陽怪氣突兀起伏，像極了趙高的宦官嗓音；上山只問奇花異草，祭祀只問犧牲薄厚，舉凡國政民生絕難進入問答應對。李斯亦步亦趨於後，只覺自己變成了一個貴胄公子的侍奉門客，心頭堵得慌。

好容易離開會稽山北上，李斯病了。

一路恍惚北進，胡亥始終沒來探視李斯。只有趙高來了兩次，說是奉皇帝之命撫慰丞相病體，也是寥寥數語便走了。李斯第一次深深體察到了暮年落寞境況，第一次體察到孤立無援的絕望心境，每每在帷幕之外的轔轔車聲中老淚縱橫不能自已……到了舊齊濱海，李斯眼見曾經與始皇帝並肩登臨的之罘島，心緒稍見好轉，終於被僕人扶著走出了高車。

抵達始皇帝曾經刻石宣政的碣石，二世胡亥忽然興致大發，也要在父皇刻石旁留一方刻石，也要李斯題寫，要原石工雕刻。趙高大是贊同，一口聲讚頌此乃皇帝新政盛舉，實在該當。一臉病容的李斯大覺膩煩，不知胡亥有何新政可以宣示，然若拒絕，也實在難以出口。思忖一番，李斯遂於當晚寫下了兩三行文字，次日清晨呈進了行營。胡亥看也沒看，便興沖沖道：「好好好！正午刻石大典，大字刻上去，我便站在父皇身旁了！」倒是趙高拿過來看了一番笑道：「丞相文辭簡約，也好！只是缺了些許後綴言語，可否補上？」李斯勉力笑道：「郎中令也是書家，不妨補上，也算合力了。」胡亥立即興沖沖點頭，趙高沒有推辭，就勢提筆，以李斯嬴德名義補上了兩行。李斯也是看也沒看，便點頭認可了。

於是，碣石的始皇帝刻石旁，立起了如此一方石刻：

皇帝曰：金石刻盡始皇帝所為也。今，襲號而金石刻辭不稱始皇帝，其於久遠也！如後世為之者，不稱成功盛德。丞相臣斯、御史大夫臣德昧死言：臣請具刻詔書刻石，因明白矣。臣昧死請。制曰：可。

李斯以胡亥口吻所擬的刻石文辭之意是：既往金石已經宣示盡了始皇帝大政，今我承襲了皇帝之位，又來刻石，其作為比始皇帝差得太遠了；如後世皇帝再來刻石，沒有大功大德便更稱不上了。後段綴語的意思是：臣李斯嬴德請刻詔書立石，皇帝不允；臣等明白了皇帝謙恭之心，再三固請，皇帝才答應了。前一半刻辭，說的全然事實，李斯之難堪憤懣已經明白無遺地顯現出來。後綴辭，則是趙高為二世胡亥遮羞而已。胡亥白癡久矣，自顧玩樂不及其餘，任你刻甚也不屑過問。趙高則很明白李斯的心思，且深感威脅，陷害李斯之心由是緊迫。

三月中，行營北上遼東，途經九原大軍駐地，胡亥君臣竟無一人提出進入九原犒賞激勵守邊三十萬大軍。令李斯不解的是，九原統兵大將王離也沒有派特使迎接，除了非召見不可的幾個糧秣輸送縣令，其餘各郡縣竟沒有任何動靜，既往爭相目睹皇帝出巡的盛況竟成了昨日夢境一般。胡亥趙高似乎不以為然，又似乎對九原大軍有著一種隱隱的畏懼。胡亥撲閃著眼白極多的一雙大眼，對李斯說的是：「趕赴遼東，是要巡視長城龍尾也！父皇巡視隴西，胡亥巡視遼東，頭尾相續，何其盛況壯舉哉！」竟隻字未提九原犒軍。

回程途中，李斯深感此事重大，鄭重提出進入九原犒軍。不料，胡亥吭哧半日還是不能決斷。最後，還是趙高居中主張：單獨召見王離，免去九原犒軍。胡亥立即來神，紅著臉一陣嚷嚷：「是也是也！朕日理萬機，還要盡速趕回咸陽處置政事，有事對王離下詔便是，鬧哄哄犒軍，拿甚犒來？」李斯隱忍良久，也只有點頭了。

年輕的王離來了，沒有帶馬隊，也沒有帶軍吏，真正的單人獨馬來了。胡亥又驚又喜地小宴了王離，卻一句也沒問為何如此。旁邊的趙高也只閃爍著警覺的目光，也是一句話沒問。倒是李斯分外坦然，問了軍事，也問了民治，還特意叮囑了王離：潁川郡與陳郡的屯衛戍卒將於夏秋之交抵達漁陽，要王離留意部署。素來剛烈爽直的王離，除了諾諾連聲，一個字也沒有多說。臨行之時，李斯將這位年輕的重兵統帥親自送出了老遠，王離依舊是一句話沒說，直到李斯頗顯難堪地站住了腳步，王離也一拱手上馬去了。李斯第一次深切地感知了，趙高與胡亥所畏懼者，正是此等舉足輕重的大軍力量。李斯也第一次隱隱後悔了，也許，留下蒙恬大將軍的性命，自己的廟堂處境會遠遠好於目下之危局。甚或，自己若能早日聯結王離與九原將士，善待他們，撫慰他們，處境也不至於如此孤立無援……

四月初，大巡狩行營回到了咸陽。

李斯沒有料到，一則突兀離奇的決策，眼睜睜粉碎了他的盡速緩徵之策。

胡亥興沖沖提出，要重新大起阿房宮。朝會之上，胡亥的說辭令李斯驚愕萬分：「先帝在世時多次說起，咸陽朝廷小！故此，才有營造阿房宮事。結局如何？宮室未就，父皇便突兀薨了！朕依丞相之意，阿房宮作罷，民力都聚集驪山了。目下，驪山陵墓業已大畢，朕要大起阿房宮，以遂先帝之宏願！諸位大臣且想，朕若不復阿房宮，不是明白告知天下臣民，先帝舉事太過麼？不！先帝聖明，朕竣工，兩處所占民力已是百餘萬之巨，非但民力維艱，府庫糧秣財貨也告緊縮……」

知所措了。無奈之下，李斯只有開口了：「老臣啟奏陛下，方今驪山陵尚未全然竣工，千里直道亦未

獰面目說話，面色通紅額頭滲汗聲色俱厲，活似市井之徒輸了博戲鬧事。所有的大臣都驚愕默然，不

要秉承先帝大業，築起宏大朝廷！有人諫阻朕要起，無人諫阻，朕也要起！」這是胡亥第一次顯出猙

「李斯住口！」胡亥怒喝一聲，將帝案拍得山響。

舉殿驚愕之際，李斯更是大見難堪。入秦數十年來，這是備受朝野敬重的李斯第一次在朝廷朝會之上被公然指名道姓地呵斥，實在是不可思議的荒誕。李斯一時憤然羞惱面色血紅，渾身顫抖著卻不知該如何說話……終於，在大臣們的睽睽眾目之下，李斯頹然跌倒在身後座案上昏厥了。

三日後醒來，李斯恍惚得如在夢裡，看著守護在榻邊的長子李由，竟莫名其妙地問了一句，你是誰也？一臉風塵疲憊的李由驟然大慟，俯身榻前號啕大哭了。在這個年過三十且已經做了郡守的兒子的慟哭中，李斯才漸漸地真正地醒了，兩行冷淚悄悄地爬上臉頰，拍了拍兒子的肩頭，良久沒有一句話。

夜來書房密談，李由說了朝會之後的情形：重起阿房宮的詔書已經頒行了，還是章邯統領，限期兩年完工；內史郡守督導糧秣，趙高統領營造布局謀劃；詔書說，要在先帝的阿房宮舊圖上大加出新，要將阿房宮建造得遠遠超過北阪的六國宮殿群。李斯不點頭，不搖頭，不說話，目光只盯著銅人燈癡癡發怔。李由見父親如此悲情，再也說不下去了。良久愣怔，李斯驀然醒悟，方問李由如何能擱置郡政回來？李由說，家老快馬傳訊，他是星夜兼程趕回來的；自父親上次在三川郡督政，他便覺察到父親處境不妙了。李斯問，三川郡情形如何？李由說，若按父親方略，三川郡亂象自可平息，然目下要建阿房宮，只怕三川郡又要亂了。李斯驚問為何？李由說，昨日又頒新詔書，責關外六郡全力向關中輸送糧草，以確保阿房宮民力與新徵發的五萬材士用度；三川郡距離關中最近，承擔數額最大，

原本用於救亂的糧秣財貨只怕是要全數轉送咸陽了。李斯聽得心頭發緊喉頭發哽冷汗涔涔欲哭無淚瑟瑟發抖，直覺一股冰涼的寒氣爬上脊梁，一聲先帝嘶喊未曾落點，噴出一口鮮血頹然倒地了。

……

整個夏天，臥病的李斯都被一種莫名的恐懼籠罩著。

丞相府侍中僕射每日都來李斯榻前稟報政務，右丞相馮去疾也隔三差五地來轉述國政處置情形，聽得越多，李斯的心便越發冰涼。阿房宮工程大肆上馬，給關中帶來了極大的民生恐慌。將近百萬的徭役民力與刑徒，每日耗費糧秣之巨驚人，再加所需種種工程材料之採製輸送，函谷關內外車馬人力黑壓壓如巨流彌漫，大河渭水航道大小船隻滿當當帆檣如林。馮去疾說，工程人力加輸送人力，無論如何不下三百萬，比長平大戰傾舉國之力輸送糧秣還要驚人。當此之時，趙高給二世皇帝的謀劃對策是：舉凡三百里內所有輸送糧秣的徭役民力，都得自帶口糧，不得食用輸送糧秣，違者立斬不赦！如此詔書一下，輸送糧秣的徭役大量逃亡。關外各郡縣大感恐慌，郡守縣令上書稟報，又立遭嚴厲處罰，不是罷黜便是下獄，郡縣官員們都不敢說話了。更有甚者，專司督責糧草的郡吏縣吏們，也開始了史無前例的祕密逃亡，亂象已經開始了……更令李斯冰涼徹骨的是，原本經他徵發的用於屯衛咸陽的五萬材士，被胡亥下令駐進了皇室苑囿，專一地以射馬射狗為訓練狩獵之才藝，專一地護衛自己浩浩蕩蕩地在南山射獵，鋪排奢靡令人咋舌。

進入六月時，九原王離飛書稟報朝廷：匈奴人新崛起的頭領冒頓，誅殺了自己的父親頭曼單于，自立為新單于，發誓要南下血戰為匈奴雪恥！胡亥趙高看了王離上書，都是哈哈哈大笑一通了事。然則，當馮去疾將這件密書念給李斯聽時，李斯卻實實在在地震驚了。此前，無論蒙恬扶蘇如何申說匈奴勢力未盡，甚或始皇帝都始終高度警覺，李斯都沒有太在意。在李斯看來，秦軍兩次大反擊之後，匈奴再度死灰復燃簡直就是癡人說夢。然則，一年來變局迭生，無論何等不可思議的事情都飛快地發生了，李斯再也不敢相信自己的洞察力了。本能地，李斯第一次相信了王離的邊報，也慶幸自己徵發戍卒屯衛漁陽的對策或許有些許用處。在整個夏天，這是李斯唯一稍許欣慰的一次。李斯不可能預知的是，正是大秦朝廷與政局的突然滑坡轉向，促成了匈奴族群內部強悍勢力的崛起，促成了原本已經開始向華夏文明靠近的匈奴和平勢力的突然崩潰。在之後近十年的華夏大戰亂中，匈奴勢力野火般燃燒了大草原，百年之內屢屢大肆進攻中原，對整個華夏文明的生存形成了巨大的威脅。直到百餘年後的漢武帝時代，這一威脅才初步消除。

……

在這個乖戾的夏季，天下臣民孜孜以求的二世新政泡沫般飄散了。

李斯的攝政夢想也泡沫般飄散了。

李斯苦思著扭轉危局的對策，渾不知一場更大的血腥風暴將立即淹沒自己。

第三章　殺戮風暴

一、滅大臣而遠骨肉　亙古未聞的政變方略

帝國朝廷的殺戮風暴，源於胡亥對趙高的一次祕密訴說。

自從在那個霜霧彌漫的黎明，寫完「制曰可」三個字，胡亥後悔做皇帝了。

雖貴為皇子，胡亥的身心卻從來都被自由地放牧著。慈善寬厚的乳母是懵懂的牧人，不涉養育管教的皇室太子傅官署，是這片牧野的竹籬。除了不能隨意闖進法度森嚴的皇城政殿區，胡亥的童稚少年生涯，是沒有瑣細約束的。胡亥是最小的皇子，不若大哥扶蘇，他沒有受過太子傅官署的嚴格教習，沒有進入過任何處置政事的場所，沒有入過軍旅錘鍊，也沒有襄助過政務。如同大部分皇子公主一樣，沒有了母親的教習，沒有了始皇帝親自督令的少年錘鍊，胡亥的心一直空曠而荒蕪。及至做趙高的學生之時，胡亥心中的欲望之樹已經在空曠荒蕪的土地上深深扎根了。胡亥的欲望很實在，便是無窮無盡的享樂遊玩。胡亥的欲望理由很簡單：皇子命當如此，天予不取，反受其咎。修習法令也好，錘鍊書法也好，旁觀政務也好，應對父皇也好，對於心如蔓草的胡亥，只是使父皇與老師高興的戲法而已，已經無由在心田植根了。在胡亥的欲望之樹上，只蓬勃出了一方色彩妖異的冠蓋：遊樂以窮所欲，奢靡以窮所願，此生足矣！不知功業為何物，不知國政為何物，不知權力為何物，更不知宵衣旰食以勤政為何物，要胡亥做皇帝日日理政，無異於下獄之苦難也。

當然，對於做皇帝的苦難，胡亥也有一個認識過程。

胡亥原本以為，那麼多人爭做皇帝，老師又那麼費盡心機地為他謀劃那個九級白玉階上的大座，做皇帝定然是遠遠強過聲色犬馬之快樂的天下第一美事了。誰知大大不然，皇帝事事板正，處處受制，言行不能恣意，清晨不能懶睡；夜來還得枯坐書房，翻弄那一座座小山也似的文書，讀罷奏章隨

意寫畫也不行，非得寫「制曰可」不行。夜來想自由自在地折騰皇城女子閱盡人間春色，也還是不行，父皇的規矩在：文書公事不完，不得走出書房。要找幾個可意嬪妃陪在書房偷偷享樂，更不行，皇帝書房的監政御史比獵犬的鼻子還靈，一聞到女子的特異氣息便抬出先帝法度，總教胡亥大是難堪，不得不教御史從幽暗的書架峽谷中將誘人的美色領走。想來想去，做皇帝想享樂真如登天一般艱難，比做皇子還不如！做皇子時，胡亥尚能時不時覓得一番聲色犬馬之樂，這做了皇帝幾個月，除了原先蔑視自己的兄弟姊妹變為人人怕自己而使胡亥大大得意之外，竟然連一次遊樂也沒有，博戲沒有了，射獵沒有了，漁色也沒有了，連隨意飲酒都不許了，當真豈有此理！

凡此等等，在胡亥看來件件都是天下最苦的差事，如此做皇帝，究竟圖個甚來？也就是在如此愁苦之時，胡亥心智大開了，恍然大悟了：天下皆曰父皇積勞而去，原來父皇便是這般苦死的，積勞積勞，誠哉斯言！如此做皇帝，胡亥也註定地要積勞早死了……

反覆思謀，忍無可忍的胡亥終於一臉正色地召見了趙高。

「敢問郎中令：皇帝做法，能否依我心思？」胡亥憤憤然了。

「老臣……不明陛下之意。」趙高有些茫然，更多的則是吃驚。

「若不能依我心志，胡亥寧不做皇帝！」胡亥第一次顯出了果決。

「陛下心志，究竟若何？」趙高心頭頓時怦怦大跳，小心翼翼地問著。

「夫人生居世間，白駒過隙也！」胡亥開始了直抒胸臆的侃侃大論，前所未有地彰顯出一種深思熟慮，「胡亥已臨天下，何堪如此之勞苦？父皇積勞而薨，胡亥若步後塵，寧非自戕其身乎，寧非自尋死路乎！胡亥自戕，胡亥尋死，寧非毀我大秦宗廟乎！郎中令且說，可是？」胡亥見趙高連連點頭，遂更見精神，「唯其如此，胡亥不能不顧死活！胡亥心志：窮耳目之所好也，窮心志之所欲也！如此，既安宗廟，又樂萬民，長有天下，且終我年壽。敢問郎中令，其道可乎？」

「可也！不可也！」趙高長吁一聲，全力憋住笑意，又憋出一臉愁苦。

「甚話？何難之有哉！」

「老臣之意，長遠可也，目下不可也。」

「目下何以不可？」期望又失望，胡亥眼中又彌漫出特有的懵懂。

「陛下所圖，賢君明主之志也，昏亂之君不能為也！」趙高先著實地讚頌了胡亥一句。他知道，胡亥只要他的認同，絕不會品咂出其中的揶揄。見胡亥果然一臉欣喜，趙高更加一臉謙恭誠懇，「然則，為陛下享樂心志得以長遠施行，老臣不敢避斧鉞之誅，敢請陛下留意險難處境，稍稍克制些許時日。」

「我是皇帝了，還有險難？」胡亥更見茫然了。

「皇帝固然天命，然亦非無所不能也。」趙高憂心忡忡地誘導著，「目下朝局險難多生，要害在於兩處：一則，沙丘之變，諸皇子公主並一班重臣皆有疑心；皇子公主，皆陛下兄姊也；一班重臣，皆先帝勳臣也。陛下初立，其意怏怏不服，一朝有變豈非大險？」

「也是『喀嚓』！」胡亥大驚之下，模仿天賦驟然顯現。

「喀嚓！對！陛下明察。」趙高手掌在脖頸一抹，臉上卻依舊彌漫著謀國謀君的忡忡憂心，「二則，蒙恬下獄未死，蒙毅將兵居外，蒙氏軍旅根基尚在，更有馮劫馮去疾等相互為援，彼等豈能不謀宮變乎？老臣戰戰慄栗，唯恐不終，陛下安得為樂乎！」

「喀嚓之險，該當如何？」胡亥一臉惶急。

「陛下欲老臣直言乎？」

「老師夫子氣也！不直言，我何須就教？」胡亥第一次對趙高黑了臉。

「如此，老臣死心為陛下一謀。」趙高辭色肅穆，一字一頓地吐出了內心長久醞釀的謀劃，「老臣三謀，可安保陛下盡早窮極人生至樂也！其一，滅大臣而遠骨肉，決除享樂之後患。其二，貧者富之，賤者貴之，簡拔甘為陛下犬馬之人以代大臣。其三，置忠於陛下之親信者，近之為左右護持，以防肘腋之變。三謀之下，定然長保享樂無極。」見胡亥驚喜愣怔，趙高又慨然撫慰了幾句，「如此，則陰德功業歸於陛下，勞碌任事歸於犬馬，害臣除而奸謀塞，長遠圖之，陛下則可高枕肆志，安樂無窮矣！陛下享樂大計，莫出於此焉！」

「此後，胡亥便可恣意享樂？」

「然也！」

「好！我胡亥便做了這個皇帝！」胡亥驚喜得跳了起來。

「然則，陛下還得忍耐些許時日。」

「些許時日？些許時日究是幾多？」胡亥又黑了臉。

「國葬巡狩之後，陛下但任老臣舉刀，陛下之樂伊始也。」

「好好好，等便等，左右幾個月罷了。」無奈，胡亥點頭了。

由胡亥奇異荒誕的享樂訴說引發的趙高密謀，是中國歷史上最為狠毒凶險的政變殺戮策略，也是秦帝國滅亡最值得重視的直接原因。在五千年華夏文明史上，沒有任何一個時期的政變勢力敢於赤裸裸立起「滅大臣而遠骨肉」的殺戮法則，只有惡欲無垠的趙高立起了，只有天生白癡的胡亥接納了。接踵而來的殺戮風暴，比趙高的預先謀劃更為酷烈。非但開創大秦帝國的功勳重臣，幾乎無一倖免地被殺害被貶黜，連原本只要「疏遠」的皇族骨肉，嬴政皇帝的男女子孫，也幾乎無一倖免地被殺戮被囚居。在帝國臣民還遠遠沒有從遵奉秦法遵奉詔令的根基中擺脫出來的短短一兩年間，酷烈荒誕的全面殺戮，陰狠地掘斷了皇皇帝國的政治根基。三公九卿星散泯滅，嬴氏皇族血肉橫飛，郡縣官吏茫然失措，權力框架轟然崩塌，奸佞宵小充斥廟堂。趙高黑潮徹底淹沒了強大的帝國權力體系，以致在接踵而來的僅僅九百人發端的起義浪潮中，舉國震盪轟然崩塌……在五千年華夏文明史上，最強大的統一帝國在最短暫的時間裡灰飛煙滅，唯此一例也！其荒誕離奇，使人瞠目結舌，其種種根由，雖青史悠悠而無以恢復其本來面目，誠千古之歎也！

二、蒙恬蒙毅血濺兩獄　蒙氏勳族大離散

僻處孤寂的陽周與代谷，驟然變成了隱隱動盪之地。

陽周要塞先囚蒙恬，代郡峽谷再囚蒙毅，兩事接踵，天下瞠目。

自大將軍蒙恬上年八月被關進陽周獄，位於老秦土長城以北的這座小城堡頓時激盪了起來。九原幕府的信使往來如梭，駐守邊郡而驟聞消息的將尉們風馳電掣雲集陽周探視，陰山大草原的牧民們索性趕著牛群羊群馬群轟隆隆而至，已經被禁止歸鄉而改由長城南下開鑿直道的萬千徭役們背著包袱提著鐵耒，淙淙流水般從各個長城駐屯點匯集奔來了。小小陽周城外，日夜湧動著川流不息的人群。人們自知見不到已經成為囚徒的蒙恬大將軍，可還是日夜遊蕩在陽周城外，燃著熊熊篝火飲著各色老酒，念叨著扶蘇念叨著蒙恬咒罵著喧嚷著不肯離去。九月初旬的一日，上郡郡守也帶著馬隊飛馳來了。郡守在城外勒馬，召來陽周縣令縣尉，黑著臉當場下令：陽周城商賈民眾一律出城，或賣酒飯或造酒飯，總歸是不許一個迢迢趕來的民人軍士衣食無著。安置好郊野萬千人眾，上郡郡守立即入城趕赴那座羈押北疆各郡人犯的牢獄。老獄令分明奉有不許私探要犯的密詔，可還是一句話不說便將郡守帶進了幽暗的石門。

「大將軍，朝廷發喪！陛下薨了！」郡守進門一喊，頹然倒地。

「豈有此理！何時發喪？」一旁邊一個戴著褐色皮面具的將軍憤然驚愕了。

「今，今晨……」郡守顫巍巍從腰間皮盒中摸出一團白帛。

「我看！」面具將軍一把搶過白帛抖開，一眼瞄過也軟倒在地了。

「老獄令，將老夫的救心藥給將軍服下。」

散髮布衣的蒙恬坐在幽暗角落的草席上，面對著後山窗灑進來的一片陽光，一座石雕般動也不動，似乎對這驚天動地的消息渾然不覺，只一句話說罷又枯坐不動了。老獄令與郡守一起，手忙腳亂地撬開了這位面具將軍的牙關，給其餵下了一顆掰碎了的碩大的黑色藥丸。未過片刻，面具將軍驟然睜開雙眼，一個挺身躍起，赳赳拱手道：「大將軍再不決斷，便將失去最後良機！」

「正是！大將軍再不決斷，上郡要出大事！」郡守立即奮然跟上。

「王離將軍，老郡守，但容老夫一言，可乎？」一陣長長的沉默後，蒙恬低緩沙啞的聲音迴盪起來。老郡守大是驚訝，這才知道那位面具將軍便是九原新統帥王離，愣怔間連忙跟著王離道：「在下願受教！」

「國府發喪，疑雲盡去，此事明矣！」蒙恬始終沒有回身，一頭散亂的白髮隨著落葉沙沙的蒼老聲音簌簌抖動著，「這分明是說，朝廷大局業已顛倒，賜死長公子與老夫者，非先帝心志也，乃太子新君所為也。太子者，新君者，必少皇子胡亥無疑……」

「對！上郡受詔，正是少皇子胡亥。」

「陛下，你信人太過，何其失算矣……」蒙恬痛楚地抱著白頭，佝僂的腰身抖動著縮成了一團，沒有了憤激悲愴，只有絕望而平靜的歎息，令人不忍卒睹。良久，蒙恬漸漸坐直了身軀，凝望著窗外那片藍幽幽的天空，沙沙落葉般的聲音又迴盪起來，「非老夫不能決斷也，定國大勢使然也。九原擁兵三十餘萬，老夫身雖囚繫，若欲舉兵定國，其勢足矣！然則，老夫終不能為者，四則緣由也。其一，陛下已去，陛下無害功臣之心已明，老夫心安矣！其二，長公子已去，縱然倒得胡亥，何人可為二世帝哉！其三，天下安危屏障，盡在九原大軍。我等若舉兵南下，則北邊門戶洞開，長城形同虛設，若匈奴趁機大舉南下，先帝與我等何顏面對天下矣！其四，蒙氏入秦三世，自我先人及至子孫，積功積信於秦，至今三世矣！老夫若舉兵叛秦，必辱及蒙氏三世，罪莫大焉！……」

「大將軍……莫非尚寄望於秦二世？」王離困惑又憤懣。

「少皇子胡亥，那是個料麼？」老郡守很有些不屑。

「若能兼聽共議，或可有望……」

「誰與誰共議？丞相都不說話了！」王離憤然。

「王離將軍，身為九原統帥了，何能如此輕躁言事？」蒙恬終於轉過身來，一雙老眼汪著兩眶淚水，「將軍襲大父武成侯功臣爵位，今又手執重兵。老夫之後，將軍肩負安國大任，須得以大局為重，大義為要，毋以老夫一人蒙冤而動興兵之念。將軍安國，首要處，須得與丞相合力。老夫深信，李斯縱然一時陷於泥污，然終有大政之志，終不忍國亂民亂。只要李斯在丞相位上，必有悔悟之日，其時，將軍便是其後援也……若將軍與老夫同陷泥沼，九泉之下，老夫何顏面見王翦老哥哥，何顏面見王賁老兄弟哉！」

「大將軍！……」王離驟然撲拜在地慟哭失聲了。

暮色降臨之時，王離與郡守終於沉重地走出了那座狹小的石門獄。依著蒙恬部署，兩人會同陽周縣令，分別率領屬下人馬分頭勸諭聚集於城外的萬千人眾。一連三日費盡口舌，黑壓壓人海才漸漸散了。

王離飛馬回了九原，立即修成急書一卷，星夜飛呈咸陽並同時密報丞相李斯，力諫二世赦免並重新起用蒙恬。王離的上書直言不諱：「臣乃少年入軍，未經戰陣磨練，雖掌重兵於國門，實不堪大任也！蒙氏三世功臣，三世忠信，於軍於民深具資望，實乃大秦北疆之擎天大柱也，朝廷安可自摧棟梁乎！安可自毀長城乎！目下匈奴已漸行重聚於北海草原，南犯中原之心不死，若朝廷不重行起用蒙恬大將軍，則天下危難勢在必然！臣不能保陰山無虞，不能保九原無虞，懇望陛下再四思之！」

王離的上書自然泥牛入海了。其時李斯正在驪山陵忙得連軸轉，況且，置扶蘇蒙恬於死地的詔書乃出李斯筆下，李斯如何能對剛剛即位的二世去說赦免並重新起用蒙恬？然王氏勢大，王離又年輕剛烈，不能置之不理。於是，李斯對王離虛與周旋，只派一舍人北上告知王離：丞相定會相援將軍，諫阻二世，望將軍安於軍務。王離李斯都沒有料到的是，二世胡亥卻心有所動了。一則是扶蘇已經死了，趙高所說的那種最大威脅已經沒有了；二則是王離上書太強硬，胡亥有了新的畏懼。胡亥雖則是個政道白癡，然終究知道，王離大軍要咯嚓頭顱比匈奴大軍咯嚓頭顱還要來得快。

趙高知道了王離上書，立即在咸陽以東十餘里的蘭池宮找到了胡亥。趙高一臉正色，說得很是直接：「老臣稟報陛下，扶蘇與蒙氏互為根基，扶蘇死而蒙氏存，斬草不除根，必有後患也！當年先帝幾次要立陛下為太子，都是蒙毅堅執諫阻，屢次說不可。蒙毅是誰？是扶蘇，是蒙恬，豈有他哉！今扶蘇已死而蒙恬下獄，原本已經得罪了蒙氏，蒙氏安能不記恨？若陛下再開赦蒙恬，縱虎歸山，陛下之頭顱安在哉！」

「也是咯嚓？」胡亥驀然驚愕了。

「必是咯嚓！」

「計將安出？」

「非但不能赦免蒙恬，還要蒙毅下獄。」

「哪，王離又要咯嚓，如何處置？」

「王離後生，若有咯嚓之力，靠住蒙氏做甚？」

「噢——，王離救蒙恬，是因他沒有實力咯嚓！可是？」

「陛下明察！」

「好！朕知道了。」胡亥為自己的過人天賦很是矜持地拍案了。

便是如此一番古怪荒誕的對答，二世胡亥的特使馬隊飛赴隴西。特使是趙高的族弟趙成。趙成以任蒙毅為北邊巡軍使的詔書，將蒙毅騙到了遙遠的代郡，祕密囚禁在代地大峽谷（代谷）關押軍中人犯的小小牢獄裡。雖則隱祕，消息還是飛快地傳遍了邊郡，傳入了咸陽。始皇帝葬禮尚未結束，二世胡亥便又一次驚愕了。這次，是一個皇族老公子上書，語氣竟大有責難。這個皇族公子叫作子嬰，是始皇帝一個近支皇族弟，雖是先皇族弟，年歲卻比胡亥大了只十多歲。據太子傅官署稟報說，這子嬰是先輩皇子中最有正道才具的一個，讀書苦，習武也苦，最得先輩皇子們推崇擁戴。胡亥最膩煩人說誰正道有才，一聽太子傅丞稟報便黑了臉，仔細一看上書，更是臉色陰沉了。

子嬰的上書是帝國暮色的一抹絢爛晚霞，錄之如下：

臣聞：故趙王遷殺其良臣李牧而用顏聚，燕王喜陰用荊軻之謀而背秦之約，齊王建殺其故世忠臣而用后勝之議。此三君者，皆各以變古者失其國，亦殃及其身。今蒙氏，秦之大臣謀士也！主欲一旦去之，臣竊以為不可！臣聞：輕慮者不可以治國，獨智者不可以存君。誅殺忠臣而立無節行之人，是內使群臣不相信，而外使鬥士之意離也！臣竊以為不可！

「豈有此理！」胡亥連連拍案大嚷，「我是輕慮！我是獨智！我是誅殺功臣！都是都是，又能如何？偏你小子忘了，我是皇帝！殺蒙氏如何？偏要殺！總有一日，連你小子一夥也殺了！你能如何？喀嚓了胡亥？我先喀嚓了你！……」

在胡亥的連番嚷叫中，一個叫作曲宮的新擢升的御史帶著胡亥的密詔與趙高的祕密叮囑，星夜趕赴代地了。守在代谷的趙成接到密詔密囑，立即與曲宮一起趕到了代谷牢獄。幽暗的洞窟之中，趙成對蒙毅說了如此一番話：「蒙毅大人，陛下有詔，說丞相李斯舉發大人不忠，罪及其宗。憑據嘛，是先帝欲立太子，大人屢屢難之。如今，二世皇帝也不忍公然治罪於大人，賜大人自裁。照實說，較之腰斬於市，這也算大人幸甚了。大人以為如何？」

「趙成，一派胡言騙得老夫？」

蒙毅的目光閃射著宮廷生涯錘鍊出的洞察一切奧祕的冰冷肅殺：「老夫少年入宮，追隨先帝數十年。知先帝之心者，老夫無愧也！先帝數十年錘鍊皇子，然幾曾有過立太子之意，更幾曾有過立少皇子為太子之意？儲君之事，蒙毅何言之敢諫，何慮之敢謀！足下之言羞累先帝之明，大謬也！老夫縱然一死，亦不容假先帝之名，開殺戮之風。昔秦穆公人殉殺三良，罪黜百里奚，被天下呼為『繆』。秦昭王殺白起，楚平王殺伍奢，吳王夫差殺伍子胥，此四者，皆天下大失也！政諺云：『用道治者不殺無罪，而罰不加於無辜。』足下若有寸心之良，敢請將蒙毅之說稟明二世皇帝。如此，老夫足矣！」

「只是，大人今日必得一死。」趙成猙獰地笑了。

「蒙毅無罪有功，絕不會自裁承罪。」

「如此，在下只有親自動手了。」

「好。」蒙毅霍然站起，淡淡一笑道，「老夫身為上卿重臣，縱無從報國，亦當使天下明白：非蒙毅認罪伏法也，蒙毅的頭顱，是被昏政之君砍下的。九泉之下，老夫也能挺著腰身去見先帝……」

「好！老夫送你！」

「先帝陛下！你可知錯——」

蒙毅呼喊未落，一道邪惡的劍光閃過。

一顆鬚髮灰白的頭顱隨著激濺的鮮血滾落地面……

蒙毅之死，是帝國暮色巨變中第一次血淋淋人頭落地。

在扶蘇與蒙氏集團的悲劇命運中，唯獨蒙毅沒有接受「賜死」詔書而拒絕自裁。蒙毅，是被公然殺害的。這個少年時期便進入帝國中樞執掌機密的英才，曾對帝國創建立下了許許多多不為人知的功勞，其風骨之剛烈，其奉法之凜然，都使其成為李趙胡陰謀勢力最為畏懼的要害人物。蒙毅的意義，在於他是中國歷史上具有假設轉折點性質的少數人物之一。幾乎可以肯定地說，假若蒙毅在最後的大巡狩中不離開始皇帝，便絕不會有李趙胡三人密謀的可能；因為，蒙毅是總領皇帝書房政務的大臣，是皇帝祕密公文的直接掌握者，又是擁戴扶蘇的根基重臣，絕不會滯留始皇帝詔書而不發；更有一點，蒙毅還是趙高最仇恨而又最無可奈何的上司，從政治生態的意義上說，蒙毅是趙高的天敵，是此類宮廷陰謀的天敵……當一切都成為遙遠的過去時，後人不能不感喟萬端，必然乎，偶然乎，人算乎，天算乎！

帶著蒙毅的人頭，趙成曲宮的馬隊南下陽周了。

當趙成走進囚室洞窟的時候，蒙恬正在山窗前那片秋日的陽光下呼呼大睡。老獄令輕輕喚醒了蒙恬。蒙恬坐起來看了看酷似趙高的趙成，冷冷一笑道：「老夫明白，雞犬入廟了。」饒是趙成厚黑成性，也被蒙恬這不屑之詞說得面色通紅，惱羞厲聲道：「蒙恬！你有大罪！你弟蒙毅有大罪！你之死期，便在今日！」蒙恬淡淡笑道：「若是老夫不想死，不說你一個趙某，便是二世皇帝也奈何不得老夫。謂予不信，足下且試試可也。」趙成早已聽聞陽周城被遊民軍士圍困多日的消息，心下確實不敢小覷蒙恬，思忖片刻，緩和了神色一拱手道：「在下奉詔行法而已，若將軍不嘲諷在下，在下何敢衝撞大將軍？方才得罪，尚乞大將軍見諒。」蒙恬淡淡道：「足下有話但說。」趙成道：「將軍之弟，已發至內史郡羈押勘審。今日在下前來，乃奉陛下詔書，賜死將軍，誠得罪也。」

「老夫或可一死，然有一事得足下一諾。」

「將軍但說。」

「老夫上書於二世皇帝，足下須得代呈。」

「將軍若是復請，在下不敢從命。」

「老夫復請於先帝可也，復請於二世，豈非有眼無珠哉！」

「將軍若死，趙成自當代呈上書。」

蒙恬走到幽暗角落的木案前，捧過了一只木匣打開，一方折疊得四棱四正的黃白色羊皮赫然在目。趙成看得一眼，蒙恬推上了匣蓋，遞給了趙成。蒙恬轉身從案上拿過那枝銅管狼毫大筆，走到老獄令面前道：「老獄令，這是老夫近年親手製作的最後一枝蒙恬筆，敢請親交王離將軍。」老獄令老淚縱橫地接過了大筆，連連點頭泣不成聲了。蒙恬轉身走到木案對面的另一角落，掀起了一方粗布，抱起了那張畢生未曾離身的秦箏，轟然一撥箏弦，長歎一聲道：「秦箏秦箏，你便隨老夫去也！」雙手一舉正要摔下，老獄令大喊一聲撲過來托住了蒙恬臂膊道：「大將軍，秦箏入獄未曾發聲，大將軍何忍也！」蒙恬驀然愣怔片刻，慨然笑道：「好！老夫奏得一曲，使秦箏錚錚去也！」「哎。」老獄令哽咽答應一聲，轉身對外嘶聲高喊：「擺香案——！」

洞外庭院一陣急匆匆腳步響過，片刻間一張香案已經擺好。老獄令與一名老獄吏恭敬地抬起了秦箏，走出了囚室，擺好了秦箏。蒙恬肅然更衣，束髮，帶冠，一身潔淨的本色麻布長袍，緩緩地走出囚室，走到了擺在小小庭院當中的秦箏前。午後的秋陽一片明亮，碧藍的天空分外高遠，蒙恬踩著沙沙落葉，舉頭望瞭望碧藍天空中飄過的那片輕柔的白雲，平靜地坐到了案前。倏地，箏聲悲愴地轟鳴起來，蒙恬的蒼邁歌聲也激盪起來——

秦人興邦　燁燁雷電
求變圖存　克難克險
步步屍骨　寸寸河山
六世雄烈　一法巍然
大矣哉！
追先帝兮挾長劍
陷敵陣兮凱歌還
掃六合兮成一統
創新政兮何粲然
長城如鐵兮胡馬遁
銳士縱橫兮息狼煙
嗚呼！
廟堂權變兮良人去
念我蒼生兮何處有桑園……

隨著激越轟鳴的秦箏，隨著蒼邁高亢的秦音，獄吏獄卒擠滿了小小庭院，哭聲與箏聲歌聲融成了一團，在蕭疏的秋風中飄盪到無垠的藍天無垠的草原……不知何時，蒙恬從容起身，走進了囚室，捧起了案頭的一只陶盅。咕的一聲響過，蒙恬淡淡地笑了，喃喃自語地笑了：「我何罪於天，無罪而死乎！」一陣秋風掠過，沙沙落葉飛旋，蒙恬又笑了：「是也，蒙恬當死矣！從臨洮至遼東，開萬里長城，使萬千黔首至今不得歸家，蒙恬不當死乎？」淡淡的笑意中，喃喃的自語中，偉岸的身軀一個踉蹌，終於轟然倒地了。

……

蒙氏兄弟之死，是秦帝國最大的悲劇之一。

在秦帝國歷史上，以王翦王賁父子為軸心的王氏部族，與以蒙恬蒙毅兄弟為軸心的蒙氏部族，是公認的帝國兩大功勳部族。若論根基，蒙氏尚強於王氏。蒙氏部族原本齊人，自蒙驁之前的一代（其時蒙驁尚在少年）入秦，歷經蒙驁、蒙武而到蒙氏兄弟，三代均為秦國名將重臣，蒙氏子弟遍及軍旅官署，且忠正厚重之族風未曾稍減。應該說，正是許許多多如蒙氏如王氏一般的正才望族的穩定蓬勃的延續，才成就了帝國時代的強大實力。而今蒙氏兄弟驟然被一齊賜死，其震盪之烈，其後患之深，是難以想像的。所謂震盪，所謂後患，集中到一點，便是對秦國軍心的極大潰散，對秦國軍風的迅速瓦解。自王翦王賁父子相繼病逝，秦軍的傳統軸心便聚結在了以統帥蒙恬為旗幟的蒙氏軍旅部族之上。蒙恬以天下公認的軍旅大功臣而能被賜死，秦軍的統帥大旗被無端砍倒，秦軍將士之心何能不劇烈浮動？後人常常不解：何以戰無不勝的秦軍銳士，面對後來暴亂的「揭竿而起」的農民軍反而倍感吃力，到了對項羽軍作戰之時更是一朝潰敗，連最精銳的九原大軍統帥王離都一戰被俘？這裡的根本原因，便是自蒙氏被殺後的軍心潰散。蒙恬死後，胡亥趙高更是殺戮成風，國家重臣幾乎悉數毀滅，軍中將士不說多有連坐，便是眼見耳聞接踵連綿的權力殺戮，也必然是戰心全失，虎狼之風安在哉！也就是說，作為歷史上最為精銳強大的雄師，秦軍是被自己朝廷的內亂風暴擊潰的；其後期戰敗原因，並非後來賈誼說得「攻守之勢異也」，或者說，攻守之勢異也絕不是主要原因。滅秦者，秦也，非六國也。

蒙恬蒙毅之死的直接後果，是整個蒙氏部族的潰散。因蒙氏太過顯赫，胡亥趙高李斯均有很大顧忌，故此未能像後來誅殺其餘功臣與皇族那樣大肆連坐。縱然如此，蒙氏部族還是立即警覺到了巨大的劫難即將降臨。蒙氏部族素來縝密智慧之才士輩出，一旦察覺如此巨大的冤情絕無可能洗刷，立即便有了一個祕密動議：舉族祕密逃亡。遍及軍旅的蒙氏精壯紛紛以各種理由離開防地出走，咸陽的蒙氏兩座府邸也迅速地人去府空了。合理的推斷，蒙氏逃亡不可能重返海疆，而是南下逃入南海郡的秦軍，投奔嶺南大軍的蒙氏族人。唯其如此，後來的趙佗大軍不再北上挽救昏亂暴虐的二世政權，方得有合理的解釋。當然，始皇帝當年的祕密預謀也是理由。然在此時，更合乎軍心的理由，只能是對二世政權的深惡痛絕……

蒙恬的意義，在於他是中國文明史上的一個突出標誌。只有秦帝國的蒙恬大軍，在長達千餘年的對匈奴作戰中真正做到了摧枯拉朽，真正做到了秋風掃落葉，真正做到了蒼鷹撲群雀。西漢鹽鐵會議之文獻《鹽鐵論・伐功》云：「蒙公為秦擊走匈奴，若鷙鳥之追群雀。匈奴勢懾，不敢南面而望十餘年。」

歷史地看，華夏外患自西周末年申侯聯結西部戎狄攻入鎬京，迫使周室東遷洛陽開始。自此，魔閘被打開，西北胡患在此後整個春秋戰國秦的五百餘年歷史上，一直嚴重威脅著華夏文明的生存。秦趙燕西北三國因此而一直是兩條戰線作戰：對內爭霸，對外禦胡。這一基本外患，直到秦始皇以蒙恬重兵痛擊匈奴，並修築萬里長城，才取得重大的階段性勝利，使華夏文明獲得了穩定的強勢生存屏障。顯然，蒙恬長期經營北邊而最終大驅匈奴，對於華夏文明的穩定發展具有極其深遠的歷史意義。可以肯定地說，若不是蒙恬大軍奪取陰山南北的大戰勝與萬里長城的矗立，其後接踵而來的「楚漢」大亂時期，匈奴族群必將大舉南下，華夏文明的生存將陷入無可預料的危境，其後有沒有漢王朝有沒有漢人，實在都是未知之數。蒙恬作為一代名將，文明屏障之功不可沒也！

蒙恬自有其弱點，不若王翦王賁父子那般厚韌堅剛，未能扛鼎救難，誠為憾事也。然則，僅此而已，蒙恬依然不失為華夏文明之功臣。但是，蒙恬的功勳節操在後世的評判卻是矛盾而混亂的，甚至可說是離奇的。西漢初中期的國家主流評價，對於蒙恬尚是高度肯定的，緊隨漢武帝之後的鹽鐵會議對蒙恬的評價可謂典型。但是，《鹽鐵論》之前成書的《史記》作者司馬遷，卻對蒙恬提出了不可思議的指責。《史記・蒙恬列傳》之後的「太史公曰」，對蒙恬的說法是其最長的評論之一，也是最離奇的評論之一，其全文為：

太史公曰：吾適北邊，自直道歸，行觀蒙恬所為秦築長城亭障，塹山堙谷，通直道，固輕百姓力矣！夫秦之初滅諸侯，天下之心未定，痍傷者未瘳；而恬為名將，不以此時強諫，振百姓之急，養老存孤，務修眾庶之和；而阿意興功，此其兄弟遇誅，不亦宜乎？何乃罪地脈哉！

司馬遷的評論有四層意思：其一，凡蒙恬所築北邊工程，都是揮霍民力（輕百姓力）的不當作為工程；其二，秦滅諸侯之後，蒙恬該做的事是強諫始皇帝實行與民休息，而蒙恬沒有做該做的事；其三，蒙恬做的事相反，奉承上意而大興一己之功（阿意興功）；其四，所以，蒙恬兄弟被殺實在是該當的。最後，司馬遷還意猶未盡地感喟了一句，死當其宜，蒙恬如何能怪罪地脈哉！

順便言及，司馬遷所記述的「地脈」之論，很不合簡單的事實邏輯。戰國與帝國時代，陰陽家學說相當盛行，地脈說作為理論，當然是存在的。我們要說的是這件事的乖謬矛盾處。顯然，始皇帝君臣決斷修長城，若信地脈之說，則必召堪輿家踏勘，若萬里長城果然切斷地脈，則必然會改道，最終以保持地脈完整為要。此等情形下，長城是否切斷地脈以及如何應對等等，蒙恬作為主持工程的統帥，比任何人都早早地清楚了，何能等到死時才猛然想起？若始皇帝君臣不信地脈之說，則根本不會召堪輿家踏勘。此等情形下，天下便不會有長城斷地脈之說出現，蒙恬則更不會空穴來風。畢竟，華夏民族的強勢生存傳統中自古便有「興亡大事不問卜」的理念，武王伐紂而姜太公踩碎占卜龜甲，乃典型例證也。始皇帝君臣銳意創制，若事事堪輿問卜，大約也就一事無成了。蒙恬作為最與始皇帝同心的重臣之一，無論哪一種情形，都會清楚地知道該不該有長城切斷地脈一說，都不會在臨死之時突兀地冒出一種想法，覺得自己切斷了地脈所以該死。更有一則，陰陽學說流傳至今，秦之後的陰陽家卻沒有一人提出長城斷地脈以及斷在何處之說，可見，即或就陰陽家理論本身而言，此說也是子虛烏有。太史公所以記載此事，完全可能是六國貴族因人成罪而編造的流言，傳之西漢太史公輕信並大發感慨。此說乖謬過甚，不足憑也。

嘗讀〈蒙恬列傳〉，每每對太史公如此評判史實大覺不可思議。作為歷史家，親臨踏勘直道長城之千古工程，竟能毫不思其文明屏障之偉大功效，偏偏一言以蔽之而斥責其「固輕百姓力矣！」其目光之淺，胸襟之狹，令人咋舌。尤令人不可思議者，最終竟能評判蒙恬之死「遇誅不亦宜乎」，無異於說蒙恬該殺。

其用詞冰冷離奇，使人毛骨悚然。

不能說司馬遷是十足的儒家。然則，司馬遷對蒙恬的評論卻確實是十足的春秋筆法：維護一家之私道，無視天下之興亡。當歷史需要一個民族為創建並保衛偉大的文明而做出一定犧牲時，司馬遷看到的，不是這種犧牲對民族文明的強勢生存意義，而是僅僅站在哀憐犧牲的角度，輕飄飄揮灑自己的慈悲，冷冰冰顛倒文明的功罪。雖然，沒有必要指責司馬遷之論有擁戴秦二世殺戮之嫌疑。但是，司馬遷這種心無民族生存大義而僅僅關注殘酷犧牲的史論，卻實在給中國人的歷史觀留下了陰暗的種子。這種蒼白的仁慈，絕不等同於以承認壯烈犧牲為基礎的人道主義情懷。設若我們果真如司馬遷之仁慈史論，將一切必要的犧牲都看作揮霍民力，都看作阿意興功，而終止一切族群自強的追求，猝遇強敵整個民族安能不陷入滅頂之災？在後來的中國歷史上，尤其在近現代百餘年的歷史上，我們這個民族賣國漢奸輩出，其規模之大令世界瞠目，而其說辭則無不是體恤生命減少犧牲等等共榮論。此等人永遠看不見，或有意看不見強敵破國時種族滅絕式的殺戮與無辜犧牲，而只願意看見自己的民族在自強自立中所付出的正當犧牲，專一地以否定這種正當犧牲為能事，專一地以斥責這種正當犧牲的決策者為能事。此等人的最終結局，則無一不是在大偽悲憫之下，或逃遁自安，或賣國求榮。這是被數千年歷史反覆證實了的一則古老的真理，近乎教條，然卻放之四海而皆準，古今中外，概莫能外。

察其根源，無疑深植於歷史之中。

諺云：站著說話不腰疼。信哉斯言！

戰國與秦帝國時代的強勢生存大仁不仁，司馬遷等去之何遠矣！

三、殺戮骨肉　根基雄強的嬴氏皇族開始了祕密逃亡

巡狩歸來，胡亥要嘗試「牧人」之樂了。

在東巡的兩個月裡，趙高形影不離地跟著胡亥，除了種種必須做出的政事應對，兩人經常說起的話題只有一個，如何能使一切怏怏不服者銷聲匿跡，如何可使胡亥能盡早地恣意享樂。胡亥這次顯然是認真動了心思，竟歸結出了三則隱憂：大臣不服，官吏尚強，諸公子必與我爭。以此三憂，胡亥認真問計於燈下：「蒙氏雖去，三憂尚在，朕安得恣意為樂？郎中令且說，為之奈何？」趙高最知道胡亥，遂誠惶誠恐又萬分忠誠道：「如此大局，老臣早早便想說了，只是不敢說。」胡亥驚訝，連問何故？趙高小心翼翼道：「國中大臣，皆累世貴胄，積功勞世以相傳久矣！趙高素來卑賤，蒙陛下簡拔高職重爵以用事，大臣其實不服，不過貌似聽臣用事罷了。如此情形，老臣安能輕言？」胡亥大為慨然，連連擺手高聲道：「大臣諸公子對朕尚且不服，對老卿自不服也！老卿不必顧忌，只說如何處置。朕便學學你說的秦昭王，為那個甚？對，范睢！為范睢了結仇怨！」「陛下果能效法秦昭王，老

臣甘效犬馬之勞也！」趙高涕淚唏噓，遂再次將「滅大臣而遠骨肉」的三謀方略細細作了解說，以為目下正是實施三謀的最佳時機。胡亥又問為何。趙高認真地說出了兩則理由：其一，當今之生滅興亡，不師文而取決於武力，陛下有材士五萬，只要敢殺人，不愁大臣不滅諸公子不除；其二，秦人奉公奉法已久，大臣與諸公子素無過從聯結，來不及聚相與謀對抗詔令，只能聽任宰割。末了，趙高又給胡亥以撩撥撫慰：「除去此等人之後，陛下只要收舉其餘臣子，賤者貴之，貧者富之，遠者近之，則上下皆集為陛下犬馬。此秉鞭牧人之術也，陛下安能不品其中之樂乎！」「牧人之術？好好好！」胡亥樂得哈哈大笑，「大臣公子是牲畜，我提著鞭子做牧主，想殺誰殺誰，真乃人間樂事也！早知皇帝有如此之樂，胡亥何愁皇帝難為也！」

那一夜，胡亥是真正地快樂了，趙高是真正地快樂了。

回到咸陽，趙高開始了殺戮謀劃。趙高給胡亥提出的鋪排是先內後外——先誅殺皇族諸公子以鞏固帝位，再滅大臣以整肅朝局。胡亥對趙高既放心又佩服，立即欣然贊同。熟悉國政法令的趙高，之後立即開始了實施。

第一步是「更為法律」。簡言之，便是更法，也就是更改法律（註：法律，秦漢語。《史記・李斯列傳》：「二世然趙高之言，乃更為法律。」）。對於趙高的更法，《史記》有兩種說法：其一，〈秦始皇本紀〉云：「於是二世乃遵用趙高，申法令。」其二，〈李斯列傳〉云：「二世然趙高之言，乃更為法律。」就事情本身而言，其意相同：為了達成滅大臣而誅骨肉的殺戮，以趙高變更法律為開端。這不是趙高奉法，而是精通秦政秦法的趙高很清楚不更法的後果：秦政奉法已成傳統，若無法律依據而殺人，各種勢力便會順理成章地聚合反抗，反倒是引火焚身。同時趙高也很清楚，更法不是更改秦法本身，而是更改執法權力。用當代話說，不是更改實體法，而是更改類似程序法的階段執法權。因為，實體法更改工程龐大，且極易引起爭議與反抗，而階段執法權的轉移，則要容易得多。

只要執法權在手，能夠將對手打成罪犯，則秦法對罪犯刑罰處置之嚴厲已足夠誅滅威脅者了。趙高的做法是：正式以郎中令府名義上書皇帝，一連舉發了三位皇子的罪行，請皇帝下詔宗正府依法處置；胡亥則依照預謀，在趙高奏章上批了一行字：「制曰：可。諸公子罪案特異且牽涉連坐，為免宗正府違法袒護皇族，著郎中令府依法勘審治獄。」此詔頒下，趙高的生殺大權便告成立。

帝國創制，秦帝國之中央執法系統為五大機構：其一，廷尉府職司勘審定罪，幾類後世法院；其二，御史大夫職司舉發監察彈劾等，幾類後世檢察院；其三，法官署職司宣法，幾類後世司法局；其四，內史府職司京師治安捕盜並緝拿罪犯，幾類後世公安機構；其五，宗正府執掌對皇族之執法權，是執法機構中最為特異的一個。

據《初學記》引《宋百官春秋》云：所謂宗正，乃周王朝王族執法官，本意為「封建宗盟，始選宗中之長而董正之，謂之宗正。」秦帝國承襲周王朝王族獨治之官制，將原本的駟車庶長改名宗正，執掌皇族司法。也就是說，皇族的兩大事務分開：宗廟事務歸奉常，管理、監察、執法事務歸宗正。是故，宗正地位很高，位列九卿重臣。始皇帝之所以如此將皇族司法獨立，其基本方面並非基於維護皇族特權傳統，恰恰相反，始皇帝是要抑制嬴氏皇族而深恐其餘官署執行不力。所謂抑制，當然主要是防止特權氾濫，而不是懼怕或有意貶黜皇族。秦人崛起，有一個很特殊也很實際的因素，這便是嬴氏部族的根基與軸心作用極為強大，遠遠超過山東六國的王族實力。事實上，嬴氏部族是秦人族群中人口最多實力最強的部族，是凝聚老秦族群的軸心力量。秦之雄強，泰半來自嬴氏部族的雄強血統。要抑制如此一個皇族，確實是一件很難著手的事情。

自秦孝公商鞅變法開始，秦法明確採取了取締宗室特權的對策，主要有四策：一則，王族子弟不得承襲或自動擁有爵位，同樣得與臣民一般從軍任官掙自己的功勞；二則，王族園林土地以王室統領，各家族土地不能如同臣民私有；三則，王族功臣由王族土地封賞，不得擁有如同國府功臣那樣的獨立虛領的郡縣封地；四則，王族觸法與臣民同罪，由王族執法機構處置。在此法度穩定執行六代之後，嬴氏皇族已經成功融入了與臣民國人一體的奮爭潮流之中，英傑功臣輩出而無一動亂政變，也在整個秦人與天下臣民中享有極高的威望。始皇帝建立帝國之時，嬴氏皇族的主體已經早早遷入並散居關中，其男性精壯則已經十之八九進入了軍旅；關中皇族除了皇帝嫡系居於皇城，一兩代近支旁系居於關中腹地，幾乎已經沒有了成規模聚居的皇族了。也就是說，嬴氏皇族如同整個老秦人一樣，已經隨著大軍洪流分散到天南海北去了。此時，唯獨隴西郡保留了一支為數不多的皇族在駐守根基之地，反倒成了最為集中的實力最強的一支皇族。

胡亥詔書批下的那一日，趙高亢奮得徹夜未眠。

召來趙成閻樂並幾位親信密商之後，趙高本欲小宴犒賞幾位犬馬大員，可心頭躁熱得無以安寧，遂吩咐犬馬大員們分頭行事，而後獨自轉到皇城胡楊林的池畔來了。對於陰狠冷靜的趙高而言，血氣如此奔湧心頭如此躁動，實在是生平第一遭。胡亥的這道詔書，無異於打開了束縛趙高手腳的一切羈絆，也填平了橫亙在趙高面前的巨大的權力鴻溝，使他擁有了對皇族與功臣的生殺大權。這是一架巨大的高聳的權力雲車，登上這座權力雲車將到何處，趙高心下非常清楚。被始皇帝遏制數十年的那顆連趙高自己也以為泯滅了的權力野心，此刻在趙高的心田轟然燃燒起來！殺盡了皇族公子，滅盡了三公九卿，大秦廟堂無疑便是趙高一人之天下！其時，縱然胡亥這個皇帝想匍匐在趙高腳下做一隻溫順的貓狗，還得看趙高給不給他做貓狗的資格，畢竟，不殺胡亥這個空頭皇帝，趙高便不會登上權力雲車的最頂端，頭頂上便會始終飄浮著一片烏雲。趙高要撕碎這最後一片烏雲，要飛上權力的蒼穹，追上始皇帝向他大笑大喊：「陛下！你的嬴氏皇族沒有了！你的大秦朝廷沒有了！老夫趙高做皇帝了！」

初夏的月光下，趙高兀自繞著一棵棵粗大的胡楊樹嘿嘿笑著，心頭怦怦大跳著，夢遊般地蹿著跳著。月亮漸漸升高了，趙高汗淋淋地靠上一棵大樹，老淚第一次毫無節制地流淌出來，心頭雷霆轟轟然作響。陛下啊陛下，當年的太后趙姬選中小高子做閹奴，割了小高子的人根，小高子認命了，小高子老老實實做了陛下數十年犬馬，做得鬚髮都白了。然則陛下可曾知道，小高子沒了人根，也便沒了人性。小高子終生沒有了人性的樂趣，善念也便沒有蹤跡了。老荀子說，人性本惡。至少，小高子是這樣的。冰冷的閹宦天地，浸泡出了小高子的惡欲。誰是好人，誰有渾全日月，誰是渾全男人，小高子都嫉妒得心痛。小高子只有一個心願，祈盼天下人盡行滅絕，都做了小高子這個閹人的殉葬！今日，上天給了小高子如此良機，小高子豈能無動於衷？陛下啊陛下，小高子要斷了你嬴氏人根，不要怪小高子，實在是你自家紕漏太多了。陛下跌宕多年不立太子，分明大病了幾次，卻又不及早安置身後之事；大巡狩中途發病，陛下還是不早早寫好詔書。陛下啊陛下，你以為上天會永遠給你機會？你錯了！上天的機會都無休止地給陛下一個人，天下還有世事麼？陛下啊陛下，這便是老荀子說的，「天行有常，不為堯存，不為桀亡」啊！陛下再如何聖帝皇皇，老天也不能為陛下一個人存在，陛下你說是麼？更有錯處，陛下還給小高子留下了一個皇子，一個憨實無能的胡亥，讓小高子做了胡亥的老師。陛下，小高子只能說，你知人於明，不知人於暗啊！你只知道明處的趙高，明處的李斯，明處的胡亥；你不知道暗處的小高子，不知道暗處的李斯，不知道暗處的胡亥啊！這個暗處，便是小高子的心頭荒草，便是李斯的心頭荒草，便是胡亥的心頭荒草啊！陛下啊陛下，身為至高無上的皇帝，你長於拓功而短於察奸啊。天生陛下事功至偉，拓文明荒漠成亙古綠洲，陛下之功業，小高子是頂禮膜拜的啊！然則，陛下不察奸，這皇皇功業便要如流水般去了。應該說，陛下最蔑視胡亥了。然則，陛下這個無能的兒子，在小高子這裡卻是稀世珍寶啊！陛下啊陛下，是你給小高子留下了機會，留下了空隙啊！你大巡狩發病時，非但不召蒙恬回咸陽坐鎮，反而又派走了蒙毅，你是再三失誤啊！最後時刻，陛下身邊偏偏只有最靠不住的李斯了，只有沒了人根沒有了人性的小高子了。陛下信小高子不假，然小高子若因陛下信用小高子而不做惡事，小高子還是小高子麼？陛下業已死了，小高子若不緊緊抓住這個時機，上天是會懲罰小高子的。小高子對陛下那個傻癡的兒子說了，「時乎時乎，間不及謀！贏糧躍馬，唯恐後時！」你那個傻癡的兒子不知其中意味，陛下你卻一定能體察小高子苦心的。天予不取，反受其咎啊！陛下啊陛下，等你明白你要歿了，明白你那口氣再也挺不過來了，一切都晚了。陛下，你若夠狠，像小高子摔死太后嫪毐那兩個私生子一樣，早早殺了小高子，或臨死時叫小高子殉葬了，甚事也便沒了。可你尊奉法度，護持功臣，非但沒叫小高子死，還在蒙毅要處死小高子時救下了小高子。陛下啊陛下，你將上天給你的殺死小高子的機會，至少白白錯失了兩次啊！天欲絕趙高，你卻留下了趙高。然則，小高子縱然蒙陛下之恩不死，也不能向善啊，果真向善了，小高子還是小高子麼……

幾日之後，皇子公主及皇族子弟們人人接到了一件宗正府書令。

宗正書令云：「阿房宮開工之後，南山北麓之獵場將一體封圍，只供材士營駐屯。為此，今歲秋狩改夏獵，凡我皇族子孫，俱各攜本部人馬，於四月二十卯時聚集南山北獵場較武行獵，論功行賞，以為二世皇帝大巡狩歸來之慶典。」此時的宗正大臣，是滅韓的大將內史騰。內史騰者，內史郡郡守贏騰也。皇族乃國姓，舉凡詔書公文抑或國史，皆呼名不呼姓，是以但凡官職與名直接相連者，大體皆皇族也。此時的贏騰，已經成為皇族最老邁的一個在國功臣，資望深重，實際上卻已經幾乎不能理事了。雖則如此，皇子公主們接到宗正府書令，還是紛紛親往贏騰府邸詢問究竟。二世胡亥即位之後的蹊蹺事情太多了，尤其是深乎眾望的皇長子扶蘇自裁，蒙恬蒙毅又先後被賜死，皇子公主們對這個原本絲毫沒有繼位跡象的少弟的突兀繼位及其作為，一時大惑不解，然拘於國法，又不能無憑據地聚相猜測議論，更不能與大臣們私自會商探詢，只有心下怏怏而已了。今逢此令，誰都覺得是一個探詢解惑的好時機，於是不約而同地趕赴宗正府，要老宗正當面賜教。

「教府丞來，給後生們說個明白。」鬚髮雪白的嬴騰只有一句話。

宗正丞是一個年逾四十的皇族幹員，文武皆通，是老嬴騰特意為自己選定的副手。府丞匆匆走進正廳，瞄一眼滿當當皇族子孫，要言不煩地說了夏獵令的由來：郎中令府得少府章邯公文知會，阿房宮至南山間的皇室獵場行將封圍，遂請命於皇帝，詢問要否另選獵場或中止今歲秋狩；皇帝批曰，今歲秋狩改夏獵，此後另選獵場；故此，郎中令行文宗正府，並一體轉來皇帝詔書；宗正府據皇帝詔書而發夏獵令，並無他故。

「以往狩獵，只許十歲以上皇子入圍，如何這次連公主都得去？」

「對也，還要攜帶本部護衛人馬，豈非公然違制麼？」

「南山獵物早被材士營射殺盡了，何來獵物，狩個甚獵？」

「建造甚個阿房宮！咸陽宮殿連綿，北阪六國宮還空空如也，不夠住麼？」

「對也！甚都亂改，改得大秦都沒個頭緒了！」

「只改還好說，還殺人……」

「都給老夫住口！」

眼見皇子公主們的議論疑問由夏獵而及國政，分明是怒氣衝衝要收不住口了，老嬴騰不得不厲聲喝止了。扶著竹杖站起，老嬴騰氣喘噓噓道：「非朝會而私議國政，不知道是觸法麼？後生小子好懵懂！你等怏怏，老夫心下舒暢麼？都給我閉嘴！老夫說話都聽著：滿朝大臣還在，大秦鐵軍還在，嬴氏老皇族還在，誰也翻不到陰溝去！不就是秋狩改夏獵麼？去便去！狩獵之後論功行賞，便有老夫宗正府大宴，皇帝便得親臨論功；其時皇帝來了，你等當著皇帝面說話，那叫諫阻！誰敢不聽正言，老夫啟動隴西老皇族來！」

「老宗正萬歲！……」

皇子公主們挨了罵，卻一齊撲倒在地哭了。倏忽不到一年，國政驟然大變，扶蘇與蒙氏勳族竟能一朝賜死，李斯丞相竟能若無其事，滿朝重臣竟無一人錚錚強諫，這些雖無權力爵位然卻最是關注國政朝局的始皇帝子孫們，確實察覺到了一種隱隱迫近的劫難，感知到一種森森然的恐懼。而今老宗正如此慷慨直言，非但鼓動皇子們直言強諫，且要啟動隴西老皇族廓清朝局，孰能不奮然涕零？

「哭個鳥！像嬴氏子孫麼？都給我回去！」老嬴騰奮力跺著竹杖。

皇子公主們哭著笑著紛紛爬了起來。老嬴騰卻瞇著老眼突兀喊道：「子嬰，你不去狩獵，老夫有事。」年已四十餘歲的子嬰點點頭，從一大群先輩皇子中走了出來，兀自拭著一臉淚水。老嬴騰將子嬰領進書房，瞇縫著一雙老眼將子嬰上上下下打量了許久，突然黑著臉道：「你給皇帝上過書，諫阻殺蒙氏？」子嬰淡淡一點頭：「嬴氏子孫，理當盡心而已。」「你不怕大禍臨頭？」老嬴騰面無表情。子嬰依舊淡淡然：「赳赳老秦，共赴國難。惜乎我嬴氏子孫忘記這句老誓了。」老嬴騰一跺竹杖：「好！小子有骨氣，老夫沒看錯。給我聽著：當下收拾，連夜去隴西！」子嬰大是驚愕：「老宗正，咸陽味道不對，我去隴西做甚？」老嬴騰低聲呵斥道：「不對才教你走，對了教你去做甚？記住，老夫沒密件，不許回來！」子嬰急迫道：「老叔也！到底要我去做甚？」老嬴騰板著臉道：「沒甚，替老夫巡視隴西皇族，督導那群兄弟子孫們甭變成了一群懶鷹懶虎！如何，不能派你去麼？」子嬰略一思忖一拱手道：「也好，子嬰奉命！」老嬴騰一點頭，竹杖向旁邊石牆上咚咚咚三點。那面石牆的角落立即啟開了一道小門，府丞捧著一支銅管快步走了出來，將銅管交到了子嬰手裡。

老嬴騰道：「愣怔甚？這是給隴西大庶長的密件，收拾好了。你的巡視官文在府丞書房，稍待另拿。先說好，老夫只給你六名護衛騎士，你怕麼？」子嬰一臉肅穆：「老宗正勿憂，子嬰不怕。」「你劍術如何？」老嬴騰突兀皺起了眉頭。子嬰一拱手道：「子嬰不敢荒疏，劍術尚可，抵得尋常三兩個劍士。」老嬴騰一陣思忖，輕輕搖了搖頭，說聲你且稍等，轉身走進了旁邊內室。片刻出來，老嬴騰將一只棕色的牛皮袋遞給了子嬰道：「打開。」

子嬰打開了牛皮袋，卻是一件長不過尺的極為精巧的銅板，不禁迷惑道：「如此輕巧物事，能派何用場？」「輕巧？你掂掂看。」隨著老嬴騰話音，子嬰一手去拿銅板，方一抬手大為驚訝道：「重！長不盈尺，至少四五斤！」老嬴騰指點道：「這是先帝當年賜給老夫的一件密器，名為公輸般袖弩。老夫執掌內史，多涉山東間人刺客，先帝故而有此一賜。這件袖弩的用法是，兩端固定綁縛在右手小臂之上，甩手出箭，或手臂不動而觸動機關發箭，可連發十箭。不難練，卻要先熟悉了綁縛在手臂分量舉止。來，老夫先給你演練一番。」

「不需老宗正演練，子嬰業已明白！」

「噢？」老嬴騰大是驚訝，「試試手看。」

子嬰也不說話，先將銅板拿起端詳片刻，從棕色皮袋裡抽出一撮五六寸長的銅箭鏃一支支裝進銅板小孔；而後利落地擼起右臂衣袖，左手將銅板固定在右手小臂的內側，扯出銅板兩端帶皮扣的皮帶迅速綁縛固定；站起身右臂猛然一甩，頓時聽得對面劍架方向嘭嘭噗噗連聲，細小的箭鏃紛紛在劍架書架上飛落。

「好！小子神也！除了準頭，甚都好！」老嬴騰由衷嘉許。

「子嬰喜好器械，各式弩機尚算通達。」

「好好好，嬴氏有你後生，老夫也算閉得上眼了。」

老嬴騰顯出了疲憊而舒心的笑，坐進案中又對子嬰殷殷叮囑了諸多隴西細節，這才叫子嬰準備去了。暮色時分，老嬴騰親自駕車將子嬰送出了咸陽西門，眼看著六騎護衛著子嬰風馳電掣般西去，這才回到了府邸。

子嬰離開咸陽後的第三日，一場巨大的劫難降臨了。

這場劫難是以不可思議的荒誕方式進行的。清晨，當皇子公主們各自帶著自己的護衛僕從匯集到南山北麓時，谷風習習空山幽靜，實在沒有郎中令使者所說的那種百獸出沒的景象。正在有公主動議中止行獵時，山林峽谷中卻傳來一陣陣虎嘯狼嚎，皇帝材士營派出的圍獵尉也立即發出了行獵號角。行獵號令如同軍法，一聞號角長鳴，皇子公主們立即依照事先劃定的路徑分頭飛進了叢林山谷。大約小半個時辰後，各個山頭紛紛晃動的旗幟，表示沒有發現任何大獵物，連狐兔之類的小獵物都很少見，紛紛旗幟請命要中止行獵。皇子公主們此刻才清楚了此前傳聞：這片獵場駐紮著皇帝新徵發的五萬材士，這些材士奉皇帝之命，專一在南山獵場以射殺行獵為軍旅演練並護衛皇帝行獵，大半年間，南山獵場的鳥獸幾乎絕跡。今日親臨，果真如此，皇子公主們大為不滿，當即紛紛請命中止行獵。

便在此際，突聞山林間虎嘯狼嚎又起，各個山頭山谷山坡的驚呼聲此起彼伏，接踵而來的便是一片片沉悶的喊殺聲。堪堪小半個時辰，山谷中殺聲正酣，突聞四面山頭鼓角齊鳴，最高山頭雲車上的材士將軍隨著大纛旗的擺動高聲喝令：「諸公子假借行獵叛亂！一體拿下！」隨著號令，四支馬隊衝入山谷，片刻間將獵場團團圍定。皇子公主們的馬隊已經拚殺得人人一身血跡，突兀被圍，人人怒不可遏地飛馬過來找將軍論理。

「這不是真虎狼！是人披獸皮假扮的虎狼！」

「這些假虎狼人人藏兵！撲過來殺人！」

「皇子公主已經死傷十幾個，究竟誰叛逆！」

「有人陷害皇族！無法無天！」

正在皇子公主們憤激紛擾之際，谷口一陣沉雷般的馬蹄聲，郎中令丞與郎中令府的五官中郎將閻樂飛馬趕到（註：五官中郎將，秦帝國設官，隸屬郎中令府，職司皇帝政務並朝會護衛）。材士將軍指著山谷中一片屍體高聲稟報：「諸公子作亂，已殺我材士百餘人！」閻樂厲聲下令：「一體拿下！勘審定罪！」皇子公主們看著不知何時已經沒有了虎狼皮張的屍體，頓時明白此間罪惡圖謀，不禁憤激萬分，一聲怒喝紛紛喊殺撲來。閻樂高聲大喝：「只准傷！不准殺！弩箭射腿！」隨著閻樂號令，四面馬隊弩箭齊發，片刻間所有的皇子公主與護衛僕從便齊刷刷被釘在了膝蓋深的草叢中。

「拿下皇子公主！護衛僕從就地斬決！」

在閻樂惡狠狠地號令下，所有的皇子公主們的護衛與僕從都被當場殺死，並當即割下了頭顱作為平亂報功之憑據。皇子公主們則被硬生生拔出長箭，渾身血人般一個個塞進了囚車。暮色降臨時，馬隊押解著這隊囚車抵達了咸陽城外的材士營，在一道山谷裡停了下來，而沒有解入北去咸陽五十餘里的雲陽國獄。

趙高接報，立即實施了另外一個連接行動：以「諸公子聯結皇城內官，欲圖裡應外合作亂」為由，連夜對皇城內的郎中令府屬官實施了大逮捕。列位看官留意，這郎中令府原本是皇帝政務系統，由蒙毅執掌，屬官大多是久經錘鍊的文武功臣。趙高雖突然做了郎中令，對其屬官卻沒有機會大清理，只能擢升閻樂等幾個犬馬效力而已。今日突然實施逮捕，原本是謀劃好的連續對策。於是，一夜之間，郎中令府最為軸心的「三郎官」官署的吏員，與其餘各署的精幹大員，連續下獄多達數百人。所謂三郎，指的是郎中（亦謂中郎）、侍郎（亦謂外郎）、散郎三署；郎中署職司皇帝全部政務活動之護衛，以中郎將為長官；侍郎署職司朝廷政務活動之禮儀文書等，以大夫為長官；散郎署職司臨機政務活動，多為溝通聯結皇帝與地方郡縣之事。由於郎中令府的屬官皆為實際事務，所以沒有定員，多至千人少則數百人不等；帝國新創時期始皇帝政務繁劇，郎中令府屬官已遠超千人。趙高一夜「連逮三郎」，其後果非但是清除了異己，且使蒙毅長期苦心建立起來的有效政務系統宣告崩潰。至此，皇帝的政務系統幾近癱瘓，二世胡亥要涉足任何國事，離開趙高都寸步難行了。

肅清了郎中令府，趙高不再擔心內官作梗，這才著手了結皇族。

趙高的方法直截了當，清晨帶著中郎將閻樂與幾個腹心老吏，親自趕赴材士營關押皇族的谷地，將全部皇子公主皇族子弟押解出祕密洞窟，在谷地開始論刑定罪。及至人犯押到，趙高一個也不問，勘審一關悉數略過，直接下令宣示勘審定罪書。當閻樂念誦著那篇長長的荒誕文告時，氣息尚存的皇子公主們無不憤激萬分破口大罵，趙高卻坐在一方石案前冷冰冰笑著一句話不說。閻樂念誦完畢，趙高又眼睜睜看著一群血乎乎的皇子公主們叫罵怒吼了整整一個時辰。直到皇子公主們怒罵得人人失聲，連跳腳的力氣都沒有了，趙高才從石案前站了起來，嘴角抽搐出一絲猙獰的笑意道：「謀逆大罪，先將諸公子押入南市處刑，公主們觀刑可也。」

趙高的「決刑」是：皇族子弟不問，皇子公主一體處死！

短短一年，咸陽商市已經大見蕭條了。依舊保持著濃烈的戰國遺風的商旅們，眼見「秦國」朝政驟變亂象迭起，紛紛遵從著危邦不可居的古老傳統，或明或暗地連綿不絕地東出關中了。更為根本的是，滅六國之前的那種萬商雲集的咸陽不復存在了。在山東商旅的眼中，秦政秦人是不可思議的：一統華夏坐了天下，國都的老秦人卻越來越少了；充斥街市的，倒大多是遷徙到咸陽的六國貴族與連綿不斷的工程刑徒，無論原先窮富如何，此刻的貴族與刑徒大體上都變成了生計艱難者，誰也買不起好東西了。鹽鐵兵器戰馬等大宗物事，更是禁止交易，如此，市易越來越少，規模越來越小，二世即位大修驪山陵大舉國葬，連酒也不能買賣，於是，市場便不可思議地急劇地萎縮了，山東商人們只有悄悄一走了事。如此情勢之下，原本便是平民街市的南市，幾乎又恢復到初建時的粗樸，只有零落的老秦人與破衣爛衫的歇工刑徒們遊蕩著，偶有幾個衣著稍整者，也是因離家而敗落的山東老貴族子弟。

大隊囚車進入南市，正在午後落市的時刻。一看偌大陣勢，已經零落的遊蕩人群又亂紛紛聚了過來，漸漸地，商鋪主人們也紛紛站在門口張望了。囚車隊咣噹轟隆地停在了原本用於牲畜交易的空闊場地中央，層層馬隊立即圍成了森森刑場。閻樂站在一輛發令戰車上高喊：「諸公子謀逆作亂！奉詔處死南市！國人觀刑以戒——！」接著又是幾名吏員反覆宣呼。終於，人群在熱辣辣的午後聚集成了一片，高高低低地站在不同的位置上驚訝地注視著從未見過的公然誅殺皇族。

「謀逆大罪，僇死。」軺車上的趙高顯出了一絲冰冷的笑意。

「十二皇子僇死——！」

隨著閻樂的猙獰號令，中國歷史上最為慘無人道的僇殺之刑開始了。僇者，侮辱也。僇殺者，盡辱其身而後殺死也。這是一種起源於遠古戰爭，且長期保留在遊牧部族中的虐殺戰俘的惡刑。秦人變法之前，此等僇殺事實上已經大體消失了。秦國變法之後，私鬥之風絕跡，各種刑罰俱有法律明載，刑歸刑，連帶的人身侮辱已經如同人殉一樣被嚴厲禁止。馬非百先生的史料輯錄著作《秦始皇帝傳》，輯錄了史書中所有關於秦法死刑的刑名，總共二十六種殺人之刑，唯獨沒有「僇死」之刑名。僇死，僅僅見於《史記・李斯列傳》：「公子十二人僇死咸陽市，十公主矺死於杜。」這，僅僅是對殘酷事實的記載而已，並非刑名。趙高熟悉秦法，也熟悉秦人歷史，此時將這等久已消失的惡殺之法搬出，無疑是早早密謀好的，要給大秦皇族一個最要命的辱沒，要尋覓最為變態的殺人快樂。

這場令人髮指的辱殺，整整延續了一個多時辰。這些皇族公子們不堪辱身，人人都企圖以最快捷殘酷的方式了結自己的生命，咬舌者有之，撞劍者有之，撞地者有之，撲擊刑樁者有之……然則，已經失去掙扎能力的皇子們最終一個也沒能自己了結自己，個個都被扒光了血乎乎的衣裳，一大群事先糾集好的無賴疲民們，盡情地戲弄侮辱著這些曾經是最高貴的而目下已經失去了知覺的軀體……最終，趙高眼見十二個皇子人人被割下了男子人根，這才獰笑著點頭了……

僇殺未盡，被押解觀刑的十公主人人吐血昏厥了。

次日，趙高又在咸陽東南的杜地（註：杜，秦時城邑，原為古諸侯國，春秋為秦寧公滅，大體在今西安市東南），殘酷地以矺刑殺戮了十位公主。矺者，裂其肢體而殺也。矺刑乃秦法正刑，見之於《雲夢秦簡釋文三》：「甲謀遣乙盜殺人，受分十錢。問：乙高未盈六尺，甲何論？當矺。」顯然，這是帝國法官的答問記錄，說的是對於教唆身高未過六尺的未成年人殺人者，該當處最嚴厲的矺刑。趙高以這種對於女性尤為慘烈的刑罰，處死了十位皇族公主，其殘忍陰狠亙古罕見！依據史料的不確定記載，始皇帝有二十餘子，十餘公主，大體三十餘名子女。以胡亥年歲評判，此時應該還有十八歲以下的未嫁公主。趙高所殺者，全部包括了未嫁公主無疑，除此之外有無已經出嫁的公主，譬如嫁給李斯幾個兒子的公主，已經難以確證。然則，依據這場殺戮的後續牽連，完全有可能涉及了包括出嫁公主在內的絕大部分皇族子女。趙高藉著這場殺戮風暴，幾乎席捲了整個皇族的財富與生命。《史記・李斯列傳》云：「（其後）財物入於縣官，相連坐者不可勝數。」

在不可勝數的連坐者中，留下了兩則慘烈的故事。

公子將閭有兄弟三人，因同出一母，皇城內呼為昆弟三人。將閭昆弟很可能有所警覺，或因未在咸陽，總歸是沒有參與南山行獵，故未被當場緝拿同時僇死，而在事後被連坐緝拿下獄，直接囚於皇城內宮。趙高派人以二世皇帝使者之名，往赴內宮，指斥將閭昆弟三人有「不臣」之罪，要立地處死。將閭憤憤然質問何謂不臣之罪？趙高心腹冷冰冰回答，我等只奉詔行事。將閭昆弟絕望，仰天大呼天者三：「天乎！天乎！天乎——！皇族無罪而死，天道何在乎！」昆弟三人遂一起拔劍自殺了。

另一個連坐者是公子高。公子高本欲逃亡，又恐累及舉族被殺。絕望之下，公子高欲謀以一己之死掩護族人逃亡。公子高的方式是：上書胡亥，請求為先帝殉葬；在人殉葬禮期間，族人趁亂祕密逃亡。胡亥接書大為高興，覺得准許皇子殉葬，將是自己這個新皇帝尊奉先帝的驚人之舉。然則，胡亥又怕公子高有甚機謀，遂立即宣來趙高會商。胡亥拿出了公子高的上書，很是得意地問：「殉葬先帝，會不會是公子高的急變之策？」趙高笑吟吟道：「目下爾等人人憂死，自顧不暇，如何還有謀變心思，陛下但放寬心也！」胡亥大喜過望，立即批下了「制曰可」三字，並賜錢十萬大肆操持殉葬禮，將公子高活葬在了驪山陵一側。胡亥與趙高未曾預料到的是，在公子高籌劃活葬的短短時日裡，公子高的族人已經懷著深仇大恨祕密逃亡了。

皇族遭此大肆屠戮，宗正府上下大為震恐。

老嬴騰怒不可遏，立率百餘名宗正府護衛甲士衝入皇城，直奔二世寢宮，要逼二世立即退位並誅滅趙高。可是，老嬴騰部伍剛剛進入皇城，便被閻樂的馬隊包圍了。沒有任何呼喝喊問，雙方立即廝殺起來。歷經無數輝煌的咸陽皇城正殿前的車馬廣場，變成了血腥戰場。拚殺半個時辰，護衛甲士們全部戰死，老嬴騰絕望憤怒地叫罵著胡亥的名字，一頭撞死在了正殿前的藍田玉雕欄上。趙高閻樂惡狠狠上前，親自將老嬴騰的屍體剁成了肉醬……之後，宗正府所有官員無論是否皇族，一律被慘烈處死。嬴騰這支較大的皇族，更遭連坐滅族之罪，被全部殺戮。

嬴騰之死，是帝國九卿重臣中第一個被公然誅殺者。

消息傳入隴西，守在根基之地的嬴氏部族憤怒了，男女老幼立即聚集起來要殺向咸陽。子嬰苦苦阻擋了這次無望的復仇，與隴西族長連夜進入李信的大軍營地祕密會商。惜乎李信已經病得奄奄一息了。這位始終煎熬在第一次滅楚之戰失敗的痛苦中的秦軍悍將，早早已經心力交瘁了。李信只掙扎著說了幾句話：「隴西皇族，人馬不過萬餘了，萬勿自投陷阱，存得人口，或可再起……先帝遺禍過甚，抗爭晚矣！晚矣！……」言猶未了，這位曾經做過秦軍統帥的最後一個在世大將便溘然長逝了。子嬰與族長悲慟欲絕，匆匆安葬了李信，便星夜趕回了隴西皇族城邑。歷經三日會商爭議，最終，子嬰與族長族老們作出了最不得已的決斷：目下情勢險難，嬴氏部族當務之急是保留根基力量，各家族、部族立即分路逃亡，使二世與趙高鞭長莫及。族長要子嬰一起北上陰山草原，子嬰拒絕了。子嬰說，他要回咸陽保住兩個兒子，要祕密聚結殘存的皇族後裔設法逃亡……

誅殺始皇帝子孫的血腥風暴，毀滅了嬴氏皇族最軸心的嫡系精英。

在最為看重血統傳承的時代，皇族嫡系的幾近滅絕是毀滅性的災難。從此，失卻了靈魂與精神支柱的嬴氏皇族的整體力量，開始了悲劇性的潰散。最先逃亡的，是此前的扶蘇家族及其追隨部族。他們對帝國命運已經絕望，祕密聚結於海濱，遠遠地遁入了茫茫大海，最終漂泊到了今世稱為日本的海島上。此後，隴西嬴氏消失在茫茫草原。再其後，胡亥被殺，胡亥的殘餘後裔也遁入大海，逃向了日本。更其後，在帝國烽火中究竟有多少嬴氏皇族後裔逃出了咸陽，抑或有多少嬴氏皇族被殺害，實在是難以得知了。然則，結局是很清楚的，從這時的大潰散開始，在其後的兩年之內，這個中國歷史上最為偉大的第一皇族在暴亂的颶風中陡然滅絕，連嬴這個姓氏也幾乎永久地消失在了華夏大地……

兩場滅絕人性的連續殺戮，揭開了帝國最後歲月的血腥大幕。

四、三公九卿盡零落　李斯想哭都沒有眼淚了

公然殺戮皇族，極大地震撼了廷尉府。

姚賈衝進丞相府連連怒吼著：「禽獸不如！辱秦法過甚！辱廷尉府過甚！天理不容！國法不容！」病情稍見好轉的李斯，第一次在自己的政事廳失態了，坐也不是，站也不是，說也不是，不說也不是，只難堪地看著暴怒的姚賈連連吼喝，老臉通紅得無地自容。姚賈見李斯在如此情形下還是不出聲，突然中止了吼喝，大袖一甩轉身便走。李斯連忙搶步上前攔住，急忙一拱手道：「賈兄不能走！究竟有何想法，未必不可會商。」姚賈目光閃爍冷冷道：「我去九原，你敢去麼？」李斯大急道：「賈兄慎言！豈能出此下策？」姚賈一臉憤激冷笑道：「慎言？慎言只能縱容非法，只能繼續殺戮！你這個丞相的職司只是慎言麼？姚賈從甘泉宮慎言至今，處處依著你這個丞相的心思做事，結局

如何？而今，不經廷尉府勘審而連殺連坐數百皇族，先帝骨血幾乎滅絕！還要慎言，大秦便整個歿了！垮了！」

李斯一手捂著胸口一手拉著姚賈衣袖，艱難地跌腳喘息道：「此事委實可惡，老夫一個兒媳也，也被連坐殺了，其餘三個，也，也自殺了。合府上下，如喪考妣也……賈兄，老夫何嘗不痛心哉！」姚賈心下頓時一沉，這才驀然想起李斯的兒媳們幾乎都是公主，也為這剛剛得知的消息大為驚愕——果真如此，李斯豈非已經岌岌可危了！當此情形，李斯再不設謀還能有何等退路？思忖片刻，姚賈正色拱手道：「丞相危境若此，敢問對策。朝廷重臣尚在，邊地重兵尚在，扭轉朝局未必不能！」

「賈兄且入座，容老夫一言可否？」

「願丞相聚合人心，挽狂瀾於既倒。」姚賈怒氣稍減，終於入座了。

「賈兄啊，老夫難矣哉！」李斯坐進了對案，長長地歎息了一聲，「此等朝局，確得改變。然則，委實不能操之過急。非老夫不欲強為也，情勢難以強為也。老夫今日坦言：甘泉宮變，你我已涉足其中；扶蘇與蒙氏兄弟之死，你我亦有關涉；新朝之貶黜簡拔，你我都曾贊同；趙高更法，你我亦無異議……凡此等等，老夫與賈兄，俱已難以洗刷矣！縱然老夫隨賈兄前赴九原，王離果能信服你我乎！縱然老夫聯結二馮與楊端和章邯，四人可發之兵充其量不過萬餘，抵得二世皇帝的五萬精銳材士乎！一旦王離猶疑而消息洩露，二馮楊章又無大軍可發，你我豈非立見險境？你我一旦身首異處，大秦朝廷便當真無救矣！老夫之難，懇望賈兄體察之……」

「丞相之意，還是長眠窩冬？」姚賈憤憤然插斷了。

「不。老夫要彈劾趙高。」

「彈劾？丞相何其可笑也！」

「秦政尚在，為禍者唯趙高一人耳，你我聯結重臣一體彈劾……」

「丞相，不覺異想天開麼？」

「賈兄何出此言，彈劾者，國法正道也。」

「根基已邪，正道安在哉！」

「賈兄若不欲連署彈劾，老夫只好獨自為之了。」

「自尋死路，姚賈不為也。告辭。」

素來尊崇李斯的姚賈黑著臉拂袖而去了。姚賈不同於李斯之處在於根基，在於志向。姚賈出身卑賤的監門老卒之家，入秦為吏得始皇帝力排眾議而一力簡拔，從邦交大臣而官至九卿之首，維護帝國法治之志由來已久。姚賈之所以長期追隨李斯，根本點也正在於認定李斯是法家名士，是始皇帝之外帝國新政法治最重要的創制者，堅信李斯不會使自己親手創制的千古大政付之流水。李斯排除扶蘇排除蒙恬蒙毅，姚賈雖不以為然，但最終還是贊同了，根本原因，也在於姚賈與李斯政見同一，認定扶蘇蒙恬的寬政緩徵將從根本上瓦解帝國法治。然則，姚賈與李斯交，大政知無不言，卻從來不涉及人事人生等額外話題。也就是說，李斯在姚賈面前，始終是一個端嚴持重的帝國首相，僅此而已。李斯能告知姚賈的，都是姚賈知道了也不足以反目的。李斯不告知姚賈的，則姚賈不可能知曉。姚賈不知道沙丘宮之後深藏於李斯心中的那一片陰暗機密，不知道李斯在始皇帝驟然死去的風雨之夜的作為，不知道李斯與趙高的合謀，不知道李斯偽造了始皇帝賜死扶蘇蒙恬的詔書，不知道李斯盛大鋪排始皇帝陵墓與葬禮的真實圖謀……今日李斯對姚賈所說的不能強為的種種理由，都將姚賈牽涉了進去，似乎姚賈一開始便是李斯的同道合謀；姚賈分明覺察到了李斯說辭的微妙，然也不屑於辯解了。

姚賈的想法很簡單：身為國家大臣，一隻腳下水，兩隻腳下水，無甚根本不同；目下危難，需要痛改前非扭轉乾坤的膽魄，而不是諉過於人洗刷自己。姚賈久為邦交，對山東六國的官場陰暗的了解比李斯更為透徹。姚賈清醒地知道，此等無視法治的殺戮風暴一旦席捲大秦，剛剛一統天下的帝國便必然地要陷入當年趙國末期的連綿殺戮，其迅速潰滅將勢不可免！若此時還對這個胡亥與趙高心存期待，無異於癡人說夢。素來行事果敢的姚賈，以為自己的憤怒果敢也將必然激起李斯同樣的憤怒與果敢，甚至，姚賈在心中沒有排除李斯早已經有挽回局勢的圖謀……姚賈沒有料到，李斯竟會變得如此萎縮軟弱，竟能提出以彈劾之法除去趙高的童稚之說。對於政治，對於人性，姚賈從來是清醒透徹的。當年李斯猶豫於韓非之囚，正是姚賈激發李斯而殺了韓非。姚賈始終認為，認準的事就要果敢去做，果真鑄成大錯，便須斷然悔悟重新再來。在姚賈的人生信念中，沒有聖賢之說，沒有完人之說，做事不怕沾污帶泥不怕錯斷錯處，然必須知錯立改。姚賈以為，始皇帝便是此等境界之極致帝王，錯失時可以頒下荒誕的逐客令，醒悟時則立即霹靂颶風般回頭；身為追隨始皇帝一生的重臣，連始皇帝如此可見的長處都未能領悟，才如李斯者豈非不可思議哉！……然則，姚賈終於失望了。李斯終究不是姚賈。姚賈終究不是李斯。強為同道之謀，難矣哉！

當晚，姚賈祕密拜會了已經很是生疏的典客府。

頓弱布衣散髮，正在後園石亭下望月納涼，亭外一個女僕操持煎藥，一股濃濃的草藥氣息彌漫了庭院。見姚賈匆匆而來，頓弱既沒起迎也沒說話，風燈下蒼老的臉上寫滿了輕蔑與冷漠。姚賈已經無暇顧及，大步走到亭廊下撲拜在地，一開口便哽咽了：「頓兄，姚賈來遲也！……」頓弱冷冷一笑道：「老夫又沒死，足下來遲來早何干？」姚賈一時悲從中來，不禁放聲慟哭了：「頓兄也，姚賈一步歪斜，鑄成大錯，悔之晚矣！……公縱然不念姚賈宵小之輩，焉能不念大秦法治乎！焉能不念先帝知遇之恩乎！……」頓弱手中的大扇拍打著亭欄，淡淡揶揄道：「爬不上去了，想起法治了，想起先帝了？廷尉大人，果然智慧之士也。」姚賈終於忍不住了，一步爬起憤然戟指罵道：「頓弱！姚賈錯便錯了，認了！可姚賈不敢負法治！不敢負先帝！此心此意何錯之有，得你老匹夫如此肆意揉搓！大政劇變，姚賈是腳陷污泥了。可你頓弱如何？你抗爭過麼？你說過一句話還是做過一件事？姚賈該殺！你老匹夫便該賞麼！姚賈認錯，姚賈求你，可姚賈也不怕連根爛！左右都死了，怕個鳥來！你老匹夫便抱著藥罐子，還是得死！死得並不比姚賈好看！姚賈再求誰，也不會求你這個坐井觀天的老蛤蟆了！」姚賈原本邦交利口幾追當年張儀，此時憤激難耐肆無忌憚，酣暢淋漓罵得一陣轉身便走。

「且慢！」頓弱從幽暗的亭下顫巍巍站了起來。

「名家軟骨頭，何足與謀哉！」姚賈頭也不回硬邦邦甩過來一句。

「姚賈！人鬼難辨，不許老夫試試火候麼！」頓弱憤然一喊。

姚賈的身影終於站住了，終於回身了。姚賈步履沉重地向亭下走。頓弱扶著竹杖顫巍巍地向亭外走。月光朦朧的庭院，兩個鬚髮一般灰白的老人在相距咫尺處站定了，相互打量著對方，目光交融在一起，良久沒有一句話。終於，頓弱輕輕點了點竹杖，轉身向那片茂密的柳林走去。姚賈問也沒問，便跟著走了。

柳林深處一座石牆石門的小庭院前，頓弱的竹杖點上門側一方並無異常的石板，石門隆隆開了。朦朧月光被柳林遮擋，小庭院一片漆黑。頓弱卻輕鬆自如地走過了小徑，走到了正中大屋的廊下，又點開了一道鐵門，進入了同樣漆黑的正廳。姚賈自覺又繞過了一道鐵石屏風，又過了一道軋軋開啟的石門，又下了長長一段階梯，前面的頓弱才停住了腳步。不知頓弱如何動作，驀然間燈火亮了，亮光鑲嵌在牆壁裡，空蕩蕩的廳堂一片奇特的昏黃，微微清風穿堂而過，清涼空曠得一片蕭疏。

「姚兄所求老夫者，此處也。自己看了。」頓弱終於說話了。

「這是黑冰臺出令堂麼？空空如也！」姚賈驚愕得臉色都白了。

頓弱默默穿過廳堂，來到正面牆下又點開了一處機關，進入了一間寬大的密室。室中一無長物，正面中間石案上一只碩大的香爐，兩支粗大的香炷尚未燃盡，青煙裊裊纏繞著供奉在正中的巨大靈牌。一看便知，頓弱是天天來此祭拜始皇帝的。姚賈心下酸熱，在靈牌前一拜撲倒，一句話沒說便放聲慟哭了。頓弱默默地跪座案側，手中竹杖向香案一側一點，香案正中便滑出了一道長函。姚賈驟然止住了哭聲，目光緊緊盯住了赫然鋪展面前的那方羊皮文書——

大秦始皇帝特詔：黑冰臺勁旅，本為七國邦交爭雄之發端也，留存於天下一統之後，將有亂政亂國之患。著典客頓弱，立即遣散黑冰臺劍士，或入軍，或入官，或重金還鄉；遣散之後，典客府將去向冊籍立交皇室府庫密存，任何人不得擅自開啟。朕後若黑冰臺依附權臣作亂，典客頓弱當處滅族之罪！始皇帝三十七年六月

「姚賈！不得斥責陛下！」頓弱黑著臉呵斥一句。

「陛下啊陛下，你有正道之慮，何無固本之謀哉！……」

「正是。陛下生前一個月零六天。」

「頓兄，這，這是陛下生前月餘之詔書？」

「陛下，姚賈萬分景仰於陛下……」姚賈對著靈牌詔書深深一躬，肅然長跪如面對皇帝直言國策，「然姚賈還是要說，陛下執法家正道過甚，輕法家察奸之術亦過甚也！法家法家，法術勢三位一體也！法治天下，術察奸宄，勢立君權，三者缺一不可啊！陛下篤信商君法治大道，固然無差。然則，陛下輕韓非察奸之術，卻是不該。若非如此，陛下何能在生前一月之時，連遣散黑冰臺都部署了，卻沒有立定太子，卻沒有立定顧命大臣！陛下，你明徹一世卻暗於一時，你在身後留下了何其險惡之一片天地也！……黑冰臺固有亂政之患，然安能不是震懾奸宄之利器！陛下恕老臣直言：陛下若將黑冰臺留給頓弱姚賈，老臣等若不能為大秦肅清廟堂，甘願舉族領死！然則，陛下卻將神兵利器束之高閣，將奸宄不法之徒置於中樞，使邪惡勢力無剋星之制約，大局終至崩潰矣！……陛下啊陛下，

你萬千英明，唯有一錯，這便是你既沒有察覺身邊奸宄，更沒有留下身後防奸之利器啊！……」

「姚賈，陛下不是神，陛下是人。」頓弱篤篤點著竹杖。

「是，陛下是人，陛下不是神……」姚賈頹然坐倒了。

「賈兄啊，莫再費心了。大秦要歿了，任誰沒有回天之力了。」

「不！大秦不會歿了！不會！不會！」姚賈聲嘶力竭地捶著地面。

「賈兄，你我同為邦交大臣幾二十年，生滅興亡，見得還少麼？」頓弱扶著竹杖站了起來，顫巍巍地在香案前走動著，蒼老的聲音彌散出一種哲人的平靜冷漠，「六國何以能亡？你我知道得比誰都清楚。都是奸人當道，毀滅棟梁。舉凡人間功業，件件都是人才做成也。一個國家，一旦殺戮人才滅絕功臣而走上邪惡之路，還能有救麼？從頭數數：魏國逼走了吳起、商鞅、張儀、范雎、尉繚，以及諸如賈兄這般不可勝數之布衣大才，這個國家也便像太陽下的冰塊一般融化了；韓國正才邪用，將鄭國一個絕世水工做了間人，將韓非一個大法家做了廢物，最後連個統兵大將都沒有了；趙國遷逼走廉頗，殺死李牧，郭開當道而一戰滅亡；燕國逼走樂毅，殺死太子丹，雖走遼東亦不免滅亡；楚國殺屈原，殺春申君，困項氏名將，一朝轟然崩潰；齊國廢孟嘗君，廢田單，后勝當道，一仗沒打舉國降了……只有秦國，聚集了淙淙奔流尋找出路的天下人才，方才滅了六國，一統了華夏……如今，大秦也開始殺戮人才了，也開始滅絕功臣了，這條邪路若能長久，天道安在哉！」

「頓弱！不許你詛咒秦國！」姚賈瘋狂了，鬚髮戟張如雄獅怒吼。

「六國歿了，秦國歿了，七大戰國都歿了……」頓弱兀自喃喃著。

「不——」一聲怒吼未了，一股鮮血激噴而出，姚賈重重地砸在了石板地上。

「姚賈——！」頓弱驚呼一聲撲過來要攬起姚賈，卻不防自己蒼老的病體也跌在了姚賈身上。頓弱久歷險境，喘息掙扎著伸出竹杖，用盡力氣擊向香案一側的機關……片刻之間，四名精壯僕人匆匆趕來，抬走了昏厥的兩位老人。

丞相府接到廷尉府急報時，李斯驚愕得話都說不出來了。

李斯無論如何想不到，精明強韌的姚賈竟能自殺在府邸正堂。當李斯腳步踉蹌地走進廷尉府正廳時，眼前的景象如當頭雷擊，李斯頓時不省人事了……良久被救醒，李斯猶自如同夢魘，愣怔端詳著熟悉的廷尉正堂，心如沉浸在三九寒冰之中。

姚賈的自殺，可謂亙古未聞之慘烈。正案上一方羊皮紙血書八個大字：合議奸謀，罪當斷舌！羊皮紙血書上，是一副生生用利刃割下來已經淤血凝固的紫醬色舌頭。正廳左手大柱上也是血淋淋八個大字：無能贖罪，合當自戕！大柱旁的正梁上，白帛吊著姚賈血糊糊的屍體。最為駭人者，是正廳右手大柱上釘著一張血淋淋的人臉，旁邊血書八個大字：無顏先帝，罪當剮面！那幅懸空蕩悠的屍體面孔，是一副令人毛骨悚然的森森白骨……

廷尉正（註：秦之廷尉府設置三個主要副手：廷尉正、廷尉左監、廷尉右監；廷尉正總攬日常事務）斷斷續續地稟報說，廷尉大人於昨夜五更回府，一直坐在書房，任誰也不能進去；整整一日半夜，廷尉大人沒吃沒喝沒說話。大約四更時分，廷尉大人進了平日勘審人犯的正廳，說要處置罪案，教一班值夜吏員悉數退出。吏員一出，廷尉大人便從裡面關死了正廳大門。廷尉正察覺有些異常，下令一名得力幹員在外廳守候，自己便去處置幾件緊急公文。大約雞鳴時分，幹員隱隱聽見正廳內有異常動靜，打門不開，立即飛報了府正。及至廷尉正率護衛甲士趕來，強行打開正廳厚重的大門，一切都晚了……

「廷尉家人，如何了？」李斯終於從驚愕悲愴中清醒過來。

「在下不知，府中已經空無一人。」

「廷尉昨夜，從，從何處回來？」李斯避開話頭另外一問。

「稟報丞相：廷尉昨夜造訪，典客府……」

夢魇般的李斯踉蹌地登車，恍惚地進了典客府。偌大的府邸庭院，已經空蕩蕩沒有一個人了。李斯夢遊般走進正廳，走進書房，終於在書房正案上看見了一卷鋪開的羊皮紙，幾行大字晃悠在眼前——

國無正道，頓弱去矣！國之奸宄，李斯禍首也，趙高主凶也，胡亥附逆也，他日若有利器，必取三賊首級以謝天下！

「豈有此理！」李斯一個激靈，夢魇驚醒般大叫一聲。

生平第一次，李斯被抬回了丞相府。大病未癒的李斯，又一次病倒了。

姚賈對自己進行了無情的勘審，以最為酷烈的刑罰處置了自己。姚賈斷舌、剮面、自縊，三樁酷刑樁樁如利刃刺進李斯心田，活生生是對李斯的勘審刑罰。姚賈追隨李斯，尚且自判如此酷刑，李斯該當如何還用說麼？身為九卿之首的廷尉，姚賈自然知道大臣意外暴死該如何處置，不可能想不到李斯親臨廷尉府查勘；姚賈留下的血書，不是明明白白地要告知李斯所犯罪行的不可饒恕麼？舉朝皆知姚賈與李斯同道如一，姚賈如此酷烈地死去，對李斯意味若何，實在是無論怎麼估價也不過分的。李斯唯一稍許鬆心者，姚賈家人族人全部逃遁了。廷尉府的吏員們決然不會去追究此事，御史大夫與其餘官署也一定是佯作不知了。短短一年不到，秦法已是形同虛設，有二世皇帝率先壞法殺戮，能指望臣民忠實奉法麼？自認法家大才的李斯，能去依法追究姚賈家族逃亡麼，能去追究頓弱擅自逃官麼？一絲天良未泯，斷不能為也。

可以說，姚賈的酷烈自戕已經摧毀了李斯的人事根基，李斯從此失去了最能體察自己、也最有幹才最為得力的同道。然則，李斯畢竟還殘存著一絲自信與一份尊嚴：李斯所作所為，畢竟為了維護秦政法治大道不變形，至於奸宄罪孽，畢竟不是李斯親為，奈何姚賈責李斯過甚哉！但是，頓弱的逃官與留書，則將李斯殘存的一絲自信與一份尊嚴，也冷酷地撕碎了。依據秦法，大臣擅自逃官去職，是要立即嚴厲追究的。李斯身為丞相，第一個發覺頓弱逃官，卻既沒有稟報皇帝，也沒有部署緝拿；其間根本，除了最後的一絲天良，便是頓弱留下的這件羊皮書。這件留書，李斯是不能交給任何人的：交於胡亥趙高，無異於自套絞索；交於御史大夫府，則無異於公然將「李斯乃天下禍首」這個驚人論斷昭示於朝野！

無論哪一種結局，李斯都是不能也無法承受的……

在李斯的心目中，從來沒有將朝廷劇變與自己的作為聯繫起來。也就是說，李斯從來認為，自己的一切作為都是基於維護大政法治不變形而作為的；對胡亥趙高的殺戮罪行，李斯從來沒有贊同過，更沒有預謀過；至於對扶蘇蒙恬之死，李斯雖則有愧，但畢竟是基於政見不同而不得不為也。李斯無論如何沒有想到，自己竟會被人認定為奸宄禍首！而且，認定者還是頓弱這般極具聲望的重臣。頓弱既有此等評判，安知其餘朝臣沒有此等評判？安知天下沒有此等評判？而果真天下如此看李斯，李斯的萬古功業之志豈非付之流水，到頭來反成了奸宄不法之亡國禍首？

豈有此理哉！豈有此理哉！

李斯為自己反反覆覆地辯護著，可無論如何開脫自己，還是不能從頓弱的一擊中擺脫出來。人人都知君權決斷一切，然頓弱卻將胡亥看作附庸；人人都說趙高殘忍陰狠，然頓弱卻將趙高只看作政變主凶；人人都該知丞相李斯不得已而為之，然頓弱卻將李斯看作元凶禍首。頓弱之說不對麼？當然不對！一個自信的李斯洶洶然反駁。為何不對？另一個李斯從最幽暗的角落跳了出來，冷冰冰地說，若非你李斯之力，趙高擁立胡亥之陰謀豈能成立？你李斯固非殺戮元凶，然你李斯卻是政變成立之關鍵條件！身為帝國首相，其時你李斯又身在中樞，本是一道不可逾越之正道關口，不越過你這一關，誰能將胡亥這個無能癡兒抬上皇帝寶座？然則，然則，李斯畢竟不是設謀者也，不是動議者也。自信的李斯聲嘶力竭，卻微弱得連自己也委頓了，也不想再說了……李斯啊李斯，你若不能洗刷自己，便將永遠地要被釘在歷史的恥辱柱上了……不能，不能！李斯不能是禍首，李斯必須成為原本的正道功臣！李斯要做自己該做的事，不能再聽任趙高擺布了……

渾渾噩噩的夢魘裡，李斯為自己謀定了最後的對策。

夢魘未消，又一個驚人的消息傳進了丞相府。

當府丞一臉惶恐而又囁嚅難言地走進草藥氣息彌漫的寢室時，李斯便有了一種不祥的預感。李斯不想問，卻也沒有擺手讓府丞走，灰白的臉色平靜而呆滯，似乎已經沒有知覺了。府丞猶疑一陣，終於低聲道：「稟報丞相，治粟內史鄭國，奉常胡毋敬，兩人一起，一起死了……」李斯猛然渾身一抖，連堅固的臥榻也喀嚓響動了，脫口而出的問話幾乎是本能的：「死在了何處？何人勘驗？」語速之快捷，連李斯自己都驚訝了。「在奉常府，廷尉府大員正在勘驗屍身……」府丞話音未落，李斯已經翻身坐起，說聲備車，人已神奇地從病榻站到了地上。

車馬轔轔開進鄭國府邸時，廷尉府吏員們正在緊張忙碌地登錄著勘驗著。李斯的軺車直接駛進了府邸，停在了出事的後園茅亭外的池畔。李斯沒有用衛士攙扶，逕自扶著竹杖下車了。走進茅亭，李斯還沒察看屍身，先匆忙問了一句：「兩老有無遺書？」廷尉正答說尚未發現。李斯略微鬆了口氣，一跺竹杖低聲道：「教廷尉府人等退下，只你一人與老夫勘驗。」廷尉正拱手領命，轉身便下令，教廷尉府吏員們到遠處池畔待命了。

茅亭裡外清靜下來，李斯這才仔細地打量起來。這座茅亭下，李斯與胡毋敬不知幾多次聚酒慨然議論學問治道。李斯熟悉這片庭院，更熟悉這座茅亭。在一統天下後的大秦朝廷中，只有胡毋敬這個太史令出身的重臣，還能與李斯敞開心扉論學論政，與其餘大臣聚議則只有國政事務了。唯其如此，這座奉常府，是李斯被千頭萬緒之瑣細事務浸泡得煩膩時必然的光顧之地。但在這座茅亭下，李斯便能直抒胸臆，慷慨激昂地傾瀉自己的政學理念，縱橫評點天下學派，坦誠臧否諸子百家人物，會商解答胡毋敬統領帝國文事中的種種疑點，舉凡天文地理陰陽史籍博士方士無不涉及。在李斯的心目中，胡毋敬是戰國名士群中一個特異的老人，既可治史治學，又可領事為政，堪稱兼才人物。因為，胡毋敬的迂闊氣息很少，從來沒有以被諸多學子奉為圭臬的先王大道諫阻過帝國文明創制。也就是說，在文明創制的諸多爭論中，最有可能與博士們一起反對始皇帝與李斯的奉常府，在胡毋敬的統領下，倒實實在在地成了帝國文明創制的根基力量之一。如此一個胡毋敬，老了固然老了，二世即位一年多也多告病臥，幾乎是深居簡出了。然則，胡毋敬畢竟無甚大病，如何飲一次酒便死了？

兩位老臣死得很奇異。兩人在亭下石案相對而坐，人各一張草席。石案中間是兩鼎兩盤，鼎中是燉胡羊，盤中是涼苦菜，兩鼎燉羊幾乎未動，兩盤苦菜卻幾乎都沒有了。胡毋敬面前的銅爵還有七八成猶在，鄭國面前的銅爵卻空蕩蕩滴酒皆無。胡毋敬靠著身後亭柱，面前擺著一支尺餘匕首，平靜的臉上蕩漾著一絲神祕莫測的笑意；鄭國手扶探水鐵尺身體前傾，老眼憤憤然盯著胡毋敬，似乎在爭辯何事，似乎在指斥何人。旁邊的兩只酒桶很是特異，一桶是罕見的韓國酒，一桶卻是更為罕見的東胡酒，韓國酒已經空了，東胡酒則剛剛打開……

家老稟報說：鄭國大人是昨夜二更初刻來造訪的，與奉常大人在書房說話直到四更，一直關閉著書房大門，誰也沒能進去，誰也不知道兩位大人說了些甚。四更末刻，兩位大人出了書房，在月光下遊蕩到了茅亭。奉常大人吩咐擺酒，並指定了酒菜。家老部署停當，留下一個侍酒老僕，自己便去忙碌了。侍酒老僕稟報說，酒菜擺置完畢，奉常大人吩咐他下去歇息，不要再來了。老僕放心不下，遠遠隱身在池畔石亭下預備著照料諸事。茅亭下的說話聲時起時伏，老僕年老耳背，一句話也沒聽得清楚。直到五更雞鳴，茅亭下驟然一陣異常笑聲，之後便久久沒了動靜。直至晨曦初現，老僕終於瞅準了亭下兩個身影如石雕般久久不動，這才趕了過來，兩位大人已經歿了……

「丞相，似是老來聚酒，無疾而終。」廷尉正謹慎地試探著。

「傳喚醫官，勘驗兩爵殘酒。」李斯沒有理睬廷尉正。

片刻之間，廷尉府的執法醫官來到。醫官先拿起兩爵殘酒細嗅片刻，又拿出一枚細亮的銀針伸進胡毋敬酒爵，銀針立即變成了令人心悸的紫黑色。醫官低聲道：「奉常所飲，有遼東鉤吻草毒。」一片寂然之中，醫官又拿出一枚銀針刺入鄭國青紫的下唇，銀針漸漸變成了怪異的醬紅色。醫官低聲道：「稟報大人，此毒在下不知名稱。」默然良久，廷尉正躊躇道：「丞相既已查明死因，在下只有……」李斯一跺竹杖道：「自然是明白呈報。老夫豈能屈了烈士本心？」一言落點，李斯扶著竹杖逕自去了。方出亭外丈許，李斯又驀然站定轉身道：「鄭國喪事，老夫親自料理，無須廷尉府官制處置。胡毋敬喪事，亦望廷尉府網開一面，交胡氏族人處置。若能得平民之葬，老夫便代兩老謝過廷尉府了。」廷尉正慨然拱手道：「丞相但有此心，在下拼得一死，安敢不護勳臣忠正之身哉！」驟聞久違了的慷慨正氣之言，李斯心下猛然一陣酸熱悸動，渾身凝聚的心力轟然消散，喉頭猛然一哽便軟倒在地了……

旬日之後，病體支離的李斯，為鄭國操持了最為隆重的平民葬禮。

秦法有定：官員無端自殺，一律視為有罪，非但不得享受生前爵位禮遇厚葬，且得追究罪責而後論定。唯其如此，李斯請求廷尉府折衝斡旋，能使胡毋敬與鄭國不再被追究罪責，而以平民之身了結喪事。若在帝國常政之下，李斯身為奉法首相，自不會有此等請求；廷尉府身為執法官署，也不會接納此等違法之說。然則，此時之帝國大政業已面目全非，一切皆猙獰變形，故「違法」之舉反倒具有了不同尋常的大義。廷尉正之所以不想追究死因，而以「老來聚酒，無疾而終」呈報處置，是想在亂殺，無疑是對秦政變形的最大不滿，是最深的無奈，其間自然也包括了對李斯的失望與不滿。從天下政之中為功臣爭得個最後的厚葬。而已經開始痛悔的李斯，則所想不同：鄭國胡毋敬雙雙同時服毒自殺，無疑是對秦政變形的最大不滿，是最深的無奈，其間自然也包括了對李斯的失望與不滿。從天下評判與身後聲譽而言，鄭國胡毋敬自殺，無疑為不堪邪政的正道殉國之舉；若仍以功臣厚葬兩人，則無異於為胡亥趙高貼金，使其至少落得個「尚能善待功臣之名」，而鄭國胡毋敬之以自殺抗爭，則可能大大地蒙受曲解。是以，李斯寧可使兩人不獲厚葬，也要維護兩位老功臣的聲望。李斯深信，一個太史令出身的胡毋敬，一個絕世水工鄭國，誰都不會在乎死後如何處置，而更看重一世的節操，更看重大義的評判。如此處置，至少，李斯那顆破碎的心尚能有些許的慰藉。

李斯所痛心者，自己竟在暮年之期失卻了這位最敦厚的老友的信任。

自當年的大決涇水開始，李斯便與鄭國結下了深厚的情誼。在長長的歲月裡，鄭國幾乎懷疑包括秦王在內的任何人，而只相信李斯，只敬重李斯。寡言的鄭國，只對李斯說心裡話。素來少和人交心的李斯，也只對鄭國毫無隱瞞。鄭國不通政事，李斯不通水務，兩人共事卻和諧得血汗交融……自甘泉宮之後，鄭國與李斯的來往越來越少了。然則，當李斯主持始皇帝葬禮焦頭爛額的時候，年邁的鄭國依然在垂暮多病之時接受了李斯的懇請，帶病出來為始皇陵工程奔波……之後，鄭國顯然對李斯絕望了。因為，不善交誼的鄭國在最後的時刻，沒有找李斯飲酒，也沒有找李斯說話，而是不可思議地找到了同樣不善交誼的胡毋敬了結一生。李斯深信，只要鄭國來找自己，便是指著自己的鼻子痛罵，李斯也會一如既往地敬重這位老友，甚或，李斯能改弦更張亦未可知。是的是的，鄭國固然沒有找自己，可李斯自己也沒找過鄭國。自認絕無迂闊氣息的李斯，自認是鄭國保護者的李斯，你為何沒有體察到鄭國在目下艱難之期的絕望？平心而論，你李斯僅僅是忙碌麼？僅僅是沒有閒暇麼？僅僅是內心深處有愧而畏懼面對老友麼？不！你李斯在內心深處，是有一絲蔑視鄭國之心的。鄭國不通政事，不求權力，不善交人。於是，你李斯便將鄭國看作了一個大政無主見之人，自覺不自覺地，你以為鄭國任何時候都會是李斯的人馬，都會跟定李斯，而絕不會疏遠李斯，絕不會對李斯生出貳心……事實果真如此麼？非也，非也。鄭國已經以不告而永別的方式，宣布了與你李斯的最終分道。李斯啊李斯，你自以為精明得計，實則何其淺陋，何其不通人心也！……

鄭國的墓地，李斯選在了涇水瓠口峽谷的一片山坳裡。

老秦人沒有忘記鄭國。儘管葬禮未曾知會任何局外人，涇水兩岸的民眾還是絡繹不絕地趕來了，瓠口峽谷的山坳裡擺滿了香案犧牲，已經是男丁罕見的老秦人扶老攜幼婦孺相攙，黑壓壓布滿了山頭。下葬那日，漫山遍野哭聲震天，悲愴憤激之情雖始皇帝國喪而未嘗得見。李斯眼睜睜看見，兩個老石工跌足捶胸慟哭不已，兩三個時辰竟哭死了過去，最後與鄭國一起合葬了……

那一日，李斯想放聲慟哭，老眼中卻乾澀得沒有一滴淚水。當年，李斯是河渠總署，對涇水兩岸的老秦人比鄭國稔熟許多。可是，整整一日葬禮，竟沒有一個老秦人與他說話，連同縣鄉三老在內的男女老幼，都遠遠繞開了他這個當年總司民力的河渠總署，避之唯恐不及。送葬之前，李斯為鄭國親自書寫了墓石刻文，那是兩行揪扯肝腸的文字：「天賦神工兮終殉大道，清清涇水兮如許魂靈，故人長逝兮知音安在，刎頸不能兮長太息我傷！」那兩行秦篆文字蒼老顫抖，力透絲帛，實在是李斯書法中最難得的神品。然則，那個最負盛名的老石工接過李斯的刻文時，臉卻冷若冰霜。

最令李斯痛心者，是回到咸陽堪堪三日，便得到了縣令稟報：那方石刻上的大字莫名其妙地沒有了，被人剷平了。李斯難堪了，李斯惱怒了，憤然帶著馬隊護衛親自趕到了瓠口，要重新立起碑石，要誅殺敢於擅自剷平丞相手書的不法之徒。然則，當李斯看到墓石上新鐫刻的五個大字，不禁倒吸了一口涼氣，頹然跌坐在地了。那五個大字是：鄭國是鄭國！——老秦人民心昭昭，不許李斯與鄭國相連，寧非視李斯如國賊哉！暮色之中，李斯獨自站在鄭國墓前，欲訴無語，欲哭無淚，直覺自己已經墮入了沉沉萬丈深淵……

踽踽回到咸陽，李斯連續接到九原王離的三件急書：其一，衛尉楊端和奉詔趕赴陰山，為皇帝五萬材士遴選戰馬，夜來與牧民飲酒大醉，歸程中馬失前蹄跌入山谷，屍身難覓！其二，遼東大將辛勝巡視長城至漁陽，自投峽谷而死，屍身難覓！其三，太僕馬興奉詔赴雁門郡督導材士營戰車打造，於幕府失蹤逃亡，大印留在令案，沒有任何留書！如上三事，王離稱業已上書皇帝，可泥牛入海未見任何批回詔書，請命丞相府處置。

捧著三份急書，李斯雙手簌簌顫抖，一句話也說不出來……

李斯再也沒有心緒過問國政了，確切地說，是不知如何過問了。當年，李斯的丞相府一旦對政事有斷，知會三公九卿府之任何官署，便能立即推行。曾幾何時，濟濟一堂的三公九卿一個一個地沒有了，舉目朝廷一片蕭疏寒涼，任何政令都難以有效推行，更不說雷厲風行了。即或晉見胡亥造訪趙高，得到的也只是一件詔書而已，能否落到實處，實在也是難以預料。如此國政，縱然丞相又能奈何？……李斯木然地掰著指頭，心中掠過一個熟悉的身影，心頭猛然一顫。除了太尉王賁善終之外，雖非三公實同三公的蒙恬首先死了，其後，老馮劫也被罷黜了；老三公之中，唯餘李斯馮去疾兩個有名無實的丞相了。九卿重臣，幾乎悉數覆沒：郎中令蒙毅死了，廷尉姚賈死了，宗正老嬴騰死了，奉常胡毋敬死了，治粟內史鄭國死了，衛尉楊端和死了，典客頓弱逃隱了，太僕馬興也逃隱了，皇皇九卿，只留下一個少府章邯了……

一種無以言說的孤獨淹沒了李斯。

一種比絕望更為刺心的冰冷淹沒了李斯。

孰能預料，倏忽一年之間，承繼始皇帝而再度開拓大秦新政的宏願已告灰飛煙滅？李斯百思不得其解的是，毀滅皇皇大秦的這個黑洞，為何竟能是自己這個丞相開啟的？分明是要再開拓再創制，如何便能變成了淪陷與毀滅？不可思議哉！不可思議哉！悶熱的夏日，李斯第一次感到了自己的渺小與蒼白，感到了自己才力的匱乏，終日踽踽獨行在池畔柳林的小徑中思謀著如何了結自己的一生……踽踽之中，流火七月倏忽到了，李斯終於謀定：七月二十二日乃始皇帝周年忌日，在這一日，李斯要在始皇陵前大祭，要在始皇陵前自殺謝罪！想透了，李斯也輕鬆了。李斯很為自己最終能從無休止的謀身私欲中擺脫出來，而有了一種欣慰之感。只有李斯想定了要自殺以謝天下的時候，李斯才真切地感受到自己內心的真正的渴求：只要能融入那一片燦爛的星雲，縱然一死，何其榮幸也！苟活人世而陷入泥沼，李斯的靈魂將永遠無以自拔。

然則，李斯又一次沒有料到，一場突如其來的彌天風暴不期來臨了。

大澤鄉的驚雷炸開之時，連同李斯在內的一切人的命運都劇烈地改變了。

第四章　暴亂潮水

一、大澤鄉驚雷撼動天下

二世元年五月，河淮大地出現了亙古未聞的天象徵候。

灰濛濛雲團時聚時散，紅彤彤太陽時隱時現。似乎是九州四海的雲氣都向大平原上空匯攏聚集，穹廬寥廓的天際如萬馬奔騰，卻沒有一團黑雲能遮住蒼黃的太陽，一天灰雲在出沒無定的陽光底色下顯出漫無邊際的蒼白。分明是雷聲陣發，卻沒有一滴雨。分明是亂雲疾飛，卻沒有一絲風。天地間既明亮又幽暗，活生生一個大蒸籠，將整個大平原捂在其中悶熱得透不過氣來。無垠的麥田黃燦燦彌漫在蒼翠的山原河谷之間，有序的村落鑲嵌在整肅的馳道林木邊際，一切皆如舊日壯美，唯獨沒有了農忙時令所當有的喧鬧沸騰。田間沒有農夫，道中沒有商旅，村落間沒有雞鳴狗吠，悶熱難當中浸出一片清冷蕭疏。

兩匹快馬從馳道飛下，打破了大平原的無盡清冷。在刻有「陳里」兩個大字的村口，一個身著黑色官衣的騎士飛身下馬，將馬韁隨意一撇便大步走進了村落西面的小巷。那匹青灰色鬃毛的牝馬向身後空鞍的黃馬嘶鳴幾聲，兩馬便悠閒自在地向村口的小河草地去了。騎士在小巷中走過一座座門戶緊閉的庭院，打量著門戶前的姓氏刻字，逕自來到了小巷盡頭。這道乾磚堆砌的院牆很是低矮，同樣是乾磚堆砌的門牆上刻著一個不起眼的「陳」字。騎士目光一亮，叩響了木門。

「敲甚敲甚！門又沒關，自家進來！」院內傳來憤憤然的聲音。

「一個大男子尚能在家，陳勝何其天佑也！」騎士推開了木門。

「周文？」院內精瘦男子停住了手中活計，「你如何能找到這裡？」

「窮人都住閭右，門上都刻姓氏，有甚難了？」

「你是縣吏官身，俺與你沒瓜葛。」陳勝冷冰冰盯著來人。

「陳勝兄，周文為你謀事，你倒與我沒瓜葛了？」

「鳥！謀俺謀到漁陽！謀俺去做屯丁！」

「是屯長！陳勝兄當真懵懂，漁陽戍邊是我能做得主的事麼？」

「有事便說，沒事快走。」陳勝依舊冷著黝黑的瘦骨稜稜的臉。

「我只一件事，聽不聽在你。」叫作周文的縣吏也冷冷道，「此次徵發盡是閭左貴戶子弟，又是兩郡徭役合併，我怕你這個屯長難做，想撮合你與吳廣結成兄弟之誼。你陳勝若不在乎，周文抬腳便走。」

「你？你與那個吳廣相熟？」陳勝驚訝了。

「豈止相熟？你只說，要不要我介紹？」

「要！」陳勝一字吐出，立即一拱手笑道，「周兄見諒，坐了坐了。」

「你老鰥夫一個，沒吃沒喝坐個甚？要見立馬走。」

「走也得帶些吃喝，兩三百里路哩！」

「不用。知道你會騎馬，我多借了一匹馬來，只管走。」

「有馬？好！好好好，走！」

陳勝一邊說話一邊進了破舊的正屋，匆匆出來已經換上了一件稍見乾淨的粗布衣，一手提一只破舊的皮袋笑道：「昨夜俺烙了幾張大麥鍋盔，來！一人一袋。」周文道：「青黃不接一春了，你老兄還有餘糧，能人也！」陳勝呵呵笑道：「你也不聞聞，這是新麥！甚餘糧？俺是正經自家割麥自家磨面，一人吃飽全家不餓！」周文驚訝道：「你家地都賣了，你割誰家麥去？盜割可不行，我這縣吏要吃連坐哩！」陳勝搖手道：「你老兄放心，俺能盜割麼？家家沒了丁壯，我給誰家搶割點早熟大麥，誰家不給我兩捆麥子？走走走！」兩人一邊說一邊收拾院落關門閉戶，片刻間便匆匆出了小巷來到村口。周文一個唿哨，兩馬從村外小河旁飛來。兩人飛身上馬飛出了陳里，飛上了馳道，直向東南而去了。

一路奔來，陳勝一句話沒有，內心卻是翻翻滾滾沒個安寧。

這個陳勝，不是尋常農夫。多年前，陳勝因與暗查土地兼併的皇長子扶蘇不期而遇，陳家耕田被黑惡世族強行兼併的冤情得以查清，耕田得以原數歸還，陳勝也因此與潁川郡及陽城縣的官吏們熟識了。少時便有朦朧大志而不甘傭耕的陳勝，在與吏員們的來往中逐漸見識了官府氣派，歆慕之餘，也逐漸摸索到了自己腳下有可能擺脫世代耕田命運的些許路徑。陳勝謀劃的這條路徑是：先為官府做些催徵催糧之類的跑腿雜務，憑著手腳勤快利落肯吃苦，慢慢積得些許勞績，使縣吏們舉薦自己做個里正亭長抑或縣吏之類的官身人物。在陳勝心目裡，這便是自己光宗耀祖的功業之路。陳勝相信，自己一定能夠做到。因為，大秦官府比潁川郡曾經的韓國楚國官府強多了，既清明，又公正，只要你辛勤勞作又有幹才，官府一定不會埋沒你。

陳勝最早認識的這個周文，原本是楚國項燕軍中的一個軍吏，名號頗怪，誰都記不住。楚國滅亡後，周文流回了陳郡老家。因識文斷字，兩三年後，周文便被鄉老以「賢者」之名，舉薦到陳城縣府做了田吏。周文勤於政事，頗有勞績，很快又被升遷到潁川郡的陽城縣做了縣丞。後來，周文在與陳勝的一次聚酒中頗有醉意，陳勝問周文做過甚官。周文高聲大氣地說，視日！視日！陳勝問視日是甚官？周文滿臉通紅地嚷嚷說，知道麼！楚軍巫術之風甚盛，視日是楚軍專設的軍吏，職同司馬，專一地觀望天候雲氣，為大軍行止決斷吉凶哩！陳勝大是景仰，糾纏著周文要學這視日之術。周文萬般感慨地拍著陳勝肩膀道：「大秦官府公道哩！你學這虛叨叨本事頂個鳥用！兄弟只要實做苦做，何愁沒個正經官身也！」也就是從那時起，陳勝看到了腳下的實在路徑，將懵懂少壯之時的空言壯語早已經看作癡人說夢了。

然則，便在陳勝勤苦奔波縣鄉派下的種種事務時，情勢卻越來越不妙了。官府原本說好的，長城即將竣工，直道也即將竣工，之後便是民力還鄉，男樂其疇女修其業。陳勝也將縣令這些話風快地傳給了各亭各里，滿心期盼著即將到來的官身榮耀。因為，縣丞周文已經悄悄地告知了陳勝，民力歸鄉之後縣政便要繁雜許多，他可能擢升縣令；其時，周文將舉薦陳勝出任亭長或縣府田吏，合力將陽城治理成大秦法政之楷模！可不到一年，天神一般的始皇帝驟然歿了，天地乾坤眼看著飛快地變得沒鼻子沒眼一團漆黑了。非但原本說要返鄉的民力不能返鄉了，還要繼續徭役大徵發。驪山陵、阿房宮、長城屯衛、北地戍邊等等等等一撥接一撥的徵發令來了。不到半年，整個陽城的閭右男丁都被徵發盡了，貧賤民戶再也無丁可徵了。陳勝走到哪裡催徵，都被父老婦孺們罵得不能開口，說陳勝是半個騙子半個官，專一糊弄窮人。周文也大為沮喪，非但擢升縣令無望，反倒因徵發不力的罪名被貶黜成了最不起眼的縣嗇夫，由縣丞變成了最尋常的縣吏，舉薦陳勝更是無望了。處處挨罵的陳勝大覺難堪，憤然之下決意不吃這碗跑腿飯了，索性溜回村裡混日子了。不料便在此時，陽城縣接到郡守最嚴厲的一道書令：閭右若無男丁，續徵閭左男丁，徭役徵發不能停止！

歷來史家對閭左閭右之說多有錯解，認定「閭右」是村中富貴戶居住區，「閭左」是村中貧賤戶居住區，由此將《史記・陳涉世家》中的「發閭左……九百人」解釋為徵發貧賤男丁九百人。《史記索隱》，首開此解也。其實不然，秦政秦風崇左，以左為上，以右為下，閭左恰恰是富貴戶居住區，閭右恰恰是貧賤戶居住區。此間要害，不在「貧富」兩字，而在「貴賤」兩字。秦政尚功，官民皆同。尚功激發之要，恰恰在於以能夠體現的種種外在形式，劃分出有功之人與無功之人的種種差別。對於民戶，有功獲爵獲賞者，謂之貴；無功白身無賞者，謂之賤。有爵有賞之民戶，莊院可大，房屋可高，出行可乘車馬；無爵無賞之民戶，則庭院雖可大，然卻不得高產（門房高大），上路也只能徒步。如此種種差別，自然也不能混同居住，於是，便有了閭左閭右之分：貴者居住於閭（村）之左方，一般而言便是村東；賤者居住於閭之右方，一般而言便是村西。這裡，賤與貴皆是一種官方認定的身分，未必與生計之窮與富必然相連。也就是說，居住閭右的賤戶未必家家生計貧困，居住閭左的貴戶也未必家家生計富裕。就徵發而言，若是從軍徵發，尤其是騎士徵發，則閭左子弟先行徵發，因為從軍是建功立業之階梯，是榮耀之途。徭役徵發則不同，徭役之勞不計功，甚或帶有某種懲罰性質，譬如輕度犯法便要以自帶口糧的勞役為懲罰，是故，徭役必先徵閭右賤戶。當然，不先徵閭左徭役，不等於絕不徵發閭左一個徭役。通常情況下，是總能給閭左之民戶保留一定數量的勞力人力，而不像徵發閭右那般有可能將成年男丁徵發淨盡。

二世胡亥在始皇帝葬禮工程之後，又開阿房宮又開屯衛戍邊，業已徵盡了天下閭右之民力猶不自覺，竟迫使李斯的丞相府繼續徵發閭左之民力，實為喪心病狂之舉也。這一荒誕政策的真正危險性在於：徵發閭左之民，意味著胡亥政權掘斷了大秦新政最後的一片庶民根基，將劍鋒搭上了自家脖頸。

徵發閭左之民，使陽城縣令與吏員們陷入了極大的難堪困境。

閭左之徵，主要在兩難：一則，是叫作屯長的徭役頭目難選。閭左子弟幾乎家家都是或高或低的爵位門庭，或積功受賞之家，誰也不屑做苦役頭目，即或有個屯長名號，也是人人拚命推辭。二則，是閭左子弟難徵，湊不夠官府所定之數。閭左難徵又有三個原因：一是閭左之家多從軍，所留耕耘丁壯也已經是少到了不能再少；二是閭左之家皆有爵位，縣府吏員不能如同對待閭右賤戶那般強徵強拉，偶有逃役之家，縣府也不能輕易治罪，須得至少上報郡守方能處置；三是閭左之家消息多，早對朝局劇變有了憤懣怨聲，為國效力之心幾乎是蕩然無存了。

如此情勢之下，徵發閭左之民成了潁川郡最棘手的政事。恰在此時，隨二世胡亥大巡狩的丞相李斯來了。李斯定下了兩則對策：一是閭左徭役不能空，至少要夠千人之數；二是潁川郡與陳郡合併為一屯之徵，原本的一郡各千人減為兩郡湊千人。李斯走後，兩郡守各自召齊了本郡的縣令縣吏會商舉薦，兩郡竟沒能在閭左可徵子弟中定下一個人。最後還是遭貶的周文憋出了一個辦法，叫在縣府做過幫事的陳勝做屯長。郡守與縣令們都聽說過這個陳勝，一思謀竟無不欣然贊同。於是，屯長之位終歸落到了陳勝頭上。

當周文奉縣令之命前來宣示書令時，陳勝黑著臉連連大吼：「看老子沒飯吃麼！鳥屯長！俺不做！」周文思忖了一陣，拍著陳勝肩膀低聲而又頗顯神祕地說：「兄弟，我倒看你該去。」「如何我該去？你才該去！」陳勝沒好氣地嚷嚷著。「你莫上火，聽我說。」周文低聲道，「說實話，我看這天下要出大事！兄弟有貴相，沒準這個屯長，正好是你出頭之日！」陳勝一時大為驚愕：「如何如何，俺有貴相麼？咋貴了？」周文道：「說你也不明白，你只去。左右在家也是一個人，屯長好賴吃得官糧，沒準到邊地掙個將軍當當，也未可知。至少，這是看得見摸得著的出路。」陳勝不禁大笑：「好你個周嗇夫！徭役不能入軍，俺不知道麼？騙俺！不中！俺偏不去！」周文忍不住罵道：「你個陳勝有鳥本事！不就有點膽氣麼？不出門還想找出路，作夢！去不去在你，干我鳥事！我只說明白：目下不去，到頭來被縣令派人綁了去，連屯長官糧也沒了！你自想去！」陳勝嘿嘿乾笑著，撓頭思謀了半日，終歸萬般無奈地應允了。

沒幾日，周文又來知會陳勝：陳郡選定的屯長是陽夏人吳廣，兩郡守已經議定，陳勝吳廣並稱屯長，共同主事。陳勝一聽來了火氣：「鳥！兩馬駕轅有個好麼？不中！俺不做這鳥屯長！」這次周文沒再勸說陳勝，而是立即趕回縣府如實稟報了陳勝發怒拒絕。縣令聽得又氣又笑道：「這個陳勝！還說不做屯長，一個徭役頭目也要爭個正副，倒是會當官！」周文說了陳勝一大片好話，又說了賤戶子弟統率貴戶子弟的種種難處，縣令這才重新稟報了郡守，請求復議屯長事。沒過幾日便有了消息：兩郡守重新會商議定，以陳勝為主事屯長，居正，吳廣副之。周文來知會，陳勝又嚷嚷說要縣府給屯長配備官衣甲冑，最好能帶劍。周文氣得大罵陳勝疲（痞）民得寸進尺。陳勝想想將官府也折騰得夠受了，便嘿嘿笑著不說話了。周文終究義氣，雖則氣狠狠走了，卻沒撂開陳勝不管。今日還來給陳勝引薦吳廣做兄弟交，陳勝如何能拒絕？須知，這兩郡閭左子弟千人上下，陳勝吳廣兩個閭右丁壯做屯長，難處本來便多如牛毛，若兩人再不同心，如何能有個好？陳勝原本精明過人，又在縣府跑腿多年，深知其中利害，故而周文一說立馬便走……

陳郡的陽夏地面，多少還有星星點點的婦孺老幼蠕動著。馳道邊的無邊麥田一片金黃，灰白色天空下，麥浪中隱隱起伏著一點點黑色包頭。當陳勝周文拐下馳道，進入田頭小道時，麥浪中飄來一陣嘶啞如泣的女人歌聲：

黔首割大麥
田薄不成穗
男兒葬他鄉
安得不憔悴
……

游絲般的飲泣呻吟中，麥海中驟然站起一個光膀子黑瘦男丁，一邊扯下頭上黑布擦拭著汗水，一邊遙遙喊道：「老嫂子莫唱了，聽著傷心！過得片刻我來幫你！」遠遠地一個黑布衣女子直起了腰身，斑白的兩鬢又是汗又是淚地一招手：「兄弟不用了……誰家人手都緊……」女人一語未了，抹抹淚水又埋到麥海中去了。黑瘦男子一陣打量，向身後麥田低聲道：「草姑子，你先攏攏麥捆子，我過去看看石九娘。」一個頭不及麥高的女孩子疲憊地應了一聲，黑瘦男子便提著一張鐵鐮刀大步向遠處的麥田去了。那個隱沒在麥海的女人直起了腰身，手裡一撮拔起的大麥還帶著濕乎乎的泥土。女人看見男子走來，勉力地笑了笑：「大兄弟，回去，老嫂子慢慢拔了。」黑瘦男子搖頭道：「老嫂子，石大哥修長城歿了，你兒子石九又在咸陽徭役，幫幫你該當的。你手拔麥子咋行？來！這把鐮刀你用，我來拔！」說著話黑瘦男子將鐮刀往女人手中一塞，自己便彎腰拔起麥來。兩鬢斑白的女人掂了掂手中鐮刀，抹了抹一臉汗淚哽咽道：「家有個男人多好……大兄弟啊，男人死的死了，沒死的都被官府徵走了，這日子可咋過也……」黑瘦男子一邊拔麥子一邊高聲道：「老嫂子，我也要走了。官府瘋了，黔首只有陪著跳火坑，老天爺也沒辦法！」女子驚訝道：「你不是剛修完長城回來麼！又要走？」黑瘦男子道：「那是大將軍蒙恬還在，我走得早！沒來得及走的，都被弄到直道去了！一樣，回到家的還得去！這不，連閭左戶都要盡徵了，閭右戶還能逃脫了？」女人聽得一陣愣怔，跌坐在麥田中不能動了……

「老嫂子！鐮刀給俺！」一個粗重的聲音突然響起。

「你？你是何人？」黑瘦男子驚訝地抬起頭來。

「吳廣兄弟，俺叫陳勝。不說話，先割麥！」

精幹利落的陳勝二話不說，從女子手中拿過長柄鐮刀嚓嚓嚓揮舞起來，腰身步態儼然一個嫻熟的農家好手。黑瘦漢子驀然醒悟道：「陳勝？你是這次的屯長陳勝！」陳勝沒有回頭也沒有說話，只奮力舞動著長柄鐮刀一步一步結結實實地向麥海深入著。黑瘦漢子稍一打量又驀然高喊：「周文大哥！拔麥子的是你麼？」麥海另一頭站起一人，遙遙向黑瘦漢子擺擺手，又隱沒到麥海去了。黑瘦漢子重重地咳了一聲，也不再說話，猛然彎腰奮力拔麥了……眼看天色漸漸暗了下來，三人終於在麥海中碰頭了。呼哧呼哧的粗重喘息中，三人對望一眼，沒說一句話一齊撒手跌坐在麥堆上了。

「三個兄弟，手都出血了……」女人過來一臉淚水，「起來，回去，歇著……老嫂子給兄弟們蒸新麥餅！走……」陳勝擺擺手道：「不餓不餓，麥子收了不搬運，天一下雨就白忙活了。吳廣兄弟，有車麼？沒車便背！連你家的一起收拾了！」兩手起滿血泡的周文也氣喘噓噓道：「也是，吳廣兄弟要走了，麥田得收拾乾淨了。」吳廣高聲道：「不能不能！周文大哥從來沒做過粗活，如何能再勞累？回去回去！要做也明日！」陳勝一指灰濛濛雲天道：「麥田爭晌！你看老天成啥樣了？隨時都會下雨！你去找把鐮刀來，你我兩人殺麥！周文大哥幫老嫂子做飯送飯，小侄女與大妹子找車找牛拉麥，夜來便叫這片地淨淨光！」周文大笑道：「陳勝倒會鋪排！吳廣兄弟，我看就如此了。」吳廣奮然站起一拱手道：「好！多謝兩位大哥！我去借鐮刀叫老婆！」

「周文兄弟，跟老嫂子走！」女人一抹淚水也走了。

濛濛夜色下，這片遼闊清冷的麥海中破天荒地有了夜間勞作。兩鐮殺麥聲嚓嚓不斷，田頭送飯的火把時時搖曳，牛車咣噹嘎吱地響動著，給這久無人氣的空曠田野平添了一絲鮮活的慰藉。及至天色麻麻亮，灰白的雲層團團翻捲在頭頂時，兩家麥田都是一片乾淨了。三人並肩踉蹌著走出地頭時，周文指著灰白翻捲的雲團低聲說了兩句話，教陳勝吳廣一起猛然打了個激靈。周文說的是：「雲氣灰白不散，天下死喪之象！兩位兄弟，同心患難最是要緊！」

「陳勝大哥！吳廣聽你！」

「吳廣兄弟！血肉同心！」

四手相握，血水汗水吧嗒吧嗒地滴進了腳下的泥土。

將及六月底，兩郡只湊夠了九百人的閭左徭役。

雖不足千人，兩郡還是接到了太尉府的徭役進發令：「發潁川郡陳郡閭左之民九百人，以陳勝吳廣為屯長，謫戍漁陽，限期一月抵達，失期皆斬！」謫者，問責也。謫戍者，懲罰性戍邊也。也就是說，這九百人雖是戍邊屯衛，卻不是從軍的士兵，而是從事徭役勞作的入軍苦力。唯其如此，兩郡守經過會商，議定從潁川郡的陽城縣與陳郡的陽夏縣各出一名縣尉並五名縣卒，押解九百閭左徭役趕赴漁陽郡；期限是一個月，若逾期抵達則全部斬首。

依據今日地理位置，漁陽郡治所在今北京市密雲與懷柔之間，潁川郡在今河南省鄭州市地帶，陳郡在今河南省淮陽周口地帶。若以稍北的陽城縣為出發點北上至漁陽，地圖直線距離大體一千公里上下，計以種種實際曲折路程，則大體在三千餘里上下。若以稍南的陳城為出發點，則距離無疑超越三千里了。也就是說，這支徒步趕路的徭役隊伍，每日至少要走八十餘里到百餘里，才能在期限內到達漁陽郡。以常人步行速度，每小時大體十里上下，每日至少得走八小時到十餘小時，若再加上歇息造飯紮營勞作，以及翻山越嶺涉水過險等艱難路段，幾乎每日至少得奔波十五六個小時。對於長達三千里的遠途跋涉，這是緊張又緊張的。戰國兵法《尉繚子》云：「故凡集兵，千里者旬日，百里者一日，必集敵境，卒聚將至。」一日百里，這是久經訓練的軍旅行軍速度，而且僅限於千里之內才能如此兼程行軍；若距離超過千里，則在古代歷來視為長途異常行軍，通常不會硬性限定時日。秦法之根基是商鞅變法時所創立的法律，其時秦國領土路程至多不過千里上下，以兵法行軍要求徭役，民力尚能支撐。而二世胡亥即位後以趙高申法令，「用法益刻深」，竟至對長途跋涉三千里的徭役民力，也以每日百里之速度限期抵達，顯然是太過苛刻而不合常理了。

此前，由於陳郡地廣路遠，閭左徭役集中較慢。潁川郡的陳勝接到郡守書令，於五月中便領著潁川郡的四百餘名閭左民力南下，趕赴陳郡的陳城先行等候。臨行之時，陳勝找到周文辭行，對官府的這種不就近而就遠的做法大為不解，又罵罵咧咧不想做屯長了。周文說，這也是郡守沒辦法的辦法，讓四百餘人在潁川郡空等十來天，空耗潁川郡府庫糧食不說，萬一跑了幾個人或出了甚意外，豈不是郡署的大麻煩？周文也是沮喪得牢騷滿腹，說如今這官府誰還擔事，誰擔事誰死得快，是我也趕緊將你推出去了事。陳勝只有藉著酒意大罵了一通院中老樹，萬般無奈地走了。

三五日間趕到了陳城，陳郡民力尚在聚集。陳勝吳廣密商一陣，每日便拉著兩個因押解重任而被稱為「將尉」的縣尉去小酒肆盤桓，飲些淡酒，嚼些自家隨身帶來的山果麵餅，沒話找話地說著，左右要結交得兩個將尉熱絡起來。這是陳勝的主意。陳勝說，幾千里路限期趕到，牛馬都能累得半道趴下，何況是人？閭左子弟素來輕蔑我等閭右民戶，再不交好這兩個將尉，你我就是老鼠鑽進風囊兩頭受氣。誠實厚重的吳廣贊同了，且立即拿出了自家的五六十枚半兩錢，與陳勝一起湊了百錢之數。幾日下來，兩個將尉覺得陳勝吳廣很是對路，竟輪流提著一袋子半兩錢，邀兩個屯長到陳城的大酒肆吃喝了兩次，痛飲了一番。及至進發令頒下時，四個人已經是相互稱兄道弟了。自然，兩個將尉都是大哥，陳勝吳廣只能是小兄弟。

不料，進發令一宣，九百多人立時嚷嚷得鼎沸。一個月期限太緊，根本趕不到，不是分明殺人麼？全部憤憤然地嚷叫，都脫不開這幾句話。陳勝還沒開口，陽城將尉吼喝起來：「嚷嚷甚！都給我閉嘴！聽我說！」待人群漸漸安靜下來，陽城將尉高聲道：「郡守已經請准了太尉府：期限不能改！路徑自家選！到漁陽有兩條路：一條渡河北上，經河內北上，過邯鄲郡、鉅鹿郡、廣陽郡，最後抵達漁陽郡！一條路向東南下去，經泗水郡，再北上過薛郡、濟北郡，從齊燕大道進入漁陽郡！選哪條？自家說！」將尉話音落點，林下營地立即亂紛紛嚷叫起來，各說各理紛紜難辨。吳廣見狀，跳上土臺高聲道：「都莫嚷嚷！聽屯長說話！」閭左徭役們這才想起還有兩個閭右屯長，一時鬧哄哄嘲笑起來：「還屯長哩！屯長知道漁陽郡在南邊還是北邊？泗水郡在東面還是西面？啊！」陳勝不禁騰地躥起一股心火，卻壓住了火氣跳上土臺高聲道：「諸位！陳勝既是屯長，便得為眾人做主！路要自家走。俺說得對，大家便聽！俺說得不對，大家便不聽！如此雞飛狗跳，能選定路徑麼！」幾句話喊罷，營地中竟出奇地安靜了下來。顯然，閭左徭役們都沒有料到，一個閭右賤戶還能說出如此理直氣壯的一番話來。

「俺說！」陳勝的聲音昂昂迴盪，「北上路近，然卻沒有直通大道。一路山高水險，走得艱難，還免不了跌打損傷死人。看似近，實則遠！走東南再北上，看似遠得許多，卻有中原馳道、楚齊馳道、齊燕馳道三條大路！運氣要好，中間還可趁便坐坐船歇歇腳，其實是近！最大的好處是，免得死傷性命！諸位說，哪條道好？」

「東南道好——！」林下齊聲一吼，沒有一個人異議。

「兩將尉如何？」陳勝一拱手請命。

「娘的！這亂口洶洶竟教兄弟一席話擺平了，中！」陽夏將尉大是讚賞。

「都說好，我還說甚？明日上路！」陽城將尉大手一揮定點了。

後世看來，這支徭役部伍的行進路線，是一個很少為人覺察的歷史奧祕。奧祕所在者，出事之前的行進路線與原本所去之目標，全然南轅北轍也。《史記・陳涉世家》是直然連接：「二世元年七月，發閭左謫戍漁陽，九百人屯大澤鄉。」此後便是敘述起事經過，根本沒有說明何以北上漁陽卻到了東南泗水郡的蘄縣大澤鄉，何以如此南轅北轍？於是，後世有了諸多的猜想、剖析與解密。最富於想像力的一種說法是：這是一支秦軍的叛逆部伍，根本不是徭役民力，是著意背離目標而遠走東南發動叛亂的。就實而論，《史記》沒有交代原因，應該是沒有將此當作一個問題。因為，秦代交通幹道的分布，在百餘年之後的司馬遷時期還是很清楚的。最大的實際可能是：除非大軍作戰需要，徭役商旅等民力北上都走這條很成熟的平坦大道；民眾很熟悉，官方也很熟悉，無須特意說明。

六月底，這支九百人的屯卒部伍踏上了東南大道。

上路之日天低雲暗，灰白色的雲莫名其妙地漸漸變黑了。吳廣與周文相熟，知道些許雲氣徵候跡象，悄悄對陳勝說：「黑雲為哀色，老天不妙，很可能有大雨。」陳勝昂昂道：「就是下刀子也得走，想它弄啥來，走！走一步說一步！」說罷便前後忙碌照應去了。也是剛剛上路，屯卒人眾體力尚在，一連五日，日日准定百里稍有超出。依如此走法，一個月抵達漁陽該當不是大事。

孰料，第六日正午剛剛進入泗水郡的蘄縣地面，一天黑雲便刷啦啦下起了小雨。陳勝一算計，六日已經走了六百餘里，依著路道規矩，也該露營一半日讓大家挑挑血泡緩緩神氣吃吃熱乎飯了。陳勝拉著吳廣對兩將尉一說，兩將尉也說能行。於是陳勝下令，在蘄縣城東北三十餘里的一座大村莊外的一片樹林裡紮營，埋鍋造飯，歇息半日一夜，明早趕緊上路。疲憊的屯卒們大是歡欣，一口聲誇讚陳勝是個好屯長，會帶兵。綿綿密密的細雨中，九百屯卒一片忙碌，在避風避雨的土坡下紮了營地，撿拾枯枝乾柴埋鍋造飯燒熱水，人人忙得汗水淋漓。及至暮色降臨，屯卒們人人都用分得的一瓢熱水搓洗過了腿腳，菜飯也已經煮熟了。屯卒們每人分得一大碗熱乎乎的菜飯團，呼嚕嚕吃光喝淨，整個營地便扯起了雷鳴般的鼾聲……

「快起來！大悶雨！還死豬睡！」

當屯卒們在一臉汗水雨水的陳勝的吼叫中醒來時，人人都驚愕得臉色變白了。大雨瓢潑般激打著樹林，那聲音叫人頭皮發麻，林中一片亮汪汪的嘩嘩流水，地勢稍低的帳篷都泡進了水裡。大雨可勁下著，天上卻沒有一聲雷鳴。顯然是老天鬱積多日，下起了令人生畏的大悶雨。

「愣怔個鳥！快！拔營！轉到林外山頭去！」

在陳勝吳廣的一連串吼叫中，將尉與十名縣卒也從唯一的一頂牛皮軍帳中鑽出來了。一看情勢，兩將尉二話沒說便喊了聲對，下令縣卒們立即轉營。屯卒們見將尉也是如此主張，再不懷疑陳勝，立即一片亂紛紛喊聲手忙腳亂地拆帳收拾隨帶衣物熟食，蹚泥蹚水地跑向樹林外的一座山頭。吳廣站在山頭向天上打量片刻，對陳勝高聲道：「天雨不會住！這裡還不行！要靠近村裡，找沒人住的空房落腳！」陳勝立即點頭，一手抹著臉上雨水一手指著山下遠處嘶聲大喊道：「吳廣說得對！跟俺來！到鄉亭去！」屯卒們已經信服了這個屯長，陳勝一拔腳，屯卒們便呼啦啦一片跟著去了。兩名將尉打量了一陣地勢，也帶著縣卒們跟來了。

「果然！大澤鄉亭！」吳廣指著一柱石刻大喊著。

「進去！」陳勝大喊，「不許亂來！聽號令！」

雨幕之中的這片庭院，顯然是這個名叫大澤鄉的鄉亭了。雜沓蜂擁而來的人群塞滿了廊下，空蕩蕩的大庭院頓時喧囂起來。一個白髮蒼蒼腰身佝僂的老人，從庭院角落的一間小屋走了出來，驚訝地打量著這黑壓壓冒出來的人群。吳廣看見了老人，連忙上前拱手說明了情由。老人喃喃道：「怪道也，我說目下都沒男子了，哪裡來這一大群精壯？」吳廣問：「這庭院可否住下？」老人說：「這是大澤鄉亭的官署，都空了一年了，想住幾日住幾日。」吳廣問：「這鄉署為何比尋常鄉署大？」老人說：「大澤鄉是蘄縣大鄉，大澤鄉與大澤亭合署，故而叫作大澤鄉亭，比尋常鄉署大許多了。」吳廣問：「亭長在麼？」老人說：「亭長鄉長，都領著鄉卒們帶徭役工程去了。亭長一撥在咸陽阿房宮，鄉長一撥在九原直道哩。只剩我這個老卒看守鄉亭了。」吳廣將老人領到陳勝面前時，將尉縣卒們也恰恰趕到，吳廣將老人所說的諸般情形一說，陳勝與將尉連聲說好，一致決斷便住在這裡等候放晴上路。

陳勝吳廣立即察看了所有房屋，立即派定了住所：將尉與十名縣卒，住了三間最好的房子；其餘屯卒打亂縣制，以年歲與是否有病分派住處：年長體弱者住正房大屋，年輕力壯者住牛棚馬圈倉儲房等；陳勝吳廣兩人，住進了一間與看守老卒一樣的低矮石屋。如此分派，眾人無一人不滿，欣然服從之餘，立即忙亂地收拾隨身物事，紛紛走進了指定所在。大約過午時分，一切都在茫茫雨幕中安定了下來。

不料，大雨連綿不停了。一連旬日，黑雲翻捲的天空都是沉沉雨幕，無邊無際地籠罩大地，似乎要淹沒了可惡的人間。日日大雨滂沱，山原迷茫。鄉亭內外皆水深及膝。雨水積成了無數大河小河，遍野白茫茫一片。大庭院的屯卒們，最初因勞碌奔波暫歇而帶來的輕鬆笑語早沒有了，每日都聚集在廊下陰鬱地望著天空，漸漸地一句話都沒有了。年輕的後生們則紛紛赤腳蹚進水中，望著雨霧彌漫的天空，木呆呆不知所以。兩名將尉與縣卒們也沒轍了，每日只唉聲歎氣地陰沉著臉不說話。

兩將尉隨帶的酒囊早空了，只好每日搖晃著空空的酒囊罵天罵地。誰都不敢說破的一個事實是：一個月的路程已經耽擱了十日，便是天氣立即放晴上路，只怕插翅也飛不到漁陽了！若到不了漁陽，八月初無論走到哪裡，都會被全部就地斬首！

陳勝的臉越來越黑了。這一日，陳勝將吳廣拉到了鄉亭外一座空曠的不知祭祀何人的祠堂。幽暗的祠堂中，陳勝良久沒說話，吳廣也良久沒說話。最後，還是陳勝開口了：「吳廣兄弟，你我終是要死了！」吳廣悶悶地答了一句：「大哥是屯長，沒個主張？」陳勝嘶聲道：「俺不說，說了也白說。」吳廣道：「你不說，咋知道白說？」陳勝氣狠狠道：「狗日的老天！分明教人死！逃亡是死，到漁陽也是死！左右非死不可，只有等死！」吳廣目光一閃道：「若不想等死，咋辦？」陳勝一拳砸上了空蕩蕩的香案：「死便死！怕他啥來！等死不如撞死！弄件大事出來！」

「大事，甚大事？」

「死國！」

「死國……為國去死？」

「鳥！反了，立國！死於立國大計，強於伸頭等死！」

「大哥真是敢想，赤手空拳便想立國。」吳廣絲毫沒有驚訝。

「王侯將相，寧有種乎！」

「倒也是。」吳廣思謀道，「反得有個由頭，否則誰跟你反？」

「天下苦秦久矣！」陳勝顯然有所思謀，望著屋外茫茫雨幕，話語罕見的利落，「人心苦秦，想反者絕非你我。俺聽說二世胡亥本來便不該做皇帝，他是少子！該做皇帝的，是公子扶蘇！扶蘇與蒙公守邊，大驅匈奴，又主張寬政，大有人望。二世殺扶蘇，百姓很少有人知道，許多人還以為扶蘇依然在世。俺等就以擁扶蘇稱帝為名，反了它！」

「擁立扶蘇，好！只是……我等目下身處楚地，似得有個楚人旗號。」

「這個俺也想了！」陳勝奮然搓著雙手，「楚國便是項燕！項燕是楚國名將，曾大勝秦軍。楚人多念項燕，有說項燕死了，有說項燕跑了。俺等便打他旗號！」

「好！這兩面大旗好！」吳廣奮然拍掌，又謹慎低聲道，「不過，一定要細。教這九百人齊心反國，要一步步來。」

「那是！你我得仔細盤算！」

雨幕瀟瀟，兩人直到天黑方回到鄉亭。

次日天剛亮，陳勝來到將尉房，要將尉領他去蘄縣城辦糧。兩個將尉睡得昏沉沉未醒，好容易被陳勝高聲喚醒，一聽說大雨出門立即黑了臉。陳勝說炊卒營已經沒米穀下鍋了，再不辦糧便得一齊挨餓。陽城將尉便從腰間摸出太尉府的令牌扔了過來道：「你是屯長，令牌上刻著名字，自個兒去了。」說罷倒頭便睡。陳勝高聲說，那俺與吳廣一起去了。陽城將尉哼了一聲。陳勝便大步匆匆出門了。

這屯卒徭役上路，不若軍旅之行有輜重營隨帶糧草。徭役徵發是一撥一撥數百上千人不等，若各帶牛馬車輛運糧上路，顯然是於官於民皆不堪重負的。帝國徭役多發，法令嚴厲，遂在天下通令施行徭役官糧法以方便徵發民力。所謂徭役官糧，專指出郡的遠途徭役由所過縣府從官倉撥糧，其後由郡縣官署間相互統一結算，再落實到徭役者本人來年補交糧賦。因屯卒是戍邊勞役，是故比尋常的工程徭役稍有寬待，官府全部負擔路途糧穀，每人每日斤兩堪堪能吃得八成飽罷了。連日大雨，屯卒營在城父縣背的糧食，只吃菜煮飯也已經吃光了，只得冒著大雨辦糧了。所謂辦糧，便是或將尉或屯長持太尉府的屯卒徵發令牌，在縣城官府劃撥糧穀，而後自家隨身背走；一縣所供糧穀，以徭役在本縣內路程長短而定，中原之縣大體是一至三日的口糧。今日冒雨辦糧，陳勝吳廣召齊了所有精壯四百餘人上路，必得在明日天亮前背回糧穀，否則難保沒有人逃亡。

大澤鄉距蘄縣城三十里上下，雖是鄉亭大道，奈何也已經泥水汪洋。屯卒們拖泥帶水整整走了半日，這才抵達縣城。及至辦完糧穀，每人背起半麻袋數十斤糧穀往回趕，已經是天色暮黑了。陳勝情急，要去縣府請得百十支火把上路。吳廣搖頭道，大雨天火把有用麼？不行，還是天亮再走。萬般無奈，陳勝便帶著幾百人在城門洞內的小街屋簷下窩了一夜，天亮連忙匆匆回程。走走歇歇，好容易在午後時分看見了那片鄉亭庭院。

此時亂雲浮游，天光稍見亮色，刷刷大雨也轉雨絲濛濛。押後的吳廣正到大澤里村邊，卻見一個紅衣人頭戴竹皮冠，身背黑包袱，赤腳從村中趟水走出，長聲吟唱著：「雲遊九州四海，預卜足下人生——」吳廣忍不住罵道：「吃撐了你個混子！還卜人生，死人能卜活麼！走開走開！」紅衣人卻站在當道悠然一笑：「死活死活，死本可活，活本可死，非我卜也，足下命也。」吳廣心中一動停住了腳步，待最後幾個屯卒從身邊走過，正色低聲道：「先生果能卜命？」紅衣人道：「占卜者，窺視天機也。能不能，在天意。」吳廣道：「好。你且隨我到那座祠堂去。哎，我沒錢了。」紅衣人笑道：「世間行卜，有為錢者，有為人者，有為事者，有為變者。人皆為錢，豈有生生不息之人世？你縱有錢，我也沒處用去，說它何來也。」吳廣知此人不是混世之人，便先行蹚著泥水進了祠堂，反身來接時，紅衣人也已經趟著泥水到了廊下。

「足下是卜事？」

「你如何知道？」

「命懸一線，何須道哉！」

幽暗的祠堂中一個對答，吳廣更覺出此人不同尋常，遂不再說話，只靜靜看著紅衣人鋪排物事。

紅衣人跪坐於香案前，打開包袱鋪到青磚地面，從一黃布小包中拿出一把細長發亮的莖稈往中間一擺，拱手道：「請壯士起卦。」吳廣神色肅然地走到祠門，向上天深深一躬，回身跪坐於紅衣人對面，將一支莖稈鄭重地撥到了一邊。紅衣人悠然道：「太極已定，當開天地之分。」說著，隨手將剩下的四十九根蓍草分做兩堆，分握於左右手；一搖左手說聲天，一搖右手說聲地，左手又從右手中抽出一支草莖，夾在左手小指與無名指之間，悠然道：「此乃人也。」然後，方士放下右手中的草莖，用右手數左手中的草莖，每四根一數，口中悠然念道，「此乃四季。」最後餘下四根草莖，夾在無名指與中指之間，悠然道，「此乃閏月也。」手中草莖一陣組合，紅衣人喃喃念道，「此乃第一變。」遂在大青磚上用一支木炭粗粗地畫了一道中間斷裂的紋線。吳廣大體知道，那叫爻線，六爻畫出，便是一卦了。果然，紅衣人喃喃念完六次之後，青磚面上畫出了一排粗大的斷裂紋線。

「這是……」吳廣專注地看看卦象，又看看卜者。

「壯士，此乃震卦之象。」

「敢請先生拆解。」

紅衣人一根草莖指著卦象道：「震卦之總卦象，乃天地反覆，雷電交合，人間震盪之象也。此象之意，預兆壯士將與人攜手，欲圖一件超凡大事。」

「果然如此，吉凶如何？」吳廣心頭驟然翻滾起來。

「卦辭彖曰：震往來厲，危行也。其事在中，大無喪也。壯士所圖，大險之事也，然最終必能成功。此謂，雖凶無咎，震行無眚。」

「又險，又能成？……」

「震卦深不可測，卦象有藉鬼神之力而後成之意，請壯士留心。」

「先生器局不凡，能否留下姓名，日後在下或可於先生張目。」

「我乃舊韓人，姓張。足下知我姓氏足矣，告辭了。」

紅衣人走進了霏霏細雨，蹚進了沒膝泥水。吳廣愣怔地站在廊下凝望紅衣背影片刻，又猛然大步蹚進了泥水。紅衣人回身悠然一笑：「壯士還有事麼？」吳廣一拱手道：「敢問先生，若有人想成天下大事，何等名號可用？」此話原本問得唐突，內中玄機只有吳廣明白。吳廣難忍一問，原沒指望紅衣人回答，只朦朧覺得該有如此一問，否則心下不安。不料紅衣人卻站住了，似乎絲毫沒覺得意外，只仰面望天，任雨水澆到臉上。良久，紅衣人吐出了兩個字一句話：「張，楚。楚地楚人，張大楚國也。」吳廣愣怔間，紅衣人已經嘩啦嘩啦去了。

回到鄉亭營地，吳廣與陳勝就著昏黃的燭光，喁喁低語直到四更。吳廣說了紅衣人的占卜話語，陳勝也是驚喜莫名。兩人依著各自所知道的全部消息與聽來的全部知識，精心竭力地謀劃著有可能最見功效的法式，決意要以鬼神之力撬動這九百人了。

次日天色如故，亂雨冷風使人渾然不覺是七月流火之季。雖說昨夜吃了一頓熱和飽飯，屯卒們還是紛紛擠到了屋簷下望天歎氣，漸漸地，有人開始哭泣了。正在此時，庭院外有人突然驚叫起來：「快來看！天上下魚了！天上下魚，快來看也！」廊下吳廣一邊大喊著胡說，一邊衝出了大庭院。吳廣素與屯卒們交好，這一跑一帶，百無聊賴又鬱悶之極的屯卒們一哄而出，紛紛攘攘地一齊衝到了鄉亭大門外。門外一人頭戴斗笠身披蓑衣，顯見是當地大澤鄉人。此人身旁的車道溝已經積成了一片雨水池塘，水中游動著一條大魚，金紅色鱗光閃動，似乎在驚惶地掙扎。斗笠人操著楚語高聲比畫著：「曉得無？怪也！我正趟路，大魚嗖！啪！從天上掉進了水裡！大澤鄉水面，沒有過此等金紅怪魚！」一屯卒大喊：「分明天魚也！開個水道，放它游到河裡去！」眾人立即紛紛呼應：「對對對！天魚！放了天魚！」有人正要跳下水刨開池塘，吳廣大喊一聲不對，又連連喊道：「天降大魚，定有天意！我等月餘不見葷腥，上天賜我等燉魚湯！拿回去燉了！」屯卒們立即又是一片呼應：「屯右說得對！天予不取，反受其咎！燉魚湯！」更有人大喊著：「對也！沒準這天魚肉永世吃不完！我等不用挨餓了！」在屯卒們的哄笑中，吳廣對斗笠人道：「兄弟見得天魚，給你兩個半兩錢如何？」斗笠人連連搖手道：「莫莫莫！你等外鄉客，天魚降在你等營地，便是你等之天意！我是地主，如何能要錢了？」說罷一拱手，蹚著泥水去了。於是，那個要刨池塘的屯卒連忙撈起了天魚抱在了懷裡，被眾人哄笑著簇擁著回到了庭院。

「莊賈殺魚！」一進庭院，吳廣喊了一嗓子。

「來也——！」一個繫著粗布圍腰的年輕炊卒提著一把菜刀跑了來，興沖沖看著已經在陶盆中游動的紅鱗大魚，抓耳撓腮道，「只是這魚，咋個殺法耶？」眾人一片哄笑中，一個屯卒過來高聲道，「來來來，我殺！我家住水邊，常殺魚哩！」叫作莊賈的炊卒連連搖頭大嚷：「不行不行！全營就兩把菜刀，炊兵不能交人用。」「悶種你！」那個屯卒笑罵著伸手奪過菜刀，「都快死的人了，還記著律令，蠢不蠢！」邊說邊從陶盆中抓起大魚，「看好了，魚從這裡殺……」切開魚腹，那個屯卒突然一怔，「哎！不對也！」

「看！魚腹有紅線！」

眼見魚腹軟肉中一絲紅線，屯卒們驚訝了，沒人說話了。殺魚屯卒一咬牙，菜刀一用力便將魚腹剖開，卻見一團紅色在魚腹中蠕動著大是怪異。殺魚屯卒小心翼翼地伸手一挖，不禁一聲驚詫：「怪也！魚腹紅綾！」屯卒們大是驚愕，有人便大喊：「屯右快來看，魚腹紅綾！」吳廣從廊下大步過來擠入人圈，驚訝道：「愣怔啥！快扯開！」殺魚屯卒抓住紅綾一角啪的一抖，三方黑塊驀然一閃。

「曲裡拐彎！天書也！」

「不！是字！」

「對！三個官字！小篆！」識字者連連大喊。

「認得麼？啥字？」吳廣滿臉驚疑。

「陳，勝，王……這，這是……」識字屯卒一臉狐疑。

「陳勝王？陳勝，不是屯長麼？」有人低聲嘟囔了。

「沒錯！陳勝王！」有人驚訝失聲。

「陳勝王？陳勝王！陳勝王？陳勝王……」驚疑迅速在人群蕩開了。

「兄弟們慎言！」吳廣正色道，「雖說天魚天意，也不能害了屯長！」

「對！誰也不許亂說！」炊卒莊賈恍然驚醒。

「不亂說，不亂說。」屯卒們紛紛點頭。

「好。一切如常。莊賈燉魚湯。」吳廣做了最後叮囑，屯卒們興奮莫名地散了。

這天魚天書之事原本並非人人知曉，可隨著午飯的人人一碗看不見魚的藿菜魚湯，便迅速彌漫了每一間大大小小的石屋磚屋。屯卒們坐在密匝匝的地鋪上，相互講述著剛剛發生在清晨的神異，越傳越神了。及至天色將黑，「陳勝王」三個字已經成了屯卒們認定的天啟，一種騷動不安的氣氛開始蔓延了。除了兩名將尉與十名縣卒，「陳勝王」已經成了屯卒們公開的祕密。黑幽幽的初夜，又下起了彌漫天地的大雨。雨聲中，每間石屋的屯卒們都頭碰頭地聚相議論著，沒有一個人睡覺了。天魚天書的出現，意外地在屯卒們絕望的心田拋下了一個火星，原本死心一片的悲愴絕望，變成了聚相議論種種出路的紛紛密謀。三更時分，激烈的竊竊私議依然在無邊的雨幕中延續著。距離將尉住房最遠的馬圈裡，五十多個年輕屯卒尤其激烈，吵吵聲與刷刷雨聲融會成一片。突然，一個陽城口音驚呼道：

「都莫說話！快聽！弄啥聲！」

「大楚興！陳勝王！大楚興！陳勝王……」

黑幽幽夜幕雨幕中，傳來尖厲的嗚叫，似人非人，一遍又一遍地響著，令人毛骨悚然。一個屯卒大著膽子躡手躡腳走到馬圈門口，剛剛向外一張望便是一個屁股蹲兒跌倒在地：「我的娘也！亭，亭門外啥光？藍幽幽！……」幾個人立即一起擁到馬圈口，立即紛紛驚呼起來：「狐眼！狐子精！」「對！狐鳴！」「狐作人語！天下要變！」「對對對！沒錯！狐精在破祠堂門口！」紛紛擾擾中，屯卒們幾乎一窩蜂擁出了馬圈。立即，其餘石屋磚房的屯卒們也紛紛湧了出來，雨幕中的大庭院擠滿了赤腳光脊梁的沉寂人群。無邊雨聲之中，那尖利怪異的聲音又隨著藍幽幽的閃爍飄了過來，一聲又一聲在人們心頭悸動著：「大楚興！陳勝王！大楚興！陳勝王！」

「天也！」不知誰驚呼了一聲，滿庭院屯卒們忽然不約而同地呼啦啦跪倒了。

「弟兄們，跟陳勝走，沒錯！」吳廣在人群中低聲喊著。

「對！跟陳勝走！」

「跟陳勝走！爭個活路！」眾人的低聲呼應迅速蔓延開來。

一陣低沉的騷亂之中，陳勝光膀子赤腳跑來了，剛進人群問了聲弄啥來，已被屯卒們轟然包圍了……自這一夜起，這座大澤鄉亭始終沒有安寧，黑幽幽的一間間房屋中醞釀著一種越來越濃烈的躁動。三日之後，眼看已經到了七月二十，陳勝吳廣又帶著四百餘屯丁去蘄縣辦糧了。夜半蹚著泥濘雨水歸來，絕望的消息立即傳遍了鄉亭屯卒：蘄縣官府已經奉命不再供糧，教九百屯卒聽候官府處置！吳廣私下傳開的消息是：因了天雨，泗水郡官兵湊不夠數不能決刑，天一放晴，官府便要調集官兵來斬首我等了！屯卒們連日密議密謀，人人都有了拚死之心，夜來消息一傳開，業已斷糧的鄉亭營立即炸開了。陳勝吳廣四處勸說，才死死壓住了騷亂。天色將明之時，陳勝吳廣與各縣屯卒頭目祕密聚議，終於商定出一個祕密對策並立即悄悄傳了開去。屯卒們終於壓住了滿心憤激，忐忑不安地開始在等待中收拾自家的隨身物事了……

天方放亮，庭院傳來了吳廣與將尉的爭吵聲。

「鳥個吳廣！再亂說老子打死你！」陽城將尉舉著酒囊醉醺醺大叫。

「我等湊錢給你買酒！你只會罵人麼！」

「你天天說逃亡！老子不殺了你！」

「又冷又餓！不逃耗著等死麼！我等今日要個說法！」

「反了你！來人！拿起吳廣！」陽城將尉大喝了一聲。

縣卒們還沒出來，屯卒們呼啦啦擁了過來一片喊聲：「對！不放人就逃！」聞聲趕來的陽夏將尉舉著酒囊大喊：「陳勝！教他們回去！犯法麼！」遠處站著的陳勝冷冷道：「你放人，俺便教兄弟們回去。」吳廣憤然大叫：「回屋等死麼！不餓死也要斬首！你等官人還有人心麼！」陽夏將尉大怒，吼喝一聲大膽，猛然一馬鞭抽來。吳廣不躲不閃，一鞭抽得臉上鮮血激濺滾倒在地。吳廣憤激跳起大叫：「我偏要逃！要逃！」陽夏將尉連抽數鞭，紅眼珠暴凸連連吼叫：「你是陽夏人！你他娘跑了教老子死麼！我先教你死！」說話間將尉扔掉皮鞭，長劍鏘然拔出！屯卒們驚呼之際，吳廣一躍而起，飛身抓住了陽夏將尉手腕。將尉空腹飲酒本來暈乎乏力，手臂一軟，長劍已到了吳廣手中。旁邊陳勝大吼一聲殺，立即撲向了旁邊的陽城將尉。吳廣一劍將陽夏將尉刺倒，又向陽城將尉撲來。陽城將尉正在驚愕失色呼喝縣卒之際，猛然被陳勝凌空撲倒，又被趕來的吳廣一劍洞穿了胸口。陳勝躍起大吼一聲：「殺縣卒！」立即操起一把門邊鐵耒衝進了縣卒屋。縣卒們日久大意，方才出門沒帶長矛，此刻在將尉方才號令下剛剛衝進屋來取兵；不防陳勝與屯卒們已經蜂擁而入，各色木棍鐵耒菜刀一齊打砸，縣卒們當即亂紛紛悶哼著倒地了。一陣混打吼喝，縣卒全被殺死在小屋中。吳廣帶血的長劍一舉，高呼：「祠前聚集！陳勝王舉事了！」屯卒們呼嘯一聲，紛紛撿起縣卒的長矛衝出了石屋……

片刻之間，破舊的祠堂前擁滿了黑壓壓人群。屯卒們憤激惶恐，人人身背包袱，有人手握著木棍竹竿鐵耒菜刀等種種可手之物，絕大多數則是赤手空拳地張望著。十支長矛與陳勝吳廣的兩口長劍，在茫茫人群中分外奪目。人群堪堪聚集，廊下吳廣舉起血劍一聲高呼：「弟兄們！陳勝王說話！」

「陳勝王說話——！」屯卒們一口聲高呼。

陳勝一步跳上門前臺階，舉起長劍高聲道：「弟兄們！俺等大雨誤期，已經全部是死人了！即或這次各自逃亡不死，還是要服徭役！還是苦死邊地！但凡戍邊，有幾個活著回來！原本說大秦一統，俺等有好日子！誰料苦役不休，俺等庶民還是受苦送死！弄啥來！壯士不死則已，死則舉大名！叫天下都知道俺等！王侯將相，寧有種乎！」

「不死！舉事——！」雨幕中一片怒吼。

吳廣舉劍大吼：「天命陳勝王！拚死反暴秦！」

「天命陳勝王！拚死反暴秦！」

「陳勝王萬歲——！」雨幕中震天撼地。

「今日斬木製兵！明日舉事！」陳勝全力吼出了第一道號令。

立即，屯卒們在茫茫雨幕中忙碌了起來，從鄉亭倉儲中搜集出僅存的些許工具奔向了空蕩蕩杳無人跡的原野，扳倒了大樹，折斷了樹幹，削光了樹皮，削尖了杆頭，做成一支支木矛。也有屯卒擁向一片片竹林，折斷了竹竿，削尖了杆頭，做成了一支支竹矛。炊卒莊賈的兩口菜刀忙得不亦樂乎，大汗淋漓手掌流血，仍在削著一支又一支竹竿。更有一群屯卒砸碎大石，磨製出石刀石斧綁上木棍，呼喝著胡亂砍殺。住在馬圈的年輕屯卒們，則鬧哄哄拆掉了馬廄，將馬廄的木椽一根根砍開，打磨成了各色棍棒。陳勝吳廣與各縣頭目則聚在一起，祕密籌劃著舉事方式……

次日清晨，大雨驟然住了，天色漸漸亮了。

當屯卒們又一次聚集在祠前時，所有的人都袒露著右臂，彌漫出一片絕望的悲壯。祠前一根高高木杆上綁縛著一面黃布拼成的血字大旗，「張楚」兩個字粗大笨拙地舒捲著。廊下的陳勝吳廣穿著從兩名將尉身上剝下來的帶血甲冑，顯得獰厲而森然。看看要衝破雲層的太陽，陳勝大喊了一聲：「今日舉兵！祭旗立誓！」旁邊吳廣大吼一聲：「斬兩將尉首級！祭我張楚大旗！」立即有四名屯卒將兩具將尉屍體抬來，陳勝吳廣一齊上前，各自一劍將二人頭顱割下，大步攞到了旗下的石案上。二人向石案跪倒，一拱手同聲高誦：「蒼天在上！陳勝吳廣等九百戍卒舉事大澤鄉！倒秦暴政，張大楚國！若有二心，天誅地滅！」兩人念一句，屯卒們吼一句，轟轟然震天撼地。祭旗一畢，吳廣站起身向陳勝一拱手昂昂然高聲：「舉事首戰！天命陳勝王發令！」

「追隨陳勝王！」屯卒們一片吼聲。

「好！」陳勝舉劍指天高聲道，「天光已出，天助我也！目下俺等還是腹中空空，要吃飽才能打仗！要吃飽，第一仗打大澤鄉，搜盡各裡倉房存糧兵器！只要先拿下鄉亭十幾個倉儲，俺等人人吃飽，日後死了也是飽死鬼，不是餓死鬼！走——！」

「攻大澤鄉！做飽死鬼——！」人眾一聲吶喊，光著膀子擁向了四周村莊。

後世史書所謂「攻大澤鄉」，實際是擁入各「里」（行政村）搶掠里庫的少量存糧與器物，以為初步武裝而已，並非真實打仗。其時淮北泗水郡相對富庶，人口稠密，大澤鄉之類的大鄉，大體當有十個上下的「里」。在徭役多發的秦末，村中精壯十之八九不在，九百人席捲十數個村莊是非常容易的。天尚未黑，最初的攻殺劫掠已全部完成了，掠得的糧穀米酒器物衣物等亂糟糟堆成了一座小山。當夜，九百人在大澤鄉亭外大舉篝火造飯，大吃大喝一頓又呼呼大睡了一夜。次日天明，陳勝吳廣立即率領著這支因絕望而輕鬆起來的亂軍，奮力捲向了蘄縣城。

屯卒們亂紛紛吼叫著，蹚著泥水遍野擁向蘄縣。當日午後時分，當大片黑壓壓屯卒漫捲到城下時，不明所以的蘄縣城門的十幾個縣卒們連城門也沒來得及關閉，棍棒人群已衝進了城裡。片時之後，縣署被占了，縣令被殺了，小小縣城大亂了。暮色時分，一杆無比粗糙的「張楚」大黃旗插上了蘄縣箭樓，陳勝王的歡呼淹沒了這座小小城邑。

三日之後，這支已經盡數劫掠了蘄縣財貨府庫與屯集舊兵器老庫的徭役農民，有了十幾輛破舊戰車，有了幾百支銅戈，人馬已經壯大到千餘人。陳勝吳廣會商決斷：立即沿著通向中原的馳道攻占沿途縣城，攻到哪裡算哪裡，左右得有個立足之地。於是，徭役軍立即亂哄哄開拔，先攻與蘄縣最近的銍縣。其時暴亂初發，天下郡縣全無戒心，縣令縣卒多為徵發奔忙，根本想不到會有如此一股猛烈的颶風捲來，幾乎每一座縣城都是聽任亂軍潮水般漫捲進城。幾乎不到十天，農民軍便先後「攻」下了淮北的銍縣、酇縣、苦縣、柘縣、譙縣五座縣城，雪球迅速滾大到了六七百輛老舊戰車，千餘騎戰馬及數千士卒。陳勝吳廣大為振奮，立即向淮北最大的陳城進發。

如同曾經的幾座城池一樣，亂軍迅速攻占了陳郡首府陳城。陳郡既是吳廣的故里，又與陳勝故里潁川郡相鄰，更是當年楚國的末期都城之一。為此，陳勝吳廣一番會商，遂在陳城駐紮下來，並接納了紛紛趕來投奔的一群文吏儒生的謀劃，在陳城正式稱王，公開打出了「張楚」的國號。

陳勝立國稱王，是七月暴亂之後又一聲撼天動地的驚雷。

以當時情勢，短短月餘之間，這支九百人的徭役屯卒，在面臨斬首的絕望時刻揭竿而起斬木為兵，以必死之心謀求活路，走上了為盜暴亂之途。如此不可想像的大叛亂，在執法嚴厲的帝國竟沒有受到任何懲罰，且亂軍如入無人之境，竟能在數十日內立國稱王。這在篤信秦法與帝國強大威勢的臣民心目中，已經荒誕得不可思議了。正是驚愕於這種荒誕與不可思議，始皇帝時代奠定的強盛帝國的威權，第一次顯出了巨大的缺陷與脆弱。這一事實，既摧毀了恪守著最後職責的臣民的信念，又激發出六國復辟勢力與潛在的野心家以及種種絕望民眾的強烈效法欲望。尤其是陳勝不可思議地飛速地立國稱王，其對天下的震撼，遠遠大於最初的暴亂。首開暴亂之路，未必具有激發誘惑之力，畢竟，暴亂極有可能被加倍地懲罰。然則，暴亂而不受懲罰，且立即取得了巨大的成功。一個傭耕匹夫一舉成為諸侯王，這種激發與誘惑之力是不可想像的。後世史家云「旬日之間，天下回應」，雖是顯然地誇大，然在消息傳遞緩慢的農耕時代，其後兩月之間各種暴亂彌漫天下，卻也實在是史無前例的。正是在陳勝稱王之後的九月十月，幾乎所有的潛在反秦勢力都舉事了，後來的種種旗號都在兩個月之內全部打出。其間直接原因，無疑是陳勝稱王立國的激發誘惑之力。

這次被後人稱為「第一次農民大起義」的事變，在中國歷史上有著極為深遠的意義。這看似偶然的一點火星，像一道驚雷閃電掠過華夏大地，像一個火星打上澆滿猛火油的柴山，轟然引發了各種潛在勢力的大爆發，生成了亙古未見的秦末大混戰風暴。在這場歷史性的大混戰中，陳勝吳廣的農民軍既是發端者，又是最初的主流；雖然迅速被後來出動的帝國官軍與六國復辟勢力的外攻內蝕夾擊吞沒，然卻具有不可磨滅的歷史價值。這一歷史價值在於：中國農民第一次以暴力的方式表達生存要求，第一次以破壞性力量推動了政權更迭的改朝換代，從而在本質上成為華夏文明重構的一種隱蔽的建設性與破壞性兼具的力量。

二、芒碭山逃亡者在劉邦率領下起事了

陳勝暴亂的消息迅速傳開，所在地泗水郡最為震盪不安。

第一個聞聲而起的，是早已逃亡隱匿在芒碭山的一群流竄罪犯。

這是泗水郡沛縣（註：沛縣，今山東省微山湖以西地帶）的一支徭役，一年前趕赴咸陽為驪山陵

服役，路經芒碭山而多有逃亡，大約二三十人隨著領役頭目留了下來，在山中狩獵流竄。這個頭目是沛縣泗水亭的亭長，名叫劉邦，後來大名赫赫的漢高祖。劉邦的亭長生涯與逃亡生涯，被後來的太史公抹上了許許多多的神祕印記，左股七十二黑子、老父田頭相貴、芒碭山斬蛇、赤帝白帝之爭、東南天子氣、呂氏女雲氣說等等等等不一而足。此等說法大多都是後來的必要的附會，姑妄聽之而已。究其實，劉邦的這段亡命生涯是很苦的，是惶惶不可終日的。百餘人趕赴徭役而中途逃散大部，身為亭長的劉邦非但不報官府，且放任逃亡，又糾結餘者流竄山林；依據秦法，這是比陳勝吳廣等的「失期」更為嚴重的罪行，滅族幾乎是無疑的。應該說，劉邦的絕路比陳勝吳廣等更甚。然則，在大約一年的時日裡，劉邦卻沒有選擇發難起事，自甘悄悄做了事實上的流盜，並未公然對抗官府。此間真實原因大體有三：一是劉邦官身重罪，深恐公然舉事累及整個族人；二是劉邦有小吏閱歷，看不準的事，沒成算的事，都不會第一個去做；三是芒碭山臨近鄉土，流竄狩獵的同時，再結好當地富戶，尚有活路。凡此等等原因，劉邦一夥在芒碭山流竄了至少大半年，雖說也聚結了百人上下的山民，還算活得下去，然畢竟是流盜生涯，個個變得黝黑精瘦竹竿一般，整日為謀得肚皮一飽而過著野人一般的日月。

大約在八月末最艱難的時分，劉邦們正在為剛剛過去的雨災山洪忙碌，更為即將到來的冬日雪天煎熬時，縣城趕來了一個屠戶要見劉邦。這個屠戶叫作樊噲，也是劉邦小吏生涯的結交之一。樊噲是受劉邦兩個老友縣吏蕭何曹參的委託，特意來找尋劉邦。樊噲告知劉邦一個驚人的消息：滯留在蘄縣大澤鄉的徭役舉事了，已經攻占了五座縣城，目下已經攻占陳郡立國稱王！

「陳勝稱王了？立國了？」劉邦驚愕得一雙眼睛都立直了。

「千真萬確！假話豬挨一刀！」屠戶樊噲急色了。

「娘的！這大秦真成了豆渣飯？」劉邦搓著倏忽變得汗淋淋的雙手。

「劉大哥，還有好事！」

「快說！」

樊噲帶來了一則更實際的祕密消息：蕭何曹參兩個縣吏說動了縣令，也想舉事反秦；蕭曹二人勸說縣令，沛縣子弟官府不熟，難以激發，最好將逃亡在外的劉邦一群人召回一起舉事；屆時人多勢眾，沛縣民眾便不敢不跟著反秦。縣令欣然贊同，蕭曹兩人便派了樊噲來召劉邦回去共圖大舉。

「好！舉旗稱王，大丈夫當如是也！」劉邦哈哈大笑。

當日，劉邦立即召集起百數十個流亡者，慷慨激昂而又嬉笑怒罵地說了一通：

「諸位兄弟！這是樊噲兄弟！他從縣城帶來消息，說目下已經有人反秦了，陳勝九百人連下五座縣城，還占了陳郡，稱王了！立國了！人家吃得飽，穿得暖，有得馬騎，有得戰車！我等兄弟如何？黑不溜丟乾瘦，餓得人乾屎打著胯骨響！再不反，人家把稠的撈乾了，我等兄弟連稀湯也沒的喝了！劉季沒有多的話，反了好吃好喝！不反忍饑挨餓！都說反不反？我劉季只等兄弟們一句話！」

「反！反！反！」山石上一片亂紛紛叫嚷。

「好！連夜上路，回沛縣！」

如此這般，劉邦率領著這百十號流盜急匆匆出山了。次日暮色時分，這群流盜趕到了沛縣城外。然則，分明說好的事卻生出了意外。沛縣城樓上見劉邦人群黑壓壓趕來，一陣牛角號響起，城門竟隆隆關閉了。劉邦見狀情知有變，不禁氣得跳腳大罵，思忖一陣又怕是縣令誘他出山捕拿的詭計，不禁便想立即返回芒碭山。樊噲卻嚷嚷說不怕不怕，城裡也就幾十個縣卒，想拿人也沒力氣，不妨我先進城問問蕭曹出了何事？劉大哥盡可在城外起火吃喝，等到明日再說！劉邦一想也是，便吩咐樊噲小心，而後便下令架起篝火燒烤隨帶的囤積獵物，吃著喝著罵著等了起來。不想夜半時分，蕭何曹參樊噲三人竟買通門吏逃出了縣城，找到了劉邦。蕭曹二人一陣訴說，劉邦才知道了事情原委。

原來，樊噲走後沛縣令又後悔了，說劉邦一身痞氣不像正人，又有一幫流盜相助，不能共事反秦。蕭曹兩人都說縣令出爾反爾，恐生民變。縣令大為不悅，陰沉著臉半日無話。今日蕭何從交好的縣尉口中得知，縣令有祕密誅殺蕭曹兩人的謀劃。兩人正在設法逃城出走投奔芒碭山，不想劉邦便回來了。蕭曹之意，城內人心浮動，只要施以脅迫，沛縣城很可能不攻自破。三人密商一陣，蕭何立即用隨身白帛寫就了一篇文字。

「城上聽了！劉邦有書給沛縣父老！」

四更時分，劉邦在城下大喊一聲，將綁著白帛的長箭射上了城頭。

城頭縣尉接到箭書，卻沒有稟報縣令，而是立即傳給了惶惶不安的幾名族老。

這白帛上寫的是：「沛縣父老留意，天下苦秦久矣！今諸侯並起，泗水郡即將大亂！沛縣令不欲舉事，必召亂軍屠沛之大禍！沛縣父老若能同心誅殺縣令回應諸侯，而後選子弟賢者而立，則家室完好！否則，父子族人俱遭屠戮，萬事無為也！」族老們一看之下大是驚慌不安，立即召各族人眾祕密會商，片刻間便議定了自保舉事對策。天色濛濛亮時，城內民眾與十幾名縣卒各持棍棒菜刀一齊蜂擁攻入縣府，拿住縣令立即殺了。天色大亮時，沛縣城門便隆隆打開了。

劉邦人群堂而皇之地進入了沛縣城。當日，劉邦立即鄭重召來城內族老們議事。族老們一致推舉劉邦為沛縣令，護持沛縣生計。劉邦笑道：「目下這縣令，是殺頭的差使也！我看蕭曹兩位選一個出來做了。」蕭何當即說自己膽識俱無，成不得大事。曹參也說自己只知殺人斷獄，沒領縣大才。樊噲不耐嚷嚷道：「讓個鳥！劉大哥來勁！劉大哥縣令！」一白髮族老也再度拱手道：「老夫素聞劉季命相大貴。君為縣令，沛縣亦能托君之福以保平安，莫辭讓也！」蕭何眾人一齊拱手齊聲：「敢請劉亭長就任縣令！」劉邦一陣大笑道：「好好好！劉邦就做了這個鳥縣令！官府大軍來了，劉邦第一個挨刀！」眾人不禁一陣笑聲，齊喊了一聲：「見過劉縣令！」於是，大秦郡縣便有了第一個未經官府任命的流盜縣令。

三日後，縣城車馬場舉行了粗樸隆重的起兵大典。

依蕭曹謀劃，縣令名號儘管對劉邦與民眾而言，已經是大官了，然要舉事天下，縣令名號卻顯太小，故此，劉邦當稱沛公以對天下。公者，春秋戰國大諸侯之君號也。劉邦稱沛公，便有了會同諸侯之意。儘管此時尚未真正地諸侯並起，然作為張勢之名，盡快將自己列為一路諸侯，不失為劉邦一群大局見識也。這個起兵大典，實際便是擁立沛公殺出沛縣的大典。大典祭祀兩個人神，其一是百戰百勝而一統華夏的黃帝，其二是稱為「五兵戰神」的蚩尤。其意在昭示沛公既有黃帝之威德，又有蚩尤戰神之戰力。縣城車馬場遍插五色旗幟，中央高杆上垂掛一面大纛旗，紅底黑字大書一個「沛」字。大旗下一面牛皮大鼓，廣場四周擁滿了棍棒兵刃混雜的布衣民眾。

清晨卯時，幾支牛角號向天吹動，嗚嗚聲悠長沉重地彌漫開來。蕭何手舉長劍，宣誦了沛公名號。劉邦頭戴自家製作的竹皮冠，在黃帝蚩尤兩祭案前憋著勁正色高聲念完了幾句簡短的祭祀文告：「黃帝天帝，蚩尤戰神，昊天有靈，伏惟告之：劉邦起兵，誅滅暴秦，與民康樂！祈黃帝蚩尤諸神，護佑劉邦終成大勢，護佑我沛縣子弟戰無不克！」在全場民眾的吶喊中，蕭何舉劍宣布了最後一道天啟儀式——獸血濺鼓。

與陳勝吳廣一樣，蕭何曹參與劉邦也密謀出了天意激發之道。蕭何有心，依據劉邦芒碭山斬殺白蛇的傳聞，附會了一則劉邦為赤帝子的說法，要在此次大典中名正言順地抬將出來激發追隨者。司禮的蕭何宣完程序，便有十幾名兵卒抬來了狗鹿豬三頭活牲，站在了那面牛皮大鼓下。屠戶樊噲赤膊持刀大步上前，左臂挾起活狗右手一刀捅向狗頸，狗血便直噴皮鼓；擲掉狗屍挾起活鹿又一刀，一股鹿血又激濺大鼓。此時活豬尖叫不已，樊噲左手拎起豬耳，豬身凌空嚎叫中右手猛捅一刀，豬血頓時飛濺鼓面。頃刻之間，牛皮鼓面鮮血橫流，紅亮異常。

「沛公赤帝子也！血紅正色！」蕭何舉劍高呼。

「沛公萬歲！赤帝子萬歲！」全場亂紛紛吶喊起來。

大典之後，劉邦蕭曹樊噲等率領著在沛縣糾集的兩三千民眾，向北攻占了胡陵、方與兩座縣城，攻殺豐縣縣城時卻意外地遇到了抵抗，一時攻占不能。於是劉邦覺得還當再看看時勢，暫時滯留在豐縣不動了。劉邦們不知道的是，此時的暴亂潮水已經鋪天蓋地翻湧起來了。

三、江東老世族打出了真正的復辟旗號

陳勝舉事而王的消息風傳開來，所有的逃亡者都躁動了。

第一支起而回應的獨立力量，是連竄九江郡的一群逃亡刑徒，首領叫作黥布。兩三年前，在驪山激發刑徒暴亂的黥布，在暴亂慘敗後率殘餘追隨者逃入深山，又繼續向南流竄，最後在九江郡的大江湖泊水域中滯留下來，以漁獵隱身為盜了。當陳勝舉事稱王的消息傳入九江郡，稟性暴烈機敏的黥布立即看到了切實的出路。黥布覺得自己的力量太小，立即請見當地號為「番君」的土人頭領，力勸其舉事反秦。番君正為二世胡亥的種種徵發煩惱不堪，立即贊同了黥布之說，舉族追隨黥布反秦自立，並當即將自己的女兒嫁給了黥布。於是，黥布的刑徒山民軍很快聚集到了數千人，立即開出水域向北攻占了一座叫作清波的縣城，而後繼續北上，加入了秋冬季的天下大混戰。就實而論，黥布軍是反秦勢力中第一支以刑徒與山民為軸心的窮苦階層力量。

前期舉事的另一支獨立力量，是巨野澤的一群流盜，首領叫作彭越。

這個彭越雖是水域流盜，人卻頗有機變，屢次逃過了始皇帝時期的官府捕拿。及至各方勢力蜂起，巨野澤周邊的另一群流盜後生紛紛前來鼓動彭越舉事效之。彭越卻說：「此時兩龍方鬥，且等候

時日再說。」看了幾個月，到得次年春季，天下大亂之勢已成，流盜後生們又來鼓動彭越，並說願意推舉彭越為巨野澤頭領舉事。彭越很是輕蔑地笑道：「我縱舉事，也不會與你等為伍也。」流盜後生卻連番糾纏，非要擁立彭越舉事不可。彭越假作無奈，終究答應了，與流盜後生們約定明日太陽升起時在一個中間地會合舉事，遲到者斬。次日天亮，彭越率自家群盜準時趕到，那群流盜後生卻有十幾個人來遲半個時辰，最後一個遲到者竟一直到正午方來。彭越發怒了，正色道：「老夫被你等強立舉事，你等竟不重然諾，多人遲到！今日不說如約皆殺，至少殺最後一個！」說罷下令立即殺了最後來也是最驕橫的那個流盜，將其首級擺上了祭壇，以為舉事祭旗之犧牲。流盜後生們大為驚恐，立即紛紛跪倒，說要死心追隨彭越。於是，彭越當日舉事，立即向巨野澤群盜發出了聚結反秦號令，旬日之間便聚集了千餘名流散盜寇。之後，彭越立即南下泗水郡，加入了天下混戰。就實而論，彭越軍是反秦勢力中第一支真正的流散聚結的盜寇軍，不同於任何一支反秦勢力。

反秦最為激切的，是隱藏山海之間的六國老世族。

始皇帝後期，歷經幾次大規模的嚴厲震懾，六國世族的老一代已經遭到了毀滅性重創。六國王族望族之主要支系，幾乎被悉數遷入關中，死傷者有之，老病者有之，勞役者有之，總歸是已經喪失了反秦舉事的能力與號召力。然則，六國世族的後裔們與少數望族子弟，卻逃亡江海彌散山林，一直在隱忍密謀，一直在尋求出路。及至大澤鄉暴亂的消息傳開，彌散的六國世族後裔們立即不約而同地祕密趕到了江東地面。這是因為，在六國世族們的圈子裡，一直流傳著一個祕密消息：楚國名將項燕的嫡系後裔一直藏匿在江東，且從來沒有中止過祕密聯結各方！

八月中的一個暗夜，六國世族後裔們終於聚結了。

震澤東山島的一個山洞裡（註：震澤，今日太湖，其時水域面積遠遠大於後世），燃著各式火把，大石與空地間或坐或立，滿當當盡是風塵僕僕的精瘦人乾。中間一方大石上靜坐著一個神色冷峻的中年人，身邊挺立著一個身形威猛的後生，其餘人則三三兩兩地低聲議論著，神祕又惶恐。突然，洞口傳來一聲通報：「張良先生到——！」如同一聲令下，洞中人紛紛起立向前迎來。火把光亮中，一個身形瘦長身著方士紅袍面有微微細鬚的中年人大步走進，向冷峻的中年人與眾人一拱手：「韓國張良，見過項公，見過諸位！」眾人紛紛拱手作禮，人人驚喜不已。被稱作項公的冷峻中年人一拱手道：「先生，此乃項梁隱居吳中的最後隱祕所在，不到萬不得已，絕不啟用。今日大事，項梁做東聚結諸位。先生安抵，人物大體齊備，便可議事了。」「項公所言大是。」張良道，「只是諸位各自隱身多年，面目生疏，宜先自報來路，項公好多方照應也。」項梁笑道：「先生大才，果然縝密。好！諸位，敢請先自報來路。」

「在下乃韓國張良，隨行三人。」後到者第一個開口。

「魏國張耳等六人！」

「魏國陳餘等六人！」

「魏國魏豹等三人！」

「趙國武臣等八人！」

「齊國田儋等五人！」

「齊國田榮等六人！」

「齊國田橫等五人！」

「燕國韓廣等三人！」

「楚國項羽等十三人！」那名威猛青年聲如洪鐘。

項梁向眾人一拱手道：「此乃我侄也，諸公見笑。我意，還當先聽先生消息高論。」眾人一拱手齊聲道：「項公明斷，願聞先生高論！」隨即各人紛紛坐在了大石上。張良站在中間空地上，向場中環拱一周高聲道：「諸位，復興六國之大時機到也！張良此來，便是向諸位報知喜訊，敢請六國世族後裔一體出山！……」張良話音未落，在一片喊好聲中便有人喜極昏厥了，立即便有人掐著人中施救，山洞中一片驚喜騷亂。項梁擺了擺手道：「諸位少安毋躁，請先生細說了。」山洞中便漸漸安靜了下來。

「目下大勢，秦政酷暴，民不聊生，天下已是亂象叢生！」張良慷慨激昂道，「二世胡亥即位，非但不與民休息，反而大興徵發，用法益深刻，天下臣民怨聲載道！陳勝吳廣大澤鄉舉事月餘，咸陽竟無大軍可派。此間意味何在？大秦國府空虛了，軍力耗盡了，沒有反擊平盜之力了！當此之時，我等群起響應，必成大事！張良念及六國復興大計，故星夜匆匆而來。敢請諸位在故地反秦自立，滅其暴秦，復辟六國！」

「誅滅暴秦，復辟六國！」山洞裡一片激切吼聲。

項梁冷靜地擺擺手：「如何著手？誰有成算？」

田橫霍然站起：「陳勝賤民，只能給我等開路！復辟六國，要靠自己！」

「不盡然！」張耳高聲道，「目下可藉賤民之力，先走第一步。」

「無論如何得趕快動手！不能教秦二世緩過勁來！」陳餘喊著。

「殺光秦人！六國復仇！」項羽大聲吼著。

「還是要有實在對策，目下我等力量畢竟不足。」韓廣平靜地插了一句。

項梁向張良一拱手：「敢問先生有何謀劃？」

「張良尚無大計，願聞項公謀劃。」

眾人齊聲道：「對！敢請項公定奪！」

「好。老夫說說。」項梁頗顯平靜地一拱手道，「目下大勢，必得舉事反秦，不舉事，不足以道復辟大計，此乃鐵定也！然則，如何舉事？如何復辟？乃事之要害也。項梁之策有三，諸位可因人因國而異，思忖實施之。其一，故國有人眾根基者，可潛回故國，直然聚眾舉事。其二，錢財廣博者，可招兵買馬，舉事復國。其三，無根無財者，可直然投奔陳勝軍中，藉力得國！」

「藉力得國？如何藉力？」武臣高聲問了一句。

「項公良謀也！」張良大笑一陣道，「諸位，陳勝軍目下正在烏合之際，急需人才領軍打仗！諸位都是文武全才，一旦投奔陳勝，頓成擁兵數千數萬之大將也。其時請命發兵拓地，必能順勢打回故國！一回故土，陳勝能管得諸位麼？」

「萬歲項公——！」

「好對策！吃這陳勝去！」

山洞中真正地狂熱了。人人都陡然看到了復辟故國的實在出路，更看到了自己趁勢崛起的可能，每個人的勃勃野心都被激發點燃了。畢竟，這些六國世族後裔大多不是舊時六國王族，連王族支系都極少；復辟六國的大業對他們而言，完全可以不是舊時王族的復辟，而只是國號的恢復；更大的可能，則是他們自己自立為王裂一方土地做一方諸侯。如此皇皇復辟之路，簡直比原樣復辟六國還要誘人，誰能不心頭怦然大動？……

夜色朦朧中，串串人影從山洞閃出，消失於小島，消失於水面。六國舊貴族藉農民暴亂的大潮，從僵死中復甦了。他們以深刻的仇恨心理，以陰暗的投機意識，紛紛加入了布衣農軍的反秦行列，使尋求生計的反秦農軍成為魚龍混雜的烏合之眾，徭役苦難者反抗大旗很快被復辟的惡潮所淹沒了，歷史的車輪在變形扭曲中步履維艱地咣噹嘎吱地行進著，沉重得不忍卒睹。

六國世族震澤大會後，項氏立即開始了各種祕密部署。

幾年前，項梁還是一個被始皇帝官府緝拿的逃犯。然自從重新逃回江東故地，項梁已經完全改變了方略，不再試圖謀劃暗殺復仇之類的惹眼事體，而是隱姓埋名置買田產在吳中住了下來，扎扎實實地暗結人力。項氏作為楚國後期大族，有兩處封地，正封在淮北項地，次封在江東吳中。淮北故地過於靠近中原，不利隱身，為此，項梁將隱身之地選擇在了會稽郡的吳中老封地。項梁曾是楚軍的年輕大將，流竄天下數年，對天下大勢已經清醒了許多：只要始皇帝這一代君臣在，任誰也莫想顛倒乾坤做復辟夢。身為亡國世族後裔，只能等待時機。當然，說項梁的等待忍耐有一種預料，毋寧說這種等待忍耐全然是無奈之舉絕望之舉。在項梁逃亡的歲月裡，始皇帝的反復辟法令排山倒海強勢異常，信人奮士的皇長子扶蘇又是天下公認的儲君，誰也看不到秦政崩潰的跡象。從事復辟密謀的六國世族及其後裔，惶惶不可終日地忙於流竄逃命，唯一能做的便是散布幾則流言或時而策動一次暗殺，如此而已。當此之時，項梁算是六國世族中罕見的清醒者，眼見此等行徑無異於飛蛾撲火，便立即收斂坐待。項梁不若韓國張良，一味地癡心於暗殺始皇帝，一味地四海流竄散布流言。項梁曾身為統兵大將，對兵家機變與天下大局有一定的見識，一旦碰壁立即明白了其中根本：殺幾個仇人殺一個皇帝，非但於事無補，反而逼得自己四海流竄隨時都有喪生可能，結果只能是適得其反；而坐待時機積蓄力量，則是一種更為長遠的方略，一旦時機來臨，便能立即大舉起事。果然終生沒有時機，天亡我也，也只能認了。這便是始皇帝後期歷經逃亡之後的項梁，忍得下，坐得住。

項梁沒有料到，這個夢寐以求的時機來得如此之快。

上年九月，驟然傳來始皇帝暴死於沙丘而少皇子胡亥即位的消息，項梁亢奮得幾乎要跳了起來。上天非但教始皇帝暴死了，還教少皇子胡亥做了二世皇帝，這不是上天分明教大秦滅亡麼？項梁曾在關中祕密流竄過兩三年，既知道扶蘇，也知道胡亥，一聞二世是那個胡亥，立即奮然拍案：「天意亡秦也！此時不出，更待何時！」緊接著，扶蘇死了，蒙恬蒙毅死了，皇子公主也被殺光了，凡此等等消息傳來，項梁每每都是心頭大動。

幾乎沒有任何猶豫，項梁立即開始了一連串啟動部署。

首先，項梁立即部署親信族人將自己的真實身分在老封地的民眾中散布出去，使那些至今仍在懷念項燕父子的江東人士知道：項燕的後人還在，而且就在吳中！其次，項梁部署自己的侄子項羽立即開始祕密聚結江東子弟，結成緩急可用的一支實際力量。同時，項梁自己也開始與官府來往，沒過三兩個月，便與縣令郡守成了無話不說的官民交誼。在會稽郡徭役徵發最烈的時候，郡守縣令叫苦不迭，苦於無法對上。項梁給會稽郡守與吳中縣令說出了一個對策：每遇徵發，在期限最後一日，向上稟報如數完成；再過旬日，立即向上稟報徭役於途中逃亡；如此應對，必可免禍。郡守縣令試了一次，果然如是，除了被嚴詞申飭一通，竟沒有罷黜問罪。郡守縣令驚喜莫名，立即宴請了項梁，連連問何能如此？項梁答說：「徭役逃亡為盜，舉凡郡縣皆有。此，天下人人皆知之祕密也。秦法縱然嚴苛，安能盡罷天下秦官哉！」由此，郡守縣令食髓知味接連效法，不想竟有了神奇之效，既保住了官爵，又贏得了民心。郡守縣令由是對這個吳中布衣大是敬佩，幾次要舉薦項梁做郡丞，項梁都婉拒了。很快地，郡守縣令也從民眾流言中知道了這個布衣之士就是楚國名將的兒子項梁。奇怪的是，郡守非但沒有緝拿項梁，反而益發地將項梁當作了座上賓，幾乎是每有大事必先問項梁而後斷。至此，項梁已經明白：郡縣離心，天下亂象已成，時機已經到了。

此時，項羽在項氏老封地聚結江東子弟事，也已經大見眉目了。

項梁的侄兒項羽，一個大大的怪異人物。自少時起，這個項羽便顯出一種常人不能體察的才具斷裂：厭惡讀書，酷好兵事。項羽之厭惡讀書，並非尋常的壓根拒絕，而是淺嘗之後立即罷手。項梁督其認字學書，項羽說：「學書，只要能記住名姓便行了，再學沒用。」項梁督其學劍，項羽則說：「劍器一人敵，沒勁道，不足學。」項梁沉著臉問：「你這小子，究竟想學何等本事？」項羽說：「學萬人敵！」項梁大是驚詫，開始教項羽修習兵法典籍。不料項羽還是淺嘗輒止，大略念了幾本便丟開了，留下的一句話是：「兵法詭計，勝敵不武，何如長兵大戟！」

項梁尚算知人，明白此等稟性之人教任何學問也學不進去，註定一個赳赳雄武的將軍而已。無奈之下，通曉兵器的項梁祕密尋覓到一個神奇鐵工，可著項羽力道，打造了一件當時極為罕見的兵器，索性號為「萬人敵」。那是一支長約兩丈的連體精鐵大矛，矛頭寬約一尺長約三尺，頂端鋒銳如箭鏃，幾若後世之槍，卻又比槍長大許多，幾若一柄特大鐵鏟，又比鐵鏟鋒銳許多；矛身不是戰國重甲步卒長矛的木杆，而是與矛頭鑄成一體的胳膊粗細的一根精鐵；矛尾也是一支短矛，長約一尺，酷似異形短劍。這件罕見的兵器，以當時秦制度量衡，大體當在二百斤左右，尋常人莫說舞動，扛起來走路也大覺礙手吃力。唯獨項羽一見這件兵器大為驚喜，一邊將神鐵異矛舞動得風聲呼嘯，一邊奮然大吼：「神兵神兵！真萬人敵也！」

就實說，項羽之兵器，《史記》並無明載。然「萬人敵」之說，有一個明確邏輯，項羽所持非長兵器莫屬，且此等「力拔山兮氣蓋世」之神異人物，又絕非尋常長兵器所能遂心。須得說明的是，長兵器存在於春秋車戰，戰車將士通常是一長戈一弓箭兩種兵器。及至戰國，隨著車戰的隱跡，騎兵方興未艾，騎士幾乎一律採用了短兵即各種劍器。即或騎兵將領，也未見使用長兵器者。其實兩丈餘的長矛長戈等，只在步兵陣戰中使用，騎士不可能使用。也就是說，項羽作為騎士將軍，以異常的長兵器作戰，在秦末時代可以說是獨一無二的創制。此後馬上將軍之長兵器紛紛湧現，應當是效法項羽不差。

項羽聚結吳中子弟的方式很奇特，真正的以力服人。

其時天下亂象日見深刻，逃亡徭役為流盜已不鮮見，各地民眾無不生出自保之心。江東民眾素知項氏大名，遂紛紛接納項氏族人聯結，後生們投奔項氏習武以防不測。項梁自是欣然接納，立即闢出了一座莊園，專一供項羽等人操練武事。一次，一大群江東子弟在莊園林下習武，項羽指著水池畔一只半截埋在地下的大鼎高聲問：「諸位兄弟們說，這只古鼎幾多重？」眾後生湊到池畔打量，一人高聲道：「龍且說，此鼎當有千數百斤！」項羽大步走到鼎前正色道：「拔起此鼎，要多少力氣？」一個人高聲道：「鍾離昧說，此鼎久埋地下，拔鼎至少要萬斤之力！」「好！誰能拔鼎，立賞百金！」項羽高聲一問，後生子弟們頓時亢奮起來，一片喧嚷聲中，十餘人上前圍住鼎身，或抓鼎耳或抱鼎身一起用力搖動，古鼎卻紋絲不動。項羽大喊一聲全上，百數人立即相互抱腰接力，連成了一個大大的人花。項羽揮手大喊：「一二三！」全體大吼一聲：「起——！」半截埋在地下的大鼎還是紋絲不動，後生們一鼓而洩鬆手散勁，不禁齊刷刷癱坐在地上了。「兄弟們起來，看我拔鼎！」項羽大笑了。「天！一人能拔鼎？」後生們紛紛起身一片驚呼。「拔鼎難麼？」項羽一笑，隨即蹲下馬步兩手抓緊鼎耳，閉目運氣間大吼一聲起，剎那間地皮飛裂，一陣煙塵籠罩中轟然一聲，三五尺高的大鼎拔地而出，巍巍然高高舉起在頭頂。「萬歲！公子天神也！」後生們頓時懾服了，高呼著跪倒了一大片。

從這次拔鼎開始，項羽的威名風一般傳遍了江東，祕密投奔項氏的老封地後生越來越多了。項梁思忖一番，遂在人跡罕至的震澤荒島上搭建了一片祕密營地，又用小船祕密運去了一些糧米衣物，便讓項羽等人專門在島上操練，不奉召不許出島。六國世族震澤大會後，項梁召回了項羽。項梁覺得，必須立即舉事了。

恰在此時，會稽郡守密邀項梁會商大事。

項梁心下清楚何謂大事，立即帶著項羽去了。一路之上，項梁對項羽作了種種叮囑，將種種可能的變化應對都謀劃好了。次日趕到郡守府，守候在正廳廊下的家老卻說，只能項梁一個人進去。項羽臉色頓時黑了。項梁卻淡淡一笑：「此乃老夫之子，讓他在廊下等候便是。」項梁隨即將自己的長劍遞給了赤手空拳的項羽，隨家老進了廳堂。

在隱祕的書房裡，郡守低聲說出了密邀項梁的本意：「老夫明告項公，天下已經大亂矣！江西皆反，此乃天意亡秦之時也。當此大亂，先舉制人，後舉則為人所制。為此，老夫欲舉兵反秦，欲請項公與桓楚為將，項公必能共襄大舉也！」項梁點頭道：「桓楚素稱江東名士，實可為公之左膀右臂也。只是，桓楚因殺人逃亡震澤之中，公可有其蹤跡消息？」郡守連連搖頭。項梁思忖片刻，似乎剛剛想起來一般道：「我侄項羽與桓楚素來交好，他或知桓楚去處。」郡守驚喜道：「項羽來了麼？快問問了。」項梁道：「後生未曾到過會稽城，我便帶他來長長閱歷。他在外面等候。我去問問。」項梁出門，片刻間回來道：「項羽知道。我未向藏匿之地。公可親自問明。」郡守一點頭，當即高聲吩咐門外家老喚進項羽。

「項羽參見郡守大人！」

「好！如此威猛，戰將之才也！」郡守褒獎一句便問道，「項羽啊，你與桓楚交好，說明白他在何處，老夫派人將他找回，有大事……」項梁突然冷冷插斷：「可行了！」瞬息之間，拱手低頭的項羽突兀大喝一聲，手中長劍一捅，郡守來不及出聲便被項羽一劍挑在了空中，長劍穿胸而過，立時沒了氣息。項羽將屍身摔落地面，長劍一揮便將郡守的人頭提在了手中。項梁霍然起身，從郡守腰間解下印盒綬帶利落地掛在身上，對項羽高聲道：「人頭給我，你來開路，若有阻擋，務必殺怕官兵！」兩人方出書房，便聞庭院呼喝喧嚷，顯然是家老召來了府中郡卒與吏員。

項羽酷好搏殺而一直無由一試身手，今日得叔父果決號令分外亢奮，大吼一聲若雷鳴，兩手抄起廳中青銅書案飀風般捲了出來。這青銅書案不比任何兵器，三大塊厚銅板連鑄一體，既長大又沉重，尋常間總得三兩人抬搬，可在項羽手裡卻如同木板一般輕捷。衝到廊下驟遇一群長矛郡卒蜂擁而來，項羽奮然怒喝，舞動青銅大案迎面打下又接連一個橫掃，聲勢直如排山倒海，郡卒的短劍長矛與屍體頓時一片翻飛，青銅大案呼嘯打砸，頃刻間郡卒百數十人便黑壓壓紅乎乎鋪滿了庭院。隨後跟來的吏員僕役們大是驚駭，亂紛紛跪倒一片竟沒有一個人說得出一句話來。項梁方到廊下，事先聯結好的幾個郡吏與幾個縣令已經帶著一群人趕了進來，立即齊刷刷一呼：「擁戴項公舉事！」

項梁左手官印右手人頭，奮然大呼：「復辟楚國！殺官反秦！」

「復辟楚國！殺官反秦！」庭院一片吼喝。

當夜，震澤島江東子弟已經如約趕來，大片火把各式兵器湧動在郡守府前的車馬場。項梁宣布了起事反秦，並當場做出了成軍部署：以江東子弟兵為軸心，以吳中豪傑若干人各為校尉斥候司馬將吏，以項羽為副將軍，項梁自任將軍，編成了一支楚軍。項梁明白亂軍初成須得人心服之，部署罷了激昂高聲道：「凡我反秦人眾，有一人自感才具未得任用者，均可直找項梁說話！一樣，若有一人辦事不力才不堪任，項梁必依法度說話！前日一家舉喪，老夫曾派一人前去主理，喪事辦得很亂。此後，這個人不能再用了！」項梁這一番部署與申明，使隨同起事的官吏士卒大是景仰，一口聲擁戴項梁先做會稽郡守，先明占江東這個大郡。項梁欣然接納，立即打出了會稽郡守的旗號。如此未出旬日，項梁旗下已經聚集了八千人馬，號為八千江東子弟兵。

項梁頗具機謀，深知草草成軍之眾不堪一擊，是故嚴厲斥責了項羽等急於西進渡江攻占郡縣的主張，一邊下令項羽認真操練軍馬，一邊派精幹能才逐個「徇縣」。徇者，不動干戈而收服也，幾類後世招安收編之說。項梁之所以徇縣，是料定人心惶惶各縣官府均舉棋不定，只要給各縣官吏一定好處，收服會稽郡不難，果能如此，目下這支草成軍馬便有了堅實的根基。兩三個月下來，果然各縣十之八九皆服，均或多或少帶來了當地精壯入軍，項梁軍的實力大大地充實了起來。與此同時，項梁也親自開始訓練軍馬，以當年戰勝秦軍的精銳楚軍為楷模，一個冬天大體練成了一支拉得出去且頗具戰力的反秦軍旅。在當時的反秦勢力中，唯有這支「楚軍」具有真正一戰的相對實力，遠遠強於其餘各路草創軍馬。

次年春天，陳勝軍在秦軍反擊下大敗幾次，天下反秦勢力大有退潮之勢。當此之時，陳勝軍的謀士，廣陵人召平正在廣陵為陳勝遊說，力圖「徇」了廣陵。不料事情未成，便傳來了陳勝再次大敗與秦軍東來的消息。召平頗是機敏，立即渡江找到了項梁，假稱奉陳勝王之命結盟而來，說陳勝王拜項梁為「楚王上柱國」，請項梁軍立即向西渡江引兵擊秦。項梁無暇審度其中虛實，只真切體察到時機已到，否則秦軍滅了陳勝軍則天下反秦勢力頓時沒有了呼應。於是，項梁軍於正月末立即渡江西進，殺向了中原戰場。

這是西元前二〇九年秋天與次年春天的江東故事。

至此，各種反秦勢力悉數登場，在中原大地展開了酷烈的連綿大戰。在所有的反秦勢力中，項氏的江東力量具有最鮮明的根基與特色。這個根基，是楚國老世族，是明白無二的復辟目標與復仇之心。這個特色，是軍政實力最為強大，統帥、將才、士兵，皆從六國根基中生出，具有令行禁止的真正軍旅之風。唯其如此，這支大軍一開進廣袤的戰場，立即便成了反秦主力軍，並在中期階段完全取得了反秦最終政治目標的主導權。這是後話。

四、背叛迭起　六國老世族鼓起了復辟惡潮

楚地大亂之時，最先暴起的陳勝軍已經亂得沒了頭緒。

短短兩個月之間，陳勝軍洪水一般淹沒了淮北地帶，在陳郡稱王立國了。這種令人瞠目的速度與氣勢，極大激發了不堪徵發的天下民眾。一個八月，中原民眾大股大股地流入陳郡匯入農軍，陳勝軍的總兵力不可思議地急速膨脹到了數十萬之眾，連統兵的吳廣也說不準究竟有多少人馬了。不獨人力猛增，各方隱身的能士也紛紛來投。軍旅出身者有周文、周市、秦嘉、田臧、呂臣、鄧宗、蔡賜、李

歸、董緤、朱雞石、鄭布、丁疾、陳畔、伍徐、鄧說、宋留、張賀等，文吏出身者有召平、公孫慶、朱房、胡武、房君、秦博士叔孫通、孔子八世孫孔鮒等大批六國舊吏與流竄儒生。另外一批投奔者則是六國望族後裔，有張耳、陳餘、魏豹、魏咎、韓廣、武臣、趙歇等。一時間，陳勝軍大有軍力壯盛人才濟濟的蓬勃氣象。

當此之時，包括陳勝吳廣在內的所有張楚君臣，都是急不可待地高喊立即滅秦，幾乎沒有一個人能像江東項梁那樣沉住氣謀劃根基。當然，同是躁動，各個圈子的初衷與歸宿皆大不相同。陳勝吳廣等舉事頭領，是在兩個月的巨大戰果面前眩暈了，料定帝國已經是不堪一擊的泥雕而已，迅速占領咸陽而由陳勝做張楚皇帝，全然是唾手可得的。一班六國舊將則自感憋屈太久，急於建功立業，急於率兵占領一方至少做個郡守縣令，耐不得在草創的張楚朝廷做個大呼隆的將士吏員。一群六國舊吏與儒生博士，則急於在滅秦之後恢復封建諸侯，自家好在天子廟堂或各個諸侯國做丞相大臣。投奔張楚的六國世族後裔則更明確，力圖盡快求得一將之職，率領一部人馬殺向故國復辟舊政。如此等等人同此心，心不同理，立即釀成了一片轟轟然的滅秦聲浪。

於是，陳勝稱王之後，張楚政權立即做出了大舉滅秦的總決斷。

由謀士將吏們大呼隆釀出的總方略是：兵分多路，一舉平定天下！陳勝立即拍案決斷了，也立即做出了具體部署：第一路，以吳廣為假王，代陳勝總督各軍，並親率五萬人馬進兵滎陽占據中原；第二路，以武臣張耳陳餘為將，率軍五萬北向趙燕之地進兵，一舉平定北方；第三路，以周市為將，率兵三萬進兵舊魏之地，一舉占據陳郡北面所有郡縣，使張楚朝廷安如泰山；第四路，以周文為將，率主力大軍正面進兵函谷關滅秦。

張楚的部署，只遺漏了齊楚兩地。此非疏忽遺忘，而是對大勢的不同評判。陳勝軍發端於舊楚之地，且已占領了當時舊楚最富庶的淮北地帶，立即向荒僻的嶺南江東伸展，一者是鞭長莫及，二者是得不償失，三者不是滅秦急務。是以，陳勝等不再將楚地作為重心，而將楚國舊地看作已經占據了的既定勝利。舊齊國則是另一番情形：八月震澤的六國世族聚會後，齊國王族遠支的田儋、田橫已經搶先舉事，擁立田儋為齊王。這是六國老世族打出的第一個復辟王號，實力聲勢雖遠不如此時陳勝的「張楚王」，然對六國老世族卻是極大的激發誘惑。此時，張楚君臣們各圖著滅秦、擴張、復辟三件事，沒有一方主張立即處置王號並立這種權力亂象，幾乎可說是無暇理會田儋稱王。

進入九月，四路大軍浩蕩進兵。中原大地煙塵蔽天，各色旗幟各式戰車各式兵器各式甲冑與各式牛馬布衣交相混雜，鋪陳出亙古未見的草創大軍的怪異氣象。誰也沒有料到的是，進兵一月之間，各戰場情勢便發生了急轉直下的逆轉，草創的張楚朝廷立即開始了大崩潰。

第一個遭受痛擊的，是進兵滅秦的周文大軍。周文軍向西進發之時，兵力已達數十萬之眾，潮水般湧來，函谷關幾乎是不攻自破。一路進兵秦東，經重鎮下邽、舊都櫟陽，竟都沒有秦軍主力應戰。周文大為得意，決意先在驪山東面的戲地駐紮下來，歇兵旬日同時燒毀始皇陵以震撼天下，而後再進兵咸陽一舉滅秦。在此時的周文看來，關中素來是秦人根本，關中無兵可發，滅秦顯然是指日可待了。周文也知道，二世胡亥有屯衛咸陽的五萬材士，然則區區五萬人馬此時已經根本不在周文眼裡了。周文所專注謀劃者，便是要在攻占咸陽之前做一件快意天下的壯舉——焚燒掘毀始皇陵！在楚人的記憶裡，秦昭王時的白起攻楚而焚燒楚國夷陵，是一宗奇恥大辱。而今楚軍滅秦，始皇陵皇皇在前，豈能不付之一炬哉！周文沒有料到的是，在他尚未動手之際，一片死寂的大秦朝廷突發奇兵——由多年不打仗的九卿大臣少府章邯，將二十餘萬工程刑徒編成了一支大軍前來應戰了。

「刑徒成軍，章邯豈非送死哉！」

周文哈哈大笑，似乎看到了自己一舉成為滅秦名將的皇皇功業。

章邯大名，曾身為項燕軍視日的周文自然是曉得的。在滅楚兩戰中章邯正在當年，其強兵器械弓弩營的巨大威力，曾使天下大軍談章色變。然則，章邯已老，秦政已亂，刑徒又遠非九原秦軍精銳之師，周文何懼哉！如此盤算之中，周文很具古風地給章邯送去了一封戰書，約定三日後決戰驪山之東。章邯在戰書上只批了一句話：「可。卜吏等死而已。」周文一看這七個大字便紅了臉，章邯公然呼他這個將兵數十萬的統帥為「卜吏」，分明是蔑視他曾經的視日吏身分，更有甚者說他是等死而已，竟全然沒將他周文認真待之。周文大怒之餘，還是多少有些忐忑，便特意細心地察看了天際雲氣徵候。是日，秦軍營地上空盤旋著一團紅雲，狀如丹蛇，蛇後大片昏紅色雲氣瀰漫。依據占候法則，這是「大戰敗將」之雲氣相。周文最終斷定：秦軍必敗，章邯必為楚軍俘獲。此心一定，周文大喜過望，聚集眾將部署道：「我軍敗秦，雲氣徵候已有預兆，諸位只奮然殺敵便是！部伍行次：戰車在前，步卒隨後，飛騎兩翼。但聞戰鼓，一舉殺出，我必大勝！」

如此部署，周文也是不得已耳。農軍轟然聚合，既無嚴酷操練，又無精良兵器，只是將所占城池府庫中的老舊戰車老舊矛戈悉數整出，大體仿效春秋車戰之法，一輛戰車帶百數十步卒。號為飛騎的將近八萬騎兵，也是從未經過演練更未經過戰陣搏殺，馬匹多是農家馬或所占官府的運輸馬，騎士多為農夫會騎馬之人，根本不可能訓練騎術與馬上戰法。如此部署，所能起到的全部作用，便是戰車、步卒、騎兵都知道了自己的作戰位置。至於打法，只能是一體衝殺，若要演變梯次，只怕連自己人都要相互糾纏了。周文雖自知楚軍情形，但對秦之刑徒軍情形更是低估。周文確信，一支由罪犯徭役與奴隸子弟編成的大軍，無論如何不可能強於氣勢高漲的張楚農民軍，楚軍的勝局是必然的，天定的。

這一日，兩方大軍如約列陣會聚了。

關中大地烏雲密布，秋禾收盡，平野蒼茫。兩支大軍在渭水南岸擺開了戰場。背靠驪山陵的是章邯的黑色兵團，兩翼各五萬鐵甲騎兵，中央主力是十萬重甲步卒擺成的整肅方陣。方陣中央「章」字大旗下，白髮章邯懷抱著令旗金劍一臉冷漠。與秦軍相距一箭之遙的東邊原野上，是周文的難以確知數目的數十萬大軍。這支大軍服色旗幟各異，戰車、騎兵、步兵三大塊汪洋無邊人聲喧嚷，人人都驚訝好奇地指著鴉雀無聲的秦軍大陣紛紛議論著。中央一排舊式戰車上，「周」字大纛旗下是手持長戈身披斗篷的周文。列陣一畢，周文催動戰車直駛陣前，遙遙戟指高聲道：「章邯老將軍！你若降了張楚，不失封侯之位！若執意一戰，本帥將一舉滅秦，其時玉石俱焚也！」章邯冷冷高聲道：「周文，你一個占卜小吏也敢統兵戰陣之間？作速回去告知陳勝，早早歸鄉耕田。否則，老夫今日教你知道，甚叫屍橫遍野。」周文不禁大怒，長戈向後一招，大喊一聲殺，驟然之間鼓聲動地，張楚軍呼喝喊殺漫無邊際地淹沒過來……

章邯手中令旗向下一劈，軍前大鼓長號齊鳴。兩翼騎兵在殺聲中如兩片烏雲捲過原野，向張楚大軍包抄砍殺過來。中央大陣則踏著戰鼓節奏，前舉黑色鐵盾，恍若一片刷刷移動的黑森森樹林，直向張楚大軍中鍥了進來。與此同時，秦軍陣後萬箭齊發，驟雨般撲向張楚軍。兩軍相遇轟然相撞之時，張楚大軍立即大顯亂象。戰車一輛輛跌翻，車後士卒蜂擁自相糾纏，大呼小叫相互踐踏，面對肅殺壓來的軍陣驚慌得全然沒了章法。兩翼騎兵有自己落馬者有中箭落馬者有相互碰撞翻倒者，未進敵陣便倒下了一大半，衝殺不能四野彌漫的自家人潮堵住了退路，變成了一團肉牆任秦軍步卒方陣砍殺推進。短短半個時辰，及至秦軍黑色鐵騎兵衝殺進張楚軍漫無邊際的汪洋人海，張楚軍終於轟然崩潰了……遼闊的原野上，張楚軍四處彌散奔逃著。周文的戰車也跌翻了。周文奪了一匹戰馬，在一隊騎士保護下拚命東逃了。

一口氣逃出函谷關，周文收羅殘軍在曹陽（註：曹陽，秦縣，今河南三門峽地帶，靈寶縣東）駐屯下來。喘息稍定，周文不敢大意了，立即飛書稟報陳城的張楚王陳勝與進兵滎陽的假王吳廣請命定奪。孰料陳勝朝廷根本不相信如此大敗是自家戰力不濟，反而號令周文餘部駐屯河內，尋機再度滅秦。如此月餘之後，章邯秦軍大舉出關追擊，周文殘軍再次大敗。逃至澠池，又遇秦軍緊追不捨，這支張楚大軍終於被徹底擊潰。周文實在無顏再逃，遂在最後的戰陣中自殺了……周文的主力大軍慘遭滅頂之災，是張楚軍的第一次大敗。然則，這次巨大的主力失敗，並未使陳勝政權清醒，各地的混亂大戰仍然在滅秦聲浪中延續著。事實是，直至陳勝本人死於戰場，張楚政權的攻勢方略都沒有絲毫改變。

張楚軍的第二次致命損失，是吳廣的遇害與吳廣大軍的潰滅。

吳廣以「假王」名號進兵滎陽並總督各部，一開始便節節艱難。滎陽屬三川郡，郡守是丞相李斯的長子李由。基於父親在朝局中的艱危情勢，李由不能再丟城失地而累及家族，遂親率郡卒縣卒編成的守軍死守滎陽。吳廣軍久攻滎陽不下，又遇周文軍迭次大敗，面臨章邯秦軍與李由軍的內外夾擊，情勢頓時陷入了進退兩難的困境。無奈之下，吳廣只有請命退兵。然則，此時的陳勝已經被張楚朝廷的一群無能宵小臣下哄弄得全然沒了決斷力，非但不贊同吳廣退兵，反倒派出使臣督戰，說是諸侯聯軍攻秦，戰必勝之。吳廣素愛士卒，實在不忍士兵們硬打這種分明無望的攻城戰，便屯兵不動了。但是，吳廣身處魚龍混雜的草創政權，根本無法制約部下那群野心勃勃且各有「通天」路徑的將軍，其最後的災難幾乎是無可避免地發生了。

將軍田臧與陳勝的特使朱房，密謀了這場殺害統帥的行徑。

田臧對密謀者們昂昂說出的主張是：「周文軍已破，章邯秦軍旦暮必至。我部久圍滎陽不能下，章邯秦軍殺來，必遭大敗！張楚軍中，我部最為精銳。目下最好的方略是：以少部兵力圍滎陽，以精兵迎擊章邯，方可脫困。惜乎假王驕橫，不聽陳王軍令，更不聽我等謀劃，若不誅殺假王，大事必敗，誰也沒有功業！」這群原本便各有勃勃野心的將軍們，立即被說動了。便在當夜，田臧六名將軍衝進幕府，聲稱奉陳王之命問罪吳廣。吳廣正與書吏會商對陳勝上書，方問得一句田臧何事麼，便被田臧突兀一劍刺倒。吳廣中劍倒地大罵，又被六人搶上前來一頓刺砍。吳廣終於倒在血泊之中，圓睜著雙目斃命了。田臧抓起案上之書狠狠撕碎，又從將案上捧起大印高聲道：「諸位，田臧暫攝兵權！以待王命！」隨從五將齊聲應命。田臧立即割下吳廣頭顱，讓朱房帶回陳城。

吳廣遇害，給張楚政權帶來的真正損失，與其說是失去了這支相對最具戰力的草創大軍，毋寧說是使這個農民集團失去了唯一一個在此時尚能保持清醒的首領，使陳勝成為孤絕的農民之王，幾乎是以最快的速度走向了最終的失敗。

事實是，此時的陳勝已經昏昏不知所以了，儘管痛心於吳廣被殺，卻下了一道最為昏聵的王命：拜田臧為張楚令尹，行上將兵權進兵滅秦。田臧一群人頓時雄心勃勃，留下將軍李歸部圍困滎陽，田臧親率主力大軍趕赴敖倉迎擊秦軍。孰料章邯秦軍威勢不減，一戰擊殺田臧，擊潰了頗具戰力的吳廣舊部。章邯軍再進滎陽，再度擊殺李歸，一舉擊潰圍困滎陽的吳廣舊部。至此，由吳廣統率的這支最具戰力的張楚主力軍宣告潰散。此後，章邯軍橫掃中原，接連擊潰張楚的鄧說軍、伍徐軍，大舉進逼張楚都城所在的陳郡。

陳勝惶急，立即下書各自領兵「徇地」的六國世族將軍回援。

陳勝根本沒有料到，派出去的六國將軍舊吏們早已經爭先恐後地自立了，誰也不認他這個張楚陳王了。頭年三個月內，便有三方背叛了復辟了：第一個背叛張楚而自立舊王號的，是派向北方的武臣；該部一進入邯鄲，武臣立即自立為趙王，打起了趙國獨立反秦的旗號。第二個背叛張楚，又再叛趙王武臣而自立舊王號的，是武臣派往燕國徇地的韓廣；該部一進入薊城，韓廣立即自立為燕王，打出了燕國獨立反秦的旗號。第三個背叛張楚自立的，是將軍周市；該部藉周文大軍與吳廣大軍進兵關中與河外之時，進入舊魏地面，尚未攻下一座城池，便先擁立了老世族魏咎為魏王，打出了魏國獨立反秦的旗號。次年春季，又有第四個背叛張楚的復辟者，是南下楚地的秦嘉。該部原本奉陳勝王命徇地，也就是收服尚未正式反秦的城邑。不料秦嘉也是野心勃勃，立即背叛了張楚，擁立了一個楚國老世族景駒為楚王，正式打出了楚國旗號。之後，又發生了第五次亂局，這次是背叛者又遭背叛的換馬復辟：趙王武臣被背叛的部將李良所殺，張耳陳餘又殺了李良，重新擁立趙歇為趙王，張陳兩人自任丞相。

也就是說，到了章邯大軍逼近陳郡之時，幾乎所有的六國世族都背叛了陳勝王，楚、齊、燕、趙、魏五國全部復辟了王號。此時，這些六國老世族的後裔們已經完全忘記了自家慷慨激昂宣示的反暴秦使命，沒有施行一次任何形式的反秦作戰，而只是全力以赴地以復辟舊王號為最大急務。他們拋棄了一切道義，既不惜背叛給了他們反秦軍力的陳勝政權，又不惜背叛自己的進兵統帥，同樣不惜背叛故國的傳統王族，甚或不惜背叛同時進兵的故交同盟者，全然是以復辟舊國旗號為名目，全力圖謀著自己的王侯大夢。當此之時，種種野心大氾濫，相互背叛，唯求稱王，紛紜大亂匯聚惡變成了一股無可遏制的復辟狂潮。在這片彌漫天下的復辟狂潮中，除了陳勝的張楚力量仍然秉持著反秦作戰的軸心使命，其餘所有的舉事者都陷入了爭奪地盤爭奪王號爭奪權力的漩渦之中。這種亙古罕見的大亂象，激發了各種潛在勢力以暴兵形式爭奪利益。其中，楚國的勢力旗號最多，有陳勝的張楚，有秦嘉景駒的景楚，有項梁的項楚，有劉邦的劉楚，有黥布的山楚，有彭越的盜楚。總歸是，此時之天下，始皇帝平定六國之後的一統大文明氣象已經蕩然無存了。在烽煙四起的大亂大爭中，沒有任何一方勢力再聽從陳勝這個草創王的號令了。

五、陳勝死而張楚亡　農民反秦浪潮迅速潰散了

陳勝的眩暈，一進入陳郡便開始了。

轟轟然稱王立國，陳勝立即被熱辣辣的歸附浪潮淹沒了。稟性粗樸坦蕩的陳勝縱然見過些許世

面，也還是在終日不絕於耳的既表效忠又表大義的宏闊言辭包圍中無所適從了。其時，包括吳廣在內的所有初期舉事者，都成了職司一方的忙碌得團團轉的大小將軍，人人陷入功業已成的亢奮之中，既不清楚自家管轄的事務政務該如何處置，更不明白該如何向陳勝王建言。以這些農夫子弟們的忖度，陳勝天命而王，自有上天護佑，一切聽陳勝王便是，根本用不著自家想甚軍國大事。實際情形是，除了那個炊卒莊賈執意留下給陳勝王駕車，陳勝身邊沒有一個造反老兄弟了，更沒有一個堪稱清醒的與謀者。一切驟然湧來的新奇人物新奇事端，事實上都要靠陳勝自己拿出決斷。立國建政編成大軍任命官吏等大事，尤其要靠陳勝一人決斷。

凡此等等任何一件事，對於陳勝都是太過生疏的大政難題。坦蕩粗樸的陳勝本能地使出了農夫聽天由命的招數：誠以待人，聽能人主張。朝政大事，陳勝任用了四個能人主事：朱房為中正，胡武為司過，並領政事，並主司群臣；孔子八世孫孔鮒為博士，主大政方略問對；逃秦博士叔孫通為典儀大臣，執掌禮儀邦交。朱房、胡武，是與周文一般的六國舊吏，能於細務，長於權謀，獨無大政胸襟。但是，在粗識大字的陳勝眼裡，能將一件件公事處理得快捷利落，已經是神乎其神的大才了，何求之有哉！叔孫通與孔鮒則大同小異，一般的儒家作派，不屑做事，不耐繁劇，終日只大言侃侃。樸實厚道的陳勝發自本心地以為，既然是王國大政，便必得要有這等輒出玄妙言辭的學問人物，否則便沒有王者氣象了。四人之下，號稱「百官」的二三十名官員就位了。初次朝會，叔孫通導引百官實施了朝見君王的禮儀，陳勝眼看階下一大群舊時貴冑對自己匍匐拜倒，高興得又是一聲感歎：「王侯將相，寧有種乎！」朱房胡武立即領著群臣高呼萬歲，陳勝呵呵笑得不亦樂乎了。

其時，草創的張楚政權，上下皆呼立即實施滅秦大戰。陳勝原本便是絕望反秦而舉事，對立即滅秦自是義無反顧。然對於滅秦之後，該在天下如何建政，陳勝卻一點主意也沒有。此時，方任博士的孔鮒鄭重請見陳勝，要陳勝早日明定大局方略。這是陳勝第一次以王者之身與大臣問對，很感新鮮，竭力做出很敬賢士的謙恭。

「博士對俺說說，除了反秦，還能有啥大局方略？」

「如何反秦？如何建政？此謂大局方略也。」孔鮒一如既往的矜持聲調迴盪在空闊的廳堂，「秦雖一天下而帝，然終因未行封建大道而亂亡。今我王若欲號令天下，必得推行封建，方得為三代天子也！不行封建，秦不能滅，我王亦無以王天下。」

「博士說說，啥叫封建大道？」

「封建大道者，分封諸侯以拱衛天子也。」

「哪，俺還沒做天子，咋行封建大道？」

「我王雖無天子名號，已有天子之實也。」孔鮒侃侃道，「方今六國老世族紛紛來投，實則已公認我王為天下共主也。當此之時，我王方略當分兩步：其一，滅秦之時借重六國世族，許其恢復六國諸侯王號，如此人人爭先滅秦，大事可為也！其二，滅秦之後，於六國之外再行分封諸侯數十百個，則各方得其所哉，天下大安矣！」

「數十百個諸侯，天下還不被撕成了碎片？」陳勝驚訝了。

「非也。」孔鮒悠然搖頭，「周室分封諸侯千又八百，社稷延續幾八百年，何曾碎裂矣！秦一天下，廢封建，十三年而大亂，於今已成真正碎裂。封建之悠長，一統之短命，由此可見矣，我王何疑之有哉！」

「照此說來，俺也得封博士一個諸侯了？」陳勝很狡黠地笑了。

「王言如絲，其出如綸。老臣拜謝了！」孔鮒立即拜倒在地叩頭不止，「王若分封孔氏，魯國之地足矣！老臣何敢他求也！」

「且慢且慢！你說那王言如絲，後邊啥來？」

「王言如絲，其出如綸。」孔鮒滿臉通紅地解說著，「此乃《尚書》君道之訓也，是說天子說話縱然細微，傳之天下也高如山岳，不可更改。」

「博士是說，俺說的那句話不能收回？」陳勝又是一笑。

「理當如此也！」孔鮒理直氣壯大是激昂。

「就是說，俺一句話，便給了你三兩個郡？」

「老臣無敢他求。」

「若有他求，不是整個中原麼？不是整個天下麼？」

「我王何能如此誅心，老臣忠心來投……」

「啥叫儒家，俺陳勝今日是明白了！」陳勝大笑著逕自去了。

雖然如此，陳勝還是照舊敬重這個老儒，只不過覺得這個終日王道仁政的正宗大儒遠非原本所想像的那般正道罷了。孔鮒也照舊一臉肅穆地整日追隨著陳勝，該說照樣說，絲毫沒有難堪之情，更無不臣之心。很快地，粗樸的陳勝便忙得忘記了這場方略應對，連孔鮒建言的准許六國老世族復辟王號的事也忘記了。倒非陳勝有遠大目光而有意擱置封建諸侯，而是陳勝本能地覺得，暴秦未滅便各爭地盤，未免太不顧臉面了，要學也得學始皇帝，先滅了六國再說建政，當下分封諸侯未免讓天下人笑話。此後，陳勝便抱定了一個主意，政事只說兵馬糧草，不著邊際的大道方略一律不說。如此一來，朱房胡武兩大臣便實際執掌了中樞決策，博士們很快便黯然失色了。沒過三個月，叔孫通先藉著徇地之機投奔了項梁勢力，一去不復返了。叔孫通臨行之前，對曾經一起在大秦廟堂共事的孔鮒說了一句話：「豎子不足成事耳！文通君慎之。」孔鮒雖是儒家，卻是稟性執一，很是輕蔑這個遇事便拔腿開溜的儒生博士，始終沒有離開陳勝，直到最後死於章邯破陳的亂軍之中。

陳勝的另一大滋擾，是來自故里的傭耕鄉鄰。

稱王的第二個月，由郡守府草草改制的陳城王宮，便絡繹不絕地天天有陽城鄉人到來。鄉人們破衣爛衫風塵僕僕地呼喝而來，遭宮門甲士攔阻，立即一片聲憤憤喧嚷：「咋咋咋！俺找陳勝！不中麼？叫陳勝出來！俺窮兄弟到了！」門吏一呵斥，農人們便齊聲大喊：「苟富貴，毋相忘！陳勝忘記自家說的話了麼！」一邊又紛紛高聲數落著陳勝當年與自家的交誼，聽得護衛門吏大是驚愕，卻依然不敢貿然通報。

第一撥老友們趕到的那一日，恰逢陳勝從軍營巡視歸來。王車剛到通向宮門的街口，幾個茫然守候在路口的故交一口聲呼喊著圍了過來。陳勝很是高興，立即下車叫兩個老人上了王車，其餘幾個人坐了後面的戰車，轟隆隆一起進宮了。隨後的孔鮒很是不悅，獨自乘車從另路走了。

陳勝車抵宮門，立即又是一陣歡呼喧鬧，另一群喧嚷等候的故里鄉鄰又圍了上來。陳勝同樣興沖沖地接納了。畢竟，陳勝來不及衣錦榮歸，鄉鄰老友們來了，也還是很覺榮耀的一件事。依著鄉里習俗，陳勝一面派駕車的莊賈下令王廚預備酒宴，一面親自帶著鄉鄰老友們觀看了自己的宮室。那沉沉庭院，那森森林木，那搖搖帳幔，那皇皇寢宮，那彩衣炫目的侍女，那聲若怪梟的內侍，以及那種種生平未見的新奇物事，都讓傭耕鄉鄰們瞠目結舌，嘖嘖讚歎欣羨不已，直覺自己恍然到了天宮。

「夥頤！涉之為王，沉沉者！」

這是《史記・陳涉世家》用當時語音記載下來的鄉人感慨。這句話，《史記索隱》解釋為：「楚人謂多為夥，頤為助聲辭……驚而偉之，故稱夥頤也。」若以此說，這句話很有些不明所以。依中原地域語音之演變，潁川郡一度屬於楚國北部，民眾語言未必一定是楚音。即或以楚語待之，「夥」字在戰國秦漢的楚音中，可能讀作「夥」音，然其真意倒極可能是「火」字。果然如此，則這句感慨萬端的口語，很可能是如此一種實際說法：「陳勝火啦！做了王，好日子像這大院子，深得長遠哩！」此話被司馬遷轉換為書面語，便成了：「夥頤！涉之為王，沉沉者！」緊跟其後，司馬遷還有一句說明：「楚人謂多為夥，故天下傳之，夥涉為王，由陳涉始。」這句話值得注意的是，司馬遷說了一個秦漢之世的流行語，「夥涉為王」。這個「夥」，顯然是傭耕者之意，也就是口語的「夥計」。見諸口語，這句話的實際說法是「夥計為王」。司馬遷說，這句話所以流行，是從陳涉鄉鄰的感慨發端的。果然如此，這個「夥」又是夥計之夥，而非「多」字之意。顯然，太史公自家多有矛盾，後人間來自可究詰。

那一日，陳勝與鄉鄰們一起大醉在自家的正殿裡了。自此，鄉鄰故人越來越多，許多人陳勝連名字也叫不上了。鄉鄰故人們有求財者，有求官者，未曾滿足前一律都在王宮後園專辟的庭院裡成群住著，整日大呼小叫地嚷嚷著陳勝的種種往事，陳勝有腳臭啦，陳勝喜好蔥蒜啦，陳勝只嘗過一個女人啦，等等等等不一而足。宮門吏悄悄將此等話語報於司過胡武。胡武立即找到了陳勝，說：「這班人愚昧無知，妄言過甚。我王若不處罰，將輕我王之威也！」陳勝當時只笑了笑，倒也沒上心。

孔鮒的一次專門求見，改變了陳勝的想法。

孔鮒說的是：「我王欲成大器，必得樹威儀、行法度、推仁重禮。此等大道，必得自我王宮中開始。」陳勝驚問宮中何事，孔鮒正色道：「我王鄉客愚昧無知，輕浮嬉鬧，使我王大失尊嚴，徒引六國老世族笑耳！我王天縱之才，此等庶人賤民，不可與之為伍也。先祖孔子云：唯小人與女子為難養也，近之則不遜，遠之則怨。此之謂也。今鄉客故舊充斥王宮，大言我王當年種種不堪，實與小人無異。不除此等小人，四海賢士不敢來投也！」

孔鮒這番道理，使陳勝大吃了一驚，不得不硬著心腸接納了。畢竟，弄得賢士能才不敢再來，陳勝是無論如何無法容忍的。於是，陳勝將所有住在王宮的鄉鄰故人，都交給了司過胡武處置。胡武沒過兩日，便殺了十多個平日嚷嚷最多的鄉人，剩下的故交鄉鄰大為驚恐，悉數連夜逃跑了。從此，潁川郡的故里鄉人再也沒有人來找陳勝了，也再沒有人投奔陳勝的張楚軍了。

《史記索隱》還引了《孔叢子》中的一則故事：陳勝稱王後，父兄妻兒趕來投奔，陳勝卻將他們與眾鄉人一體對待，並沒有如王族貴戚一般大富大貴地安置。於是，父兄妻子惱怒了，狠狠說了一句話：「怙強而傲長者，不能久焉！」之後不辭而別了。此事疑點太多，不足為信。然足以說明，陳勝苛待故交之絕情事蹟，已經在當時傳播得紛紛揚揚，儒生與六國復辟者趁勢胡謅向陳勝大潑髒水，使陳勝的天下口碑不期然變成了一個苛刻絕情的小人，使追隨者離心離德。

陳勝出身真正的傭耕農夫，沒有絲毫的大政閱歷，也不具天賦的判斷力。殺戮驅趕鄉鄰故交之後，又將種種大事悉數交朱房胡武兩人處置，以圖張楚朝廷有整肅氣象。朱胡兩人大是得勢，以領政大臣之身督察開往各方徇地的軍馬。舉凡不厚待朱胡的將軍官吏，朱胡立即緝拿問罪。厚重正直者若有不服，朱胡便效法當年六國權臣，立即當場刑殺或罷黜，根本不稟報陳勝，也不經任何官吏勘審。將軍們有直接找陳勝訴冤者，陳勝則一律視為不敬王事，直愣愣為朱胡撐腰。如此幾個月過去，再也沒有人找陳勝訴說了，連假王吳廣也無法與陳勝直言了。

兵困滎陽之時，吳廣有過一次入國請命。

吳廣風塵僕僕而來，卻被甲士們擋在了宮門之外。吳廣大怒，高喝一聲：「我要見陳勝！誰敢阻攔立殺不赦！」一呼叫吵嚷之中，胡武出來長長地宣呼了一聲：「假王吳廣，還都晉見——！」而後殿中隱隱一聲：「吳廣進來。」甲士與宮門吏才放吳廣進殿了。走上大殿，氣呼呼的吳廣尚未說話，朱房便冷冷問了一句：「吳廣未奉王命，何敢擅自還國？」跟進來的胡武立即道：「吳廣不呼張楚國號，而直呼陳王之名，此乃恃功傲上，當罷黜假王之號！」孔鮒也立即附和道：「吳廣非禮，大違王道，當有懲戒。」吳廣大為驚訝，看看高高在上的陳勝一句話不說大有聽任朱胡孔問罪之意，不禁憤然高聲道：「秦軍有備，周文吃重，滎陽不下，還擺得甚個朝廷陣仗！再擺下去，我等這群烏合之軍，必得被秦軍吞滅！」朱房高聲斥責道：「吳廣無禮！身為假王，一座滎陽不能攻克，做了第一個敗軍之將，還敢擅自還國攪鬧，當依法論罪！」吳廣看了看陳勝，陳勝還是沒有說話。吳廣頓時氣憤得面色鐵青，一轉身便大步出殿了。朱房下令殿口甲士阻攔。吳廣暴喝一聲：「誰敢！老子殺他血流成河！」陳勝這才擺了擺手，放吳廣去了。此後，至吳廣被殺害於滎陽，這兩個起事首領終未能有一次真正的會面。就實而論，陳勝的變化，陳勝與吳廣的疏遠，是這支揭竿而起的暴亂農軍走向滅亡的開始，也是農民力量在反秦勢力中淡出的開始。

當各地稱王的消息接踵傳來時，陳勝憤怒了。

那一日，陳勝暴怒而起拍案大吼：「王王王！都稱王！不滅秦，稱個鳥王！沒有俺陳勝，稱個鳥王！俺大軍與秦軍苦戰，這班龜孫子卻背地裡捅刀子！投奔俺時，反秦喊得山響！俺給了他人馬，卻都他娘反了！不打秦軍，都自顧稱王，還是個人麼！都是禽獸豺狼！都是豬狗不如！這些翻臉不認人的豬狗王，都給老子一個個殺了！」

這一次，所有的大臣都沒有人說話了。陳勝固然罵得粗俗，可句句都是要害，大臣們都是當時力主起用六國世族者，誰都怕陳勝一怒而當場殺人，便沒有一個人出頭了。良久死寂，見陳勝並無暴怒殺人之意，迂闊執拗的孔鮒說話了。孔鮒說：「我王明察。老臣以為，秦滅六國，與天下積怨極深。今六國諸侯後裔紛紛自立，復國王號，多路擁兵，對反秦大業只有利無害；再說，六國雖自立為王，卻沒有一家反我張楚，我王何怒之有哉！事已至此，我王若能承認六國王號，督其進兵滅秦，張楚依舊是天下反秦盟主，豈非大功耶？滅秦之後，我王王天下，六國王諸侯，無礙我王天子帝業，王何樂而不為也！老臣之說，王當三思而行，慎之慎之。」

懋悶了半日，陳勝還是接納了孔鮒對策。

陳勝不知道，除了如此就坡下驢，他還能如何。

於是，張楚朝廷發出了一道道分封王書，一個個承認了諸侯王號，同時督促其發兵攻秦。然則，兩月過去，諸侯王沒有一家發兵攻秦，種種背叛與殺戮爭奪的消息依舊連綿不斷。陳勝的心冰涼了，一種比大澤鄉時更為絕望的心緒終日彌漫在心頭，使他有了一種最直接的預感：他這個堅持反秦作戰的張楚王，最終將被六國世族像狗一樣地拋棄，自己將註定要孤絕地死去，沒有誰會來救他。陳勝只是沒有料到，這一日比他預想的來得更為快捷。入冬第一場小雪之後，章邯秦軍便排山倒海般壓來了。

其時，拱衛陳城的只有張賀一軍。張賀軍連帶民力輜重，全數人馬不過十萬。面對章邯的近三十萬器械精良的刑徒軍，實在有些單薄。然則，張賀這個出身六國舊吏的中年將軍卻沒有絲毫的畏懼，鐵定心腸要與秦軍死戰。陳勝原本已經絕望，全然沒料到這個張賀尚能為張楚拚死一戰，一時大為振作，立即親率以呂臣為將軍的王室萬餘護軍開到了張賀營地，決意與張賀軍一起與章邯秦軍作最後決戰。

臘月中的一日，這支張楚軍與章邯秦軍終於對陣了。

陳城郊野一片蒼黃，衣甲雜亂兵器雜亂的張楚軍蔓延得無邊無際，聲勢氣象比整肅無聲的秦軍黑森林還要壯闊許多。張賀軍同樣是戰車帶步卒，騎兵兩翼展開。所不同者，今日戰陣中央的「張楚」大纛旗下，排列著一個方陣，士卒全部頭戴青帽且部伍大為整齊，這便是有「蒼頭軍」名號的陳勝王護軍。方陣中央的陳字大旗下，一輛駟馬青銅戰車粲然生光，戰車上矗立著一身銅甲大紅斗篷手持長戈的陳勝。王車馭手，便是四個月前舉事時的那個精悍的菜刀炊卒莊賈。風吹馬鳴之間，莊賈回頭低聲問：「張楚王，若戰事不利，回陳城不回？」陳勝低聲怒喝道：「死戰在即！亂說殺你小子！」莊賈惶恐低頭，一聲不吭了。

未幾，雙方戰陣列就。陳勝向戰車旁一司馬下令：「給張賀說，先勸勸章邯老小子！他要死硬，俺便猛攻猛殺！」片刻之間，統兵大將張賀出馬陣前，遙遙高聲道：「章邯老將軍聽了！秦政苛暴，必不長久。你若能歸降張楚，我王封你諸侯王號！你若不識大局，叫你全軍覆沒！」對面章邯蒼老的大笑聲隨風飄來：「陳勝張賀何其蠢也！秦政近年固有錯失，然也比你等盜寇大亂強出許多！老夫倒是勸爾等立即歸降大秦，老夫拚著性命，也力保你兩人免去滅族之罪，只一人伏法便了！」

「張楚兄弟們，殺光秦軍！殺——！」

張賀大怒，舉起長戈連連大吼，戰車隆隆驅動，張楚軍便潮水般漫向秦軍大陣。與此同時，陳勝親率的呂臣蒼頭軍也是喊殺如潮，從正面中央直陷敵陣。對面秦軍大陣前，章邯對副將司馬欣與董翳一聲間斷叮囑，令旗向下一劈，陣前戰鼓長號齊鳴，秦軍立即排山倒海般發動了。章邯對兩位副將的叮囑是：司馬欣董翳率兩翼飛騎衝殺陳勝蒼頭軍，自己親率主力迎擊張賀軍。如此部署之下，秦軍兩支鐵騎立即飛出，從前方掠過自己的步卒重甲方陣，率先殺向陳勝蒼頭軍。鐵騎浪潮一過，重甲步兵方陣立即進發，整肅腳步如沉雷動地，鐵甲閃亮長矛如林，黑森森壓向遍野潮湧的張楚軍。

兩軍相遇，張楚軍未經片刻激戰搏殺，立即被分割開來。張賀的中軍護衛馬隊，也被衝得七零八落。張賀駕著戰車左衝右突，力圖向未被分割的後續主力靠近。不意一陣箭雨飛來，張賀連中數箭，撲倒在了戰車上。張賀掙扎挺身，四野遙望，大喊一聲：「陳王！張賀不能事楚了！」遂拔出腰間長劍，猛然刺入了腹中……

陳勝親率的蒼頭軍騎兵居多，戰馬兵器也比張賀軍精良，再加呂臣異常剽悍，又有陳勝王親上戰陣，士氣戰心極盛，快速勇猛的特點便大見揮灑，一時竟與鐵騎糾纏起來。然則，未過半個時辰，相鄰張賀軍大肆潰退的敗象便彌漫開來，蒼頭軍眼看便要陷入四面合圍之中。呂臣眼看張賀大旗已經倒下，立即率主力馬隊護衛著陳勝戰車死命突圍。陳勝高喊一聲：「向南入楚！不回陳城！」呂臣馬隊便颶風般殺出戰陣，向南飛馳逃亡了……章邯見陳勝蒼頭軍戰力尚在，立即下令司馬欣率三萬鐵騎尾追直下，務必黏住陳勝等待主力一舉殲滅。此時，章邯更為關注的是盡快占領陳城，便立即親率主力進入了張楚的這座僅僅占據了四個多月的都城。畢竟，向天下宣告張楚滅亡的最實際戰績，便是占領陳城，章邯不能有稍許輕忽。暮色時分，秦軍主力開進了陳城，城頭的張楚旗幟悉數被拔除，「秦」字大旗又高高飛揚了。從陳勝喪失陳城開始，這座楚國舊都便失去了戰國時期在政治經濟與軍事上的戰略重鎮意義，在歲月演變中漸漸變成了一座中原之地的尋常城邑。

陳勝在蒼頭軍護衛下一路向南，逃到汝陰才駐屯了下來。

淮北之地陳勝熟悉得多。這汝陰城是淮北要塞之一，東北連接城父要塞，東面連接蘄縣要塞，正是當年項燕楚軍與李信王翦秦軍兩次血戰的大戰場。對於陳勝而言，四個多月前從蘄縣大澤鄉舉事，一路向西向北殺來，三處要塞都是曾經一陣風掠過的地方，雖未久駐，地形卻也熟悉。之所以南下汝陰，一則因為淮北有張楚的秦嘉部，二則因為江東有舉事尚未出動的項梁軍，至於靠向何方，只是一個抉擇評判而已。然駐屯汝陰沒幾日，陳勝便莫名懊惱起來了。流散各部遲遲不見消息，呂臣殘軍力量單薄，章邯秦軍又大舉南下。無奈，陳勝只好向東北再退，在已經舉事的城父駐屯下來，決意在此收攏殘軍及流散力量，與秦軍展開周旋。

進城父三五日之後，中正大臣朱房在夜半時分匆匆趕來了。

朱房正在淮南督察徇地，是從當陽君黥布的駐地聞訊趕來的。陳勝見這個領政大臣星夜勤王，心下大是感奮，一見朱房便慷慨感喟道：「中正大忠臣也！來了好！只要俺陳勝不死，你朱房永世都是俺的中正！」朱房唏噓歎息了一番諸般艱難，草草吃了喝了，陳勝便說起了正事，向朱房討教該向何處扎根。朱房一臉憂色地說起了楚地大局：項梁軍最強，人家是獨立舉事，不從張楚號令，不能去；秦嘉已經擁立景駒為楚王，大有貳心，也不能去；黥布彭越兩部是刑徒流盜軍，自身尚在亂竄無定，更不是立足之地；劉邦的沛縣軍也遭遇阻力，有意投奔秦嘉落腳，也無法成為張楚立足地；至於周市、雍齒等部，更是忙於為魏王拓地，早已疏遠了張楚，同樣也不能為援。陳勝大皺眉頭道：「中正說到最後，一處都不能去，那便只有死抗秦軍一條路了？」朱房道：「秦軍勢大，若能抗住，我王何有今日？」陳勝不耐道：「你究竟要想如何？說話！總得有個出路也！」朱房思忖片刻，低聲道：「臣聞，將士有人欲歸降秦軍。我王知否？」陳勝猛然一個激靈，目光冷森森道：「誰要歸降秦軍？誰？可是中正大人自己？」朱房起身深深一躬道：「陳王明察，英雄順時而起也。目下張楚大勢已去，今非昔比。若要保得富貴，只有歸降秦軍……」「呸！鳥！」陳勝怒罵一句打斷朱房，一腳蹬翻了木案，一縱身站起厲聲喝道，「朱房！陳勝今日才看清，你是個十足小人！要降秦，你自家去，俺不攔！可要俺陳勝降秦，永世不能！」

朱房原本以為陳勝粗莽農夫而已，素來對自己言聽計從，說降是水到渠成，畢竟陳勝也是圖謀王侯富貴的。不料未曾說完，陳勝便暴怒起來。朱房大是惶恐，生怕陳勝當下殺了自己，連忙拭著額頭冷汗恭敬道：「臣之寸心，為我王謀也。王既不降，臣自當追隨我王抗秦到底，何敢擅自降秦？臣之本心，大丈夫能屈能伸……」

「俺不會屈！只會伸！」陳勝又是一聲怒吼，大踏步走了。

回到臨時寢室，王車馭手莊賈給陳勝打來了一盆熱熱的洗腳水。陳勝泡著腳，猶自一臉怒色。莊賈稟報說，呂臣將軍去籌劃糧草了，又小心翼翼地問明日該向何處？陳勝冷冰冰道：「莊賈，莫非你也想降了秦軍？」莊賈連忙跪地道：「啟稟陳王！莊賈不降秦！莊賈追隨陳王死戰！」陳勝慨然一歎道：「莊賈啊，你為我駕車快半年了。你是閭左子弟，想降官府，就去好了。俺陳勝，不指望任何人了……」莊賈連連叩頭：「不！莊賈一生富貴，都在大王一身，莊賈不走！」「小子真有如此骨氣，也好！」陳勝猛力拍著旁邊的木榻圍欄，「張楚未必就此歿了，陳勝未必就此蹬腿！只要跟著俺，保你有得富貴。還是俺那句老話：王侯將相，寧有種乎！」

這一夜，陳勝不能成眠，提著一口長劍一直在庭院轉。直到此時，陳勝也沒有想明白這半年究竟是咋個過來的，直覺作夢一般。大澤鄉舉事，分明是絕望之舉，分明是不成之事，可非但成了，還轟隆隆撼天動地做了陳勝王；立國稱王分明是大得人心的盛事，分明是已經成了的事，可非但敗了，還嘩啦啦敗得一夜之間又成了流寇。世間事，當真不可思議也！想不明白，陳勝索性不想了，想也白費精神。陳勝只明白要把準一點：做一件事便要做到底，成也好敗也好那是天意。既已反秦，當然要反到底，若反個半截不反了，那還叫人麼？如此一想，陳勝倒是頓時輕鬆了許多，決意大睡一覺養好精神，明日立即著手收拾流散各部，親自率兵上陣與秦軍死戰到底。

一聲五更雞鳴，陳勝疲憊地打了一個長長的哈欠，走向了林下那座隱祕的寢屋。雖是霜重霧濃寒風颼颼，莊賈還是一身甲冑挺著長戈，赳赳侍立在寢室門口。大步走來的陳勝驀然兩眼熱淚，猛力拍了拍莊賈肩頭，一句話沒說便進了寢室，放倒了自己，打起了雷鳴般的鼾聲……

霜霧彌漫的黎明，雷鳴般的鼾聲永遠地熄滅了。

那顆高傲的頭顱，已經血淋淋地離開了英雄的軀體。

東方剛剛發白，一支馬隊急急馳出了汝陰東門，飛向了秦軍大營。當秦軍大將司馬欣看見那顆血糊糊的頭顱時，長劍直指朱房莊賈，冷冷道：「你等說他是盜王陳勝，老夫如何信得？」朱房莊賈搶著說了許多憑據，也搶著說了殺陳勝的經過，更搶著說自家在其中的種種功勞，指天畫地發誓這是陳勝首級無疑。司馬欣終於冷冷點頭，思忖著道：「好。陳勝屍身頭顱一體運到陳城幕府，報老將軍派特使押回咸陽勘驗。證實之後，再說賞功。目下，你兩人得率歸降人馬，一道到陳城聽候章老將軍發落。」朱房莊賈原本滿心以為能立即高車駟馬進入咸陽享受富貴日月，不想還得留在這戰場之地，不禁大失所望，欲待請求，一見司馬欣那冷森森眼神，又無論如何不敢說話了，只得沮喪地隨著秦軍進了汝陰，又做了歸降農軍的頭目，到陳城聽候發落去了。

陳勝軍破身亡，章邯大軍立即轉戰淮南，將陳城交給了兩校秦軍與由朱房莊賈率領的歸降軍留守。大約旬日之後，張楚將軍呂臣率蒼頭軍與黥布的刑徒山民軍聯手，一起猛攻南來秦軍，在一個叫作清波的地方第一次戰敗了秦軍的兩支孤立人馬。之後，呂臣的蒼頭軍猛撲陳城，竟日激戰，一舉攻破城池收復了陳城，俘獲了朱房莊賈。

那一夜，所有殘存的蒼頭軍將士都匯集在了陳王車馬場，火把人聲如潮，萬眾齊聲怒喝為陳勝王復仇。呂臣惡狠狠下令，每人咬下兩賊一塊肉，活活咬死叛賊！於是，在呂臣第一口咬下朱房半隻耳朵後，蒼頭軍將士們蜂擁上前，人人一口狠狠咬下。未過半個時辰，朱房莊賈的軀體便消失得乾乾淨淨了……

以《史記》之說，陳勝之死當在舉事本年（西元前二〇九年）的臘月，或曰次年正月。以後世史家考證，已經明確為次年春季，即西元前二〇八年春。陳勝死後數年，西漢劉邦將陳勝埋葬在了碭山，謚號為隱王，並派定十戶人家為陳勝守陵，至漢武帝之時依舊。

陳勝之死，實際上結束了農民軍的反秦浪潮，帶來了秦末總格局的又一次大變：無論是六國老世族的復辟勢力，還是種種分散舉事的流盜勢力，都立即直接面臨秦軍的摧毀性連續追殺，不得不走向前臺，不得不開始重新聚合。秦末全面戰爭，從此進入了一個復辟勢力與秦帝國正面對抗的時期。儘管這個時期很是短暫，然卻是整個華夏文明大轉折的特定軸心，須得特別留意。

六、彌散的反秦勢力聚合生成了新的復辟軸心

各種消息迭次傳來，項梁立即感到了撲面而來的危難。

還在陳勝氣勢正盛之時，項梁便有一種預感：這支轟轟然的草頭大軍長不了。項梁根本不會去聽那些流言天意，項梁看的是事實。一夥迫於生存絕望的農夫，要扳倒強盛一統的大秦，卻又渾然不知

戰陣艱難大政奧祕，只知道轟隆隆鋪天蓋地大張勢，連一方立足之地也沒經營好便四面出動，能有個好麼？曾與秦軍血戰數年的項梁深深地明白，以秦之將才軍力，任何一個大將率領任何一支秦軍，都將橫掃天下烏合之眾。陳勝即或有大軍百萬，同樣是不堪一擊，張楚之滅亡遲早而已。對於陳勝的粗樸童稚，項梁深為輕蔑。六國世族投奔張楚而同聲主張分兵滅秦，這原本是項梁為了支開那班糾纏江東而又其心各異的世族後裔，不得已喊出來的一個粗淺方略，對於陳勝，這是個太過明顯的陷阱圈套。是故，項梁心下根本沒抱希望。不成想，陳勝非但看不透這個粗淺圈套，還喜滋滋給各個世族立即湊集軍馬，使老世族後裔們在短短兩個月內紛紛殺回了故國，紛紛復辟了王號，又紛紛翻臉不認陳勝了。分明是人家出賣自己，自己還幫著人家數錢，如此一個陳勝能不敗麼？不敗還有天理麼？輕蔑歸輕蔑，嘲笑歸嘲笑，項梁卻深知陳勝的用處。有陳勝這個草頭農夫王皇皇然支撐在那裡，秦軍便不會對分散的反秦勢力構成威脅，尤其不會對正在聚積力量的六國世族形成存亡重壓。畢竟，秦軍兵力有限，不可能同時多路四處作戰。項梁預料，陳勝至不濟也能撐持一年兩年，其時無論陳勝軍是生是滅，項梁的江東精銳都將殺向中原逐鹿天下。項梁沒有料到，這個張楚敗亡得如此快捷利落，數十萬大軍竟連敗如山倒，夏日舉事冬日便告轟然消散，其滅亡之神速連當年山東六國也望塵莫及。這座大山轟然一倒，章邯的秦軍一定是立即殺奔淮南，江東之地立即便是大險！唯其如此，那個召平一說陳勝大敗出逃，項梁立即發兵渡江向西，欲圖阻截秦軍，給陳勝殘部一個喘息之機。可項梁萬萬沒有料到，陳勝竟死在自己最親信的大臣與車夫手裡……

驟聞陳勝已死，項梁立即駐軍東陽（註：東陽，秦縣，治所在今安徽天長西北地帶）郊野不動了。

這座東陽城，在東海郡的西南部，南距長江百餘里，北距淮水數十里，也算得江淮之間的一處兵家要地。當然，項梁駐軍東陽，也未必全然看重地理，畢竟不是在此地與秦軍作戰。項梁駐屯此地，一則是大勢不能繼續西進了，必須立定根基準備即將到來的真正苦戰；二則這東陽縣恰恰已經舉兵起事，項梁很想聯結甚或收服這股軍馬以共同抗擊秦軍，至少緩急可為相互援手。聯結東陽，項梁派出了剛剛投奔自己的一個奇人范增。

范增，九江郡居巢人氏，此時年已七十，鬚髮雪白矍鑠健旺，一身布衣談吐瀟脫，恍若上古之太公望。項梁曾聞此人素來居家不出，專一揣摩兵略奇計，只是從來沒有見過。向西渡江剛剛接到陳勝身死消息，這個范增風塵僕僕來了。項梁素來輕蔑迂闊儒生，然卻很是敬重真正的奇才，立即停下軍務，與這個范增整整暢談了一夜。

此前，陳勝的博士大臣叔孫通曾來投奔項梁，說陳勝沒有氣象必不成事，要留在項梁處共舉大事。項梁恭謹誠懇地宴請了叔孫通，說了目下江東的種種艱難，最後用一輛最好的青銅軺車再加百金，將叔孫通送到已經舉事稱王的齊國田氏那裡去了。項羽對此很是不解，事後高聲嚷嚷道：「叔父整日說江東尚缺謀劃之才，何能將如此一個名士大才拱手送人？」項梁正色道：「你若以為，赫赫大名高談闊論者便是名士大才，終得誤了大事！真名士，真人才，不是此等終日出不了一個正經主意，卻整天板著臉好為人師的老夫子。而是求真務實，言必決事之人。陳勝之敗，濫尊儒生也是一惡。戰國以來，哪一個奇謀智慧之士是儒家儒生了？此等人目下江東養不起，莫如拱手送客。」

那夜，范增對大局的評判是：陳勝之敗，事屬必然，無須再論。此後倒秦大局，必得六國世族同心支撐。六國之中，以楚國對秦仇恨最深，根源是楚國自楚懷王起一直結好於秦，而秦屢屢欺侮楚國，終至滅亡楚國。楚人至今猶念楚懷王，恨秦囚居楚懷王致死。故此，反秦必以楚人為主力。范增最大的禮物，是給項梁帶來了一則最具激發誘惑力的流言。這是楚國大陰陽家楚南公的一則言辭：「楚雖三戶，亡秦必楚！」項梁向來注重實務，不大喜好此等流言，聽罷只是淡淡一笑。范增正色道：「將軍不知，此言堪敵十萬大軍耳！」項梁驚訝不解。范增慷慨道：「此言作預言，自是無可無不可，不必當真。然則，此言若作誓言，則激發之力無可限量！十萬大軍，只怕老夫少說也。」項梁恍然大悟，當即起身向范增肅然一躬，求教日後大計方略。

「倒秦大計，首在立起楚懷王之後，打出楚國王室嫡系旗號！」

「楚懷王之後，到何處尋覓？」項梁大是為難了。

「茫茫江海，何愁無一人之後哉！」范增拍案大笑。

項梁又一次恍然大悟了。這個老范增果然奇計，果能物色得一個無名少年做楚王而打出楚懷王名號，既好掌控，又能使各方流散勢力紛紛聚合於正宗的楚國旗號之下，何樂而不為哉！相比於范增對策，其餘五國老世族後裔那種紛紛自家稱王的急色之舉，便立即顯得淺陋之極了。誠如范增所言，「將軍世世楚將，而不自家稱王，何等襟懷也！楚懷王旗號一出，天下蜂起之將，必得爭附將軍耳！」

項梁後來得知，范增收服東陽軍也是以攻心戰奏效的，由是更奇范增。

這東陽舉事的首領，原本是東陽縣縣丞，名叫陳嬰，為人誠信厚重，素來被人敬為長者。陳勝舉事後江淮大亂，東陽縣一個豪俠少年聚合一班人殺了縣令，要找一個有人望者領頭舉事。接連找了幾個人，都不能服眾。於是經族老們舉薦，一致公推陳嬰為頭領。陳嬰大為惶恐，多次辭謝不能，竟被亂紛紛人眾強拉出去擁上了頭領座案。消息傳開，鄰縣與縣中民眾紛紛投奔，旬日間竟聚合了兩萬餘人。

原先那班豪俠後生，立即拉起了一支數千人的蒼頭軍，要擁立陳嬰稱王。蓋蒼頭軍者，戰國多有，言其一律頭戴皂巾也。當年魏國的信陵君練兵，便是士兵一律蒼頭皂巾。故《戰國策》云：「魏有蒼頭二十萬。」因陳勝的護衛軍呂臣部也是清一色蒼頭，也冠以「蒼頭軍」名號，且在陳勝死後兩次戰勝秦軍而威名大震，所以舉事反秦者紛紛效法，只要自認精銳，便打出蒼頭軍名號。後生們新起蒼頭軍，自認精銳無比，立即急於擁戴陳嬰稱王，欲圖早早給自家頭上定個將軍名號。

范增進入東陽，正逢陳嬰舉棋不定之際。范增已經一路察訪了陳嬰為人，沒有找陳嬰正面苦勸，卻鄭重拜謁了陳嬰母親，大禮相見並敘談良久。當夜，陳母喚來了陳嬰，感慨唏噓地說出了一番話：「兒啊，自我為你家婦人，未嘗聽說陳家出過一個貴人。目下，你暴得大名，還要稱王，何其不祥也！為娘之意，不若歸屬大族名門，事成了，封侯拜將足矣！事不成，逃亡也方便多也！不要做世人都想的王，陳勝倒是做了王，還不是死得更快？我本庶民小吏之家，娘也沒指望你這一世能有大名大貴也！」陳嬰反覆思忖，終覺老母說得在理，於是打消了稱王念頭，召集眾人商議出路。陳嬰說：「目下，江東項梁部已經開到了東陽駐屯。項氏世世楚國名將，若要成得大事，非項氏為將不成。我等若能投奔項氏，必能亡秦也！」一班豪俠後生想想有理，便一口聲贊同了。於是，范增尚未出面，陳嬰便率軍投奔了項梁。

沒過月餘，章邯大軍南下風聲日緊，已經舉事的江淮之間的小股反秦勢力紛紛投奔項梁部。最大的兩股是黥布軍與一個被呼為蒲將軍的首領率領的流盜軍。至此，項梁人馬已經達到了六七萬之眾。項梁與范增商議，立即北渡淮水，進兵到下邳駐紮了下來。這是范增謀劃的方略：章邯軍既然南下，我當避其鋒芒北上，相機與魏趙燕齊諸侯軍聯兵，不得已尚可一戰，不能在淮南等秦軍來攻。

項梁沒有料到，北上的第一個大敵不是秦軍，而是同舉復辟王號的同路者。

項梁大軍進駐下邳，立即引來了「景楚」勢力的警覺。這個景楚，便是原本屬於陳勝張楚國的秦嘉部勢力。這個秦嘉，原本是一個東海郡小吏，廣陵人。秦嘉上年投奔了張楚，九月末奉陳勝王命率一部軍馬南下徇地。然則不出一個月，秦嘉便找到了一個楚國老世族景氏的後裔景駒，立景駒做了楚王，自己則將相兼領執掌實權。秦嘉的根基之地便是泗水重鎮彭城。下邳彭城，同為泗水名城。下邳在東，在泗水下游；彭城在西，在泗水上游，兩城相距百里左右。項梁數萬人馬部伍整肅地進駐下邳，在陳勝大軍潰散後可謂聲勢顯赫。秦嘉立即親率景楚全部六萬餘人馬，駐屯於彭城東邊三十餘里的河谷地帶，其意至為明顯：預防項梁圖謀吞併景楚。

「景楚軍馬出動，項公機會來矣！」一得秦嘉軍消息，范增立即向項梁道賀了。項梁問其故，范增道：「倒秦必得諸侯合力，合力必得盟主立威。項公若欲為天下反秦盟主，請以誅滅張楚叛軍始也。」項梁思忖片刻，悟到了范增真意，立即在幕府聚集了各方大將，慷慨激昂地宣示了要討伐秦嘉。項梁的憤然言辭是：「彭城秦嘉，天下負義之徒也！陳王首事反秦，為諸侯並起開道，也為秦嘉發端根本。然陳王戰敗，未聞秦嘉何在！秦嘉不救難陳王，是張楚叛逆！秦嘉自立景駒為楚王，又是楚國叛逆！如此叛逆不臣者，反秦諸侯之禍根也，必得除之而後快！」諸將一片咒罵轟然擁戴，項梁立即下令進兵彭城。

兩軍在彭城郊野接戰。景楚軍人數雖與項梁軍不相上下，然秦嘉卻徒有野心而一無戰陣之才，立國數月未曾認真打過一仗。猝與這支以江東勁旅為軸心的大軍接戰，秦嘉全然不知如何部署，大呼隆漫山遍野殺來，不消半個時辰便告大敗潰退。向北逃到薛郡的胡陵，秦嘉退無可退，率殘軍回身，拚死與隨後追殺不歇的項梁大軍再戰。一日之間，景楚軍全部潰散降項，秦嘉被項羽殺於亂軍之中。那個楚王景駒落荒逃向大梁，也被項梁軍追上殺了。此戰之後，項梁收編了秦嘉軍餘部，實力又有壯大，便在胡陵駐屯下來整肅部伍糧草，準備與尾追而來的章邯秦軍作戰了。

一戰而滅聲勢甚大的秦嘉景楚軍，項梁部聲威大震。各方流散勢力紛紛來投，有陳勝張楚軍的流散部將呂臣、朱雞石、余樊君等殘軍餘部，有不堪復辟非正統王室的六國老世族子弟的星散人馬，也有原本獨立的流盜反秦勢力。已經各稱王號的趙、燕、齊、魏四國新諸侯也迫於秦軍壓力，紛紛派出特使與項梁聯結，聲稱要結成反秦盟約。一時間，小小胡陵儼然成了天下反秦勢力聚結的軸心，確如范增所言：「楚地蜂起之將，皆爭相附君耳！」其中為項梁所看重者，獨有沛公劉邦。所以如此，並非劉邦兵強馬壯，而是劉邦本人及其幾個追隨者所具有的器局見識大大不同於尋常流盜。

那日，司馬稟報說沛公劉邦來拜，項梁原本並未在意。

劉邦只帶了百餘人的一支馬隊前來，並非投奔項梁，而是要向項梁借幾千兵馬攻克豐城。項梁與劉邦素來無交，卻也聽說了這個自號沛公的人物的種種傳聞。

若就出身而言，貴胄感很強的項梁，是很輕蔑這個小小亭長的。然就舉事後不停頓作戰拓地且能與秦軍對陣而言，項梁又是很看重這個沛公的。洗塵軍宴上，劉邦談吐舉止雖不自覺帶有幾分痞氣，但卻揮灑大度談笑自若，全無拘謹猥瑣之態。劉邦坦誠地敘說了自己的窘境：上年曾攻占了胡陵、方與兩城，又被秦嘉奪了去；後來與秦軍小戰一場，攻下了碭縣，收編了五六千人馬，又拿下了小城下邑；今歲欲攻占豐城為根基，卻連攻不下，故此來向項公借兵數千。劉邦說得明白，項公的兵馬可由項公派出部將統領，只要與他聯手攻克豐城，項公兵馬立刻歸還。

「沛公欲以豐城為根基，其後何圖？」旁邊范增笑問一句。

「其後，劉邦欲奉楚王正統，立起楚國旗號，與秦死力周旋！」

「何謂楚王正統？」

「楚懷王之後，堪為楚國王族正統也！」

「沛公何有此念？」項梁心下很有些驚訝。

「劉季以為，陳勝也好，秦嘉也好，雖則都打楚國旗號，然都是不足以聚結激發楚人。根本緣由，便是楚國旗號不正，沒有聚結激發之力。『楚雖三戶，亡秦必楚！』楚南公這句話原本便是因楚懷王仇恨而出，若不尊楚懷王後裔為正宗楚王，只顧自家稱王，捨棄正道自甘邪道，豈能成得大事！」

「敢問沛公幾多人馬？」范增突然插了一句。

「目下不到兩萬，大多步卒。」

「兩萬人馬，便想擁立正宗楚王？」范增冷冷一笑。

「大事不在人馬多少，只在能否想到。人馬多者不想做，又能如何？」

「沛公，老夫原本亦有此意！」項梁突兀拍案，「我等聯手擁立楚王如何？」

「項公偌大勢力，不，不想自立為楚王？」劉邦驚訝了。

「有天下見識者，不獨沛公也！」項梁大笑了。

「沛公似已有了楚王人選？」范增目光閃爍。

「楚懷王之孫芈心，劉邦訪查到了。」

「目下何處？」范增立即追問一句。

「聽說在一處山坳牧羊，尚不知詳情也。」劉邦淡淡笑了。

「果真如此，天意也！」

項梁拍案一歎，當即拍案決斷，撥給劉邦五千人馬，派出十名五大夫爵位的將軍統領，襄助劉邦奪取豐城。劉邦亦慨然允諾，攻占豐城後立即送來楚懷王之孫，兩方共同擁立正宗楚王。劉邦走後，項梁立即派出一名司馬領著幾名精幹斥候，喬裝混入劉邦部探察實情。其後，消息接踵而來：劉邦的左膀右臂是蕭何張良，蕭何主政，張良主謀。韓國老世族子弟張良是去冬追隨劉邦的，舉楚懷王之後為楚王的方略，正是張良所謀劃。這個張良，在上年八月的震澤聚會後回到了舊韓之地，聚結了百餘名舊韓老世族的少年子弟，卻不打任何旗號，只是尋覓可投奔的大勢力。去冬時節，張良到了泗水郡，欲投已經擁立景駒的秦嘉部，不想在道中與劉邦人馬相遇，兩人攀談半日，張良便追隨了劉邦，名號是廄將。張良多次以《太公兵法》論說大勢，劉邦每次都能恍然領悟，每每採納其策。張良多次說與他人，他人皆混沌不解，張良感喟說：「沛公殆（近於）天授也！」為此，張良與這個劉邦交誼甚佳，不肯離去。

「這個張良，如何不來江東與老夫共圖大業？」

項梁明白了劉邦的人才底細，一團疑雲不期浮上心頭。張良雖則年輕，在六國老世族圈子裡卻因博浪沙刺殺秦始皇帝而大大有名，很得各方看重，然此人卻從來沒有依附任何一方。在項梁眼裡，張良是個有些神祕又頗為孤傲執拗的貴胄公子，更是個孜孜醉心於復辟韓國的狂悖人物。項梁料定，此等人其所以不依附任何一方，必定是圖謀在韓國稱王無疑，誰想拉他做自家勢力都是白費心思。故此，項梁從來將張良看作田儋田横武臣韓廣一類人物，從來沒有想到過以張良為謀士。倏忽大半年過去，紛亂舉事之中，唯獨韓國張良沒有大張旗鼓舉事，也唯獨韓國尚未有人稱王。項梁原本以為，這是張良在等待最佳時機，不想與陳勝的農夫們一起虛張聲勢。項梁無論如何想不到，張良直到天下大亂三個月後，也才只聚結了百餘名貴胄子弟遊盪，還四處尋覓可投奔的主人，聲勢蒼白得叫人不可思議。按說，以張良的刺秦聲望，在中原三晉拉起數萬人馬當不是難事。何以張良只湊合了一幫貴胄少年瞎晃？以張良對天下老世族的熟悉，要投主家也該是江東項梁才是，為何先欲秦嘉後隨劉邦？秦嘉不說了，好賴還是個擁立了景楚王的一方諸侯。可這劉邦，一個小小亭長，一身痞子氣息，區區萬餘人馬，所賴者本人機變揮灑一些罷了，張良何能追隨如此這般一個人物？

項梁百思不得其解，這日與范增敘談，專一就教張良之事。

「此等事原不足奇也！」范增聽罷項梁一番敘說，淡淡笑道，「項公所知昔年之張良，與今日覓主之張良，已非一人也。老夫嘗聞：博浪沙行刺始皇帝後，張良躲避緝拿，曾隱匿形跡，隱遊至下邳。其間，張良恭謹侍奉一個世外高人黃石公，遂得此公贈與《太公兵法》。此後，張良精心揣摩，常習誦讀之，遂成善謀之士也。善謀者寡斷。昔年勃勃於復辟稱王之張良，世已無存矣！究其變化之由，張良不舉事，不復辟，不稱王，非無其心也，唯知其命也。譬如老夫，也可聚起千數百人舉事反秦，然終不為者，知善謀者不成事也，豈有他哉！」

「善謀者不成事？未嘗聞也！」項梁驚訝了。

「項公明察。」范增還是淡淡一笑，「天下雖亂，然秦依然有強勢根基，非流散千沙所能滅之也。終須善謀之能士，遇合善決之雄才，方可周旋天下成得大事。人言，心無二用。善出奇謀者，多無實施之能也。善主實務者，多無奇謀才思也。故善謀之士，必得遇合善決之主，而後可成大業也。張良既言劉邦天授，此人必善決之主也。日後，此人必公之大敵也。」

「善謀之士，善決之主，孰難？」

「各有其難。善謀在才，善決在天。」

「善決在天，何謂也？」

「決斷之能，既在洞察辨識，更在品性心志。性柔弱者無斷，此之謂也。是故，善決之雄才，既須天賦悟性，否則不能迅捷辨識紛紜之說。更須天賦堅剛，否則必為俗人眾議所動。故，善決在天。陳勝敗如山倒，正在無斷也，正在從眾也。商鞅有言，大事不賴眾謀。一語中的也。」

「先生與張良，孰有高下？」項梁忽然笑了。

「果真善謀之士，素無高下之別。」老范增一臉肅然，「世人所謂高下者，奇謀成敗與否也。然謀之成敗，在斷不在謀。故，無謀小敗，無斷大敗。譬如老夫謀立楚懷王之後，張良亦謀立楚懷王之後。劉邦聽之當即實施，業已在月餘之內訪查出楚懷王之孫。項公聽之，則直到日前劉邦來拜方有決斷。此間之別，在老夫張良乎？在項公劉邦乎？」

第一次，項梁大大地臉紅了。項梁素來桀驁不馴，輕蔑那些出身卑微的布衣小吏，更輕蔑那些粗俗不堪的農夫，若非大亂之時迫不得已，項梁是根本不屑與這些人坐在一起說話的。然則，老范增一個簡單的事實，卻使他與劉邦這個小小亭長立見高下之分，項梁很覺得有些難堪。但項梁畢竟是項梁，血戰亡國流竄多年的血淚閱歷使他至少明白一個簡單的道理：奇才名士是沒有阿諛逢迎的，不聽其言只能招致慘敗。是故，項梁雖然臉紅得豬肝一般，還是起身離案，向老范增深深一躬：「項梁謹受教。」

當夜，項梁設置了隆重而又簡樸的小宴，請來范增尊為座上大賓。項梁鄭重其事地教侄兒項羽向老范增行了拜師禮，且向項羽明白言道：「子事先生，非但以師禮也，更以子禮，以先生為亞父也。自今而後，先生為項楚之管仲，子必旦暮受其教誨也。子若懈怠，吾必重罰。」項羽恭謹地行了大禮，范增也坦然接受了項羽的大禮，三人飲酒會商諸事直到三更方散。從此，老范增融入了項氏勢力軸心，成了項梁項羽兩代主事者唯一的奇謀運籌之士。

三日後，章邯之秦軍前部北來。依照前日與范增會商，項梁派出了新近投奔的陳勝軍餘部兩員大將朱雞石、余樊君率部先行阻截秦軍，而沒有派出自己的江東主力。老范增說，這是「借力整肅」之策，既可試探秦之刑徒軍戰力，又可試探張楚餘部戰力。若張楚餘部戰事不力，更可藉機整肅大軍聚結戰力。果然，兩軍開出百里外迎戰秦軍，當即大敗：余樊君當場戰死，朱雞石率殘部逃到胡陵不敢回歸覆命。項梁大怒，當即率一軍向北進入薛郡，圍住胡陵依軍法殺了朱雞石，重新收編了張楚軍的流散餘部。

之後，項梁又納范增的「別攻」奇謀：立即派出項羽親率江東主力一萬，輕兵飛騎長途奔襲章邯秦軍的中原糧草基地襄城。此時，項梁軍主力在東海郡的下邳屯駐，襄城則遠在潁川郡的南部（註：襄城，秦縣，大體在今河南省許昌市西南地帶），兩地相距千餘里，孤軍深入無疑具有極大的冒險性。老范增的說法是：「方今諸侯戰心彌散，唯一能鼓起士氣之法，便在顯示我軍戰力。若能以奇兵突襲秦軍後援，則無論戰果大小，必有奇效也！」項羽戰心濃烈，立即請命以輕兵飛騎奔襲。項梁反覆思忖，也只有項羽之威猛可保此戰至少不敗，便在一番叮囑之後派出了項羽飛騎。

項羽飛騎沒有走泗水郡陳郡之路西去，因為這是章邯軍迎面而來的路徑。項羽走了一條幾乎沒有秦軍防守的路徑：北上取道巨野澤畔的齊魏馳道，向西南直撲襄城。此時，章邯大軍全力追殺楚地反秦義軍，潁川郡的後援城邑只有數千人馬防守，襄城全城軍民也不過三萬餘人。猝遇流盜來攻，又聞楚人復仇，襄城軍民拚死抵禦，項羽軍竟五七日不能下城。項羽暴跳雷吼，親執萬人敵與一碩大盾牌飛步登上一架特製雲梯，硬生生在箭雨礌石中爬上城頭，雷鳴般吼叫著跳進垛口，從城頭直殺到城下再殺到城門打開城門，一路殺得血流成河屍橫絆腳。飛騎入城，項羽想也沒想便狠狠吼了一聲：「屠城！全城人眾趕入護城河坑殺！一個不留！」於是，這支楚軍飛騎四散驅趕全城剩餘人口，兩萬餘男女老幼全數被趕下護城河淹死，而後再填以磚石泥土徹底坑殺。

項羽之殘暴酷烈，乃中國歷史第一人。《史記》載，短短數年，項羽共有六次大屠殺並縱火大掠。這是項羽第一次屠城坑殺暴行，也是中國歷史上第一次坑殺全城平民的暴行，其酷暴狠毒令人髮指。大約僅僅兩個月後，項羽與劉邦一起攻占城陽，再次「屠之」，這是史料明確記載的項羽第二次屠城。僅僅一年多後，項羽第三次大屠殺，活活坑殺秦軍降卒二十餘萬。其後僅僅數月，項羽入關「引兵西屠咸陽，殺秦降王子嬰，燒去秦宮室，火三月不滅，收其貨寶婦女而東。」這是史有明載的項羽第四次大屠殺大劫掠大焚燒，也是中國歷史上規模最大毀滅性最強的一次大屠殺，開後世暴亂焚燒都城之罪惡先例。即位霸王後，項羽又有第五次大屠殺齊地平民，坑殺齊王田榮之降卒，同時大燒大劫掠，逼反了已經戰敗投降的諸侯齊。最後一次外黃大屠殺，因一個少年挺身而出，說項羽此等作為不利於「下城下地」，竟使項羽放棄了已經開始動手的大屠殺。六次大規模屠殺劫掠之外，項羽還殘忍地恢復了戰國烹殺惡風，又殺楚懷王，殺已經投降的秦王子嬰，宗宗暴行盡開曠古暴行之先例。

當時，不幸成為「楚懷王」的少年芈心對項羽的種種惡魔行徑始終心有餘悸，對大臣將軍們憂心忡忡而又咬牙切齒地說：「項羽為人，剽悍猾賊！項羽嘗攻襄城，襄城無遺類，皆坑之！諸所過之處，無不殘滅！」剽者，搶劫之強盜也；悍者，凶暴蠻橫也；猾也，狡詐亂世也；賊者，虐害天下也，邪惡不走正道也。少年楚懷王的這四個字，最為簡約深刻地勾出了項羽的惡品惡行。也許這個聰明的少年楚王當時根本沒有料到，因了他這番評價，項羽對他恨之入骨。此後兩三年，這個少年便被項羽以「義帝」名目架空，之後又被項羽毫不留情地殺害了。少年楚懷王能如此評判，足見項羽的酷烈殺戮已經惡名昭著於天下，內外皆不齒了。後來的關中秦人之所以擁戴劉邦，罵項羽「沐猴而冠」，正在於項羽這種「諸所過之處無不殘滅」的暴行已經完全失去了民心。

太史公曾對項羽的種種凶暴大為不解，在《項羽本紀》後驚疑有人說項羽重瞳，乃舜帝之後裔，大是感慨云：「羽豈舜帝苗裔邪？何興之暴也！」《索隱述贊》最後亦定性云：「嗟彼蓋代，卒為凶豎！」很是嗟歎他這個力能蓋世者，竟成了不可思議的凶惡之徒！也就是說，項羽之凶惡為患，在西漢之世尚有清醒認知。不料世事無定，如此一個惡欲橫流冥頑不化的剽悍猾賊，宋明伊始竟有人殷殷崇拜其為英雄，惋惜者有之，讚頌者有之，以致頌揚其「英雄氣概」的作品竟能廣為流播，誠不知後世我族良知安在哉！是非安在哉！

項羽歸來後，劉邦也送來了那個楚懷王的子孫。

項梁立即與劉邦共同擁立了這個少年芈心為楚王，名號索性稱了楚懷王，以聚結激發楚人思楚仇秦之心。公然宣示的說法，自然是「從民所望也」。新楚定都在盱眙城（註：盱眙，秦縣，大體在今江蘇省盱眙縣東北地帶）。之後，項梁與范增謀劃出了人事鋪排方略：拜陳嬰為楚國上柱國，封五縣之地，與楚懷王一起以盱眙為都城，實則以陳嬰為輔助楚懷王廟堂的主事大臣；項梁自號武信君，統率楚軍滅秦；范增項羽等皆加不甚顯赫之爵號，然執掌兵政實權。對於劉邦，項梁納范增之謀，以兩則理由冷落之，以免其擴張實力：一則理由是，項劉共同擁立楚王，劉邦非項梁部屬，項梁無由任命劉邦事權政權；再則理由是，劉邦之沛公名號，原本已是諸侯名號，尚高於項梁的「君」號，故無以再高爵位。如此，劉邦還是原先那班人馬，還是原先那般稱號，沒有絲毫變化。

慶賀大宴上，項梁藉著酒意慷慨說了如前種種理由，深表了一番歉意。劉邦哈哈大笑道：「武信君何出此言也！劉季一個小小亭長，芒碭山沒死足矣，要那高爵鳥用來！」項梁也大笑一陣，低聲向劉邦提出了一個會商事項：他欲親會張良，會商在韓國擁立韓王，以使山東六國全數復辟，大張反秦聲勢。項梁說：「此天下大局也，無張良無以立韓王，盼沛公許張良一會老夫。」劉邦還是那種渾然不覺的大笑：「武信君此言過也！連劉季都是武信君的部屬，何況張良哉！」說罷立即轉身一陣尋覓，不知從宴席哪個角落拉來了張良高聲道，「武信君，先生交給你了，劉季沒事了。」轉身大笑著與人拚酒痛飲去了。

項梁也不問張良任何行蹤之事，只恭謹求教韓國立何人為王妥當？張良說韓國王族公子橫陽君韓成尚在，立韓王最為得宜。項梁正色道：「若立公子韓成為韓王，敢請先生任事韓國丞相，為六國諸侯立定中原根基。」張良一拱手笑道：「良助立韓王可也，助韓王徇地可也，唯不能做韓國丞相也。」項梁故作驚訝，問其因由何在？張良笑道：「我已追隨沛公，甚是相得，再無圖謀伸展之心也。」項梁默然片刻，喟然一歎道：「先生反秦之志，何其彌散如此之快矣！」張良淡淡道：「反秦大業，良不敢背離也。唯反秦之道，良非從前也。武信君見諒。」至此，項梁終於明白，老范增所言不差，今日張良已經不是當年張良了。

丟開心中一片狐疑，項梁反而輕鬆了，宴席間立即與劉邦范增張良項羽等會商，決意派出一部人馬擁立公子韓成為韓王，張良以原任申徒之名，襄助韓王收服韓地。次日，楚懷王以盟主之名下了王書，張良帶千餘人馬立即開赴韓國去了。旬日之後，韓王立於潁川郡，收服了幾座小城，便在中原地帶開始「遊兵」了。

韓國立王，原本已經復辟王號的齊、燕、魏、趙四方大感奮然，立即派出特使紛紛趕赴盱眙來會項梁。此時所謂六國諸侯，除項梁部尚可一戰外，其餘五國王室軍馬盡皆烏合之眾，根本不敢對秦軍正面一戰，一心圖謀將這杆反秦大旗趕緊擱到楚國肩上，自己好有避戰喘息之機。於是，用不著反覆磋商，幾乎是一口聲地共同擁立楚懷王為天下反秦盟主，一口聲宣示悉聽楚王武信君號令。各方流盜軍馬也紛紛依附，擁戴之論眾口一詞。項梁與范增會商，則以為當此各方低迷之際，正是楚軍大出的最佳時機。為此，項楚絲毫沒有推辭，楚懷王坐上了天下反秦盟主的高座，項梁則坦然執掌了聯軍統帥的大旗，開始籌劃以楚軍為主力的反秦戰事。至此，天下反秦勢力在鬆散寬泛的陳勝張楚勢力滅亡後重新聚合了，六國復辟勢力成為新的反秦軸心。

七、項梁戰死定陶　復辟惡潮驟然頹勢

反秦盟約草草達成之際，章邯秦軍已經開始攻勢作戰了。

第一個危機，是魏軍緊急求援。項羽部攻占襄城並坑殺屠城，對中原郡縣震駭極大。章邯的主力秦軍立即回師河外，決意先行滅卻中原三晉之復辟軍。其時的三晉之中，魏軍居於中原腹心地帶，幾次圖謀攻占敖倉，非但對章邯秦軍的糧草輜重是一個極大的威脅，更是對整個帝國生計的極大威脅。反秦盟約達成之後，諸侯自覺聲威大震，魏軍便開始籌劃奇襲敖倉，欲圖占據這座糧草樞紐。

始皇帝統一六國後，建造了十二座大型倉廩囤積天下糧草，並制定了專門法令——《倉律》實施治理，倉情分外整肅。這十二倉是：內史郡的霸上倉、內史郡的櫟陽倉、內史郡的咸陽倉、三川郡的敖倉、碭郡的陳留倉、琅邪郡的琅邪倉、膠東郡的黃倉、臨淄郡的腄倉、九原郡的北河倉、蜀郡的成都倉、南陽郡的宛倉、東郡的督道倉。十二倉中以敖倉規模最大，堪稱秦帝國的國家糧食中心。敖倉建於敖山之上。北臨大河，南臨鴻溝，東西有馳道通過，堪稱水陸便捷。敖倉城中人口以糧工糧吏為

主，幾乎沒有尋常庶民。時當天下大亂，魏軍果能奪得敖倉，形同掐斷大秦血脈食道，顯然將大壯反秦聲勢。章邯身為九卿之一的少府，深知敖倉得失關乎根本，自然重兵進逼魏軍。

此時所謂魏國者，占據了幾個中原小城池的數萬軍馬而已。章邯大軍剛剛開回三川郡，便接到郡守李由急報：魏軍集結於臨濟城外（註：臨濟，秦縣，大體在今河南省開封東北地帶），圖謀西進敖倉。章邯得報，立即率主力大軍撲向臨濟。魏軍主將周市一面部署迎擊秦軍，一面向項梁與臨近的齊軍緊急求救。項梁得報，當即派出了將軍項它率五萬軍馬馳援。齊王田儋親自率將軍田巴與數萬人馬，西來馳援臨濟。然則尚未抵達臨濟，章邯秦軍已經大敗周市魏軍，並在戰場擊殺周市，包圍了臨濟小城。魏王咎萬般無奈，派出特使與章邯約降，提出只要秦軍不效法項羽屠城坑殺魏人，魏王願立即降秦。章邯慨然允諾了。約成之後，秦軍進城之際，魏王咎卻已經「自燒殺」了。所謂自燒殺，是將猛火油潑在自家身上，點火自焚了。

時已暮色。章邯留下一部善後臨濟，立即親率一支鐵騎銜枚裹蹄星夜東進，要一舉滅卻齊楚援軍。齊楚兩軍完全沒料到章邯秦軍如此神速祕密，營地被攻破之時尚在一片懵懂之中。齊軍大肆潰散，章邯一舉擊殺了齊王田儋並部將田巴。楚軍項它部騎兵稍多，死命衝殺，殘部逃回了盱眙。中原之戰，章邯秦軍連續大破魏齊兩軍，並逼殺兩位復辟諸侯王，中原大勢立即緩和了下來。

如此慘痛敗績，使剛剛結成的諸侯反秦盟約面臨急迫的存亡危機。

項梁立召范增項羽祕密會商。項梁一臉肅然道：「當此之時，存亡迫在眉睫，我楚軍若不能戰勝秦軍，則天下反秦之勢必將瓦解！我等大業亦將煙消雲散！為此，自今日起，江東精銳全部出戰，老夫親自統軍，與章邯秦軍決一死戰！」項羽憤憤然大吼：「江東八千子弟兵交我！不殺得秦軍血流成河，項羽便不是萬人敵！」范增卻平靜地說：「戰則必戰，然不能急於求戰而亂了陣腳。老夫預料，秦軍大破魏齊之後，中原諸侯彌散，章邯必引兵東來平定齊地。其時，秦軍分兵徇地，楚軍則可聚合精銳專攻秦軍一部。如此，可望連續戰勝秦軍，亦可大振諸侯士氣也。」項梁欣然拍案接納，三人當即商定了種種分兵聚合部署，而後緊急調集兵馬預備大戰。

在此方略之下，項梁楚軍在此後三兩個月裡五次戰勝秦軍。《史記・項羽本紀》對這五戰用了兩個「大破」，一個「屠之」，一個「西破」，一個「再破」，可以視作兩次大勝，兩次小勝，一次屠城。這五戰分別是：

第一戰，東阿大破秦軍。章邯秦軍東來，果然如范增所料分兵徇地。此時的徇地，也就是秦軍重新收服被暴亂軍馬攻占的城邑。章邯以為齊王田儋新死，齊地亂軍必人心惶惶，故此兵分兩路徇地下城，一路自己統軍進兵巨野澤以南的亢父地帶，一路由司馬欣統軍進兵濟水西岸的濟西地帶。項梁得報，立即將楚軍分為虛實兩路：新近聚合的軍馬為虛路，向南作出救援亢父的聲勢，以蠱惑秦軍；楚軍主力為實路，由項羽與龍且兩將統兵，聯結齊軍殘餘田榮部，直撲東阿秦軍。是戰，司馬欣秦軍大敗潰散，死傷不詳，楚軍稱為「大破秦軍於東阿」。這一戰的連帶影響是，齊楚趙三大復辟勢力大起齟齬。因由是：齊軍田榮因攻秦有功，立即回師廢黜了新立的齊王田假，擁立戰死的齊王田儋的長子田市為齊王。田假逃亡到了項梁的楚地。田假的丞相田角，則逃亡到了趙地，投奔了原先已經逃趙的胞弟田間。楚軍破東阿秦軍之後，項梁幾次催促齊軍聯兵追擊，於是田榮提出條件：楚殺田假，趙殺田角田間，齊軍再發兵。項梁大為惱怒，回書說：「田假原本與國（盟約）之王，窮途從我，不忍殺之！」田榮亦回書曰：「田儋戰死之王，舉國新喪，不忍出兵！」於是，三大復辟勢力便僵持住了。

第二戰，攻克城陽，再次屠城。司馬欣秦軍戰敗，潰散一部逃向巨野澤以西的城陽。項梁下令項羽軍追殺城陽秦軍，劉邦軍為援手。項羽軍攻克城陽，再次施行屠城，全部殺光了城內軍民。這便是史料明載的項羽第二次大屠殺。若以軍力計算，此戰連小勝也說不上，唯一的聲威便是恐怖的「屠之」。

第三戰，西破濮陽東。楚軍繼續向西，進逼東郡郡署所在的濮陽，在濮陽以東猝遇司馬欣秦軍的另一流散部，當即包圍聚殲，號為「西破秦軍濮陽東」。之後，一部突圍秦軍進入濮陽，與東郡守軍合力抵抗，楚軍未能攻占濮陽。

第四戰，項羽劉邦軍大破秦軍於雍丘，逼殺三川郡守李由。城陽屠城後，項羽劉邦軍南下猛攻定陶。孰料定陶軍民一聞項羽屠城兵到，人人恐懼失色，合力拚死守城。項羽猛攻旬日不能下，氣得屢屢暴跳如雷。劉邦勸說幾次，要項羽不要滯留一城之下，當以西進為要務。項羽這才不得已悻悻撤軍。西進至雍丘，項羽軍立即攻城。這雍丘乃碭郡與三川郡相鄰處的要塞重鎮，三川郡守李由得報，立即率領萬餘軍馬來救。項羽聽得丞相李斯的長子郡守率兵前來，當即將攻城交給了劉邦軍，親率江東主力迎戰李由。一場大戰搏殺，李由的郡兵不敵大敗，李由這個一心效忠帝國的郡守在戰場自殺了。此戰，楚軍號為「大破」，主要戰果便是殺了李由這個屢屢為中原救急的著名的郡守。之後，項羽回兵猛攻外黃（註：外黃，秦縣，大體在今河南省蘭考縣以北地帶），又逢外黃軍民死守，還是沒有攻下。

第五戰，項梁軍再破秦軍於定陶。項羽劉邦軍西進之時，項梁親率楚軍主力後續推進。抵達定陶城下，項梁得知項羽劉邦攻定陶不下而去，對定陶秦軍大為惱恨，當即屯兵城外開始猛攻。定陶軍民經前次激戰之後傷亡眾多，當此大亂，郡縣官署多有癱瘓，兵器糧草又無及時接濟，旬日抵抗之後終告失守了。攻克定陶，便是楚軍宣示的「再破秦軍」。

當此之時，又有項羽劉邦軍大破秦軍殺李由的消息傳來。項梁大為振奮，大宴將士，拍案大笑道：「人云秦軍壯盛，不過如此耳耳！再有三月，老夫當進兵咸陽，為天下滅秦誅暴也！」謀士宋義小心翼翼勸阻說：「臣嘗聞：戰勝而將驕卒惰者敗。今我軍士卒已經些許怠惰，而秦軍卻正在謀劃復仇。今日情勢，臣為君擔心也。」旁邊范增聽得明白，宋義雖未公然說明我軍將驕，然卻恰恰更顯其本意在此。項梁一聽宋義如此說法，大覺掃興，黑著臉一拍酒案，逕自轉身去了。范增見如此情勢，也就不說話了。

次日，宋義接到項梁軍令：立即啟程，趕赴齊國催促田榮發兵。宋義踽踽上路，半道卻遇上了恰恰要去見項梁的齊國使者。這個使者是齊國的高陵君田顯，素與宋義相熟。宋義遂問：「公欲見武信君乎？」田顯老氣橫秋地答：「然也。」宋義搖頭道：「要我說，武信君必敗。公可徐徐行之，或可免得一死。公若走得快了，可能有大禍也。」田顯聽從了宋義之說，便一路走走停停了。

且不說楚軍有識之士的清醒勸阻，只以當時的實際情形論，項梁的驕惰都是毫無道理的。楚軍雖五敗秦軍，然除卻東阿一戰之外，始終未與章邯的主力秦軍對陣，聲勢雖則由守轉攻，戰果卻實實在在沒有多少，若以兩次屠城的惡果說，連民心也惶惶不敢歸附，其實際優勢尚有很大距離。以項梁的畢生血戰閱歷，此時的輕敵驕惰實在是一個難解的歷史異數。若使項梁始終如前清醒，能夠重用范增，能夠遏制項羽，豈有後來之劉邦哉！歷史很可能又當重寫了。然則，異數歸異數，實際的進程是無可更改的。項梁的驕兵輕敵，很快便招致了極大的惡果。

章邯得知項梁楚軍情形，立即祕密調集九原王離大軍的五萬精銳鐵騎南下，自己則親率全部二十萬刑徒主力大軍向定陶迸發。旬日不到，秦軍已經雲集於定陶郊野。項梁大為振奮，非但不退，且激昂宣示於眾將：「秦軍二十餘萬，楚軍也是二十餘萬，兩軍相逢勇者勝！我大楚軍要一戰滅卻秦軍主力，長驅直入咸陽！」之後立即向章邯幕府下了戰書，約定三日後決戰。楚軍將士嗷嗷吼叫一片，人人以為戰勝秦軍全然不是一件難事。章邯卻不批戰書，只對楚軍來使冷冷丟下兩句話：「六國復辟豎子，老夫不屑與之書文來往，如約會戰便是。」范增得聞軍使稟報，立即提醒項梁，一要防備秦軍夜襲，二要立刻調駐屯外黃的項羽劉邦軍回援。項梁大笑道：「秦軍已成惶惶之勢，安得有夜戰之心哉！外黃軍鎮撫中原，不需回援。先生拭目以待，三日後我必大破秦軍也！」

這次，范增失算了。章邯秦軍根本沒有夜襲偷營。兩日如常過去，項梁與楚軍將士們更以為秦軍不過如此，戰勝之心愈發見於形色。第三日清晨，兩軍在定陶郊野擺開了廣闊的戰場。項梁乘一輛戰車親自出陣勸降章邯，章邯馬上冷冷笑道：「項梁豎子，老夫當年在滅楚大戰中沒能殺你，今日也算不遲。項氏不是自恃江東主力麼，老夫倒想見識一番。」項梁大怒，立下將令發動攻殺。

此時的楚軍，除了項羽率領的八千江東子弟兵清一色飛騎外，其餘依然是步卒居多。項梁的江東主力五萬餘，也是只有萬餘輕騎，餘皆步卒戰車。所以呼為主力，較之其餘諸侯的烏合之眾，兵器相對精良，戰心戰力較強而已，尚算不得久經戰陣之師。楚軍發動衝殺，也是老戰法：所有騎兵兩翼展開，中央戰車統帶步卒進逼秦軍中央。章邯秦軍的應敵戰法卻是異常：兩翼步軍方陣與弓弩大營抵住楚軍兩翼騎兵，中央戰場飛出五萬九原鐵騎直搗楚軍核心尋戰項梁的江東主力。實際而論，便是秦軍全部刑徒軍二十萬不動，只輕鬆應對楚軍的三五萬輕騎兵，只以五萬九原鐵騎對殺楚軍十五六萬主力步軍。這是章邯震懾楚軍的有意部署，是要教項梁明白知道：只要是真正的秦軍主力，擊殺三倍於我之敵也是游刃有餘！

「秦軍騎兵只有五萬！一戰滅殺——！」

項梁久經戰陣，一看秦軍旗幟便知兵力幾多，立即從中央雲車大吼下令。秦軍鐵騎颶風般捲來，堪堪一箭之地，立即分成了千騎一旅的數十支黑色洪流，從四面八方生生插入楚軍大陣，颶風般分割絞殺，頓時與楚軍攪成了大大小小數不清的戰團漩渦。自恃五敗秦軍勇猛無敵的楚軍，一經接戰便大為驚駭。秦軍鐵騎的流動組合長劍砍殺如驚雷閃電如行雲流水，楚軍戰車紛紛翻倒，步卒團團不知所以之時已經是屍橫絆腳了。楚軍這才真正見識了秦軍鐵騎銳士的凌厲攻殺，一時人人驚慌部伍大亂，頓飯之間便被衝擊得七零八落……項梁大怒，從雲車飛下親駕一輛戰車，統率五千中軍精銳向中央漩渦殺來。以項梁戰陣閱歷，混戰將潰之際，只要統帥親率精銳奮勇衝殺，便能聚合敗軍扭轉士氣挽回頹勢。畢竟，楚軍人數遠過秦軍鐵騎三倍餘，不當是一觸即潰。然則，項梁親自衝殺之際，九原鐵騎倏忽演變，立即從紛亂漩渦中神奇地聚合飛出了一支萬人軍團，排山倒海般迎面壓來，竟硬生生從紛紜戰團中獨將項梁五千人馬切割開來四面攻殺。平野衝殺之戰，即或步騎兩軍戰力相等，若無壁壘陣法輔助，步軍也不能戰勝騎兵。此刻項梁楚軍一無憑藉，唯拚搏殺，況乎又是人數劣勢，何能當得搏殺匈奴如鷩走雀的秦軍九原鐵騎。未及片刻，項梁的五千軍馬便所剩無幾了……

眼見蒼茫原野中楚軍戰旗已無可尋覓，黑色洪流仍在翻捲奔騰，孤立戰車一身鮮血的項梁悲愴地大吼一聲，拔出長劍自刎了……

「天亡我也——！」

項梁戰死而楚軍大敗潰散，是秦末混戰的第二個轉折點。其直接影響是，諸侯復辟勢力士氣大衰。素來自恃天下無敵的項羽，在外黃接到定陶大敗的消息，震恐莫名不知所以了。劉邦則連武信君名號也不提了，只冷冷對項羽說了一句話：「今項梁軍破，士卒都嚇破膽了。」之後便閉嘴了。暴烈的項羽這次沒有逞強復仇，而是顯出了楚懷王所說的「猾賊」一面，悄悄地引兵東去了。當此之時，秦帝國面臨著一個重新整肅河山的大好機會。

然則，這一扭轉乾坤的巨大機遇，卻被大咸陽最後的血色吞沒了。

第五章 殘政如血

一、趙高給胡亥謀劃的聖君之道

大澤鄉出事的時候，咸陽廟堂仍繼續著噩夢般的荒誕日月。大肆殺戮皇族同胞之後，胡亥亢奮得手足無措，立即丟開繁劇的政事開始了作夢都在謀劃的享樂生涯。胡亥認定父皇很不會做皇帝，將數也數不清的只有皇帝才可以享受的樂事都白白荒廢了，除卻用了幾個方士治病求仙，胡亥實在看不出父皇做皇帝有甚快樂。最大的憾事，是父皇將囤積四海九州數千過萬的美女統統閒置，當真暴殄天物也。父皇安葬時，胡亥下令將所有與父皇有染的女子都殉葬了，可數來數去連書房照應筆墨的侍女算上，也只有三十多個。胡亥驚訝得連呼不可思議，最後對趙高說：「父皇甚樂子也沒有過，連享用女人都蜻蜓點水。大度些個，湊個整數給父皇顯我孝心。」趙高問一千如何？胡亥立即連連搖頭：「多了多了，可惜了，一百足矣！」趙高大笑，會意地連連點頭。

於是，除了殉葬的一百女子，除了父皇在世時派往南海郡的宮女，整個皇城女子少說也還有三五千之多。胡亥謀劃的第一件大樂之事，是專一致力於享受這些如雲的美女。閱遍人間春色之後，胡亥的第二件大樂事，是親自出海求仙，將父皇期許於方士的求仙夢變成自家的真實長生樂事，長生不老活下去，永遠地享受人間極樂。為此，胡亥生出了一個宏大謀劃，阿房宮建成之後用五萬材士守護，專一囤積天下美女，將美女們像放逐獵物一般放逐於宮室山林，供自己每日行獵取樂……謀劃歸謀劃，目下的胡亥還只能在皇城深處另闢園林密室，一日幾撥地先行品咂這些胭脂染紅了渭水的數也數不清的如雲麗人。可無論胡亥如何不出密室，每日總有大政急報送到榻前案頭，也總有李斯、馮去疾等一班大臣嚷嚷著要皇帝主持朝會商討大事。

胡亥不勝其煩，可又不能始終不理。畢竟，李斯等奏報說天下群盜大舉起事，山東郡縣官署連連叛離，大秦有存亡之危！果真如此，胡亥連頭顱都要被喀嚓了，還談何享樂？怏怏幾日之後，胡亥終於親自來到了連日不散卻又無法決斷一策的朝會大殿。胡亥要聽聽各方稟報，要切實地問問究竟有沒有大舉起事反秦，究竟有沒有郡縣叛離？

那日，山東郡縣的快馬特使至少有二十餘個，都聚在咸陽宮正殿焦急萬分地亂紛紛訴說著。李斯拄著竹杖黑著臉不說話，馮去疾也黑著臉不說話，只有一班丞相府侍中忙著依據特使們的焦急訴說，在大板地圖上插拔著代表叛亂舉事的各色小旗幟。胡亥一到正殿，前行的趙高未曾宣呼，大殿中便驟然幽谷般靜了下來。李斯立即大見精神，向胡亥一躬便點著竹杖面對群臣高聲道：「陛下親臨！各郡縣特使據實稟報！」胡亥本想威風凜凜地一個個查問，不防李斯一聲號令，自己竟沒了底氣，於是沉著臉坐進了帝座，心煩意亂地開始聽特使們惶急萬分的稟報。

「如此說法，天下大亂了？」還沒說得幾個人，趙高冷冷插了一句。

「豈有此理！」胡亥頓時來氣，拍打著帝座喊道，「一派胡言！父皇屍骨未寒，天下便告大亂！朕能信麼？郎中令，將這幾個謊報者立即緝拿問罪！」趙高一擺手，殿前帝座下的執戈郎中便押走了幾個驚愕萬分的特使。如此一來舉殿死寂，沒有一個人再說話了。

「老臣以為，仍當繼續稟報。」李斯鼓著勇氣說話了。

「是當繼續稟報。報了。」趙高冷冷一笑。

「好！你等說，天下大亂了麼！」胡亥終於威風凜凜了。

「沒……」被點到的一個特使惶恐低頭，「群盜而已，郡縣正在逐捕……」

「業已，捕拿了一些。陛下，不，不足憂。」又一個特使吭哧著。

「如何！」胡亥拍案了，笑得很是開心，「誰說天下大舉起事了？啊！」

「老臣聞，博士叔孫通等方從山東歸來，可得實情。」趙高又說話了。

「好！博士們上殿稟報！」胡亥一旦坐殿，便對親自下令大有興致。

「博士叔孫通晉見——！」殿口郎中長宣了一聲。

一個鬚髮灰白長袍高冠的中年人，帶著幾個同樣衣冠的博士搖搖而來。當先的博士叔孫通旁若無人，直上帝座前深深一躬：「臣，博士叔孫通晉見二世陛下！」胡亥當即拍案高聲問：「叔孫通據實稟報！天下是否大亂了？山東郡縣有無盜軍大起？」叔孫通沒有絲毫猶疑，一拱手高聲道：「臣奉命巡視山東諸郡文治事，所見所聞，唯鼠竊狗盜之徒擾害鄉民，已被郡縣悉數捕拿歸案耳。臣不曾得見盜軍大起，更不見天下大亂。」

「李斯馮去疾，聽見沒有！」胡亥拍案大喝了一聲。

「你，你，你，好個儒生博士……」李斯竹杖瑟瑟顫抖著。

「叔孫通！你敢公然謊報！」馮去疾憤然大喝。

「爾等大臣何其有眼無珠也！」叔孫通冷冷一笑，「大秦自先帝一統天下，自來太平盛世，萬民安居樂業，幾曾天下大亂盜軍四起了？若有盜軍大舉，爾等安能高坐咸陽？二世陛下英明天縱，臣乞陛下明察：有人高喊盜軍大起，無非想藉平盜之機謀取權力，豈有他哉！」

「其餘博士可曾得聞？」趙高冷冷一問。

「臣等，未曾見聞亂象。」幾個博士眾口一聲。

「先生真大才也！」胡亥拍案高聲道：「下詔：叔孫通晉升奉常之職。」

「臣謝過陛下——！」叔孫通深深一躬，長長一聲念誦。

一場有無群盜大起的朝會決斷，便如此這般在莫名其妙的滑稽荒誕中結束了。李斯不勝氣憤，夜來不能成眠，遂憤然驅車博士學宮，要與這個叔孫通論個究竟。不料到得學宮的叔孫通學館，廳堂書房卻已經是空蕩蕩了無一人，唯有書案上赫然一張羊皮紙幾行大字：

廟堂無道　天下有盜
盜亦有道　道亦有盜
有盜無道　有道無盜
道滅盜起　盜滅道生

「叔孫通也，你縱自保，何能以大秦安危作兒戲之言哉！」

李斯長長地歎息了一聲，沒有下令追捕緝拿叔孫通等，踽踽回府去了。

叔孫通說得不對麼？廟堂沒有大道了，天下便有盜軍了。盜之驟發，為生計所迫，此生存大道也，你能苛責民眾麼？大政淪喪，為奸佞所誤，豈非道中有盜也！最叫李斯心痛的，便是這句「道亦有盜」。叔孫通所指道中盜者何人耶？僅僅是趙高麼？顯然不是。以叔孫通對李斯的極大不敬，足以看出，即或柔弱力求自保的儒生博士們，對李斯也是大大地蔑視了，將李斯也看作「道中之盜」了。李斯素以法家名士自居，一生蔑視儒生。可這一次，李斯卻被儒生博士狠狠地蔑視了一次，讓他痛在心頭卻無可訴說，最是驕人的立身之本也被儒生們剝得乾乾淨淨了。第一次，李斯體察到了心田深處那方根基的崩潰，心灰意冷得又一次欲哭無淚了……

散去朝會之後，胡亥自覺很是聖明，從此是真皇帝了。

回到皇城深處的園林密室，胡亥對郎中令趙高下了一道詔書，說日後凡是山東盜事報來，都先交新奉常叔孫通認可，否則不許奏報。趙高跟隨始皇帝多年，自然明白此等事該如何處置。然則，此時的趙高已經是野心勃發了，所期許的正是胡亥的這種自以為聖明的獨斷，胡亥的詔書越荒誕滑稽，趙高心下便越踏實。一接如此這般詔書，趙高淡淡一笑，便吩咐一名貼身內侍去博士學宮向叔孫通宣詔。趙高著意要這位長於誆騙的博士大感難堪，之後便在他向自己求援時再將這個博士裹脅成自己的犬馬心腹。畢竟，天下亂象如何，趙高比誰都清楚。唯其如此，趙高已經預感到更大的機遇在等待著自己，從此之後，趙高的謀劃不再是自保，不再是把持大政，而是帝國權力的最高點，是登上自己效忠大半生的始皇帝的至尊帝座。而要登上這個最高點，畢竟是需要一大撥人甘效犬馬的，而叔孫通等迂闊之徒既求自保又無政才，恰恰是趙高所需要的最好犬馬。

「稟報郎中令，叔孫通逃離咸陽！」

趙高接到內侍稟報，實在有些出乎意料。這個叔孫通被二世當殿擢升為九卿之一的奉常，竟能棄高官不就而祕密逃亡，看來預謀絕非一日，其人也絕非迂闊之徒。雖然，叔孫通逃亡對趙高並無甚直接關聯，可趙高還是感到了一種難堪。畢竟，叔孫通的當殿誆騙是他與這個博士事先預謀好的，而在其餘朝臣的心目中，則至少已經將叔孫通看成了他趙高的依附者。也就是說，叔孫通逃離咸陽，至少對趙高沒甚好處。思謀一夜，趙高次日進了皇城。在胡亥一夜盡興又酣睡大半日醒來，正百無聊賴地在林下看侍女煮茶時，趙高適時地來了。

「郎中令，朕昨日可算聖明？」胡亥立即得意地提起了朝會決斷。

「陛下大是聖明，堪與先帝比肩矣！」趙高由衷地讚歎著。

「是麼？是麼！」胡亥一臉通紅連手心都出汗了。

「老臣素無虛言。」趙高神色虔誠得無與倫比。

「朕能比肩先帝，郎中令居功至大也！」

驟聞胡亥破天荒的君臨口吻，趙高幾乎忍不住要笑出聲來。然則，在胡亥看來，趙高僅僅是嘴角抽搐了一下而已，反倒更見真誠謙恭了。趙高一拱手道：「老臣之見，陛下再進一步，可達聖賢帝王之境也。」

「聖賢帝王？難麼？」胡亥大感新奇。

「難。」趙高一臉肅然。

「啊呀！那不做也罷，朕太忙了。」胡亥立即退縮，寧可只要享樂了。

「陛下且先聽聽，究竟如何難法。天賦陛下為聖賢帝王，亦未可知也。」趙高分外認真，儼然一副胡亥久違了的老師苦心。不管胡亥如何皺眉，趙高都沒有停止柔和而鄭重其事的論說，「聖君之道，只在垂拱而治也。何為垂拱而治？只靜坐深宮，不理政事也。陛下為帝，正當如此。何也？陛下不若先帝。先帝臨制天下時日長久，群臣不敢為非，亦不敢進邪說。故此，先帝能臨朝決事，縱有過錯，也不怕臣下作亂。陛下則情勢不同，一代老臣功臣尚在，陛下稍有錯斷，便有大險也。今陛下富於春秋，又堪堪即位年餘，何須與公卿朝會決事？不臨朝，不決事，臣下莫測陛下之高深，則人人不敢妄動。如此，廟堂無事，天下大安也。政諺云：天子所以貴者，固以聞聲，群臣莫得見其面，故號為『朕』。願陛下三思。」

「天子稱朕，固以聞聲？天子稱朕，固以聞聲……」胡亥晃著念叨著，猛然轉身一臉恍然大悟的驚喜，「這是說，甚事不做，只要說說話，便是聖君了？」

「陛下聖明！」趙高深深一躬。

「不早說！朕早想做如此聖君也！」胡亥高興得手舞足蹈。

「國事自有法度，陛下無須憂心矣！」

「好！國事有大臣，朕只想起來說說話，做聖賢帝王！」

「老臣為陛下賀。」趙高深深一躬。

於是，大喜過望的胡亥立即做起了聖賢帝王，不批奏章，不臨朝會，不見大臣，不理政事，每日只浸泡在皇城的園林密室裡胡天胡地。皇皇帝國的萬千公文，山東戰場雪片一般的暴亂急報，全部都如山一般堆積在了郎中令趙高的案頭。趙高的處置之法是：每日派六名能事文吏遍閱書文奏報，而後輪流向他簡約稟報，趙高擇其「要者」相機處置。所謂要者，所謂相機處置，便是趙高只將涉及人事兵事的公文擇出，由他擬好詔書再稟報胡亥加蓋皇帝玉璽發出，其餘「諸般瑣事」一律交丞相府忙活。

其間，趙高唯一深感不便的是，每加皇帝印璽便要去找胡亥。從法度上說，此時的趙高是郎中令執掌實權，也仍然兼領著符璽令，符璽事所的吏員都是其部屬。然則，皇帝印璽加蓋的特異處在於：每向詔書或公文國書等加蓋印璽，必得皇帝手書令方可。實際則更有一處特異：無論符璽令由何人擔任，實際保管並實施蓋印的印吏，從來都是皇族老人，沒有皇帝手令，即或符璽令趙高本人前來也照樣不行。如此法度之要義，便是確保皇帝印璽實際執掌在皇帝本人手中。對於趙高而言，雖說糊弄胡亥根本不是難事，然則也難保這個聰明的白癡冷不丁問起某人某事，總有諸多額外周旋，是以趙高每每為這加蓋印璽深感不便。

這日，趙高接少府章邯緊急奏章，請以驪山刑徒與官府奴隸子弟編成大軍平定暴亂。趙高立即擬定了皇帝詔書，可一想到要找胡亥書寫手令便大大皺起了眉頭。平定山東盜軍自然要做，否則趙高也照樣要被喀嚓了。可趙高不想讓胡亥知道天下大亂，趙高要讓胡亥沉湎於奇異享樂不能自拔，成為自己股掌之間的玩物。然則不找胡亥又不能加蓋印璽，趙高一時當真感到棘手了。

「召閻樂。」思忖良久，趙高終於低聲吩咐了一句。

早已經是趙高女婿且已做了咸陽令的閻樂來了，帶著一隊隨時聽候命令的駐屯咸陽的材士營劍士。兩人密商片刻，立即帶著劍士隊向符璽事所來了。閻樂雖是犬馬之徒，然趙高很明白此等大事必須親臨，印璽要直接拿到自己手中，不能在任何人手中過渡。符璽事所在皇城深處的一座獨立石牆庭院，雖大顯幽靜，卻也有一個十人隊的執戈郎中守護著。趙高是郎中令，統轄皇城所有執戈郎中，到得符璽事所庭院外立即下令護衛郎中換防。十名郎中一離開，閻樂立即下令劍士隊守護在大門不許任何人靠近，便大步跟著趙高走進了這個神祕幽靜的所在。

「郎中令有何公事？」幽暗的正廳，一個白髮老人迎了出來。「皇帝口諭：交皇帝印璽於郎中令。」趙高很是冷漠。「郎中令敢矯詔麼？」老人冷冷一笑。

「足下該當明白：皇帝印璽必須交郎中令。」閻樂陰狠地一笑。

「大秦社稷依舊，大秦法統依舊……」

話音未落，閻樂長劍洞穿了老人胸腹。老人睜著驚愕憤怒的雙眼，喉頭咕咕大響著終於頹然倒地了。趙高冷冷一笑，一把揪下了老人胸前碩大的玉佩，大步走進了石屏後的密室，片刻之間便捧出了一方玉匣。見趙高點頭，閻樂走到門外一揮手，劍士隊立即衝進了庭院各間密室，幾乎沒有任何呼喝動靜，片刻間便悉數殺死了符璽事所的全部皇族吏員。

當夜，趙高向章邯發出了加蓋皇帝印璽的詔書。之後，趙高小宴女婿閻樂與族弟趙成賀功。閻樂趙成都沒見過皇帝印璽，一口聲請趙高說說其中奧祕。趙高也有了幾分酒意，說聲「索性教爾等開開眼界」，便搬出了那方玉匣打開，拿出了那方人人只聞其名而不見其實的天下第一印璽。那是一方在燈下發著熠熠柔潤的光澤而說不出究竟何等色彩的美玉，其方大約三四寸許，天成古樸中彌漫出一種熒熒之光。

「一方石頭，有何稀奇？」趙成很是失望。

「你知道甚來！」趙高訓斥一句指點道，「夏商周三代，青銅九鼎乃是王權神器，於是有楚莊王中原問鼎之說也。自九鼎神奇消遁而戰國一統，這皇帝印璽就成了皇權神器。為甚？秦之前，臣民皆以金玉為印。自始皇帝以來，天子獨以印稱璽，又獨以玉為印材，臣民不能以玉成印。故此，玉璽便成皇帝獨有之天授神器也！這印鈕是何物？知道麼？」

「這……」閻樂趙成一齊搖頭。

「這叫螭獸鈕。螭者，蛟龍之屬也，神獸之屬也，頭上無角，若龍而黃。所以如此，秦為水德，蛟龍以彰水德也。」趙高對學問之事倒是分外認真，「這印面刻著八個秦篆文字，知道是甚？」

「受命於天，既壽永昌！」閻樂趙成異口同聲。

「何人寫的？」

「李斯！」

「對了。」趙高嘴角抽搐著，「李斯此人，老夫甚都不服他，就服他才藝。你說這個老兒，非但一手秦篆驚絕天下，還能製印！這皇帝玉璽，當初連尚坊玉工也不知如何打磨，這個李斯親自磨玉，親自寫字，親自刻字，硬是一手製成了皇帝玉璽！人也，難說……」趙高一時大為感喟了。

「聽說，這塊石頭也大有說頭。」趙成興沖沖插話。

「再說石頭，割了你舌頭！」趙高生氣了，「這叫和氏璧！天下第一寶玉！是楚人卞和耗盡一生心血踏勘得來，後來流落到趙國，幸得秦昭王從趙國手中奪來也。不說皇帝之璽，也不說印文，只這和氏璧，便是價值連城也！若是當年的魏惠王遇上和氏璧，你教他用都城大梁交換，只怕那個珠寶癡王也是樂得不得了也！」

這一夜，趙高醉了，李斯老是在眼前晃動……

二、逢迎反擊皆無處著力　李斯終歸落入了低劣圈套

天下暴亂之初，李斯由難堪而絕望，幾次想到了自殺。

自七月以來，丞相府每日都要接到山東郡縣雪片般的告急文書。先是大澤鄉，再是蘄縣，之後便是一座座縣城告破，一處處官署潰散；職司捕盜的郡縣尉卒被暴亂的潮水迅速淹沒，郡守縣令背叛舉事者不可勝數。盜軍勢力大漲，奪取郡縣城邑連打仗都用不上，只派出一群群亂哄哄的人馬鼓噪舉事，且公然號為「徇地」。短短月餘，暴亂颶風般席捲天下，除了嶺南、隴西、陰山、遼東等邊陲之地，整個帝國山河都不可思議地風雨飄搖了。長子李由為郡守的三川郡，也是好幾個縣接連出事，縣令逃跑了，縣吏舉事了，官署潰散了。李由為抗禦盜軍四處履險疲於奔命，然始終無法挽回頹勢，終究被吳廣的數萬盜軍圍困在滎陽。三川郡是關中的山東門戶，消息傳來，咸陽廟堂頓時騷動了。依附趙高的新貴大臣們紛紛攻訐丞相府，說李斯身為三公，竟令天下群盜蜂起，該嚴加治罪以謝天下。李斯大感難堪，幾次對馮去疾示意，老臣們該出來說說公道話，天下盜民蜂起究竟罪在何方？然僅存的幾個功勳元老素來對李斯在始皇帝病逝後的種種作為心有疑忌，包括馮去疾在內，始終沒有一個人為李斯說話。

正當此時，趙高送來了一件胡亥批下的奏章，李斯頓時惶恐不安了。這是此前李斯給胡亥的上書，請皇帝大行朝會，議決為天下減輕徭役並中止阿房宮修建。胡亥在這件奏章後批下了一大篇話，先說了《韓非子》中對堯帝禹帝辛勞治民的記述，而後顯然地宣示了對堯帝禹帝的不屑：「然則，夫所貴於有天下者，豈欲苦行勞神，身處逆旅之宿，口食監門之養，手持臣虜之作哉！此不肖人之勉也，非賢者所務也。彼賢人之有天下也，專用天下適已而已矣！此所以貴於有天下也。」這等荒謬之極的強詞奪理，李斯連對答的心思都沒有，只有輕蔑了。因為，照胡亥這般說法，始皇帝一代君臣的奮發辛勞也就是「不肖人」了。但是，胡亥後面的責難卻使李斯如芒刺在背了：「夫所謂賢人者，必能安天下而治萬民，今身且不能利，將惡能治天下哉！故，吾願賜志廣欲，長享天下而無害，為之奈何？」

李斯立即嗅到了這件問對詔書潛藏的殺機，此等辭章陷阱，絕非胡亥才具所能，必有趙高等人在背後作祟。然則，這是明明白白的皇帝詰問臣下的詔書，你能去追究趙高麼？天下大亂之時，皇帝問如何能安天下而治萬民，身為丞相，能說不知道麼？以自古以來的政道法則，三公之天職便是治民以安，民治不安，責在三公。今天下群盜蜂起，丞相能說這是皇帝過失而自己沒有過失麼？況且，丞相兒子身為大郡郡守，也是丟土失城一片亂象，皇帝若從了一班新貴攻訐，將李氏滅族以謝天下，又有誰能出來反對？其時，李斯白白作了犧牲，也還是百口莫辯，又能如何？誠然，李斯可以痛快淋漓地批駁胡亥之說，可以留下一篇媲美於〈諫逐客書〉的雄辯篇章，全然可以做另外一個李斯。然則，必然的代價是李氏舉族的身家性命，甚或三族六族的滅門之禍。一想到畢生奮爭卻要在最後慘遭滅族刑殺，李斯的心頭便一陣猛烈地悸動……反覆思忖，李斯終覺不能與這個絕非明君的胡亥皇帝認真論理，只有先順著他說話，躲過這一舉族劫難再說了。

當夜，李斯寫下了一篇長長的奏對。

此文之奇，千古罕見，唯其如此，全文照錄如下：

夫賢主者，必且能全道而行督責之術者也。督責之，則臣不敢不竭能以徇其主矣！此臣主之分定，上下之義明，則天下賢不肖莫敢不盡力竭任以徇其君矣。是故，主獨制於天下而無所制也，能窮樂之極矣。賢明之主也，可不察焉！

故申子曰「有天下而不恣睢，命之曰以天下為桎梏」者，無他焉，不能督責，而顧以其身勞於天下之民，若堯、禹然，故謂之「桎梏」也。夫不能修申、韓之明術，行督責之道，專以天下自適也，而徒務苦行勞神，以身徇百姓，則是黔首之役，非畜天下者也，何足貴哉！夫以人徇己，則己貴而人賤；以己徇人，則己賤而人貴。故徇人者賤，而人所徇者貴。自古及今，未有不然者也。凡古之所以尊賢者，為其貴也；而所為惡不肖者，為其賤也。而堯、禹，以身徇天下者也，因隨而尊之，則亦失所為尊賢之心矣夫，可謂大謬矣！謂之為「桎梏」，不亦宜乎？不能督責之過也。

故韓子曰「慈母有敗子而嚴家無格虜」者，何也？則能罰之加焉必也。故商君之法，刑棄灰於道者。夫棄灰，薄罪也，而被刑，重罰也。彼唯明主，為能深督輕罪。夫罪輕且督深，而況有重罪乎？故民不敢犯也。是故韓子曰「布帛尋常，庸人不釋；鑠金百鎰，盜跖不搏」者，非庸人之心重，尋常之利深，而盜跖之欲淺也；又不以盜跖之行，為輕百鎰之重也。搏必隨手刑，則盜跖不搏百鎰；而罰不必行也，則庸人不釋尋常。是故，城高五丈，而樓季不輕犯也；泰山之高百仞，而跛牂牧其上。夫樓季也而難五丈之限，豈跛牂也而易百仞之高哉？峭塹之勢異也！明主聖王之所以能久處尊位，長執重勢，而獨擅天下之利者，非有異道也，能獨斷而審督責，必深罰，故天下不敢犯也。今不務所以不犯，而事慈母之所以敗子也，則亦不察於聖人之論矣。夫不能行聖人之術，則舍為天下役何事哉？可不哀邪！

且夫儉節仁義之人立於朝，則荒肆之樂輟矣；諫說論理之臣間於側，則流漫之志詘矣；烈士死節之行顯於世，則淫康之虞廢矣。故明主能外此三者，而獨操主術以制聽從之臣，而修其明法，故身尊而勢重也。凡賢主者，必將能拂世磨俗，而廢其所惡，立其所欲，故生則有尊重之勢，死則有賢明之謚也。是以明君獨斷，故權不在臣也。然後能滅仁義之塗，掩馳說之口，困烈士之行，塞聰揜明，內獨視聽。故，外不可傾以仁義烈士之行，而內不可奪以諫說忿爭之辯。故，能犖然獨行恣睢之心而莫之敢逆。若此，然後可謂能明申、韓之術，而修商君之法。法修術明而天下亂者，未之聞也。故曰「王道約而易操」也，唯明主為能行之。若此，則謂督責之誠，則臣無邪。臣無邪則天下安，天下安則主嚴尊，主嚴尊則督責必，督責必則所求得，所求得則國家富，國家富則君樂豐。故，督責之術設，則所欲無不得矣！群臣百姓救過不給，何變之敢圖？若此，則帝道備，而可謂能明君臣之術矣！

雖申、韓復生，不能加也。

李斯這篇上書，被太史公斥為「阿意求容」之作，誠公允之論也。此文之奇異，在於極力曲解法家的權力監督學說，而為胡亥的縱欲享樂之道製作了一大篇保障理論，對法家學說做出了最為卑劣的閹割。二世胡亥說，我不要像堯帝禹帝那般辛苦，我要使天下為我所用，廣欲而長享安樂，你李斯給我拿個辦法出來！於是，李斯向二世胡亥屈服了，製作了這篇奇異的奏章，向胡亥獻上了以「督責之術」保障享樂君道的邪惡方略。

在這篇奏章中，李斯是這樣滑開舞步的：首先，明白逢迎了胡亥的享樂君道，讚頌胡亥的「窮樂之極」是賢明君道；其次，引證申不害的恣意天下而不以天下為桎梏之說，論說胡亥鄙薄堯禹勞苦治國的見識是聖明深刻的，最終得出堯帝禹帝的辛苦治理「大謬矣」，是荒誕治道，而其根本原因則是不懂得督責之術；再次，引證韓非的慈母敗子說，論說以重刑督責臣民的好處，肯定這是最為神妙的「聖人之術」；最後，全面論說督責術能夠給君主享樂騰挪出的巨大空間，能夠使君主「犖然獨行恣睢之心而莫之敢逆」，「督責之術設，則所欲無不得矣！」「群臣百姓救過不給，何變之敢圖？」

李斯的這篇奏章，再一次將自己釘在了歷史的恥辱柱上。

如果說，李斯此前的與政變陰謀合流，尚帶有某種力行法治的功業追求，尚有其懼怕扶蘇蒙恬改變始皇帝法治大道的難言之隱的話，這次上書阿意，則是李斯全然基於苟全爵位性命而邁出的背叛腳步。這篇卑劣奇文，意味著李斯已經遠遠背離了畢生信奉並為之奮爭的法家學說，肆意地歪曲了法家，悲劇性地出賣了法家。蓋法家之「法、術、勢」者，缺一不可之整體也。術者，法治立定之後的權力監督手段也。法家之術，固然有其權謀一面，然其原則立場很清楚：確保法治之有效執行，而最大限度地減少種種貪贓枉法，並主張對此等行為以嚴厲懲罰。也就是說，作為「法術勢」之一的

「術」，必須以行法為前提，而絕不是李斯所說，離開整體法治而單獨施行的督責術。李斯不言法治，唯言督責術，事實上便將督責官員行法，變成了督責官員服從帝王個人之意志，其間分野，何其大哉！後世對法家的諸多誤解，難免沒有李斯此等以法家之名塗抹法家的卑劣文章所生發的卑劣功效。李斯之悲劇，至此令人不忍卒睹也。

「若此，則可謂能督責矣！」

這是李斯上書三日後，胡亥再次批下的「詔曰」。

趙高特意親自上門，向李斯轉述了皇帝的喜悅。趙高不無揶揄地說：「陛下讀丞相宏文，深為欣然也！丞相能將享樂之道論說得如此宏大深刻，果然不世大才，高望塵莫及矣！」第一次，李斯難堪得滿面通紅，非但絲毫沒有既往上書被皇帝認可之後的奮然振作，反而是恨不得找個地縫鑽將進去。即或是面對趙高這個素來為正臣蔑視的內侍，李斯也前所未有地羞慚了。趙高還說，皇帝已經將丞相上書頒行朝野，將對天下臣民力行督責，舉凡作亂者立即滅其三族，著丞相全力督導施行。李斯慚愧萬分又驚愕萬分，可還是不得不奉詔了。

果然，最教李斯難堪的局面來臨了。

李斯上書一經傳開，立即引發了廟堂大臣與天下士子的輕蔑憤然，更被山東老世族傳為笑柄。人心惶惶的咸陽臣民，幾乎無人不憤憤然指天罵地，說天道不順，國必有大奸在朝。連三川郡的長子李由，也從孤城滎陽祕密送來家書詢問：「如此劣文，究竟是奸人流言中傷父親，抑或父親果然不得已而為之？誠如後者，由無顏面對天下也！」面對天下臣民如此洶洶口碑，李斯真正地無地自容了。自來，李斯都深信自己的勞績天下有目共睹，從來沒有想到過自己會被天下人指斥為「奸佞」之徒。而今，非但天下洶洶指斥，連自己的長子都說自己的上書是「劣文」，且已無顏立於天下……如此千夫所指眾口鑠金，李斯有何面目苟活於人世哉！更有甚者，盜軍亂象大肆蔓延，二世胡亥竟聽信一班博士儒生誑騙之言，生生不信天下大亂。李斯身為丞相，既不能使皇帝改弦更張，又不能強力聚合廟堂合力滅盜，當真是無可奈何了。及至九月中，頻遭朝局劇變又遭天下攻訐的李斯憤激悲愴痛悔羞愧，終於重病臥榻了，終於絕望了。病榻之上的李斯實在不敢想像，自己如何能親眼看著滲透自己心血的皇皇超邁古今的大帝國轟然崩塌，且自己還落得個「阿主誤國」的難堪罪名……

絕望羞愧之下，李斯想到了自殺。

那日深夜，昏睡的李斯驀然醒來，清晰地聽見了秋風掠過庭院黃葉沙沙過地的聲音，只覺天地間一片蕭疏悲涼，心海空虛得沒有了任何著落。李斯支走了守候在寢室的夫人太醫侍女人等，掙扎著起身，拄著竹杖到庭院閒晃了許久。霜霧籠罩之時，李斯回到了寢室，走進了密室，找出了那只盈手一握的小小陶瓶。

這只陶瓶，伴隨了李斯數十年歲月。自從進入秦國，它便成了李斯永遠的祕密旅伴，無論身居何職，無論住在何等府邸，這只粗樸的小陶瓶都是李斯的最大祕密，一定存放在只有李斯一個人知道的最隱祕所在。

李斯清楚地記得，那是在離開蘭陵蒼山學館之前的一個春日，自己與同舍的韓非踏青入山，一路論學論政，陶陶然走進了一道花草爛漫的山谷。走著走著，韓非突兀地驚叫了一聲，打量著一叢色澤奇異的花草不動了。李斯驚訝於從來不涉風雅的韓非何能駐足於一蓬花草，立即過來詢問究竟。口吃的韓非以獨特的吟誦語調說，這是他在韓國王室見過的一種劇毒之物，名叫鉤吻草！如此美景的蘭陵蒼山，如何也有如此毒物？一時間韓非大為感慨道：「良藥毒草，共生於一方也！天地之奇，不可料矣！」李斯心頭怦然一動，竟莫名其妙地想將這蓬草挖出來帶回去。然則，李斯還是生生忍住了。過了幾日，李斯進蘭陵縣城置辦學館日用，又進了那片山谷，又見了那蓬鉤吻草。終於，李斯還是將它挖了出來帶進縣城，找到了一個老藥工，將鉤吻草製成了焙乾的藥草，裝進了一只粗樸的小陶瓶。李斯再去蘭陵拿藥時，那個老藥工說了一句話：「此物絕人生路，無可救也，先生慎之。」李斯欣然點頭，高興地走了。

李斯始終不明白，自己何以要如此做。李斯只覺得，不將那個物事帶在身邊，心下總是忐忑不安。後來的歲月裡，李斯每有危境，總是要情不自禁地摸摸腰間皮盒裡的那只小陶瓶，心頭才能稍稍平靜些許。被逐客令罷黜官職逐出秦國，走出函谷關的時刻，李斯摸過那只陶瓶；體察到始皇帝末期對自己疏遠時，李斯摸過那只陶瓶；沙丘宮風雨之夜後進退維谷的日子，李斯也摸過那只陶瓶……然則，摸則摸矣想則想矣，李斯始終沒有打開過陶瓶。畢竟，曾經的絕望時刻，都沒有徹底泯滅過李斯的信念，總是有一絲光明隱隱閃現在前方。然則，時至今日，一切不復在矣！天下風雨飄搖，李斯始作俑也！叛法阿意之劣文，李斯始作俑也。如此李斯，何顏立於人世哉！

也就是在這個秋風蕭疏的霜霧清晨，李斯驀然明白了，自己之所以數十年不離這只陶瓶，根源便是自少年小吏萌生出的人生無定的漂泊感，也是自那時起便萌生出的人生必得冒險，而冒險則生死難料的信念。唯其如此，李斯不知道自己能走到哪裡，李斯準備著隨時倒下，隨時結束自己的生命……

「大人！捷報！三川郡捷報！」

若非府丞那萬般驚喜的聲音驟然激盪了李斯，便沒有後來的一切了。當李斯走出密室，聽府丞念完那份既是公文更是家書的捷報時，木然的李斯沒有一句話，便軟倒在地上了……良久醒來，李斯仔細再讀了戰報，又聽了李由派回的特使的正式稟報，白頭瑟瑟顫抖，老淚縱橫泉湧了。在萬木摧折的暴亂颶風中，獨有李斯的兒子巍巍然撐起了中原天地，獨有三川郡守李由激發民眾尉卒奮力抗敵，硬生生將盜軍假王吳廣的十餘萬大軍抗在滎陽城外，何其難也！兒子挽狂瀾於既倒的喜訊，使李斯心田彌漫出一種從來沒有過的堅實的暖流。所有關於李斯的責難，都將因李由的孤絕反擊而消散。李斯對帝國的忠誠，將因此而大大彰顯。李斯因擁立胡亥而遭受的老臣們的抨擊，將因此而大大淡化。李斯因無奈自保而寫下的阿意上書，將因為李由的堅實風骨而變為周旋之舉。李斯在事實上已經失去的權力，將因此而重新回歸。李斯在帝國廟堂的軸心地位，將因此而重新確立……暖流復活了死寂荒疏的心田，善於權衡全局的李斯，立即洞察了三川郡抗敵的所有潛在意義。

李斯神奇地走下了病榻，重新開始了周旋。

深秋時節，周文盜軍數十萬進逼關中，圖謀一戰滅秦。李斯立即與馮去疾召太尉府並少府章邯祕密會商，迅速擬出了以驪山刑徒與官府奴隸子弟成軍，以章邯為大將，大舉反擊盜軍的方略。李斯明白剖析了大勢：目下盜軍初起戰力不強，無須動用九原大軍，只要章邯戰法得當，後援不出紕漏，擊敗盜軍並非難事。章邯素來景仰李斯，慨然拍案道：「只要丞相後援不斷，我二十餘萬刑徒軍定然悉數掃滅盜軍！」李斯倍感振奮道：「當此關中危難之際，陛下必能盡快決斷，掃滅盜軍，重振大政，必指日可待也！」於是，三府合署連夜上書，各方都開始了緊急謀劃。果然不出李斯所料，這次上書批下得很快，只隔了一個晚上。李斯自信地以為，這便是李由三川郡孤守的影響力，皇帝再也不能說盜軍只是幾群正在追捕的作亂流民了，只能倚重一班老臣平定天下了。李斯反覆思忖，縱然這個皇帝遠非自己當初預期，也不至於昏聵到連大秦河山都不要了的地步，而只要欲圖守定天下，捨李斯其誰也！

其後，章邯連戰皆捷，李由連戰皆捷，朝局果如李斯所料有了明顯轉機。最顯然的不同，便是那個尋常不出面的趙高又來拜謁丞相府了。趙高一臉懇切地訴苦說：「關東群盜日見多也，皇帝卻急於徵發阿房宮徭役，聚狗馬無用之物。在下多次想諫阻皇帝，奈何位卑人賤，言語太輕。此等大事，正是君侯高位者之事也，君何不出面諫阻皇帝？」受到久違了的敬重，李斯頓時被趙高的懇切言辭打動了，長歎一聲道：「當然如此也，老夫欲諫阻皇帝久矣！然皇帝不坐朝廷，只在深宮。老夫欲諫，無法見到皇帝也，奈何哉！」趙高懇切道：「丞相誠能諫阻，在下自當為丞相留意陛下行蹤，但有時機，在下立即知會丞相。」李斯很是感謝了趙高一番，此後便一邊籌劃進諫一邊靜候趙高消息。

為這次進諫，李斯做了最充分的籌劃：聯結馮去疾、馮劫一起連署奏章，而由自己出面晉見皇帝說話。二馮同為三公。馮去疾是右丞相，是李斯副手，素來在大政事項上以李斯決斷為取向，一說向皇帝進諫減民賦稅徭役，立即欣然贊同。馮劫情形不同，其御史大夫的三公職權已被免去，然爵位仍在言權猶在，卻是賦閒在家終日鬱悶，早已經對這個二世胡亥大是惱火，多次要李斯出頭聯結老臣強諫，都因李斯百般遲疑而作罷。這次李斯一說，馮劫雖指天罵地發作了一陣，最終還是欣然贊同了進諫。三人商定後，李斯主筆草擬了一道上書，言事很是簡約直接：

臣李斯、馮去疾、馮劫頓首：關東群盜並起，秦發兵誅擊，所殺甚眾，然猶不止。盜多者，皆因戍漕轉作事苦，賦稅大也。為天下計，老臣等三人請：中止阿房宮建造，減省四邊之屯戍轉作，以安天下民心也。非此，盜不足以平，國不足以安，陛下慎之慎之！

諸事就緒，趙高處卻遲遲沒有消息。這日馮劫馮去疾大是不耐，力主不能信賴趙高，該當立即上書。李斯不好與這兩個老臣再度僵持，便決意進宮了。不料正在此時，趙高派了一個小內侍匆忙送來消息，說皇帝回到了東偏殿書房，請李斯即刻去覲見。

李斯沒有絲毫猶豫，立即登車進了皇城。可走進東偏殿一看，二世胡亥正在一排裸體侍女身上練習大字，提著一管大筆忙碌得不亦樂乎！李斯大窘。胡亥則很是不悅，偏偏不理睬李斯，只逕自提著朱砂大筆在一具具雪白的肉體上忙活。李斯在外室靜待了片刻，終覺太過難堪，還是走了。又過幾日，李斯又得趙高消息，立即匆忙趕到了蘭池宮。不料又是胡亥與一大群婦女光溜溜魚一般在水中嬉戲，半個時辰還不見出水跡象，李斯只得又踽踽去了。不過數日，李斯又得趙高消息，匆忙趕往章臺宮，其所見無異，又是胡亥與一群裸身女子作犬馬之交的嬉鬧。李斯不堪入目，立即轉身走了。

如是者三，李斯自然不會再相信趙高了，然欲見皇帝，又確實難以覓其行蹤。萬般無奈，李斯只有依著上書程序，將三公上書封好，交於每日在皇城與官署間傳送公文的謁者傳車呈送皇帝書房。如此一天天過去，上書卻作了泥牛入海。李斯終日皺眉，馮劫罵樹罵水罵天罵地痛罵不休，馮去疾則黑著臉不說一句話，三人一時都沒轍了。

卻說胡亥三次被李斯滋擾，不禁大為惱怒，召來趙高憤憤道：「我平日閒暇也多，丞相都不來覲見。如何總是在我燕私之樂時，老來滋擾生事！」趙高的回答是：「丞相所以如此，殆（托大）矣！當初沙丘之謀，丞相與焉。今陛下已立為帝，而丞相權貴未曾大增。丞相之心，欲圖裂地而王也。陛下不問，臣不敢言，還有一件大事：丞相長子李由為三川郡守，楚地大盜陳勝等，都是與三川郡相鄰之民，也都是與丞相故里相鄰之民。楚地群盜公行，根由在此也！群盜流過三川郡，李由非但不擊殺治罪，反與其文書往來……高早聞此事，只是未經勘審，不敢報陛下。再說，丞相居外事大政，權力之重猶過陛下，老臣為陛下憂心也！」

胡亥被趙高說得心驚肉跳，惶恐問道：「那，能否立即治罪李斯？」

趙高道：「若急治李斯，其子李由必作亂也。馮去疾、馮劫一班老臣，亦必趁勢通聯施救也。老臣之見，還當先治李由，削李斯羽翼為上。」

「那，三公上書，朕當如何處置？」

「先行擱置，待機而作。」

「好！先治李由，叫李斯外無援手。」胡亥思忖一番，大覺趙高說的有理，立即下令趙高派出了特使祕密案驗三川郡守李由通盜事。

不料，李斯卻意外地知道了這個消息。

在帝國功臣家族中，李氏與皇室關聯最是緊密，雖蒙氏王氏兩大首席功臣亦不及。李斯的兒子都娶了始皇帝的女兒為妻，李斯的女兒都嫁了始皇帝的皇子為妻。以秦法之公正嚴明，以始皇帝之賞功正道，不可能以此等聯姻之法作額外賞賜。更重要的是，戰國傳統下的所謂皇親國戚，還遠遠不是後來那般具有天然的權力身分，李斯的兒子沒有一個因為是始皇帝女婿而出任高官顯爵的，長子李由也不過是一個郡守而已。所以如此，最大的可能是李斯多子女，且個個都相對出色。而蒙恬蒙毅之蒙氏，王翦王賁之王氏，則可能因為畢生戎馬征戰居家者少，後裔人口繁衍便不如李氏旺盛。由於這一層原因，李氏家族與皇城各色人等多有關聯，說千絲萬縷亦不為過。除卻李斯丞相身分所具有的種種關聯，每個兒子女兒還都有各自的路徑。尋常之時，這些路徑也並不見如何舉足輕重，危難來臨，卻往往立見功效。

「稟報大人，長公主求見。」

「長公主？噢，快教她進來。」

這夜枯坐書房的李斯，正在費心地揣摩著連續三次覲見皇帝遭遇尷尬的謎團，突然聽說長媳求見，不禁大感意外。長公主者，長子李由之妻也。李由是李斯長子，其妻也是始皇帝的長女。胡亥殺戮諸皇子公主之時，因長公主出嫁已久且已有子女，故未遭牽連而倖存。此後年餘，長公主閉門不出，與皇城事實上已經沒有了往來。即或於丞相府，另府別居的長公主也極少前來，可以說，李斯這個公爹與這個長媳事實上也很是生疏。如此一個長媳能夤夜來見，李斯心頭怦然一動，不自覺站了起來。

長公主匆匆進來，一作禮便惶急地說，趙高攛掇皇帝，要派密使「案驗」李由通盜事！李斯驚問，長公主何以知曉？長公主說，是她的乳母進皇城探視女兒聽到的消息。乳母的女兒不是尋常侍女，是皇帝書房職司文書典籍的一個女吏。這個女吏與一個侍女頭目交誼甚厚，是侍女頭目聽到了趙高與皇帝的說話，不意說給了女吏。因與李由相關，女吏才著意告知了母親。李斯問，此話在何處說的？長公主說，在甘泉宮。李斯問，大體說得幾多時辰。長公主說，大約頓飯辰光。

驟然之間，李斯心頭疑雲豁然大明，一股怒火頓時騰起。

趙高能出如此惡毒主張，根源自然不在李由，而在李斯。皇帝能與趙高說起李斯，必是因自己三次連番晉見而起。皇帝必責李斯無端滋擾，趙高必誣李斯居心險惡。厚誣李斯之餘，又誣李由通盜。案驗李斯二馮心有顧忌，於是便拿李由開刀了。李斯畢竟久經滄桑熟悉宮廷，一聽些許跡象，立即便推斷出這則陰謀的來龍去脈，不禁對趙高恨得入骨三分。這個趙高，以如此低劣之圈套愚弄老夫陷害老夫，下作之極也！沙丘宮密謀以來，雖說李斯對趙高之陰狠時有察覺，然趙高畢竟沒有直接以李斯為敵，故李斯始終對趙高只以「宦者稟性，卑賤自保」忖度其言其行，而沒有將趙高往更惡更壞處想去，更沒有估量到趙高的吞國野心。

李斯始終有著一種深厚的自信：以自己的功業聲望，任何奸佞不足以毀之。唯其如此，即或三公九卿一個個倒下，李斯也始終沒有想過竟會有人公然誣陷他這個赫赫元勳。如此心態之李斯，自然不會有洞察趙高野心陰謀之目光了。目下李斯對趙高的憤怒，與其說是洞察大奸巨惡之後的國恨，毋寧說是李斯深感趙高愚弄自己之後的報復之心。當然，若是趙高僅僅愚弄了李斯，而沒有實際直接的加害作為，很可能李斯還能隱忍不發。畢竟，李斯也不願在這艱難之後剛剛有所復甦的時刻，同趙高這個「用事」近臣鬧翻。然則今日不同，趙高要一刀剜了李由，顯然是要摧毀李斯方始艱難恢復的聲望權力，要一舉將李斯置於孤立無援之境，是可忍，孰不可忍也！

反覆思忖，李斯決意先行擱置三公上書之事，而先使自己立於不敗之地。欲待如此，只能設法晉見二世胡亥，痛切陳說趙高之險惡，即或不能逼二世皇帝除了趙高，也必得罷黜趙高，使其遠離廟堂，否則後患無窮。然則，此時的皇帝已經很難見了，且此前三番難堪，已經使這個享樂皇帝大為不悅，要謀求一次痛切陳說之機，還當真不是易事。當然，再要清楚知道皇帝行蹤，趙高是無論如何不能指望了。於是，李斯祕密叮囑家老，派出了府中所有與皇城宮室有關聯的吏員，各取路徑祕密探查皇帝行蹤，務必最快地清楚皇帝目下在何處。

如此三日之後，各路消息匯集一起，李斯卻犯難了。二世胡亥已經離開咸陽，住到甘泉宮去了。這個胡亥近日正忙於一宗樂事，在材士營遴選了百餘名壯士作「角抵優俳」，每日論功行賞不亦樂乎。趙高的族弟趙成率領三千甲士守護著甘泉宮，趙高則親自在甘泉宮內照應，若不與趙氏兄弟沆瀣一氣，根本不可能進得甘泉宮。

所謂角抵者，角力較量也，跌跤摔跤也。優俳者，滑稽戲謔也。戰國秦時，將街市出賣技藝的「優」者分為兩大類：歌舞者稱「娼優」，滑稽戲謔者稱「俳優」。優俳者，俳優之別說也，實則一事。用今人話語，角抵俳優便是滑稽摔跤比賽。胡亥整日尋求樂事，萬千女子終日悠遊其中猶不滿足，又日日尋求新奇之樂。趙高便指點閻樂生發出這個滑稽摔跤戲，樂得胡亥大笑不止，日日與一大群婦女「燕私」之後，便要賞玩一番滑稽跌跤，只覺這是人間最快樂的時光，任誰說話也不見。

無奈，李斯只有上書了。

李斯一生寫過無數對策上書，然彈劾人物卻是唯此一次。其書云：

臣李斯頓首：臣聞之，臣疑其君，無不危國；妾疑其夫，無不危家。今有大臣於陛下擅利擅害，與陛下無異，此甚不便。昔者司城子罕相宋，身行刑罰，以威行之，期年遂劫其君。田常為簡公臣，爵列無敵於國，私家之富與公家均，布惠施德，下得百姓，上得群臣，陰取齊國，殺宰予於庭，即弒簡公於朝，遂有齊國。此，天下所明知也。今，高有邪佚之志，危反之行，如子罕相宋也；私家之富，若田氏之於齊也；兼行田常、子罕之逆道，而劫陛下之威信，其志若韓玘之為韓安相也。陛下不圖，臣恐其為變也！

上書送達甘泉宮三日，沒有任何消息。

李斯正在急不可待之時，一名侍中送來了二世胡亥在李斯上書之後批下的問對詔書，全然一副嚴詞質詢的口吻：「丞相上書何意哉！朕不明也。夫趙高者，故宦人也，然不為安肆志，不以危易心，絜行修善，自使至此，以忠得進，以信守位；朕實賢之，而君疑之，何也？且朕少失先人，無所識知，不習治民，而君又老，恐與天下絕矣！朕非屬趙君，當誰任哉？且趙君為人精廉強力，下知人情，上能適朕，君其毋疑也。」

李斯越看越覺心頭發涼，愣怔半日回不過神來。二世皇帝的回答太出乎李斯的意料了，非但沒有絲毫責備趙高之意，且將趙高大大褒獎了一番，將皇帝對趙高的倚重淋漓盡致地宣示了一番，太失常理了！以尋常君道，即或是平庸的君主，面臨一個領政丞相對一個內侍臣子的懷疑追究，縱然君主倚重這個內侍，至少也得交御史大夫府案驗之後說話，何能由皇帝立即做如此分明的判定？因為，任何一個大臣都有舉發不法逆行的職責與權力，此所謂言權也。若以二世胡亥所言，李斯的上書完全可以看作誣告舉發，全然可以反過來問罪於李斯。世間還有比這般行為更為荒謬的事體麼？一心謀國，反倒落得個疑忌用事之臣，當真豈有此理！

李斯的這件上書與胡亥的這件批示詔書，是全然相互錯位的歷史滑稽戲也。以李斯而論，胡亥分明是個昏聵不知所以的下作皇帝，李斯卻偏偏將其當作能接受直諫的明君或常君對待，每每以正道論說對之，無異於緣木求魚也。以韓非〈說難〉，說君的軸心法則便是「非其人而與語」——不是明君雄主，便不要與之談論為政大道。李斯恰恰反其道而行之，「非其人勿與語」，硬糾纏著一個下作昏君聽自己的苦心謀國之言，結果招來一通全然文不對題的斥責之詞，滑稽也，怪誕也。李斯是大法家，不能以范蠡式的全身而退的自保術為最高法則，要求李斯作出或退隱去官或不言國事的選擇，那不是戰國大爭之風，更不是法家大師的風骨。歷史要求於李斯的，是正道謀國該當具有的強硬抗爭品格，與出色的斡旋能力。不求其如商君護法之壯烈殉身，亦不求其如王翦王賁那般可能的擁兵除奸。然則，至少求其如呂不韋的精妙斡旋與強硬秉持，以及最後敢於結束自己生命以全秦國大局的勇氣。然則，李斯沒有做到任何一種的錚錚硬骨，而只是絮絮叨叨地力求下作昏君接納自己，力求下作昏君拒絕奸佞。此等要求蒼蠅不要逐臭的作為，實在教人哭笑不得了。

以實情論之，其時，李斯面前至少有兩條路可走。一則是正道：以三公上書為契機，聯結馮去疾馮劫章邯等一班功臣老將，大張旗鼓地為天下請命，威逼二世胡亥誅殺趙高改弦更張。以當時天下之亂象，只要李斯敢於奮然呼籲，帝國廟堂很有可能就此改觀。二則是權謀機變之道：將趙高比作齊桓公末期的易牙、豎刁兩個內侍奸佞聲討之，給趙高設置一個謀逆罪案，公然舉發，而後逕自祕密拿人立即斬決！依據胡亥後來「恐李斯殺之（趙高）」的擔心，可以判定：李斯密殺趙高並非沒有能力，而在於敢不敢為。

不合李斯既不走正道，也不走旁道，偏偏一味地私欲為上迂闊到底，只用胡亥趙高最聽不懂的語言說話，自家津津樂道，卻遭下作君主無情地一掌摑來。以李斯上書而言，分明要除趙高，說詞卻全然不著邊際：李斯上書所列舉者，都是此前戰國歷史上著名的權臣之亂，而此等權臣之亂，至少也得有李斯一般的重臣地位才能發生。趙高無論多麼奸佞，無論多麼野心，此時也只是一個從老內侍擢升的郎中令，以此等權臣作亂比照趙高，實在不倫不類，正好使趙高反咬一口，說李斯才是田常。也就是說，遇到趙高這般精於權術又心黑手狠的千古奸徒，唯以強力，唯以正道，可成其天敵也！若李斯這般不具強硬風骨，唯圖以才具說動下作昏君的童稚舉措，註定地要一步步地更深地落入更為卑劣的圈套。

李斯沒有想到這些。

李斯依然南轅北轍地走著自己的路。

次日，李斯趕赴甘泉宮求見胡亥，欲圖為自己的上書再度陳述。可連山口城門都沒進，李斯便被守在城頭的趙成擋了回來。趙成只冷冰冰一句話：「皇帝陛下有詔，大臣可上書言事，不可無召晉見。末將不能稟報。」李斯苦苦守候了兩個時辰，趙成卻鐵石一般矗在城頭毫不動搖。天及暮色，李斯終於憤然難耐，當時便在車中寫下了幾行字，裝入上書銅匣，派一個侍中送進了甘泉宮。又過兩個時辰，城頭風燈搖曳，山谷秋風呼嘯，城頭還是沒有任何消息。李斯冷餓疲憊已極，萬般無奈只好登車回程了。李斯沒有料到，正是這幾行急就章，使他陷入了最後的泥沼。

忙碌一夜的胡亥，直睡到日色過午才醒了過來。

書房長史送來李斯昨日的上書。胡亥愜意地呷著剛剛煮好的新茶，說了一個念字。長史便打開銅匣拿出了一方白帛展開，高聲地緩慢地念了起來：「陛下詔書，老臣以為不然。夫趙高者，故賤人也，無識於理，貪欲無厭，求利不止，列勢次主，求欲無窮。老臣故曰，趙高殆矣！」胡亥聽得大皺眉頭，破天荒拿過上書自家看了起來。

顯然，李斯對自己這個皇帝褒獎趙高很是不滿，竟再次對這個忠實於朕的老臣大肆攻訐了。這李斯也忒是狠也，將趙高連根罵倒，說趙高生來就是個賤人，貪欲求利不止，權勢已經使皇帝無足輕重，還罵趙高惡欲無窮，罵趙高已經有了險象等等，李斯洶洶然想做甚？想殺趙高？對！一定是李斯想殺趙高！李斯若要殺趙高，可能麼？可能！且不說李斯有長子李由的外勢可藉，李斯只要與馮去疾馮劫章邯等任何一個老臣聯手，那些個個都有效力死士的老臣老將誰不敢將趙高剁成肉醬？驀然之間，胡亥很為自己的這個機敏發現自得，覺得自己這個皇帝聖明已極——胡亥再也不是從前那個需要趙高呵護的少皇子了，胡亥可以保護老功臣了！驚喜欣然之下，胡亥立即吩咐召見趙高。

「郎中令且看，此乃何物耶？」胡亥指了指案頭帛書。

「這……陛下，李斯上書……」

「李斯如此說法，其意如何啊？」見趙高惶恐模樣，胡亥既得意又憐憫。

「老臣寸心，唯陛下知之也……」趙高涕淚唏噓了。

「不怕不怕，有朕在也！」胡亥又是撫慰又是拍案擔保，忙得不亦樂乎。

「老臣已衰邁之年，一命何惜？老臣，為陛下憂心也。」

「噢？朕有可憂處麼？」胡亥驚訝疑惑。

「丞相勢大，所患者唯趙高也。趙高一死，丞相即欲為田常之亂……」

「啊！」胡亥大驚，「是說，李斯要弒君奪位？」

「陛下聖明。自古作亂，唯有權臣，不見小臣……」

「對也！」胡亥恍然大悟，「李斯是丞相三公，只有他能作亂！」

「唯其如此，丞相之攻訐老臣，掩人耳目而已。」

「丞相丞相，別叫他丞相！聽著煩人！」

「陛下……」

「對了，方才說甚？掩耳盜鈴？對！李斯掩耳盜鈴！」

「陛下聖明。李斯是盜，竊國之盜。」

「李斯！朕叫你竊國！」胡亥一腳踢翻了案旁正在煮茶的侍女，氣咻咻一陣東轉西晃，猛然回身高聲道，「下獄！以李斯屬郎中令！叫他竊國，竊個鳥！」氣急敗壞的胡亥臉色蒼白，惡狠狠罵得一句，又獰厲地笑了。

「陛下聖明！」趙高立即匍匐在地高聲讚頌一句，又恭敬地道，「然則，老臣之見，治李斯之先，必先治馮去疾、馮劫。此兩人與李斯一道上書攻訐陛下君道，是為大逆，不可留作後患也。」

「好！郎中令操持便是，朕忙不過來。」

「陛下毋憂，老臣定然諸事妥當！」

一場帝國歷史上最大的冤獄便這般荒誕地開始了，沒有邏輯，沒有罪行，沒有法度，沒有程序，沒有廷尉，沒有御史。有的只是一道詔書，一支馬隊，一個奉詔治獄的老內侍趙高。當閻樂的三千材士營馬隊轟隆隆開進咸陽三公府的時候，任誰也沒有想到，帝國末期的浴血殘政再度開始了連綿殺戮。

那一日，馮劫正到馮去疾的右丞相府，會商如何了結這件三公上書事。馮去疾之意，還當聯結章邯、王離等一班大將連署強諫。馮劫卻斷然搖頭，說任何上書都不會有用，要想扭轉朝局，只有一個辦法：舉兵肅政，廢黜了這個胡亥，殺了這個趙高！馮去疾大驚，思忖一番卻也不得不點頭，遂低聲問：「還是要丞相發動麼？」馮劫拍案道：「此人私欲過甚，不能再指望他舉事。他若跟著來，再說。」馮去疾道：「胡亥之後，擁立何人為帝？」馮劫成算在胸道：「子嬰！子嬰臨危不逃，身有正氣，當得三世皇帝！」一番祕密會商，兩人大是振奮，最後議定：馮劫祕密趕赴中原，之後再往九原，祕密聯結章邯王離妥當之後，三人立即率軍殺回咸陽……

「皇帝詔書！馮去疾馮劫接詔——！」

當閻樂的喊聲與馬隊甲士的轟隆聲迴盪在庭院時，兩位老臣相對愕然了。在秋風蕭疏的庭院，閻樂板著臉念誦了胡亥的一篇長長的問罪詔書，最後的要害是：「……今朕即位二年之間，群盜並起，三公不能禁盜，卻要罷先帝之阿房宮！如此三公，上無以報先帝，次無以為朕盡忠，何以在位哉！著即下獄，屬郎中令勘審問罪！此詔！秦二世二年春。」

「閻樂，豎子鑽閹宦褲襠，女婿做得不錯也！」馮劫哈哈大笑。

「拿下兩個老匹夫！」閻樂臉色鐵青一聲怒喝。

「退下！」馮去疾霹靂怒喝一聲，頓顯大將威勢。

「箭弩伺候！」閻樂聲嘶力竭。

「豎子可知，將相不辱也！」馮去疾鏘然拔出了長劍。

「老哥哥有骨頭！將相不辱！」馮劫大呼長笑，拔出長劍與馮去疾並肩而立。

「走！去見始皇帝——！」

一聲大呼，兩人同時刎頸，同時倒地，鮮血頓時激濺了滿院黃葉……

三、飽受蹂躪的李斯終於走完了晦暗的末路

三川郡一道快報傳來，李斯頓時昏厥了。

誰也沒有料到，李由驟然戰死了，且死得那般慘烈，被那個江東屠夫項羽將頭顱掛在了外黃城頭……消息傳來如晴天霹靂，合府上下頓時一片慟哭之聲，幾乎要窒息了。好容易被救醒過來的李斯，聽得廳堂內外一片悲聲，已沒有一絲淚水。思忖良久，李斯正待掙扎起身，又見家老跌跌撞撞撲進廳堂哭喊：「大人！長公主刎頸了！……」李斯喉頭咕的一聲，又頹然跌倒在榻，再度昏厥了過去……夜涼如水的三更，李斯終於又醒了過來。隱隱哭聲隨風嗚咽，偌大廳堂死一般沉寂。守在榻前的兩個兒子與幾名老僕太醫，都是一身麻衣一道白帛，人人面如死灰聲息皆無。見李斯睜開了眼睛，次子李法、中子李拓驀然顯出一絲驚喜（註：李斯多子女，長子李由之外無姓名記載，子女數目亦不詳。「中子」為《史記》原詞，當指排行居中的幾個兒子之一），老太醫也連忙過來察看。李斯艱難

地擺了擺手，拒絕了太醫診視，也拒絕了家老捧過的湯藥，沒有一句話，只以目光示意中子李拓扶起了自己，艱難地走出了門廳。

聰慧的李拓素知父親，順著父親的腳步意向，將父親一步步扶到了匆忙搭起的靈堂。李斯走進麻衣一片的靈堂，隱隱哭泣立即爆發為痛楚無邊的悲聲。李斯走到兩方靈牌下的祭案前，大破葬禮之儀，瑟瑟顫抖著深深三躬，向長子長媳表示了最高的敬意。之後，李斯走到了靈堂口的書案前，目光注視著登錄祭奠賓客的羊皮大紙，光潔細密的羊皮上沒有一個名字，空曠得如同蕭疏的田野。李斯嘴角驀然一絲抽搐，盯住了那管已經乾涸了的大筆。李拓會意，示意身旁一個姊姊扶住了父親，立即到書案鋪開了一方白帛，又將大筆飽蘸濃墨，雙手捧給了父親。李斯左臂依舊被女兒攙扶著，只右手顫巍巍接過銅管大筆，筆端顫巍巍落向了白帛，一個個蒼老遒勁的大字艱難地生發出來——亂世孤忠，報國雙烈，大哉子媳，千古猶生！最後一字堪堪落筆，大汗淋漓淚如泉湧的李斯終於酸軟難耐，大筆噹啷落地……

旬日之間，李斯再度醒來，已經是形容枯槁滿頭白髮了。

李拓稟報父親說，皇城沒有任何關於大哥戰死的褒揚封賞消息，大哥與長公主的葬禮規格也沒有詔書。章邯將軍派來了一個密使，已經祕密運回了大哥的無頭屍體。章邯將軍說，那幾個案驗大哥通盜事的密使，還在三川郡折騰，看情勢趙高一黨還要糾纏下去。李斯思忖良久，嘶啞著長歎一聲：「勿望皇室也！既有屍身，以家禮安葬便了……」吩咐罷了，李斯抱病離榻，親自坐鎮書房，一件一件地決斷著長子長媳這場特異的葬禮的每一個細節。想到長子李由孤忠奮烈於亂世危局，最終卻落得如此一個不明不白的歸宿，而自己這個通侯丞相竟至無能為力，李斯的憤激悲愴便翻江倒海般難以遏制，又一次絕望得想到了死。然則，李斯終究強忍了下來，沒有他，偌大的李氏部族立見崩潰，李由的冤情也將永遠無以昭雪。為了這個家族部族的千餘人口，他必須挺下去，為了恢復自己暮年之期的名望權力，他更須撐持下去。死固易事，然身敗名裂地死去，李斯不願意，也不相信有這種可能。畢竟，三公仍在，章邯王離大軍仍在，除卻趙高並非絲毫沒有機會……已經在巨大的無可名狀的苦境中浸泡麻木的李斯，目下只有一個決斷：安葬了長子長媳，立即與馮去疾馮劫祕密會商，不惜法外密行聯結章邯王離，一定要除卻趙高，逼二世胡亥改弦更張！

行將入夏之時，李氏家族隆重安葬了李由夫婦。

皇城無人參與葬禮，大臣也無一人參與葬禮，昔日赫赫丞相府的這場盛大葬禮，倒像是無人知道一般。然李斯斷然行事，無論皇城官署如何充耳不聞，葬禮都要「禮極致隆，大象其生」。李斯第一次認真動用了領政丞相的殘存權力，以侯爵規格鋪排葬禮。李斯的丞相府葬禮官書知會了皇城與所有官署，題頭都是「先帝長公主珵並三川郡守李由葬禮如儀」，以皇族嫡系公主之名處置這場葬禮，李斯相信二世胡亥也無可阻攔。果然，一切都在皇城與各方官署的泥牛入海般的沉默中逕自進行著。出喪之日，盛大的列侯儀仗引導著全數出動的李氏部族，數千人的大隊連綿不斷地開出了咸陽北門，開上了北阪，開向了北阪松林的預定墓地。使李斯稍覺欣慰的是，咸陽國人一路自發地設置了許許多多的路邊祭奠，「國之干城」「抗盜烈士」的祭幅不絕於目，哀哀哭聲不絕於耳……

從北阪歸來，疲憊不堪的李斯徹夜昏睡，次日正午醒來，覺得輕鬆了許多。

李斯沒有料到，便在他用過午膳，預備去見馮去疾馮劫的時刻，府丞驚恐萬狀地跌撞進來，報說了兩馮在閻樂軍馬緝拿時憤然自刎的消息。李斯大是驚愕，良久愣怔著說不出一句話來。中子李拓也得知了消息，匆匆前來勸父親立即出關，奔章邯將軍或王離將軍處避禍。李斯卻緩緩地搖了搖頭，依舊沒說一句話。便在父子默然相對之時，閻樂的材士營馬隊包圍了丞相府。耳聞沉雷般的馬蹄聲，李斯沒有驚慌，只對李拓低聲重重一句：「不許都攪進來！」便撐著李拓含淚捧過的竹杖，一步一步走出了門廳，來到了廊下……

雖是夏日，雲陽國獄的石窟卻陰冷潮濕得令人不堪。

李斯做過廷尉，雲陽國獄的老獄令曾是其信賴的部屬。對丞相李斯的突然入獄，雲陽國獄的老獄令與獄吏獄卒們無不驚愕莫名。在大秦法界各署吏員中，李斯的行法正道是極負盛名的，即便後來的廷尉姚賈，也不如李斯這個老廷尉深得帝國法界這般認可。李斯入獄，國獄官吏們無不認定是冤案，是以各方對李斯的照拂都很周到，李斯的消息也並不閉塞。老獄令搬來了一案酒食為李斯驅寒。飲酒間，老獄令對李斯說，郎中令署的案由是「斯與子由謀反，案驗問罪」，丞相府的宗族賓客已經被盡數緝拿，據說與馮去疾馮劫族人一起關押在南山材士營，只丞相一人被關在雲陽國獄。

「嗟乎！悲夫！不道之君，何可為計哉！」

那日，李斯第一次在萬般絕望下平靜了，清醒了，無所事事地痛飲中感慨著唏噓著，時而拍打著酒案，時而拍打著老獄令的肩頭，說出了許許多多積壓在心頭的話語。老獄令也是老淚縱橫，聽得懂聽不懂都只顧點頭，只顧一碗又一碗地向李斯斟酒。

「老獄令啊，且想想古事。」李斯萬般感喟唏噓，「夏桀殺關龍逢，殷紂殺王子比干，吳王夫差殺伍子胥，不亦痛哉！此三臣者，豈不忠哉！然而不免於死，身死而所忠者非人，不亦悲乎！今日，我智不及三子，而二世之無道則過於桀紂夫差，我以忠死，宜矣！然則我死之後，二世之治豈不亂哉！老令不知，胡亥夷其兄弟而自立，殺忠臣而貴賤人趙高，作阿房宮，又賦斂天下，誠無道也！我非不諫，二世不聽我哉！凡古聖王，飲食有節，車器有數，宮室有度。出令造事，加費而無益於民利者，禁止不做，故能長治久安也！今二世如何？行逆於昆弟不顧其咎，侵殺於忠臣不思其殃，大作宮室厚賦天下而不愛其費！三者並行，天下安能聽哉！目下，反者已有天下之半矣！而二世之心，尚在懵懂也！二世以趙高為輔佐，我必要見寇盜進入咸陽，見麋鹿獸跡遊於廟堂了！……」

終李斯末期全部言行，唯獨在雲陽國獄的這番感慨尚算清醒。清醒之根本點，在於李斯終於清楚了亂國亂天下的根基在胡亥這個皇帝，而不在趙高這個奸佞。然則，李斯對胡亥的斥責，卻僅僅限於對傳統昏君的殺忠臣、殺兄弟、侵民利的傳統暴行的指斥。李斯在最後的時刻，依然沒有痛切體察胡亥這個下作昏君敗壞秦法的特異逆行。身為大法家的李斯，身為創立帝國法治的首席功臣，李斯在最後的悔悟中，依然囿於一己之忠奸甄別，而沒有悔悟到自己對胡亥即位該當的罪責，更沒有悔悟二世最大的破壞性在於以瘋狂發作的獸行顛覆了帝國的法治文明……如此悔悟，誠可歎也。

李斯備受照拂的日子，很快便告結了。

對李斯的案驗，趙高不假手任何人，事無巨細皆親自過問。首先，趙高先行撤換了雲陽國獄的全部官吏，一律由材士營將士替代。其次，趙高親自遴選了幾名對李斯有種種恩怨的能吏，又由這幾名能吏遴選出十餘名法堂尉卒，專一作李斯案驗勘審，只聽從於趙高一人號令。再次，趙高對勘審人馬定下了必須達成的方略——以各式執法官署名義連續勘審，反覆榜掠，不怕反供，直至李斯甘心自認謀逆大罪！諸事謀定，這班勘審人馬便開始了對李斯的無休止的折磨。

開初幾次勘審，李斯一直都是聲嘶力竭地喊冤，堅執認定是趙高圖謀陷害自己。可一班喬裝吏員根本不聽李斯辯冤之說，只要沒聽到認罪兩字，便喝令行刑手榜掠，直打到李斯沒有力氣開口說話為止。榜，捶擊抽打之意。其時所謂榜掠（註：榜，通「搒」字），實則是非刑打人的一種通常說法。也就是說，榜掠不是一個法定刑種，更沒有法定刑具，棍棒竹片手腳等等皆可施為，與市井群毆幾無二致，只任意捶擊抽打便是。趙高此等謀劃極為惡毒，一則可辯之為沒有用刑，二則極大地辱沒李斯的尊嚴。於是，十數名壯漢輪流任意毆打李斯，拳腳棍棒竹條任意加身，除了不許打死之外沒有任何顧忌。此等榜掠的侮辱意味，遠遠大於法定酷刑。馮去疾馮劫所言之將相不辱，尚且說的是獄吏酷刑之辱，而沒有包括此等更為卑劣的辱沒，故而寧願一劍刎頸。而目下這種頻頻榜掠，對於李斯這個畢生受人景仰的國家勳臣，無異於最下作的痛苦羞辱。

然則，李斯終究有李斯的特異之處。這一特異，便是面臨此等下作侮辱，反倒奇蹟般地激發出李斯少年時期的市井本性——你打我麼，我不怕！你想叫我不堪受辱而死麼，我偏不死！非但不死，我還要辯冤！當然，終究很難說清其中緣由，總歸是榜掠李斯「千餘」次，而李斯竟奇蹟般地活了下來，雖不勝苦痛，終究認了罪，然卻以奇特的認罪方式堅執地為自己辯冤。

記不清幾多次的榜掠之後，有一日的勘審官自稱是謁者署巡視國獄，詢問李斯可有認罪書上達皇帝？李斯身為丞相，自然清楚這謁者署是職司各種公文傳遞兼領巡視治情的官署，雖非九卿重臣，卻可直達皇帝書房。於是，一聞問訊，李斯便點頭道：「足下稍待。筆墨白帛。」那個謁者很是欣然，立即吩咐隨從拿來了筆墨白帛。李斯略一思忖，提筆寫去，便留下了一件中國歷史上最為奇特的認罪書：

臣為丞相治民，三十餘年矣。逮秦地之陝隘。先王之時秦地不過千里，兵數十萬。臣盡薄材，謹奉法令，陰行謀臣，資之金玉，使游說諸侯，陰修甲兵，飾政教，官鬥士，尊功臣，盛其爵祿，故終以脅韓弱魏，破燕趙，夷齊楚，卒兼六國，虜其王，立秦為天子。罪一矣！地非不廣，又北逐胡貉，南定百越，以見秦之彊。罪二矣！尊大臣，盛其爵位，以固其親。罪三矣！立社稷，修宗廟，以明主之賢。罪四矣！更剋畫，平斗斛度量文章，布之天下，以樹秦之名。罪五矣！治馳道，興游觀，以見主之得意。罪六矣！緩刑罰，薄賦斂，以遂主得眾之心，萬民戴主，死而不忘。罪七矣！若斯之為臣者，罪足以死固久矣！上幸盡其能力，乃得至今，願陛下察之！

「這，這也算得認罪書？」

此番喬裝謁者的勘審官稟性迂闊，對李斯此等認罪之法大為不解，可又不敢不原件帶回呈給了趙高。趙高接過白帛抖開瀏覽了一遍，嘴角一抽冷冷道：「此等小伎倆糊弄老夫，李斯也敢？」一伸手將白帛向書案的硯池中一摁，白帛字跡立即被墨汁淹沒得一團墨黑，「獄中之囚，安得上書！」假謁者恍然大悟，連忙一拱手道：「稟報郎中令，李斯認罪伏法，並無向皇帝上書！」趙高淡淡點頭：「自然如此，用得說麼？」

此後月餘，又是御史、侍中、謁者諸般名目的不斷勘審。李斯只要提起上次的認罪書，或據實辯冤，立即便招來一頓拳腳交加或竹片棍棒橫飛的侮辱性毆打。只要李斯認罪，勘審官便立即下令停止榜掠。如是日久，遍體鱗傷的李斯再也沒有了翻供的心思。趙高看看火候已經到了，便特意晉見胡亥，報說李斯案驗已經初定，請陛下派出特使做最後查勘。胡亥對趙高的忠心大為讚賞，立即煞有介事地派出了御史大夫府的官員做最後勘定。

這一日是六月末，雲陽國獄的大堂依舊是幽暗冰涼。廳堂中央的大案上橫架著一口尚方金劍，一位高冠中年官員正襟危坐案前。當李斯被新獄吏們強行擺弄著換上了一件乾淨的囚衣被押進來時，中央案側的一名文吏高聲宣呼了一句：「御史中丞奉詔查案，李斯據實辯說——！」李斯頭也沒抬，只木呆呆地默然站立著。中央大案後的官員一拍案道：「李斯，本御史奉皇帝尚方劍查案，但據實辯說無妨。大秦律法，你自熟知，不需本御史一一解說。」

李斯驀然抬頭，眼中星光一閃卻又瞬間熄滅了。李斯分明看到了御史兩側的四名甲士後的那兩排熟悉的榜掠打手，正冷冰冰盯著自己。李斯突覺天旋地轉，直覺棍棒拳腳風雨呼嘯劈頭捶擊四面而來，悶哼一聲便昏厥在地了……片刻醒來，李斯眨了眨乾澀的老眼，還是沒有說話。

「人犯李斯，可有冤情陳說？」堂上又傳來御史官員的問話。

「斯認罪伏法，無冤可陳。」李斯木然地重複著說過無數次的話。

「謀逆之罪，事皆屬實？」

「斯認罪伏法，無冤可陳。」李斯依舊木然地重複著。

「如此，人犯署名供詞。」

在書吏捧來的一方碩大的羊皮紙的空白角落，李斯艱難地寫下了自己的名字。最後一筆搖搖欲下，大筆卻噗地落地，李斯頹然昏厥了過去……

李斯不知道，這位御史中丞是唯一一個真正勘審案件的執法官員，於是便錯過了這唯一的一次辯冤機會。然則，這樣的偶然不具有歷史轉折之可能點的意義。即或李斯辯冤了，即或胡亥知道了，李斯的命運依然是無法改變的。其根本原因，既在於李斯的巨大的性格缺陷與人格缺陷，更在於趙高的頑韌陰謀，更在於胡亥的下作昏聵。唯其如此，李斯的這次遺憾並不具有錯失歷史機遇的意義。

當這個御史中丞將勘審結果稟報給胡亥，並呈上李斯的親署供詞後，胡亥大大地驚訝了，連連拍案道：「啊呀！若是沒有趙君，朕幾乎被丞相所賣也！」御史中丞走了，胡亥還捧著李斯供詞兀自絮叨著，「這個李斯，他還當真要謀逆，還當真要做皇帝？不可思議也。他也不想想，有趙高這般忠臣在，他能謀逆麼？能做皇帝麼？蠢也蠢也，李斯蠢也！」胡亥絮叨罷了，吩咐侍中將一應供詞等與李斯謀逆案相關的文書全部交於趙高，要趙高量刑決斷，自己又一頭扎到淫靡的漩渦去了。

七月流火，咸陽南門外的渭水草灘上搭起了罕見的刑場。

自商鞅變法以來，渭水草灘是老秦國傳統的老刑場。然則，尋常人犯的決刑不會在這裡。渭水草灘的刑殺，都是國家大刑，用老秦人的話說：「渭水大刑，非亂國奸佞不殺。」老秦人屈指可數的渭水大刑殺有三次：秦惠王刑殺復辟老世族千餘人，秦昭王刑殺諸公子叛亂人犯數百人，秦王政刑殺嫪毐叛亂餘黨數百人。這次刑殺正當天下大亂之時，殺的又是誰也料想不到的丞相李斯三族，咸陽老秦人深深地震撼了。尋常國人對朝局雖非絲縷皆知，然對於大局大事大人物，還是有著一種相對明白的口碑的。此時的李斯，聲望雖已遠不如兩年之前，然在民眾心目之中，李斯依舊是個正臣，說李斯謀逆作亂，幾乎沒有一個老秦人相信。而此時的趙高，聲名雖不顯赫，卻也是誰都知道的當今二世的老師。二世胡亥逼殺扶蘇，逼殺蒙恬蒙毅，又殺戮皇子公主，不久前又殺三公大臣馮去疾馮劫，老三公九卿一個個全完，凡此等等劣跡，老秦人件件在心，如何能好評了胡亥趙高？民怨雖深，奈何此時關中咸陽的老秦人已經大為減少，又是老弱婦幼居多，民心議論無法聚結成為戰國之世能夠左右朝局的風潮，眼睜睜也是無可奈何，只有徒然怨恨而已。更有一點，此時的關中人口大多是一統天下之後遷徙進入的山東老世族。雖說已經是布衣之身，這些老世族及其後裔們卻依然清晰地將關中視為異國，對秦政之亂抱有濃烈的幸災樂禍之心。尤其在山東大亂之後，關中的山東人口雖因咸陽有五萬材士而不敢輕易舉事反秦，然其反秦之心卻早早已經燃燒起來。當此之時，秦國要殺丞相李斯，老世族們立即高興得人人奔相走告了。畢竟，在六國老世族眼裡，李斯是翦滅六國的元凶之一，是禍及天下的秦臣首惡，被夷滅三族自是大快人心也。此等情勢之下，官府文告一經張掛，關中大道上便絡繹不絕地流淌出前來觀刑的萬千「黔首」。

夏日的清晨，天空陰沉得沒有一絲風。

趙高的女婿閻樂率領著萬餘步卒，在草灘上圍起了一個空闊的大場。場中正北是一座黃土高臺，臺上空著一張大案。場中立著一大片猙獰的木樁。木樁之外，有一張三五尺高的木臺，臺上立著兩根大柱。甲士圈外的「黔首」人潮黑壓壓漫無邊際，興奮的嗡嗡議論聲彌漫四周。

卯時時分，隨著場中大鼓擂動，土臺前的閻樂長聲宣呼，身著高冠朝服的趙高帶著一班新貴昂昂然上了刑臺。之後，李氏三族的男女老幼被綁縛著一串串押進了刑場，嫡系家族隊前便是李法李拓兩位長髮散亂的公子。李氏人口一進入刑場，立即被一個個綁上了木樁，恍若一片黑壓壓的樹林。

「帶人犯李斯——！」

隨著閻樂尖利的呼喊，一輛囚車咣噹轟隆地駛進了刑場。在距離高臺三五丈處，囚車停穩，四名甲冑武士打開囚籠，將李斯架了出來。此時的李斯鬚髮如霜枯瘦如柴，當年英風烈烈的名士氣度已經蕩然無存了。李斯艱難站地，木然抬眼四顧，忽然看見了遠處木樁前的中子李拓，一時不禁悲從中來，蒼老的聲音游絲般遙遙飄盪：「拓也！多想與兒回歸故里，牽著黃狗，出上蔡東門追逐狡兔，豈可得乎——！」

「父親——！子不睹父刑！兒先死也！就此一別！……」

悲愴的哭喊中，李拓猛力掙起，躍身撲向木樁尖頭，一股鮮血激濺草地。李斯眼見最心愛的兒子如此慘死，喉頭猛然一緊，當即昏厥過去……一時間，次子李法與李斯的其餘子女紛紛掙扎，都要效法李拓自殺，可被已有防備的甲士們緊緊拽住，沒有一個得遂心志。臺上趙高冷冷一笑：「一個不能死，都要先看李斯死。」說罷，趙高起身，走到了已經被救醒的李斯面前拱手淡淡一笑，「丞相，高為你送行了。」

「趙高！李斯死作山鬼，也要殺你！……」李斯拚盡全力吼了一聲。

「便是作鬼，你也不是老夫對手。」趙高又是淡淡一笑，「李斯，你做過廷尉，老夫今日教你五刑具備的滋味。」

「趙高禽獸！非人類也！……」李斯已經沒有聲息了。

隨著閻樂手中的令旗劈下，一場亙古未聞的五刑殺人開始了。所謂五刑，是以五種最具侮辱性的刑罰殺人。五刑之一是墨刑，亦即黥刑，也就是給人犯兩頰烙出字印；五刑之二是劓刑，割掉鼻子；五刑之三是腓刑，砍斷雙足；五刑之四是宮刑，割去生殖器；五刑之末是腰斬，將人犯攔腰砍斷為兩截……五種侮辱性刑罰一一施行，連觀刑的「黔首」老世族們都大為震駭，人人垂首默然，刑場靜如死谷……正當李斯被腰斬之際，天空一聲驚雷一道閃電，大雨滂沱而下，雨水帶著李氏族人的鮮血嘩啦啦流淌，茫茫渭水頓時血浪翻滾。驚雷閃電之中，趙高面前的大案喀嚓炸開烈焰飛騰，刑場頓時大亂了……

西元前二〇八年酷熱的伏暑天，李斯就這樣走了。

李斯被昔日同謀者以匪夷所思的險惡手段所陷害，牢獄中備受蹂躪摧殘，刑場中備受侮辱酷刑，其死之慘烈史所罕見，令人不忍卒說。察李斯一生，功業也皇皇，罪責也彰彰。李斯是締造大秦帝國的首席功臣，也是毀滅大秦帝國的第一罪人。蓋棺論定，李斯是中國歷史長河中絕無僅有的一個功罪同樣巨大的政治家。李斯的文明功業如泰山不朽，李斯的亡秦罪責負鐵鑄惡名。李斯是中國歷史上最具悲劇性格的政治家。其悲劇根基，在於其天賦精神的兩重性：既奉烈烈大爭之信念，又埋幽幽性惡之私欲。遇始皇帝此等心志強毅雄才大略之君主，李斯的大爭信念與法家才具，得以淋漓盡致之揮灑。失去始皇帝而猝遇歷史劇烈轉折之險關，須得李斯自家把握自家時，李斯的政治判斷中便自覺不自覺地滲進了私欲。此等揮之不去且越來越重的私欲，使李斯一次又一次失去了自我校正的機會，也使李斯蒙受了一次又一次非人的侮辱。

真正的悲劇在於：寸心煎熬之下，李斯終未能恢復法家名士當有的烈烈雄風，而對下作昏聵的君主始終存有無盡的奢望，對奸險陰毒的凶徒始終沒有清醒的決斷，以致最終以最屈辱的非刑被殺戮。無論是以當時的潮流精神，還是以普世的歷史價值觀，李斯都沒能做到馮去疾馮劫那般以生命的最後閃光維護了人生的尊嚴。作為大政治家的正義原則，作為奮爭者的性惡底蘊，並存於李斯一身，最終淹沒了李斯為之奮爭的帝國大業，也留下了放行陰謀並與之同流合污的劣跡，更屈辱地毀滅了自己生命。此，李斯之悲劇所在也。

李斯是政治家的前車之鑒，也是所有奮爭者的一面鏡子。

在《史記・李斯列傳》之後，太史公有一則獨特的評判：「李斯以閭閻（平民）歷諸侯，入事秦，因以瑕釁，以輔始皇，卒成帝業，斯為三公，可謂尊用矣！斯知六藝之歸，不務明政以補主上之缺；持爵祿之重，阿順苟合，嚴威酷刑；聽高邪說，廢嫡立庶。諸侯已畔，斯乃欲諫爭，不亦末乎！人皆以斯極忠，而被五刑死。察其本，乃與俗議之異。不然，斯之功且與周、召列矣！」

太史公評判有三層意思，獨特處在最後：其一，簡說了李斯的功業人生；其二，指出了李斯所犯的諸般過失，以及最後的徒然作為：「諸侯已畔，斯乃欲諫爭，不亦末乎！」（天下大亂之時，李斯才想到強力諫爭，不是晚了麼！）最後，太史公指出了一個普遍誤解，「人皆以斯極忠」。顯然，太史公不贊同以李斯為「極忠」之臣的評判。經過對李斯的根本性考察，太史公表示自己與俗議是不同的，明白表示：如果說李斯沒有末期罪責，那李斯的歷史地位便可與周公、召公並列了。也就是說，至少在西漢之世，普遍的看法還是將李斯做忠臣對待，對李斯的五刑慘死是深為痛惜的。《漢書・鄒陽傳》記載鄒陽評價云：「李斯竭忠，胡亥極刑。」《史記・蕭相國世家》記載漢高祖劉邦評價云：「吾聞李斯相秦皇帝，有善歸主，有惡自與。」《鹽鐵論・毀學篇》記載桑弘羊評價云：「……李斯入秦，遂取三公，據萬乘之權，以制海內；功侔伊望，名巨泰山。」司馬遷首次認定，凡此等等單說一面之詞的評判，都是「俗議」。這種認定，實際是將李斯作了兩重人物對待，而不將其作為傳統意義上的忠臣對待，但也沒有否定李斯的前期功績。可以說，在司馬遷對帝國君臣的種種評判中，對李斯之評論最為客觀公正。

四、趙高野心昭彰　胡亥作夢也沒想到自己的結局

李斯死了，趙高驟然膨脹了。

在始皇帝之後的君臣中，趙高始終將李斯看作最大的對手，甚至是唯一的對手。根本原因在一點，只有李斯的丞相府具有掌控帝國權力的軸心作用。無論皇帝如何至高無上，然則只要皇帝是胡亥此等人物，都不可能真正左右李斯。無論趙高這個郎中令如何中樞用事，也不可能真正左右李斯手中的施政權力。即或是當年統兵一方的蒙恬，也不具有李斯這個功臣開府丞相的綜合權力。列位看官須得留意的是，帝國權力架構直接由戰國傳統而來，開府丞相之權力遠遠大於後世任何時期的丞相。原因之一在於，其時權力系統之細分尚且不足，丞相府具有極大的綜合權力系統的特質。譬如，帝國時期尚無吏部，後世最為看重的官吏管理權，尚未獨立為九卿重臣之一。也就是說，其時李斯丞相府的施政權，事實上可以滲透到帝國每個角落，影響到包括屯守駐軍在內的所有領域。以朝局人事而言，除了大臣職務須皇帝認定，尋常散官與種種實權大吏，事實上都是丞相府舉薦，皇帝認可大多是程序而已。始皇帝在世之時，此等丞相權力並未見如何顯赫，亦未如何使權力架構失重傾斜；根本點是始皇帝乃強勢君主，雄才大略無出其右，君臣協同史所罕見，故能大政蓬勃和諧。而胡亥這等不知政事為何物的皇帝一即位，則立即顯示出李斯丞相權力的赫赫然難以制約。

趙高很清楚，要指望胡亥如同始皇帝那樣引領李斯施政，根本就是癡人說夢。即或是趙高自己，對於大政之道也說不出甚個正經主張，無以與李斯匹敵施政。皇帝既無引領大政之雄才偉略，丞相自然也不會甘作實施鋪排之角色，而完全可能變成主動實施自家主張的皇帝式丞相。久而久之，大秦豈非李斯之天下哉！趙高如此警覺，當然不是擔心大秦天下命運如何，而是擔心自家的勃勃雄心落空。從沙丘宮的那個風雨之夜一路走來，趙高的心志越來越大，腳步越來越快，登上最高權力寶座的路徑也越來越清晰了。可以說，自從扶蘇與蒙氏兄弟一死，趙高的野心堤壩便轟然開決了。堪堪兩年，趙高施展種種機謀，順利清除了一個個權力障礙，使始皇帝在世時的三公九卿悉數敗落，使始皇帝的皇族嫡系後裔幾乎滅絕，直到今夏只剩下李斯、馮去疾、馮劫三人，趙高終於策動了最後一擊。趙高沒有想到，馮劫馮去疾死得那般利落，也同樣沒有想到李斯這個老匹夫死得這般艱難。但無論如何，李斯終究是死了，連三族都被夷滅了，趙高終於長長地鬆了一口氣。儘管在刑場的暴雨雷電中大吃驚嚇，當夜，趙高還是在皇城的官署中大排了慶賀酒宴。

「大人廓清朝局，二世該當重重封賞！」一個新貴藉著酒意喊了起來。

「對！郎中令做丞相！」眾人一片呼應。

趙高冷冷一笑：「丞相？左丞相右丞相，老夫聽著煩。」

「大人除卻謀逆，功過泰山，當另立官號！」立即有謀士想出了路子。

「小子說得甚好，都說，老夫當個甚官才好？」趙高打量著一呼百應比僕從還要溫順乖覺的追隨新貴們，心頭的得意直是無可言說了。侍奉始皇帝大半生的趙高，自看到自己出頭之日的那一天起，便立下了一個很實在的心願：但為天下之主，一定要天下臣民都成為狗一樣的奴僕。尤其是左右臣工，更要比狗馬還要忠誠，主人下令叫幾聲便叫幾聲，絕不能有自己的吠聲。誰不願做這般犬馬，立馬殺之，根本無須憐憫。對於自己的掌國官號，趙高早早已經謀劃好，根本無須與這些奴僕新貴們會商。然則，趙高偏偏要問，要看看這些奴僕新貴中有沒有才智犬馬，能做到像他當年揣摩始皇帝諸般喜好那般絲毫無誤。畢竟，日後還需要更多的犬馬之才，僅僅閻樂趙成是遠遠不夠的。更為重要的是，在趙高看來，做個好奴僕也是一種大大的學問，也需要過人的才具。一個好的奴僕，要如同坐在老虎背上的狐狸，老虎的權勢便是狐狸的權勢，老虎的威風便是自己的威風。趙高很為自己得意的是，自己身為一個最下賤的閹人內侍，非但成功侍奉了超邁古今的第一個皇帝，得到了接近列侯的高爵，更將第二個皇帝戲弄於股掌之間輕鬆自如，將滿朝大臣羅織於陰謀之中游刃有餘。自此開始，趙高已經分明嗅到了舉步可及的至高權力的誘人氣息……當然，趙高既要奴僕新貴們溫馴如犬馬，還要防範他們中不能湧現出如同自己一樣的有「勃勃大志」的奴僕。凡此等等，皆須一件事一件事地辨別這些奴僕的資質，給自己網羅成一個牢不可破的犬馬天地……

「我說！大人做天丞相！」一個亢奮的聲音驚醒了趙高。

「天丞相？小子尚算有心也。」趙高淡淡笑了。

「不！大人做地丞相！地官厚實綿長！」

「不好！天地人三才，人居中！大人做人丞相！」

「以小人之見，大人該有王侯之位！」

趙高哈哈大笑：「你小子敢想也！好！賞小子任選一個侍女回去！」

「大人萬歲！」奴僕們立即歡呼起來。目下趙高官號未定，誰也不想喊出郎中令這個目下已經顯得太過寒酸的名號，故不約而同地只喊大人，趙高豢養的這群奴僕們倒是果然精於揣摩主人之心。一時間，眾人紛紛各提名號各出方略，趙高第一次不亦樂乎了。

「小婿之見，目下情勢，還是中丞相好。」

閻樂一句話，眾人似覺太過平淡，一時竟沒有人呼應。趙高卻鄭重其事地點了點頭，竭力很有氣度地訓誡著這些犬馬奴僕們道：「閻樂之見，審時度勢，好。爾等都給老夫聽著，要想好生計好日月，得一步一步來。老夫固然甚都能做，甚都可做，然皇帝尚在，老夫便得先做丞相，只在名號上改它一番，叫作中丞相便是。此乃實權進三步，名號進半步，既不叫皇帝與殘存對手刺耳，又教人不能忘記。再過些許日子，再另當別論也。」趙高意味深長地突然打住了話頭，在眾奴僕們的惶恐寂靜中，趙高又淡淡一笑，「如何操持成事，閻樂趙成總領了。」

「大人聖明！」奴僕新貴們齊誦了一句。

李斯一死，胡亥立即從甘泉宮搬回了咸陽皇城。

在胡亥心目中，甘泉宮再好也不如咸陽皇城富麗堂皇的享受來得愜意。論行止，甘泉宮只有山溪潺潺，而沒有咸陽裡外與渭水相通的大片水面，不能隨時裝幾個女子乘一隻快船到滔滔渭水上去折騰。論女人之樂，甘泉宮更比不上咸陽皇城錦繡如雲，隨時可抓一大把任意蹂躪。論市井遊樂，甘泉宮更是鞭長莫及。胡亥若突然心動，要喬裝到咸陽尚商坊的山東酒肆中去享受博戲之樂，與那些酒肆女侍們擠擠挨挨一團相擁嬉鬧，還當真不便。凡此等等諸多不滿，胡亥總是覺得不能恣意伸展手腳，每日窩在山坳裡直罵李斯老兒掃興，恨不得李斯立即沒有了，自己好一無顧忌地做真皇帝真神仙行樂終生。在胡亥心中，李斯這個父皇時的老功臣總是多多少少使他有所顧忌。譬如大政之事，即或李斯稟報給自己，也是李斯說咋辦就得咋辦。胡亥偶然說得一兩事，也被李斯隨口幾句說得一無是處。那次，李斯請准章邯率刑徒軍滅盜，胡亥心下大動，說要讓章邯學孫武子將咸陽皇城的兩千侍女練成精兵，由他率領出關做天子親征。李斯淡淡笑道：「孫子固然練過宮廷女兵，然卻從未率女兵征戰。兵者，存亡大計也。陛下毋以國事嬉樂。」胡亥不但鬧了個大紅臉，還得照准了李斯所請。有趙高用事，權力已經大大削減的李斯尚有如此威勢，若他還活下去還做丞相，胡亥這個皇帝能安樂麼？唯其如此，趙高說要胡亥躲避李斯滋擾，胡亥便立即躲進了甘泉宮，心想只要李斯不死他便不回咸陽，偏不見這個老絮叨李斯，他能奈何？於是李斯死訊報來的當日，胡亥立即急不可耐了，暮色聞訊，連夜便搬回了咸陽皇城。

「朕之大樂事，自此始也！」轔轔車中，胡亥如釋重負了。

這日清晨，胡亥方在呼呼酣睡之中，卻被一陣粗重響亮的呼喝聲驚醒了。胡亥竟夜作樂，最是賴清晨大睡養息神氣，驟聞攪鬧頓時大怒，眼睛還沒睜開便抓起大枕邊一隻玉佩狠狠摔了出去又狠狠罵了一句：「都拉出去扔進虎苑！」話方落點，只聽一人拉長聲吟誦般笑道：「皇帝大人該起來了，在下可有緊急國事也。」胡亥霍然坐起，光著膀子揉著糊滿眼屎急切難以睜開的眼睛，連連吼叫：「好你個大膽狗才！母士隊榜掠這狗才！先打得他滿地找牙再說！」自從知道了李斯不堪榜掠而服罪的事，胡亥非但沒有問罪趙高，反而對這種捶擊打人之法大感新奇，親自選出了二十餘名肥碩胡女，專一「成軍」了一支榜掠手。胡亥近來喜好將女字叫作「母」，故親自定名胡女打手隊為「母士隊」，只是成立倉促，母士隊尚未一試身手，胡亥深以為憾事。此刻胡亥氣惱不已，立即便想起了這群威風凜凜的母士，竟猛然樂將起來，要親眼看看一群女人如何撕扯痛毆一個大男人。

「皇帝眼屎太多了。去，給陛下扒開。」那個聲音又不溫不火地響了。

隨著話音，兩隻粗糙的大手猛然搭上了胡亥面頰，胡亥還沒來得及發作便聽得噌的一聲眼睫毛連根扯斷，兩眼裂開了一道縫隙。胡亥正待跳起吼叫，卻猛然驚愕地大張著嘴巴不說話了——偌大的寢宮布滿了層層甲士，一身甲冑一口長劍一道黑柱正正地矗在面前！

「你？你不是咸陽令閻樂麼？」胡亥驚愕萬分，顧不得雙眼生疼了。

「陛下眼力不差。」閻樂淡淡一笑，「陛下正衣，該辦事了。」

「你？你有何事？」胡亥很覺不是味道，可又懵得想不來何以竟能如此。

「趙公有定國之功，陛下不覺得該行封賞麼？」

「趙公？你說趙高麼？」胡亥脫口問了一句。

「陛下切記：從此後得叫趙公，不許直呼趙公名諱。」

「啊，行行行。趙公便趙公。」驀然之間胡亥又是一副乖覺少年模樣了。

「在下來知會陛下一聲，趙公要做中丞相了。」

「中丞相？」胡亥驀然驚疑又恍然笑語，「早該早該！朕立即下詔！」

「這便好。陛下該登殿拜相了。」

胡亥匆忙裹著一身侍女們還沒整好的朝衣，在閻樂甲士隊的「護衛」下，一臉懵懂笑意來到了已經變得很生疏的咸陽宮正殿。胡亥高興的是，不管閻樂如何無禮，趙高總是沒有要做皇帝，總是只做了個中丞相。只要胡亥還是皇帝還能享樂，趙高想做甚都行，計較甚來？沒有趙高，自己能做皇帝麼？無論如何，趙高總不至於還要做皇帝了。只要趙高不做皇帝，再說還都是自己的臣子，計較甚來？如此這般懵懂地想著走著，胡亥竟莫名其妙地輕鬆起來。走進幽幽大殿，走上巍巍帝座，胡亥看著階下一大片皇皇冠帶燦燦面孔，竟找不出一個自己能叫上名字的人，不禁大是茫然了。

「哎？忒多老臣，都到何處去了？」胡亥夢幻般問了一句。

「稟報陛下，一班老臣怠惰，都晨睡未起。」相位上的趙高答了一句。

「是麼是麼？老臣們也晨睡麼？」胡亥驚訝了。

「趙公所言屬實。老臣們都在晨睡。」大殿中轟然一聲齊應。

胡亥真正地茫然了，好像自己在作夢。那麼多老臣都在清晨睡覺了？可能麼？然則沒睡覺又能到何處去了，何以一個人都不來朝會？胡亥一時想不明白，索性也就不想了，恍惚中一陣瞌睡，頭上的天平冠流蘇便刷啦掃上了青銅大案，只差自己的鼻尖要撞上了案棱……猛然醒來，迷迷糊糊的胡亥便跟著一個司禮官轉起來，直轉到胡亥軟綿綿倒在地上鼾聲大起……日落西山時分，胡亥才睡醒過來，思忖半日，只覺自己作了一個怪異的夢，好像拜了趙高，還念了一篇給趙高封官晉爵的詔書，還做了甚，胡亥一時想不起來了。胡亥大疑，喚來左右內侍侍女詢問，內侍侍女們都說陛下一直在榻上睡覺，哪裡都沒去。胡亥一時大覺恍惚，不期然一身冷汗……

夏天過去了，秋天也快要過去了。

有了趙高做中丞相，胡亥比原先過得更快活了。原先胡亥還得時不時聽趙高稟報國事，更得時不時會商如何應對一班老臣滋擾。可自從李斯一死趙高領政，胡亥便甚事也沒了。然則，快活是快活，胡亥心頭卻漸漸地發虛起來。一則是趙高對他這個皇帝再也不若從前恭敬了，偶爾遇見的大臣新貴也對他大大地怠慢起來了；二則是他只能在皇城遊樂，再也不能出咸陽城了。趙高叫總管皇城內侍的給事中對他說，天下盜軍益盛，陛下只能在皇城享樂，明年再說外出了。整整一個夏天，趙高只見了胡亥一次，說是要派胡亥身邊的長史，去申飭章邯平盜不力。胡亥大感新奇，很想問問究竟。趙高卻冷著臉沒有多說，只說要用這個章邯認識的皇帝近臣，好叫章邯知道這是皇帝的申飭，只來知會陛下一聲，陛下無須多問。胡亥自幼便畏懼趙高，見趙高板著臉不說話，也不敢再問了。

後來，胡亥聽申飭章邯回來的長史悄悄說，章邯與盜軍作戰連敗幾次，皆因糧草兵器不能如原先那般順暢接濟。此前，章邯曾派副將司馬欣求見中丞相督運糧草，還帶來了將軍們為李斯鳴冤的聯名上書。趙高大怒，既不見司馬欣，又不信司馬欣所說軍情，還要派材士營緝拿司馬欣問罪。司馬欣不知如何知道了消息，連夜逃離咸陽了。趙高這次派長史前去，一則是以皇帝詔書申飭章邯平盜不力，再則是要章邯治罪司馬欣。章邯很是冷漠，只說司馬欣正在軍前作戰，治罪司馬欣便要大亂軍心，不敢奉命。從始到終，章邯沒有說一句再要朝廷督運糧草的話，也沒有問及任何國事。長史眼看軍中將士一片洶洶然，也不敢多說便告辭了。回來稟報中丞相，趙高陰沉著臉甚也沒說，似乎對章邯也沒甚辦法只有不了了之。

胡亥很是為章邯的愚蠢惋惜，也很是為自己的精明得意。

「這章邯也是，給李斯老兒鳴冤，中丞相能高興麼？」

八月己亥日，胡亥在正午時分剛剛離榻，接到一個內侍稟報，說中丞相要進獻給皇帝一匹良馬。胡亥高興得手舞足蹈，立即下令預備行獵，中丞相良馬一到便出城。午後時分，趙高果然帶著一大群新貴臣子們進了皇城池畔的胡楊林，向欣然等候在石亭下的胡亥獻馬來了。然則，當趙高吩咐牽馬上來的時候，胡亥不禁呵呵笑了：「中丞相錯也，這是鹿，如何說是馬耶？」趙高一臉正色道：「此乃老臣所獻名馬，陛下何能指為鹿哉！」胡亥大為驚訝，反覆地揉了揉眼睛，走到那只物事前仔細打量，頭上有角，耳上有斑，世間有此等模樣的馬麼？分明是鹿了。終於，胡亥搖了搖頭高聲道：「中丞相，這是鹿，不是馬。」趙高淡淡笑道：「陛下，這是馬，不是鹿。」胡亥一陣大笑，指著環侍群臣高聲道：「你等都說，這是鹿麼？」群臣們一拱手齊聲道：「陛下，此乃馬也。」胡亥大驚，又指著內侍侍女們高聲問：「都說！這是甚？是鹿麼？」內侍侍女們紛紛高聲道：「不是鹿。」「陛下，這是馬。」「對，是馬。」亂紛紛應答中胡亥一身冷汗，想起上月大殿的夢境，不禁頭皮一陣發麻，猛力搖搖頭又揉揉眼：「噫！出鬼也！如何我看還是鹿？」趙高笑道：「都說，這是甚？」四周人等一齊拱手高聲道：「馬！」「是鹿麼？」「不是！」

「快！去太卜署。」胡亥慌了，轉身便走。

胡亥匆匆趕赴太卜署，要太卜立即占卜緣由吉凶。白髮蒼蒼的老太卜肅然起卦占卜，末了端詳著卦象云：「陛下春秋郊祀之時，奉宗廟鬼神不恭，齋戒不明，故止於此也。可依盛德而明齋戒，或能禳之。」二世胡亥追問究竟原因何在，老太卜卻緘口不言了。無奈，胡亥只好依照神示，住進了上林苑認真齋戒了。

齋戒方始，不堪清淡孤寂的胡亥便連連叫苦。三日之後，胡亥便白日在林間遊獵，只將夜來睡覺當作齋戒了。這日遊獵之時，不期有行人進入上林，胡亥竟當作鹿射殺了。內侍將此事稟報給趙高，趙高一面下令已經是咸陽令的女婿閻樂了結此事，一面親自來見胡亥。趙高這次對胡亥說：「天子無故殺人，天將降禍也。老臣以為，陛下當遠避皇城而居，或能禳之。」胡亥惶恐不安，問要否給那個死者家人賞賜安撫？趙高說，咸陽令閻樂已經為陛下妥當處置此事，「查勘出」流盜殺人而移入上林，與陛下無涉了。胡亥很是感謝趙高對自己聲名的保護，連忙出了皇城，搬到咸陽北阪的望夷宮去了。

住進松柏森森的望夷宮，胡亥直覺心驚肉跳不止。第一夜，胡亥作了一個奇異的夢，夢見一隻白虎生生咬死了自己王車的左驂馬。胡亥醒來很是不悅，找來卜師占夢。卜師說，這是涇水之神在作祟，意在警訊不測之危。胡亥大是不安，次日立即郊祀了涇水，向涇水沉進了四匹白馬作為犧牲。祭祀完畢，胡亥還是惶惶不安，又派長史去見趙高。胡亥對長史交代的話語是：「叫中丞相趕緊平盜！李斯平不了盜，他也平不了盜麼？再不平盜，朕要被盜軍喀嚓了頭去，他也一樣！」

胡亥作夢也沒有料到，自己這幾句看似申斥實則撒嬌的牢騷話，立即召來了一場突如其來的兵變殺身之禍。趙高原本便已經有些不耐煩胡亥了，見胡亥還要催促自己趕緊平盜，不禁立即動了殺心。趙高很清楚，山東叛亂勢如潮水，眼見章邯已經難以抵禦，連王離的九原大軍都出動了，情勢依然不妙，只怕盜不能平還要與盜平分天下了。正當此時，山東盜軍劉邦部已經攻占了武關，將曾經試圖抵抗的武關軍民全部屠城了。劉邦屠武關之後，派出密使聯結趙高，要趙高內應反秦，允諾給趙高以秦王之位。雖然趙高之野心不在秦王而在秦帝，然盜軍之允諾，至少可保趙高做關中秦王無疑，何樂而不為哉！大局如此，趙高立即決意除卻胡亥，給自己的帝王之路掃除最後一道障礙。趙高立即與女婿咸陽令閻樂、族弟郎中令趙成做了祕密會商，議出了一個突然兵變的陰謀部署。

三日之後，閻樂統率材士營千餘精銳甲士洶洶然直撲望夷宮。護衛宮門的衛令正欲問話，已經被閻樂喝令綁縛起來。閻樂高聲喝問：「有流盜入關，劫我母逃入望夷宮！宮門守軍為何不截殺！」衛令大叫：「周廬護衛森嚴！安得有賊人入宮！」閻樂大怒，立即喝令斬了這個衛令，馬隊轟隆隆開進了宮中，見人便弓箭射殺。護衛郎中與內侍侍女們一片驚慌，亂紛紛遮擋箭雨，頃刻間便死了數十百人。已經是郎中令的趙成「聞訊」趕來大聲喝令，不許郎中內侍護衛抵抗，護衛們有的聽有的不聽，依舊亂紛紛四處逃竄。趙成也不理睬，對閻樂一招手，便領著閻樂馬隊轟隆隆擁進了胡亥寢宮。

「趙成閻樂大膽！」

正在榻上與幾個女子戲耍的胡亥，光身子跳起來大喊了一聲。喊聲未落，閻樂一箭射向榻上帷帳頂蓋，帷帳撲地落下，正正罩住了一堆如雪的肉體一片驚慌的呼叫。胡亥大驚失色，連連吼叫護衛趕走叛逆，可幾個郎中內侍誰都不敢上前。捂在帷帳中的胡亥嘶聲大喊：「不行！總得叫人穿上衣服說話！」閻樂哈哈大笑：「這個昏君，還知道羞恥也！好！挑起帷帳，叫他進去正衣！」幾支矛戈挑起了帷帳，一個個白光光肉體便飛一般躥了出去，閻樂趙成與甲士們一片哄然大笑。

一個老內侍緊緊跟進了內室。胡亥一邊接受著老內侍整衣一邊氣急敗壞問：「你為何不早早告我反賊情形，以至於此！」老內侍低聲道：「臣不敢說，才能活到今日。若臣早說，早已死了，哪能等到今日？」胡亥也呼哧呼哧喘息著不說話了。這時，趙成在外一聲大喝，好了出來！胡亥便連忙走出了內室。閻樂過來劍指胡亥斥責道：「足下驕恣誅殺，無道之君也！今日天下共叛，你個昏君只說，你要如何了結？」

「丞相，能見麼？」胡亥小心翼翼。

「不行。」閻樂冰冷如鐵。

「那，我想做一郡之王……」

「不行。足下不配。」

「那，我做個萬戶侯。」

「不行。足下不配。」

「那，我帶一個女人為妻，做個黔首，與諸公子一般，總可以也。」

「還是不行。」閻樂冷冰冰道，「我受命於中丞相，要為天下除卻你這個昏君！你說的話再多，我也不會報。你說，自己動手，抑或我等動手？」

「動手？做甚？」胡亥瞪著一雙大眼，恍如夢中一般。

「做甚？殺你也。」閻樂一揮手，「來！了結他……」

「且慢。」胡亥搖了搖頭，「還是我自家來，他等不知輕重。」

「好。便在這裡。」閻樂噹啷拋過了一支短劍。

胡亥拿起短劍，在絲衣上仔細地抹拭了片刻，又摸了摸自己光滑的脖頸，似癡似傻地一笑，猛然一劍抹了過去，鮮血尚未濺出，頭顱便滾將在地了……

這是西元前二〇七年秋，胡亥二十一歲即位，時年二十四歲。

關於胡亥年歲，《史記・秦始皇本紀》之後的傳承年表又云：「二世皇帝享國三年。葬宜春……二世生十二年而立。」依據胡亥之言行，當以〈秦本紀〉之二十一歲即位為可信。關於胡亥資質，西漢賈誼的〈過秦論〉有「向使二世有庸主之行」的論斷，評判胡亥連「庸主」也不夠資格，直是個不入流的低能者。東漢班固答漢明帝時，則直接用了「胡亥極愚」四個字（註：見《史記・秦始皇本紀》後附記）。歸總說，二世胡亥是中國歷史上罕見的一個具有嚴重神經質且智慧低下的皇帝，其對於政治的反應能力，幾類先天智障兒，實不堪道也。胡亥死後，其殘存後裔立即開始了亡命生涯，一說逃亡東海，東去（日本）島國，與扶蘇後裔會合了。

胡亥死時，天下反秦勢力已經度過了低谷，正如漫天狂潮湧向西來。

第六章 ◎ 秦軍悲歌

一、以快制變　老將章邯迫不得已的方略

定陶大戰之後，山東復辟勢力陷入了進退維谷的困境。

依大勢說，這一轉折是中國歷史的又一個堪為十字路口而可供假想的選擇點。若章邯具有一流名將的大局洞察力，認準了楚亂乃天下亂源之根，一鼓作氣繼續追殺項羽劉邦餘部並擒獲楚懷王復辟王室，徹底根除楚亂根基，則秦政依然有再度中興可能。畢竟，胡亥趙高的倒行逆施在最混亂最危急的情勢下尚被秦政餘脈所清除，若章邯大軍能穩住山東戰場大局，帝國廟堂在震盪中恢復活力並非沒有可能。

然則，秦軍大勝項楚軍主力後，章邯秉持了古老的「窮寇毋追」兵訓，放棄了追殺楚軍，立即舉兵北上對趙作戰了。這一方略，是章邯在平亂大戰場最根本的戰略失策，其後患之深，不久便被接踵而來的酷烈演化所證實。然則以實情論之，也有迫不得已的緣由：其一，當時天下烽煙四起，章邯身負平亂重責，急於首先撲滅已經復辟的六國主力軍，使天下大體先安定下來；其二，章邯職任九卿之一的少府，對皇室府庫與國家府庫的糧草財貨存儲很知底細，更知四海大亂之時的輸送艱辛，若立即追殺殘餘楚軍則必然要深入南楚山川，糧草接濟實在無法確保；其三，其時項梁為名將，而項羽劉邦等尚是無名之輩，擊殺項梁後則楚軍已不足為慮，是章邯與秦軍將領的一致評判；其四，當章邯秦軍與項楚軍在中原大戰時，復辟的趙國勢力大漲，號為「河北之軍」的趙軍已經成為北方最大的動亂力量。須當留意的是，此時天下兵家對各方軍力的評判，依舊是戰國之世的傳統眼光：除秦之外，趙楚兩大國的軍力最強，戰力最持久。身為老秦軍主力大將之一的章邯，親歷滅六國之戰，自然有著秦軍將士最強烈的直覺，認定楚軍趙軍是秦軍大敵，擊潰楚軍之後必得立即轉戰趙軍，絕不能使復辟的河

北趙軍繼續擴張。

「擊潰楚趙，先解當胸之危，餘皆可從容而為也！」

幕府聚將，章邯的這一大局方略人人由衷贊同。將士同心，章邯立即乘著戰勝之威開始鋪排大軍北上事宜。此前，尚未入獄的李斯已經請准了胡亥詔書，授章邯以「總司天下平盜戰事」的大權，統轄山東戰事。定陶之戰時，帝國廟堂格局已經倏忽大變：李斯驟然下獄，馮去疾馮劫驟然自殺，趙高忙於坑害李斯，胡亥忙於晝夜享樂，天下大政處於無人統轄的癱瘓狀態。定陶之戰後的章邯，面臨極大的兩難抉擇：停止平亂而過問朝局，則山東亂軍立即捲土重來，大秦便是滅頂之災；不問朝局而一心平亂，則李斯無以復出，廟堂無法凝聚國力撐持戰場，大秦立即可能自毀。

為解危局，章邯親率一支精銳馬隊星夜北上九原，要與王離會商出路。

此時的王離，是九原三十萬大軍的統帥。依照秦軍法度傳統，九原抗胡大軍歷來直接受命於皇帝，不屬任何人統轄。更有一點，王離乃兩世名將之後，又承襲了大父王翦的武成侯爵位，且手握秦軍最後一支精銳大軍，可謂擁有動則傾覆乾坤的絕大力量。章邯則除了老將聲望、九卿重職與年餘平亂的赫赫戰績之外，爵位不如王離高，刑徒軍的實力分量更不能與九原大軍比肩。更有一點，章邯素來敬重靠近李斯，與王翦王賁父子並無深厚交誼，一統天下後章邯又做了朝官脫離了軍旅，與九原將士也遠不如原先那般熟悉了。大秦固然法度森嚴，素無私交壞公之風，然則，章邯此來並非奉詔，而是要以自己對大局的評判說動王離合力，當此之時，私交之深淺幾乎是舉足輕重了。這一切，章邯都顧不得了，章邯必須盡最後一分心力，若王離公事公辦地說話，章邯也只有孤身奮戰了。

「前輩遠來，王離不勝心感也！」

「窮途末路，老夫慚愧矣！」

洗塵軍宴上，一老一少兩統帥飲得兩三大碗馬奶酒，相對無言了。已經蓄起了連鬢鬍鬚的王離顯然成熟了，如乃父乃祖一般厚重寡言，炯炯目光中不期然兩汪淚光。不用說，一年多的連番劇變，王離都在默默咀嚼中淤積著難以言狀的愁苦。看著正在英年的王離無可掩飾的悲涼，章邯心頭怦然大動了。一進九原幕府之地，遠遠飛馬迎來的王離高喊了一聲前輩，章邯便情不自禁地熱淚盈眶了。彌漫九原軍營的肅殺悲涼，使久歷軍旅的章邯立即找到了久違的老秦主力大軍的氣息，一種莫名的壯烈悲愴無可遏制地在心中激盪開來。

「長公子去矣！蒙公去矣！九原大軍，今非昔比也……」

王離一句低沉的感喟，兩眼熱淚驟然湧出，一拳砸得案上的酒碗也飛了起來。章邯起身，親自拿來一只大陶碗，又拿起酒袋為王離咕嘟嘟傾滿了一大碗馬奶子酒，慨然舉起自己的大酒碗道：「少將軍，飲下此碗，容老夫一言也！」王離肅然起身，雙手舉起酒碗對章邯一照，二話不說便汩汩痛飲而下。飲罷，王離莊重地深深一躬道：「敢請前輩教我。」章邯扶住了王離道：「少將軍且入座，此事至大，容老夫從頭細說。」王離就座。章邯從扶蘇蒙恬被殺後的朝局說起，說了陳勝吳廣的暴亂舉事，說了楚地亂局引發的天下大亂，說了丞相李斯如何力主平亂並力主由他來組建刑徒軍平亂，又說了刑徒軍平亂以來的每一場戰事，一直說到定陶大戰，一直說到李斯入獄兩馮自殺與目下困局。

「少將軍，目下大秦，真正存亡關頭也！」末了，章邯拍著大案，老眼中閃爍著淚光慨然道，「你我處境大同小異：勒兵西進問政，則山東兵禍與北地胡患彌天而來，秦有滅頂之災也！全力東向平亂，則廟堂奸佞作亂，秦政有傾覆之危也！西亦難，東亦難，老夫奈何哉！少將軍奈何哉！」

「前輩所言大是！願聞長策。」王離顯然深有同感。

「目下之策，唯有一途：以快制變。盡快安定山東，而後回兵問政！」

「何以盡快安定山東？」

「老夫北上，少將軍南下，合力夾擊趙軍，一戰平定河北！」

「前輩是說，出動九原大軍平亂？……」一時間，王離沉吟了。

身為秦軍老將後裔中唯一一位後起統帥，王離很是敬佩這位老將章邯。在秦軍老將中，章邯是一位特異人物：知兵，善工，又通政，是難得的兼才。章邯長期執掌秦軍大型器械營，是當時名副其實的特種兵司令。由於章邯的有效治理，秦軍以大型連弩為軸心的器械兵每每大展神威，震懾天下。一統六國之後，章邯與楊端和，是秦軍非統帥主將中進入九卿的兩個重臣。然則章楊職司不同，楊端和職司衛尉，實際執掌還是軍事，無非更換了一種方式而已。章邯不同，執掌的是直屬於皇室的山海園林府庫工商，是經濟大臣，與戰場軍事全然不同。軍旅大將而能成為經濟大臣，當時可謂一奇也。更有奇者，這個章邯越老越見光彩。在一班秦軍老將紛紛零落之時，天下暴亂驟發，陳勝的周文大軍以數十萬之眾攻破函谷關，關中立見危機。其時，秦軍兩大主力一在南海，一在九原，真正鞭長莫及。當此之時，老將章邯得李斯一力支持，共謀平盜緊急對策。會商之日，章邯提出了一則堪稱空前絕後的奇謀：以驪山刑徒與官府奴隸子弟成軍，迎擊山東亂軍！這一主張可謂不可思議之極：刑徒原本便是最仇恨官府的洪水猛獸，而奴隸子弟則也是素來最受官府遏制的人口，一旦兩者聯合成軍，誰能保得不出戰場倒戈的大事？李斯等重臣沉吟不能決斷之際，章邯慷慨激昂地拍案說：「刑徒，人也！奴產子，人也！只要赦免刑徒之罪，除卻人奴產子隸籍，以大秦軍功法同等激賞之，使其殺敵立功光大門庭，何人不為也？丞相何疑之有哉！」一時勢十萬火急，李斯兩馮三位重臣半信半疑地贊同了，胡亥趙高也迫不得已地首肯了。誰也沒有料到的是，一個月後，這支刑徒軍一開上戰場，竟然立即顯示出揮灑亡命者本色的巨大戰力，非但一戰擊潰了周文數十萬大軍，且巡出山東橫掃亂軍所向披靡。自此，人們看到了老將章邯在危難之時獨特的將兵才能，一時將章邯視為帝國棟梁了……對如此一個章邯，王離沒有理由不敬重，也沒有理由不認真思慮其提出的「以快制變」方略。

然則，這位尚未在大政風浪與嚴酷戰場反覆磨礪的年輕統帥，也確實有著難以權衡的諸多制約。

一則，目下匈奴新單于冒頓的舉兵復仇之心大為昭彰，若救援大軍捲入平亂，匈奴飛騎趁機南下而致陰山失守，王離的罪責便無可饒恕了。二則，九原大軍素來不為任何中原戰事所動，始皇帝在滅六國大戰的最艱難時期，也沒有調九原大軍南下。蒙恬一生將才，死死守定九原而無滅國之功。凡此等等，皆見九原大軍之特異。此時，章邯軍平亂正在勢如破竹之際，果真需要九原大軍南下麼？三則，王離稟性遠非其父王賁那般天賦明銳果決，對大局能立判輕重，用兵敢鋌而走險。王離思慮權衡的軸心，一面確實覺得章邯說得有理，一面又為匈奴軍情與九原大軍之傳統所困擾，實在難以斷然決策。

「少將軍若有難處，老夫亦能體察也！」章邯長長一歎。

「敢問前輩，九原軍南下，大體須兵力幾多？」王離目光閃爍著。

「步騎各半，十萬足矣！」

「十萬？河北趙軍號稱數十萬眾也……」

「就張耳陳餘兩個貴公子，百萬之眾也沒用！」章邯輕蔑地笑了。

「好！我便南下，以快制變！」王離拍案高聲。

「少將軍如何部署？」

「十萬南下，二十萬留守，兩邊不誤。咸陽問罪任他去！」

「老夫一法，最是穩妥。」章邯早有謀劃，穩健地叩著大案道，「少將軍只出十萬老秦精銳，歸老夫統轄，萬事足矣！少將軍仍可坐鎮九原，如此咸陽無可指責。」

「不！王離這次要親自將兵南下！」

「少將軍……」

「王離統帥九原兩年尚未有戰，今日大戰在前，前輩寧棄我哉！」

「少將軍坐鎮九原，實乃上策……」

「赳赳老秦，共赴國難！王離安敢苟且哉！」

章邯突聞久違了的老秦人口誓，心頭頓時大熱，肅然離席深深一躬：「少將軍忠勇若此，老夫唯有一拜，夫復何言哉！……」王離一聲前輩，過來扶住章邯時也已經是淚水盈眶了。兩人執手相望，章邯喟然歎息了一聲道：「少將軍與老夫同上戰場，忘年同心，老夫此生足矣！平定河北之日，老夫當奉少將軍為統帥，入國問政，廓清朝局……」王離連忙道：「前輩何出此言！蒙公已去，無論朝局，無論戰場，王離皆以前輩馬首是瞻！」章邯一時老淚縱橫，拍著王離肩頭道：「章邯老矣！大秦，得有後來人也！……」

這一夜，老少兩統帥暢敘痛飲，直說到霜霧彌漫的清晨。

三日後，九原諸般事宜就緒，章邯馬隊又風馳電掣般南下了。章邯與王離商定的步驟是：一個月內解決所有糧草輜重後援事宜，而後兩軍同時北上南下，趕在入冬之前結束河北戰事。之後略事休整，或冬或春舉兵咸陽廓清國政，請李斯復出主持大局。以秦政秦軍之雷厲風行，章邯王離無不以為如此部署不會有任何遲滯。然則，章邯一回到河內大營處置軍務，立即非同尋常地驚愕。大營報給丞相府的各種緊急文書，堪堪一個月竟無一件回覆，即使最為緊急的軍器修葺所急需的銅鐵木料也無法落實，開敖倉以解決糧草輸送等事更無消息。

萬般無奈，章邯只有派出熟悉政事的副將司馬欣星夜趕赴咸陽，一則探查究竟，二則相機決事。不料，旬日之後的一個深夜，司馬欣風塵僕僕歸來，惶急悲憤之情如喪考妣。司馬欣稟報說，丞相三族俱被緝拿，李斯已在幾日前被五刑殺戮。丞相府已經亂成了一團，各署大吏已經全部被趙高囚禁起來。據傳趙高要做中丞相，正在「梳理」丞相府上下官吏，只怕要殺戮一大批昔年老吏。皇帝、趙高，司馬欣誰也見不上，只躲在太尉府王賁當年一個老吏府下，喬裝混入人群，看了殺李斯的刑場便連夜逃回了……

「老將軍，丞相慘也！秦政歿了……」

那一夜，章邯的震驚是無法敘說的，章邯的冰冷與憤怒是無法敘說的。以李斯的蓋世功勳，以李斯對胡亥趙高的扶持容忍，任誰都以為李斯絕不至於被殺，更不會如此快速地被殺。章邯等認定的最大可能是，李斯在獄中受得一場磨難，終將在朝野各方壓力下復出。唯其如此評判，章邯才有北上尋求與王離結盟之舉，其本意只在盡快結束平亂戰事盡快營救李斯盡快扭轉朝局。而今，李斯竟能在幾乎不告知朝野的隱祕狀態下被五刑慘殺，且三族俱滅，胡亥趙高之陰狠冷酷可見矣！如此朝廷，何堪效命哉！如此下作君主奸佞權臣，不殺之何以謝天下哉！一想到李斯如此結局，章邯不禁怒火中燒了。

「老將軍，我等身陷泥沼……」

「泥沼怕個鳥！刀山雷池老夫也要殺人！」

章邯連連怒吼著，連將案都踢翻了。司馬欣顧不得疲憊悲傷，立即吩咐中軍司馬召來了副將董翳。兩人一起勸說著，章邯才漸漸平靜了下來。三人祕密會商良久，終於議決了一個續行總方略：兵鋒不變，平定趙地後無論王離贊同與否，立即西進咸陽誅滅趙高廢黜胡亥重新擁立始皇帝後裔！為求慎重同心，章邯修就一件密書，連夜派親信司馬飛送九原。章邯在書中坦誠備細地敘說了咸陽陡變，也說了自己本部的議決方略，要王離慎重斟酌：要否繼續兩軍同心作最後一搏？幾日後司馬歸來，帶來了王離的回書。銅管一開，章邯三人便是一驚。這件回書是一方白帛，上面幾排已經變成醬紫色的血書大字——

赳赳老秦，共赴國難

九原軍矢志不改，但聽老將軍號令

「好！少將軍同心，大事堪成也！」

章邯三人得王離血書回應，一時精神大振，當即平靜心神，開始了全力運籌。章邯搜羅出軍中所有熟悉咸陽官署的軍吏司馬，派司馬欣祕密統領，立即開赴咸陽開始了獨特的實際軍務籌劃。章邯給司馬欣的方略是：凡事皆找各署實權大吏實在解決，不管有沒有皇帝詔書或大臣認可，先做了再說。遇有對朝政憤然的老吏，立即著意結交為舉事內應。如此月餘之後，居然辦成了許多原本以為不可能的難事。及至趙高接任中丞相，指鹿為馬的醜聞傳遍朝野，章邯軍的實際籌劃已經只剩下了最後一件大事：如何向王離的九原軍接濟糧草？

此時，天下大亂已經一年有餘，復辟亂軍割據稱王已有相對根基，秦政之實施與秦軍之後援已經遠不如當年順暢。依據秦政現實，九原大軍的糧草輜重此時由九原直道輸送，也就是以關中北部為起點直達九原。二世胡亥即位後工程大作，關中糧草屢屢告急，向九原的輸送也便有了種種名義的削減，遠不如當年豐厚及時。若非始皇帝時期的相對囤積，只怕九原大軍早已糧草告急了。再則，九原軍南下邯鄲鉅鹿戰場，僅馳道距離也在千里之上。以「千里不運糧」的古諺，若王離大軍由九原攜帶糧草南下，或由九原大營徵發民力輸送，事實上都很難做到。一則是浪費太大，九原糧草經不起如此折騰；二則是在趙軍截殺危險之下王離軍行進掣肘，大大影響戰力。而章邯軍則不同，由於是人人不敢阻擋的平盜急務，中原各大國倉幾乎是全力就近輸送，是故糧草之便遠過九原軍。此時，章邯所要解決的難題，便是如何確保中原糧草輸送王離軍？所謂難題，難點在兩處：一則要糧源充足，二則要確保不被山東亂軍截殺。

對於天下糧源，職任少府的章邯很清楚：當時能一舉承擔四十萬大軍糧草者，非敖倉莫屬。其餘國倉不是過遠便是太小，不足以如此巨額輸送。而敖倉之開倉權，歷來在丞相府。章邯固可以非常之法脅迫開倉，然引起趙高一班奸佞警覺則於後不利。反覆思慮之後，章邯向趙高的中丞相府呈送了一件緊急軍書，稟報說河北趙軍正在籌劃大舉攻秦，若欲滅趙，請開敖倉以為糧草後援。趙高雖則陰險奸狡，雖則對章邯心有疑忌，然卻也明白天下大勢：盜軍不滅，自己再大的野心也是泡影。無奈之下，也只有批下公文：許開一月之軍糧，平趙後即行他倉改輸。官文歸官文，章邯要的只是個由頭好為倉吏們開脫，只要口子一開，趙高豈能奈何數十萬大軍之力？

糧源一定，章邯三人立即謀劃輸送之法。司馬欣與董翳之見相同，都是主張自己率精銳一部親自護糧。章邯卻搖頭道：「時當亂世，河內之地亂軍如潮，誰護糧都難保不失。老夫思忖，必得以非常之法確保糧道。」兩人忙問，何謂非常之法？章邯拍案道：「修築甬道，道內運糧！」司馬欣董翳一時驚愕相顧，思忖一番卻又不約而同地拍掌讚歎：「老將軍此計之奇，不下以刑徒成軍！」三人一陣大笑，遂立即開始實施。

這甬道輸糧，堪稱匪夷所思之舉也。在大河北岸修築一道長達數百里的街巷式磚石甬道，以少量飛騎在甬道外的原野上巡查防守，則甬道內可以大量民力專一輸送糧草輜重，在盜軍彌漫的當時，實在是最為可靠的方式了。在其後中國歷代戰亂歷史上，修築如此長度的街巷式甬道輸送糧草，這是絕無僅有的一例。章邯之奇，惜乎生不逢時矣！此舉生發於天下大亂之時，秦軍尚有如此徵發之力，帝國之整體潛能可見一斑也。兩月之後，甬道築成，敖倉之糧源源輸送河北。其時，王離大軍已經如約南下邯鄲鉅鹿戰場，章邯大軍亦同時大舉北上，一場對河北趙軍的大戰，也是對天下復辟勢力的總決戰自此開始了。

章邯王離沒有料到的是，河北的決戰態勢猛烈地牽動了天下反秦勢力，尤其強烈地震撼了正處於彌散狀態的江淮舊楚勢力，由此引發的竟是一場真正決定帝國命運的最後大戰。

二、多頭並立的楚軍楚政

定陶大敗，項梁戰死而項楚軍潰散，山東反秦勢力墮入了低谷。沒有了項楚主力軍的支撐，復辟諸侯們立即一片渙散之象。大張舊日六國旗號的復辟之王，幾乎家家蕭疏飄零。新韓不足論，張良所擁立的韓王韓成只有區區數千人馬，惶惶然流竄於中原山林。新魏則自從魏王魏咎自焚於戰場，魏豹等殘存勢力只有亡命江淮，投奔到楚勢力中，此時連再度復辟的可能也很渺茫了。新齊大見疲軟，齊王田儋戰死，隨後自立的田假又在內訌中被驅逐，田假勢力分別逃入楚趙兩諸侯。稍有兵勢的田榮雖再度擁立新王，然卻因追索田假殘餘，而與楚趙兩方大起齟齬，互相冷漠，以致齊軍既不對秦軍獨立作戰，也不援手任何一方，始終游離在以項楚為盟主的反秦勢力之外。項梁一死，田榮的齊軍再不顧忌楚軍，開始獨自孜孜經營自家根基了。北方的新燕更是乏力，燕王韓廣在相鄰的九原秦軍威懾下自保尚且不暇，困縮在幾座小城池中，根本不敢開出對秦軍作戰。當此之時，山東諸侯軍不成軍，勢不成勢，唯有河北新趙呈現出一片蓬勃氣象，以號稱數十萬之眾的軍力多次與郡縣地方秦卒小戰，並攻占了幾座小城邑，一時大張聲勢。項梁戰死後，河北趙軍儼然成了山東反秦勢力的新旗幟，成了潛在的山東盟主。唯其如此，秦軍南北合擊新趙，各方諸侯立即覺察到了巨大的危險。

對一體覆滅的危局警覺，楚地勢力最為激切深徹。

項梁兵敗之後，楚之格局迅速發生了軍政兩方面的變化。

在軍而言，中原轉戰的項羽、劉邦、呂臣三部，因不在定陶戰場而僥倖逃脫劫難。之後，三部立即東逃，退避到了東部的彭城地帶（註：彭城，秦泗水郡治所，在今江蘇徐州市地帶）：呂臣部駐紮在彭城以東，項羽部駐紮在彭城以西；劉邦部沒有進泗水郡，而是退回了與泗水郡相鄰的碭郡的碭山城，也就是回到了原本逃亡為盜的根基之地，距離彭城大約百餘里，也算得在新楚傳統的勢力圈內。此時，楚軍的總體情勢是：項楚主力大軍及其依附力量，已經在定陶戰場潰散，突圍殘部四散流竄，項羽軍的數萬人馬成為項楚江東勢力的唯一根基。劉邦軍始終只有數萬人，在此前的新楚各軍中幾乎無足輕重，此時卻突然地顯赫起來。呂臣軍亦有數萬人，原本是收攏陳勝的張楚殘部聚成，在此前的新楚各軍中同樣無足輕重，是故劉邦呂臣與項羽合軍轉戰中原，始終是年輕的項羽主事，而呂劉兩軍一直是相對鬆散的項羽部屬。此時，呂臣部也突兀地顯赫起來，一時形成了項、劉、呂三軍並立的新格局。

此時的山東亂軍，沒有任何一支力量有確定的兵馬人數。史料中動輒以數千數萬數十萬計之，大略言之而已。從實際情形說，此時正當秦軍大舉反攻之期，新諸侯們流動作戰，兵力聚散無定，也實在難以有確切之數。某方大體有一支軍馬幾座城池，便算是一方勢力了。是故，其時各方的實際結局與影響力，常常不以實力為根據，而具有極大的戲劇性：往往是聲名滿天下的「大國諸侯」，結果卻一戰嗚呼哀哉，如齊王田儋、魏王魏咎等。往往是聲勢原本不很大，卻在戰場中大見實力，江東項楚如此也。另一種情形則是，聲勢名望與實力皆很平常，卻能在戰場周旋中始終不潰散，漸漸地壯大，漸漸地為人所知，沛縣之劉邦部是也。凡此等等說明，對秦末混戰初期的山東諸侯，實不能以聲勢與表面軍力而確論實力強弱，而只能大體看作正在沉浮演化的一方山頭勢力而已。

在政而言，定陶戰敗後的直接後果是遷都改政。

雖說此時的諸侯都城遠非老六國時期的都城可比，然畢竟是一方勢力的出令所在，依然是各方勢力的矚目焦點。當初，項梁劉邦等擁立楚王芈心，將都城暫定在了淮水南岸的盱臺（註：盱臺，秦東海郡縣城，大體在今洪澤湖南部的盱眙縣東北地帶），其謀劃根基是：楚軍主力要北上中原對秦作戰，沒有大軍守護後方都城，在淮水南岸「定都」，則風險相對小許多。楚懷王芈心在盱臺，雖只有上柱國陳嬰的數千人馬守護，然只要主戰場不敗，盱臺自然不會有事。然則，定陶大敗的消息一傳入盱臺，陳嬰立即恐慌了，連番晉見楚懷王，一力主張遷都。陳嬰的說法是，秦人恨楚入骨，章邯秦軍必乘勝南下滅楚，我王須得立即與楚軍各部合為一體，方可保全，否則孤城必破！這個羋心雖則年輕，然卻在多年的牧羊生涯中浸染出領頭老山羊一般的固執稟性，遇事頗具主見，又常常在廟堂如在山野一般率真說話。如此，常常在無關根本的事務上，羋心儼然一個像模像樣的王了。今聞陳嬰說法，羋心大覺有理，立即派出陳嬰為特使祕密趕赴淮北會商遷都事宜。羋心原本顧忌項羽的剽悍猾賊稟性，此時項梁戰敗自殺，更是對這個生冷猛狠的項羽心生忌憚。為此，陳嬰臨行前，羋心特意祕密叮囑道：「遷都事大，定要與呂臣及沛公先行會議，而後告知項羽可矣！曉得無？項羽不善，萬不能亂了日後朝局。」陳嬰原本小吏出身，為人寬厚，對楚王的密囑自然是諾諾連聲。

旬日之後，陳嬰匆匆歸來，呂臣亦親自率領萬餘蒼頭軍同時南來。年輕楚王的恐慌之心煙消雲散，立即為呂臣設置了洗塵酒宴。席間，呂臣稟報了彭城會商的相關部署：呂臣劉邦都主張立即遷都彭城，項羽先是默然，後來也贊同了。沛公劉邦留在彭城預為料理宮室，劉邦特意徵發了百餘名工匠，親自操持楚王宮室事，很是上心。呂臣與劉邦會商之後，親自率領本部軍馬前來迎接楚王北上。呂臣還說，項羽正忙於收攏項梁部的流散人馬，無暇分心遷都事宜，他與沛公將全力以赴。羋心聽得很是滿意，慨然拍案道：「足下才士也！沛公真長者也！」宴席之間，羋心便下令立即善後盱臺諸事，盡快北上彭城。如此一番忙碌折騰，三日之後，新楚王室浩浩蕩蕩北上了。

在彭城駐定，楚王羋心立即開始整肅朝局了。以實際情勢論，在「有兵者王」的大亂之期，羋心這個羊倌楚王根本沒有擺布各方實力的可能。項梁若在，羋心只能做個虛位之王，整肅朝局云云是想也不敢想的。然則，此時項梁已經戰死，項楚軍主力已經不復存在，若僅以人馬數量說，項羽部的兵馬還未必比呂臣部劉邦部多。三方軍力正在弱勢均衡之期，楚王這面大旗與原本無足輕重的「朝臣」

便顯得分外要緊了。無論軍事政事，若沒有這面大旗的認可，各方便無以協同，誰也無以成事。也就是說，這時的「楚國」總體格局，第一次呈現出了楚王與大臣的運籌之力，原本虛位的「廟堂權力」變得實在了起來，生成了一番軍馬實力與廟堂權力鬆散並立又鬆散制約的多頭情勢。

楚王羋心很是聰穎，體察到這是增強王權的最好時機，立即開始著手鋪排人事了。這次人事鋪排，楚懷王定名為「改政」。最先與聞改政祕密會商的，是兩個最無兵眾實力然卻頗具聲望的大臣，一個上柱國陳嬰，一個上大夫宋義。陳嬰獨立舉事，後歸附項梁，又輔佐楚王，素有「信謹長者」之名望。宋義雖是文士，卻因諫阻項梁並預言項梁必敗，而一時「知兵」聲望甚隆。君臣三人幾經祕密會商，終於謀劃出了一套方略。是年八月末，楚王羋心在彭城大行朝會，頒布了首次官爵封賞書：

呂青（呂臣之父）為令尹，總領國政。

陳嬰為上柱國，輔佐令尹領政。

宋義為上大夫，兼領兵政諸事。

呂臣為司徒，兼領本部軍馬。

劉邦為武安侯，號沛公，兼領碭郡長並本部軍馬。

項羽為長安侯，號魯公，兼領本部軍馬。

重臣官爵已定，楚王羋心同時頒行了一道王命：項羽軍與呂臣軍直屬楚王「自將」，不聽命於任何官署任何大臣。劉邦軍駐守碭郡，以法度聽命調遣。這般封官定爵與將兵部署，與會朝臣皆一片頌聲，唯獨項羽陰沉著臉色不說一句話。項羽心下直罵羋心，這個楚王忘恩負義，鳥王一個！自己雖非叔父項梁那般功業赫赫，也沒指望要居首爵之位，然則與呂臣劉邦相比，項羽如何竟在其後！更有甚者，那個詛咒叔父的狗才宋義，竟做了幾類秦之太尉的兵政大臣，當真小人得志！如此還則罷了，明知項羽粗不知書，卻硬給老子安個「魯公」名號，不是羞辱老子麼！鳥個魯公！劉邦軍忒大迴旋餘地，這個楚王偏偏卻要「自將」項氏軍馬，鳥！你「自將」得了麼？……就在項羽黑著臉幾乎要罵出聲的時刻，身後的范增輕輕扯了扯項羽後襟，項羽才好容易憋回了一口惡氣。

「鳥王！鳥封賞！」回到郊野幕府，項羽怒不可遏地拍案大罵。

「少將軍如此心浮氣躁，何堪成事哉！」范增冷冰冰一句。

「亞父……」項羽猛然哽咽了，「大仇未報，又逢辱沒，項羽不堪！」

「人不自辱，何人能辱。」范增淡漠得泥俑木雕一般。

「亞父教我。」終於，暴烈的項羽平靜了下來。

「少將軍之盲，在一時名目也。」老范增肅然道，「自陳勝揭竿舉事，天下雷電燁燁，陵谷交錯，諸侯名號沉浮如過江之鯽，而真正立定根基者，至今尚無一家。其間根由何在？便在只重虛名，輕忽實力。少將軍試想，陳勝若不急於稱王，而是大力整肅軍馬，與吳廣等呼籲天下合力伐秦，屆時縱然不能立即滅秦，又安得速亡而死無葬身之地乎！六國復辟稱王，固有張大反秦聲勢之利。然則，諸侯稱王之後，無一家致力於錘鍊精兵，盡皆致力於爭奪權力名號。以致秦軍大舉進兵之日，山東諸侯紛紛如鳥獸散，不亦悲乎！事已至此，各家仍不改弦更張，依舊只著力於鼓噪聲勢。此，蠢之極也，安得不敗哉！即以武信君定陶之敗論，與其說敗於驕兵，毋寧說敗於散軍。若武信君部屬大軍皆如江東八千子弟兵，安得有此一敗乎？凡此等等，足證戰國存亡之道不朽：天下大爭，務虛者敗，務實者興；捨此之外，豈有他哉！」

「亞父是說，項羽沒有務實？」

「項氏起於大亂之時，所謂聲勢名望，原本便是虛多實少。今，又逢項楚軍大敗之後，昔日虛勢盡去，實力匱乏盡顯，項氏跌落呂劉之後，少將軍遂覺難堪屈辱。此，老夫體察少將軍之心也。然則，當此之時，一味沉溺官爵權力之分割是否公道，而圖謀一爭，大謬也！當此之時，洞察要害，聚結流散，錘鍊實力，以待時機，正道也！此道之要，唯劉邦略知一二，少將軍須得留意學之。」

「我？學劉邦那個龜孫子模樣？」項羽驚訝又不屑。

「尺有所短，寸有所長。」范增深知項羽肩負項楚興亡重任，也深知只有自己能說服這個天賦雄武而稟性暴烈的年輕貴胄，遂意味深長道，「少將軍試想，劉邦以亭長之身舉事，所聚者縣吏、屠戶、吹鼓手多也。其所謂軍馬，也多以芒碭山流盜與沛縣豪強子弟為軸心，可謂既無聲勢，又無戰績。然則，劉邦卻能在群雄蜂起中漸居一席之地，沛公名號亦日漸彰顯，目下竟能居楚之侯而獨成一方勢力，不亦奇乎？」

「無他！老小子奸狡巨猾而已！」

「少將軍差矣！」老范增喟然一歎，「根本處，在於劉邦始終著意搜求實力擴充，而不爭目下虛名。劉邦軍力固然不強，然卻能在大大小小數十仗中撐持下來，非但沒有潰散，且軍馬還日見增多。如此情勢，僅僅一個奸狡巨猾之徒，豈能為之哉！」

「亞父是說，劉邦早就悄悄著手聚結兵力了？」

「然也！」范增拍案，「若爭虛名，立功於遷都聲望最大。然則，劉邦卻將呂臣部推到了首席，自家縮在其後，名曰整治宮室，實則加緊聚結流散軍馬。劉邦東退，為何不與我軍並駐彭城，而要自家駐紮於碭山城？其間根本，無疑是在悄然聚結軍馬，不為各方覺察。劉邦之心，不可量也！」

「如此沛公，楚王還當他是長者人物。」項羽恍然冷笑了。

「大爭之世，只言雄傑，何言長者哉！」

「亞父！項羽立即加緊聚結流散人馬，最快增大實力！」

「少將軍有此悟性，項氏大幸也！」范增欣然點頭，「然則，我等亦須仿效劉邦之道，只做不說。老夫之見：少將軍白日只守在幕府，應對楚王各方。老夫與項伯、龍且等一力祕密聚結武信君流散舊部，在泗水河谷祕密結成營地。每晚，少將軍趕赴營地親自練兵！能在三兩個月內練成一支精兵，萬事可成！」

「但依亞父謀劃，項羽全力練兵！」

謀劃一定，項楚大營立即開始了夜以繼日的緊張忙碌。此時項梁部的潰圍人馬已經有小股流入泗水郡，范增與項伯、龍且等一班將軍分頭搜尋全力聚攏，不到一月便收攏了數萬流散人馬，連同項羽未曾折損的江東舊部，聚成了堪堪十萬人馬。每每暮色降臨，彭城郊野的項楚幕府便封閉了進出，對外則宣稱項羽戰場舊傷逢夜發作，夜來不辦軍務。實則是，每逢暮色項羽便趕赴泗水河谷的祕密營地，開始扎實地訓練軍馬。

項羽天賦雄武之才，對何謂精兵有著驚人的直覺。巡視了一遍大營，項羽做出的第一項決斷，便是裁汰老弱遊民。蓋其時倉促舉事，各方都在搜羅人馬，流散遊民幾乎凡是男子者皆可找到一方吃糧。項氏人馬雖較其餘諸侯稍精，然此等老少遊民亦不在少數。旬日裁汰整肅，項羽所得精壯士卒僅餘五萬上下。其餘老弱遊民士卒，項羽也沒有遺散。畢竟，當此兵源匱乏之時，這些人馬流向任何一方都是張大他人聲勢。項羽將這些裁汰士卒另編一軍，號為「後援軍」，交季父項伯率領，專一職司兵器打造修葺並糧草輜重輸送。五萬餘精壯則與項羽的江東舊部混編，以龍且、桓楚、鍾離昧、黥布四人為將軍，各率萬餘精兵。項羽則除總司兵馬外親自統率一軍，以八千江東子弟兵為軸心，外加幕府護衛與司馬軍吏四千餘人，共萬餘精兵，號為中軍。新項楚軍編成，項羽夜夜親臨苦練，日間則由四將督導演練。與此同時，項伯後援軍打造的新兵器與范增等搜羅求購的戰馬也源源入軍，五萬餘項楚軍人各四件兵器：一短劍、一長矛、一盾牌、一臂張弩機。兩萬餘騎士，人人外加一匹良馬。凡此等等，可謂諸軍皆無。未及兩月，項楚軍戰力大增，迅速成為一支真正的精銳之師。

三、河北危局　天下復辟者面臨絕境

秦軍大舉夾擊河北趙軍的消息傳來，彭城大為震撼。

趙王派來的求救特使說，趙軍數十萬被壓縮在邯鄲鉅鹿之間的幾座城池，北有王離十萬九原鐵騎，南有章邯近三十萬亡命刑徒軍，趙軍岌岌可危。趙王已經派出特使向齊燕韓三方求救，亟盼楚軍立即出動救趙。楚懷王（註：此「楚懷王」者，乃項梁擁立羋心為新楚王時著意打出的名號，意在懷楚聚人而反秦，並非羋心謚號，故可為公然稱謂）與陳嬰呂青宋義等在朝大臣一番商議，皆覺事關重大，立即大行朝會，召來劉邦、項羽、呂臣、范增等各軍統領，也特意召來了逃亡在楚的魏國殘部頭領魏豹、出使來楚的齊國高陵君田顯，一併會商救趙事宜。

朝會開始，趙國特使先惶恐萬分地敘說了趙國危情。而後，楚懷王正色道：「諸位大臣將軍，河北趙室存亡，關乎天下反秦大計之生滅。當此之時，齊燕韓三國諸侯兵馬寥寥，魏國餘部逃亡在楚，各方皆無救趙之力。唯餘我楚，尚有三支軍馬。以天下大局論之，趙國可救得救，不可救亦得救，此根本大局也！料諸位無人非議。」話方落點，大殿中便是異口同聲一句：「楚王明斷！」楚懷王得諸臣同聲擁戴，頓時精神大振，叩著王案又道，「唯其如此，今日朝會不議是否救趙，唯議如何救趙，諸位以為如何？」

「我王明斷！」殿中又是轟然一聲。

「如何鋪排，諸位盡可言之。」

「臣有謀劃。」主掌兵事的宋義慨然離案道，「趙國當救，自不待言。然則如何救，卻有諸般路徑，當從容謀劃而後為之。鉅鹿者，河北險要也，秦軍斷不會驟然攻破。以臣之見：救趙當有虛實兩法：虛救者，以六國諸侯之名，一齊發兵救趙，以彰顯天下諸侯同心反秦而脣亡齒寒之正道也！六國之中，唯缺魏國，臣請楚王以反秦盟主之名，封將軍魏豹為魏王，賜其一支軍馬而成魏國救趙之舉。如此，則六國齊備，五國救趙。此，大局之舉也！」

「劉季贊同上大夫之說。」劉邦第一次說話了。

「臣亦贊同。」呂臣也說話了。

「我少將軍自然贊同。」范增見項羽黑著臉不說話，連忙補上一句。

「好！」楚懷王當即拍案，「封將軍魏豹為魏王，我楚國三軍各撥兩千人馬，於魏成軍；魏王可當即著手籌劃北上救趙。」

「魏豹領命！……」寄人籬下的魏豹一時唏噓涕零了。

「盡是虛路，羽願聞實策！」項羽終於不耐了。

「實救之法，以楚軍為主力。」宋義侃侃道，「楚國三路軍馬，外加王室精兵，當有三十萬之眾。合兵北上，只要運籌得當，敗秦救趙勢在必得也！」

「何謂運籌得當？劉季願聞高論。」劉邦高聲問了一句。

「兵家之密，何能輕洩哉！」宋義頗見輕蔑地笑了。

項羽急切道：「臣啟楚王，秦軍殺我叔父項梁，此仇不共戴天！項羽願率本部人馬全力北上救趙，擊破秦軍，斬殺章邯！而後西破秦中，活擒二世皇帝！」

「魯公之言有理。」劉邦拱手高聲道，「臣以為，我軍可效當年孫臏的圍魏救趙戰法，一軍北上鉅鹿救趙，一軍向西進擊三川郡並威脅函谷關，迫使秦軍回兵。如此，則是三路救趙，秦軍必出差錯！我軍必勝無疑！」

「老臣以為，沛公所言甚當。」范增蒼老的聲音迴盪著，「一路北上擊秦主力，一路西向擾秦根基，四路諸侯惑秦耳目，三方齊出，破秦指日可待也！」

「好！先定救趙主帥。」楚懷王拍案了。

楚懷王此言一出，殿中片刻默然，之後立即便是紛紛嚷嚷，有舉薦呂臣者，有舉薦劉邦者，甚或有舉薦魏豹者，三路楚軍頭領之中，唯項羽無人舉薦。老范增微微冷笑，卻目光示意項羽不要說話。一時紛攘之際，文臣座案中站起一個紫衣高冠之人，一拱手高聲道：「外臣高陵君田顯啟稟楚王，楚國目下正有不世將才，堪為救趙統帥。」舉殿大臣將軍目光俱皆一亮，項羽尤其陡然一振，以為高陵君必指自己無疑。

「高陵君所指何人？」楚懷王倒是頗顯平靜。

「知兵而堪為將才者，宋義也！」田顯高聲回答。

此語一出，舉座驚訝，一片轟轟嗡嗡的議論之聲。項羽頓時面若冰霜。唯劉邦笑容如常，不動聲色。以戰國傳統，文士知兵者多有，然多為軍師，譬如孫臏。或為執掌兵政的國尉，譬如尉繚。文士而直接統兵者，不是不能，畢竟極少。宋義雖然已經有知兵之名，然終究是當年一個謀士，今日一個大夫，更不屬於三支楚軍的任何一方，能否在只認宗主的大亂之時將兵大戰，確實沒有成算。唯其如此，大臣將軍們一時錯愕議論了。然楚懷王卻有著自己的主見，叩著大案，待殿中安靜下來方道：「宋義大夫雖主兵政，終究一介文臣，高陵君何以認定其為大將之才？」田顯高聲道：「楚王明鑒：為統帥者，貴在通曉兵機之妙，而不在戰陣衝殺。臣舉宋義，根由在三：其一，宋義曾力諫武信君驕兵必敗，可知宋義洞察之能！其二，宋義赴齊途中，曾對外臣預言：項梁數日內必有大敗，急行則送死，緩行則活命。外臣緩車慢行，方能逃脫劫難。由此可知宋義料敵料己之明！其三，宋義既統楚國兵政，統率三軍必能統籌後援，以免各方協同不力。如此三者，宋義堪為統帥也！」

殿中一時默然。宋義諫阻項梁並預言項梁之死，原本是人人知曉之事。然則，楚方君臣將士礙於項羽及其部屬的忌諱，尋常極少有人公然說起。今日這個高陵君不遮不掩當殿通說，項羽的臉色早已經陰沉得要殺人一般，連素來悠然的老范增都肅殺起來，大臣將軍們頓時覺得不好再說話了。

「老臣以為，高陵君言之有理。」素來寡言的令尹呂青打破了沉默。

「沛公、司徒以為如何？」楚懷王目光瞄向了劉邦呂臣。

「劉季無異議。」劉邦淡淡一句。

「臣擁戴宋義為將！」呂臣率直激昂。

「既然如此，本王決斷。」楚懷王拍案道，「宋義為楚國上將軍，賜號卿子冠軍，統轄楚軍各部救趙。項羽為救趙大軍次將，范增為末將。卿等三人即行籌劃，各軍就緒後，聽上將軍號令北上。」

「楚王明斷。」殿中不甚整齊地紛紛呼應。

「臣奉王命！」宋義離案慨然一拱，「臣縱一死，必全力運籌救趙！」

范增又扯了扯項羽後襟，一直臉色陰沉的項羽猛然回過神來，忙與范增一起作禮，領受了楚王任命的次將末將之職。楚懷王似乎有些不悅，卻也只淡淡道：「大事已定，未盡事宜另作會商。」轟轟然朝會便散了。

彭城各方勢力的實際斡旋，在朝會之後立即開始了。

朝會議定舉兵救趙，沒有涉及劉邦所主張的一路西進襲擾三川郡。任命統軍諸將時，也沒有涉及劉邦呂臣兩人，只明白確認了宋義為上將軍，項羽為次將，范增為末將。顯然，劉邦軍與呂臣軍，既沒有被明白納入宋義的救趙軍，也沒有明白究竟作何用場。使項羽大為不解的是，如此混沌的未盡部署，竟沒有一個人異議便散了朝會。一出宮室庭院，項羽便憤憤然道：「如此不明不白也能救趙？亞父為何不許我說話？」范增見左右無人，這才悠然一笑道：「如何不明不白，明白得很。楚王不再續議，是心思未定。劉邦不說話，是另有自家謀劃。呂臣父子不說話，是躊躇不定。」項羽道：「人心各異能合力作戰麼？兒戲！」范增低聲道：「少將軍少安毋躁，只要有精兵在手，任他各方謀劃。大軍一旦上道，且看這個宋義如何鋪排再說。」

直到兩人上馬飛回幕府，項羽還是不解地問：「亞父，為何我軍不先攻關中？卻要窩在這個宋義帳下？若攻關中，我軍一戰滅秦無疑！」范增思忖了片刻正色道：「少將軍，目下我軍不宜直然進兵關中，其理有三。其一，武信君猝然戰死，少將軍威望未立，楚王宋義等無論如何不會讓我軍獨建滅秦之功。此時，我等若執意孤軍西進，新楚各方必多掣肘而糧草必難以接濟，彭城根基亦可能丟失。目下，項氏軍馬還得有楚懷王這面大旗，此乃大局也。其二，秦軍主力猶在，函谷關武關乃險要關塞，若一時受阻，後果難料矣！其三，目下大勢要害，在河北而不在秦中。戰勝章邯王離大軍，則秦國自潰。不勝章邯王離大軍，即或占得關中亦可能遭遇秦軍回師吞滅。周文大軍進過關中，結局如何，一戰覆滅而已。少將軍切記，誰能戰勝章邯王離大軍，誰就是天下盟主！即或別家攻下關中，也得拱手讓出。此，戰國實力大爭之鐵則也！少將軍蓄意訓練精銳，所為何來？莫非只為避實搗虛占一方地盤終了，而無天下之志哉！」

「亞父，我明白了：與秦軍主力決戰才是天下大計！」

項羽在范增一番剖析下恍然清醒，自此定下心神，也不去任何一方周旋，只埋頭河谷營地整頓軍馬，為北上大戰做諸般準備。因項楚軍收攏流散訓練精銳，都是在祕密營地祕密進行，加之時間不長，是故駐紮在泗水河谷的這支新精銳無人知曉。楚王與宋義等大臣雖然也聽聞項羽在著力收攏項梁潰散舊部，然其時王權過虛，遠遠不足以掌控此等糧草兵器自籌的自立軍馬的確切人數。即或對劉邦軍呂臣軍，楚王君臣也同樣知之不詳。楚王君臣所知的項楚軍，只有彭城郊野大營的萬餘人馬。為此，范增謀劃了一則祕密部署：這支精銳大軍不在彭城出現於項羽麾下，以免楚王宋義呂臣劉邦等心生疑忌。新精銳由龍且統率，先行祕密進發，在大河北岸的安陽河谷祕密駐紮下來，屆時再與項羽部會合。項羽思忖一番，越想越覺此計高明，屆時足令宋義這個上將軍卿子冠軍瞠目結舌，不禁精神大振，立即依計祕密部署實施。三日後，這支項楚精銳便悄然北上了。

與項楚軍不同，劉邦部謀劃的是另一條路徑。

一年多來，劉邦很是鬱悶。仗總是在打，人馬老是飄飄忽忽三五萬，雖說沒有潰散，可始終也只是個不死不活。若非蕭何籌集糧草有方，曹參周勃樊噲夏侯嬰灌嬰等一班草根將軍穩住士卒陣腳不散，劉邦當真不知這條路如何走將下去了。項梁戰死，劉邦與項羽匆忙東逃，退到碭山劉邦便不走了。劉邦不想與項羽走得太近，一則是不想被項羽吞滅為部屬，二則是稟性與項羽格格不入。項羽是名門貴冑之後，暴烈驕橫剛愎自用，除了令人膽寒的戰場威風，這個貴公子幾乎沒有一樣入得劉邦之眼。打仗便打仗，劉邦看重的是打仗之餘收攏流民入軍。可項羽動輒便是屠城，殺得所過之處民眾聞風而逃。如此，劉邦部跟著背負惡名不說，還收攏不到一個精壯入軍，氣得一班草根將軍直罵項羽是頭野狼吃人不吐骨頭。劉邦勸不下項羽，離開項羽又扛不住秦軍，只有跟著項羽的江東軍心驚肉跳風火流竄，既積攢不了糧草，又擴張不了軍馬，直覺憋悶得要死了一般。定陶之戰項梁一死，劉邦頓時覺得大喘了一口長氣。劉邦明白大局，項梁一死項楚主力軍一散，狠惡的項羽狗屁也不是，楚國各方沒誰待見，離這小子遠點最好。為此，劉邦託詞說要在碭山籌糧，便駐下不走了。項羽無力供給劉邦糧草，也對這個打仗上不得陣整日只知道嘻嘻哈哈的痞子亭長蔑視之極，劉邦一說不走了，項羽連頭也沒抬便逕自東去了。

駐紮碭山月餘，軍馬好容易喘息過來，劉邦才開始認真揣摩前路了。此時，陳嬰來拉劉邦，要其與呂臣協力謀劃楚懷王遷都事。劉邦心下直罵牧羊小子蹭老子窮飯，可依然是萬分豪爽又萬般真誠地盛待了陳嬰，一力舉薦呂臣南下護駕遷都，說自家不通禮儀又箭傷未愈，願在彭城效犬馬之勞，為楚王修葺宮室。陳嬰一走，劉邦吩咐周勃在沛縣子弟中撥出一批做過泥瓦匠徭役的老弱，只說是著意搜羅的營造高手，由周勃領著開進彭城去折騰，自己又開始與蕭何終日揣摩起來。便在百思無計的時候，一個意想不到的人物突兀地冒了出來。

「沛公！且看何人到也！」蕭何興沖沖的喊聲，驚醒了燈下入神的劉邦。

「哎呀！先生？想得我好苦也！……」劉邦霍然跳起眼角濕潤了。

「韓王已立，心願已了，張良來也。」清秀若女子的張良笑著來了。

那一夜，劉邦與張良蕭何直說到天光大亮。劉邦感慨唏噓地敘說了自與張良分手後的諸般難堪，罵項羽橫罵碭山窮罵楚王昏罵范增老狐狸，左右是嬉笑怒罵不亦樂乎。張良笑著聽著，一直沒有說話。罵得一陣，劉邦又開始罵自己豬頭太笨，困在窮碭山要做一輩子流盜。罵得自家幾句，劉邦給張良斟了一碗特意搜尋來的醇和的蘭陵酒，起身深深一躬，一臉嬉笑怒罵之色倏忽退去，肅然正色道：「劉季危矣！敢請先生教我。」張良起身扶住了劉邦，又飲下了劉邦斟的蘭陵酒，這才慨然道：「方今天下，正當歧路亡羊之際也！雖說山東諸侯蜂起，王號盡立，然卻無一家洞察大勢。沛公乃天授之才，若能順時應勢，走自家新路，則大事可成矣！」

「何謂新路？」劉邦目光炯炯。

「新路者，不同於秦、項之路也。」張良入座從容道，「二世秦政暴虐，天下皆知。諸侯舉事之暴虐，卻無人留意。諸侯軍屠城，絕非一家事也，而以項氏軍為甚。即或沛公之軍，搶掠燒殺亦是常事。大勢未張之時，此等暴虐尚可看作反秦復仇之舉，不足為患根本。然若圖大業，則必將自毀也。山東諸侯以項楚軍最具實力，反秦之戰必成軸心。然則，項羽酷暴成性，屢次屠城，惡名已經彰顯。其後，項羽酷暴必不會收斂，而可能更以屠城燒殺劫掠等諸般暴行為樂事。當此兩暴橫行天下，何策能取人心，沛公當慎思也。」

「先生說得好！軍行寬政，方可立於不敗之地。」
「與沛公言，省力多矣！」張良由衷地笑了。
「先生過獎。先生放心，劉季有辦法做好這件事。」
「項羽有范增，先生安知其不會改弦更張？」蕭何有些不解。
「項梁之力，尚不能變項羽厭惡讀書之惡習，況乎范增？」
「以先生話說：項羽酷暴，天授也。」劉邦揶揄一句。
張良蕭何不約而同地大笑起來。飲得兩碗，三人又說到了目下大勢。蕭何說，斥候軍報說章邯軍已經在籌劃北上擊趙，很可能王離軍還要南下夾擊，河北情勢必然有變。張良點頭道：「河北戰事但起，天下諸侯必然救趙，不救趙則一體潰散。其時楚軍必為救趙主力，沛公當早早謀劃自家方略。」劉邦道：「我跟項羽風火流竄幾個月，人都懵了。何去何從，還得聽先生。」蕭何皺著眉頭道：「沛公犯難者，正在此也。楚軍救趙，沛公軍能不前往麼？若前往，則必得受項羽節制，此公橫暴，沛公焉得伸展？」張良從容道：「唯其如此，便得另生新路，未必隨楚軍救趙。」劉邦目光驟然一亮：「願聞先生奇策。」張良請劉邦拿來一幅羊皮地圖，順手拿起一支竹筷指點地圖道：「河北激戰之時，沛公若能自領本部軍馬西進，經三川郡之崤山，沿丹水河谷北上，攻占武關而進兵關中，此滅秦之功，可一舉成勢也！」蕭何驚訝道：「沛公分兵西進，減弱救趙兵力，楚王能允准麼？孤軍西進，沛公軍戰力能支撐得了麼？難。」張良侃侃道：「足下所言兩難，實則皆不難。第一難，沛公可說動楚王及用事之呂青陳嬰宋義，效法圍魏救趙，主力北上救趙，偏師奔襲關中。如此方略，乃兵法奇計也。楚王君臣若不昏聵，必能允准。第二難，秦軍大敗項梁後，章邯以為楚地已不足為慮，主力大軍悉數北上。當此之時，河外空虛，沛公一軍並無強敵在前，不足慮也。」
「先生妙算，可行！」劉邦奮然拍案。

「也是。」蕭何恍然，「既可免受項羽節制，又可途徑富庶之地足我糧秣。」

「以先生所言兵法，這叫批亢搗虛。可是？」劉邦若有所思。

「當日泛論兵法，沛公竟能瞭然於胸，幸何如之！」張良喟然感歎。

「說了白說，劉季豈非廢物也！」劉邦一陣大笑。

這次徹夜會商之後，劉邦大為振奮，立即開始了種種預先周旋。劉邦派定行事縝密的曹參專一職司探查河北軍情，自己則尋找種種空隙與楚懷王身邊的幾個重臣盤桓，點點滴滴地將自己的想法滲透了出去。劉邦的說辭根基是：彭城乃項氏根基，呂臣軍與劉邦軍在此地籌集糧草都不如項羽軍順當，目下劉邦軍糧草最為匱乏。若楚王與諸位大臣能下令項羽部供給糧草，劉邦軍自當隨諸軍而前。若糧草不能保障，則不妨先叫劉軍西進，籌集到充足糧草再回軍不遲。劉邦很是謹慎精明，此時絕不涉及河北軍情及未來救趙事。呂青陳嬰宋義三大臣，原本對項羽的生冷驕橫皆有顧忌，自然樂於結交劉邦。今見劉邦所說確是實情，而楚王廟堂要做到叫項羽為劉邦供給糧草，則無異於與虎謀皮，准定得惹翻了那個霸道將軍。於是，三人都答應劉邦，在楚王面前陳說利害，力爭劉邦部自行西進先行籌集糧草。此番西進之風吹得順暢之際，恰逢河北趙軍特使告急，在會商救趙的朝會上，劉邦便將效法圍魏救趙的方略提出來了。然楚王與幾個重臣都矚目於統帥人選之爭，沒有再行會商劉邦所提方略便散朝了。所以如此，一則是楚王與幾位重臣不想因再議劉邦軍去向而使項羽范增橫生枝節，是故項羽范增一接受次將末將職位便立即散朝。二則也是劉邦軍實力較小，偏師西進又不是主要進兵方向，不足以成為救趙軍的主導議題，朝會後再議不礙大局。

「今日是否自請過急，適得其反？」朝會之後劉邦卻有了狐疑。

「非也。」張良笑道，「沛公今日所請，恰在火候。一則，沛公此前已經提出西進籌糧，此次再提順理成章，無非名目增加救趙罷了。二則，兩路救趙，虛實並進，確屬正當方略。宋義尚算知兵，不會不明白此點。三則，目下楚軍諸將，西入關中者，唯沛公最宜，無人以為反常。」

「我看也是。」蕭何在旁道，「其餘諸將皆以為西進乃大險之局，定然無人圖謀西略秦地。不定，楚王還要懸賞諸將，激勵入秦也。」

「兩位是說，我當晉見楚王面商？」

「然也。只要沛公晉見，必有佳音。」張良淡淡一笑。

「好！劉季去也。」劉邦風風火火走了。

楚懷王羋心正在書房小朝會，與相關重臣密商後續方略。

除了呂青、陳嬰、宋義三人，小朝會還破例召來了流亡魏王魏豹、齊國特使高陵君田顯、趙國特使以及獨自將兵的呂臣。君臣幾人會商的第一件大事，是救趙的兵力統屬。以目下楚軍構成，項羽部、呂臣部、劉邦部最大，再加王室直屬的護衛軍力以及陳嬰的舊部兵馬，對外宣稱是數十萬大軍。然究竟有多少兵力，卻是誰也說不清楚。救趙大舉進兵，涉及種種後援，絕非僅僅糧草了事，是故各方後援主事官吏都要兵馬數目，老是混沌終究不行。此事宋義最是焦灼，這次後續朝會也正是宋義一力促成。項羽劉邦未曾與會，公然理由是兩部皆為「老軍」，兵力人人可見，無須再報，實則是宋義顧忌項羽暴烈霸道，而劉邦是否北上尚未定論，故先不召兩人與聞。

小朝會一開始，宋義便稟報了自己所知的各家兵力：項羽部三萬餘，劉邦部五萬餘，呂臣部六萬餘，王室護軍萬餘，陳嬰部萬餘，諸軍粗略計，差強二十萬上下。王室護軍與陳嬰部不能北上，劉邦部未定，如此則救趙軍力唯餘項羽部與呂臣部堪堪十萬人。如此大數一明，大臣們立即紛紛搖頭，都說兵力不足。楚懷王斷然拍案，陳嬰部與王室護軍都交宋義上將軍，彭城只留三千兵馬足矣！此言一出，大臣特使們盡皆振奮，老令尹呂青當即申明：呂臣部六萬餘軍馬盡交上將軍親統，呂臣在彭城護衛楚王。大臣們既驚訝又疑惑，一時只看著呂臣沒了話說。不料，呂臣也點頭了，且還慨然唏噓地說了一番話：「臣之將士，素為張楚陳王舊部，素無根基之地，糧草籌集之難不堪言說也！今逢國難，臣若自領軍馬，非但糧草依舊艱難，且必與項羽軍有種種糾葛。大戰在即，臣願交出軍馬歸王室統屬。臣無他圖，唯效命王室而已！」此番話一落點，大臣們人人點頭，始明白呂臣長期以來著意靠近楚王君臣的苦衷。呂臣軍歸屬一定，宋義大為振作，奮然道：「如此軍力，臣親統八萬餘兵馬為主力，節制項羽部三萬餘人馬，當游刃有餘也！屆時，其餘四路諸侯加河北趙軍，總體當有五十餘萬人馬，大戰秦軍，勝算必有定也！」

正當楚懷王幾人振作之際，劉邦來了。

劉邦素有「長者」人望，一進楚王書房，立即受到楚王與大臣們的殷殷善待。劉邦連連作禮周旋之後，這才坐到了已經上好新茶的武安侯座案前。堪堪坐定，宋義笑著問了一句：「沛公此來，莫非依然要自請西進？」劉邦一拱手道：「上將軍乃當世兵家，敢請教我，西進可有不妥處？」宋義第一次被人公然讚頌為當世兵家，心下大為舒暢，不禁慨然拍案，對楚王一拱手道：「臣啟我王，以兵家之道，虛實並進兩路救趙，實為上策也！臣請我王明斷大局方略。」楚王羋心點頭道：「沛公西進，可有勝算？」劉邦一拱手道：「臣之西進，一為自家糧草，二為救趙大局。成算與否臣不敢言，唯知盡心任事，不負我王厚望而已。」楚王不禁感喟道：「沛公話語實在，真長者也！」楚王話語落點，大臣們紛紛開口，都說沛公西進堪為奇兵，不定還當真滅秦，楚王該當有斷。只有陳嬰說了一番不同的斟酌：「老臣以為，項羽野性難制，不妨以項氏一軍西進。沛公長者也，素有大局之念，不妨與上將軍同心救趙。如此可保完全。」陳嬰此言一出，意味著西進已經為楚國君臣接納，剩下的只是派誰西進更妥當。若不言及項羽，也許還無甚話說，一涉及項羽，君臣話語立即四面噴發出來。

「外臣以為，沛公西進最為妥當。」齊方的高陵君田顯先按捺不住了，座中一拱手道，「楚王明鑒：項羽殺戮太重，攻城屠城三番五次，燒殺劫掠無所不為。此人若入咸陽，必為洪水猛獸，天下財富將毀於一旦也！外臣以為，項羽若一軍西進，則無人可以駕馭！」

「高陵君，項羽雖則橫暴蠻勇，終究可制也。」宋義自信地笑著，「沛公西進，我無異議。然高陵君說項羽無人駕馭，則過矣！統軍臨戰，首在治軍有方。宋義但為上將軍，任它猛如虎貪如狼者，自有洞察節制，自有軍法在前。此，楚王毋憂也，諸位毋憂也。」

「好！上將軍能節制項羽，大楚之幸也！」陳嬰很是激賞宋義。

「項羽橫暴，然終究有戰力。」呂臣頗有感觸地道，「沛公軍西進，以實際戰力，只能襲擾秦軍後援，西入關中滅秦談何容易。項羽部戰力遠過沛公，亦遠過呂臣軍。救趙大戰，必以項羽部為主力，不能使其西進。能西進者，唯沛公最妥也。」

「老臣一謀，我王明察。」老令尹呂青慨然道，「方今楚軍兩路並舉，諸侯亦多路救趙。滅秦，以咸陽為終。滅軍，以鉅鹿為終。老臣以為，我王可與諸將並諸侯立約：無論何軍，先入關中者王。以此激勵天下滅秦，復我大仇！」

「老令尹言之有理。」宋義慨然道，「如此立約，我王盟主之位依舊也！」

「敢請楚王明斷！」偌大的書房轟然一聲。

「諸位所言甚當。」楚懷王思忖拍案，憂心忡忡道，「與諸將諸侯立約，激勵滅秦，正道也。然則，西進之將，不可不慎也。項羽為人剽悍猾賊，嘗攻襄城，坑殺屠城，幾無遺類。其所過城池，無不殘滅也。楚人多次舉事不成，陳王項梁皆敗，多與殺戮無度相關也。今次不若改弦更張，遣長者扶義而西，告諭秦中父兄：楚之下秦，必為寬政也。秦中父兄，苦其主久矣！今誠得長者以往，禁止侵暴，或可下秦也。項羽剽悍凶暴，不可西進也。諸將之中，獨沛公素為寬大長者，可將兵西進也。」

「我王明斷！」大臣異口同聲。

「劉季謝過我王！」劉邦伏地拜倒了。

小朝會之後三日，楚懷王王命頒下，明定了各軍統屬與進兵路徑，大局便再無爭議了。一番忙碌籌劃，旬日之後，楚懷王芈心率悉數大臣出城，在郊野大道口為兩路楚軍舉行了簡樸盛大的餞行禮。舉酒之間，楚懷王面對諸將大臣肅然道：「天下諸侯並起，終為滅秦而復諸侯國制。今日，大楚兩軍分路，四方諸侯亦聯兵救趙，更為滅秦大軍而下秦腹地也！為此，本王欲與諸將立約：先入關中者王。諸將以為如何？」

「我王明斷！臣等如約：先入關中者王！」將軍們一片呼應。

「諸將無異議，自誓——！」司禮大臣高宣了一聲。

將軍們一齊舉起了大陶碗，轟然一聲：「我等王前立約：先入關中者王！人若違約，天下諸侯鳴鼓而攻之！」一聲自誓罷了，人人汩汩飲於碗中老酒，啪啪摔碎陶碗，遂告誓約成立。其間唯項羽面色脹紅怒火中燒，幾欲發作而被范增一力扯住，才勉力平靜下來，也跟著吼叫一通立了誓約。之後，兩路大軍浩浩北上西進，秦末亂局的最大戰端遂告開始。

這個楚懷王芈心，堪稱秦末亂世的一個彗星式人物。

芈心由牧羊後生不意跨入王座，原本在復辟諸王中最沒有根基，真正的一個空負楚懷王名義的虛位之王。然則，這個年輕人卻以他獨特的見識與固執的稟性，在項梁戰死後的短暫的弱勢平衡中敢於主事，敢於拍案決斷，敢於提出所有復辟者不曾洞察的「義政下秦」主張，且對楚國的山頭人物有獨特的評判。

凡此等等作為，竟使一介羊倌的芈心，能在各種紛亂勢力的糾葛中成為真正被各方認可的盟主，以致連項羽這樣的霸道者，也一時不敢公然反目，實在是一個亂世奇蹟。

芈心對項羽與劉邦的評判，堪稱歷史罕見的人物評價。芈心認定項羽是「剽悍猾賊」，認定劉邦是「寬大長者」，皆是當時的驚世之論。就實說，劉邦是否寬大長者大可商榷，然說項羽是剽悍猾賊，卻實在是入骨三分，比後世的「項羽英雄」論不知高明了多少！後來，這個羋心終被項羽先廢黜後殺戮，以「義帝」之名流光一閃而去。

楚懷王羋心之歷史意義，在於他是秦末復辟諸王中最具政治洞察力的一個虛位之王，其「扶義而西」的下秦方略可謂遠見卓識也。其後劉邦集團進入關中後的作為，雖也是劉邦集團的自覺理念，也應當說在很大程度上受到了楚懷王的啟迪。劉邦集團的成功，在實踐上證明了楚懷王政治眼光的深遠。太史公為魏豹張耳陳餘田儋等碌碌之徒列傳記述，卻沒有為這個楚懷王羋心列傳，誠憾事也！依據西漢之世的正統史觀：項羽、劉邦同為楚國部屬，項羽弒君逆臣，劉邦則直接秉承了楚懷王（義帝）滅秦大業。如此，太史公該當增〈義帝本紀〉，項羽至多列入〈世家〉而已，強如劉邦秉承項羽所封之漢王名號而出哉！後世有史家將太史公為失敗的項羽作〈本紀〉，看作一種獨立與公正，以文明史之視野度量，未必矣！

四、秦趙楚大勢各異　項羽軍殺將暴起

得聞秦軍南北壓來，河北趙軍洶洶故我。

自陳勝舉事，天下大亂以來，章邯的平亂大軍一直在中原江淮作戰，秦軍主力一直未曾涉足趙燕齊三地。故此，堪堪一年趙燕齊三地亂象日深，而以舊趙之地為最甚。其時，作亂諸侯之中，唯有河北趙軍占據了舊時都城邯鄲，並以趙國舊都為都。如此一來，趙地復辟以占據舊都為正宗亂勢，楚地復辟則以擁立舊王族為正宗亂勢，遂成天下復辟勢力最大的兩處亂源。

趙地先後曾有武臣、趙歇兩個復辟之王，皆平庸虛位，原本不足以成勢。趙勢大張，根基在丞相

張耳、大將軍陳餘兩人。此兩人都是舊魏大梁人，少時皆具才名，俱習儒家之學，結為刎頸之交。六國滅亡後的歲月裡，兩人相與遊歷中原，祕密捲入了山東老世族的復辟勢力，曾被帝國官府分別以千金、五百金懸賞緝拿。陳勝軍攻占陳城後，張耳陳餘已自震澤六國老世族後裔聚會後西來，立即投奔了陳勝。時逢陳城豪傑勸陳勝稱王，陳勝聞張陳才具，遂問兩人對策。張耳陳餘獻上了一則居心叵測的方略，勸陳勝不要急於稱王，稱王便是「示天下私」，而應該做兩件大事：一件事是迅速西進攻秦，一件事是派出兵馬立起六國王號。兩人信誓旦旦地說：「如此兩途，一可為將軍樹黨，二可為秦政樹敵。敵多則力分，與眾則兵強。目下之秦，野無交兵，縣無守城，將軍誅滅暴秦，據咸陽以令諸侯，非難事耳。屆時，六國諸侯於滅亡後復立，必擁戴將軍也！將軍只要以德服之，則帝業成矣！今若獨自在陳城稱王，天下將大不解也！」張耳陳餘原本以為，一番宏論必能使陳勝昏昏然先立六王，而陳勝軍則去為六國老世族打仗。孰料，粗豪的陳勝這次偏偏聽出了張耳陳餘的話外之心，沒有理睬兩位儒家才子的宏闊陷阱，竟逕自稱王了。

張耳陳餘悻悻然，想一走了之，卻又兩手空空。商議一番，張耳便教了喜好兵事的陳餘一番話，讓陳餘又來勸說陳勝。這番說辭是：「大王舉兵而西，務在進入關中，卻未曾慮及收復河北也。臣嘗遊趙地，知其豪傑及地形，願請奇兵，為大王北略趙地。」這次，陳勝半信半疑，於是便派自己舊時認識的陳郡人武臣做了略趙主將，率兵三千北上。陳勝猶有戒備，又派出另一個舊日小吏邵騷做了「護軍」，職司監軍，只任張耳陳餘做了左右校尉。以軍職說，小小校尉實不足以決大事也。然則，陳勝卻沒有料到，校尉雖小，卻是領兵實權，北上三千軍馬恰恰分掌在這兩個校尉手裡。張耳陳餘忌恨陳勝蔑視，卻也得其所哉，二話不說便其心勃勃地北上了。

武臣軍北上，張耳陳餘一路奮力鼓噪，見豪傑之士便慷慨激昂滔滔一番說辭，倒是說動了不少老世族紛紛入軍，一兩個月便迅速膨脹為數萬人馬，占得了趙地十座城池。《史記・張耳陳餘列傳》所記載的這番沿途說辭備極誇張渲染，很具煽惑性，多被後世史家引作秦政暴虐之史料，原文如下：

秦為亂政虐刑以殘賊天下，數十年矣！北有長城之役，南有五嶺之戍，外內騷動，百姓罷敝，頭會箕斂以供軍費，財匱力盡，民不聊生。重之以苛法峻刑，使天下父子不相安。陳王奮臂為天下倡始，王楚之地方二千里。（天下）莫不響應，家自為怒，人自為鬥，各報其怨而攻其仇，縣殺其令丞，郡殺其守尉。今已張大楚，王陳，使吳廣、周文將卒百萬西擊秦。於此時而不成封侯之業者，非人豪也！諸君試相與計之。夫天下同心而苦秦久矣！因天下之力而攻無道之君，報父兄之怨而成割地有土之業，此士之一時也！

此文為亂世政治詐言之最也。這篇很可能也是文告的說辭，顯然的誇大處至少有三處：「將卒百萬西擊秦」，周文軍何來百萬？「王楚之地，方二千里」，陳勝軍連一個陳郡也不能完全控制，何來方二千里？「頭會箕斂以供軍費」秦政軍費來源頗多，至少有錢穀兩途。說辭卻誇張地說成家家按人頭出穀，官府以簸箕收斂充作軍費。認真論之，這篇說辭幾乎每句話都有濃郁的鼓噪渲染特質，與業經確證的史料有著很大出入，不能作嚴肅史料論之。譬如「家自為怒，人自為鬥，各報其怨而攻其仇，縣殺其令丞，郡殺其尉卒」，實乃著意鼓噪刻意渲染。就實而論，舉事之地初期肯定有仇殺，也會有殺官，然若天下皆如此，何以解釋章邯軍大半年之內的秋風掃落葉之勢？此外，還有一則更見恐嚇誇張的說辭，亦常被人引為秦政暴虐之史料。這便是同一篇〈列傳〉中的范陽人蒯通說范陽令的故事與說辭。其云：

武臣引兵東北擊范陽。范陽人蒯通說范陽令曰：「竊聞公之將死，故弔。雖然，賀公得通而生。」范陽令曰：「何以弔之？」對曰：「秦法重。足下為范陽令十年矣！殺人之父，孤人之子，斷人之足，黥人之首，不可勝數。然而，慈父孝子莫敢倳刃公之腹中者，畏秦法耳！今天下大亂，秦法不施，然則慈父孝子可倳刃公之腹中以成其名。此，臣之所以弔公也！今諸侯畔（叛）秦矣，武信君兵且至，而君堅守范陽，少年皆爭殺君，下武信君。君急遣臣見武信君，可轉禍為福在今矣！」

顯然，這是一篇活生生的虛聲恐嚇之辭，其對秦法秦官的執法酷烈之誇張，對民眾仇恨之誇張。恐嚇與勸說之自相矛盾，都到了令人忍俊不能的地步。果然如此酷吏，果然如此為民所仇恨，號稱「人豪」的策士，號稱誅暴的反秦勢力何以不殺之為民除害，反要將如此暴虐之官吏拉入自家山頭，還要委以重任？更為啼笑皆非者，這個蒯通接受了范陽令委派，有了身價，轉過身便是另一番說辭。蒯通對武臣說的是：范陽令欲降，只是怕武信君殺他。而范陽少年要殺范陽令，則為的是抗拒武信君自立。所以，武信君應當作速「拜范陽令」，使其獻城，並賜其「朱輪華轂」即高車駟馬，使其為武信君收服城池，也使「少年亦不敢殺其令」。武臣不但聽了蒯通之言，還賜范陽令以侯爵印，藉以吸引歸附者。此等秦末「策士」捲入復辟黑潮，其節操已經大失戰國策士之水準，變成了真正的搖唇鼓舌唯以一己之利害為能事的鑽營者。即或大有「賢名」的張耳陳餘，後來也因權力爭奪大起齟齬，終究由刎頸之交變成了勢不兩立。凡此等等，總體說，秦末及楚漢相爭期間的遊說策士，胸懷天下而謀正道信念者極其罕見，實在使人提不起興致說道他們。

如此這般鼓噪之下，趙軍在無秦軍主力的河北之地勢力大張。張耳陳餘當即說動武臣自號為武信君（後來的項梁也自號武信君），兩人則實際執掌兵馬。及至周文兵敗之時。張耳陳餘在河北已經成勢，「不戰以城下者三十餘城」。

此時，張耳陳餘立即勸武臣稱王，其說辭同樣誇張荒誕：「陳王起蘄，至陳而王，未必立六國之後！將軍今以三千人下趙數十城，獨介居河北，不王無以填之也！且陳王聽信讒言，得知消息，我等恐難脫禍災。或陳王要立其兄弟為趙王，不然便要立趙王後裔為王。將軍不能錯失時機，時者，間不容息也！」武臣怦然心動了，那個奉陳勝之命監軍的邵騷也心動了。於是，武臣做了趙王，陳餘做了大將軍，張耳做了右丞相，邵騷做了左丞相。一個復辟山頭的權力框架，就此草草告成了。

陳城的張楚朝廷接到武臣部復辟稱王的消息，陳勝大為震怒，立即要殺武臣家族，還要發兵攻趙。當時的相國房君勸阻了陳勝，認為殺了武臣家族是樹了新敵，不如承認其王號，藉以催促武臣趙軍盡快發兵西進合力滅秦。陳勝的張楚也是亂象叢生鞭長莫及，只好如此這般，將武臣家族遷入王宮厚待，還封了張耳的長子張敖一個「成都君」名號。同時派出特使，催促趙軍立即西進。

「趙軍不能西進也！」

張耳陳餘終究顯露了背叛陳勝軍的真面目。兩人對趙王武臣的應對說辭是：「陳王認趙王，非本意也，計也。果真陳王滅秦，後必加兵於趙。趙王不能進兵滅秦，只能在燕趙舊地收服城池以自廣。屆時，即或陳王果真勝秦，也必不敢制趙也！」武臣自然立即聽從，對陳勝王命不理不睬，卻派出三路兵馬擴地：韓廣率部北上舊燕地帶，李良率部擴張河北地帶，張黶率部擴張上黨地帶。

立即，復辟者們之間便開始了相互背叛。韓廣北上燕地，立即聯結被復辟作亂者們通號為「人豪」的舊燕老世族，自立為燕王，拒絕服從趙王武臣的任何指令。武臣大怒，張耳陳餘亦極為難堪，君臣三人遂率軍北上問罪。然則三人誰也沒真打過仗，心下無底，大軍進到燕地邊界便駐紮了下來。武臣鬱悶，大軍駐定後便帶了隨從護衛去山間遊獵，卻被早有戒備的韓廣軍馬俘獲了。這個韓廣倒是青出於藍而勝於藍，坦然行奸公然背叛，效法武臣而過於武臣，一拿到武臣立即向張耳陳餘開出了天價：分趙地一半，方可歸還趙王！張耳陳餘大覺羞惱，可又對打仗沒譜，只好派出特使「議和」。可韓廣黑狠，只要使者不說割地，立即便殺，一連殺了十多個使者。張耳陳餘一籌莫展之際，一個當時叫作「廝養卒」的家兵，對張耳的舍人說，他能救出趙王。舍人是張耳的親信門客，遂將此事當作笑談說給了張耳。張耳陳餘也是情急無奈，死馬權作活馬醫，也不問廝養卒究竟何法，便立即派這個廝養卒以私說名義，去了燕軍營壘。廝養卒很是機敏，跟著張耳家風早早學會了一套大言遊說本領，說了一番大出韓廣意料的話，事竟成了。這番對答頗具諷喻，諸公且看：

「將軍可知，臣來欲做何事麼？」廝養卒煞有介事。

「當然是想我放了趙王。」燕將一副洞察奸謀的神態。

「將軍可知，張耳陳餘何等人也？」廝養卒詭祕地一笑。

「賢人了。」燕將板著臉。

「將軍可知，張耳陳餘之心？」廝養卒又是詭祕地一笑。

「當然是想討回趙王了。」燕將很是不屑。

「將軍錯也！」廝養卒一臉揭穿真相的笑容，「武臣、張耳、陳餘三人同兵北上，下趙地數十城之後，張陳早早便想自家稱王了，如何能甘居卿相終生？將軍知道，臣與主，不可同日而語也。當初張耳陳餘沒有稱王，那是趙地初下，不敢妄動罷了。今日趙地已服，兩人正欲分趙稱王，正欲設法除卻趙王之際，燕軍恰恰囚了趙王，豈不是正使張耳陳餘得其所哉！更有甚者，張耳陳餘早想攻燕，趙王不首肯罷了。不放趙王，張陳稱王，後必滅燕；放了趙王，則張陳滅燕不能成行。此間輕重，燕王不知道麼？」

這番詐說稟報給韓廣，這個黑狠粗疏的武夫竟信以為真，當即放了武臣，教廝養卒用一輛破舊的牛車拉走了。於是，這個武臣又到邯鄲做了趙王，張耳陳餘也不再說問罪於韓廣了。然則，背叛鬧劇並未就此完結。武臣剛剛回來，那個派往常山擴地的李良又叛趙了。李良乃舊趙一個老世族將軍的後裔，見武臣此等昔年小吏也能在亂世稱王，心下早早便有異志了。擴地常山後，李良部又圖謀收服了太原，北進之時卻被井陘關的秦軍阻攔住了。章邯得知消息，立即下令井陘關守將策反李良。於是，秦將將章邯特使送來的二世詔書不作泥封，送給了李良。這件假詔書允諾，若李良反趙投官，可免李良之罪，並封侯爵。李良很是疑惑，遲遲不敢舉動。正當此時，一次偶然的事件誘發了李良的突然叛趙。

一日，李良回邯鄲請求增兵擴地。行至邯鄲城外，路遇趙王武臣的姊姊的車馬大隊經過，李良見聲勢煊赫，以為是趙王車駕，便匍匐道邊拜謁。不料這個老公主正在酒後醉態之中，只吩咐護衛騎將打發了李良，便揚塵而去了。李良素以貴胄大臣自居，當時大為難堪。身邊一個侍從憤然說：「天下叛秦，能者先立！趙王武臣原本卑賤，素來在將軍之下，今日一個女人竟敢不為將軍下車！追上殺了她，將軍稱王！」李良怒火中燒，立即派侍從率部追殺了那個趙王姊姊，並立即調來本部軍馬襲擊邯鄲。攻入邯鄲後亂軍大作，趙王武臣與左丞相邵騷一起被殺了。

當時，張耳陳餘僥倖逃脫出城，收攏流散趙軍，終於聚集了數萬人之眾。此時，張耳陳餘本想自家稱王，然又疑慮不安。不安之根本，是趙風武勇好亂，怕自己難以立足。一個頗具見識的門客提出了一則謀劃，說：「兩君乃羈旅，外邦人也，若欲在趙地立足，難也！只有擁立真正的趙王之後，而兩君握之實權，可成大功也！」兩人一番密商，終於認可了門客謀劃。於是，一番尋覓，搜羅出了舊趙王的一個後裔趙歇，立作了趙王。其時邯鄲被李良占據，張耳陳餘遂將趙歇趙王暫時安置在了邯鄲北部百餘里的信都城。立足方定，李良率軍來攻。頂著大將軍名號的陳餘，只有硬著頭皮迎擊。不知如何一場混戰，左右是陳餘勝了，李良部敗逃了，李良投奔章邯秦軍了。

自此，陳餘聲名大振，被趙歇賜號為儒士名將。陳餘自家也陡然亢奮起來，自視為攻必克戰必勝的大將軍，立馬傲視天下了。隨即，張耳陳餘其心勃勃，將趙王重新遷回了邯鄲，又大肆聚集趙地流散之民多方成軍，幾個月間勢力迅速膨脹，號稱河北趙軍數十萬，聲威動於天下。

秦軍的河北戰事，開初直是摧枯拉朽。

深秋時節，章邯軍向北渡過漳水直逼邯鄲，王離軍南下越過信都（註：信都，大秦邯鄲郡城邑，舊趙國陪都，大體在今河北省邢臺市以南地帶），進駐曲梁（註：曲梁，邯鄲郡要塞，大體在今河北省邯鄲市東北郊地帶），對邯鄲形成了南北夾擊之勢。其時陳餘之名大為鼓噪，王離特來章邯幕府請教戰法。章邯萬般感喟道：「世無名將乎？豎子妄得虛名哉！若我始皇帝在，秦政根基在，不說一個陳餘，便是項氏楚軍百個項梁復生，便是百個狠惡項羽，能在我大秦銳士馬前走得幾個回合也！戰之根基，在軍，更在政。此等流盜散軍，最經不起周旋。不說乃父乃祖與蒙恬在世了，便是老夫與將軍，只要糧草充裕，國政整肅，如此烏合之眾何足道哉！奈何，今非昔比也！」王離雖無章邯切膚之痛，卻也對目下大局憂心忡忡，向章邯敘說了咸陽族人送來的密報消息，痛罵了趙高的專權妄為，對秦政險難與秦軍艱危處境很感鬱悶。章邯畢竟老辣，氣定神閒地撫慰了王離，末了道：「將軍毋憂，我等仍以前謀，以快制變。盡速了結河北戰事，方可轉身問政。河北之戰，無甚戰法可言，只六個字：放開手腳大打！立冬之前，回軍南下。」

旬日之後，兩軍在邯鄲郊野擺開了大戰場。

陳餘正在氣盛之時，更兼從未與秦軍主力對過陣，更沒有見識過滅六國時的老秦軍，陳餘等以往所知之秦軍，只是年來所遇到的「紛紛望風歸附」的郡縣尉卒，故對章邯王離大軍全然沒放在心上。日前會商戰事，陳餘昂昂然道：「來日一戰，河北可定也！其後臣自南下滅秦，趙王只等稱帝便是！」張耳亦大為振奮，自請親督糧草後援，決與陳餘共建滅秦主力之大功。唯其如此評判，趙軍才全然忘記了項梁楚軍的前車之鑒，才有了陳勝舉事以來的山東復辟諸侯軍第一次與秦軍主力對陣而戰。

時當深秋，大河之北的山川原野一片枯黃。邯鄲郊野的山原上，兩軍大陣各自排列，久違了的壯闊氣象再次展現。背靠邯鄲的大陣火紅一片，趙字大旗與陳字大旗下的戰車上，是趙國大將軍陳餘，戰車後一排騎將一色的趙國傳統彎刀，其後的主力是紅色為主而頗見駁雜的步卒大陣，兩翼是兩個騎兵方陣。陳餘大軍號稱數十萬，滿山遍野鋪開，連背後的邯鄲城都顯得渺小起來了。趙軍之南一兩里之遙，是黑沉沉的以步卒為主的秦軍大陣，軍旗帥旗之間是白髮蒼然的老將章邯，身後是司馬欣、董翳兩員大將。正面大戰，章邯沒有出動王離的九原鐵騎，而只以本部刑徒軍對陣趙軍。章邯堅執不要王離親自出戰，只要王離派出大將涉間率三萬鐵騎布陣於刑徒軍之後做最後追殺。是故，正面大陣並無九原鐵騎身影。

「攻殺秦軍！俘獲章邯——！」陳餘長劍直指奮力大吼。

「全軍推進，攻克邯鄲。」章邯冷冰冰撂下了令旗。

雙方數十百面大鼓齊鳴，無以計數的牛角號嗚嗚吹動。彌天殺聲中，趙軍三陣齊發，漫天紅潮般壓了過來。章邯大陣的兩側弓弩陣立即發動，長大的箭鏃呼嘯著疾風驟雨般撲向趙軍。與此同時，刑徒步軍大陣踩著鼓點踏著整肅的步伐，沉雷般向前隆隆推進，鐵盾短劍亮閃閃如叢林移動，不管對面趙軍如何洶湧而來，只山岳般推向紅色的汪洋。

黑色的山嶽與紅色的汪洋，在枯黃的原野轟然相撞了。秦軍已非昔日秦軍，趙軍亦非昔日趙軍。一經接戰，搏殺情形也迥然有別。趙軍汪洋幾乎是一觸即潰，立即彌散為無數的紅潮亂團，戰車戰馬步卒交互糾纏，大多未與秦軍交手便相互擁擠踐踏成一團亂麻……無須細說此等戰場，結局是大半個時辰後紅色汪洋整個地潰散了。章邯下令步卒停止追殺，只教涉間的三萬鐵騎去收拾逃敵。這三萬九原飛騎一經發動，實在是聲勢驚人，馬蹄如雷劍光耀日，立即化作了無數支利劍疾射而出。篡昔日趙軍之名的偽趙軍，驚駭得連逃都沒了力氣，索性紛紛縮進了能藏身的各種溝溝坎坎之中。大將軍陳餘早已經跌翻了戰車，心驚肉跳地被護衛馬隊簇擁著捲走了。趙軍騎兵眼見主帥大旗沒了蹤跡，當即哄然四散。然則，面對疾如閃電的秦軍主力飛騎，騎馬逃跑反倒死得更快更利落，驚恐之下，趙軍騎卒索性紛紛滾下戰馬，躲進了隨處可見的溝坎樹林。一時間，戰場之上空鞍戰馬四野亂竄，惶惶嘶鳴著打圈子尋覓主人，反倒大大妨礙了秦軍鐵騎的追殺。九原騎兵主將涉間見此等戰場功效甚微，立即下令停止了追殺。

僅僅一戰，趙軍便丟棄了邯鄲，逃奔到鉅鹿去了。

趙王趙歇與丞相張耳，早早在趙軍潰散之初便倉皇地逃出了邯鄲，一路直奔進鉅鹿城才驚恐萬狀地駐紮下來。後從戰場逃亡的陳餘卻沒有敢進鉅鹿城，而是在大陸澤畔的一片隱祕谷地草草紮了營地。數日後聚集得幾萬流散人馬，陳餘這才將營壘稍稍向鉅鹿城靠近，並派軍使知會了城內的趙王和張耳，說是趙軍主力屯駐郊野可內外呼應，乃最佳守城之法。張耳很是不悅，卻也無可奈何，只好以趙王之名下令陳餘立即迎擊秦軍，確保鉅鹿根基。

正當此時，章邯揮軍北上，王離揮軍南下，三面圍定了鉅鹿城。章邯軍堵在鉅鹿之南廣闊的棘原高地，王離軍多快速飛騎，則堵在鉅鹿東北兩面的高地要隘。兩軍遙遙相望，將未及再度逃竄的陳餘大軍也一併裹進了包圍圈。陰差陽錯之間，陳餘軍真正成了鉅鹿城的外圍壁壘。城內張耳始覺心下稍定。城外陳餘卻懊悔得罵天罵地不迭。至此，鉅鹿被三面包圍，唯餘西面一道滾滾滔滔的漳水，只怕突圍出城也難以渡河。章邯王離會商，要盡快攻克鉅鹿這座堅城，根除河北之地的復辟勢力。因章邯軍在南，故章邯仍效前法，再築甬道，將經由河內甬道輸送到棘原的糧草，再由鉅鹿之外的甬道輸送到王離軍前。

孰料，正在秦軍忙碌構築甬道，預備糧草器械之時，河北地卻下起了冷颼颼秋雨。連綿十數日，秋雨中竟有了隱隱飄飛的雪花，地面一片雨雪泥濘，天氣眼看著一天天冷了。好容易天色舒緩雨雪終止，秦軍正在焦灼等待原野變乾之際，突然傳來了一道驚人的軍報：河內甬道被項羽楚軍強行搗毀切斷，糧草輸送斷絕了！

誰也沒有料到，北上楚軍能在安陽滯留四十六日。

楚軍從彭城兩路進發，宋義率主力大軍北上，劉邦率本部人馬西進。一上路，宋義便對前軍大將當陽君下了一道祕密軍令：徐徐進軍，日行三十里為限。對其餘諸將，宋義則著意申明：北進中原糧草輸送艱難，須大體與糧草輜重同步，各部須以前軍里程為行軍法度，不得擅自逾越。如此一路行來，走了將近一月，才渡過大河抵達安陽之南的郊野。一過大河，宋義立即在幕府聚將，申明了自己的方略：大軍北進連續跋涉，全軍疲累，糧草尚無囤積，不能倉促救趙，須在安陽駐屯休整，待糧草充裕之時再行救趙。項羽怒不可遏，當時便要發作。范增硬生生扯住了項羽，項羽憋悶得一轉身大步走了。宋義分明看見了項羽的種種顏色，卻不聞不問地散帳了。

「亞父如何阻我？宋義分明誤事！」回到軍帳，項羽怒氣勃發了。

「宋義固然誤事，然眾怒未成，不能輕舉也。」

「要甚眾怒！一手掐死那個匹夫！」

「少將軍差矣！」老范增一歎，「大戰賴眾力。不聚人心，萬事無成也。」

「如此說來，只能死等？」

「未必也。」老范增平靜道，「目下，我等至少有兩件事可做：一則，老夫與諸將分別周旋，設法使諸將明白宋義錯失，以聚人心；二則，少將軍可祕密聯結已經先期抵達的精銳新軍，妥善安置其繼續祕密駐紮。這支大軍乃救趙奇兵，目下，尚不能公然與我合軍。說到底，在宋義心志叵測之時，這支奇兵不能顯身。」

「狗宋義！老子終有一日殺了他！」

項羽憤憤地罵著，還是依老范增的方略忙碌去了。

大軍駐屯到一個月時，刷刷秋雨來了。時當十月初，正是秋末冬初。天寒大雨，士卒凍餓，連綿軍營一片蕭疏冷落。漳水兩岸的原野，終日陷在濛濛雨霧中，軍營泥濘得連軍炊薪柴都濕漉漉無法起火了。安陽城隱隱可見，然終日進出者卻只能是宋義等一班高爵將吏，將士們便漸漸有了怨聲。正當此際，宋義接到了齊王田市的王書，盛邀其長子宋襄到齊國任丞相之職。宋義大喜過望，立即親自帶著一班親信幕僚，車馬連綿地冒雨將長子送出了百餘里地，直到舊齊國邊界的巨野澤北岸的無鹽城（註：無鹽，秦時薛郡城邑，大體在今山東省東平縣以南地帶），將兒子親自交到了齊王特使手裡，才停了下來。三日後回到軍營幕府，宋義又聚來所有的高爵將軍與文吏大宴慶賀，樂聲歌聲喧嚷笑聲從幕府飄出彌散於雨霧軍營，校尉士卒們終於忍不住罵將起來了。

這一日，原本拒絕了宋義酒宴的項羽，卻在酒宴正酣之時怒衝衝闖進了幕府。項羽不知道的是，凍得瑟瑟發抖的校尉士卒們已經跟著他的身影，在幕府外聚攏了起來。項羽闖進幕府聚將廳，幾名黃衫楚女正在飛旋起舞，楚樂彌漫，勸飲祝賀聲一片喧鬧。見項羽黑著臉大踏步進來，幕府大廳一時難堪，驟然沉寂了下來。宋義大為皺眉，向舞女樂手揮揮手，樂聲停了，舞女們也惶惶退下了。

「次將何以來遲耶？」宋義矜持而淡漠地笑了。

「我非飲酒而來，亦無心慶賀。」項羽冷冰冰一句。

「如此，次將何干耶？」

「秦軍圍趙，楚軍救趙。楚軍當立即渡過漳水，與趙軍裡應外合破秦！」

「次將輕謀也。」眼見大將們一片肅然，似對項羽並無不滿，宋義也不好厲聲指斥，索性將自己的謀劃明白說出，遂矜持地淡淡一笑道，「夫搏牛之法，不可以破蟣虱（註：《史記・項羽本紀》該句原文為：「夫搏牛之虻不可以破蟣虱。」其集解、索隱的多種解釋均不能直接體現其本意。以文本內涵，疑該句文字有誤，當為「夫搏牛之法，不可以破蟣虱。」）。用兵之道，大力徒然無用，終須以智計成也。老夫救趙之策，在先使秦趙相鬥，我軍後發也。今秦軍攻趙，秦若戰勝滅趙，則我軍順勢安然罷兵回師，此謂『承其敝』也；秦若不能勝，則我軍引兵鼓行而西，必滅秦軍矣！被堅執銳，義不如公；坐而運策，公不如義。明白否？」

「不明白！」項羽怒聲道，「趙亡則諸侯滅！救趙便是救楚！」

「大膽項羽！」宋義終究不能忍受，拍案霍然起身，高聲下令道：「諸將聽令：自今日之後，猛如虎，貪如狼，強力不可使者，皆斬之！」

項羽冷冷一笑，轉身大踏步逕自出了幕府。慶賀大宴頓見難堪，大將們紛紛各找托詞而去，片刻間幕府便冷清了下來。宋義氣惱，立即上書楚懷王稟報了項羽的強橫不法，請准罷黜項羽次將。孰料，彭城一直到旬日之後方才來了一道王書，只有短短三五行：「楚軍救趙，廟堂之急策也。雖雨，卿子冠軍幸勿遲滯。」宋義大是鬱悶了。以宋義之心忖度，楚懷王決策救趙云云，只是名義罷了，最終仍然是要牢牢保存住這支僅有的楚軍。然今日楚懷王回書，卻分明是將救趙當真了，顯然是責怪宋義了。雖然王書未提項羽，然其意顯然是認為項羽在這件事上無甚差池。楚王如此忌憚項羽，也不打算趁此良機罷黜項羽，當真一個迂闊君王也。宋義很懊喪，一時卻也思謀不出良策應對項羽。對於此等擁兵大將，宋義若沒有楚懷王名義，幾乎是無法制約的。而原先宋義對制服項羽有十足信心，根本便在於認定了楚懷王忌憚項羽，一定會全力支持自己設法制約項羽，甚或除掉項羽。目下楚懷王隻字不提項羽，可見軍中大將也未必贊同「先鬥秦趙」之策。當此之時，宋義當真犯難了。

宋義沒有料到，軍中情勢會發生如此突然的變化。

項羽和范增祕密邀來了當陽君、蒲將軍等幾位大將與項楚軍的所有部將，聚商於次將大帳。項羽慷慨激昂地說：「楚軍北上，本當戮力攻秦救趙！不料，宋義竟滯留不前，陷我軍於困境！今歲亂世，歲饑民貧，軍無囤糧，士卒只能吃半菜半飯，都餓成了人乾！而宋義，竟能在將士凍餒之際鋪排私行，飲酒高會！更有甚者，宋義不引兵渡河，與趙並力攻秦，反說使秦趙相鬥而承其敝。以秦軍之強，攻新立之趙，勢必滅之！秦軍滅趙之後，正在強盛之時，我軍何敝之承？再說，楚軍定陶新敗，楚王坐不安席，連府庫倉底都掃了，搜羅糧米財貨交給宋義。國家安危，在此一舉！宋義卻反其道而行之，不恤士卒，只徇其私，大非社稷之臣也！」

老范增斟酌出的這一番奮激之辭，使將軍們對項羽大起敬服之心，紛紛聲言願與魯公同心救趙。曾是刑徒的黥布尤其踴躍，當當拍案，聲言要項羽索性殺了宋義，自己做上將軍。項羽頗見詭祕地冷冷一笑，雖未首肯，卻也沒有搖頭。將軍們散去後，老范增終於說了一句話：「少將軍，人心所向，時機到也。」項羽得此一言，嘿地一喝，奮然一拳砸得大案喀嚓散架了。

次日清晨，依舊是雨雪紛紛，軍營泥濘一片。卯時未到，項羽一個人踏著泥水走進了中軍幕府。項羽是僅僅位次於宋義的大將，自然是誰也不會阻攔。宋義正在早膳，案上一鼎一爵，獨自細斟慢飲。聽見腳步聲，宋義抬頭，放下了象牙大箸，矜持冰冷地問了一句：「次將違時冒雨而來，寧欲領死乎？」項羽站在案前三尺處，拄著長劍陰沉道：「宋義，爾知罪否？」宋義愕然變色，拍案沉聲道：「項羽！你敢與老夫如此說話？」項羽勃然戟指，高聲怒罵道：「宋義匹夫！心懷卑劣，徇私害國，天地不容也！」宋義大怒拍案，喝令未出，項羽已經前出一步，一劍洞穿了宋義胸膛。宋義倒地尚在喘息，項羽又跨上一步，橫劍一抹割下了宋義頭顱。及至司馬護衛們聞聲趕來，見項羽已經將宋義的滴血頭顱提在了手中，頓時呆若木雞不知所措了。

項羽冷冷一笑，對大廳甲士視若不見，左手提著宋義血淋淋人頭，右手挺著帶血長劍，大步走到了幕府外。幕府外已經轟隆隆聚來了一片將士，項羽舉著宋義人頭高聲道：「諸位將士，宋義與齊國勾連，背叛楚國！項羽奉楚王密令，已經將宋義殺了！」將士們驚愕萬分，卻沒有一個人敢支吾一聲，問問項羽為何不出示楚王密令。顯然，楚軍將士已經被項羽的狠勢果決懾服了。一片沉寂中，黥布舉劍高喝：「立楚王者，本項氏也！今魯公誅亂，我等擁戴魯公為上將軍！」

「擁戴魯公為上將軍——！」懾服的將士們終於醒了過來。

「好！項羽權且先作假上將軍，稟報楚王待決。」

「宋義長子做齊國丞相，後患也，當追殺之。」范增提醒一句。

「龍且，帶百人飛騎追殺宋襄！」項羽立即高喝下令。

龍且奮然一應，飛步去了。三日後，龍且帶著宋義之子的人頭返回，稟報說追到齊國腹地才殺了宋襄。項羽不再有後患之慮，立即依范增鋪排，派出了與項氏有世交的親信大將桓楚兼程南下彭城，向楚王稟報安陽軍情。數日後桓楚歸來，帶來了楚王正式拜項羽為上將軍並統屬全軍救趙的王書，也敘說了彭城的朝議情形。楚懷王看罷項羽軍報，只沉著臉說了一句，宋義父子當死。上柱國陳嬰與令尹呂青，都只搖頭不說話。最後還是楚懷王拍案決斷了：「項羽擅自誅殺上將軍，固然不當其行。然宋義滯留安陽四十六日，空耗糧草，誤國過甚，大負國家厚望，實屬有罪也。事已至此，便任項羽為上將軍，當陽君、蒲將軍等呂臣舊部，亦歸屬項羽。著其當即發兵救趙。兩位以為如何？」陳嬰呂青看了看旁邊陰沉矗立的桓楚，想說話卻終於默然，最後還是點頭認可了。桓楚說，他拿到了王書便火速北來，不知這兩人背後會不會有何不利於上將軍的謀劃。

范增悠然笑道：「能有何謀劃？君臣三人心思一般，無非思謀如何借重沛公劉邦，掣肘少將軍罷了。這道王書，迫不得已也。」項羽咬牙切齒道：「這個楚王始終疑忌於我，當真不可理喻！」范增道：「當此之時，少將軍毋顧其餘，只全力部署戰事。一旦勝秦主力大軍，任何疑忌亦無用。」

項羽激切於復仇之戰，立即派出了當陽君、蒲將軍率兩萬兵馬先行渡過漳水北上，作為救趙前軍開赴鉅鹿。孰料，旬日之後戰報與陳餘特使同時飛來：兩支楚軍與秦軍接戰，陳餘的趙軍也開出營壘夾擊，誰知不堪秦軍戰力，兩軍均遭大敗。陳餘軍被章邯的刑徒軍截殺數千，兩支楚軍則被王離的九原鐵騎盡數擊潰，已經成了一支殘軍。若非雨雪之後戰場艱難，秦軍不能趁勢猛攻，只怕鉅鹿已經陷落了。陳餘特使惶恐萬分，緊急籲請項羽立即增兵北上，否則河北將有滅頂之災。

「不能立即北上。」老范增冷冰冰阻撓了。

「亞父，河北危急，何能遲滯！」

「少將軍少安毋躁，此時一步出錯，悔之晚矣！」

范增備細陳說了目下大勢：當陽君蒲將軍兩部失利，足證楚軍戰力尚差，貿然北上，只能是徒然慘敗。至於鉅鹿趙軍，斷不會迅速陷落。范增審量的大勢是：秋末連綿雨雪，已經極大遲滯了河北戰事，也改變了三方格局。在趙軍而言，得到了喘息之機，依靠鉅鹿倉的存儲尚能支撐，城外的陳餘營壘也在不斷收集流散兵卒之後軍力增強，不致立即失守。在秦軍而言，戰場攻殺因雨雪而中止，河內糧道又被切斷，秦軍已經陷入困境，章邯王離必定急於速戰速決。在楚軍而言，安陽遲滯太久，此前糧草又無囤積，將士戰馬連月凍餒疲軟無力，南方將士又衣甲單薄不耐寒冷，此時戰力正在低谷，恰恰不宜速戰。唯其如此，立即北上冬戰，不利於楚軍，只利於秦軍。范增謀劃的方略是：就地屯駐窩冬，繼續截殺秦軍的河內糧草，使將士日日吃飽喝足，養息戰力士氣並整肅軍馬，來春北上決戰！

「少將軍切記，無精兵在手，萬事空論也。」

「好！便依亞父謀劃。」

經此四十餘日滯留，後復生變折騰，眼看著進入了隆冬。

整整一個冬天，移營避風地帶的楚軍已經完全地恢復了過來。

這個冬天，項羽對楚軍做出了大刀闊斧的整肅。第一則，全軍各部立即裁汰老弱病殘，統交後軍安置：能做工匠僕役者留用，一無所能者原地構築壁壘自守，來春不需北上戰場。第二則，宋義幕府的全部老舊戰車、樂工舞女、轅門儀仗等，或毀棄或遣散，軍中不許任何奢靡之氣蔓延。第三則調出祕密駐紮在安陽河谷的項楚精銳新軍，正式編入上將軍歸屬，列為全軍主力，由龍且統率日日演練對秦軍鐵騎作戰之法。將軍們至此方知項羽還有一支藏而未露的精銳新軍，一時盡皆驚愕，對項羽更增添了幾分敬畏。第四則，將原本由宋義親自統率的中軍主力，即呂臣舊部與陳嬰舊部，改為護持糧草修葺兵器的後軍，由呂臣舊部的蒼頭軍老將統率。第五則，以黥布軍馬為游擊之師，持續此前搗毀秦軍河內輸糧甬道的戰法，冬日連續出動，絕不使秦軍糧道恢復。第六則，以桓楚所部為根基，建成楚軍弓弩器械營，趕製出百餘架大型連弩並數以萬計的長箭，日日演練操持之法。第七則，以項楚軍的江東本部子弟兵為中軍軸心，全部騎兵，由項羽親自統率並施以嚴酷訓練。如此連番整肅之下，加之彭城陸續輸送的糧草衣甲兵器，加之項羽在冬天裡也絲毫沒有放棄的種種演練，當河冰化開春草泛綠之時，楚軍較當初北上之時，已經變成了一支真正兵強馬壯的精銳之師了。

河冰一開，項羽舉兵北上了。

那日清晨，霜霧濛濛之際，項楚大軍開出了隱祕營地，勁急之勢非同尋常。正午時分，楚軍抵達漳水南岸，未嘗稍歇開始渡河。兵士乘船，戰馬泅水，兩岸號角呼應戰馬嘶鳴，氣象大為壯闊。上將軍項羽沒有與兵士共舟渡河，而是脫去了甲冑斗篷，一身短打布衣，牽著戰馬嘩嘩嘩蹚進了尚有游冰浮動的河水，人馬一起泅渡。

項羽的戰馬很是神駿特異，名號為「騅」。《正義》引《釋畜》云：「蒼白雜毛，騅也。」亦云青白色戰馬。毛色蒼白駁雜，並不如何悅目，然卻一定很有一種戰場所需要的威猛恐怖感。幾年後項羽瀕臨絕境，要將這匹戰馬送給烏江亭長。其時，項羽如是說騅：「吾騎此馬五歲，所當無敵，嘗一日行千里。」因此一席話，這匹戰馬流傳後世且日益神化，成為歷史上寥寥幾匹著名戰馬之一。

大約後人多覺蒼白雜毛不好看，於是，這匹神駿戰馬便有了一個傳說中的名號，烏騅馬，變成了一朵飛翔馳騁於戰場的黑雲。項羽一生天賦皆見於三事：兵器，烈馬，美女。少年天賦直覺，求之「萬人敵」；再後天賦直覺，得神騅戰馬；再後又天賦直覺，得美人虞姬。此三事之外，項羽天賦一無所見。故此，項羽對神騅之說，該當可信也。此時，毛色駁雜的神騅馱著那支粗長的「萬人敵」，項羽散髮布衣與戰馬從容泅渡於浮冰之間，在河面孤立顯赫狀如天神。舟船上的將士們精神大振，立即便是一片上將軍萬歲的奮然歡呼。

越過漳水，楚軍在北岸的河谷地帶聚結了。項羽站在一方大石上，揮著長劍激昂地下達了死戰部署：「諸位將士！楚軍為復仇定陶而戰！為復辟六國而戰！楚軍有去無回！有進無退！楚軍的血肉屍骨，要換得秦軍伏屍遍野！要換得秦政滅亡！此次救趙血戰，項羽決意親率江東子弟披堅執銳，直下秦軍營壘！項羽死戰將令：全軍鑿沉渡船！砸破釜甑！燒掉廬舍！兵器戰馬之外，將士只帶三日乾食！破釜沉舟！血戰秦軍！」

「破釜沉舟——！血戰秦軍——！」吼聲震天，彌漫了漳水河谷。

奮然忙碌，一個時辰餘，楚軍鑿壞了所有渡河舟船，砸壞了所有造飯的鐵鍋陶甑，燒掉了所有被軍中稱為「廬舍」的軍帳，每個將士領到了只夠三日的飯團乾肉，人人收拾得緊飭利落。不待項羽將令，楚軍各部便整肅聚結了。

「全軍北上！」望著尚未熄滅的熊熊火焰，項羽劈下了令旗。

五、各具內憂 章邯刑徒軍與王離九原軍

秋戰遲滯未能如謀，章邯王離大感棘手了。

一切困局，皆因一場連綿雨雪而起。世間萬事皆同，艱危之局一旦有了突發誘因，往往一發不可

收。章邯所以要以快制變，其主旨，便是在困局未成之前騰挪出轉身時機。以實際情形論，若秋戰成行，其時滯留安陽的楚軍主力無法北上，即或倉促全數北上，也絕無後來的戰力，秦軍滅趙勝楚幾乎是必然的。河北戰事之後，秦軍挾戰勝之威大舉南下，駐屯安陽而尚未恢復的楚軍主力，事實上是無法抵擋的。秦軍再度擊潰項羽楚軍，則劉邦縱能入關也無濟於事，經不起章邯王離大軍的回師之力。果然如此，天下大局豈能如後來一朝分崩離析哉！不合上天一場連綿雨雪，錯過了最佳戰機，河內糧道又被摧毀斷絕，秦軍頓時被困隆冬，無法快速轉身了。

無奈之下，章邯與王離祕密會商，只好強行對趙軍冬戰。然則，幾仗之後，卻是進展甚微。鉅鹿城外的陳餘軍，此時已經與先期救趙的兩支楚軍殘部合併，固守實力大增。陳餘與當陽君蒲將軍會商之後，依據山形地勢構築起堅固的壁壘，又用山水反覆澆潑石壘鹿砦，光溜溜白森森一道丈餘高的冰石大牆橫亙山脊，確實很難攻殺。驚慌的趙軍楚軍又鐵了心堅守不出，只縮在營壘以弓箭滾木礌石應對。冬日草木蕭疏，秦軍士卒攻殺無以隱身，傷亡反倒比趙軍大了。鉅鹿城的趙軍也如出一轍，依仗著聞名天下的鉅鹿要塞的高厚城牆，只在城頭做種種施為，絕不出城垣一步。連番幾次攻殺無效，章邯斟酌良久，終於下令停止了冬戰，著手整肅自己的刑徒軍了。

章邯的這支刑徒軍，雖是秦軍名號，年餘平亂中也算戰功赫赫，然則，刑徒軍終與王離率領的九原主力軍不同，此時困局一顯，立即便生發出種種事端。最大的事端，是刑徒士卒開始紛紛鬧功罷戰，聲言再不論功賜爵便不上戰場了。

要明白鬧功罷戰的根源，得從刑徒成軍說起。

當初，為緊急成軍應對攻進關中的周文大軍，章邯奉李斯方略，以皇帝詔書名義明令宣示：免除刑徒既往之罪，此後戰功以大秦軍功法行賞。也就是說，非但所有人軍罪犯一躍而成無罪平民，且有了入軍建功立業的大好時機。是故，驪山刑徒們一聞皇帝詔書，立即歡聲遍野，人人奮然入軍。七十萬刑徒中遴選出三十萬上下的精壯成軍，可謂人人都是罪犯之中的精明能才，不用艱難訓練便能像模像樣地打仗。對周文首戰大勝之後，刑徒軍竟成為令朝野萬分驚愕的一支特異大軍，其戰力絲毫不下於秦軍主力。此間根本原因，便在於刑徒士卒們人人急切於立功得爵，真正成為光耀門庭飽受敬重的尊貴人士。孰料，此時的秦政秦法早已今非昔比，更非章邯所能掌控了。二世胡亥癡迷享樂，早將平定盜亂論功賜爵等等軍國大事拋到九霄雲外去了。用事掌權的趙高，一則全力謀劃陷害李斯，二則認定章邯為李斯同黨，疑忌章邯刑徒軍會成為無法掌控的後患，是故根本不理睬章邯的一道道軍功戰報，更不會對刑徒賜爵而張其聲勢。其時，李斯尚未入獄。然面對種種羈絆，李斯連見到胡亥一面尚且不能，如何能實施軍功賜爵這等大事？

軍功法，乃秦法根本之一。依據軍功法度：一戰一論功，一戰一行賞，不得遲滯。論功之權在軍，賞功之權在君。沒有皇帝詔書認定，賞功便沒有國家名義。皇帝杳無蹤跡，章邯徒歎奈何。其後，李斯入獄了，趙高做中丞相了，胡亥更沒譜了，論功賜爵事也更是泥牛入海了。章邯不知多少次派出特使回咸陽催請，結果是特使連趙高的面都不能一見，遑論親見皇帝胡亥？如此跌宕日久，刑徒軍馬不停蹄地轉戰年餘，大戰小戰不計其數，軍功與死傷也越積越多，卻沒有一戰論功賜爵，沒有一戰得國家撫恤，沒有一個刑徒士卒獲得哪怕小小一個公士爵位。

驟臨斷糧冬戰，刑徒軍士卒終於不堪忍受了。

諺云，罪犯多人精。成軍的驪山刑徒，大多是因始皇陵匯集的山東六國罪犯，秦人罪犯很少。秦人經變法之後百五十餘年，犯罪者已經大為減少，即或有，也多散布於小工程為苦役。無論是山東六國罪犯，還是老秦國罪犯，大體都是非死罪犯人。也就是說，這些罪犯基本不涉及謀逆作亂或復辟舉事等滅族必殺大罪，故能以苦役服刑。就實際人群而論，這等不涉死罪之刑徒，大都是頗具才智且敢於犯難走險之人。商鞅變法之時，對此等最容易觸犯法律的庶民有一個特定用語，疲民。疲者，痞也。專指種種懶漢豪俠墮士與械鬥復仇撥弄是非傳播流言不務正業之人，統而言之，或曰不肖之徒，或曰好事之徒。大舉匯集數十萬人的罪犯群體，更有一種不同於常人群體的特異處：多有觸法官吏，多有世族子弟，亦不乏各具藝業的布衣士人。此等人讀書識字且頗具閱歷才具，遇事有主見，有膽識，善聚合，極易生出或必然或偶然的種種事端。始皇帝末期，驪山刑徒曾發生過一次震驚天下的暴亂：刑徒黥布聚合密議，祕密激發數千刑徒逃亡，事發之夜被秦軍追殺大半，然最終仍有殘部進入深山遁去，最後成為一支回應陳勝軍而舉事反秦的流盜軍。手無寸鐵之刑徒，尚能如此祕密聚合而爆發，況乎全副甲冑器械在手的一支刑徒大軍也。

章邯後來才知道，開進河北之前，刑徒士卒們已經在祕密醞釀逃亡罷戰了。因由是，刑徒士卒中的隱祕高人認定：定陶大戰全勝，尚且不見國家賞功，日後只怕永遠沒指望了；朝廷既能有功不賞，只怕當初的免罪之說也會食言。果真如此，刑徒士卒們最終只能落得個罪犯死於戰場而已，等於服了死刑，比苦役更為不堪！那次逃亡罷戰，之所以沒有付諸實施，在於刑徒士卒們在相互密議中，突然流布出一則隱祕高人的評判：河北之戰很可能是最後一次大戰，戰勝之後，章邯王離將提兵南下問政。果真立了新皇帝，平亂之功不會不作數。再說，河內甬道築成後軍糧衣甲充裕，不挨餓不受凍，幾位統兵將軍也善待士卒，不妨打完河北之戰再相機行事。

進入河北之後，丞相李斯慘死的消息傳開了，趙高做中丞相的消息也傳開了，甚或，連章邯派司馬欣回咸陽而無果逃回的消息都傳開了。漸漸地，刑徒士卒們又騷動了。然當時戰勝在即，刑徒士卒們仍厚望於其後的舉兵南下問政，依然撐持著打了邯鄲之戰，擊潰了河北趙軍。及至秋末雨雪連綿，河內糧道又斷，刑徒士卒們終於絕望了。軍營中紛紛傳播著一則高人之言：天不助秦，大秦氣數盡矣！幾次冬戰打得磕磕絆絆，冬戰不祥的高人之言又風一般流播軍中了。待章邯終於察覺出特異氣息時，軍心已經幾近渙散了。

「刑徒軍果真逃亡罷戰，我派涉間、蘇角助你平亂！」

「刑徒軍不能亂。然則，此事又不能急切。」

王離聽章邯一說刑徒軍情勢便黑了臉，要派主力大將涉間、蘇角率軍進章邯營地彈壓。章邯沒有贊同，說他只是知會於王離，以免他分心。章邯說，刑徒軍的事，由他一力處置，只要方略得當，諒無致命事端。章邯叮囑王離，冬日歇戰之時，一要拜託王離軍在就近郡縣籌劃糧草，刑徒軍是無力幫忙了；二要王離留心疏通九原將士的憤怨之心，否則只怕也要出事。王離很是鬱悶，陰沉著臉一拳砸到了案上：「論本心，我也不想打這鳥仗了！政不政，國不國，法不法，軍不軍，給誰打仗？為甚打仗？天知道！」嘶啞的低聲吼喝中，素來木訥的王離第一次當著章邯哭了，哽咽唏噓令人不忍卒睹。章邯一句話沒說，卻也破天荒地老淚縱橫了。

王離的痛心憤激，在於九原秦軍的戰心早已經彌散了。一腔憤怨鬱積太久，將士們終於沮喪了，終於絕望了。

九原秦軍的中堅力量有三種人，一為將門功臣子弟，二為大多易姓埋名的皇族子弟，三為關中隴西兩地的布衣平民中的軍旅世家子弟，所謂老秦人是也。諸多部族家族幾代從軍，族中若有大事，動輒在軍中一傳便是百數千人。尋常間國政清明軍法森嚴，除卻軍務公事，族人之間來往極少，絕無山東六國軍旅中的種種地方族黨聚結之風。然則，自始皇帝驟然薨去，軍中情勢一天天惡變了。扶蘇被迫自殺，蒙恬蒙毅先入獄而後被迫自殺了。這是九原大軍遭遇的第一次巨變，其時不啻當頭驚雷，九原大軍的軸心力量驟然騷動了。入軍人數最多的蒙氏王氏兩大部族將士，立即激盪起來。蒙氏族人乃直接受害者，雖沒有遭受連坐問罪，卻是憤激萬分。王氏與蒙氏三代世交，並力馳騁戰場，同為最大的功勳部族，其尊嚴與榮譽是一損俱損一榮俱榮，王氏將士同樣也是憤激萬分。兩大部族的將士們人皆同心，終日同聲相合，大肆鼓噪舉兵南下肅政除奸。王離為將之後，大勢稍見緩和。因為將士們堅信：身為功臣後裔且擁兵三十餘萬的王離，絕不會對如此國政忍耐下去，王離一定在尋覓時機。然則，第一次巨變餘波尚在，一聲聲驚雷又連番炸開：皇族公子公主被大肆殺戮，三公九卿一個個接連倒下，最後兩個軍旅大功臣馮去疾馮劫又壯烈自殺，丞相李斯這最後一根支柱也岌岌可危……國政驚變目不暇接，將士們只覺噩夢無邊了。種種族群人際之牽連，種種道義公理之激發，都無可遏制地蔓延開來了，燃燒開來了，人人請戰問政，人人喊冤復仇，九原大軍一時間成了怒濤澎湃的無邊汪洋。那時候，年輕的王離已經無法坐鎮幕府，在巨大的夾縫中擠壓得幾乎要瘋了。一個顯然的結局是：若再不舉兵南下，老秦人強烈的復仇稟性轟然爆發，這支大軍顯然便要崩潰……

恰在此時，陳勝舉事了，天下大亂了。

大局驟變，九原將士們頓時驚愕萬分，一片肅然，一片默然。變法之後百餘年來，老秦人已經錘鍊出國家至上的奉公守法精神，此時國難當頭，老秦人還能自相殘殺自亂陣腳麼？皇帝再不好，廟堂再有奸，畢竟還是平亂滅盜的，若轟然毀了廟堂，則大秦准定完結。便在將士驚愕之際，更有驚人消息傳來：盜王陳勝派周文率數十萬大軍進兵關中，函谷關已經告破！九原將士們頓時大譁，秦國崛起百餘年函谷關巍巍然矗立，連聲勢最大的六國合縱也未能破得函谷關，今日竟能被烏合之眾的盜軍攻破，奇恥大辱也！不用呼喚提醒，潛藏於老秦人骨血之中的戰國記憶驟然復活了：六國復辟，要滅秦國，真正的國難來臨了！這便是植根於戰國大爭之世的秦軍底色本性，面對危難，他們的本能反應不是挽救新的大一統的帝國天下，而是已經逐漸淡化的戰國原生靈魂的驟然復活——不懼生死，與山東六國一爭。

「赳赳老秦，共赴國難！」

那時，這句久違了的老秦國誓轟轟然響徹了陰山草原。九原將士們奮然請戰，人人大吼著護國滅盜。王離派出特使星夜兼程飛往咸陽，請命南下。那時，李斯抱病而起，給王離回覆了一件長長的丞相函，陳述了以刑徒軍平盜的方略，著重申明了九原大軍不能輕動的大義。王離將李斯函公然明示全軍，派出一班司馬到各部連番解說，這才終於穩住了大局。後來，老將章邯率刑徒軍開赴戰場，摧枯拉朽般擊潰了盜軍，將數十萬「張楚」烏合之眾驚走群雀一般趕出了關中。消息傳來，九原軍營的歡笑聲震盪了陰山：「山東六國好出息也！一群刑徒便打得他鼠竄而逃，還作滅秦大夢！」

笑聲沒有持續多久。天下亂象日益深重，連瀕臨九原郡的燕趙之地也大亂了。然在王離正要率軍平定燕趙之際，卻又傳來了匈奴新單于冒頓要大舉南下復仇的消息。九原將士們畢竟明白輕重，奮激請戰的呼聲終於平靜了下來。其後亂局叢生，關外的郡縣官府紛紛解體，大軍的糧草輜重衣甲器械等等輸送時斷時續，後來，中斷的日期便越來越長了。那條從關中專通九原的直道倒是沒有中斷，卻因為二世胡亥的胡亂折騰，關中府庫尚且告急，向九原的輸送便漸漸有名無實了。及至王離分兵進入河北與章邯軍並馬作戰，九原大軍的糧草實際已經陷入困局了……昏政如血，天下大亂，平盜艱難，糧草不濟，如此等等連番驚變兩年餘，九原將士們終於折騰得連怒吼一聲的心力也沒有了。

「老將軍先全力整肅刑徒軍。九原軍，畢竟老秦人。」

「少將軍上心，老秦人最是傷懷也！」

「來春大戰，只怕刑徒軍九原軍，都不牢靠。」

「少將軍，你我但盡人事而已，成敗與否，想亦無用也。」

那一日，老少兩人直說到天色暮黑，章邯才告辭了。

一路之上，寒風吹透了重重衣甲，章邯覺得自己變成了一道冰柱。

回到幕府，在大燎爐前枯坐一陣，又呼嚕嚕喝下兩大盆羊肉湯菜羹，章邯才覺得四肢百骸活泛了過來。凝神思忖片刻，章邯吩咐中軍司馬只帶兩個軍吏隨他前去弓弩器械營。中軍司馬驚愕猶豫，力主要帶護衛馬隊一起去。章邯斷然道：「不能帶！你小子怕死別去，老夫一個人去。」無奈，中軍司馬只好選來兩個劍術過人的軍吏，三人一起跟章邯匆匆走了。

中軍司馬所以擔心，在於這弓弩器械營是刑徒軍的軸心。軸心之謂，能才匯聚所在也。但凡讀過書識得字而又精明機巧者，不管原先做沒做過工匠，都被匯聚到了弓弩器械營。章邯原本便是主力秦軍中執掌弓弩器械營的大將，當初對進入弓弩器械營的刑徒士卒堅持親自過目，對由刑徒擔任的千夫長以下的頭目，更是親自遴選勘問而後定。是故，在整個刑徒軍中，章邯最是熟悉這個弓弩器械營。刑徒軍騷動大起，震盪源頭定然在弓弩器械營。那個深藏不露的刑徒高人，也十有八九窩在此處。這既是章邯治軍的直覺，也是章邯對刑徒生活熟悉所生發的直覺。在章邯統領七十萬刑徒大修驪山始皇陵的一年裡，因爆發了黥布聚結大批刑徒冒死逃亡的重大事件，章邯不得不開始了與刑徒軸心人物們的種種往來。在反反覆復的周旋盤桓中，章邯見識了一個與常人全然不同的世道，對罪犯的輕蔑與冷酷也漸漸地消失了。也就是說，在章邯的心目裡，不知不覺地將刑徒們也當作活生生的人看了。假如沒有如此一段閱歷，章邯絕不會在關中告破的危難關頭，斷然提出以刑徒成軍應敵的方略。章邯永遠都記得，當他說出這一謀劃時，李斯驚訝得一雙老眼瞪得溜圓，一口聲連呼匪夷所思也，奇謀驚世也！事實確乎如此，在奉公守法成為鐵則的老秦人眼中，罪犯是最為不堪的人群，而秦軍將士則是國家的驕傲與榮耀，若罪犯一朝成為秦軍將士，簡直無異於太陽從西邊出來！若非關中已經被攻破，而秦軍主力又鞭長莫及，章邯的此等方略大約不是使廟堂的將軍大臣們哈哈大笑一通，便是要入獄了……

「參見少府將軍！」

「弟兄們坐了，老夫向晚無事，來說說話而已。」

刑徒軍士卒們不約而同，歷來在章邯的將軍稱謂之前要加上「少府」名號。刑徒們秉承了山東六國的傳統評判：掌兵大將而能為國家重臣，此人傑也，必當敬之。章邯以主力大將而為大秦九卿重臣之一，刑徒士卒們是更為看重這個廟堂重職的。在章邯，則歷來將刑徒士卒的這種獨特稱謂看作驪山工程的延續，那時章邯只是以少府之身統轄刑徒施工，並無將軍實職。是故，章邯從來沒有將此等稱謂放在心上，走進軍帳豪爽地笑了笑，便坐在了有人著意空出的唯一的一張老羊皮上。剎那之間，章邯體察到了一種人群突然中止了激切議論而略顯尷尬的氣息，也覺察到了那張老羊皮上留下的體味餘溫。目光一張，章邯力圖在不經意的巡睃中捕捉到那個剛剛離開這張老羊皮的身影，可終究沒有蛛絲馬跡可尋。唯一的不同，這座軍帳中聚集的二三十個人，中年人居多，且都是千夫長百夫長。顯然，這座軍帳正在舉行一場祕密會商。而這座軍帳，卻不是任何千夫長的大帳，而只是一個軍工吏獨居的尋常牛皮帳。那個軍工吏也在帳中，正忙著前後為少府將軍尋覓陶罐煮茶。顯然，誰也沒料到章邯能在如此寒冷的冬夜突然來到如此一個角落軍帳，一切都是倉促無備的真相痕跡。

「兄弟們誰都莫忙活，都坐，老夫有幾句話說。」

章邯擺了擺手，頭目們已經從最初的些微尷尬中解脫出來，都恢復了往日那種平板淡漠的神色。這是刑徒們永遠的面具，只要涉公涉官，人皆相同，無論被官員認作敬畏，還是被常人認作麻木，左右總掛在臉上。要使刑徒們摘去面具說話，談何容易。

「諸位兄弟都是軍中頭目，老夫有幸也。」章邯感喟了一句，而後正色坦誠道，「目下大局，諸位皆知。朝廷政情，戰場軍情，天下亂情，無須老夫饒舌，諸位甚或比老夫還要明白。老夫骨鯁在喉者，心有愧也！年餘之前，兄弟們於大秦危難之時入軍，是章邯親口宣示了皇帝詔書，許兄弟們免罪之身、軍功之途。然則，年餘過去，兄弟們轉戰南北浴血搏殺，軍功無數，死傷無算，然卻無一人得軍功之賞，無一人得爵位之榮。事有公理，此乃國家無信，有負於功臣烈士也！此乃老夫食言，不能重然諾之義也！廟堂昏暗，老夫無以扭轉乾坤，誠無能也！浴血建功，老夫愧對萬千兄弟，誠負罪也……」章邯慷慨傷痛老淚縱橫，站起來對著滿帳人眾深深一躬，「老夫若有再生，當效犬馬之勞，以報萬千兄弟篤信章邯之大義！」

頭目們似乎有些不安，然終究都還是平板板坐著，沒有一個人說話。

「老夫今日前來，一則了卻心願，向萬千兄弟請罪。」章邯沒有再坐，直挺挺拄著長劍沉重道，「二則，老夫要將心下決斷告知諸位，以免兄弟們多有揣測。」便是這一句話，木然靜坐的頭目們驀然睜大了眼睛，炯炯目光一齊橫掃過來。章邯緩慢清晰地說道，「老夫決斷，只有一句話：兄弟們願走便走，願留便留，老夫絕不以軍法追究。就事說事：願走者，可帶走隨身衣甲戰馬與短兵，每人另發五千半兩錢，傷殘兄弟發十金。戰死兄弟，許其同鄉士卒代領撫恤金十金，交其家人。孤身無家之死者，老夫在函谷關外之北邙山，為兄弟們建造一座義士墓園，每個戰死兄弟的靈位都進去，絕不少了一個人！……大軍雖則艱難，老夫畢竟做過幾年少府，這些急用財貨還搜羅得來。以上諸事，老夫件件做到，一事食言，天誅地滅也！」

「少府將軍……」頭目們人人淚光閃爍，唏噓出聲了。

「若有人無家可歸，甘願留軍，何以處置？」有人淡淡地問了一句。

「甘願留軍者，老夫只有一句話：與章邯同生死，共榮辱！若能扭轉乾坤，章邯決然論功行賞！不能扭轉乾坤，則章邯與兄弟們刎頸同穴！捨此之外，老夫無能再給兄弟們了……」章邯雪白的頭顱顫抖著，頹然跌坐到了老羊皮上。

「少府將軍，」一個稍顯年輕的乾瘦頭目捧過來一只水袋，見章邯接過飲了兩口，年輕的乾瘦頭目道，「大人所言，我等感佩萬分。可否，容我等思謀得一兩日……」

「老夫愧矣！」章邯霍然起身道，「兄弟們，老夫去謀劃善後諸事了。三日之後，老夫等兄弟們回話。」說罷一拱手，章邯大步出帳了。

三日之後的清晨，北風呼嘯中，突然病倒的章邯被中軍司馬沉重急促的腳步聲驚醒了。中軍司馬說，那個年輕乾瘦的頭目送來了一件奇特的羊皮書，須得將軍親啟。章邯霍然坐起，打開了光亮亮的白羊皮，赫然幾行醬色大字迎面撲來：

生作刑徒，再為官軍，無家可歸，有國難投，逃亦死，戰亦死，寧非與少府搏殺掙命哉！

「這？這是血書！」中軍司馬驚愕萬分。

一句話沒說出，章邯已經昏厥了過去。

六、鉅鹿大血戰　秦軍的最後悲歌

項羽大軍北上鉅鹿，秦軍兩部立即會商了應戰之法。

章邯帶著司馬欣與董翳，王離帶著涉間與蘇角，兩主將四副將在九原軍幕府整整會商了一日。六位大將之中，只有章邯沒有輕忽項羽的這支楚軍。雖然，章邯蔑視項羽，然在戰法實施上卻力主慎重一戰，不若王離等十足自信。定陶大戰之後，章邯曾聽到被俘獲的楚軍司馬說過項梁自殺前的歎息：「惜乎！我家項羽若在，安得此敗哉！」當時，章邯很是一陣哈哈大笑：「一勇之力決存亡之道，未嘗聞也！項梁不敗，安有兵家天理哉！」刑徒軍與九原軍，雖都未與這個項羽及其江東子弟兵在戰場相遇過，章邯對項羽的酷暴威猛卻早已耳熟能詳了。項羽轉戰中原，屢屢襲擊郡縣城池，多次屠城殺戮，可謂惡名昭著的一尊凶神。從心底說，章邯對唯知打仗殺戮的凶徒將軍，歷來是蔑視的。此等以個人戰力為根基，輕慢兵家群體戰道，又對兵法極是荒疏的人物，最不經戰陣周旋，素為名將大忌。

當年吳起統兵打仗，司馬將劍器捧到吳起面前，卻被吳起拋到了地上。吳起說，大將之位在金鼓令旗，不在拚殺之功。後來的《吳子兵法・論將》更云：「凡人論將，常觀於勇。勇之於將，乃數份之一耳！夫勇者必輕合，輕合而不知利，未可也！」若在名將林立的戰國之世，項羽充其量只能算是個末流將軍而已。即或純然以戰力論，這種輕慢兵家合眾結陣的「輕合」之將，勇力是極其有限的。若是當年的秦軍銳士擺開大陣，項羽的個人拚殺力道與丁點兒江東子弟兵，充其量只是山岳之與一抔黃土，狂濤之與一葉小舟。章邯可以十足自信地說，僅僅是他的弓弩營列開陣勢，片刻便可擊殺項羽軍大半數軍馬，剩餘之數則會迅速被秦軍大陣吞沒。歷經百餘年錘鍊，秦軍銳士已經完全杜絕了徒逞個人血氣之勇的戰場惡習，尊崇群體的「重合」之道人人理會，但上戰場，總是結陣而戰。沒有人會將項羽此等手持一柄粗大鐵矛的個人衝撞如何放在心上，既不會畏懼，也不會輕慢，只決然讓你幾個回合倒地便是。

當然，章邯也聽說過項羽的種種傳聞：愛惜士卒，會為負傷士卒的慘相流淚不已，故得士卒之心；愛惜戰馬，每日必親自打理自己心愛的神騅；身先士卒，每戰必親自衝鋒陷陣；天賦異稟，力道奇大如孟賁烏獲；稟性暴烈而又耳根極軟，決斷大事常常搖擺不定；憐惜自己心愛的女子，幾次要將一個叫作虞姬的美女帶進軍中，被老范增生生阻攔，於是項羽便常常趕回彭城，為這個女子唱歌，與這個女子盤桓……凡此等等，在章邯心中漸漸積成了一個混雜不明而又極為猙獰可怖的項羽，一面是殺人如麻屠城如魔，一面是唏噓柔軟婆婆媽媽，當真一個不可思議之怪物也！

惜乎時移勢易，面對一頭原本不難搏殺的猛獸，獵手如今卻分外艱難了。

「老夫之見，你我兩部，得換了戰位。」

在王離幕府會商戰法時，章邯審慎地提出，九原軍與刑徒軍換位而戰。趙軍被圍而楚軍北上，秦軍必然面臨裡外夾擊，若再加上紛紛趕來助勢的另外四支諸侯軍，則秦軍數量顯然少於整個敵軍。秦軍的原本格局是：章邯軍在南包圍鉅鹿城池，王離軍在北堵截城外趙軍營壘；項羽軍洶洶北上，擔負截殺的秦軍便是章邯軍。章邯估量這是一場惡戰，對刑徒軍的戰力第一次有了深重的憂慮，反覆思忖，章邯才提出了換位方略：以王離的九原軍對陣項羽軍，以刑徒軍應對鉅鹿城以及陳餘軍並其餘諸侯軍。章邯的理由是：項羽軍與王離軍兵力不相上下，戰力大體也不相上下，只要頂得住幾陣，戰局便會變化；刑徒軍兵力二十餘萬，雖不若三方敵軍總兵力多，然此三方軍馬大多烏合成軍，戰力不能與項楚軍相比；果然開戰，章邯軍將一力先行擊潰這三支弱旅，而後立即策應王離主力軍。

「此戰要害，在戰勝項羽所部。」末了章邯重申一句。

「好！我九原軍與項羽軍見個高低！」王離一拳砸案，慨然道，「老將軍毋憂，秦軍主力雖多有困窘，戰心鬥志也大不如前，然今日國難之時，定然拚死血戰！」

「糧草囤積在棘原倉（註：棘原，章邯軍營地，秦時鉅鹿郡一片高地也。《集解》引兩說，一云在漳水之南，一云在鉅鹿城之南。依據戰場實際，從後者之說，棘原當為鉅鹿城南部之高地），雖非滿倉，撐持此戰料無大事。」章邯指點著地圖道，「仍以前法，老夫從甬道向你部輸糧，由刑徒軍精銳護送。」

「只要糧草順暢，項羽有來無回！」

章邯王離都沒有料到，項羽軍的攻勢來得如此迅速而猛烈。

常理而論，一軍渡河跋涉而至戰場，必得稍事休整三兩日方才出戰。是故，常有駐紮在先的一方乘敵軍遠來疲憊立足未穩而立即突襲求勝的戰法。章邯看重項羽軍戰力，力主不能輕躁攻殺，而當以秦軍實力結陣勝之。是故，秦軍根本沒有突襲項羽軍的方略準備。然章邯王離也萬萬不會想到，項羽軍竟敢反其道而行之，全軍開到鉅鹿城南未曾停步，立即潮水般攻殺過來。秦軍的鹿砦士卒剛剛看見一片土紅旗幟捲著煙塵飛來，還在嘲笑楚人紮營也急吼吼猴子上樹一般，項羽軍已經潮水般呼嘯漫捲過來了。及至士卒稟報到幕府，王離尚在半信半疑之時，土紅色巨浪已經踏破鹿砦捲進了營地。饒是秦軍氣象整肅法度森嚴，也被這突兀之極的突襲浪潮衝得一片大亂。王離飛身上馬帶著倉促聚來的中軍馬隊開始衝殺時，金鼓號令司馬大旗樣樣都不見了，根本無法號令全軍，只有拚殺混戰一條路。涉間蘇角的旗號，也淹沒在喊殺連天煙塵彌漫的營地戰場，一時各軍不知靠近方向，只有各自為戰。幸得九原秦軍久經戰陣，對這等類似匈奴飛騎的野戰衝殺很是熟悉，未被衝擊的各部不待將令便飛速後撤，退出數里之遙重新整肅軍馬大舉呼嘯殺回。整整激戰兩個時辰，直到日薄西山，秦軍才漸漸聚合有序退卻，土紅色潮水也停止了呼嘯喊殺。

初戰狼狽若此，秦軍上下大為震撼。各部匆忙計數匯集於幕府，一戰便死了兩萬餘騎士，重傷萬餘人，輕傷不計其數。王離氣得暴跳如雷，大罵項羽野豬野狼不止。聞訊趕來的章邯連番撫慰，王離才漸漸靜了心神，開始與章邯會商對策。夜半時分，秦軍悄然後撤了十餘里，駐紮進一道相對隱祕的山谷，開始了忙碌的再戰準備。

章邯告知王離，陳餘軍與四路諸侯軍未敢妄動，預料來日也將有一場大戰。章邯很是沉重，試探說九原軍死傷甚多，兵力已經比項羽軍少了，不如還是他率刑徒軍來應對項羽。聽得此話，王離涉間蘇角三人一齊對章邯發作了，將案拍得當當山響，說這是老將軍對九原軍的戲弄，倉促一戰誰都沒料到，憑甚要換九原軍！章邯一句話沒說，靜靜聽完了三人的暴怒發作。末了，章邯起身深深一躬：「三位少將軍毫無怯戰之心，老夫大感欣慰矣！」原本一句莊重之言，王離情不自禁地大笑起來：「老將軍原怕我等怯戰也！老秦人聞戰則喜，安有怯戰老秦人哉！」涉間蘇角也連連捶案道：「與項羽軍廝殺痛快也！狗日的比匈奴還猛！就打這等硬仗，死了也值！」章邯道：「老夫只提醒三位將軍，對項羽不能以常法忖度。老夫預料，項羽不會歇息，明日必來尋戰！」王離咬牙切齒道：「知道。明日老將軍聽訊便是。」

次日清晨，太陽剛剛出山，秦軍營壘所在的山谷尚是半明半亮，項羽軍又潮水般殺來了。谷口外的楚軍士卒一片紛亂吶喊聲震盪山谷：「秦軍殺怕了！躲進山溝了！殺！一戰滅秦！」這滿山遍野的喊殺中，秦軍山口突然間戰鼓雷鳴號聲大起，谷口兩側的弓弩陣一齊發動，粗大的長箭狂風驟雨般呼嘯著撲向楚軍。在楚軍稍稍退潮之際，谷口一支鐵騎高舉著「王」字大旗如黑色狂飆般殺出。與此同時，兩邊山口也各有一支鐵騎轟隆隆捲出，飛向楚軍的後路，正是涉間蘇角的左右兩翼。三支鐵騎顯然要以「突破中央，斷其後路，包圍聚殲」的戰法復仇了。項羽軍昨日一戰，驕橫之氣大生，今日勝算滿滿要一戰滅了秦軍主力，全然沒有料到秦軍並非預料的那般惶惶然全無戰心，反而有備殺出，其聲勢氣象遠非昨日可比，一時便有些措手不及。好在項羽威猛過人，立即親率江東子弟兵正面迎擊王離，喝令龍且、桓楚兩部迎擊兩翼，狹窄的山谷盆地當即展開了一場驚心動魄的大血戰。

秦軍怒火洶洶，楚軍士氣正旺，兩軍戰力戰心盡皆旗鼓相當。然則，秦軍主力比項羽楚軍的所長者，非但騎士個人個個威猛絕倫，且三騎五騎十騎百騎千騎萬騎連環結陣作戰，分明是總人數少於楚軍，卻又是處處優勢拚殺。楚軍是步騎各半的混編大軍，騎兵戰力比秦軍稍差，而步兵結陣對抗騎兵則堪堪抗衡。項羽的八千江東子弟兵則清一色騎兵，自來號稱戰無不勝，偏偏今日卻無處著力。無論項羽挺著「萬人敵」呼嘯怒吼著捲到何處，都有無邊無際的閃亮長劍追逐著包圍著項羽馬隊。整整一個時辰，項羽也沒有殺得了十個秦軍騎士，可身邊早已經倒下了一大片江東子弟兵……酷烈的拚殺一直持續到日落西山，整整五個多時辰，戰場喊殺漸漸變成了無邊的喘息短促的嘶吼，誰也喊不出聲了。終於，渾身血紅的項羽舉起萬人敵一招，楚軍退向了戰場邊緣。秦軍山口也立即響起了鳴金之聲，遍野馬隊一齊中止了追殺。

秦楚九戰，此乃第二戰。這次楚軍大虧，同樣丟下了兩萬餘具屍體。而秦軍結陣搏殺大顯威力，戰死不過千人上下，一舉與項羽軍兩戰打成了平手。此日，章邯軍也對猶豫觀望的四路諸侯軍發動了突襲，連續攻占諸侯聯軍的十餘座壁壘，若非陳餘軍突然殺出救援而阻礙了刑徒軍攻勢，使諸侯聯軍退入趙軍營地，只怕章邯要一舉擊潰了鉅鹿外的諸侯軍。當晚，章邯王離會商軍情，王離三將直是自責沒能一戰聚殲楚軍。章邯道：「三位少將軍，萬莫如此想也。楚軍滿懷雪恥之心，要為定陶之戰復仇，加之項羽剽悍無倫，大非常戰也。我軍正在困境之時，當以久戰之心對之。老夫之意，當再度從九原增兵十萬，此戰方有勝算。」王離卻搖頭道：「九原大營斥候密報，說匈奴冒頓單于已經在整軍南下，要在初夏大掠陰山，九原軍不能再動了。再說，依今日之戰，我目下軍馬大破項羽軍有勝算，也無須增兵。」涉間蘇角也是異口同聲說破楚無疑，老將軍毋憂。章邯也便不再說話了，畢竟，九原軍的最大使命是抗擊匈奴，王離能親率十萬鐵騎南下已經是「私舉」了，既感為難，章邯是不能再說甚的。

如同秦軍初遇楚軍突襲一樣，這次楚軍也是大為震撼，深感秦軍能在如此困境下尚具如此威力，確實名不虛傳。會商軍情時，項羽與龍且桓楚等江東將軍奮然齊聲，一致認定對秦軍要連續攻殺不能稍歇。項羽狠聲狠氣說：「王離一戰殺我兩萬餘精銳，此仇焉得不報！人說秦軍耐久戰，項羽便與他天天大戰，看他能撐持幾日！」老范增勸阻說，目下該當稍歇，要尋出秦軍弱點再戰，如此連續猛戰消耗過大，不妥。可大將們人人激切，沒有一個人願意休戰。項羽更是吼聲如雷：「天下諸侯都在河北，此戰便是存亡惡戰！楚軍蹚進血海，也要滅了秦軍！」老范增思忖著不說話了。項羽立即部署：連夜從陳餘壁壘召回當陽君與蒲將軍餘部，連夜整肅弓弩營參戰，力圖能對秦軍的連弩激射有所抗衡。

諸般調遣忙碌大半夜，次日正午，項楚軍再度發動了猛烈的攻殺。秦軍也是全軍盡出，奮力血戰，兩軍酷烈搏殺整整兩個時辰，雖各有死傷無算，但卻是誰也沒有潰散之象。就戰法戰力之嫻熟合眾而言，仍然是秦軍優勢。天色暮黑之時，兩軍終於罷戰了。如此連續四日，楚軍日日猛烈攻殺，瘋魔一般撲向戰場。秦軍也是殺紅了眼，日日迎戰。兩軍相逢沒有了任何戰場禮儀，黑紅兩片潮水呼嘯著便交融在一起了。六戰之後，依然是秦軍稍占優勢，楚軍傷亡稍大，戰場大勢始終算是平手。

「少將軍，不能如此一味猛殺了。」老范增這次黑了臉。

「亞父有何良策？」項羽的聲音嘶啞了，渾身都是血腥氣息。

「只要秦軍糧草不斷，楚軍終將不敵。」

「亞父滅我志氣，究竟何意！」項羽驟然發怒了。

「少將軍執意如此戰法，老夫只有告退了。」老范增一拱手便走。

「亞父……」項羽拉住了范增，「亞父說，如何戰法？我從亞父！」

「老方略，再斷秦軍糧道。」

「河內甬道，已然斷絕了。」項羽一臉茫然。

「老夫是說，切斷戰場糧道。章邯軍向王離軍輸糧，有條戰場甬道。」

「這裡？戰場也有甬道？」項羽更見茫然了。

「少將軍，唯賴攻殺之威，終非名將之才也。」

「戰場輸糧也築甬道，章邯老賊也想得出！」項羽惡狠狠罵了一句。

「章邯能做皇室經濟大臣，絕非尋常大將。」范增顯然也不想多說了。

「好！我立即發兵，毀了這條甬道！」

項羽越來越不耐范增的訓誡之辭了。不就一條甬道麼？斥候沒報，我項羽如何能知道？整日昏天黑地打仗，我項羽有空閒過問那般瑣碎消息麼？亞父真是懵懂，打仗打仗，打仗就是殺人！殺人就要猛攻猛殺，不猛攻猛殺，楚軍能六勝秦軍主力？項羽雖則將六戰認作六勝，然終究未滅秦軍，很有些惱羞成怒。若非老范增以告退脅迫，項羽原本確實決意繼續這般日日血戰。項羽根本不信，自己的無敵名號能在秦軍馬前沒了光彩！然則老范增畢竟稟性桀驁之奇人，果真走了，項羽一時還真對諸多大事沒譜，也只好不再計較，立即去部署發兵毀絕甬道，左右對楚軍有好處，項羽也只好如此了。

旬日無戰，王離秦軍大見艱難了。

項羽深夜突襲甬道，護道刑徒軍力戰不退，混戰兩個時辰死傷萬餘人，終於被龍且楚軍擊潰了。章邯聞訊立即大舉出動攻殺，卻被項羽親率楚軍主力阻截。兩軍混戰之中，龍且部掘開了大陸澤堤岸，以大水全部淹灌了甬道。章邯眼見甬道已毀，刑徒軍又確實扛不住項羽軍攻殺，只有忍痛罷兵。次日，章邯只好派出刑徒軍五萬之眾，走隱祕小道向王離營地輸糧。不料，項羽又派出新近從河內趕來的黥布軍，專一地游擊截殺秦軍輸糧，兩軍混戰半日，仗是打了個不分勝負，刑徒軍的糧草卻是全部被楚軍桓楚部掠走了。章邯立即知會王離移營，與刑徒軍合兵駐紮。可王離軍一開出營地，立即便有項羽軍撲來截殺，終究無法向章邯營地靠近。

如此兩戰之後（第七戰與第八戰），王離軍的糧草告絕了。早在河內甬道被截斷後，秦軍糧草已經陷入了艱危之境。最後的糧草主要兩途而來：一則是王離部在河北地未曾陷落的郡縣緊急徵發的少量糧草；二則是章邯此前從河內敖倉輸糧時，在河北地囤積了些許糧草。去冬刑徒軍騷動之後，章邯曾寄厚望於王離軍在河北郡縣的徵發，甚或指望王離部向刑徒軍輸糧。可結果大失所望，河北地最大的鉅鹿倉在趙軍手裡，其餘郡縣倉廩早已經被胡亥下詔搜刮淨盡了。民眾大亂紛紛逃亡，向民戶徵發糧草更無可能。若從老秦本土的河西之地或太原地帶徵發，或可得可觀糧草，然千里迢迢又有楚軍襲擊，無論如何是無法輸送到軍前。凡此等等因素聚合，王離軍斷糧了，章邯軍也難以為繼了。

「我軍已陷絕境，務求全力一戰，與章邯軍合兵突圍！」

幽暗的磚石幕府中，王離拄著長劍，對涉間蘇角兩員大將並十名校尉，下達了最後的軍令。兩將軍十校尉沒有一個人吼喝應命，卻都不約而同地肅然點頭了。將軍涉間嘶啞著聲音說：「糧絕數日，突圍實則是最後一戰。少將軍當明告將士，安置傷殘。活著的，也好心無牽掛地上戰場了。」涉間說得很是平靜，蘇角與校尉們也毫無驚訝，幾乎都只是近於麻木地點了點頭。王離也只說了聲好，便提起長劍出了幕府。

時當黃昏，山谷裡一片幽暗一片靜謐。沒有營濤人聲，沒有炊煙彌散，若非那面獵獵飛舞在谷口的大纛旗，任誰也不會想到這道死寂的山谷便是赫赫主力秦軍的營地。昔日的秦軍銳士們或躺在山坡草地上，或靠在山溪邊的石板上，靜靜地閉著眼睛，誰也不看誰，誰也不說話。有力氣睜著眼的，也都只看著火紅的雲天癡呆著。王離領著將軍校尉們走過一道道山坡，不斷向士卒們抱拳拱手。士卒們雖然紛紛坐了起來，卻依舊是沒有一個人說話。隨行的中軍司馬大約也沒力氣喊話了，只將手中一面「王」字令旗一路揮動，反覆打出「全軍向校場聚集」的信號。所謂校場，是軍營幕府前必得有的一片開闊地，長久駐紮的老營地修葺得整肅有度，目下這等倉促新建的營地，則校場不過是一片青草猶在的空闊草地罷了。巡視完整個營地回到幕府前，士卒們已經黑壓壓坐滿了校場。王離將軍校尉們走上了中央的夯土臺司令臺時，整個校場的士卒們刷的一聲整肅地站了起來。

「兄弟們，坐了！……」王離驟然哽咽了。

「少將軍，喝幾口水，說話要力氣。」中軍司馬遞過了一個水袋。

「不用。」王離推開了水袋，拄定了長劍，稍許靜了靜心神。

「將士們，父老兄弟們，」王離迸發出全副心力的聲音飄盪在蒼茫暮色中，「目下，我軍內無糧草，外無援兵，業已身陷絕境。九原大軍若來救援，則陰山空虛，匈奴大舉南下，整個華夏將陷於劫難！當年始皇帝滅六國大戰，九原大軍都牢牢釘在陰山，沒有南下！今日，我等十萬人馬已經占了九原大軍三成有餘，不能再使九原大軍再度分兵了！如此決斷，秉承始皇帝畢生之志，王離問心無愧！否則，我等縱然得到救援，擊敗楚軍，也將痛悔終生！華夏人等，皆我族類，秦軍寧可敗給楚軍，絕不敗於匈奴！」

「萬歲——！」晦眼都沒了力氣的將士們居然全場吼了一聲。

「至於咸陽朝廷，不會發兵救援。皇帝荒政，奸佞當道，大秦存亡業已繫於一線！這一線，就是九原大軍！唯其如此，目下我軍只有最後一戰！能突圍而出，便與章邯部合兵，南下咸陽問政靖國。若不能突圍，則九原秦軍也不降楚盜！我等只有一條路：誓死血戰，與大秦共存亡！」

「誓死血戰！與大秦共存亡！」全場又是一聲怒吼。

「目下，我軍只有四萬人了。」王離憤激的聲音平靜了下來，「四萬之中，尚有八千餘名重傷不能行走者，另有兩千餘人凍餓成病。我軍尚能最後一戰者，至多三萬！生死之戰，秦軍從來先置傷殘兄弟，千百年秦風，今日依舊。王離與將軍校尉會商，決意連夜安置傷病殘戰士（註：戰士，戰國秦漢語，見《史記・項羽本紀》：「楚戰士無不以一當十……」）安置之法，秦軍成例：傷殘戰士換了農夫布衣，由各部將士分別護送出山口，趁夜分散逃生，或隱匿農家獵戶，或結夥暫求生存，之後可設法奔赴九原大營，也可逕自歸家。我軍突圍之日，王離定然派出人馬，尋覓所有的父老兄弟！……」猛然，王離放聲哭了。

「秦軍逢戰，不許哭號！」一個傷兵猛然吼了一聲，拄著一支木棍撐著一條腿，黑著臉高聲道，「老秦將士，誰不是幾代軍旅之後。我族入軍，我是第四代。有甚可怕？有甚可哭？戰士不死，叫誰去死？少將軍，儘管領著全活將士突圍血戰，莫因我等傷病殘兄弟分心。我等有我等出路，不要誰個護送。」

「對！不要護送！」

「怕個鳥！死幾回了！」

「全活兄弟們打個好仗！教那個項羽學學！」

在一片慷慨激昂的叫嚷中，王離止住了哭聲，對著傷殘將士們深深地一躬，涉間蘇角與校尉們也一齊跟著深深一躬……這一夜，秦軍的山谷營地沒有任何一次大戰前的忙碌奮激，連戰馬也沒有一聲嘶鳴，只靜靜守候在主人身旁時不時不安地打一個輕輕的噴鼻。月亮下的營地，陷入了無邊無際的靜謐，只有春風鼓蕩著山林原野，將一片奇異的鼾聲送上了深邃碧藍的夜空。在這萬籟俱寂的深夜，王離猛然一個激靈坐了起來，抓起長劍衝出寢室。

「少將軍，天還沒亮！」中軍司馬驚訝了。

「有事，快走。」王離急匆匆一聲已經出了幕府。中軍司馬一把抓過牆上的將軍胄與斗篷，出得幕府疾步趕上，尚未給王離戴上銅胄，便見一個黑影突兀飛了過來哭喊：「少將軍，傷殘兄弟悉數自裁！……」涉間踉蹌撞來，話音未落已軟倒在地了。王離渾身猛然一抖，一躍上馬飛向了天邊殘月。

王離夢中突現的那片山谷，在蒼白的月光下一片奇異的死寂。一個個黑色影子肅然端坐著，肅然佇立著，依稀一座座石俑雕像，依稀咸陽北阪的蒼蒼松林。戰士們拄著長劍背著弩機，挺著長矛抱著盾牌，人人圓睜著雙眼，森森然排列出一個巨大的方陣，除了沒有戰馬，活生生一方九原鐵騎的血肉壁壘……

久久佇立在這片森森松林中，王離欲哭無淚，欲語無聲。王離無法確切地知道，這些傷殘戰士是如何聚集到這片隱祕的山谷，又如何以此等方式自殺的。然則，王離卻明白老秦人軍旅世家的一個久遠習俗：活不受辱，死不累軍。帝國之功臣大將，從扶蘇蒙恬蒙毅三人自殺開始，大多以各種方式自己結束了自己。楊端和、辛勝、馬興、李信、姚賈、胡毋敬、鄭國、馮去疾、馮劫等等，包括李斯長子三川郡守李由的戰場自殺，人人都是活不受辱的老秦人古風。死不累軍，在戰場之上更是屢見不鮮。秦人聞戰則喜，然國中傷殘者卻是少見，因由便在這「死不累軍」的久遠的犧牲習俗。老秦人源自東方而流落西方，在漫長的西部草原的生死存亡奮爭中，有著不計其數的難以顧及傷兵的危絕之戰。於是，甘願自殺以全軍的風尚生發了，不期然又相沿成為風習了。不是軍法，勝似軍法，這一根植於老秦人稟性特質的古老的犧牲習俗，始終無可無不可地延續著。

戰國大爭之世，華夏族群之英雄氣概激盪勃發，冠絕史冊。在整個二百餘年的戰國歷史上，輒逢軍敗國亡的危難之期，無不湧現出一大批慷慨赴死烈士，七大戰國盡有可歌可泣之雄傑。以軍旅之風論，則秦軍犧牲風習最烈。察戰國史料，秦軍輒遇戰敗，被俘者少見，降敵者少見，絕境戰敗後下落不明者卻最多。所謂下落不明，即史料語焉不詳者也。此等人何處去了？毋庸諱言，殉難自殺了。戰國兩百餘年，明確記載的秦軍戰敗降敵只有一次：長平大戰後，秦昭王殺白起而兩度強行攻趙，鄭安平軍戰敗降趙。其餘幾次明載的敗仗，譬如秦趙閼與之戰、蒙驁敗於信陵君合縱救趙之戰、李信軍滅楚敗於項燕軍之戰，都是傷亡極重而傷殘者下落不明。最後的河北大血戰，九原三大將及秦軍主力的酷烈結局，是秦軍古老遺風的最後絕唱。章邯三將因刑徒軍特異牽累而被迫降楚，當作另案待之。

……

清晨卯時，血紅的太陽掛上山巔，秦軍馬隊全數出動了。

朝陽破霧。鉅鹿要塞顯出了古樸雄峻的輪廓，大陸澤的浩浩水面正在褪去淡淡的面紗，漸漸現出了山巒原野的一片片連綿軍營。鉅鹿城北原野的四路諸侯的援軍營地，大陸澤畔山巒中的陳餘趙軍營地，城南原野的章邯秦軍營地，遙遙正對九原秦軍山巒的項楚軍營地，以夾在中央的鉅鹿城堡為軸心，交織成了淡淡雲霧中的壯闊畫卷。在這天地蒼茫的畫卷中，唯獨九原秦軍的山巒營地沒有了任何旗幟，沒有了諸如雲車望樓之類的任何軍營標誌，只有一片蒼黃現綠的山巒映襯著一支隆隆展開在原野的黑色馬隊。這支馬隊沒有風馳電掣，而是從容地排開了三個萬騎方陣，相互間隔大約一箭之地，萬千戰馬踏著幾乎如同步兵甲士一般整肅的步伐，隆隆開向了那片熟悉的谷地戰場。

驟然，淒厲的號角轟鳴的戰鼓一齊響起，項羽軍在紅黃晨霧中排山倒海般壓來了。幾乎與此同時，章邯的刑徒軍營轟然炸開，漫漫步騎捲出軍營，撲向楚軍後方原野。緊接著，大陸澤畔的陳餘軍與四路諸侯援軍也開營殺出，撲向了章邯軍後方。緊接著，鉅鹿城門大開，城內守軍吶喊著撲向了章邯軍的側翼。顯然，各方都看透了，今日之戰是最後決戰，不是天下諸侯熄火，便是秦軍盡數覆滅。

王離軍與項羽軍轟轟然相撞了。楚軍漫捲野戰喊殺震天，秦軍部伍整肅無聲搏殺，奇異的戰場搏殺亙古未見。飽食休整之後的楚軍志在必得，士氣戰心洶洶如火。饑餓不堪的秦軍，則凝聚著最後的心神珍惜著最後的體力，以必死之心，維護著秦軍銳士最後的尊嚴。饒是如此，這場奇特的搏殺持續一個時辰之後，秦軍的黑色鐵流仍在沉重緩慢地迴旋著，似乎依然沒有潰散之象。此時，章邯軍已經被兩路趙軍與范增的楚軍餘部阻隔截殺，被困在楚軍後方的一道小河前，不可能靠近王離秦軍了。救趙諸侯們大鬆了一口氣，紛紛將各自些許人馬就地駐紮，站在了高高的山頭營壘，人人惴惴不安地對秦楚決戰作壁上觀了。

「江東子弟兵！跟我殺向王離中軍——！」

項羽眼見這支無聲的饑餓之師仍不潰散，怒火中燒之下，親率最為精銳的八千江東子弟兵霹靂雷電般撲向秦軍中央的馬隊。這八千江東精兵，也是清一色飛騎，人各一支彎彎吳鉤一支森森長矛，背負一張臂張弩機，可謂秦末之期的真正精兵。這支精兵的特異戰力，在馬上這支丈餘長矛。戰國乃至秦帝國時期，長兵器只在步兵與戰車中使用，騎兵群體作戰都是劍器弓弩，馬上長兵聞所未聞。馬上將軍而以長兵上陣，自項羽始也。唯項羽長兵屢見威力，故在江東所部當即仿效，人手一支長矛。此時，八千長矛森森如林，呼嘯喊殺著凝成一股所向披靡的鐵流，捲向了「王」字大旗。

秦軍將士搏殺一個時辰餘，已經戰死大半了。此時所剩萬餘騎士，也是人人帶傷一身浴血，煙塵彌天喊殺呼嘯，任何旗幟號令都無法有效聚結了。涉間、蘇角兩將，原本是九原軍的後起之秀，在蒙恬軍痛擊匈奴時都是鐵騎校尉，戰場閱歷比王離豐厚，早早已經傳下了以散騎陣搏殺的軍令，是故一直與楚軍奮力周旋不散。所謂散騎陣，是白起所創之戰法，實則是在無以聯結大軍的混戰搏殺中三騎五騎相互結陣為援的戰法。王離勇猛過人，然從未經歷過大戰，一直與中軍馬隊結陣衝殺，沒有做散騎陣分開，故此在戰場分外矚目。當然，一支大軍的傳統與法度也在此時起著作用：王離是九原統帥，若統帥被俘或戰死，護衛同死。故此，中軍馬隊始終圍繞著王離死死拚殺，死傷最重而絲毫不退一步。當項羽的長矛馬隊潮水撲來時，王離的萬餘中軍幾乎只有兩三千人馬了。

「看住項羽！殺——！」

眼見森森一片長矛呼嘯而來，王離拚力嘶吼了一聲，馬隊舉著長劍奮力捲了過去。然則，兩方騎士尚未近馬搏殺，秦軍騎士便紛紛在飛擲過來的長矛中落馬了。王離的戰馬長長嘶鳴一聲，陡然人立拔起，欲圖從這片長矛森林中飛躍出去，卻被十多支激射而來的長矛生生釘住了。那匹神駿的戰馬轟然倒地，卻依然避開了可能壓傷主人的一方，使已經中矛的王離滾跌到了戰馬的後背。王離尚伏身戰馬痛惜不已，項羽已經颶風般衝殺過來，一支萬人敵大矛直指王離咽喉，卻又突然停住了。

「王離！你做項羽戰俘了！」項羽大吼了一聲。

王離拍了拍死去的戰馬，艱難起身，正了正零亂的甲冑斗篷，對著項羽冷冷一笑，雙手驟然抓住長大的矛頭，嘶聲大笑著全力撲了上去。一股鮮血噴出之際，矛頭已經洞穿了王離胸腹……項羽一個激靈，突然將王離屍身高高挑起大吼道：「王離死了！殺光秦軍！」又猛力摔下王離屍身，揮軍向秦軍餘部殺來。

此時，秦軍大將蘇角及其所部，已經全部戰死了。只有大將涉間，率餘部在做最後的拚殺。漸漸地，數日未曾進食的秦軍騎士們力竭了，再也舉不起那將近十斤重的長劍了，座下戰馬紛紛失蹄撲倒，騎士戰馬一個個口噴鮮血，驟然間便沒有了氣息。情知最後時刻已到，一時間秦軍騎士們人人勒馬，停止了搏殺，相互對望得一眼，一口口長劍從容地抹向了自己的脖頸……已經被憤怒與仇恨燃燒得麻木的涉間，眼見項羽一馬衝來，全力舉劍一吼，卻無聲無息地栽倒馬下了……

待醒轉過來，涉間眼前一片飛騰跳躍的火光。連綿篝火前，楚軍的歡呼聲震撼山川，楚軍的酒肉氣息彌漫天地。涉間流出了口水，卻又閉上了乾澀的雙眼。突然，涉間耳邊響起了雷鳴般的上將軍萬歲的歡呼聲。隨即，重重的腳步與熟悉的楚音到了身邊：「這個涉間，是今日唯一活著的戰俘。不許他死，要他降楚！」涉間聽得出，這正是那個被章邯叫作屠夫的項羽的聲音。涉間靜靜地蜷臥著，凝聚著全身最後的氣力，突然一聲吼嘯平地飛起，箭鏃般扎進了熊熊火坑。一身油浸浸的牛皮甲冑騰起了迅猛的烈焰，涉間尖厲地笑叫著，狂亂地扭動著，依稀在烈焰中手舞足蹈。

楚軍將士們驟然沉寂了。

飛動的火焰消逝了，濃烈的焦臭久久彌散在原野……

第七章 帝國烽煙

一、天地莫測　趙高的皇帝夢終作泡影

趙高想做皇帝了，且在河北戰事正烈的時候。

殺死了胡亥，咸陽廟堂的一切羈絆都被剷除得乾乾淨淨了。趙高一進咸陽宮，到處都是一片匍匐一片頌聲，想聽一句非議之辭，簡直比登天還難了。不說指鹿為馬，趙高便是指著太陽說是月亮，四周也會立即轟然一應：「月亮好圓也！」當此始皇帝也未曾擁有的威勢，趙高只覺沒有理由不做皇帝，再叫嬴氏子孫做皇帝，世事何在也。殺死胡亥的慶賀夜宴上，趙高將心思輕輕一挑，閻樂趙成等一班新貴僕從立即歡呼雀躍萬歲聲大起。趙高不亦樂乎，當場便「封」了趙成為丞相，閻樂為大將軍，其餘九卿重臣，趙高說三日後登基時再行宣詔。

四更時分散去大宴，趙高在司禮大臣導引下，乘坐帝車去太廟齋戒。可一坐進那輛自己駕馭了大半生的駟馬銅車寬敞舒適的車廂，趙高便覺渾身骨節扭得生疼，連臀下的厚厚毛氈也變得硬如鐵錐紮得臀部奇疼奇癢，止不住便是一連串猛烈噴嚏，酸熱的老淚也黏糊糊血一般趴在臉上不往下流，強忍著到了太廟前，趙高兩腿竟生生沒了知覺。兩名小內侍將趙高抬出車廂，一沾地立馬如常了。趙高一頭冷汗氣咻咻道：「回車！有了趙氏太廟，老夫再來不遲。」兩個小內侍要抬趙高進車，趙高卻冷冷一揮手，躍身車轅站上了極為熟悉的馭手位。帝車轔轔一起，一切盡如往常，趙高心下頓時陰沉了。

三日後即位大典，其駭恐之象更是趙高作夢也沒想到的。

清晨卯時，宏大悠揚的鐘聲響起，新貴與儀仗郎中們在咸陽宮正殿前，從三十六級白玉階下兩廂排列，直達中央大殿前的丹墀帝座。這是一條大約兩箭之遙的長長的甬道，腳下是吉慶的厚厚紅氈，兩廂是金光燦爛的斧鉞。一踏上勁韌的紅氈，趙高心頭驀然湧起一種生平未有的巨大亢奮，心頭猛地

然的趙高夢遊般走進了大殿。走到丹墀之下，樂聲鐘鼓大作，趙高驀然站住了。木綿的鐘鼓像怪異的風遙遠的雷，自己像被厚厚的樹膠黏住了的一隻蒼蠅，嗡嗡嗡老在掙扎。終於，起來，向兩廂大臣們肅穆地巡視一番，然卻無論如何也醒不過來，一切都如朦朧大夢，不斷的長呼連拂。趙高強自平靜心神，輕輕喘息片刻，拂開了侍女閻樂，又開始自己登階了。趙高力圖使自己清醒悸動，幾乎要軟倒在地。兩名金髮碧眼的胡人侍女，立即兩邊夾住了趙高，閻樂也以導引為名過來照

「趙始皇帝，即帝位——！」

這一聲特異的宣呼驚醒了趙高。多少年了，一聽「始皇帝」三個字，趙高任何時候都是一個激靈，不成想，今日自己要做始皇帝了，也還是如此。始皇帝，是趙高特意給自己定的名號。趙高從來以為，做皇帝便要做秦始皇帝那般的皇帝，二世三世實在淡了許多。皇帝改了姓換了人，自己當然也是始皇帝了。趙始皇帝，多有威勢的名號也，即位之後再來一次掃滅六國盜亂平定天下，誰敢說趙高不是真的始皇帝？今日若夢，卻在丹墀前驀然醒來，豈非天意哉！

鐘鳴樂動了。趙高拂開了小心翼翼守候在兩邊的閻樂趙成，正了正那頂頗顯沉重的天平冠，雙手捧起了皇帝玉璽，邁上了帝座下的九級白玉紅氈階。當年，趙高捧詔宣詔，傳送大臣奏章，不知多少次地走過這九級臺階，可謂熟悉之極，閉著眼睛也能健步如飛。荊軻刺秦之時，趙高便是從九級高階上老鷹般飛了下來，撲在了秦王身前的。然則，今日趙高捧定皇帝印璽邁上白玉階時，卻面色蒼白大汗淋漓了。

噫！堅實的階梯突然虛空，腳下無處著力一腳踩空，趙高陡地一個踉蹌，幾乎栽倒在第二級白玉階上。喘息站定，穩神一看，腳下臺階卻分明依舊。趙高咬牙靜神，舉步踏上了第三階。不可思議地，腳下石階突然再度塌陷，竟似地裂無二，趙高驚恐一呼，噗地跪倒於階梯之上。殿中的新貴大臣們人人驚愕恐懼，夢魘般張大了嘴巴卻不能出聲。強毅陰狠的趙高惱羞成怒了，霍地站起，大踏步抬

腳踩上了第四級白玉紅氈階。瞬息之間，轟隆隆異聲似從地底滾出，白玉階轟然塌陷，一條地縫般的深澗橫生腳下，一陣颶風陡地從澗中呼嘯而出，皇帝印璽頓時沒了蹤跡，趙高也撲倒在階梯石坎滿臉鮮血……

驚恐的趙成閻樂飛步過來，將趙高抬下了玉階。大殿一如往常了，似乎一切都沒有發生過，一切都原封不動。喜好即時稱頌的新貴們鴉雀無聲了，大殿如同幽谷般寂靜。最令新貴們驚駭的是，那方皇帝印璽眼睜睜不見了，誰也說不清這方神異的物事是如何在眾目睽睽之下神奇消失的。

這件事便是《史記．李斯列傳》所記載的「趙高引璽而佩之，左右百官莫從；上殿，殿欲壞者三」的故事。此事在〈秦始皇本紀〉中沒有提及，本可看作「信之則有，不信則無」的無數歷史神異之一。然據實而論，此等事亦不可輕易否定。一個顯然的問題是，以趙高之野心與其時權勢，究竟是何等因素使他不能登上最高權力，確實缺乏任何合理的解釋。歷史上此類無解之謎頗多，九鼎失蹤千古難覓，秦代大咸陽至今找不到城牆遺址，以至於有史學家推測秦咸陽沒有城牆，是一座開放式大都會等等。此等不解之謎的長期存在，足以說明：即或在人類自身的文明史領域，我們的認識能力依然是有限的。

趙高反覆思忖，終於決斷，還是立始皇帝的嫡系子孫妥當。

當河北戰事不利的消息傳來時，趙高一時狂亂的稱帝野心終於最後平息了。趙高沒有理政之能，沒有治世之才，然對大勢評判卻有著一種天賦直覺。大秦天下已經是風雨飄搖了，河北有項羽楚軍，關外有劉邦楚軍，關中大咸陽卻只有狩獵走馬殺戮捕人的五萬材士營，無一旅可戰之軍。無論誰做皇帝，都是砧板魚肉，趙高何須冒此風險也。再說，楚軍對秦仇恨極深，一旦進入關中，楚人定要清算秦政，定然要找替罪犧牲，趙高若做皇帝或做秦王，豈非明擺著被人先殺了自己？將始皇帝子孫推上去，自己則可進可退，何樂而不為哉！一班新貴僕從們自那日親歷了趙高「即位」的神異駭人情形，也不再其心勃勃地爭做「趙始皇帝」大臣了，趙高說立誰便立誰，自家只顧著忙活後路去了。

在宗正府折騰了三日，趙高無奈地選定了子嬰。

按照血統，子嬰是始皇帝的族弟。由於胡亥趙高「滅大臣，遠骨肉」的血政方略，始皇帝的親生皇子公主十之八九被殺。在目下嫡系皇族中，扶蘇胡亥一輩的第二代，經過被殺自殺放逐殉葬等等誅滅之後，已經蕩然無存了。子嬰輩的皇族子弟，也迭遭連坐放逐，又在扶蘇胡亥與諸公子相繼慘死後多次祕密逃亡，也是一片凋零了。趙高親自坐鎮，眼看著宗正府幾個老吏梳理了皇族嫡系的全部冊籍。結果，連趙高自己都大為驚訝了——這個子嬰，竟是咸陽皇城僅存的一個皇族公子！也就是說，不立子嬰，便得在後代少公子中尋覓，而後代少公子，也只有子嬰的兩個兒子。

「豎子為王，非趙高之心，天意也！」

以子嬰作為，趙高很是厭煩。誅滅蒙氏兄弟時，這個子嬰公然上書反對，是唯一與趙高胡亥對峙的皇族少公子。大肆問罪皇族諸公子公主時，這個子嬰竟一度失蹤，逃到隴西之地欲圖啟動老王族祕密肅政。後來，這個子嬰又悄悄地回到了咸陽，驟然變成了一個白髮如雪的盛年老公子。更教趙高厭煩的是，這個子嬰深居簡出，從不與聞任何政事，也絕不與聞趙高的任何朝會飲宴，更不與趙高的一班新貴往來。一個老內侍曾稟報說，當初指鹿為馬時，二世身邊的內侍韓談偶見子嬰，說及此事，子嬰竟只淡淡一笑，連眉頭都沒皺一下。凡此等等疏離隔膜，依著趙高稟性，是必欲除之而後快的。然則，趙高也不能全然無所顧忌。一則，子嬰是始皇帝唯一的族弟，是胡亥的長輩，又不危及胡亥權力，很得胡亥「尊奉」。趙高得讓胡亥高興；二則，趙高也不能殺得一個不留，不能背絕皇族之後這個惡名。若非如此，十個子嬰也死得乾乾淨淨了。

子嬰雖不盡如趙高意，然在「殿欲毀者三」的即位神異之後，趙高已經不想認真計較皇族子孫的此等細行了。左右是隻替罪羊，子嬰做與別個做有甚不同？人家楚盜劉邦項羽，尚敢找個牧羊少年做虛位楚王，老夫找個不大聽話的皇子作犧牲豬羊，有何不可也。於是，從宗正府出來，趙高找來趙成閻樂祕密會商片刻，便派閻樂去了子嬰府邸。

趙高給子嬰的「上書對策」是三則：其一，國不可一日無君，故請擁立公子即位；其二，子嬰只能做秦王，不能做皇帝，理由是天下大亂山東盡失，秦當守本土以自保；其三，沐浴齋戒三日，盡速即位。商定之後，趙高叮囑閻樂道：「子嬰執拗，小子說甚都先應了。左右一隻豬羊而已，死前多叫兩聲少叫兩聲沒甚，不與他計較。」

閻樂威風凜凜地去了，一個多時辰後又威風凜凜地回來了。閻樂稟報說：子嬰幾乎沒話，一切都是木然點頭，最後只說了一件事，沐浴齋戒僅僅三日，有失社稷大禮，至少得六日。閻樂說不行，只能三日。子嬰便硬邦邦說，草率若此，我不做這個秦王。閻樂無奈，想起趙高叮囑，便答應了。趙高聽罷，嘴角抽搐了一下道：「六日便六日，你等預備即位禮儀便是。皇帝變諸侯，不需大鋪排，只教他領個名號可也。」趙成閻樂領命，去呼喝一班新貴籌劃新秦王即位大典了。

兩人一走，趙高大見疲憊，不知不覺地靠在大案上矇矓過去了。倏忽三年，趙高驟然衰老了，灰白的長髮散披在肩頭，綿長黏糊的鼾聲不覺帶出了涎水老淚，胸前竟濕了一大片。矇矓之中，趙高在苦苦思謀著自己的出路，與那個劉邦密商未果，自己又做不成秦王，後面的路該如何走，還能保得如此赫赫權勢麼……

二、帝國迴光　最後秦王的政變除惡

松柏森森的太廟裡，子嬰在沐浴齋戒中祕密進行著籌劃。

侍奉陪伴子嬰的，是老內侍韓談。這個韓談，便是二世胡亥臨死之時身邊說老實話的那個內侍。

胡亥被趙高逼殺後，韓談淪為宮中苦役，子嬰派長子祕密將韓談接到了自己府邸，做了謀劃宮變的得力臂膀。當初子嬰從隴西歸來，祕密襄助諸多皇族子孫出逃，自己家族卻一個沒有離開咸陽，為的便是孤絕一舉。子嬰的謀劃是：祕密聯結皇族餘脈與功臣後裔，尋機暗殺趙高，力挽狂瀾於既倒。審時度勢，子嬰認定：天下大亂之時再繼續等待大將擁兵入朝問政，幾乎是不可能的事了，只有先暗殺了這個巨奸趙高，大秦或可有救。事若不成，殉難國家，也是皇族子孫之大義正道，何懼之有哉！為此，子嬰已經進行了一年多的祕密籌劃，家族人丁人人血誓報國，兩個兒子全力祕密搜羅劍士。韓談之才，一是熟悉宮廷，二是縝密精幹，三是忠於皇族，故此成為追隨子嬰的得力輔佐。正當種種籌劃行將妥當之時，趙高竟要擁立子嬰為秦王，豈非天意哉！閻樂初來「會商」時，子嬰一聞趙高之意，心頭便劇烈地悸動了。那時，子嬰只不斷地告誡自己，要不動聲色，要延緩時日，要妥為謀劃。

六日齋戒，是子嬰著意爭得的重新部署之期。

有了即位秦王這一轉折，許多本來的艱難都轉為順理成章了。太廟有一隊聽命於自己的護衛郎中，其餘祕密聯結的死士，則以隨從內侍之身跟隨。子嬰進出咸陽宮各要害處，也方便了許多，甚或要召見邊軍大將，也將成為名正言順之舉。凡此等等便利，都使延遲宮變成為更具成功可能的路徑。為此，韓談等曾經動議，能否即位之後再實施除奸。子嬰反覆思忖，斷然決策：翦除趙高不能延遲，再遲咸陽果真陷落，玉石俱焚矣！決斷既定，暗殺趙高究竟選在何時，如何才能得手，立即成為急迫事宜。

雖是盛夏，太廟卻是夜風習習頗為涼爽。太廟之南的一座庭院更見清幽，一片高厚的石屋深深埋在森森松柏林中，明亮的月光也只能斑斑點點地撒落進來，人跡罕至，靜如幽谷。這便是赫赫大名的齋宮。舉凡國家盛大典禮之前，或帝或王，都要進入這座齋宮，隔開塵世，淨身靜心，吃素幾日，以示對天帝祖上的虔誠敬畏。因了此等特異處，齋宮自來都是神聖而又神祕的。除了齋戒的君王及齋宮侍者，任何人都不得進入這座庭院。

齋宮的沐浴房裡，白髮子嬰肅然跪坐在厚厚的木色地氈上，斑斑月光灑進大格木窗，依稀映出一道裹著寬鬆大布的瘦長身影。輕微的一聲響動，身影後丈許之遙的一道木門開了，蒸騰的水汽不斷從門中湧出，一個老內侍走來低聲道：「君上，熱水已成，敢請晚浴。」子嬰淡淡地應了一聲，在老內侍攙扶下起身，裹著一片大白布走進了水汽蒸騰的木門。門內是一個黑玉砌成的碩大浴池，足有兩丈見方，銅燈鑲嵌在四周牆壁中，燈光在濃濃水汽中變得昏黃模糊。沐浴池四邊，垂首肅立著四名少年內侍。子嬰淡淡道：「你等下去，只韓談一人侍奉足矣。」身旁老內侍一擺手，四個少年內侍肅然一應，輕步走出了沐浴房。

「韓談，今夜一定要定下除奸方略。」子嬰的目光倏忽明亮起來。

「老臣明白。」

子嬰坐在了黑玉水池邊上，背對著熱氣蒸騰的水霧微微閉上了雙眼。說是清心齋戒，他卻大感焦慮疲憊，但有縫隙便要凝神吐納片刻。韓談則輕步走到池畔，向東面石牆上輕輕三叩，石牆悄無聲息地滑開了一道窄門，相繼飄出了兩個人影。

「君上，兩位公子來了。」韓談低聲一句。

「見過父親！」兩個頗見英武的年輕武士一齊拱手。

「時勢維艱，何時何地除奸為宜？」子嬰沒有任何瑣細話語。

「但憑父親與韓公決斷！」兩個兒子異口同聲。

「韓談，你熟悉趙高稟性，何時何地？」

「君上，老臣對此事多有揣摩，又通聯了諸多怨恨趙高的內侍義士，依各方情勢評判，除奸方略之要害，在於出其不備。」老內侍韓談平靜地說著，「時日，還在齋戒末了一日。所在，太廟齋宮最宜。方略，將趙高騙入齋宮，突襲暗殺。」

「如何騙法？」

「君上只說不欲為王，趙高必來敦請。」

「趙高狡詐陰狠，豈能輕易受騙？」

「尋常時日，或許不能。今日時勢，趙高捨秦王不能，必來齋宮。」

「子桓子陵，劍術可有成算？」子嬰將目光轉向了兩個兒子。

「多年苦行修習，兒等劍術有成！」

「趙高強力，非等閒之輩，務必一擊成功。」

「兒等一擊，必殺趙高無疑！」

「好。」子嬰點頭道，「韓談總司各方部署，子桓子陵擊殺趙高。聯結朝臣將軍事，目下暫且不動，以免趙高察覺。目下要害之要害，是先除趙高，否則大秦無救。為確保剷除趙高一黨，我須示弱，以驕其心。國政整肅，只能在除奸之後開始。」

「君上明斷。」韓談低聲道，「老臣已接到三川郡流散老吏密報：趙高曾派出密使與楚盜劉邦密會，意欲與劉邦分割關中，劉邦居東稱楚王，趙高居西稱秦王。與楚盜一旦約定，趙高便要再次弒君，再作秦王夢。」

「劉邦未與趙高立約？」子嬰有些驚訝。

「趙高惡名昭著，劉邦躊躇未定。」

「也好。叫這老賊多作幾日好夢。」子嬰臉色陰沉得可怕。

齋戒第六日，趙高已經將新秦王即位的事宜鋪排妥當了。依趙成閻樂謀劃的簡略禮儀，午後子嬰出齋宮，先拜祭太廟以告祖先更改君號事，再在東偏殿書房與趙高「商定」百官封賞事，次日清晨在咸陽宮大殿即位，封定新秦國大臣即告罷了。趙高原本便沒將子嬰即位看得如何重大，用過早膳的第一件事，便是與趙成閻樂會商如何再派密使與劉邦立約。

未曾說得片刻，老內侍韓談一臉憂色地匆匆來了。韓談稟報說，公子子嬰夜得凶夢，不做秦王了，要回隴西老秦人根基去，派他來向中丞相知會一聲。趙高聽得又氣又笑，拍案連說荒誕不經。閻樂冷笑道：「猾賊一個！無非不想做二世替罪羊而已，甚個回隴西，糊弄小兒罷了。」趙成黑著臉怒道：「賤骨頭！添亂！我帶一隊人馬去將他起出齋宮！」趙高板著臉道：「如此輕率魯莽，豈能成得大事？子嬰父親迂闊執拗，子嬰也一般迂闊執拗。你若強起，那頭強驢還不得自殺了？」見趙成閻樂不再說話，趙高一擺手道，「備車，老夫去齋宮。」閻樂道：「我帶材士營甲士護送中丞相。」趙高大見煩躁道：「護送甚！咸陽宮角角落落，老夫閉著眼都通行無阻！繼續方才正事，老夫回來要方略。」說罷對韓談一招手，大踏步出門去了。

趙高吩咐韓談坐上他的特製高車，轔轔向皇城駛來。路上，趙高問韓談，子嬰作了何夢？韓談說，子嬰只說是凶夢，他不敢問。趙高問，子嬰部署了家人西遷沒有？韓談說，只看到子嬰的兩個兒子哭著從太廟出去了，想來是子嬰已經讓家人預備西遷了。趙高問，聽聞子嬰兩子多年前習武，目下如何？韓談說，習過兩年，皇族之變後都荒廢了，兩人都成了病秧子，也成了子嬰的心病。趙高淡淡冷笑著，也不再問了。

片刻間車馬穿過皇城，抵達太廟。趙高吩咐護衛的百人馬隊守候在太廟石坊道口，自己單車進去。韓談低聲道，中丞相，還是教護衛甲士跟著好。趙高揶揄笑道：「此乃嬴氏聖地，老夫焉敢輕慢？」腳下輕輕一跺，寬大的駟馬高車嘩啷甩下馬隊，駛上了松柏大道。從太廟旁門進了齋宮，迎面一座大石碑當道，碑上大刻「齋宮聖土，車馬禁行」八個大字。趙高冷冷一笑，還是腳下輕輕一跺，高車嘩啷啷飛過石碑，飛進了森森清幽的松柏林。見韓談驚得面色蒼白，趙高淡淡笑道：「老夫不帶軍馬進太廟，足矣。嬴氏敗落，寧教老夫安步當車乎？」韓談連連點頭：「是也是也，中丞相功勳蓋世，豈能效匹夫之為。」說話間，高車已到齋宮庭院門前停住了。韓談連忙搶先下車，扶下了趙高。

「中丞相到——！」齋宮門前的老內侍一聲長長的宣呼。

「我來領道。」韓談趨前一步，一臉惶恐笑意。

「不需。」趙高淡淡一句，逕自走進了齋宮庭院。

韓談亦步亦趨地跟在趙高身後，從敞開的正門連過三進松柏院落，一路除了特異的香煙繚繞氣息，沒有見到一個人影，幽靜空闊如進山谷。趙高踏上了第四進庭院的正中石屋的九級石階，兀自揶揄著嘟囔了一句：「將死豬羊，尚能窩在這死谷素食，當真愚不可及也。」一邊說一邊一腳踢開了正門，厚重的木門吱呀蕩開，趙高一步跨進了齋宮正室，繞過一面高大的黑玉屏便進了東首的齋宮起居所。眼見還是沒有人影，趙高沉聲一句：「子嬰公子何在？老夫來也。」話音落點，一個少年內侍從起居室匆匆出來一作禮道：「啟稟中丞相，公子已做完最後一次沐浴，正欲更衣。」趙高冷冷道：「不欲為秦王，還信守齋戒，何其迂闊也！」韓談連忙趨前一步道：「中丞相稍待，我稟報公子出來會晤。」

「不需。老夫連始皇帝光身子都見過，子嬰算甚。」

趙高一臉不悅，推開了起居室門，大步走了進去。屋中一個少年內侍惶恐道：「大人稍待，公子片刻出來……」話未說完，趙高已經推開了通向沐浴房的厚厚木門，一片蒸騰的水霧立即撲面而來。趙高逕自走進水霧之中，矜持地揶揄地笑著：「公子不欲做秦王，只怕這齋宮便再也不能消受了。」一彌漫水霧之中，子嬰的聲音遙遙飄來：「中丞相不能擅入，齋戒大禮不能破。我立即更衣，正廳相見。」趙高一陣大笑道：「此乃公子反覆無常，自甘罰酒也！老夫既來，敢不一睹公子裸人光采乎？」一尖亮的笑聲中，趙高走向了浴房最深處的最後一道木門。

在厚厚木門無聲蕩開的瞬息之間，兩口長劍陡地從兩側同時刺出，一齊穿透趙高兩肋，兩股鮮血激濺而出！趙高喉頭驟然一哽，剛說得聲：「好個子嬰！」已頹然倒在了水霧血泊之中。門後子桓子陵一齊衝出，見趙高尚在掙扎喘息，子桓帶血的長劍拍打著趙高的臉龐恨聲道：「趙高老賊！你終有今日也！」旁邊子陵罵聲閹賊亂國罪該萬死，猛然一劍割下了趙高白頭，提在了手中。子桓奮然高聲道：「父親！趙高首級在此！」水霧之中，戎裝長劍的子嬰飛步而來，韓談也疾步進來稟報：「君上，皇族皇城義士已經集結了。」

「立即出宮！帶趙高首級緝拿餘黨！」子嬰奮然下令。

四人風一般捲出齋宮，依照事先謀劃，立即分頭率領皇族與皇城的義士甲兵殺向趙高府邸。所謂義士，除了殘存的皇族後裔，主要是直屬皇城的衛尉部甲士，郎中令屬下的護衛郎中與儀仗郎中，皇城內的精壯內侍與侍女，以及遇害功臣的流落族人僕役等等。由於韓談等人祕密聯結，種種人士連日聚結，竟也有一兩千人之眾，一時從皇城鼓噪殺出，聲勢頗是驚人。趙高及其新貴，原本大大地不得人心。此時，趙高的一顆白頭被高高掛在子嬰的戰車前，男女義士又不斷高呼趙高死了誅殺國賊等，一路呼嘯蜂擁，不斷有路人加入，到得趙高府邸前，已是黑壓壓怒潮一片了。

閻樂趙成正與新貴們聚在趙高府邸，祕密計議如何再度聯結劉邦事，突然聽聞殺聲大起，大門隆隆洞開，男女甲士憤怒人群潮水般湧來。閻樂趙成們堪堪出得正廳，來到車馬場呼喝甲士，便被潮水般的人群亮閃閃的劍戈包圍了。子嬰的戰車隆隆開進，遙遙便是一聲大吼：「悉數緝拿國賊！不得走脫一個！」子桓子陵疾步衝到閻樂趙成面前，不由分說便將兩人分別猛刺致傷，跟著立即死死捆縛，丟進了囚車。一時間人人效法，個個新貴大臣都被刺成重傷，血淋淋捆作一團丟進了囚車。子嬰跳下戰車，右手持金鞘秦王劍，左手提趙高人頭，大步走上高階喊道：「國賊趙高已死！擁戴王室者左站！」剩餘的新貴吏員們大為驚慌，紛紛喊著擁戴王室，跑到子嬰左首站成了一片……

整整三日，咸陽城都陷在一片亢奮與血腥交織的混亂之中。

趙高三族被全數緝拿，閻樂趙成三族被全數緝拿，舉凡任職趙高之三公九卿的新貴們，則個個滿門緝拿。整個咸陽的官署都變成了應急國獄，罪犯塞得滿當當。老人們都說，當年秦王掃滅嫪毒亂黨，也沒如此多罪犯，新王有膽識，只怕是遲了。子嬰見咸陽城尚算安定，認定人心尚在，遂決意盡快了結除奸事。旬日之後，咸陽城南的渭水草灘設了最後的一次大刑場，一舉殺了趙高及其餘黨三族兩千餘人。雖是除奸大慶，可觀刑民眾卻寥寥無幾，只有蕭疏零落的功臣後裔們聚在草灘歡呼雀躍著：「國賊伏法！大秦中興！」

這是西元前二〇七年夏秋之交的故事。

趙高一黨，終於在帝國末日被明正典刑，徹底根除了。

趙高是中國歷史上唯一一個以宦官之身，連續兩次實施罪惡政變的巨惡異謀之徒。趙高之前半生與後半生，直如雄傑惡魔的無過渡拼接，生生一個不可思議的人格異數。趙高數十年忠實追隨始皇帝，以無數次的救危急難屢建大功，進入權力中樞實屬正道，不存在始皇帝任人之誤。在璀璨的帝國群星中，趙高的強力異能，趙高的文華才具，趙高的精通法令，趙高的敬重大臣，趙高的奉公敬事，其時幾乎是有口皆碑，堪稱全然與帝國功臣們同質的內廷棟梁。始皇帝驟然病逝與趙高不可思議地突變，既有著深刻的權力結構的變異法則，更有著人性深處長期潛藏的本源之惡。趙高的畸形巨變，折射出帝國山嶽的濃濃陰影，擊中了集權政治出現權力真空時的脆弱特質。一個中國歷史上最偉大的法治帝國，何以被一個突發權力野心而毫無政治理念的中樞陰謀家顛覆？這是人類文明史的一個永恆課題，更是中國文明史的一個永恆課題。

趙高的畸形人格，既印證了孟子大師的性善說，更印證了荀子大師的性惡說。性善說將人類的希望寄託於人性美好的本真。性惡說將人類的希望寄託於遏制惡欲的法治。哪個更高，哪個更大，哪個更圓，哪個更亮，將成為任何一個時代任何一個國家任何一個民族的文明抉擇難題。人性複雜難測之奧祕性，人性反向變化之突發性，人性惡欲氾濫之毀滅性，人性良善滋生之建設性，凡此等等人性課題，幾乎都無一例外地包容於趙高個案中，成為人性研究的永恆課題。我們沒有理由輕視趙高，以「閹人巨惡」一言以蔽之。趙高是中國文明史上一個具有突發轉折性的黑惡休止符，潛藏著打開諸多文明暗箱的歷史密碼。可以說，在中國兩千餘年的奸惡權臣中，唯有趙高具有涉足文明史而不能逾越的意義。

趙高之結局，《史記》各處皆云子嬰等殺之。班固卻云：「吾讀秦紀，至於子嬰車裂趙高，未嘗不健其決，憐其志。嬰死生之義備矣！」班固是答漢明帝之問，上書言秦滅諸事說這番話的。班固之論，附記於〈秦始皇本紀〉之後。班固之有此說，或在兩漢時尚有不同於司馬遷所見到的秦史資料。以常理推測，子嬰不具備依法問罪於趙高而後行車裂的力量，只能是先暗殺而後誅滅餘黨。若僅僅車裂屍身，雖有可能，終顯乖張。故此，司馬遷的史料甄別該是妥當的。班固之言，一家一事之說也。

三、軹道亭外的素車白馬

子嬰即位，立即舉行了第一次大朝會。

咸陽宮大殿又響起了渾厚肅穆的鐘聲，稀疏零落的大臣們匆匆走進了久違的大殿，大多都是白髮老人與年輕公子了。幾度折騰，群星璀璨的帝國功臣幹員們已經消失淨盡了。留給子嬰的，只是一個氣息奄奄的末日帝國。子嬰戴起了天平冠，手扶著已經顯得古樸過時的又寬又短的鎮秦劍，走到帝座前凝視著殿中的一片白髮後生，良久沒有說話。大臣們的參拜也頗顯尷尬，不知該如何稱呼子嬰君號，是秦王還是皇帝陛下。畢竟，秦王名號是趙高定的，誅殺了趙高勢力，子嬰對君號還沒有明白詔書。於是大臣們只有紛亂躬身，籠統呼了一聲君上了事。子嬰心下明白，站在帝座前道：「首次朝會，先定君號。是繼位皇帝，抑或復歸秦王，根基在大勢評判。若有平定亂軍之力，自當稱帝。」子嬰沒有說後半句，然其心意誰都明白。

大殿良久默然，老臣們的粗重喘息清晰可聞。這些殘存的末流元老們，已經多年隔絕於國事了，對山東亂象與秦軍情勢等可謂人人懵懂，倉促聚來如何拿得出挽狂瀾於既倒的長策大略。只有一個老臣昂昂然道：「不管亂得甚樣，終須有平定之時！老臣之見，自當即皇帝位，秦三世！」老臣說罷張望左右，卻沒有一個人呼應。子桓終於按捺不住，挺身而出高聲道：「君父，子桓願率十萬大軍鎮守函谷關！」子陵也挺身而出高聲道：「君父，子陵願北上九原，率二十萬大軍南下平亂！」一位老臣搖頭歎道：「兩位公子壯心可嘉，然則終難行也！老臣曾供職太尉府，對軍情大體知道些許。關中老秦人已經寥寥零落，如何去徵發十萬大軍？九原固然尚有軍馬，可糧草早已不濟，且不說公子能否安然抵達九原，縱然到了九原，能叫士卒空著肚腹打仗麼？若有充裕糧草，章邯王離兩部大軍能掃不平盜亂麼？」老臣一番話落點，老少大臣們頓時沒了話說。

「材士營不是有五萬軍馬麼？」子桓高聲問了一句。

「是也是也，材士營還在也。」老少大臣們一時恍然紛紛點頭。

「材士營早快空了！」一個年輕人高聲道，「我便是丞相府屬官，職司材士營糧草。自山東大亂，三川郡守李由自殺，天下賦稅進入關中之水陸兩道皆斷，關中糧草早已告急。二世一死，趙高湊不夠糧草，已經遣散了材士營三萬人，只剩下了兩萬人。便是這兩萬人，也紛紛逃亡，如今只有五六千了……」

「逃亡？有吃有喝，他等逃甚？」一個老臣懵懂發問。

「逃甚？」年輕人冷笑道，「材士營將士以胡人居多，又從來只會狩獵走馬，不練打仗，留在關中還不是擺架勢等死？聽說匈奴新單于要大舉南下，材士營早開始溜號了！」

「果然如此，關中豈非空無一軍了？」一個老臣大是驚恐。

舉殿默然，無人回答。

「不說了！」子嬰沉重地歎息了一聲，「大勢評判，趙高沒錯，還是回稱秦王罷了。子桓與韓談做特使，立即出函谷關，召章邯軍回師關中防守，下令王離軍守住九原陰山。河北亂事，秦國放手算了……」

「君上！河北軍報已到多日，老臣無處可報！」

「河北軍報？快說！」子嬰驟然變了顏色。

「誅滅趙高之前，章邯軍報已到，趙高隱瞞不告任何人！」一個老臣憤憤然唏噓高聲道，「河北戰事，我軍斷糧，十萬九原將士全軍覆滅！王離、蘇角、涉間三大將全部慘死戰場！章邯軍殘部突圍，又被項羽盜軍追殺，已經在漳水陷入絕境……」

老臣尚在唏噓憤然敘說，子嬰已經咕咚栽倒在青銅大案，天平冠的流蘇珠玉嘩啦飛進散落，殿中頓時大亂……夤夜醒來，子嬰癡癡看著守在榻前的韓談與兩個兒子，長歎一聲，兩行淚水無聲地流下兩頰。四人默然相對良久，韓談哽咽低聲道：「君上，劉邦楚軍已進逼武關，為今之計，只有與之周旋了。設法存得社稷餘脈，再做後圖……」

終於，子嬰點頭了。

劉邦占據了武關，軍營一片歡騰。

自上年與宋義項羽部分道進兵，劉邦一路打了許多次小仗，也攻占了十幾座城池。因中原已經沒有了章邯的平盜大軍，郡縣城邑只有平日主要職司捕盜的尉卒縣卒，故此頗有勢如破竹之勢。劉邦明白自己實力不足，一路西來心思不在打仗，而主要在搜羅各色流散人馬入軍。舉凡流民少壯、各方諸侯戰敗後的流散人馬、官府在大型工程後留下的善後軍馬、亂世激盪出來尋找出路的游士壯勇等等，劉邦盡皆一體收納。進到富庶的三川郡南陽郡時，劉邦楚軍已風風火火擴張到近二十萬人馬，已經頗見壯闊聲勢了。或收服或投奔的名士與將軍也有一串了：獨自領軍的楚將陳武，高陽名士酈食其，魏軍散將皇欣、武蒲，秦軍的宛城守將及舍人陳恢，秦列侯戚鰓、王陵等，總歸是很有一番氣象了。

此時，救趙的宋義項羽軍一直滯留安陽。劉邦也不敢貿然進兵關中，便在占據南陽後轉入峭山地帶駐紮，在這片山地整整窩了一冬，除了整訓操演人馬，各方搜羅糧草，大體沒有戰事。

其間，劉邦幾次不耐，要進兵關中。可張良卻老是搖頭，說時機不到，早進無功。劉邦問為何。張良說，鉅鹿之戰不見勝負，進了關中也無用。若鉅鹿之戰項羽勝秦軍，我可乘虛攻占關中。若項羽落敗，沛公便回芒碭山照做流盜，哪裡也別想去。劉邦便是一陣大笑，鳥事！自家成事還是別家成事？老是看人顏色起坐，羞人也！張良也笑，說這叫潛龍勿用，乘時而動，天不打雷，龍便不能抬頭。劉邦便笑罵一句，鳥個潛龍，分明一條蟲！其間，趙高曾派密使與劉邦會商，說若能分割關中為王，趙高願為內應滅秦。劉邦始終只是雲山霧罩地與之盤桓，不與趙高特使准定盟約。張良賀劉邦得趙高助力，劉邦則大笑說，鼠竊狗盜，與趙高為伍，慚愧慚愧！蕭何說，沛公入咸陽之日，將趙高人頭獻於關中父老，足以自雪了。劉邦突然獰厲一笑說，趙高奸惡，得煮一鍋人肉湯，讓天下人分而食之。

如此這般，熬過了深秋，熬過了寒冬，終於到了河冰化解的春日。得聞項羽軍破釜沉舟北上，張良才說，目下可動，然卻只能動一步。劉邦說聲知道了，立即便去忙碌部署了。一番密商，奇襲武關的方略便告成了：派出酈食其與陸賈兩個名士做說客，進入武關遊說秦軍守將獻關降楚。再派曹參、灌嬰各率三萬人馬向函谷關佯攻，虛張聲勢以牽制迷惑函谷關秦軍。劉邦則自領中軍與樊噲周勃等部，祕密從丹水河谷進逼武關，伺機奇襲。因是首戰關中要塞，劉邦志在必得，根本不在乎名士說客是否能說降成功，心思只在偷襲之上。

武關之戰很是順利。此時的秦軍人心惶惶，關中軍事又無統一部署，武關將軍依據糧草狀況，將守軍對整個丹水流域的巡視悉數撤銷，只守著關城不出。劉邦軍的樊噲周勃率數百精悍軍士喬裝成楚地商旅北上，大布苫蓋的貨車實際藏滿了兵器。武關軍士正在做例行盤查，不防樊噲周勃突然動手，殺死盤查軍士又殺散城門守軍，事先埋伏在山谷的大軍便蜂擁殺來搶關入城。未及一個時辰，武關城頭便飛起了「劉」字大旗。

此時，酈食其陸賈的遊說方見成效，秦軍守將已經放鬆了防守抵禦之心，雙方正在會商如何妥當善後。不料尚未定論，樊噲亂軍已經入城湧入了官署。秦軍守將大為震怒，立即率身邊護衛與樊噲亂軍展開了拚殺。一應官吏百姓聞訊，也紛紛趕來助戰，整個武關城內便陷入了一片混戰。

暮色時分，劉邦接得捷報，正要入城，蕭何卻黑著臉急匆匆來了。劉邦忙問何事？蕭何憤憤然說，樊噲周勃在武關屠城，殺盡了所有守軍，也殺盡了城中百姓。劉邦雖感驚訝，卻又釋然笑道：「果真如此，一定是城內拚死抵禦，那兩個粗貨殺紅了眼。不打緊，項羽屠城多了，我軍只一次，怕它何來？」蕭何正色道：「沛公何其不明也！項羽屠城，所過無不殘滅，已在天下惡名昭著，連楚懷王都忌憚這個剽悍猾賊，不敢讓其進入關中。沛公欲成大事，若效法項羽，必將大敗也！」劉邦頓時皺起了眉頭：「有如此厲害麼？」旁邊張良點頭道：「蕭兄言之有理，此前，我軍已在潁陽屠城一次，進入關中再屠城，只怕後患甚大。項羽屠城，沛公亦屠城。若如項羽，沛公必敗。」

劉邦額頭頓時滲出了汗珠，搓著手急促轉了兩圈道：「兩位先生所言，我倒是明白。可散兵游勇多多，不讓他殺人越貨，能留住人麼？娘的，亂世治人，還真是難！」蕭何道：「沛公只要心明意堅，自有整軍之法。沛公若圖目下小利，自要放任屠城。」劉邦皺著眉頭似笑非笑道：「你說的，我願意屠城？只要你能保得軍糧財貨，我便有辦法。否則，你便是說破大天，終究不管用。左右老子不能成了空營，做光頭鳥沛公！」蕭何道：「有人心，才有財貨糧草。失了人心，遲早都是空營。」劉邦臉色陣紅陣白，指著蕭何鼻子急吼吼大喊：「好你個蕭何！逼我劉季跟這班粗貨兄弟翻臉！好！我聽你！可沒得吃喝錢財，老子找你要！總不成你要人喝風屙屁！」一急吼吼喊罷，劉邦一陣風出營上馬飛去了。

劉邦率幕府人馬進入武關，沒有片刻歇息，立即將攻占武關的將士全部聚集到了校軍場。大片火把之下，劉邦登上了將臺，篤篤點著拄在胸前的長劍高聲道：「今日奇襲武關，兄弟們有功，我劉季將論功行賞，人賜十金！至於爵位官職，那得等到滅了秦成了事再說。今日便封你個萬戶侯，頂個屁用！」

「謝賞金！沛公萬歲！」火把飛動一片歡呼。

「萬歲個鳥！今日這般占城，誰也沒好！」劉邦突然聲色俱厲，罵得滔滔江河一瀉直下，「劉季與兄弟們一樣，都是粗貨出身，得說一番粗話！我等偷雞摸狗穿牆越戶殺人放火扯旗造反，在大秦子民中，十有八九都是疲民無賴！可我等都是庶民，我等打仗，要殺的是貴胄官吏，要反的是大秦朝廷，關庶民屁事！庶民都是我等父老兄弟，沒有庶民擁戴，甭說糧草後援，要打了敗仗，連個藏身的狗窩都沒有！劉季與老兄弟們，當初在芒碭山做流盜近一年，他娘的殺過老百姓麼！要殺人越貨，能藏得下去麼！這叫甚？這叫好狗護三家！你便是只遊狗，也得靠幾個門戶不是！沒人給你丟一根骨頭，你還不是一隻死狗！你他娘的當兵殺人，不當兵了，還不是人殺你！要想日後不被人殺，今日便甭亂殺百姓！今日不積陰德，日後不定祖墳都被人挖了！說今日，今日進武關，誰個他娘的下令屠城？樊噲！樊噲！是你麼！准定是你個狗才！你殺狗殺豬還不夠，還要入城殺人！狗膽包天你！來人！拿下樊噲！先打一頓大棍！」

「沛公！城內亂戰！我沒下令！……」

不管樊噲如何大吼大叫，劉邦只叫事先部署好的中軍衛士拿住樊噲一陣呼嘯亂打。其時也沒有法定軍棍，所謂大棍者，實則長矛木杆也。衛士將長矛倒轉過來，倒是比後來的法棍威風多了。亂棍紛亂呼嘯之間，劉邦依舊憤然嘶聲大吼著：「打！打死這個屠夫！」片刻之間，樊噲一身鮮血，無聲無息地躺在地上不動了。全場將士大駭，亂紛紛跪倒亂紛紛哭喊：「沛公饒恕樊將軍！我等甘願受罰！」周勃也奮然脫去了甲冑衣衫，光膀子赳赳拱手道：「周勃治軍不嚴！甘願與樊將軍一起受責！」

「都給我起來！聽我說！」

將士們唏噓站起，劉邦沒理睬周勃，高聲對全場道，「楚軍滅秦，天下大道！成了大事，人人富貴！然則，要成事便得有法度。我等都是粗貨，忒多文辭誰也記不住，劉季只與全軍兄弟立約三則：日後不得屠城！不得殺降！不得搶劫姦淫！凡有違抗，劉季親手宰了他狗娘養的！聽見了麼！明白了麼！」

「聽見了！明白了！」全場一片聲浪。

「至於打仗有功，劉季必有賞賜，若有不公，任何人都可找劉季說話！誰混得日子過不下去，都來找劉季！劉季領兄弟們起事，是要做人上人！」

「沛公萬歲——！」

劉邦屠城事，在《史記》中頗見微妙。潁陽屠城，明記於〈高祖本紀〉，只有一句話：「南攻潁陽，屠之。」武關屠城，卻未見於〈高祖本紀〉與〈項羽本紀〉，而見於〈秦始皇本紀〉，也是一句話：「沛公將數萬人已屠武關，使人私於高……」也就是說，司馬遷將劉邦的兩次屠城，分別記載在兩處，顯然是有所避諱，不欲使劉氏皇族過分難堪。在秦末大亂之世，項羽「諸所過無不殘滅」，大屠城大坑殺大劫掠大縱火每每令人髮指。劉邦軍在進入關中之前，也有兩次屠城，雖不若項羽惡名昭著，卻也絕非人道王師。項羽劉邦如此，其餘所謂諸侯軍之種種暴行，則更為普遍。此等暴虐毀滅行徑颶風般盛行秦末，將帝國時期的宏大建設以及戰國時期積累的豐厚財富，幾乎毀滅淨盡，人口銳減，天下陷入了驚人的蕭疏荒漠，以致西漢初期「將相或乘牛車」，朝廷陷於極大困境，劉邦本人幾乎被匈奴大軍俘獲。庶民更是家徒四壁，生存狀況遠遠惡化於秦帝國之時。

這一歷史事實，赤裸裸現出了六國貴族復辟的殘酷獸性，與對整個社會的毀滅性災難，也顯示了「誅滅暴秦」的旗幟是何等的荒誕不經！嘗見後世諸多史家，動輒便有「誅無道，滅暴秦」之辭，便覺滑稽，總會想起《水滸》中「說得口滑」的那些信口開河者。諺云，有口皆碑。又云，眾口鑠金。兩千餘年悠悠惡口，將屠夫變成了英雄，將功臣變成了罪犯，將山岳變成了深淵，將深淵變成了山岳，將真正的獸性暴虐，變成了弔民伐罪的王道之師，我族悲矣哉！《詩》云：「高岸為谷，深谷為陵。」豈我族文明史之符咒哉！

劉邦軍在武關整肅之後，氣象大有好轉，立即揮兵北進關中。

此時鉅鹿之戰已告結束，項羽軍正在追逼章邯餘部，欲迫使章邯軍降楚。此時咸陽政變迭起，國政幾乎陷於癱瘓，秦軍在關中的守備事實上已經形同虛設。當劉邦軍進入藍田塬時，攔阻秦軍只是老秦國藍田大營的傳統駐守老軍兩三萬人而已。劉邦派出特使周旋的同時，又突然攻殺，遂占據了藍田大營。據〈高祖本紀〉，連同藍田之戰，劉邦軍入關三破秦軍，兩次「大破」，一次追擊戰「遂破之」。就實說，全然虛誇粉飾之辭也。此時關中秦軍一無主力，二無戰心，何來值得兩次大破之軍？究其實，不過擊潰了完全不需攻殺便能遣散的非戰守營軍，藉以顯示滅秦戰績而已。據理推測，不是太史公從劉邦對楚懷王的戰報上扒來的原辭，便是轉錄漢軍後世的美化傳聞。

至此，劉邦及其軸心將士對關中大勢已經明瞭，再不擔心大戰激戰，而是一力謀劃如何進入咸陽。以蕭何方略，沛公軍當先以老秦東都櫟陽為根基，積蓄糧草整肅軍馬，時機成熟一舉攻占咸陽。劉邦連連點頭，覺得這一方略很是穩妥。張良卻以為，蕭何之策過於遲緩，當此大廈將傾之時，大咸陽已經在連番血雨腥風中沒有了任何抵抗餘力，子嬰殺了趙高一黨，必派密使前來立約。當此之時，不需再占櫟陽耗費時日，當謀劃一舉入咸陽。不入咸陽，終不能踐楚懷王之約，耽延之時若項羽軍趕到，只怕沛公便要前功盡棄了。劉邦恍然猛醒，拍案連連道：「立即部署進兵咸陽！子嬰密使來不來，老子不管他！」

最後一夜，秦王子嬰是在太廟度過的。

韓談做密使趕赴藍田塬，已經與劉邦約定：子嬰君臣降楚，待劉邦稟明楚懷王而後封定祭祀社稷之地。劉邦軍不殺皇族，不傷百姓，不劫掠財貨，不進入太廟。也就是說，子嬰以降楚換得了殘存皇族與整個大咸陽的平和易主，其後，咸陽剩餘老秦人去留自便，嬴氏皇族便如同周滅商後的商人餘脈，在一方封地上延續祖先血脈了。子嬰反覆思慮，這是唯一的了結大秦的出路了，滄海桑田世事變換，大秦氣數已盡，子嬰又能如何？子嬰唯一能告於先人者，嬴氏社稷猶存，血脈不滅也。三日前，劉邦軍已經開進關中腹地，駐紮於咸陽東南的霸上了。明日正午，劉邦便要在咸陽東受降了。

韓談守候在廊下，子嬰獨自走進了祭祀正殿。

燈燭明亮，香煙繚繞。祭祀長案上，豬牛羊三牲整齊排列著。子嬰一身本色素衣，一根絲帶紮束著雪白的長髮，無冠無劍，扶著一支竹杖進來，肅然跪倒在長案前。子嬰一臉淡泊，木然的禱告似乎在宣讀一件文告：「列祖列宗在上，子嬰伏惟以告：自始皇帝驟薨，國事迭經巨變，終致大秦三歲崩矣！子嬰不肖，雖誅殺趙高，然無力回天。九原軍死難殉國，章邯軍不得已降楚，朝無能臣，國無大軍，府庫空虛，賦稅絕收，皇族凋零，子嬰為存社稷餘脈，為存咸陽國人，唯有降楚一途。明朝之期，子嬰便非秦王。今夜，子嬰最後以秦王之身，行祭祀列祖列宗之大禮。嬴氏皇族，大秦一統天下，此後不復在矣！列祖列宗之神位，亦當遷往隴西族廟。嗟乎！國亡家破，子嬰善後無能，愧對先人矣！」

禱告完畢，遙遙傳來太廟鐘室的一聲悠長鐘鳴。子嬰艱難地扶杖站起，緩慢地走向了大殿深處。沉沉帷幕之間，矗立著一座座丈餘高的黑玉神龕，立著一尊尊嬴氏祖先的藍田玉雕像。從一尊尊雕像前走過，木然的子嬰任熱淚不斷地湧流著，喃喃地自語著，列祖列宗，子嬰再看先人一眼，死亦瞑目矣！

韓談回來之後，子嬰已經向楚懷王擬好了一件降書。降書末了，子嬰請封嬴氏餘脈於隴西之地，使老秦人重歸久遠的故里，在那裡為楚王狩獵農耕養牛養馬。老秦人太苦了，熬過了夏，熬過了商，熬過了西周，在漫漫歲月中多少次幾欲滅種矣！自東周成為諸侯，老秦人更是急劇地起落沉浮，危難與榮耀交錯，犧牲與屈辱並存，戰死了多少雄傑，埋葬了多少烈士。直到孝公商君變法之後，老秦人才赳赳大出於天下，激盪風雲一百五十餘年，成就了統一華夏大業，燁燁雷電中，老秦人一舉登上了皇皇文明之絕頂。然則急轉直下，老秦人又在冥冥難測的風雲突變中轟然解體，於今，天下老秦人竟連一支像樣的大軍也難以聚合了……子嬰一尊尊看著，一尊尊訴說著，一直看完了六百餘年三十五尊先人的雕像：

老祖秦仲　在位二十三年

次祖秦莊　在位四十四年

秦襄公始立諸侯　享國十二年

秦文公　享國五十年

秦寧公　享國十二年
秦出公　享國六年
秦武公　享國二十年
秦德公　享國二年
秦宣公　享國十二年
秦成公　享國四年
秦穆公　享國三十九年
秦康公　享國十二年
秦共公　享國五年
秦桓公　享國二十七年
秦景公　享國四十年
秦哀公　享國三十六年
秦惠公　享國十年
秦悼公　享國十四年
秦厲公　享國三十四年
秦躁公　享國十四年
秦懷公　享國四年
秦靈公　享國十年
秦簡公　享國十五年
秦惠公　享國十三年

秦出子　享國二年
秦獻公（進入戰國）　享國二十三年
秦孝公　享國二十四年
秦惠文王　享國二十七年
秦武王　享國四年
秦昭王　享國五十六年
秦孝文王　享國一年
秦莊襄王　享國三年
秦王嬴政　戰國二十五年
秦始皇帝　帝國十二年
秦二世胡亥　在位三年

這三十餘座雕像中，沒有子嬰。那最後一座虛空的神龕，是二世胡亥的位置。因了戰亂，因了種種艱難，也因了朝野人心對胡亥的不齒，這尊玉身至今未能雕成。子嬰是最後的秦王，是亡國之君，只怕已經無緣進入皇族太廟，而只能在日後的族廟家廟中享祭了。子嬰已經不知多少次地數過了，截至今日，他做了四十六日秦王（註：〈秦始皇本紀〉云子嬰為秦王四十六日；〈李斯列傳〉云，子嬰立三月。從本紀說），第四十七日，便是他成為平民的開始……

「君上，五更末刻了，不能耽延了。」韓談的輕聲呼喚驚醒了子嬰。

子嬰步履蹣跚地扶杖出來，太廟庭院的森森松柏林已經顯出了霜霧朦朧的曙色，紅光紫霧，整個天地一片濛濛血色。子嬰沒有問韓談此等徵候是何預兆，子嬰已經無心過問此等事了。韓談也沒說天色，只在旁邊陪伴著子嬰默默地走著。未出庭院，太廟的太卜令卻匆匆前來，肅然一躬道：「稟報秦王，太卜署作徵候之占，紅霾蔽天，血災凶兆也。」子嬰苦笑道：「血災？上天不覺遲暮麼？幾多血災了，用得占卜？」說罷篤篤點著竹杖去了。路上，韓談惶恐不安地低聲道：「君上，老臣之見，今日得趕緊教兩公子與王族人等一體離開咸陽。太卜之占，素來是無異象不占，不可不慮。」子嬰慘澹笑道：「國家已滅，王族寧不與社稷共存亡乎！逃甚？劉邦便是負約，要殺戮殘存王族，嬴氏也認了。天意若此，逃之一身何用矣！」韓談不再說話了。

紅霾籠罩中，咸陽宮開始悄無聲息地忙碌起來。

降楚的禮儀，韓談與子桓已經與劉邦軍約定過了。子嬰請以國葬之禮出降。劉邦哈哈大笑說，國葬便國葬，也是末世秦王一番哀國之心，無礙大局。出降受降之地，選在了咸陽東南的軹道亭。這是一座郊亭，大體在劉邦的霸上軍營與大咸陽之間的官道邊。因這條官道東出函谷關與進入太行山口軹關陘的軹道相連，實際便是全部軹道的關中段，故而一直被呼為軹道，道邊迎送亭自然也喚作了軹道亭。

卯時到了。當沉重悠長的號角聲從皇城傳出時，周回數十里的咸陽城頭，黑色秦字大旗一齊消失了。守軍士卒們放下了手中兵器，默默地走下了雄峻的城垣。各官署僅存的大臣吏員，人人一身布衣，無冠無劍，默默地走出了咸陽南門。皇城內殘存的皇族後裔與有官爵的內侍侍女，則是人人白衣散髮，無聲地匯聚到咸陽宮前的車馬廣場。

「國薨也——！皇城落旗開門——」

隨著韓談嘶啞悲愴的呼聲，皇城內外所有的旗幟儀仗都消失了，郎中們將斧鉞器械堆積到城頭城下所有的指定地，悄無聲息地匯進了一片白茫茫之中。原本平靜麻木的人群，隨著韓談的呼聲與儀仗旗幟的消逝，突然哭聲大起，內侍侍女郎中們紛紛撲向殿前玉階頭撞玉柱，慘烈自戕。片刻之間，白玉廣場變成了血泊之地……

子嬰視若不見，領著殘存的人群緩緩流淌出皇城。咸陽城街市整個空了，從皇城出來直到南門，一條長長的大道上空蕩蕩杳無一人。直到子嬰車馬人群流出南門與大臣人群會合，依然沒有一個庶民身影。

這一天，整個大咸陽都死寂了。

出降受降，平靜得沒有任何波瀾。

子嬰是虔誠出降的。整個出降佇列徒步而來。只有子嬰與王后，乘坐著一輛以四匹白馬駕拉的取下了任何飾物的王車，脖頸上綁縛著一根原本繫印的黑絲帶，懷中抱著裝有皇帝印璽的玉匣，車後緊跟著兩個兒子。王車去飾，白馬駕拉，送葬國家之意也，此謂「素車白馬」。繫印絲帶綁縛脖頸，國王該當自殺殉國也，此謂「繫頸以組」。子嬰獻出的印璽是天子六璽。除了那方號為皇帝行璽（常用印璽）的和氏璧玉璽，其餘五方大印分別是皇帝之璽、皇帝信璽、天子行璽、天子信璽、天子之璽。加起來是三皇帝璽、三天子璽，共六方印璽。只有在這一日，向由符璽事所專掌的六方神聖印璽，第一次集中在了一個大銅匣中。當布衣散髮的子嬰繫頸以組，將天子六璽高高捧於頭頂，一步步向劉邦戰車前走來時，劉邦大笑了，楚軍金鼓齊鳴了……

終於，劉邦軍馬隆隆開進了大咸陽。

四、烽煙廢墟　帝都咸陽大火三月不滅

劉邦軍進入咸陽，首要難題是如何面對龐大無比的帝國遺業。

無論事先如何自覺胸有成算，劉邦們入城之後還是亂得沒了方寸。關中的連綿勝跡，大咸陽的宏闊壯麗，使這些大多沒進過京畿之地的粗樸將士們大為驚愕，新奇得一時暈乎乎找不到北了。儘管有武關整肅在先，士卒們還是彌散於大街小巷，搶劫姦淫時有發作，整個大咸陽陷入了驚恐慌亂，民眾亂哄哄紛紛出逃。劉邦雖說做亭長時領徭役入關中曾經進過咸陽，也偶然遇見過一次始皇帝出巡，但卻也從來沒有進過皇城。張良蕭何陸賈酈食其等名士與將軍，也是個個沒進過皇城。進咸陽的當日，劉邦顧不得整肅約束部伍，立即與一班幹員興沖沖進入皇城觀賞，可一直轉到三更，還沒看完一小半宮室。劉邦萬般感喟，大手一揮笑道：「這皇城大得沒邊，嬪妃侍女多得沒數，索性今夜住進來樂一回！」隨從將士們立即一陣萬歲狂呼。旁邊張良卻低聲道：「沛公此言大是不妥。項羽軍在後，不能失秦人之心。」劉邦驀然省悟，卻見旁邊樊噲黑著臉不作聲，於是笑罵道：「如何，你小子美夢不成，給老子顏色看了！」樊噲氣昂昂道：「先生說得對！沛公光整肅別人，自家卻想泡在這富貴鄉不出去！」劉邦一陣大笑道：「好好好，走！出去說話。」

回到幕府，中軍司馬報來亂軍搶劫姦淫的種種亂象。劉邦大皺眉頭，當即深夜聚將，會商善後之法。將軍們紛紛說秦王子嬰是後患，不殺子嬰不是滅秦。劉邦心智已經清醒，重申了與楚懷王之約與義兵之道，說子嬰是真心出降，殺降不祥，殺子嬰只能自絕於關中。最後議定，將子嬰「屬吏」，待稟明楚懷王後再作決斷。屬吏者，交官吏看管也。之所以如此決斷，並非劉邦真正要請命楚懷王，而是顧忌項羽軍在後，自己不能擅自處置這個實際是帝國名號的秦王。

此事剛剛決斷，一直不見蹤跡的蕭何匆匆來了。劉邦大是不悅道：「入城未見足下，也去市井快活了麼？」蕭何奮然一拱手道：「沛公，我去了李斯丞相府。」劉邦揶揄笑道：「如何，趁早搶丞相印了？」蕭何沒有笑，深深一躬道：「沛公，我去查找了天下人口、錢糧、關塞圖籍，已得數車典籍。我等兩手空空，何以治理郡縣？」劉邦恍然大悟，起身正容拱手道：「蕭兄真丞相胸懷也，劉季受教。」

再議諸事，將軍謀臣們已經狂躁大減，遂理出了行止三策：其一，降楚之秦國君臣一律不殺；其二，全軍開出咸陽，還軍霸上；其三，廢除秦法，與秦人約法三章，穩定關中人心。蕭何率一班文士立即開始書寫文告，天亮之際，約法三章的白布文告已經在咸陽紛紛張掛出來。天亮後，劉邦又帶著蕭何，親自約見了咸陽國人中的族老，倡明了自己的定秦方略與約法三章。末了，劉邦高聲說：「我所以入關中，為父老除害也！我軍不會再有所侵暴，父老們莫再恐慌！明日，我即開出咸陽，還軍霸上！待諸侯們都來了，再定規矩。」很快，咸陽城有了些許生氣，開始有人進出街市了。

這約法三章最為簡單，全部秦法盡行廢除，只約定三條規矩：其一，殺人償命；其二，鬥毆傷人治罪；其三，盜搶財貨治罪。其時之文告用語更簡單：「與父老約，法三章耳：殺人者死，傷人及盜抵罪。餘悉除去秦法。」此等處置，全然應急之策，其意只在彰顯劉邦滅秦的大義之道：入咸陽，存王族，除苛法，安民心。無論後世史家如何稱頌，約法三章在實際上都是一種極大的法治倒退，而絕非真正的從寬簡政。數年之後，劉邦的西漢王朝在親歷天下大混亂之後，幾乎悉數恢復了秦政秦法，足證「約法三章」之隨機性。

約法三章的同時，蕭何給所有的咸陽與關中官署都發下了緊急文告，明告各官署「諸吏人皆案堵如故」。也就是說，要所有秦官秦吏依舊行使治民權力，以使郡縣鄉里安定。如此一來，已經占據關中大半人口的山東人氏與老秦人眾，一時都安定了下來，紛紛給劉邦楚軍送來牛羊酒食。劉邦下令，一律不許接納百姓物事，說辭很是慷慨仁慈：「我軍占據倉廩甚多，財貨糧草不乏。民眾苦秦久矣，劉季不能耗費百姓物力也！」於是，劉邦善政之名在關中一時流傳開來，民眾間紛紛生發出請劉邦為秦王之議。《史記・高祖本紀》描繪云：「人又益喜，唯恐沛公不為秦王。」

凡此等等，皆是關中安民之效。與後來項羽的獸行暴虐相比，劉邦的寬政安民方略頗具遠見卓識。其最直接的後續效應，是劉邦的王師義兵之名，在關中民眾中有了最初的根基。後來，當劉邦以漢王之身北進關中時，關中百姓竭誠擁戴，全力支持漢軍與項羽長期對抗，使關中變成了劉邦漢軍的堅實根基。蕭何之所以能「鎮國家，撫百姓，給餽饟，不絕糧道」，源源不絕地為漢軍提供後援，其根本原因，便是關中民眾對項羽軍的仇恨，與對漢軍的自來厚望。歷史地說，這是相對遠大的政治眼光所必然獲得的長遠社會利益。

還軍霸上數日之後，劉邦突然決斷，要抵禦項羽於函谷關外。

那夜，一個神祕的游士請見劉邦。這個游士戴著一方蒙面黑紗，個頭矮小，人頭尚在劉邦肩頭之下。矮子舉止煞有介事，步態很是周正，劉邦笑得不亦樂乎了。蒙面矮人沒笑，只一拱手道：「甘泉鯫生，見過沛公。吾所以來，欲獻長策，以報沛公保全關中之德也。」鯫者，原本雜小魚類，於人，則謂短小醜陋者也。劉邦一聽來人報號，不禁又呵呵笑了：「自認醜生，安有長策乎？」鯫生淡淡云：「人醜，其言不醜。沛公計醜人乎，計正理乎？」劉邦頓時正色，肅然求教。鯫生悠然道：「長策者，十六字也：東守函谷，無納諸侯，自王關中，後圖天下。」劉邦皺眉道：「關中力竭，子嬰不能王，我何能王耶？」鯫生道：「子嬰不能王者，秦政失人心也。沛公能王者，善政得人心也。秦富十倍於天下，地形之強，雄冠天下。在下已聞，項羽欲封章邯三將為秦王。若項羽入關，沛公必不能坐擁關中也。此時若派重兵東守函谷關，使項羽諸侯軍不能西進關內。沛公則可徵關中民眾入軍，自保關中而王，其後必得天下。方今之勢，關中民眾多聞項羽暴虐，必隨沛公也。而欲與天下爭雄，必據關中為本。沛公好自為之也！」說罷，鯫生無片刻停留，一拱手出得幕府去了。劉邦醒悟，追到帳外，已沒了人影。

此時，張良蕭何恰好皆不在軍中。劉邦反覆思忖，鯫生方略果能如願，則一舉便能立定根基。然若果真張開王號，名頭又太大，自己目下軍力實在不堪。關中民眾能成軍幾多，也實在不好說。劉邦知道，智計之士有一通病，總以民心如何如何，而將徵發成軍與真正能戰混作一團。實則大大不然，關中民眾縱能徵發數萬，形成能戰精兵也遠非一兩年事。然，鯫生之謀又確實利大無比，不能割捨，且要做便得快做，慢則失機失勢。劉邦徘徊半夜，終於決斷，先實施一半：只駐軍函谷關抵禦項羽，而暫不稱王。如此可進可退：果真扛得住項羽軍，再稱王不遲；扛不住項羽軍，總還有得說辭退路。心思一定，劉邦大為振奮，深感自己第一次單獨做出了一則重大決斷，很是有些自得。天亮之前，劉邦斷然下達了將令：樊噲、周勃兩部東進，防守函谷關，不許任何軍馬入關。

劉邦沒有料到，這個匆忙的決策很快使自己陷入了生死劫難。

倏忽之間，秋去冬來。

十一月中，項羽軍與諸侯各部軍馬四十萬隆隆南下，號為百萬大軍，經河內大道直壓關中。王離的九原軍覆滅後，項羽與諸侯聯軍連續追殺章邯的刑徒軍。此時，大咸陽正在連番政變之中，趙高殺二世，子嬰殺趙高，朝臣吏員幾次大換班，政事陷於完全癱瘓。章邯軍所有後援悉數斷絕，若再與項楚軍轉戰，勢必全軍覆沒。老將章邯慮及刑徒軍將士大多無家可歸，為國苦戰竟無了局，義憤難忍卻又萬般無奈，最後只有降楚了。而此時的項羽軍諸侯軍也正在糧草告乏之時，不欲久戰，遂在洹水之南的殷墟，達成出降受降盟約。是年仲秋，章邯三將率二十餘萬刑徒軍降楚了。

項羽接納了老范增方略，給章邯一個雍王名號，給司馬欣一個上將軍名號，令兩人率降軍為前部軍馬西進。章邯向為九卿重臣，一路說動沿途城邑之殘存官署全都歸附了項楚軍，敖倉等幾座倉廩殘兵也悉數放棄了抵禦。項羽軍對沿途倉廩大為搜刮，糧草兵器頓時壯盛了許多。大軍進至新安，眼見函谷關遙遙在望，項羽卻突然與黥布等密謀，實施了一場極其血腥的暴行——突然坑殺了二十餘萬降楚刑徒軍！

坑殺的事由很是荒誕不經：刑徒軍士卒不堪楚軍將士「奴擄使之」，遂生怨聲。有人密報了項羽，項羽立即作出了一番奇異的推定：「秦吏卒尚眾，其心不服，至關中不聽，事必危，不如擊殺之！」史書記載的最後事實是：「於是，楚軍夜擊，坑秦卒二十餘萬人新安城南。」對於多次屠城坑殺的項羽，此等大舉暴行駕輕就熟，很快便告結束。

《史記‧項羽本紀》為坑殺找了一個同樣荒謬的背景理由：項羽的諸侯軍中多有當年服過徭役的軍吏士卒，當年秦軍吏卒對此等人「遇之多無狀」。是故，才有秦軍降楚後，諸侯吏卒乘戰勝之威，將秦軍士卒當作奴隸虐待的事發生。列位看官留意，章邯之「秦軍」原本並非傳統的政府軍，而是應急成軍的刑徒與官府奴隸子弟。刑徒原本便是苦役，而官奴子弟同樣卑賤，如此兩種人如何有權力對當年的山東徭役施以「無狀」虐待？再者，刑徒軍中縱有少量的官軍將士加入，亦決然不會人人都虐待過當年的徭役者，將二者等同置換，從而作為對降卒施虐的依據，顯然的荒誕。此等理由，只說明了此時尚存的一個歷史事實：除了項羽本人不可理喻的暴虐，諸侯復辟勢力對秦帝國的仇恨是一種普遍存在，項羽的瘋狂只是群體暴虐的發動點而已。

新安坑殺迅速傳遍天下，劉邦的函谷關守軍大為震恐。

項羽大軍抵達函谷關前，見關城大張「劉」字大纛旗，關門則緊閉不開。前軍大將黥布命軍士呼叫開城。可城頭卻現出了劉邦軍大將樊噲的身影，樊噲大喊著，沛公信守楚懷王之約，先入關中者王，項楚軍當自回江東才是。項羽聞報大怒，立即下令黥布軍與當陽君兩部攻城。項楚軍此時大非昔比，已經接手了章邯秦軍的全部重型連弩與大型器械，且仍由章邯軍殘存的弓弩營將士操作，攻城大見威力。而函谷關的劉邦軍，雖也有大型防守器械，然樊周兩將卻已經早早遣散了守關秦軍，劉邦軍士卒根本無法操持那些需要長期演練的防守器械。樊噲周勃更不知秦軍防守函谷關的獨有戰法，只以最傳統的滾木礌石與臂張弓射箭應對，根本無法抵擋在城外弓弩營箭雨遮蔽下的潮水般的攻城楚軍。

不消半個時辰，函谷關便被攻破。樊噲周勃恐懼於項羽殺戮成性，早領著餘部軍馬向西逃竄了。此戰經過在史料中只有「擊關，遂入」四個相關字，足見其如何快捷了。

楚軍破關，項羽只覺又氣又笑，也不下令追殺，只揮軍隆隆入關。整肅數日，項羽大軍再度西進，終於抵達關中腹地，在驪山之北的戲水西岸駐紮了下來。項羽的中軍幕府，駐紮在一片叫作鴻門的高地上。此時，已經是十二月的隆冬時節了。

當夜，老范增領來了一個喬裝成商旅的人物來見項羽。此人乃劉邦的左司馬曹無傷。曹無傷神祕地對項羽稟報說：「沛公欲王關中，要拜子嬰為丞相！秦之珍寶，已經被沛公盡數擄掠了！」老范增陰沉著臉色說：「劉邦自來貪財好色，然入關中，財貨不取，女色不掠，其志不在小也！老夫曾教望氣者相之，言此人上有龍虎五彩之氣，此天子氣也。少將軍當急擊勿失也！」項羽大怒，立即下了一道祕密軍令：整休一日，第三日攻殺劉邦軍。

不料，項羽的這道密令，劉邦卻意外地事先知道了。

項羽的一個叔父（季父）項伯，與劉邦軍的張良素來交好。得聞項羽密令攻滅劉邦軍，項伯匆匆找到霸上，勸說張良趕緊離開劉邦，或隨他投奔項羽，或另謀出路。張良說，如此不告亡去，不義也，容我向沛公一別。項伯不善機謀，隨張良來到中軍幕府，等在了轅門外樹影下，張良自己進去告別。張良匆匆來見劉邦，將項羽攻殺密令一說，劉邦頓時大為驚恐。張良此時才問，駐軍函谷關抵禦項羽，何人謀劃？劉邦坦誠地說了鯫生獻策自己決斷事，沒有絲毫隱瞞，只問張良該當如何。張良說，目下事急，只有先疏通項伯，再謀疏通項羽。劉邦忙問，先生如何與項伯熟識？張良說，項伯當年殺人在逃，他曾急難護持，於項伯有救命之恩。劉邦與人交接很見功夫，立即問張良項伯誰年長。張良說，項伯年長。劉邦立即說，先生為我請入，我當以兄長之禮待之。

張良出來一說，項伯雖有難色，終不忍負張良之恩，只有跟張良走進了幕府。劉邦恭敬地以事兄之禮相待，設置了匆忙而不失隆重的軍宴，以尊奉長者的一種叫作「巵」的酒器連連向項伯敬酒，熱誠盤桓，詢問項伯的壽數子女。得聞項伯有女未嫁，劉邦立即為自己的長子求婚。項伯感劉邦豪爽坦誠又尊奉自己為長者，又見張良殷殷點頭，便欣然允諾了。於是，兩人倏忽之間結成了婚約之盟。之後，劉邦說起了年來進兵諸事，末了無比誠摯地抹著淚水說：「劉季入關中，秋毫不敢有所犯，只登錄吏民、封存府庫，以待上將軍前來處置。所以派軍守函谷關，無非防止亂軍流盜而已。果真抵禦，劉季能不親臨軍陣，而僅以兩個粗貨率軍麼？劉季日夜北望上將軍到來，豈敢反乎！敢請項兄為我說幾句公道話，劉季不敢背德也！」項伯大為心感，當場欣然允諾，並對劉邦叮囑了一句：「天亮之後，足下記著立即來謝項王。」

項伯連夜回到鴻門幕府，對項羽備細稟報了見劉邦事。末了，項伯說了一番意味深長的話：「若非沛公先破關中，我軍豈敢長驅直入乎？今人有大功，而我滅之，不義也。若能因善而遇，大道也。」項羽見叔父說得誠懇，又聽說劉邦萬分惶恐，心下大感欣慰，當即點頭允諾，取締了攻殺劉邦軍的密令。

次日清晨，尚未到慣常聚將的卯時，劉邦便帶著百餘名隨從來到項羽幕府外，恭謹地等候召見了。若論楚軍各方勢力資格，劉邦原本與項梁同時舉事，又被楚懷王尊為「寬大長者」，又先入關中，此時本是最老資格的一方楚軍勢力，高著項羽一輩。今日如此謙卑地早早趕來等項羽召見，雖說迫不得已，也是劉邦刻意為之。

果然，年輕的項羽得到稟報後大感尊嚴，立即下令召見劉邦。劉邦恭敬地進入幕府參拜，又重申了自己的諸般忠心與苦衷，末了慷慨唏噓地說：「老臣與將軍戮力同心滅秦，將軍戰河北，劉季戰河南。劉季不期先入關破秦，才能與將軍再度相見於此也！今必有小人之言，有意讓將軍與老臣生出嫌隙。」項羽不善言辭，交接人物也是喜怒立見顏色，見劉邦稱臣唏噓，一時竟有些愧意，脫口而出道：「此等話，都是沛公那個左司馬曹無傷說的。不然，項籍何至於問罪沛公？」劉邦心下驚愕，臉上卻一如既往地虔誠抹淚訴說。項羽對赫赫沛公竟然稱臣大是欣慰，說得片時，吩咐大擺酒宴撫慰劉邦。

於是，有了那則流傳千古的鴻門宴的故事。

太熟的老故事無須多說了。總歸是劉邦得種種因素暗助，從盛大而暗藏殺機的酒宴上不告而逃，終於安然脫身了。鴻門宴之後，幾個相關人物的命運，皆由此而發生重大變化。其一，向項羽告密的左司馬曹無傷，被劉邦回到霸上軍營後立即祕密誅殺了。其二，劉邦開始小心翼翼地與項羽周旋，不再對項羽的任何決斷提出異議了。這般韜光養晦，直到後來韓信的「明修棧道，暗度陳倉」而北進方告了結。其三，後來的楚漢相爭中，項伯幾乎成了劉邦的不自覺內應，與劉邦始終保持著祕密聯絡。其四，老范增對項羽絕望了。這位項楚軍最重要的也是唯一具有相對長遠目光的奇謀之士，用長劍擊碎了劉邦送來的玉斗，唉的一聲，頓足長歎：「豎子不足與謀也！來日奪項王天下者，必劉邦也！我等人眾，實則今日已為之虜矣！」後來，這位奇謀之士終於在另一個奇謀之士陳平的反間計迷霧中倒下，在項羽的疑忌中憤然告退，鬱悶悲憤而發背疽，在歸鄉途中慘死了。其五，項羽始被劉邦迷惑，自此屢屢落入與劉邦周旋的種種困境，最終迅速潰敗身死。

鴻門宴之後，項羽自感已得天下，遂決意恢復諸侯制。

基於名義之需，項羽上書楚懷王，請命「分地而王」。不料，執拗的楚懷王竟只回覆了兩個字：「如約。」其意明顯之極：按照當初之約，先入關中者王，此時當由劉邦為王封地，而不當由項羽稱王分封。項羽惱羞成怒，撕碎了回書罵道：「懷王算鳥！我家項梁所立罷了。無戰無伐，何以得以主約！定天下者，是項羽！是諸將！不是楚懷王！」此時，諸侯們已經人人明白項羽要做天下之王，要以天子名義分封諸侯，樂得人人逢迎，更樂得早日占據一方。於是，項羽以諸侯共倡為名，給楚懷王奉上了一個虛空名號——義帝，而自己則做了實際上的天子。不久，楚懷王便被項羽派人暗殺了。這位頗具見識的牧羊少年，終於消失在秦末的大毀滅風暴中了。

隆冬時節，復辟諸侯制的分封大典在楚軍營地舉行了。

項羽親自宣示了廢除帝國郡縣制的王書，向天下彰明了分封諸侯的王道長策。接著，諸侯們上書稱頌項羽武功，擁立項羽為西楚霸王，行天子號令。霸王者，王號也；西楚者，王畿所在地也，或曰國號也。其時，舊楚地域分為四楚：淮北之陳郡地帶為北楚，江陵地帶為南楚，江東吳越為東楚，彭城地帶為西楚。項羽以彭城為都，故號西楚霸王。

項羽名號，實為中國歷史上最為荒誕不經的一個王號。以字之本義論，霸是「魄」的本字，原指每月初始的新月，故從「月」。《周書》有「哉生霸」之說。《說文》云：「霸，月始生，霸（魄）然也。」進入春秋戰國，「霸」遂演化為強力大爭、強力治世學說的軸心語詞，這便是霸道、霸王之說，與王道說對立；通常，法家被指認為霸道說，然並非法家認可。若以實際論之，霸則指霸主，譬如赫赫大名的春秋五霸；越王勾踐橫行江淮時，諸侯曾紛紛慶賀，也曾稱頌其為霸王。也就是說，霸王之名，其時泛指擁有一種超乎尋常的軍力威勢的王者，與「霸道」治世學說並無必然聯繫。若以復辟諸侯制的政治主張而言，項羽恰恰與霸道反其道而行之，正好該是王道復古論者。故此，項羽自號霸王，其意絕非宣示治世理念，而僅僅是炫示自己的赫赫威勢。

更有甚者，項羽之前的所有霸主、霸王、五霸等等名號，皆為天下指認，而無一人自封。公然以「霸王」自封為正式王號者，五千年唯項羽一人也。其剛愎橫暴，其愚昧昭彰，其蠢蠻酷烈，由此足見矣！關中民眾此後評說項羽，有一個極為傳神的說法：「人言楚人沐猴而冠，果然！」《史記索隱》云，沐猴而冠說的是楚人性暴躁。其實大不然也。猴子沐浴而冠帶者，妖精也，魔怪也，絕非性情暴躁之意也。這一詛咒式評判，以「楚人」為名，實則明確指向項羽。因為，劉邦也是楚人，而關中民眾卻爭相擁戴其為秦王。是故，此罵在實質上並不涉及對楚人的整體評判。唯其此罵入骨三分，項羽大為惱怒，立即下令搜捕那個說者，活活在大鼎裡用滾水煮死了此人。《集解》引兩說，一云此人為蔡生，一云此人為韓生，總歸關中士子也。

項羽即霸王位，分封的十八位諸侯王分別是：

魏豹　西魏王　都平陽
韓成　韓王　都陽翟
趙歇　代王　都邯鄲
田都　齊王　都臨淄
臧荼　燕王　都薊城
劉邦　漢王　都南鄭
瑕丘申陽　河南王　都洛陽
司馬卬　殷王　都朝歌
張耳　常山王　都襄國
黥布　九江王　都六（縣）
吳芮　衡山王　都邾城
共敖　臨江王　都江陵
田市　膠東王　都即墨
田安　濟北王　博陽
韓廣　遼東王　都無終

章邯　雍王　都廢丘

司馬欣　塞王　都櫟陽

董翳　翟王　都高奴

分封完畢，項羽扶著長劍站起，吼出了自己的快意宗旨：「本王已經定天下！然尚未向暴秦復仇！三日之後，殺秦王子嬰，開掘驪山陵，焚燒咸陽！本王將與諸侯瓜分關中財貨女子而後各回封地享國！」諸侯們驚愕良久，才開始狂呼霸王萬歲了。

這一日，呼嘯的北風鼓蕩起漫天紅霾，大咸陽的天空一片霧濛濛暗紅。

楚軍在渭水草灘擺開了聲勢浩大的刑場，將在咸陽能搜羅到的嬴氏皇族悉數緝拿，押解到了滅秦刑場。白髮子嬰走在隊首，其後大多是少年男女與白髮老者，除了子嬰身後的子桓子陵，精壯者寥寥無幾。殘存的嬴氏子孫們步履蹣跚地蠕動著，沒有一個人發出任何聲息，似乎一片夢遊的人群散落在古老的隴西草原。關中民眾忙於驚恐出逃，沒有一個人前來觀刑。十萬江東精銳圍起的刑場，依然一片空曠寥落。項羽親率十八位諸侯王前來行刑，號為復仇之殺。

終於，午時鼓聲響起了。

項羽走下刑臺，走到了子嬰面前冷冷一聲：「子嬰抬頭！」

雪白的頭顱緩緩仰起，子嬰直直盯著項羽，輕蔑地淡淡地笑了。

項羽頓時大怒，突兀大喝：「暴秦孽種！知罪麼！」

子嬰冷冷笑道：「秦政固未盡善，然絕非一個暴字所能了也。大秦為天下所建功業，豈一屠夫所能解耳？屠夫可殺子嬰，可滅嬴氏，然終不能使秦政滅絕矣！」

項羽被激怒了，吼聲如雷，丟開長劍一把扭住了子嬰白頭。

但聽一聲異常怪響，一顆血淋淋的白頭已經提在了項羽手裡！子嬰屍身一陣劇烈抖動，脖頸突然激噴出一道血柱直撲項羽。項羽頓成一個血人，連連跳腳大吼：「殺光嬴氏皇族！」在項羽的吼聲中，楚軍大刀起落，一排排人頭落地了。

鮮血汩汩流入枯草，流入灰濛濛翻滾的渭水，紅色的河水滔滔東去了……

殺完了嬴氏皇族，項羽的數十萬大軍立即開始大肆擄掠咸陽與關中財貨。這是亙古未見的徹底擄掠，其軸心是三大方面：其一盜掘驪山陵，其二搜羅大咸陽宮室與關中所有行宮臺閣之財貨與婦女，其三徵發民戶財貨與婦女入軍。而後，項羽軍又大肆徵發關中牛馬人力車輛，晝夜不絕地向彭城運送財貨婦女。

蒼茫壯闊的驪山陵，遭受了第一次浩劫，也是歷史上最大規模的浩劫。項羽親自坐鎮掘陵，楚軍大隊兵馬狂風捲地而來，推倒了翁仲，掀倒了殿閣，掘開了陵墓，肆意砸毀陵墓中排列整齊的兵馬俑軍陣，從地下搬運出能搬走的所有殉葬財寶。就在楚軍要大規模開掘始皇陵地宮時，紅霾籠罩的天空突然炸雷陣陣電光閃閃，隆冬天竟然大雨如注冰雹如石漫天砸下，掘陵楚軍立刻死傷遍地，兵士們倉皇奔走慘叫連天。黥布趕來惶惶說：「冬雷大凶，不宜繼續掘陵。」項羽才氣狠狠悻悻中止了開掘地宮。

怒氣難消，項羽全力以赴地劫掠關中財貨婦女了。

項羽下了一道軍令：舉凡不出財貨婦女者，一體坑殺！此時的關中人口，已經大多為山東遷入人口，老秦人已經居少數了。所謂山東遷入人口，主要是三大部分：一是滅六國前入秦定居的山東商旅，一是滅六國後遷徙進來的六國貴族，一是大量滯留的山東徭役。擁有財貨婦女者，實以前兩種人口居多，而尤以老山東商旅為最多。此兩種人滿心以為，楚軍最不當搶掠的便是他們。殊不知，項羽卻罵入秦山東人氏助紂為虐，照樣一體擄掠。於是關中大亂，民眾多有動盪怒聲。項羽聞報大怒，立即下令坑殺怨民。於是，項羽軍又有了最大規模的「西屠咸陽」暴行。

自此一屠，關中精華人口幾乎喪失殆盡。

《史記．項羽本紀》對項羽入秦的作為記載是：「項羽引兵西屠咸陽，殺秦降王子嬰；燒秦宮室，火三月不滅；收其貨寶婦女，而東。」〈秦始皇本紀〉的記載是：「項籍為從長（縱約盟主），殺子嬰及秦諸公子宗族；遂屠咸陽，燒其宮室，虜其子女，收其珍寶貨財，諸侯共分之。」〈高祖本紀〉的記載是：「項羽遂西，屠燒咸陽宮室，所過無不殘破。秦人大失望，然恐，不敢不服耳。」三處皆有屠咸陽，可謂鑿鑿矣！自春秋戰國至秦末，史有明載的大規模戰爭擄掠，只有兩次：一為樂毅滅齊之後，二為項羽入關之後。與項羽的全面酷烈暴行相比，樂毅實在已經算是仁者了。樂毅尚能自省，擄掠只以財貨勞力為大體界限，從未屠城。後期，樂毅更欲以仁政化齊。項羽不同，暴行十足而徹底，其殘酷暴虐，遠遠超過此前此後的任何內亂動盪與外患入侵。

這一年的冬天大乾大冷，整個關中陷入了一片死寂。

上天欲哭無淚，年年隆冬雪擁冰封的關中，沒有一片雪花飄落。紅霾一冬不散，天空大地終日霧濛濛煙沉沉血紅無邊，殘破的村社，荒蕪的農田，盡行湮沒在漫天紅塵之中。春天終於來了，卻沒有絲毫的春意。空曠的田野沒有了耕耘，泛綠的草灘沒有了踏青，道中沒有車馬商旅，城垣沒有人口進出，座座城池冷清不堪，片片村社雞犬不鳴。整個大咸陽，整個關中平野，都陷入了無以言說的悲涼蕭疏。

諸侯們不敢與江東楚軍在擄掠中爭多論少，分得的財貨婦女遠遠少於項羽軍。一個奇異乾冷的冬季，已經使諸侯軍在關中難以為繼了。開春稍暖，諸侯們便以各種各樣的理由先行退出了關中。項羽眼見大秦數百年之財貨婦女，已經全部東流，關中業已變成了蕭疏殘破的原野，咸陽變成了杳無人跡的空谷，自覺了無生趣，遂決意東歸了。

此時，有人進言於項羽，說了一通關中的好處，勸項羽都關中以霸。項羽卻儼然一個出海成功的海盜，得意而又慨然地說：「富貴不歸故鄉，如錦衣夜行，誰知之者！」於是，有了那則「沐猴而冠」的恐懼罵辭。項羽眼皮也不眨，便索拿烹殺了那個敢罵他沐猴而冠的士子。然則，項羽卻由此而隱隱生出了一種深深的恐懼：只要大咸陽冰冷地矗立著，秦人遲早都會復仇。既然自己不在關中立足，大咸陽便決然不能留在關中，否則，無論何方勢力進入關中，都將是後患無窮。

決意東歸之日，項羽下令縱火焚燒咸陽。

這是整個人類文明史上最為野蠻的毀滅之火。

猶帶寒意的浩浩春風中，整個大咸陽陷入了無邊的火海，整個關中陷入了無邊的火海。巍巍皇城，萬千宮室，被罪惡的火焰吞噬了；蒼蒼北阪，六國宮殿，被罪惡的火焰吞噬了；阿房宮，蘭池宮，窮年不能盡觀的無數壯麗宮室，統統被烈火吞噬了。大火連天而起，如巨浪排空，如洪水猛獸，一片又一片，整個關中連成了火的汪洋，火的世界。殿閣樓宇城池民房倉廩府庫老弱生民豬羊牛馬河渠田疇直道馳道，萬千生命萬千民宅，統被這火的海洋吞沒了。赤紅的烈焰壓在半天之上，閃爍著妖異的光焰，燒過了春，燒到了夏……

這是西元前二〇六年春夏之交的故事。

三年之後，劉邦軍再度進入關中，大咸陽已是一片焦土。

兩千餘年之後，大咸陽已經成為永遠埋在地下的廢墟。

然則，那個偉大的帝國並沒有就此泯滅。

帝國的永恆光焰，正時時穿越時空隧道，照亮著我們這個民族腳下的道路。

祭秦論 ◎ 秦亡兩千兩百餘年祭

西元前二〇七年秦亡，至今歲，兩千兩百餘年矣！

漫漫歲月，滄桑變幻，人類文明在甘苦共嘗中拓展延伸，已經由我們在《大秦帝國》中走過的鐵器農耕文明，進境為工業文明與科學文明之交會時代了。然則，文明的進境並沒有從根本上改變人性，沒有改變人性的基本需求，更沒有改變人類面對的種種基本難題。人還是人，人類還是人類，國家還是國家，民族還是民族；貧困與饑餓依然隨處可見，戰爭與衝突依然不斷重演；先民曾經反覆論爭的人性善惡、法治人治、變革守成、貧富差異等等基本問題，並沒有因為工業與科學的出現而消弭。甚或相反，交通的便捷與資訊的密集，使種種衝突更為劇烈，更為殘酷，更為多元，更為全面。我們在高端文明時代面對的基本問題，依然是先民在原生文明時代面對的基本問題。

我們的腳步，依然是歷史的延續。

回首歷史而探究文明生發演變之軌跡，對於我們這個五千年綿延相續而守定故土的族群，有著重新立定精神根基而再造高端文明的深遠意涵。對於在各種文明的差異與衝突中不斷探索未來之路的整個人類，有著建設性的啟迪。深入探究足跡漫長而曲折的中國文明史，其根基點，無疑在於重新開掘中國原生文明的豐厚內涵。

深刻認知我們這個民族在文明正源時代的生存方式、生命狀態及其無與倫比的創造力，並從高端文明時代應有的歷史高度，給予正確客觀的解析，方能如實甄別我們面臨的精神遺產，恰如其分地選擇我們的傳統文明立足點，避免將古老糟粕當作稀世珍寶的難堪與尷尬。唯其如此，走完大秦帝國的歷史之路，再解析帝國滅亡的歷史奧祕，清點帝國時代的文明遺產，並回顧我們的歷史意識對原生文明時代的認知演變，便成為重新開掘的必要一步。

由於種種原因，我們的歷史意識已經長久地墮入了一種誤區：對繁雜細節的考據，淹沒了宏闊的文明視野；對具體事件的記敘，取代了高遠的剖析與甄別。年深日久，幾乎形成了一種怪圈：樁樁小事說得清，件件大事不明白。就事件的發端、經過、結局等具體要素而言，幾乎每一日每一事的脈絡都是清楚的，不存在諸多民族常有的那種動輒消失幾百年的大段黑洞。然則，對重大事件、重大人物、重大時代、國民精神、生存方式等等具有文明座標意義的歷史核心元素的研究評判，卻始終不著邊際，沒有形成一種以國民意識體現出來的普遍認知。至少，在我們已經跨入高端文明的門檻之後，我們的浩瀚典籍中還沒有一部立足於文明史高度，對中國的傳統文明作出整體解析與評判的著作。作為中國原生文明時代的軸心，秦帝國所遭遇的歷史口碑，是這種褊狹的歷史意識浸漬而成的最大的荒誕劇。

我們每每驚歎於地下發掘的宏闊奇蹟。

我們常常麻木於文明開掘的精神再生。

追溯秦帝國的歷史興亡腳步，我經常不自覺地陷入一種難以言說的迷茫。埋首檢索那些汗牛充棟的典籍史料，我每每驚愕於一個不可思議的現象：對於如此一個只要稍具歷史目光與客觀頭腦，便能評判其不朽文明價值的帝國時代，何以那麼多的歷史家學問家以及種種騷人墨客乃至市井演義，都充滿了怨毒的心緒，不惜以種種咒罵橫加其身？隋唐之後更是不分析，不論證，不甄別，凡涉春秋戰國秦之評判，大體皆統統罵倒。及至當代目下，仍有諸多學人秉承此風，屢屢說得口滑，言辭之輕慢戲侮幾近江湖套路，讀之既咋舌不已，又頗覺滑稽。

問題究竟出在了什麼地方？

何等歷史煙霧，使秦文明兩千餘年不為國人意識所認同？

這既是《大秦帝國》開篇序言提出的基本問題，也是這部作品在最後該當有所回應的基本問題。

我力圖做到的，是以所能見到的種種史料為依據，解析國民歷史意識對秦帝國非議曲解的演變軌跡，並探究秦帝國滅亡的基本原因，發掘中國原生文明的精魂所在，對我所追慕的偉大的原生文明，對我所追慕的偉大的秦帝國，有一個誠實的說法。

是文為祭，以告慰開創華夏原生文明的偉大先賢們。

一、暴秦說 秦末復辟勢力的歷史謊言

秦帝國的驟然滅亡，是中國文明史上最大的黑洞。

秦以排山倒海之勢一統天下，以變法圖強之志大規模重建華夏文明；使當時的中國，既一舉跨越了以「國人」與奴隸生產為根基的夏商周三代古老鬆散的邦聯文明，又一舉整合了春秋戰國五百餘年劇烈大爭所醞釀出的全部文明成果；以最大的規模，以最快的速度，巍巍然創建了人類在鐵器時代最為偉大的國家形式，最為進步的社會文明。依照歷史的法則，具有偉大創造力的權力主體，其權力生命至少應當延續相當長的一個歷史時期。然則，秦帝國卻只有效存在了十二年（其後三年為崩潰期）。隨著始皇帝的驟然撒手而去，建成這一偉大文明體系的權力主體，也轟然潰滅了。

這一巨大的命運落差，給攻訐與謊言提供了歷史空間。

歷史的發展，已經顯示出固有的內在邏輯：權力主體的滅亡，並不等同於其所創建的文明體系的滅亡；權力主體在某個階段的突然沉淪，並不必然植根於其所創造的文明體系。歷史的事實是：作為文明建築師的秦帝國驟然滅亡了，秦帝國所創建的文明體系卻為後世繼承了；秦帝國政權因突發政變而突然崩潰了，其結局卻並未改變秦帝國所創造的文明體系的歷史本質。

歷史的邏輯，已經包含了解析歷史真相的路徑。然則，我們對秦帝國滅亡之謎的歷史探究，兩千餘年一直存在著一個巨大誤區：將秦帝國所創建的文明體系與秦帝國權力主體等同而一，論秦亡必以秦政為因，論秦政必以秦亡為果，以秦亡之速推論秦政之惡，以秦政之惡推論秦亡之速，互為因果，

越糾纏越亂。由於這個巨大誤區的存在，對秦亡原因之探究，長期陷入一種愚昧的因果定論：秦政暴虐，暴政亡秦。誠然，這個誤區看似只是方法論意義上的誤區，是「暴秦」說的學理成因之一。但是，兩千餘年來我們的歷史學家始終集中於孜孜尋求「暴政」依據，並無數次地重複這則古老的論斷，直至當代依然沒有發生大的變化，其中自然有著上述誤區的長久積澱。

「暴秦」說其來有自，我們的梳理得從源頭開始。

對以秦政秦制為軸心的秦文明的評判爭議，其實自秦孝公商鞅變法之後的秦國崛起時期便開始了。就總體而言，戰國時代對秦文明的評判是兩大主流：一則，是從制度的意義上，高度肯定秦國變法及其所創造的新型法治文明，並力圖效法秦國，由此形成了以趙國燕國變法為代表的第三波變法浪潮；一則，是從施政的意義上，對秦國法治作出了嚴厲指控，其代表性言論是「苛法」說與「虎狼」說。在戰國時代，尚未見到明確的「暴政」說法。就根基而言，這兩種說法的根基點是不同的。「苛法」之說，是具有「王道」價值觀的守舊學派的一種政治評判。儘管這一評判具有守舊學派反對一切變法的特質，並不具有認真探究的客觀性；但就其基本面而言，尚是一種法治與政論的爭鳴，不具有總體否定的意圖。「虎狼」之說，則是山東六國基於族群歧視意識，在抗爭屢屢失敗之後，以仇恨心態發出的政治詛咒，實屬攻訐性的非正當評判，自不當作為文明評判的歷史依據。

從基本面說，戰國後期的秦滅六國之前，天下言論對秦政的評判是積極認定的。最基本的依據，有兩方面。一方面，戰國末期兼具儒法兩學，且學術立場素來公正的荀子大師，對秦制秦政秦風素有高度評價。在〈強國〉篇中，荀子依親自入秦的所見所聞，對秦風秦政作出了最高評價：「佚而治，約而詳，不煩而功，治之至也。秦類之矣！」在〈正論〉篇中，荀子則對「治世重刑」的合理性作了充分論證，實際是對「苛政」說的回應。荀子之說，沒有任何人提出反駁。另一方面，戰國末期「天下向一」的歷史趨勢日漸形成，「天下一統」的可操作戰略也由李斯適時提出。這種人心趨勢，意味著天下寄厚望於秦政，寄厚望於秦國「一」天下。如此兩個基本面充分說明：戰國之世對秦政的總體評判雖有爭議，但天下主流是肯定秦政秦制的。當然，這種肯定的後面，有一個最基本的社會價值原則在起作用：

求變圖強是戰國時代的核心價值觀，而戰國變法只有秦國最成功，成功本身是「應時而變」的結果，是順應潮流的結果，社會意識不可能否定自己的潮流。在「求變圖存」與「大爭事功」成為時代精神的大背景下，整個社會對一個獲得巨大成功的國家，是沒有指責理由的。

秦帝國一統天下後，輿論情形發生了變化。

變化的軸心，是關於恢復諸侯制還是建立郡縣制的大爭論。由這一大爭論生發開去，牽涉出對夏商周三代文明與秦帝國所創文明的總體對比，以及與之相關的總體評判。然則，這場大爭論及其餘波，仍然被爭論各方自覺限定在戰國精神所能容納的爭鳴之內：反對方並未涉及對秦政的總體指控，創新方也並未以對方對傳統諸侯制的讚美而橫加指責，更談不上問罪了。歷史聲音的突然變調，開始於「焚書坑儒」案之後。自儒生博士們紛紛從秦帝國廟堂「亡」去（不經正式辭職而私自離職），評判秦文明的言論中便出現了一種此前從未有過的聲音：秦政毀滅典籍，暴虐之道也。被秦始皇拜為少傅文通君的孔子八世孫孔鮒，以及諸多在秦帝國職任博士的名儒，都在離開中央朝廷後與藏匿山海的六國貴族們祕密聯結起來了。這種以「非秦之政」為共同點的祕密聯結，使原本並不具有真實政治根基而僅僅是廟堂論政一家之言的政治評判，不期滋生為六國貴族復辟的政治旗幟。

「暴秦」說，遂以極大的聲勢，在秦末之亂中陡然生成了。

自陳勝吳廣舉事反秦，對秦政的認知評判，便成為當時所有反秦勢力必須回答的緊迫問題。以反秦次序論，最先反秦的陳勝吳廣農民集團，當時對秦政並無總體性仇恨。「閭左徭役」們直接仇恨的對象，首先是秦二世的過度徵發，尚不涉及對秦政如何評判。陳勝的「天下苦秦久矣」之歎，所言實際內容也只是二世即位後的政治行徑。基於農民集團的直感特質，陳勝吳廣的發端路徑很簡單：先以為扶蘇、項燕鳴冤為事由，後又以「張楚」（張大楚國）為舉事旗號，最終達成以武力抗爭謀求最好的社會出路。演變的轉折點，出現於陳勝舉事後誰也預料不到的天下轟然而起的陡然大亂之局。陳勝農民軍迅速占據了陳郡，六國貴族與當地豪強紛紛聚來，圖謀借用陳勝力量復辟，這才有了最初的「暴秦」說。原發經過是：陳郡「三老豪強」們勸說陳勝稱王，並大肆稱頌其反秦舉事是「伐無道，誅暴秦」的大業。這是貴族階層第一次對秦帝國總體冠以「暴秦」之名，是中國歷史上最早的「暴秦」說。

就其實質而言，這是一個顯然的政治權謀：志在復辟的貴族勢力，利用農民集團政治意識的幼稚，以稱頌與勸進的方式，將自己的政治目標巧妙設定成農民集團的政治目標，從而形成天下共討「暴秦」的聲勢。其實際圖謀，則是使農民反秦勢力成為貴族復辟的強大借用力量。其後的歷史事實，正是如此演進的：除了劉邦、項梁、黥布、彭越四支反秦勢力，是藉陳勝發端聲威而沒有直接藉用陳勝兵力舉事外，其餘所有六國貴族都投奔了陳勝吳廣集團，直接以陳勝劃撥的軍馬為根基，以陳王部將的名義出兵，而後又迅速背叛陳勝，紛紛復辟了六國旗號。陳勝政權的迅速消失，其根本原因，正是被大肆滲透其中的貴族復辟勢力從內部瓦解了。

復辟勢力遍地蜂起，對秦政秦制的總體攻訐，立即以最激烈的復仇方式爆發出來。六國復辟者們紛紛杜撰煽惑說辭，憤憤然將秦政一概罵倒。其間，諸多攻訐在史料中都是零散言辭，只有三則言論最成系統，因而具代表性。這三則言論，都是由張耳、陳餘為軸心的「河北」趙燕集團所生發，既是當時最具煽惑力的言論，又是被後世「暴秦」論者引用最多的史料。唯其如此，我們將這三則言論全文引錄如下：

陳中豪傑父老乃說（陳涉稱王）……陳涉問此兩人（張耳陳餘），兩人對曰：「夫秦為無道，破人國家，滅人社稷，絕人後世，罷百姓之力，盡百姓之財。將軍瞋目張膽，出萬死不顧一生之計，為天下除殘也！今始至陳而王之，示天下私。願將軍毋王，急引兵而西；遣人立六國後，自為樹黨，為秦益敵也！敵多則力分，與眾則兵強。如此野無交兵，縣無守城，誅暴秦，據咸陽以令諸侯。諸侯亡而得立，以德服之，如此則帝業成矣！今獨王陳，恐天下不解也。」

武臣等從白馬渡河，至諸縣，說其豪傑曰：「秦為亂政虐刑以殘賊天下，數十年矣！北有長城之役，南有五嶺之戍，外內騷動，百姓罷敝，頭會箕斂以供軍費，財匱力盡，民不聊生。重之以苛法峻刑，使天下父子不相安。陳王奮臂為天下倡始，王楚之地，方二千里，莫不響應，家自為怒，人自為鬥，各報其怨而攻其仇，縣殺其令丞，郡殺其守尉。今已張大楚，王陳，使吳廣、周文將卒百萬西擊秦。於此時而不成封侯之業者，非人豪也！諸君試相與計之！夫天下同心而苦秦久矣！因天下之力而攻無道之君，報父兄之仇而成割地有土之業，此士之一時也！」

武臣（武信君）引兵東北擊范陽。范陽人蒯通說范陽令曰：「竊聞公之將死，故弔。雖然，賀公得通而生。」范陽令曰：「何以弔之？」對曰：「秦法重。足下為范陽令十年矣！殺人之父，孤人之子，斷人之足，黥人之首，不可勝數。然而，慈父孝子莫敢倳刃公之腹中者，畏秦法耳！今天下大亂，秦法不施，慈父孝子可倳刃公之腹中以成其名。此，臣之所以弔公也！今諸侯畔（叛）秦矣，武信君兵且至，而君堅守范陽，少年皆爭殺君而投武信君。君若急遣臣見武信君，可轉禍為福在今矣！」范陽令乃使蒯通見武信君（又做了范陽令的使者，這裡又有了一大篇為范陽令辯護的說辭）……武信君從其計，因使蒯通賜范陽令侯印（注意，又成了武臣的使者）。趙地聞之，不戰以下城者三十餘城。

這三則以攻訐秦政秦制為軸心的言論，具有顯然的不可信處：

其一，強烈的復仇心態與權謀目標，使其對秦政的攻訐具有明顯的手段性，喪失客觀真實性。簡單說，第一則是張耳陳餘利用農民集團在政治上的幼稚，對陳勝設置了巨大政治陷阱：不要急於稱王，農民軍應當一面全力對秦作戰，一面同時扶持六國貴族盡速復辟。這一陷阱的要害，是誘騙農民軍抵擋秦軍，而六國貴族趁機復辟稱王。為了這一目標，張陳兩人將「破人國家，滅人社稷，絕人後世」列為「暴秦」首惡，而將復辟六國貴族作為「為秦樹敵」的首要急務。後來的事實是：包括張陳集團在內的六國貴族，一旦藉陳勝兵力出動，則立即迅速稱王，絲毫不顧忌「示天下私」之嫌疑了。這等因赤裸裸的權謀需要而蓄意生發的「暴秦」說，是典型的攻訐說辭，無法與嚴肅的評判相提並論。是故，後世說者大多悄悄拋棄了這一說法，不再將滅六國作為秦帝國的罪行對待。

其二，為達成盡速下城占地的實際利益，虛聲恐嚇，肆意誇大。蒯通說范陽令之辭，是「秦任酷吏」說的代表。其對民眾仇恨之誇張，其先前的恐嚇與後來的撫慰之間的自相矛盾，都到了令人忍俊不能的地步。顯然的事實是：蒯通為使自己成為縱橫名士，先恐嚇范陽令，再允諾自己所能給范陽令的前途：只要降趙為復辟勢力收服城池，便可「轉禍為福」；而後，蒯通再轉身變作范陽令特使，對武臣又大說范陽令苦衷，使武臣「從其計」；再後，蒯通又搖身變作武臣特使，賞賜范陽令以侯爵印並高車駟馬；至此，蒯通個人目標達成而成為名士重臣，范陽令也「轉禍為福」，武臣也藉此得到三十餘城。此等秦末策士捲入復辟黑潮，其節操已經大失戰國策士之水準，變成了真正的搖唇鼓舌唯以一己之私利的鑽營者。即或大有「賢名」的張耳陳餘，後來也因權力爭奪大起齟齬，終究由「刎頸之交」變成了勢不兩立。我們要說的是：此等實際利益爭奪中的虛聲恐嚇說辭，多有肆意誇大，不足作為史料憑據。

其三，此類說辭大而無當，與當時事實有顯然的矛盾，其諸多紕漏完全經不起推敲。譬如武臣集團的說辭，其顯然的誇大胡謅至少有四處：一則，「吳廣周文將卒百萬西擊秦」。《史記》只云「數十萬」，尚且可疑。百萬大軍攻秦，全然信口開河。二則，「陳涉王楚之地，方二千里」。其時，陳勝農民軍連一個陳郡尚且不能完全控制，何來方二千里土地？三則，「頭會箕斂，以供軍費」。秦帝國軍費來源頗多，說辭誇張地歸結描繪為「家家按人頭出錢，官府以簸箕收斂」這一殘酷形式。四則，「家自為怒，人自為鬥，各報其怨而攻其仇，縣殺其令丞，郡殺其守尉」。就實而論，舉事反秦之地在初期肯定有仇殺與殺官事實，如項梁劉邦舉事都是如此。然若天下盡皆這般，何以解釋章邯大軍出動後在大半年之內的秋風掃落葉之勢？

其四，秦末復辟勢力具有典型的反文明性，其強烈的施暴實踐，最充分地反證出其誅暴言論的虛偽性。作為秦末復辟勢力的軸心，江東項羽集團的大暴行具有駭人聽聞的酷烈性。《史記·項羽本紀》記載了項羽集團對平民與降卒的六次大屠殺，全部都是戰勝之後駭人聽聞的屠城與殺降：第一次襄城屠城，坑殺全城平民；第二次城陽大屠殺，殺光了此前輔助秦軍抵抗的全城平民；第三次新安大屠殺，坑殺秦軍降卒二十萬；第四次咸陽大屠殺，殺戮關中平民無計，大燒大殺大劫掠大掘墓；第五次破齊大屠殺，坑殺田榮降卒數目不詳，大劫掠大燒殺，逼反復辟後的齊國；第六次外黃大屠殺，因一個少年的利害說辭而放棄。種種大規模暴行之外，項羽又恢復了戰國大煮活人的烹殺，後來又有殺楚懷王、殺秦王子嬰並嬴氏皇族、大掘秦始皇陵等暴行。項羽集團頻頻大規模施暴，使大屠殺的酷烈惡風在秦末之亂中驟然暴長。號為「寬大長者」而相對持重的劉邦集團，也有兩次大屠城：一屠潁陽，二屠武關。自覺推行安民方略的劉邦集團尚且如此，其餘集團的燒殺劫掠與屠殺則自可以想見了。

當時，不幸成為「楚懷王」的少年芈心，對項羽的種種惡魔行徑始終心有餘悸。這個楚懷王對大臣將軍們憂心忡忡而又咬牙切齒地說：「項羽為人，剽悍猾賊！項羽嘗攻襄城，襄城無遺類，皆坑之！諸所過之處，無不殘滅！」故此，楚懷王堅執不贊同項羽進兵咸陽，而主張「寬大長者」劉邦進兵咸陽。剽者，搶劫之強盜也。悍者，凶暴蠻橫也。猾者，狡詐亂世也。賊者，邪惡殘虐也。少年楚懷王的這四個字，最為簡約深刻地勾出了項羽的惡品惡行。這個聰明的楚懷王當時根本沒有料到，因了他這番評價，項羽對他恨之入骨。此後兩三年，楚懷王便被項羽以「義帝」名目架空。之後又被毫不留情地殺害。楚懷王能如此評判，足見項羽的酷烈大屠殺已經惡名昭著於天下了。

太史公亦曾在〈項羽本紀〉後對其凶暴深為震驚，大是感慨云：「羽豈舜帝苗裔邪？何興之暴也！」《索隱述贊》最後亦大表驚駭云：「嗟彼蓋代，卒為凶豎！」——很是嗟歎啊，他這個力能蓋世者，竟陡然成了不可思議的凶惡之徒！顯然，項羽之兇惡為患，在西漢之世尚有清醒認知。孰料世事無定，如此一個惡欲橫流凶暴駭人的剽悍猾賊，宋明伊始竟有人殷殷崇拜其為英雄，惋惜者有之，讚頌者有之，以致頌揚其「英雄氣概」的作品廣為流播。如此荒誕之認知，我族良知安在哉，是非安在哉！

整個戰國之世兵爭連綿，但卻沒有過一次屠城暴行。秦始皇滅六國大戰，秦軍也沒有任何一次屠殺平民的暴行。秦末復辟勢力卻變成了瘋狂惡魔，對整個社會展開了變態的報復，其殘暴酷烈遠遠超過了他們所指斥的「暴秦」千百倍。此等無與倫比的大破壞大摧毀暴行，風行「楚漢相爭」的短短幾年，成為中國乃至整個人類歷史上絕無僅有的颶風大破壞時期。其直接後果是，繁榮昌盛的帝國文明在五六年中驟然跌入了「人相食，死者過半」的社會大蕭條大赤貧境地，以致西漢建政五十餘年後仍然陷入嚴重赤貧而不能恢復。

作為歷史謊言的生發期，說者的動機、手法與怨毒的心緒，已經在上述特徵中得到了最充分體現。某種意義上，秦末復辟者的言行，恰如孔子指斥少正卯所描畫：言大而誇，辭偽而辯，行辟而奸，心逆而險。是故，其攻訐之辭無處不似是而非，幾乎沒有一條可以作為評判秦文明之依據。倘若忽視這些基本特徵，而將其作為論證「暴秦」的歷史依據，則意味著我們的歷史意識尚不具有高端文明時代應有的分析水準。

二、歷史實踐與歷史意識的最初分裂

以對秦文明的評判為軸心，西漢歷史的實踐與意識出現了最初的分裂。

歷經為禍劇烈的秦末之亂與楚漢相爭，西漢王朝終於再度統一了中國。當此之時，如何面對秦帝國及其母體春秋戰國時代，成為西漢建政立國最為緊迫的實際問題。如何解決這一問題，直接取決於主導階層的歷史意識。所謂歷史意識，其軸心是社會主導階層的文明視野，及其所能代表的廣泛的社會利益，而絕非領袖個人稟性與權力陰謀所能決定。文明視野與社會利益的廣泛度，有一個具體的基準問題：對待秦帝國所開創的大一統文明框架，是全面繼承還是另起爐灶？

從中國文明演進的歷史意義上說，西漢是一個極其重要的具有特殊意義的時代。這一特殊在於：西漢處在中國原生文明之後的第一個十字路口，最具有發生種種變化的社會潛質，最具有重塑中國文明的種種可能。一言以蔽之，西漢王朝承擔著「如何承前，如何啟後」的最重大的歷史課題。唯其如此，西漢王朝的歷史抉擇，顯得特別的重要。

西漢的開國階層，基本是由秦末各種社會職業的布衣之士組成的。其中堅力量之中，除了一個韓國貴族張良，劉邦集團的文臣武將大多由吏員、商販、工匠、小地主、游士、苦役犯六種人構成。劉邦本人，更是典型的秦末小吏（亭長）。雖有職業的不同與社會身分的些許差異，但就總體而言，他們都處於平民階層。這一廣大階層，是孕育游離出戰國布衣之士的社會土壤，其中的佼佼者，幾乎無不具有戰國布衣之士的進取特質。從社會意識與歷史意識的意義上說，當時的士人階層，是對歷史與所處時代有著相對全面、客觀、清醒認識的唯一社會階層。基於這種社會根基，劉邦集團的種種政治作為，一開始便與項羽集團有著種種較為鮮明的反差。對待秦文明的基本態勢，劉邦集團與項羽集團更有著重大的區別。項羽集團作為既得利益的喪失者，對秦文明恨之入骨，既徹底地有形摧毀，又徹底地精神否定，滅秦之後則完全復辟了諸侯制。劉邦集團則雖然反秦，卻對帝國功業與秦始皇始終有著一種實實在在的景仰。對於帝國文明框架，則一開始便採取了審慎地權衡抉擇的做法。

漢高祖劉邦到漢武帝劉徹，歷經百餘年，西漢終於完成了這種權衡抉擇。

這一過程，並不全部都是難題。對於中央集權、郡縣制、統一政令、統一文字、統一度量衡、統一生產交通標準、移風易俗以及種種社會基本法度，西漢王朝都全部繼承了秦文明框架。所謂「漢承秦制」，此之謂也。事實上，重新確立的秦制，也被整個社會迅速地重新接受了。所謂權衡抉擇，主要集中於兩個核心：一則，如何對待具有強大傳統的諸侯分封制？二則，如何對實際繼承秦制而道義否定秦制做出合理闡釋？具體說，對待分封制的難點，是要不要仿效秦帝國廢除實地分封制，實行虛封制？合理闡釋繼承與否定秦文明的矛盾方式的難點，則是要在反秦的正義性與秦文明的歷史價值之間，做出恰如其分的評判與說明。

對於分封制難點，西漢王朝做出了有限妥協，至漢武帝時期基本確立了有限實地分封制。這一基本制度，比秦帝國有所倒退，也給西漢王朝帶來了長期的惡果。這是「漢承秦制」歷史過程中的另一個基本問題。儘管西漢的妥協是有限的，然由於分封制（即或是有限實地分封制）帶來的社會動盪連綿不斷，故在西漢之後，這種有限分封制一代比一代淡化，魏晉之後終於演變為完全的虛封制。也就是說，歷代政權對秦制的實際繼承，在西漢之後更趨完整化。這一歷史現象說明。歷經秦末亂世的復辟劫難，又再度經過西漢初中期「諸侯王」引發的動盪，歷史已經最充分地昭示出一則基本道理：從秦制倒退是沒有出路的，其結局只能導致中國重新陷入分裂動盪；歷經春秋戰國五百餘年激盪而錘鍊出的統一秦制，是適用於社會的，是有益於國家的，是有利於華夏民族長遠壯大發展的。從實際制度的意義上說，秦文明在本質上獲得了完全的歷史認可。

然則，在歷史意識的評判上，卻出現了巨大的分裂。

西漢王朝發端於反秦勢力。這一最基本的事實，決定了西漢政權不可能對秦帝國及秦文明在道義上給予認同。否則，西漢政權便失去了起事反秦的正義性。對於歷來注重道義原則而強調「師出有名」的古老傳統，這一點非常重要。中國古代社會之所以將「弔民伐罪」作為最高的用兵境界，其根源，正在於注重政治行為的道義原則。若對方不是有罪於天下的暴政而加之以兵，便是「犯」，而不是「討」或「伐」；既是天下「討秦伐秦」，則秦只能是暴政無疑。這便是中國古老的政治道義傳統所蘊涵的邏輯。

雖然，劉邦集團的社會根基不同，決定了其與六國貴族的復辟反秦具有種種不同。但在指斥秦政，從而使自己獲得反秦正義性這一點上，卻是共同的。其間區別，只是指斥秦政的程度與方式不同而已。如前所述，六國貴族對秦政是仇恨攻訐，是蓄意謊言。而劉邦集團的指斥秦政，則僅僅限於泛泛否定。

細察《史記・高祖本紀》，劉邦本人終其一生，對秦政的評判只有兩次，且都是同一句話。一次是最初的沛縣舉事，在射入城邑的箭書上說了一句：「天下苦秦久矣！」另一次，是在關中約法三章時，又對秦中父老說了一句：「父老苦秦苛法久矣！」另外，還有兩件值得注意的事情。一件事，是劉邦在稱帝後的第八年，也就是臨死之年的冬天，下詔為戰國以來六位「皆絕無後」的王者建立固定的民戶守塚制度：陳勝及趙悼襄王等四王，各封十家民戶守陵，信陵君封五家；只有對秦始皇，封了二十家守陵。在其後兩千餘年的歷史上，封民戶為秦始皇守陵，劉邦是唯一的一個。與之相對比的是，漢武帝泰山封禪時，儒家大臣已經可以明確提出秦始皇不能進入封禪之列，而漢武帝也採納了。另一件事，是劉邦在建政第六年，擢升秦帝國的統計官張蒼為「計相」，並「令蒼以列侯居相府，領主郡國上計者」。實際上，便是以蕭何為總政丞相，以張蒼為主掌經濟的副丞相。以秦帝國經濟官員為自己的經濟丞相，劉邦實際推行秦政的意圖是很明確的。這位張蒼，後來在漢文帝時期一直擢升至丞相，總政十餘年。其時，甚至連西漢王朝的曆法、國運、音律等，都一律秉承秦文明不動。這種全載式繼承，一直延續到漢武帝。

與劉邦同代的開國重臣，也鮮有系統指斥秦文明的言論。最典型者，是大謀士張良。張良曾經是韓國末世的「申徒」（民政經濟大臣），純正的六國貴族，且其青年時期始終以謀殺秦始皇與鼓動復辟反秦為使命。但是，在投入劉邦集團後，張良卻只以運籌謀劃為任，從來沒有涉足實際政務，再也沒有對秦政做出過公然指控。劉邦稱帝後，張良事實上便隱退了。身為六國貴族，張良的政治表現前後有巨大變化且最終退隱，頗值得探究。歷來史家與民間演義，皆以「淡泊名利，功成身退」說之。實則不然，張良的變化，實際與劉邦集團的政治氛圍密切相關。張良既不能使劉邦復辟諸侯制，又不願追隨劉邦實際推崇秦政，只有忍痛拋開歷來的政治企圖，而走入修身養性的「神仙」道路。這一人生邏輯，當較為接近歷史之真相也。

劉邦之後的呂后、惠帝、文帝、景帝君臣，情形皆大體相同：極少涉及評判秦政，但有涉及，也只是淡淡幾句寬泛指斥。也就是說，在漢武帝之前，對秦政秦制的理念否定尚停留在感性階段——出於必須的反秦正義原則，僅僅對秦文明有原初的必須性的感性評判而已。於是，「天下苦秦久矣」便成為籠統的代表性說法。

這種籠統感性指斥，在漢武帝時期開始發生變化。

西漢對秦文明的評判，由感性向知性轉化，開始了大規模的理念評判。

這一變化的背景是：西漢政權已經穩定昌盛，開始了結文治武功方面的種種難題。武功方面，是大力連續反擊匈奴。文治方面，則以闡釋繼承與否定秦文明的歷史矛盾為基點，確立國家意識形態的主流價值法則。在這一大背景下，文治目標的實現體現為兩個方面：既湧現了中國歷史上第一部系統梳理華夏足跡的經典史書——《史記》，又湧現了大量的審視秦文明的言論與文章。

從總體上說，西漢時代對秦文明的評判，以及對秦亡原因的探究，呈現出相對客觀的態勢。所謂相對客觀，是西漢評判大體擺脫了秦末復辟者充滿怨毒與仇恨的心緒，開始從論說事實的意義上評判秦文明。一個基本的事實是：西漢學人無論是肯定還是否定秦政，都極少引用秦末復辟者咒罵秦政的惡辭，都是在陳述自己認定的事實。儘管其中不乏大而無當的囫圇指責，但就其基本面說，相對客觀了許多。但無論客觀程度如何，西漢對秦文明的理念否定是清楚的，且由感性到知性，越來越趨於理論化。

具體說，為西漢官方認定的《史記》相關篇章中，尚很少對秦文明作總體指斥。在〈貨殖列傳〉、〈河渠書〉、〈平準書〉等綜合性敘述篇章中，都是鋪敘歷代經濟功績與地域風習，基本不涉及對歷代文明演進的階段性總體評判。即或在專門敘述意識形態變化的〈禮書〉、〈樂書〉、〈律書〉中，也很少指斥春秋戰國秦帝國時代。在〈禮書〉中只有一段隱約肯定又隱約指責的說法：「周衰，禮廢樂壞……至秦有天下，悉內六國禮儀，采擇其善，雖不合聖制，其尊君抑臣，朝廷濟濟，依古以來。至於高祖……大抵皆襲秦故……少所變改。」在〈太史公自序〉及人物之後的「太史公曰」中，偶有「秦失其道」、「秦既暴虐」等言辭，但遠未達到秦末復辟勢力那般一體咒罵，亦遠未達到後世史家那般總體認定「暴政亡秦」。

漢武帝本人的態度，也是頗具意味的。

《史記・禮書》記載了一則基本事實：漢武帝大召儒術之士，欲圖重新制定禮儀，有人便主張恢復古代禮制。漢武帝下詔說：「蓋受命而王，各有所興，殊路而同歸，謂因民而作，追俗為制也。議者咸稱太古，百姓何望？漢亦一家之事，典法不傳，謂子孫何！化隆者閎博，治淺者褊狹，可不勉與！」顯然，漢武帝對復古是敏感的，也是嚴厲的，即或僅僅是禮制復古，也依然給予很重的批駁，將話說得分外扎實：漢也是歷代之一家而已，沒有自己的法度禮儀，何以面對子孫！敏感什麼？警覺何在？其實際底線是很清楚的：不能因為否定秦政而走向復古。這次詔書之後，漢武帝沒有接受儒術之士的理念，而是大行更新：改曆法、易服色、封泰山、定宗廟百官禮儀，完成了既不同於復古又不同於秦制的「漢家禮儀」，「以為典常，垂之於後。」漢武帝的頗具意味處，在於其始終自覺地把握著一則施政理念：秦可否定，然既不能因對秦的否定而走向復辟，也不能如同漢高祖那樣全盤繼承秦制。如此理念之下，對秦文明的否定，自然很難如後世那般走向極端化。

這一基本事實，透露出一則值得注意的歷史資訊：即或已經到了漢武帝時期，西漢對秦文明的總體性評判已經明確持否定原則，然其基本方面依然是謹慎的，依然避免以系統形式作最終的簡單否定。《史記》中「非秦」言論的感性閃爍，以及這一時代諸多思想家對秦政秦制的評判，都在否定中包含著肯定，幾類漢初的賈誼。凡此等等，足證這一時期對文明演進史探究的相對慎重與相對客觀。

西漢的官方歷史意識，在漢武帝之後開始了某種變化。

變化的標誌，是在官方聲音中開始出現總體否定秦文明的說法。所謂總體否定，是否定中不再包含肯定，而是全部一概否定，對秦文明的分析態度開始消失。最基本的事實，是漢昭帝時期的鹽鐵會議大論爭。作為會議記錄的《鹽鐵論》，如實記載了「賢良文學」與中央主政大臣桑弘羊的爭論。其集中涉及評判秦文明的篇章，有〈誅秦〉、〈周秦〉、〈伐功〉、〈申韓〉、〈備胡〉等。賢良文學者，西漢之職業理論家也，儒生之群體也。他們對秦文明的評判，是總體否定而不包含任何肯定的。

行的實際政策發難，其中蘊涵的轉機是意味深長的。

對代表中央朝廷的聲音。但是，能以全盤否定秦文明的歷史價值觀為基準，以群體之勢向朝廷正在奉這裡不再列舉。雖然，從形式上說，這種整體指斥秦文明的論說，只是中央會議的一家之言，並不絕奴這樣的正義之舉，也被說成「貪地」，其荒謬可見矣！中央主政大臣桑弘羊的評判，則截然相反，勝之力以並天下，小海內以貪胡、越之地。」「秦力盡而滅其族，安得朝人也！」，等等。連反擊匈其典型言論有：「商鞅反聖人之道，變亂秦俗，其後，政耗亂而不能理，流失而不可復。」「秦任戰

西漢時代的歷史意識，更多表現在官員學者的個人論著中。

在官方探究的同時，西漢時期具有官員身分的學人，對秦政得失與秦亡原因也開始了大規模探究。這種探究有著一個鮮明的趨勢：總體否定秦文明而局部或有肯定，力圖從秦文明本身的缺失中尋覓秦帝國滅亡的原因。就其論說的影響力而言，西漢的不同時期分別有四個代表人物：一個是淮南王劉安學派，一個是賈誼，一個是賈山，一個是董仲舒。淮南王劉安的學派凝聚了一部作品，名為《淮南子》，其對秦文明、秦帝國、秦始皇一體指斥，從經濟、軍事、政治、民生等基本方面全面論說，其最終的評判屬於全盤否定式。《淮南子．氾論訓》的經濟否定論可謂代表，其云：「秦之時，高為臺榭，大為苑囿，遠為馳道，鑄金人，發適戍，入芻稿，頭會箕賦，輸於少府。丁壯丈夫，西至臨洮、狄道，東至會稽、浮石，南至豫章、桂林，北至飛狐、陽原，道路死人以溝量！」

賈誼的〈過秦論〉，是被歷代推重的一篇綜合評判性史論。賈誼的基本立場是否定秦文明的，然其中也對秦孝公商鞅變法作了高度肯定，對秦始皇的基本功績也作了高度肯定。賈誼對秦亡原因的總論斷是：「仁義不施，而攻守之勢異也！」賈誼對秦文明的總體論斷則為：「秦王……廢王道，立私權，禁文書而酷刑法，先詐力而後仁義，以暴虐為天下始……故秦之盛也，繁法嚴刑而天下震……秦本末並失，故不長久。」

賈山給漢文帝的上疏，也是明確指控秦政，號為「至言」。其代表性言論是：「秦……賦斂重數，百姓任罷，赭衣半道，群盜滿山，使天下人戴目而視，側耳而聽！」其文咒罵秦始皇尤烈，「秦王貪狼暴虐，殘賊天下，窮困萬民，以適其欲也……秦皇帝身在之時，天下已壞矣，而弗自知也！」因賈山之說大而無當，幾近於秦末復辟勢力之怨毒咒罵，故其影響力在後世較弱，不如賈誼與其後董仲舒的論說。

董仲舒的指控秦政，屬於全盤否定式的代表，其經濟指控、法治指控、教化指控最為後世「暴秦」論者看重。董仲舒一生文章極多，僅上書便有一百二十三篇。其論秦之說主要有兩則，一則見於本傳記載的上書，一則見於《漢書・食貨志》轉引的「董仲舒說上曰」（上書或問對記載）。兩論皆具後世「暴秦」說的典型性，被後世史家反覆引證為史料依據，故此摘錄於下：

《漢書・食貨志》轉引其經濟指控云：古者稅民不過什一，其求易供；使民不過三日，其力易足。……至秦則不然，用商鞅之法，改帝王之制，除井田，民得賣買，富者田連阡陌，貧者亡立錐之地。又顓川澤之利，管山林之饒，荒淫越制，逾侈以相高；邑有人君之尊，里有公侯之富，小民安得不困？又加月為更卒，已，復為正一歲，屯戍一歲，力役三十倍於古；田租口賦，鹽鐵之利，二十倍於古。或耕豪民之田，見稅什五。故貧民常衣牛馬之衣，而食犬彘之食。重以貪暴之吏，刑戮妄加，民愁亡聊，亡逃山林，轉為盜賊；赭衣半道，斷獄歲以千萬數。漢興，循而未改……

《漢書・董仲舒傳》載其法治指控秦云：師申商之法，行韓非之說，憎帝王之道，以貪狼為俗。非有文德以教訓天下也。誅名而不察實，為善者不必免，而犯惡者未必刑也……又好用憯酷之吏，賦斂亡度，竭民財力，百姓散亡，不得從耕織之業，群盜並起。是以刑者甚重，死者相望，而奸不息。

《漢書·董仲舒傳》記載其教化指控云：至周之末世，大為亡道，以失天下。秦繼其後，獨不能改，又益甚之：重禁文學，不得挾書，棄捐禮誼而惡聞之。其心欲盡滅先王之道，而專為自恣苟簡之治，故立為天子十四歲而國破亡矣！自古以來，未嘗有以亂濟亂，大敗天下之民如秦者也！其遺毒餘烈，至今未滅，使習俗薄惡，人民嚚頑，抵冒殊扞，孰爛如此之甚者也！孔子曰：「腐朽木之不可雕也，糞土之牆不可圬也。」今漢繼秦之後，如朽木糞牆矣，雖欲善治之，亡可奈何……為政而不行，甚者必變而更化之……漢得天下以來，常欲善治而至今不可善治者，失之於當更化而不更化也！

董仲舒經濟指控與法治指控的經不起推敲，我將在後面一併澄清。

這裡需要指出的是：董仲舒在教化指控中，將西漢「習俗惡薄」的原因，沒有歸結為六國貴族集團大復辟帶來的社會大破壞，而全數歸結為秦政，這是顯然的歷史偏見。這種偏見並非誤解，而是蓄意為之。董仲舒的目標很明確：促使漢制「更化」，變為以「三代王制」為本體，而由儒家執意識形態之牛耳的實際制度。而如果將世道淪落之根源歸結於復辟動亂，則無異於否定了儒家頌揚「王制」的正當性。所以，只能將世風敗壞的罪名，整體性推於秦政了事。此等基於顯然的政治意圖而全盤否定秦文明的做法，實在不甚高明，也存在著太多的矛盾紕漏。是故，並沒有從總體上動搖「漢承秦制」的實際國策。董仲舒生於西漢中期，距秦帝國時代不過百年上下，對復辟勢力的暴力毀滅、相互背叛、殺戮劫掠、道德淪落等等惡行，及其破壞力與後遺症，應該很清楚。對最為殘暴的項羽集團的大破壞，董仲舒應該更清楚。然則，董仲舒卻將這種破壞整個文明結構與社會倫理的罪責，轉嫁於素來注重建設而法度整肅的秦文明時代，事實上是不客觀的，是經不起質疑的。

西漢之世，秦末復辟勢力的歷史謊言遭到了總體遏制。

然則，西漢之世對秦文明的總體評判，也第一次以理論化的否定形式出現了。這種理論化，既表現於相對謹慎的官方探究，更表現於以私學官學中的種種個人探究為形式特徵的普遍的「非秦」思潮。正是在諸如賢良文學、淮南王學派，以及賈山董仲舒等儒家名士的部分或全面指控秦文明的思潮中，使秦末復辟勢力的歷史謊言，又有了重新復活的歷史機遇，並最終釀成了西漢末期王莽復辟的實際災難，又最終彌漫為久遠的歷史煙霧。

從形式上說，西漢時代對華夏文明演進的總結與審視，對秦文明的總結與審視，是中國歷史意識的第一次自覺。但是，由於具體的政治原因，由於所處時代的文明視野的限制，這次大規模的相對自覺的文明史審視，最終產生了接近於「暴秦」說的否定性結論。這一結論，導致了中國歷史意識不可思議的分裂：實際繼承秦文明，理念否定秦文明。

此前的中國，歷史的腳步與歷史的意識從來是坦率合一的：一個政治集團認定並推崇某一種文明，必然竭盡全力去追求並實現，反之則斷然拋棄。只有從西漢這個時期開始，中國歷史的實踐與中國歷史的意識，出現了怪誕的分離。儘管這種分裂是初始的，遠非後世那般嚴重。但是，這一分裂因東漢的秉承而延續跌宕四百餘年之後，終於積澱為荒誕的歷史定式。作為實際繼承秦文明的兩漢中央政權，基於種種原因，始終對這種荒誕的分裂保持了默認，保持了實際上的支持。同時，由於「罷黜百家，獨尊儒術」的文教方略的確立，儒家歷史價值觀日益占據主流，中國歷史實踐與歷史意識對秦文明的荒誕分裂——實際建政與價值評判的分裂，隨著歷史的推移而更趨深重了。

三、歷史煙霧的久遠彌散

歷史意識的煙霧，終於無可遏制地彌漫開來。

大一統的秦帝國十五年而亡，既無修史遺存，亦無原典史料現世。項羽的屠戮劫掠與焚燒，使大咸陽化作了廢墟，集戰國之世全部典籍法令與文明書證的豐厚無比的帝國文檔庫存，悉數付之罪惡火焰。從此，這個偉大的帝國喪失了為自己辯護的絕大部分書證、物證與人證，淪入了面對種種口誅筆伐而無以澄清的境地。就實說，後世對秦帝國的評判依據，相對直接的文本資料大體只有四種：其一是後來搶救再現的先秦典籍與諸子著作；其二是帝國遺留於山川河海的部分勒石碑文與殘存物證；其三是司馬遷的《史記》中所記載的經過作者「甄別」的史實；其四是西漢初期帝國遺民的部分親歷言論記錄。當然，若天意終有一日可使始皇陵地宮藏品再現於世，我們為這個偉大帝國辯護的直接證據，完全可能發生根本性的改變。在此之前，我們的澄清依然分外的艱難。

然則，我們的努力不能停止。

歷史，正是這樣一步一步走過來的。

所謂國家與民族的歷史意識，大體是四個層面：其一是歷代政權對原生文明的實際繼承原則；其二是見諸正史的官方意識對歷代文明演進的價值評判；其三是歷代史家學者及學派的歷史論說；其四是見諸文學藝術與民間傳說的普遍認知。我們所謂的歷史意識的煙霧，當然指同時體現於這四個方面的種種變形。

從此四方面說，自西漢之後，秦帝國及其所處的原生文明時代，在理念上被大大扭曲變形，且表現為一個越演越烈的歷史過程。也就是說，兩千餘年來，我們對自己的原生文明時代的總體態勢，始終處於一種不可思議的割裂狀態：一方面，在建政原則上，對一統秦帝國的文明框架原封繼承，並全力維護；另一方面，在理念認定上，對秦帝國與春秋戰國的文明功績又極力否定，極力攻訐。這是一個奇特而巨大的矛盾。在整個人類文明史上，沒有哪個創造了獨立文明的民族，在後來的發展中極力貶低本民族原生文明的先例，更沒有實際繼承而理念否定的荒誕割裂先例。唯有我們，承受了先人的豐厚遺產，還要罵先人不是東西。此等咄咄怪事，發生於我們這個自認深有感恩傳統的古老民族身上，豈非不可思議哉！

一片博大遼闊的文明沃土呈現出來，耕耘者的屍體橫陳在田間。後來者毫不遲疑地宣布了沃土繼承權，卻又困惑於曾經包括自己在內的一群人殺死了耕耘者不好交代。於是，一面謹慎地審視著這片沃土，一面小心地探詢著其餘人對農夫之死的說法。終於，人們有一搭沒一搭地耕耘著，開始探究起來，漸漸爭論起來，又漸漸吵成了一團，終於將耕耘者的死與被開墾的沃土連成了一體，無休止地吵吵起來。有人說，這片土地邪惡，導致了農夫的突然死亡，與群毆無關。有人說，農夫愚蠢不知歇息，才有突然死亡。有人說，農夫耕耘有誤，給這片土地留下了禍根。有人說，農夫根本不該開墾這片土地。有人說，農夫用力太猛死得活該。一代代爭吵延續下來，人們終於一致認定：這是一個壞農夫，原本該死，不需爭論。有渾不知事的孩童突然一問：「農夫壞，開出來的土地也壞麼？」人們驚愕良久，又齊聲回答：「土地是我們的了，自然不壞！」於是人們力乏，從此不屑提起這個死去了的農夫，索性簡化為見了農夫屍體只啐得一口，罵得一聲了事。偶有同情者，遙望農夫屍體歎息了一聲，立即便會招來人眾側目千夫所指……

一則古老的寓言。一幅歷史的大相。

大偽欺史，文明何堪？

東漢伊始，「暴秦」說終於成為官方正式立場。

西漢末期，基於對秦政的普遍指控，對夏商周三代的「王制」文明一時滋生出一種嚮往思潮。在這一思潮的彌漫中，一股信奉儒家文明價值觀的社會勢力崛起了。在追謚孔子為「褒成宣尼公」的同時，這股勢力力圖重新復辟周制，再現那個「憲章文武，禮治王化」的遠古田園詩時代。這便是號為

「新始」的王莽集團，在近二十年的歲月裡全面復辟周制的荒誕時期。歷史的演進是殘酷的：王莽集團竭盡全力改制復古，非但沒有使天下趨於王道昌盛，反倒引發了大饑荒大混亂大動盪，華夏大地再次淪入了較秦末大劫難有過之而無不及的社會大倒退，西漢二百餘年累積的文明成果，悉數付諸東流！綠林赤眉農民軍遭遇的大饑餓大殺戮，其酷烈遠遠過於因不堪徭役而舉事的陳勝吳廣農民集團。

歷史的教訓是冰冷的。隨後立定根基的東漢政權，不再做任何復古夢，很現實地回到了忠實效法西漢而秉承秦制的道路上，在實際施政中再度肯定了秦文明的價值，斷然屏棄了復古道路。秦末至西漢末的兩百多年間，歷經項羽王莽兩次大復辟，既帶來了毀滅性的災難，也對整個社會歷史意識產生了巨大的震懾。此後的中國歷史上，嘗試復辟「三代王制」的政治狂人再也沒有出現，即或偶有政治幻想症者，也只能自家嘟囔幾句而已。這一基本事實足以說明：華夏族群的歷史意識已經實實在在地認定了秦文明的真實價值，在實際中永遠地奉行不悖了。

歷史意識的荒誕，也正在這樣的時期定型了。

東漢王朝在實際奉行秦文明的同時，官方意識卻更為明確地指控秦文明，更為高調地頌揚三代王制，從而彌漫出一股濃郁的弦外之音：三代王制本身仍然是值得推崇的，只是王莽的復辟還不夠水準而已。再次確立這種實際建政法則與意識形態價值原則的荒誕割裂，是「暴秦」說彌漫為歷史煙霧的根基所在。

《漢書・食貨志》與《漢書・刑法志》，是東漢官方對歷代文明框架（制）的總體看法。在這兩篇概括敘述並評判歷代體制的文獻中，完全可以看出「暴秦」說的新面目。這兩篇文獻對華夏文明進程的總體評判是：以井田制為軸心的夏商周三代「王制」文明，是最高的理想社會狀態；自春秋戰國至秦帝國，則是最為不堪的淪落時代；西漢之世，始入承平昌盛。基於此等價值標準，這兩篇文獻的定式是：開首皆以大段篇幅描繪三代「王制」的田園詩畫面，緊接著語氣一轉，便開始嚴厲指控春秋戰國秦的種種不堪與暴虐，之後再敘述西漢的承平國策。

唯其具有代表意義，我將其對春秋戰國秦的指控摘引如下：

《漢書・食貨志》云：周室既衰，暴君汙吏慢其經界，徭役橫作，政令不信，上下相詐，公田不治……《春秋》譏焉！於是上貪民怨，災害生而禍亂作。陵夷至於戰國，貴詐力而賤仁誼，先富有而後禮讓……及秦孝公用商君，壞井田，開阡陌，急耕戰之賞，雖非古道，猶以務本之故，傾鄰國而雄諸侯。然王制遂滅，僭差亡度。庶人之富者累鉅萬，而貧者食糟糠；有國強者兼州域，而弱者喪社稷。至於始皇，遂并天下，內興功作，外攘夷狄，收泰半之賦，發閭左之戍。男子力耕不足糧饟，女子紡績不足衣服。竭天下之資財以奉其政，猶未足以澹其欲也。海內愁怨，遂用潰畔。

《漢書・刑法志》云：春秋之時，王道寖壞，教化不行……陵夷至於戰國，韓任申子，秦用商鞅，連相坐之法，造參夷之誅，增加肉刑、大辟，有鑿顛、抽脅、鑊亨之刑。至於秦始皇，兼吞戰國，遂毀先王之法，滅禮誼之官，專任刑罰，躬操文墨，晝斷獄，夜理書，自程決事，日縣石之一。而姦邪並生，赭衣塞路，囹圄成市，天下愁怨，潰而叛之。

東漢官方認定「暴秦說」之外，學人官員的個人評判，也循此基準多有呈現。這一時代的文明史視野已經大為弱化，官員學者個人即或有局部肯定秦政的論說，也是星星點點不成氣候。諸如東漢之桓譚、王充，皆有局部肯定秦政之文章，然已成為極其微弱的聲音了。

東漢之後，華夏再度陷入了分裂割據狀態。三國時代的劇烈競爭，頗有小戰國氣象。基於競爭本身的需要，這一時代對歷史的重新認知，有了新的可能。由於《三國志》乃晉人陳壽撰寫，且沒有總括敘述某領域歷史演進的諸《志》專類，是故，無法評判三國及西晉的官方歷史意識。然則，從這一時期各方實際奉行的政策體制，以及著名君主與政治家的歷史評判言論，仍然可見其對秦文明的總體評判。這種評判，較之東漢鬆動了許多。曹操被《三國志》評曰：「太祖運籌演謀，鞭撻宇內，攬申、商之法術，該韓、白之奇策……超世之傑矣！」而曹操對秦皇漢武的肯定也是明確的，其〈置屯田令〉云：「夫定國之術，在於強兵足食。秦人以急農兼天下，孝武以屯田定西域，此先代之良式也！」在三國大政治家中，唯有諸葛亮對秦政表現出繼承東漢的荒誕割裂：實際奉行而理念否定。諸葛亮〈答法正書〉云：「……秦以無道，政苛民怨，匹夫大呼，天下土崩。」足見其忠實秉承東漢之傳統也。

步入兩晉南北朝時期，華夏大地紛爭頻仍，又逢北方諸族群相繼占據北中國，政權不斷更迭，相互攻伐不斷。當此之時，中國關於文明史演進的探討幾乎趨於沉寂，玄妙清談彌漫一時。無論是官府作為，還是官學私學，對歷史文明的總體探討及其理論總結，都幾乎趨於銷聲匿跡。這是一個特殊的沉淪時代，兩漢時代注重文明演進探討的歷史視野，這時已經變化為注重個人體驗的思辨「玄學」。在玄學清談彌漫之時，偶然也迸發出些許文明史探究的火花。葛洪的《抱樸子‧外篇‧用刑》，便對秦亡原因做了探討，認定秦亡並非嚴刑而亡，「秦其所以亡，豈由嚴刑？秦以嚴得之，非以嚴失之也！」其餘，如做過廷尉的劉頌、做過明法掾（解釋法令的官員）的張斐，也都曾經從論說法令演進的意義上肯定過秦政。當然，這些聲音遠非主流，幾乎沒有實際影響力。

進入隋代，對文明演進史的探討又是一變。

隋雖短促，然卻是三百年分裂之後再度統一中國的重要時期，是華夏族群的第五次大一統。從實際制度框架說，隋繼承了秦制無疑。然則，由於此時距秦帝國已經千年之遙，且又經過了西晉之後的三百年分裂戰亂，隋對文明演進的審視，遂開始以西晉之後的歷史演進為主，對兩漢之前的歷史已經很少涉及，對秦政得失的探究則更少了。雖然如此，我們還是可以從基本面看出隋代對秦文明的模糊肯定。隋文帝楊堅注重實務，臨死之遺詔開首便是：「嗟乎！自昔晉室播遷，天下喪亂，四海不一，以至周齊，戰爭相尋，年將三百。」遺詔最後云：「自古哲王，因人作法，前帝後帝，沿革隨時。律令格式，或有不便於事者，宜依前敕修改，務當政要。」顯然，隋對秦文明所體現的變法精神尚是肯定的。

唐代情形，又是一變。唐變之要，是從隋的不甚清晰堅實的歷史評判中擺脫出來，再度開始大規模總結文明演進史。結局是，唐又重新回到了東漢軌跡。唐人魏徵主修的《隋書》，實則是唐政權的歷史目光，而不是隋政權的歷史目光。《隋書》的〈食貨志〉、〈刑法志〉、〈百官志〉等綜合篇章，在對特定領域的總括性敘述中，均對秦文明做出了復歸東漢傳統的評判：

《隋書・食貨志》云：秦氏起自西戎，力正天下，驅之以刑罰，棄之以仁恩；以太半之收，長城絕於地脈；以頭會之斂，屯戍窮於嶺外。

《隋書・刑法志》云：秦氏僻自西戎，初平區夏，於時投戈棄甲，仰恩祈惠，乃落嚴霜於政教，揮流電於邦國；棄灰偶語，生愁怨於前，毒網凝科，害肌膚於後；玄鉞肆於朝市，赭服飄於路衢；將閭有一劍之哀，茅焦請列星之數。

《隋書・百官志》云：秦始皇廢先王之典，焚百家之言，創立朝儀；事不師古，始罷封侯之制，立郡縣之官；太尉主五兵，丞相總百揆，又置御史大夫以貳於相。自餘眾職，各有司存。漢高祖除暴寧亂，輕刑約法，而職官之制，因於嬴氏。

如果說，《隋書》諸志的總括性敘述，代表了唐政權的官方評判，那麼唐太宗在《貞觀政要》中的理念，則是更為直接的建政施政態度。《貞觀政要・君臣鑒戒》云：「朕聞周秦初得天下，其事不異。然，周則惟善是舉，積功累德，所以能保八百之基。秦乃恣其奢淫，好行刑罰，不過二世而滅。」其〈務農〉篇云：「昔秦皇漢武，外多窮極兵戈，內則崇侈宮室，人力既竭，禍難遂興。彼豈不欲安人乎？失所以安人之道也！」當然，唐代也有基於現實政治而對秦政秦法的具體肯定，但已經遠非主流了。同一個魏徵，在答唐太宗對商鞅法治的責難時，論說便是相對肯定的：「商鞅、韓非、申不害等，以戰國縱橫，間諜交錯，禍亂易起，譎詐難防，務深法峻刑以遏其患。所以權救於當時，固非致化之通軌。」（《魏鄭公諫錄》卷三）

在整個唐代的歷史意識中，只有柳宗元對秦文明做出了「政」與「制」的區分，指出了秦「失在於政，不在於制。」其〈封建論〉云：「秦有天下……不數載而天下大壞，其有由矣！亟役萬人，暴其威行，竭其禍賄；負鋤梃謫戍之徒，圜視而合從，大呼而成群；時則有叛人而無叛吏，人怨於下，而吏畏於上，天下相合，殺守劫令而並起。咎在人怨，非郡邑之制失也……酷刑苦役，而萬人側目。失在於政，不在於制。秦事然也！」將文明體制框架與具體的施政作為區別開來，這是自兩漢以來最有見地的文明演進史觀念。這一觀念，在某種意義上合理解釋了對秦文明的實際繼承與理念否定這一巨大割裂現象——實際繼承對「秦制」，理念否定對「秦政」。雖然，柳宗元的評判依舊遠遠不是主流歷史意識；雖然，柳宗元的「秦制」幾乎單純地指郡縣制，而並非包容了秦文明的所有基本方面，但就其歷史意識的出新而言，依然是不容忽視的。

唐之後，華夏又陷入了幾近百年的分裂割據。五代十國，是一個歷史意識嚴重萎縮的時期，大器局的文明視野與民族進取精神，從這個時期開始嚴重衰退了。政變頻頻交錯，政權反覆更迭，邦國林立，各求自安。這一時代除了諸多的佛教事件與閃爍的詩詞現象，幾乎沒有文明史意義上的重大事件，對中國文明史的探究自然也難覓蹤跡。

宋王朝統一中國之後，幾乎是立即陷入了連番外患與諸多內憂之中，對既往歷史的審視已經大為乏力了。《宋史》乃元代主修，其概括性的諸志綜述，已經根本不提秦文明了。當然，我們不能將《宋史》的綜合敘述，看作宋代的官方歷史意識。宋代的歷史意識，我們只有到其學派思潮與主要人物的言論中去尋找。宋代儒學大起，生發出號為「理學」的新潮儒學。理學的歷史意識，是儒家歷史意識的極端化，自然是以儒家的歷史價值觀為根基的，又比儒家更僵化。

從宋代開始，一種歷史現象開始生成：審視歷史，必引孔孟言論以為權威。大量的先秦諸子典籍，在這個時期被一體性忽視。以致連墨子這樣的大家，其論著也湮滅難見，淪入到道家典籍中隱身了。直到近代，墨子才被梁啟超發掘出來，重新獲得重視。最為實際的改革家王安石，尚且言必引孔孟為據，對制度沿革的論說則多以五代十國的興亡為依據。其餘人物之論述，則更可以想見了。以修《資治通鑒》聞名的司馬光，其歷史意識更是明確地貶斥秦文明。凡見諸《資治通鑒》的「臣光曰」，很少對秦政秦制作認真的總體性評判，而對秦政秦制的具體「罪行」指控，則屢見不鮮。朱熹、二程等儒家大師，指控秦文明更是司空見慣了。作為治學，他們對秦政的探究是很認真的。譬如朱熹，對商鞅變法之「廢井田，開阡陌」做出了新解：「開」非開墾之開，而是開禁之開；開阡陌，便是開土地國有制不准買賣之禁，從此「民得買賣」土地。然則，這種具體的學問功夫，並不意味著文明歷史意識的深化與開闊。從總體上說，宋代對秦文明及其母體時代的評判，是遺忘融於淡漠之中——既很少提及，又一概貶斥。

元明清三代，歷史意識對秦文明的評判，已經板結為冰冷的硬體了。

元人修《宋史》，明人修《元史》，清人修《明史》。這三史，對包括秦帝國及先秦時代的評判都呈現為一個定式：先極為概括地簡說夏商周三代，而後立即接敘距離自己最近的前朝興亡，對春秋戰國秦時代基本略去不提。這種現象，我們可以稱之為「遺忘定式」。然則，遺忘絕不意味著肯定，而恰恰是偏見已經板結為堅深謬誤的表徵。元明清三代，非但官方歷史意識斷然以「暴秦」為總括性評價，即或被後世視為進步思想家的學子，也同樣斷然「非秦」。也就是說，自宋開始的千餘年之間，對秦文明的評判已經積澱成一種不需要探究的真理式結論。耶律楚材有詩論秦：「……焚書嫌孔孟，峻法用高斯。政出人思亂，身亡國亦隨。阿房修象魏，許福覓靈芝。偶語真虛禁，長城信謾為。只知秦失鹿，不覺楚亡雖。約法三章日，恩垂四百期……」海瑞云：「欲天下治安，必行井田……尚可存古人遺意。」邱濬云：「秦世慘刻。」黃宗羲云：「秦變封建而為郡縣，以郡縣得私於我也！」王夫之云：「郡縣者，非天子之利也，國祚所以不長也。嗚呼！秦以私天下之心而罷侯置守，而天假其私以行大公，存乎神者之不測，有如是夫！……秦之所以獲罪於萬世者，私己而已矣！」顧炎武云：「秦之亡，不封建亡，封建亦亡……封建之失，其專在下；郡縣之失，其專在上……盡四海之內為我郡縣，猶不足也！」凡此等等，其中即或有個別特出者對秦文明作局部肯定，也只是熒熒之光了。加之話本戲劇等民間藝術形式的渲染，「暴秦」論遂大肆流播。千年濫觴之下，雖不能說人人信奉，大體也是十之八九論秦皆斥之以「暴」字了事。

從此，國人的歷史意識與文明視野，淪入了最簡單化的凍結境地。

一八四〇年開始，中國在人類高端文明的入口處遭遇了巨大的歷史衝擊。

這一衝擊歷時百年餘。幾經亡國滅種的劫難，中國民族的歷史意識終於開始了艱難的覺醒。自覺地，不自覺地，華夏族群開始了連綿不斷的文明歷史反思。民族何以孱弱？國家何以貧窮？老路何以不能再走？新路究竟指向何方？凡此等等關乎民族興亡的思索，都在「救亡圖存」這一嚴酷背景下蓬蓬勃勃地燃燒起來。於是，有了「戊戌變法」對中國現實出路的嘗試，有了「辛亥革命」對中國現實命運的設計，有了「五四」運動對中國傳統文明的反思，有了馬克思主義傳入中國後的「新文化運動」的文明反思。當我們這個民族終於自立於世界民族之林的時候，我們又開始了大規模的意識形態重建，開始了借助於高端文明時代的科學思維方式，對我們民族的文明史重新審視的歷史過程。從一個民族開拓文明史進程的意義上說，我們這個民族的偉大智慧並沒有被歷史的煙塵窒息。我們堅韌努力的腳步，體現著我們民族再生與復興的偉大心願，也體現著我們民族的文明歷史意識覺醒的豐厚成果。

但是，我們走過的彎路太多了。戊戌變法企圖以淺層的形式變革，引領中國走入高端文明時代。我們失敗了！辛亥革命則企圖以仿效西方文明的政治變革方式，引領中國走入高端文明時代。我們也失敗了！五四運動與新文化運動，企圖以相對簡單的「打倒」方式清理總結我們的文明史。我們並沒有獲得預期的成功。馬克思主義傳入中國所導致的社會大變革，使我們這個民族實實在在地站了起來。在我們的生存生計成為最迫切問題的歷史關頭，我們這個民族以最大的智慧，停止了無休止的論爭，從紛雜折騰中擺脫出來，而全副身心地投入到了民族富強的努力之中。歷史證明，我們的偉大智慧挽救了民族，挽救了國家，給我們這個民族在最艱難的歷史時刻開啟了真正復興的希望。

然則，被我們擱置的問題，並不因為擱置而消失。

一個民族的文明發展歷史，有著必然的邏輯：要在發展中保持悠長的生命力與飽滿的生命狀態，就必須有堅實的文明根基；這種文明根基的堅實程度，既取決於民族文明的豐厚性，更取決於一個時代基於歷史意識而確立的繼承原則。我們可以因為最緊迫問題所必需的社會精神集中，而暫時中止大規模的文明文化論爭，誠如戰國名士魯仲連所言：「白刃加胸，不計流矢。」然則，我們不能忘記，在獲得必要的社會條件之後，對文明歷史的認真探究，依然是一個民族必需的文明再生的歷史環節。我們所需要避免的，只是不能重蹈將文明審視一定等同於某一實際目標的簡單化。也就是說，任何時候，一個民族對自己文明歷史的審視，都不應該成為任何實際目標的手段。這一探究與審視，本身有其偉大的目標：清理我們的歷史傳統，尋求我們的精神根基，樹立我們的民族精神，並使這些基本面獲得普遍的社會認知，使我們民族的復興與發展，有著久遠的清晰的堅定的信念。

這是我們審視中國原生文明的根基所在。

四、認知中國原生文明的基本理念

對中國歷史的審視，聚訟最烈而誤解最深者，是對中國原生文明的認知。

任何一個民族，都有自己的原生文明生成期。原生文明，是一個民族的精神根基。一個國家、一個民族，在她由涓涓溪流匯成澎湃江河的歷史中，必然有一段沉澱、凝聚、昇華、成熟的樞紐期。這個時代所形成的文明與傳統，如同一個人的生命基因，將永遠以各種各樣的方式影響或決定一個人的生命軌跡。這種如同生命基因一樣的民族傳統，便是一個民族的原生文明。各個民族對其原生文明的深刻反思，從來都是各個民族在各個時代發揮創造力的精神資源寶庫。

原生文明是民族精神的堅實根基，是高端文明的永恆基因。

中國原生文明的生成期，是五帝時代與夏商周三代。

中國原生文明的成就期，是春秋戰國秦帝國時代。

春秋生發！戰國綻放！秦帝國則以華夏族群五百餘年的激盪大爭所共同錘鍊的文明成果為根基，對這一時代的種種社會文明形式，進行了系統的梳理總結，大規模地創建了適合我們民族且領先於鐵器時代的新文明形態。從此，我們這個十里不同俗、隔山不同音的博散族群，開始有了我們統一的文字，有了統一的生產方式，有了種種具有最大共同性的生活方式，有了統一穩定的國家形式。具體文明形式的聚合一統，形成了我們民族的整體生存方式，形成了我們民族的整體文明，形成了我們獨有的歷史傳統。從總體上說，中國的原生文明時代，是我們這個民族的文明智慧大爆炸時代，其時代精神堅剛強毅，其生命狀態惕厲奮發，其創造智慧博大深遠，其文明業績震古鑠今。唯其如此，原生文明時代是我們民族的文明聖土。我們有最充足的理由，對那個時代保持最高的敬意。這既是一個偉大民族的文明認知能力，也是一個偉大民族的文明良知。

可是，由於種種我們說到或沒有說到的歷史原因，我們的歷史意識對我們的原生文明時代產生了普遍而深重的誤解。我們無須怨天尤人，那是對我們這個偉大民族的失望。我們無須以批判清算的簡單方式了結歷史，那是對我們這個偉大民族歷史智慧的褻瀆。事已如此，任何固執，任何褊狹，任何自卑，任何狂躁，都無助於我們的文明腳步。我們應當客觀，應當冷靜，應該耐心，應該細緻，應該有胸襟，應該有能力，非如此，不能勘透我們的文明歷史，不能找到內核所在。

審視中國原生文明的基本點，是對春秋戰國秦帝國時代的總體認知。

從整體上否定一個時代，不可能對這個時代的文明創造作出肯定性評價。

兩千餘年來，對中國原生文明成就時代的總體評判，一直存在著巨大的爭議。漸漸成為主流的歷史意識認為：那是一個崇尚譎詐與陰謀的暴力時代，是王化敗壞道德淪落的時代，是只有赤裸裸利益爭奪而仁義道德蕩然無存的時代。唯其如此，那個時代的君王是驕奢淫逸的罪魁禍首，士人是追逐功名利祿而毫無節操之徒，民眾則是世風大壞利慾薰心爭奪不休，人際交往充滿著背信棄義，廟堂官場充斥著權謀傾軋，邦國戰爭彌漫著血腥殺戮。一言以蔽之，那是一個恐怖的時代，一個不堪的時代。翻開史書，此類評判比比皆是，其用語之怨毒，其渲染之濃烈，直教人心驚肉跳。

另一種始終不占據主流位置的歷史意識，則持相反觀念：那是一個「求變圖存」的時代，是一個五千年歷史中最富「巨變」的時代，是一個樸實高貴的時代，是一個創造新政新制的時代，是一個聖賢迭出原典林立的時代，是一個「士」階層擁有最獨立自由人格的時代。是故，從三國時代開始，便有了「書不讀秦漢以下」的先秦崇拜說。雖然，對春秋戰國秦帝國時代的正面評價遠非主流，然卻成為我族一種珍視原生文明的精神根基。

與後人的兩種歷史評判相對比，身處該時代的「時人」，對自己的時代有著特殊清醒的評判。代表著社會普遍心聲的《詩經》，對這個時代的大像描繪多有這樣的句子：禮崩樂壞，瓦釜雷鳴；高岸為谷，深谷為陵；爗爗雷電，不寧不令；山陵卒崩，百川沸騰。等等等等，不一而足。而名士學子的評價，最具代表性的有兩則，一則是晏子對春秋時期社會精神的描述：「凡有血氣，皆有爭心。」一則是韓非子對戰國風貌的大概括：「大爭之世，多事之時。」在百家爭鳴而蓬勃共生的諸子百家中，對自己所處時代持總體否定的評判者，不能說沒有，實在是極少。最典型者，大約只能說是孔子及其創立的儒家，對那時的「禮崩樂壞」持有極其悲觀的看法。

總體上說，當時的社會意識對自己的時代已經有了清醒的認知：這個時代一邊是淪落，一邊是崛起，有腐朽沒落的陰暗，更有進取創新的光明，其主導潮流無疑是雷電爗爗的大創造精神。客觀地說，任何一個時代，都有足以構成普遍性問題的具體弊端。原生文明時代，也同樣有種種社會弊端。有巨大的貧富差別，有深重的社會災難，有民眾的饑餓，有官吏的腐敗，有難以計數的陰謀，有連綿不斷的戰爭等等。舉凡社會基本問題，在那個時代都有。若僅僅注重於具體的陰暗與苦難，從而以因為有此等陰暗而否定一個時代所創造的文明，應該說，這不是文明歷史的評判視野。作為一種文明審視所應具有的歷史意識，我們應該看到的基本方面是：這個時代的總體生存方式、總體生命狀態及其獨有的創造力，這個時代解決種種社會矛盾的基本方式是否具有進步性，其創造的文明成果是否經得起歷史的驗證，是否足以構成一個民族的精神根基。捨此而孜孜於種種具體陰暗的搜求羅列，將完全可能導向歷史虛無主義，而悲劇性地否定整個人類歷史開掘創造的存在意義。無論如何，這是不可取的方向。

審視中國原生文明的基本點之二，是對秦文明的界定與性質認定。這是當代史學界生發的新問題：秦文明是落後文明，還是先進文明？

這是一個典型的歷史價值觀問題，也是一個當代歷史意識湧現出的新的基本問題。多有歷史學家與學人之論著認為：秦統一中國，是「落後文明征服先進文明」的一個例證。這一認識包含的基本價值觀是：秦文明是落後文明，而當時的山東六國是先進文明。進入二十一世紀後，這種評判仍然出現在歷史學界。這個命題的內涵具有諸多混亂，實在是一個堪稱「臆斷」的評判。然則，因為這一評判牽涉出對原生文明審視的一系列基本事實的認定，故而在事實上成為最基本的問題。這個問題的實質，是對秦文明歷史性質的總體認定，其必然牽涉的基本方面有三則：

一則，何謂秦文明？引起兩千餘年爭論不休的秦文明，究竟是指商鞅變法之前的早秦文明，還是指商鞅變法之後的新秦文明？若指前者，落後無疑。然在事實上，早秦文明卻絕非後人爭論的秦文明，大約也不會是此等理念持有者所謂的秦文明。若指後者，則顯然有違歷史事實——在歷代評判言論中，沒有人將早秦文明作為否定對象，而只明確地否定戰國秦文明與帝國秦文明。同時，也有違高端文明時代的普遍共識——當代歷史認知中的秦文明，沒有人理解為早秦文明。這裡的混亂是：說者將商鞅變法之前的秦文明與商鞅變法之後的秦文明不作區分，囫圇地以秦人族群發源地為根基，將早秦文明看作戰國秦文明與帝國秦文明，又一體認定為落後文明。

我們需要強調的一個基本認知是：凡是涉及秦文明評判的歷史論著或民間認定，人們所說的「秦文明」，一定是變法之後的戰國秦文明與一統華夏後的帝國秦文明，而不是早秦文明。若將這兩個時期的秦文明都看作「落後文明」，而將這兩個時期的山東六國文明看作「先進文明」，那就是明白無誤地脫離了高端文明時代的基本歷史價值觀，不是這裡要澄清的問題了。

二則，秦人族群起源。這個問題之所以基本，在於它是秦為「落後文明」這一論斷的根基。秦人究竟起源於東方華夏，還是本來就是西方戎狄？在當代中國民族史學界有爭論，在當代歷史學界也有爭論。然則，在此前的中國歷史上卻大不相同：隋唐之前基本無爭論，隋唐時期始有「秦人起自西戎」說出現。從問題本身說，《史記》明確記載了秦人族群的起源與遷徙，明確認定：秦人是大禹時代的主要治水部族之一，始祖首領是大業、大費（一說伯益）；商滅夏的鳴條之戰，商人與秦人結盟，秦人尚是參戰主力之一；殷商中後期，秦部族成為鎮守西陲的軍旅部族，蜚廉、惡來是其首領；西周之世，秦人不願臣服周室，流落西部戎狄區域，後漸漸歸附臣服於周；西周末期的鎬京之亂，周平王敦請秦人勤王救周，秦始成為東周的開國諸侯。認真分析史料，秦人族群的歷史足跡並不混亂，司馬遷的記載很清楚，甚或連秦族的分支演變都大體一一列出了。

春秋之世，秦國尚不強大，故以「蠻夷」指斥秦國者不是沒有，然實在極少。即或有，也並非起源確指之意，而僅僅表示一種輕蔑。戰國之世，秦國在變法之後強大，指斥秦人為「蠻夷」者遂驟然增多。然就其實質論，如同「虎狼說」一樣，都是洩憤罵辭，而非認真確指。在中國歷史上，此等基於邦國族群仇恨而生出的相互攻訐現象多多。最早者，有周族罵商族為「戎殷」、「蠢戎」；其後的南北朝人，又相互罵為「北虜」、「島夷」；春秋戰國時，中原諸侯則罵楚為「荊蠻」、秦為「戎狄」等等。若以此等言辭作為族群起源之評判依據，殊非偏執哉！唯其如此，西漢之世為秦立史，秦人的起源與遷徙歷史，根本不是疑點。司馬遷作史的原則是「信則存信，疑則存疑」。對一個西漢持否定評判的先代族群，若有如此重大的「非我族類」的事實，豈能不如實記載？姑且不說事實，即或是疑點，司馬遷也必會如實記載下「人或曰」之類的話語，以期引起人們注意。然，《史記》中卻從未見此等跡象。顯然，秦人是否中原族群，直至西漢並無大的爭論。其後直至隋代，也沒有大的爭論。秦人族群被「認定」為西部戎狄，僅僅只是起自唐代。如前所引，《隋書》中方有「秦人起自西戎」之說。分析歷史，這顯然是唐人的政治需要：以秦族起源類比於起自北周胡族的隋，影射隋之短命如秦而已。此歷史惡習也，並無基於事實的公正探究立場，不當為憑。

秦族起源問題之爭論，恰恰是在當代濫觴了。歷史學家蒙文通於上世紀三十年代提出「秦人戎狄」說，並以《秦之社會》及《秦為戎族考》論證，推定秦族群與驪山戎皆為「犬戎」。之後，隨即出現了「秦人東來」說，以衛聚賢的《中國民族的來源》、黃文弼的《秦為東方民族考》為代表，認定秦人為中原族群。後一論說，自不待言。以蒙氏「秦人戎狄」說而論，實則是依據史書中的種種零星言論推演而成。這種推演，曾被近年故去的著名秦史專家馬非百先生批評為：「蒙氏以此為據，殊屬偏執。」

作為學術研究，學人持何觀點，原本無可厚非。我們要說的是：原本不是問題的秦人族群起源，何以突然竟成了問題。僅僅是那些上古史書中的星星點點的攻訐言論起作用麼？果真如此，《史記》中對楚族也有「荊蠻」「南蠻」之說，更有「非我族類，其心必異」的攻訐，如何楚人起源不成其為問題，從來沒有引起過大規模的爭論？當「落後文明」說與「秦為戎狄」說聯結起來的時候，我們的歷史意識中潛藏的一種既定的東西才彰顯出來：「落後文明」說以「秦為戎狄」說為依據，「秦為戎狄」說則為「落後文明」說尋找族群根基。雖然，「秦為戎狄」說與「落後文明」說，都並未成為普遍認知，但多有學者在高端文明時代依然重複並維護一個古老的荒謬定式，足見我們這個民族對文明歷史的審視，將會有多麼艱難！

三則，秦部族果真西戎部族，又當如何？在高端文明時代，將族群起源地看作判定文明先進或落後的根據，未免太過墮入西方史學的舊定式了。西方歷史意識曾以羅馬征服希臘為例證，生發出一種理念：落後文明征服先進文明，在歷史上多有發生。就羅馬與希臘而言，當時的羅馬族群是落後文明無疑，羅馬征服希臘也是純粹的武力吞併，體現了「落後文明征服先進文明」的典型方式。然則，將這一理念延伸為某種定式，認為一個特定族群的早期狀態便是其永久的文明定性依據，顯然是荒誕的。由此而將秦文明與征服希臘的落後羅馬文明等同，同樣是荒誕的。

高端文明時代應當具有的歷史價值觀是：無論秦人是否戎狄，都不能因此而否認秦國在深徹變法之後，在兩次文明大創造後形成新文明形態的歷史事實。戰國秦創造出了戰時法治國家的新文明形態，滅六國之後秦更創造出了新的大一統國家的文明形態。這一歷史事實說明：就基於文明內涵的歷史定性而言，一個民族的文明先進與否，與其族群發源地及早期狀態並無必然性關係。在文明史評判的意義上，族群發源地完全可忽略不計。若認定族群早期落後，其文明便必然永遠落後，秦人即或全面變法移風易俗自我更新國家強大，依舊還是落後文明。果真如此，豈非製造出一種荒謬絕倫的「歷史血統論」——民族生成永久地決定其文明性質！

誠如此，歷史的發展何在，民族的奮進有何價值？

從高端文明時代應當具有的文明視野出發，這一觀念已經為諸多先秦史及秦漢史研究家所拋棄了。然則，它依然是一種堂堂見諸多種論著的流行理念。最基本的文明性質判定，本來是高端文明時代審視原生文明時代最應該獲得普遍認知的第一問題。實則恰恰不然，我們這個高端文明時代依然存在著「秦為落後文明，山東六國為先進文明」的認定。歷史學界尚且如此，遑論民眾之普遍認知了。

五、走出暴秦說　秦帝國徭役賦稅之歷史分析

認定秦帝國為「暴秦」，基本論據之一是徭役賦稅指控。

及至當代，即或是對秦文明功績整體肯定的史家，對秦政的經濟「暴虐」也是明確指斥並多方論證的。歷史上幾乎所有指控「暴秦」的言論——包括被西漢時期拋棄了的秦末歷史謊言都被當代史學

家一一翻了出來，悉數作為指控依據。其中最基礎的根基之一，是對秦帝國的以徭役賦稅為軸心的經濟政策的指控。

賦稅徭役之作為問題提出，乃西漢董仲舒發端。在中國歷史上，董仲舒第一個以數量表述的方式，認定了秦帝國的賦稅率與徭役徵發率，遂成為日後所有「暴秦」論者的最重要依據。在我所能見到的無數典籍資料中，都是原文引用董仲舒，而後立即認定秦為「暴秦」，缺乏任何中間分析。也就是說，將董仲舒之說當作真理式史料給予信奉。這種武斷方式，幾乎成為涉秦論說的一種「八股」。依據當代經濟理念分析董仲舒之說，而後給予評判者，未嘗見之也。

董仲舒的數量表述，主要是三組對比數位。第一組：古代為什一稅，秦時傭耕豪田為什五稅；第二組，秦人口賦與鹽鐵之利，二十倍於古；第三組，古代徭役一年三日，秦之「力役」則三十倍於古。我們且以當代經濟理念結合歷史事實分析董仲舒說，而後評判其能否立足。

第一則，先說最重要的田稅率。

什一稅，是說田稅率為十分之一。這一稅率，是夏商周三代較為普遍的貢賦制背景下對民眾的稅率。諸侯及附屬國對天子的「貢」，不是稅，自然也不涉及稅率。自春秋時期開始，什一稅事實上已經被大大突破了。突破的根本原因，不是普遍的暴政，而是生產力的發展與稅源的拓寬，是社會經濟大發展的合理結果。及至戰國時期，由於鐵製農具使用，可耕地的大量開墾，農作物產量大幅提高，生產力與整個社會經濟水準都有了極大發展。此時，稅率的大幅提高已經成為各大戰國的普遍事實，絕非秦國一家。

據《中國賦稅史》、《中國財政史》、《中國民政史》等綜合研究統計：戰國初期之魏國，百畝土地的正常年產量是一百五十石，豐年產量是三百石到六百石；折合畝產，則是每畝產量一石半至六石。《管子》則云：「高田十石，間田五石，庸田三石。」管子所云，當為春秋時期的齊國。也就是說，當時齊國的最高畝產可以達到每畝十石。以吳承洛先生之《中國度量衡史》，戰國之「石」與「斛」接近，大體一百二十斤，每斤約合當代市斤六兩到八兩之間。依此大體推算，當時的畝產量最高可達當代重量的五六百斤至八九百斤之間！這一生產力水準，在整個自然經濟時代，一直沒有實質性突破。同樣依據上述三史，秦帝國時期中國墾田大體已達到八百二十七萬頃。由於人口的不確定，我們不能確知當時的人均耕地數字。但是，每人占有耕地至少在數十畝至百畝之間無疑，大大超出今日數量。如此歷史條件下，戰國與秦帝國時期的經濟總量已經遠遠超過了夏商周三代，其稅率的提高無疑是必然的。

然則，秦帝國時代的田稅率究竟有多高，沒有帝國原典史料可查。董仲舒的數字，也沒有明確指認自己的史料依據。董列出的田稅率是「或耕豪民之田，見稅什五」。

依據當代經濟理念分析，董仲舒的這個數字不是國家「稅率」，而是傭耕戶的地租率。其實際所指，是如陳勝那般「耕豪民之田」的傭耕者，向豪民地主交出一半的收成。董仲舒顯然不懂經濟，將地租率硬說成國家稅率，使秦帝國時代的田稅率猛然提升到十分之五的大比例。有意還是無意，已經不重要了。重要的是，後世將這一典型外行的指控當成了歷史事實，當成了真理性質的史料依據。

就歷史事實而論，交租之後的經濟邏輯是：國家以地畝數量徵收田稅，只向地主徵收，不針對傭耕者徵稅。之所以不針對傭耕者，有兩個原因：其一，傭耕者耕的是地主的土地，傭耕者不是地主；其二，傭耕者是流動的，若以傭耕者為基數徵稅，固然可以避免歷代都大為頭疼的「漏田」現象，然在事實上卻極難操作。所以，傭耕者向地主繳租，國家再從地主之手以登記核定的田數徵稅，是從戰國時代開始一直延續兩千餘年的田稅法則。唯其如此，此後的經濟邏輯很清楚：傭耕者的一半產量中，必然包括了地主應該繳納的田稅。而地主不可能將糧食全部交稅，而沒有了自家的存儲。是故，秦帝國的田稅只能比「什五稅」低，而不可能高。最大的可能是，國家與地主平分，也徵收地主田租的一半為田稅。如此，則田稅率為十分之二點五。即或再高，充其量也只是十分之三。因為，秦帝國不可能將自己的社會根基階層搜刮淨盡。

第二則，再說人口鹽鐵稅率。

人頭稅乃春秋戰國生發，夏商周三代本來就沒有，說它「二十倍於古」，是沒有任何可比意義的。人頭稅之輕重，只能以當時民眾的承受程度為評判標準。而史料所記載的人口稅指控，除了秦末歷史謊言的「頭會箕斂」的誇張形容，再無蹤跡可尋。

所謂鹽鐵之利，在「九貢九賦」的夏商周三代也基本沒有，至少沒有鐵。即或有鹽利，肯定也極低。因為，三代鹽業很不發達，不可能徵收重稅。故此，說秦時鹽鐵之利二十倍於古，無論是就實際收入的絕對數量而言，還是就稅率而言，也幾乎沒有任何可比意義。

若董仲舒的「二十倍於古」泛指整個商業稅，則更見荒誕。戰國至秦帝國時期的商業大為發達，七大戰國皆有商業大都會。齊市臨淄、魏市大梁、秦市咸陽、楚市陳城、趙市邯鄲、燕市薊城、韓市新鄭。七大都會之外，七國尚各有發達的地域性大商市，如齊東即墨、魏北安邑、楚東南之江東吳越、秦西南之蜀中、趙北之胡市等等。其時之市場規模與國家來自關市的財政收入，遠遠超出夏商周三代何止百倍。以此論之，說商業稅「二十倍於古」，只怕還估摸得低了。基本的原因是，夏商周三代的民眾自由商事活動規模很小，而國家「官市」又多有限制且規模固定。總體上說，三代商市根本無法與《史記·貨殖列傳》所記載的戰國秦時代的蓬勃商市可比。所以，商業稅之比同樣沒有意義。

第三則，再說徭役徵發。

以董說的夏商周三代一年三日徭役為基數，三十倍於古，是九十日。董仲舒列舉了這九十日的大體構成：「月為更卒」，每年要有一個月給縣裡做工；「復為正一歲」，再給郡裡每年也要做工。按照邏輯，按照歷代史家的注釋，這裡的「一歲」不是一次性一年出工，而是一人一生總計服郡徭役一年，每年分攤出工。第三項「屯戍一歲」，每人一生中要給國家一次性守邊一年。對董仲舒的分項說法，《史記》注解引師古之說，替董仲舒解釋云：「率計，今人一歲之中，屯戍及力役之事三十倍多於古也！」所謂率計，是大體計算之意。顯然，這一歸納沒有說明一個男丁一年中究竟有多長時段的徭役，而只依據大體計算而籠統指斥「三十倍多於古也」，有失粗疏輕率，並武斷過甚。

以董仲舒之說，一個男丁在一生中究竟要分攤多少徭役？

可以有四種計算方法：

其一，若以「能勞」為準，將一個男丁的徭役期限假設在二十歲至五十歲之間（二十歲加冠，五十歲稱老），其有效勞役的基數時間為三十年；則三項徭役合計總量為五十四個月，具體均攤出工，則《史記》所云之「率計」，每年只有月餘。

其二，若以六十歲一生為基數，則徭役總量為八十四個月，分而攤之，「率計」每年仍然只有月餘。

其三，以六十歲一生為基數，以三十年「能勞」期為有效徭役徵發時段，在三十年內服完八十四個月徭役，則「率計」兩月餘，還是不到三個月，仍然不到「三十倍於古」的九十日。

其四，只有以八十歲一生為基數，徭役總量為一百零四個月，以三十年精壯期服完徭役，其「率計」才可能超過三個月，實現董仲舒「三十倍於古」的宏大設想。然則，一個自然經濟時代的政權，設定男人每人八十歲壽命而規定徭役，現實麼？可能麼？只怕董仲舒自己都要臉紅了。

籠統指斥其「三十倍於古」，既誇大事實，也毫無實際意義。

即或不與董仲舒認真計較，便以第三種方法計，在實際中也遠非那麼不堪重負。國家徵發徭役，只要不瘋狂到要自斷生計，大體皆在每年農閒徵發，而不可能在農忙時期徵發。而那個時代的實際農閒時間，每年無論如何在三個月之上。歷史的事實是，每年月餘的徭役，在戰國時代不足論。即或接近三個月，也不可能達到嚴重威脅民眾生存的地步。

秦帝國是一個大規模建設的時代，精壯男子每人每年服徭役一月餘或兩月餘，客觀地說，遠在社會容忍底線之中。以秦帝國刻石所言，民眾在秦始皇時期是大為歡悅地迎接太平盛世的。即或我們將刻石文辭縮水理解，至少也是沒有反抗心理的。其另一個基本原因，是帝國工程的絕大多數都是利國利民的。疏通川防、開拓道路、抵禦匈奴、南進閩粵、大興水利、銷毀兵器、遷徙人口填充邊地等等等等。除了搬遷重建六國宮殿，秦始皇時期沒有一件值得指控的大工程。以戰國民眾在大爭之世所錘鍊出的理解力，是會敏銳體察出惡政與善政區別的。只是到了秦二世時期，才因驪山陵與阿房宮的大規模建造而偏離社會建設軌跡，使工程徭役具有奢靡特質。如此大背景下，才有了陳勝吳廣因「失期皆斬」面臨生死抉擇而不能容忍而舉事反秦的社會心理動因。這與秦政的本來面目與總體狀況，並非一事。以文明歷史的評判意識，不當以胡亥趙高的昏聵暴虐取代帝國整個時期，更不能以此取代整個原生文明時代。

還有一個重大的歷史現象必須申明：舉凡歷史上的強盛時代或富裕國家，其稅率與徵發率必然相對高；舉凡歷史上的不發達時代，或大貧困大蕭條時代及貧窮國家，其稅率與徵發率必然很低或極低；直至當代，依然如此。

秦帝國正是前一種時代，前一種國家，其稅率與徭役徵發「年率」雖相對較高，但卻是建立在自覺地大力發展生產力基礎上的，其性質絕非對貧瘠的掠奪，而是在高度生產力水準上積聚社會財富，為社會進行大規模的建設。其後，秦末大動亂大復辟，將秦帝國建設成果悉數摧毀，「民失作業，而大饑饉。人相食，死者過半。高祖乃令民得賣子，就食蜀漢。天下既定，民無蓋臧，自天子不能具醇駟，而將相或乘牛車。」在此等經濟大蕭條社會大貧困下，西漢即或實行了「什五稅一」甚或「三十稅一」，達到十五分之一與三十分之一的極低稅率，其窮困狀況仍然慘不忍睹。漢文帝時期，賈誼的

〈論積貯疏〉猶云：「漢之為漢幾四十年矣！公私之積，猶可哀痛。失時不雨，民且狼顧；歲惡不入，請賣爵子。既聞耳矣，安有為天下阽危者若是而上不驚者！」

這一基本的歷史現象，給我們的歷史意識提出了一連串的尖銳問題。

在大貧困大蕭條時代的低稅率低徵發，與大發展大興盛時代的高稅率高徵發之間，我們究竟應當如何評判？假如要我們選擇，我們選擇什麼？貧困的低稅率低徵發，果真是「仁政」麼？富有的高稅率高徵發，果然是「暴政」麼？此等對比之法，果真有實質意義麼？果真能說明問題麼？果真值得作為最重要的依據去評判文明史麼？兩千餘年來，我們一直在指控強盛秦帝國的高稅率與高徵發，我們一直在讚頌生產力低下時代與大貧困時代的「輕徭薄賦」，這符合歷史演進的本質法則麼？符合社會經濟發展的邏輯麼？

六、走出暴秦說　秦帝國法治狀況之歷史分析

秦法酷烈，歷來是暴秦說的又一基本論據。

這一立論主要有五則論據：其一，秦法繁細，法律條目太多；其二，秦法刑種多，比古代大為增加；其三，秦法刑罰過重，酷刑過多；其四，秦時代罪犯多得驚人；其五，秦法專任酷吏，殘苛百姓。舉凡歷代指控秦法，無論語詞如何翻新，論據無出這五種之外。認真分析，這五則論據每則都很難成立，有的則反證了秦法的進步。譬如，將「凡事皆有法式」的體系性立法看作缺陷，主張法律簡單化，本身就是「蓬間雀」式的指責。

首先，所有指控都有一個先天缺陷：說者皆無事實指正（引用秦法條文或判例）或基本的數字論證，而只有盡情的大而無當的怨毒咒罵。羅列代表性論證，情形大體是：第一論據，西漢晁錯謂之

「法令煩憯」，並未言明秦法法條究竟幾多，亦未言明究竟如何煩亂慘痛，而只是宣洩自己的厭惡心緒。第二第三論據，除《漢書·刑法志》稍有列舉云：「秦用商鞅，連相坐之法，造參夷之誅，增加肉刑、大辟，有鑿顛、抽脅、鑊烹之刑」外，其餘盡是「貪狼為俗」、「刑罰暴酷，輕絕人命」之類的宣洩式指控。第四則論據更多渲染，「囹圄成市，赭衣塞路」，「死者相枕席，刑者相望，百姓側目重足，不寒而慄」，「斷獄歲以千萬數」，「刑者甚眾，死者相望」，等等等等。依據此等誇張描繪，秦時罪犯簡直比常人還要多，可能麼？第五則論據也盡是此等言辭，「獄官主斷，生殺自恣」，「殺民多者為忠，厲民悉者為能」，「賊仁義之士，貴治獄之吏」，等等等等。

這一先天缺陷所以成為通病，是中國史學風氣使然麼？

當然不是。中國記史之風，並非自古大而無當，不重具體。《史記》已經是能具體者盡具體了，不具體者則是無法具體，或作者不願具體也。到了《漢書》，需要具體了，也可以具體了，便對每次作戰的傷亡與斬首俘獲數位，都記錄詳盡到了個位數，對制度的記述更為詳盡了。也就是說，對秦法的籠統指控，不能以「古人用語簡約，習慣使然」之類的說辭搪塞。就事實而論，西漢作為剛剛過來人，縱然帝國典籍庫焚毀，然有蕭何第一次進咸陽的典籍搜求，又有帝國統計官張蒼為西漢初期丞相，對秦法能無一留存麼？更重要的現實是：秦在中央與郡縣，均設有職司法典保存與法律答問的「法官」，西漢官府學人豈能對秦法一無所見？秦末戰亂能將每個郡縣的法律原典都燒毀了？只要稍具客觀性，開列秦法條文以具體分析論證，對西漢官員學人全然不是難事。其所以不能，其所以只有指斥而沒有論證，基於前述之種種歷史背景，我們完全有理由認定：這種一味指控秦法的方式，更多的是一種政治需要，而不是客觀論證。

唯其如此，這種宣洩式指控不足以作為歷史依據。

要廓清秦法之歷史真相，我們必須明確幾個基本點。

其一，秉持文明史意識，認知秦法的歷史進步性質。

秦國法治及秦帝國法治，是中國歷史上唯一一個自覺的古典法治時代，在中國文明史上具有無可替代的歷史地位。秦之前，中國是王道禮治時代。秦之後，中國是人治時代。只有商鞅變法到秦始皇統一中國的一百六十年上下，中國走進了相對完整的古典法治社會。這是中國民族在原生文明乃至整個古典文明時代最大的驕傲，最大的文明創造。無論從哪個意義上審視，秦法在自然經濟時代都具有歷史進步的性質，其總體的文明價值是沒有理由否定的。以當代法治之發達，比照帝國法治之缺陷，從而漠視甚或徹底否定帝國法治，這是屏棄歷史的相對性而走向極端化的歷史虛無。依此等理念，歷史上將永遠沒有進步的東西值得肯定，無論何時，我們的身後都永遠是一片荒漠。

基於上述基本的文明史意識，我們對秦法的審視應該整體化，應該歷史化地分析，不能效法曾經有過的割裂手法——僅僅以刑法或刑罰去認知論定秦法，而應該將秦法看作一個完整的體系，從其對整個社會生活規範的深度、廣度去全面認定。即或對於刑法與刑罰，也當以特定歷史條件為前提分析，不能武斷地以秦法有多少種酷刑去孤立地評判。若沒有整體性的文明歷史意識，連同秦法在內的任何歷史問題，都不可能獲得接近於歷史真相的評判。

其二，認知秦法的戰時法治特質，以此為分析秦法之根本出發點。

秦法基於戰國社會的「求變圖存」精神而生，是典型的戰時法治，而不是常態法治。此後一百多年，正是戰國大爭越演越烈的戰爭頻仍時代，商鞅變法所確立的法典與法治原則，一直沒有重大變化。也就是說，從秦法確立到秦統一六國，秦法一直以戰時法治的狀態存在。作為久經錘鍊且行之有效的一種戰時法治體系，秦法自然不會無緣無故地改弦更張。法貴穩定，這是整個人類法治史的基本經驗。一種戰時法治能穩定持續百餘年之久，這意味著這種戰時法治的成熟而有效。帝國建立而秦始皇在位的十二年，又因為大規模文明建設所需要的社會動員力度，因為鎮壓復辟所需要的社會震懾力度，也因為尚無充裕的社會安定而進行歷史反思的條件，帝國在短促而劇烈的文明整合中，幾乎沒有機會去修改秦法，使戰時法治轉化為常態法治。是故，直到秦始皇突然死去，秦法一直處於戰時法治狀態，一直沒有來得及大規模地修訂法律。

從文明史的意義上說，秦帝國沒有機會完成由戰時法治到常態法治的轉化，是整個中國民族在原生文明時代巨大的歷史缺憾。而作為高端文明時代應該具有的文明視野，對這一法治時代的審視，則當準確地把握這一歷史特質，全面開掘秦法的歷史內涵；而不能以當代常態法治的標準，去指控古典戰時法治的缺憾，從而抹煞其歷史進步性。果真如此，我們的文明視野，自將超越兩千餘年「無條件指控」的堅冰誤區。

其三，認知作為戰時法治的秦法的基本特徵。

戰時法治，從古到今都有著幾個基本特徵。即或到了當今時代，戰時法治依然具有如此基本特徵。戰時法治的超越時代的基本特徵，是五個方面：一則，注重激發社會效能；二則，注重維護社會穩定性；三則，注重社會群體的凝聚力；四則，注重令行禁止的執法力度；五則，注重發掘社會創造的潛力。

就體現戰時法治的五大效能而言，帝國法治的創造性無與倫比。第一效能，秦法創立了「獎勵耕戰」的激賞軍功法，使軍功爵位不再僅僅是貴族的特權，而成為人人可以爭取的實際社會身分；第二效能，秦法確立了重刑原則，著力加大對犯罪的懲罰，並嚴防犯罪率上升；第三效能，秦法創立了連坐相保法，著力使整個社會通過家族部族的責任聯結，形成一個榮辱與共利害相連的堅實群體；第四效能，秦法確立了司法權威，極大加強了執法力度，不使法律流於虛設；第五效能，秦法確立了移風易俗開拓稅源的法令體系，使國家的財力戰力在可以不依靠戰爭掠奪的情況下，不斷獲得自身增長。

凡此創造，無一不體現出遠大的立法預見性與深刻的行法洞察力。

這一整套法律制度，堪稱完整的戰時法治體系。戰時法治體系與常態法治體系的相同處，在於都包括了人類法律所必需的基本內容。其不同處，則在於戰時法治更強調秩序效能的迅速實現，更強調對人的積極性的激發。是故，重賞與重罰成為戰時法治的永恆特徵。秦法如此，後世亦如此，包括當代法治最為發達的國家也如此。從此出發審視秦法，我們對諸如連坐法等最為後世詬病的秦法，自然會有一種歷史性的理解。連坐相保法，在中國一直斷斷續續延伸到近現代才告消失，期間意味何在？何以歷代盡皆斥責秦法，而又對秦法最為「殘苛」的連坐制度繼承不悖，這便是「外王而內法」麼？這種公然以秦法為犧牲而悄悄獨享其效能的歷史虛偽，值得今天的我們肯定麼？

其四，秦法的社會平衡性，使其實現了古典時代高度的公平與正義原則。

從總體上說，秦法的五大創造保持了出色的社會平衡：激賞與重刑平衡，尊嚴與懲罰平衡，立法深度與司法力度平衡，改進現狀與發掘潛力平衡，族群利益與個體責任平衡，國家榮譽與個體奮發平衡。法治平衡的本質，是社會的公平與正義。正因為秦法具有高度的社會平衡性，所以才成為樂於為秦人接受的良性法治，才成為具有高度凝聚力與激發力的法制體系。

在一個犯罪成本極高，而立功效益極大的社會中，人們沒有理由因為對犯罪的嚴厲懲罰，而對整個法治不滿。否則，無以解釋秦國秦人何以能在一百餘年中持續奮發，並穩定強大的歷史事實。荀子云：「秦四世有勝，非幸也，數也。」數者何？不是法治公平正義之力麼？在五千年的中國歷史上，甚或在整個人類的文明史上，幾曾有過以罪犯成軍平亂的歷史事實？可是在秦末，卻發生了在七十萬刑徒中遴選數十萬人為基本構成，再加官府奴隸的子弟，從而建成了一支精銳大軍的特異事件。且後來的事實是：章邯這數十萬刑徒軍戰力非凡，幾乎與秦軍主力相差無幾，以致被項羽集團視為純正的秦軍，而在投降後殘酷坑殺了二十萬人。

這一歷史事實，說明了一個法治基本現象：只有充分體現公平正義的法律，才能使被懲罰者的對立心態消除。在一個法治公平——立法與司法的均衡公平——的社會裡，罪犯並不必然因為自己身受重刑而仇恨法治，只有在這樣的法治下，他們可以在國家危難的時候拿起武器，維護這個重重懲罰了他們的國家。

另一個基本事實是：秦國與秦帝國時代，身受刑罰的罪犯確實相對較多，即或將「囹圄成市，赭衣塞路」、「死者相枕席，刑者相望」這樣的描繪縮水理解，罪犯數量肯定也比後世多，占人口比例也比後世大。然則，只要具體分析，就會看出其中蘊含的特異現象。

其一，秦之罪犯雖多，監獄卻少。大多罪犯事實上都在鬆散的監管狀態下從事勞役，否則不能「赭衣塞路」。說監管鬆散，是因為當時包括關中在內的整個大中原地區並無重兵，不可能以軍隊監管刑徒，而只能以執法吏卒進行職能性監管，其力度必然減弱。從另一方面說，秦始皇時期敢於全力以赴地屯戍開發邊陲，敢於將主力大軍悉數駐紮陰山、嶺南兩大邊地，而對整個腹心地域只以正常官署治理，如果法制狀況不好且罪犯威脅極大，如果對法治沒有深厚的自信，敢如此麼？直到秦二世初期大作始皇陵、阿房宮，關中依然沒有大軍。後來新徵發的五萬「材士」駐屯關中，也沒有用於監管罪犯。凡此等等，意味何在，不值得深思麼？

其二，秦之罪犯極少發生暴動逃亡事件。史料所載，只有秦始皇末期驪山刑徒的一次黥布暴動。相比於同時代的山東六國與後世任何政權，以及同時代的西方羅馬帝國，這種百餘年僅僅一例的比率是極低的。這一歷史現象說明：秦帝國時代，罪犯並不構成社會的重大威脅力量，甚或不構成潛在的威脅力量，反而成為了一支擔負巨大工程的特殊勞動力群體，最後甚或成為了一支平亂大軍。若是一個法治顯失公平的社會，不會如此自信地使用罪犯力量，罪犯群體也不會如此聽命於這一政權。當陳勝的「百萬」周文大軍攻入關中之時，關中已經無兵可用。其時若罪犯暴動，則秦帝國的根基地帶立即便會轟然倒塌，陳勝農民軍便將直接推翻秦帝國。而當時的事實恰恰相反，七十餘萬罪犯非但沒有藉機逃亡暴動或投向農民軍，反而接受了官府整編，變成了一支至少超過二十萬人的平亂大軍。一個基本的問題是：假若罪犯不是自願的，帝國官府敢於將數十萬曾經被自己懲治的罪犯武裝到牙齒麼？而如果是自願的，這一現象意味著什麼？

在人類歷史上，無論一個時代一個國家是施行惡法，還是施行良法，都從來沒有過敢於或能夠將數十萬罪犯編成大軍且屢戰屢勝的先例。只有秦帝國，尚且是轟然倒塌之際的秦帝國，做到了這一點。就其本質而言，這是法治史上極具探究價值的重大事件。它向法治提出的基本問題是：人民的心靈對法治的企盼究竟何在？社會群體對法治的要求究竟何在？只要法治真正地實現了公平與正義原則，它所獲得的社會回報又將如何，它的步伐會有多麼堅實，它的凝聚力與社會矛盾化解力會有何等強大。

可惜，這一切都被歷史的煙霧湮沒了。

轟然倒塌之際，秦法尚且有如此巨大的凝聚力，可見秦法之常態狀況。

法治的良惡本質，不在輕刑重刑，而在是否體現了公平正義原則。

其五，認知作為秦法源頭的商鞅的進步法治理念。

由於對帝國法治的整體否定，當代意識對作為帝國法治源頭的商鞅變法也採取了簡單化方法，理論給予局部肯定的同時，卻拒絕發掘其具體的法治遺產。對《商君書》這一最為經典的帝國法治文獻，更少給予客觀深入的研究。《商君書》蘊藏的極具現實意義的進步法治理念，幾乎被當代人完全淡忘，只肆意指控其為「苛法」，很少作出應有的論證。

帝國法治基於社會平衡性而生發的公平與正義，我們可以從已經被久久淡漠的商鞅的法治思想中看到明確根基。《商君書》所體現的立法與執法的基本思想，在其變法實踐與後來的帝國法治實踐中，都得到了鮮明體現。

唯其被執意淡漠，有必要重複申明這些已經被有意遺忘的基本思想。

一則，「法以愛民」的立法思想。

《商君書》開篇〈更法〉，便申明了一個基本主張：「法者，所以愛民也。禮者，所以便事也。是以，聖人苟可以強國，不法其故；苟可以利民，不循其禮。」這是由立法思想講到變法的必要：因為法治的目標在於愛民，禮儀的目標在於方便國事；所以，要使國家強大，就不能沿襲舊法，不能因循舊制，就要變法。在〈定分〉篇中，商鞅又有「法令者，民之命也，為治之本也」之說。凡此，足見商鞅立法思想的人民性，在古代社會是絕無僅有的。在諸多的中國古代立法論說中，商鞅的「法以愛民」、「法令民之命」的思想，是獨一無二的，是明確無誤的，但也是最為後世有意忽視的，誠匪夷所思也。商鞅這一立法思想，決定了秦法功效的本質。秦國變法的第二年，秦人「大悅」。若非能夠真實給民眾帶來好處，何來社會大悅？

二則，「去強弱民」的立法目標原則。

所謂「強」，這裡指野蠻不法。所謂「弱」，這裡指祛除（弱化）野蠻不法的民風。這一思想的完整真實表意，應該是：要祛除不法強悍快意恩仇私鬥成風的民風民俗，使民成為奉公守法勇於公戰的國民。也就是說，「弱民」不是使民由強悍而軟弱，而是弱化其野蠻不法方面，而使其進境於文明強悍也。就其實質而言，「去強弱民」思想，是商鞅在一個野蠻落後的國家實現戰時法治的必然原則，是通過法治手段引導國民由野蠻進入文明的必然途徑，其進步性是毋庸置疑的。

三則，「使法必行」的司法原則。

商鞅有一個很清醒的理念：國家之亂，在於有法不依。歷史的事實一再說明，一個時代一個國家的法治狀況如何，既取決於法律是否完備，更取決於法律是否能得到真正的執行。某種意義上，司法狀況比立法狀況更能決定一個國家的法治命運。〈畫策〉云：「國之亂也，非其法亂也，非法不用也。國皆有法，而無使法必行之法……法必明，令必行，則已矣！」

請注意，商鞅在這裡有一則極為深刻的法哲學理念——國皆有法，而無使法必行之法。這句話翻譯過來，幾乎是一種黑格爾式的思辨：任何國家都有法律，但是，任何健全的法律體系中，都不可能建立一種能夠保障法律必然執行的法律。這一思想的基礎邏輯是：社會是由活體的個人構成的，社會不是機器，不會因法制完備而百分之百地自動運轉，其現實往往是打折扣式的運轉。這一思想的延伸結論是：正因為法律不會無折扣地自動運轉，所以需要強調執法，甚至需要強調嚴厲執法。體現於人事，就是要大力任用敢於善於執法的人才，從而保證法律最大限度地達到立法目標。也正因為如此，秦法對官員「不作為」的懲罰最重，而對執法過程中的過失或罪責則具體而論處。

顯然，商鞅將「使法必行」看作法治存在的根基所在。否則，國皆有法而依舊生亂。此後兩千餘年的中國歷史上，包括韓非在內，沒有任何一個人將司法的重要說得如此透徹。理解了這一點，便理解了秦任「行法之士」的歷史原因。

四則，反對「濫仁」的司法原則。

商鞅執法，一力反對超越法令的「法外施恩」。〈賞刑〉云：「（法定），聖人不必加，凡主不必廢。（依法）殺人不為暴，（依法）賞人不為仁者，國法明也。……聖人不宥過，不赦刑，故奸無起。」法外不施恩的原則，在王道理念依然是傳統的戰國時代，是冷酷而深徹的，也是很難為常人所能理解的。「殺人不為暴，賞人不為仁」的肅殺凜冽，與商鞅的「法以愛民」適成兩極平衡，必須將兩極聯結分析，才是商鞅法治思想的全貌。這一思想蘊藏的根基理念是法治的公平正義，是對依法作為的根基維護。對如此思想，若非具有深刻領悟能力的政治家，是本能地畏懼的。這一司法原則，其所以在秦國扎下了堅實的根基，最根本原因便是它的公平性——對權貴階層同樣的執法原則，同樣的執法力度。從這一原則出發，秦法還確立了不許為君王賀壽等制度。

商鞅這一思想產生的歷史背景，是王道仁政的「濫仁」傳統在戰國之世尚有強大影響力。此前此後的變法所以不徹底，根基原因之一，便是不能破除國有二法與種種法外施恩之弊端。顧及到這一背景，對商鞅這一思想的價值性便會有客觀性的認知。

五則，「刑無等級」的公平執法理念。

商鞅確立的執法理念有兩則最重要：一則，舉國一法，法外無刑，此所謂「壹刑」原則；再則，執法不依功勞善舉而赦免，此為「明刑」原則。〈賞刑〉篇對這兩個原則論述云：「所謂壹刑者，刑無等級，自卿相將軍以至大夫庶人……罪死不赦。有功於前，有敗於後，不為損刑；有善於前，有過於後，不為虧法；忠臣孝子有過，必以其數斷；守法守職之吏有不行王法者，罪死不赦，刑及三族……故曰：明刑之猶，至於無刑也！」也就是說，卿相大夫忠臣孝子行善立功者，統統與民眾一體對待，依法論罪，絕不開赦。相比於「刑不上大夫，禮不下庶人」的舊制傳統，庶民孰選，豈不明哉！

六則，「使民明知而用之」的普法思想。

商鞅行法的歷史特點之一，是法律公行天下，一力反對法律神祕主義。為此，商鞅確立了兩大原則：其一，法典語言要民眾能解，反對晦澀難懂；其二，建立「法官」制度，各級官府設立專門解答法律的「法官」。對於第一原則，〈定分〉論云：「夫微妙意志之言，上知（智）之所難也。……故，知（智）者而後能知之，不可以為法，民不盡知（智）；賢者而後能知之，不可以為法，民不盡賢。故聖人為法，必使之明白易知，愚知（智）遍能知之……行法令，明白易知……萬民皆知所避就，避禍就福，而皆以自治也！」這段話若翻譯成當代語言，堪稱一篇極其精闢的確立法律語言原則的最好教材。商鞅使「法令明白」的目的，在於使民眾懂得法律，從而能「避禍就福以自治」。這一番苦心，不是愛民麼？

對於第二原則，〈定分〉論云：「為法令，置官吏樸足以知法令之謂者，以為天下正（法律）……天子置三法官：殿中置一法官，御史置一法官及吏、丞相置一法官。諸侯郡縣皆各為置一法官及吏，……吏民欲知法令者，皆問法官。故，天下之吏民無不知法者。」其中，商鞅還詳細論說了法官的工作方式、考核方式。其中對法官不作為或錯解法令的處罰之法頗具意味：法官不知道或錯解哪一條法律，便以這條法律所涉及的刑罰處罰法官。此等嚴謹細緻的行法措施，不包含愛民之心麼？此後兩千餘年哪個時代做到了如此普法？

七、走出暴秦說　秦帝國專制說之歷史分析

當代「暴秦」說的一個新論據，是帝國「專制」說。

傳統「暴秦」說，其指控主要來自經濟與法治兩個具體方面。及至近現代乃至當代，中國史識在基本秉承傳統指控外，又對秦帝國冠以「專制強權」定性，秦文明及其所處的原生文明時代遂成一團漆黑，似乎更加的萬劫不復了。這一指控基本不涉及史料辨析，而是一種總體性的性質認定，因此，我們只作史觀性的分析評判。

首先的問題是，這一理念的產生，有非常值得深思的四個基本原因。

第一原因，是中國古代社會作出的三階段劃分：原始社會、奴隸社會、封建社會；作為「封建社會」開端的戰國秦帝國，便合乎邏輯地被冠以專制定性。順便說及的是，作為根基概念的「封建社會」是否真正科學，已經引起了史學界的關注與討論，思想史家馮天瑜等人的文章相對深刻。這一質疑的出現至少說明，完全套用西方概念與理念框定中國古典社會，是值得商榷的。

第二原因，是西方文明史理念的影響。這一理念的基本表述可以概括為：舉凡大河流域的文明，

皆以治水為基礎，生發出東方專制主義歷史傳統。這一理念的代表作有兩部，英國學者湯因比的《歷史研究》，美國學者魏特夫的《東方專制主義》。基於這一理念，作為東方大國的中國古典社會，被一律視為專制時代，秦帝國自然不能倖免。

第三原因，中國當代民主思潮的普及，使許多人對中國古典時代產生了本能的排斥，尤其對強盛時代產生了逆反心理。這一思潮表現為兩種形式：一則是學人以論著或其他方式見諸社會的封建專制論說；二則是社會個體不加任何分析的武斷認定。在《大秦帝國》第一部被改編為電視歷史劇的過程中，我聽到的這種非理性地將秦帝國認定為「專制」的說法不知幾多。在網路上，也有人嚴厲質疑我「專制崇拜何時休」。自然，這些人對那個時代與秦帝國都缺乏基本的了解。然則，正是這種不了解而本能認定的普遍事實，給我們提出了一個很深刻的問題：我們對文明歷史的評判，根基究竟應該在哪裡？歷史主義的評判意識，為什麼在我們民族中如此淡薄？這種以所謂科學民主理念去斷然否定自己民族文明史的現象，為什麼在其他國家民族極其罕見，甚或沒有，而在我們民族卻大肆氾濫？

第四原因，歷史「暴秦論」的沉積物與其餘種種學說思潮的錯位嫁接。自兩漢之後，因「暴秦」說而沉積成的「非秦」理念代代強化，已經成為某種意義上的非理性認知。當此基礎之上，諸多人等對包括西方史觀在內的種種「非秦」定性，非但極容易接受，且更願意以「新理論」來論證舊認知，從而證明被歷史鑄成的謬誤具有真理的性質。諸多歷史學家與文化人，論秦幾乎形成了一種八股定式：對秦帝國時代不加任何論證，先行冠以「專制」或「落後文明」之定性，而後再展開以舊理念為根基的論述。其研究精神之淪落，距離儒家朱熹之對秦考據尚且不如，遑論科學？這裡的直接原因，在於這種錯位嫁接。根本原因，卻實在是一個涉及諸多方面的複雜問題。

那麼，秦帝國時代的文明與政權性質不是專制麼？

是集權，是一種具有歷史進步意義的中央集權，因而是一種進步的政治文明。

專制，是對民主而言的一個政治系統制度。民主制的產生有兩個最基本的條件，一則是交通與資訊的極大便捷，否則，沒有社會大協商的條件；二則是生產力的巨大質變，否則，不可能承載人人參與國事這種極其巨大的社會成本。兩千餘年之前，人類的整個社會基礎是自然經濟，既沒有便捷溝通的手段條件，更無法承載「人人當家做主」的社會成本。是故，民主制不可能在自然經濟條件下出現。從這一意義上說，人類的古典時代，無一例外都是集權或專制政體，其間差別，只是專制程度的不同而已。

帝國時代，中國的傳統是將近三千年的鬆散的天子諸侯制。以當代理念定性，夏商兩代可稱之為邦聯制；西周可稱之為聯邦制。也就是說，其時之政治狀態，是一元之下的鬆散多元化：天子威權有限，諸侯自由度極大。要說民主的根基，那時的政治協商現象遠比後世要濃郁得多。原因只有一個，天子與諸侯之間，要做到誰強制誰，極難極難。此等政治條件，對社會生產力的推動極為緩慢；而在社會生產力終於發展到一定程度時，其鬆散乏力效率極低的社會管理又對生產力的發展阻礙極大。至少，任何對社會有益的大型工程都不可能實現。所以，春秋戰國之世的生產力出現大發展後，此等鬆散邦聯制、聯邦制便開始漸漸消解。消解的形式，是實際上增大擴張諸侯國的自治權。

就其歷史本質而言，這一現象的基礎邏輯是：作為能夠從整體上大大提高社會效率的「天子」系統，一時不可能改變。社會的實際單元——諸侯，便基於社會利益需求的強大推動，率先實行緊密化高效率的社會管理，從而出現一個又一個集權邦國。這種集權邦國漸漸普及為「天下」認可的普遍形式之後，整個「天下」對整個社會的鬆散分治便到了不能容忍的地步。於是，尋求整合整個社會效率的「向一」思潮開始出現。人類社會的複雜在於，當共同需求彌漫為普遍潮流時，由誰來充當這種共同需求的「供應商」，人群無法通過協商來確定，而需要通過武力競爭來確定。唯其如此，秦帝國以戰爭方式統一華夏，並建立了「治權歸一」的中央集權制，是歷史潮流推動的結果。

相對於既往三千年的鬆散乏力的邦聯制、聯邦制，中央集權的治權歸一制，無疑具有一舉邁入新時代的進步性。歷史的實踐證明，這種中央集權制問世伊始，立即展現了無與倫比的強大創造力，整個華夏社會的繁榮富庶遠遠超過了夏商周三代與春秋戰國，在整個人類的古典歷史上達到了一個空前絕後的高峰時代。此後兩千餘年，中央集權制一直綿延相續，終於僵化為落後於時代的國家體制。

這是歷史，也是必然。

我們不能因此而否定中央集權制在創造時期的巨大進步意義。

我們可以，而且應該摒棄專制。

可是，我們不能因屏棄專制而連帶否定我們民族的整個文明根基。

將中央集權體制曾經有過的歷史進步性一概抹煞，又進而以專制定性取代中央集權，以今日之政治抉擇取代總體上的文明評判，這既是理論邏輯的混淆，更是歷史虛無主義的悲劇。以此等理念，人類歷史將永遠不會有進步座標，任何時代的創造，都可能因其必然成為歷史而被否定。不要忘記，即或我們自己，我們這個時代，也將被後來者評判。

從更為廣闊的意義上說，我們要客觀審慎地對待我們民族的政治文明傳統，妥善尋求解決之道，而不能一概以反專制的理念簡單否定我們的傳統。我們民族的政治文明傳統是什麼？是「尚一」，是「執一」。我們的傳統政治哲學，是「一生二，二生三，三生萬物」。「一」，是我們民族的政治文明根基，五千年沒有偏離。雖然，我們有千千萬萬人在不假思索地呼籲「民主」，然而，更有大於千千萬萬許多倍的人依然有著堅實的「尚一」根基。至少，我們的將近十億的農民，尚不知「民主」為何物。唯其如此，我們民族要開創未來，要取得更大的歷史進步，要在政治文明取得突破，必須面對的難題有兩個基本方面：

第一個難題，解決好「尚一」傳統政治文明的社會根基。

第二個難題，尋求能夠相容「尚一」的群策群力的歷史道路。這是東方文明的獨特處，更是中國文明的獨特處。

自遠古洪荒，我們的民族便走著一條特立獨行的歷史之路。我們的文字，我們的生活方式，我們的政治文明，我們的社會倫理，我們的建築風格，我們的衣食住行，我們的所有基本方面，都是在沒有歷史參照係數的大勢下獨立創造的。我們這個民族的最大不同，在於她是世界上唯一的一個不以信仰與獨特生活方式為聚合紐帶，而以文明內涵、文化方式為聚合紐帶的民族。某種意義上，任何一個群體，只要踏進了華夏文明圈，寫中國字並奉行中國式的多元生活方式，她便漸漸真正成了華夏民族。無論是先秦戎狄，還是帝國諸胡與匈奴，還是五胡亂華，還是宋元明清的周邊民族群，乃至世界上最難融合的猶太人，都曾經大批量地成為我們民族的群體成員。唯其如此，傳統文明對於我們這個民族的意義，遠遠大於其他任何民族。我們曾經五千年綿延相續的生命歷史，證實了我們民族文明的強大生命力與無與倫比的創造力。假若我們要忽視乃至淡漠我們民族的文明傳統，而要硬生生奉行「拿來主義」，我們必然會走向巨大的不可預測的歷史誤區。

上述幾個方面，是對「非秦」三大理念的歷史辨析。

「非秦」三大理念是：暴秦論、落後文明論、專制論。

我沒有將對諸如商鞅、秦始皇等軸心人物的評判列為「非秦」理念的基本問題，只是因為歷史人物的史料相對確定，需要澄清的事件與客觀因素不很多。歷史論說對歷史人物的不同評判，幾乎完全是認識與理解的問題，儘管這種認識與理解也基於整體否定秦文明而生。另一個原因是，我對相關歷史人物的理解，已經在整部書中作出了依據史實的藝術再現，不需要再以論說方式去概括了。

八、秦帝國驟然滅亡的兩個最重大原因

秦帝國突然滅亡的原因，始終是中國歷史的一個巨大謎團。

揭示這個謎團，對於全面認知中國原生文明具有基礎性的意義。

任何歷史祕密，大體都基於兩個原因形成：其一是資料物證的巨大缺失或全部缺失，導致後人無從認知評判；諸多歷史古國的消亡謎團與民族的斷裂黑洞，都是這樣形成的。破解這種歷史祕密，起決定性作用的，是史料與證據的發現。其二是人為地扭曲真相，歷史煙霧長期彌散，而使簡單化的謬誤結論成為傳統主流，導致後來者文明探究的艱難尋覓。秦帝國滅亡之所以成為謎團，蓋出第二原因也。破此等歷史祕密，起決定作用的則是探究者及其所處時代的認知能力。

兩千餘年對秦亡原因的探究，一直與對秦政的總體評判緊密聯繫在一起，與「暴秦」說互為論證，形成了一個已經板結的主流定式，其結論極其簡單明確：暴政亡秦。但是，大量的歷史事實已經呈現出一個基本結論：秦政是一個偉大的文明體系，秦政並無暴虐特質。以中國歷史作縱向對比，從項羽復辟集團毀滅帝國文明的暴政暴行開始，秦之後的大暴政導致的大劫難屢屢發生。與其相比，秦政文明水準遠遠高於其上。這一文明水準，主要指兩個基本特徵：一則是大規模的文明創新性，二則是大規模的建設性。這兩個基本點，其後中國歷史上的任何時代都無可比擬。是故，秦政絕不是中國歷史上的暴政時期。

以人類文明史作橫向對比，秦政則是同時代人類文明的最高水準。大體同時代的西方羅馬帝國的殘酷暴烈，與秦帝國的法治文明根本不可同日而語。舉凡人類在自然經濟時代的野蠻標誌，都是西方羅馬帝國及中世紀的專屬物：鬥獸場、奴隸角鬥士、初夜權、奴隸買賣制、領主私刑制、貞操帶、以掠奪為實質的宗教戰爭等等等等，其觸目驚心，其陰暗恐怖，盡出西方落後文明也。這是歷史的事實，不能因為西方社會今日的相對文明發達而否定其歷史的野蠻性。客觀地說，相比於西方羅馬帝國，秦帝國的文明水準至少超過其半個時代，或者說高出其半個社會形態。

唯其如此，指控秦帝國「暴政」，並極其武斷地以此作為秦亡基本原因，既缺乏基本的歷史事實依據，又與高端文明時代的審視理念顯然不合，是有失公正的。就歷史觀而言，我們不否認秦政與秦亡的內在聯繫，我們更對基於探究歷史經驗教訓而研究秦亡與秦政之間的因果聯繫，表示由衷的敬意。我們只對缺乏歷史依據的「暴政亡秦」說給予必須的否定，並客觀公正地論述我們的理念。

要探究秦亡奧祕，首先得明確兩則根基。

其一，將作為文明體系的帝國創造物——秦政體系，與作為權力主體的秦帝國區別開來，建立一種明確的認知：權力主體之與其文明創造物，是兩個具有不同運行邏輯的各自獨立的主體。兩者之間有聯繫，但並無必然的興亡因果關係。秦帝國的速亡結局，並不必然證明其文明體系（秦政）的暴虐。秦二世趙高政權的暴虐殺戮，只是帝國權力主體在歷史延續中的變形，而不是作為帝國創造物的秦政的必然延伸。

其二，探究秦帝國滅亡奧祕，必須從高端文明時代應當具有的歷史高度，透視解析那個特定時代的廣闊的社會歷史聯結，尋覓導致其速亡的直接原因，以及更為深廣的社會因素。任何簡單化的方式，都只能重新陷入歷史的煙霧之中。

從史料角度說，基本事實是清楚的，秦亡並無祕密可言。秦亡原因的探究，更多側重於對既定歷史事實以高端文明時代的價值理念給予分析與認定，而不是呈現新的史料證據，提供新的歷史事實。這裡的前提是：我們這個民族對歷史事實的記述是大體完整的，沒有重大遺漏的，歷代分歧甚或煙霧的形成，原因不在事實不清，而在是非不明。

綜合當代所能見到的全部基本資料，我們可以認定：秦帝國突然滅亡，有兩個最為重大的原因：其一，突發政變所導致的中央政權突然變形；其二，戰國傳統所形成的巨大社會慣性，導致整個社會迅速地全面動盪。突發政變是秦亡的直接原因，戰國慣性則是秦亡的基礎原因。這兩個原因所涉及的歷史事實，大體都是清楚的。尤其是突發政變，更是人人皆知的歷史事實。戰國傳統所形成的社會慣性，卻歷來為史家與社會所忽視，然也是客觀存在的歷史事實。是故，我們的探究重點不在新史料，而在新認知——高端文明時代所應當具有的歷史透析能力。

其一，突發惡性政變，導致中央政權結構全面內毀。

秦帝國在權力交接的轉折時期，突然遭遇惡性政變，歷史異數也。

異數者，匪夷所思之偶然性與突發性也。對於秦始皇之後的權力交接，歷代史家與社會意識都有這樣一個基本評判：若由長公子扶蘇繼位，秦帝國的歷史命運必然大不相同。其時，扶蘇的品性與才具已經得到了天下公認，「剛毅武勇，信人奮士」，已經具有了很高的社會聲望，連底層平民陳勝吳廣等尚且知之，朝廷郡縣的大臣吏員更不用說了。當時的始皇帝與天下臣民，事實上已經將扶蘇作為儲君對待了。儘管在施政寬嚴尺度上，扶蘇的寬政理念被更看重復辟嚴重性的始皇帝否定了，但就其實際處置看，扶蘇的重要性絲毫沒有減弱。當此之時，歷史卻突兀地呈現出一幅最荒誕的畫面：始皇帝突然死於大巡狩途中，最不成器的少皇子胡亥，突兀成了秦帝國的二世皇帝！

這一突兀變化的成因，及其演進環節所包含的具體因素，始終無法以常理推斷。幾乎其中任何一個環節都是突發的，幾乎任何一個因素都是突然變形的，都不具有可以預料的邏輯性。突發性與偶然因素太多太多，教人常常不自覺地產生一種歷史幻覺：莫非這當真是古人所謂的天意？

透析這場政變對秦帝國的直接的全面的內毀，認識其突發性與偶然性這一特質，是極其重要的。唯其突發，唯其偶然，唯其不可思議，才有了秦帝國中央政權的堅實結構迅速瓦解崩潰，才有了帝國臣民依然本著奉公守法的傳統精神，在連番驚愕中不自覺接受了權力軸心極其荒誕的惡性作為。惡性政變突發，農民暴動又突發。秦帝國所有足以糾正中央惡變的政治力量，都因為沒有起碼的醞釀時間，而最終一一宣告失敗。從根本上說，政變的突發性與農民舉事的突發性聚合，決定了其後帝國命運的殘酷性。這場突發政變所匯聚的歷史偶然性因素，大體有如下方面：

始皇帝年近五十而不明白確立扶蘇為太子，偶然性一也。

始皇帝明知身患疾病而堅執進行最後一次大巡狩，偶然性二也。

始皇帝大巡狩之前怒遣扶蘇北上九原監軍，偶然性三也。

始皇帝最後一次大巡狩，於諸皇子中獨帶胡亥，偶然性四也。

始皇帝中途患病而遣蒙毅回咸陽，偶然性五也。

始皇帝在蒙毅離開後以趙高兼領符璽令，偶然性六也。

始皇帝於沙丘行營病情突然加重，偶然性七也。

突發病情致始皇帝未能在死前寫完遺詔，偶然性八也。

突發病情未能使始皇帝召見李斯會商善後，偶然性九也。

長期忠誠無二的趙高突發人性變形之惡欲，偶然性十也。

棟梁重臣李斯之突變，最為不可思議，偶然性十一也。

扶蘇對假遺詔之缺乏辨識或不願辨識，選擇自殺，偶然性十二也。

蒙恬、蒙毅相繼入獄，蒙恬被逼接受自殺，蒙毅被殺，偶然性十三也。

王翦、王賁父子於始皇帝生前病逝，偶然性十四也。

李斯一錯再錯，大失前半生節操才具，終致慘死，偶然性十五也。

胡亥素質過低而近於白癡，偶然性十六也。

秦帝國功臣階層因李斯突變而分化不能凝聚，偶然性十七也。

趙高之惡欲野心膨脹變形，大出常理，偶然性十八也。

陳勝吳廣之「閭左徭役」突發暴動，偶然性十九也。

關中老秦人口銳減，對惡性政變失去強大威懾力，偶然性二十也。

……

必須申明的是：上述偶然性，並非指這些事件或因素是無原因爆發，而是指恰恰在這一時刻爆發的突然性。譬如最為關鍵的兩個人物——趙高與李斯的突變，可謂這種偶然性的典型。以趙高前期表現與功績，始皇帝對其委以重任且信任有加，是完全正常的，幾乎是必然的。唯其如此，趙高的人性之惡變突然發作，並無必然性，確實是一種人性突變的偶然性。若說趙高從少年時代起便是一直潛藏在始皇帝身邊的奸佞或野心家，是十分滑稽的。李斯更是如此，以其前期的巨大功績與傑出才具，及其自覺的法家理念與幾次重大關頭表現出的堅定政治抉擇，實在不可能在其與蒙恬的地位高低上計較。然則，李斯恰恰接受了趙高說辭，恰恰計較了，這是必然性麼？僅僅以李斯青年時期的「廁鼠官倉鼠」之說，便認定李斯從來是一個私欲小人，同樣是滑稽的。李斯與趙高，都是英雄與魔鬼的無過渡對接的異常人物，其突然變異，無疑隱藏著人性潛質的巨大祕密。但是，從社會原則與政治原則出發，任何時代的人事任用都只能遵循實踐法則，以人物的既往歷史去判定，而不可能以極少數的突然變例去判定。從本質上說，趙高與李斯的政治地位，是其努力奮爭的結果，是歷史的必然。從人事任用權力說，始皇帝重用趙高李斯是合乎邏輯的，同樣是必然的。唯其如此，趙高李斯的突然的巨大的變異，實在是一種不可預知的偶然性。

種種偶然性導致的這場政變，是歷史上摧毀力最強的惡性政變。

作為一種權力更迭的非常態方式，政變從來存在於從古至今的政治生活之中。就其結局與對歷史的影響而言，政變有三種：一種是相對正義方發動的良性政變，譬如後世最著名的李世民玄武門之變；一種是僅僅著力於奪權而不涉及國策，無可無不可的中性政變，譬如趙武靈王末期的政變，以及後世的明成祖朱棣政變；第三種便是破壞力最強的惡性政變，其典型便是始皇帝身後的趙高李斯政變。

這場政變之所以成為惡性政變，是由其主要發動者的特質決定的。這一政變的軸心人物是趙高、胡亥、李斯三人。三人的具體謀求目標不同，但目標的根基點相同：都是為了謀求最大的個人利益，或為私欲所誘惑。其最為關鍵的李斯與趙高，都是帝國的赫赫功臣，趙高掌內廷大權，李斯掌國政大權，既有足夠大的權力影響，又有足夠大的社會聲望，同時更有改變始皇帝既定意志的權力手段。

然則，政變之所以成為惡性政變，並不在於政變開始與過程中的權謀與惡欲，而在於政變成功之後的再度惡變。若胡亥即位後，趙高與李斯同心為政，妥善推行李斯已經在始皇帝在世時開始了的適度寬政，減少徭役徵發，而避免了農民的突發暴動，這場政變完全可能成為無可無不可的中性政變。然則，事情沒有按照正常的邏輯發展，而是再度惡變，大大偏離了李斯捲入政變的初始預期。這裡，決定性的誘發因素又變成了胡亥。胡亥即位後，低能愚頑的享樂意識大發作，進一步誘發了趙高全面操縱國政的野心，並最終導致了趙高再次發動政變殺了胡亥。在這再度惡變的過程中，李斯幾欲掙扎，幾欲將國政扳回常態，然由於已經與帝國權力層的根基力量疏遠，李斯的努力顯得蒼白無力，終於陷入了趙高的陰謀而慘死。

因再度惡變，這一政變終於走上了惡性道路。

惡果之一，秦帝國堅實的權力結構迅速崩潰。在趙高「誅大臣而遠骨肉」的殘酷方略下，嬴氏皇族被大肆殺戮，帝國功臣被一一剔除，中央政權發生了急劇的惡變。

惡果之二，反其道而行之的種種社會惡政——大工程不收反上，大徵發不減反增，賦稅徵收不輕反重，迅速激發了激烈的民眾反抗；由此而誘發復辟勢力全面復活，使社會動盪空前激烈且矛盾交織難解，大災難終於來臨。

惡果之三，秦帝國群策群力的施政決策方式蕩然無存，驟然轉變為胡亥趙高的荒唐臆斷。中央決策機構全面癱瘓，以致胡亥對農民暴動的社會大動亂程度的荒唐認定，根本無法得到應有的糾正。在始皇帝時期，這是無法想像的。

惡果之四，中央政令的荒謬，與社會治情嚴重脫節，致使郡縣官吏無所適從，紛紛生出疏離之心。天下政務幾近癱瘓，軍力財力無法凝聚，無力應對越演越烈的社會動亂。

惡果之五，惡政導致秦帝國邊地主力大軍人心浮動，戰心喪失，戰力大減。九原主力軍固然糧草不濟，嶺南主力軍固然山高水遠，然若不是惡政猖獗，以秦軍之頑韌苦戰傳統，必全力以赴挽救國難。以章邯之刑徒軍，尚能在平亂初期連戰大捷，若秦軍主力全面出動，穩定大局當不是難事。事實卻不然，除了王離一部，兩大秦軍主力皆未大舉出動。其根本原因，正在於政治的惡變從根基上毀滅了秦軍將士的歸屬感。敗政惡政無精兵，這是千古不變的道理。從政治特質決定軍事特質的意義上說，秦軍的聲威驟然消失，並非不可思議的祕密，其根本原因，正在於政治的惡變。

綜上所述，秦帝國滅亡的直接原因是顯而易見的。

其二，戰國大爭傳統形成的巨大慣性，導致了空前劇烈的全面動盪。

秦末動亂之快速劇烈，在整個人類歷史上獨一無二。

僅僅一年，天下大勢面目全非。自古所謂天下大勢，通指三個基本面：一曰朝局，二曰民治，三曰邊情。朝局者，政情軸心也。民治者，人心根基也。邊情者，存亡之首也。對此三個基本面的總體狀況，古人一言以蔽之，統歸於「治亂」兩字。天下穩定康寧謂之治，天下動盪紛擾謂之亂。是故，治乎亂乎，天下大勢之集中表徵也。

從始皇帝病死沙丘的西元前二一〇年七月二十二日，至西元前二〇九年七月大亂之時，堪堪一年，天下由盛大治世陡然化作劇烈亂世，轉折之快如颶風過崗萬木隨向，實在是中國歷史上絕無僅有的一次大象飛轉。及至大澤鄉九百徭役揭竿而起，竟能達到「旬日之間，天下回應」的激速爆發之勢，為後世任何大動盪所望塵莫及。在社會節奏緩慢的自然經濟時代，皇皇強勢一年急轉直下，實在是不可思議的。在中國乃至整個人類歷史上，事實上也只有這一次。

歷代史家解釋這一現象，無不歸結為秦「暴政」蓄積已久，其發必速。所謂「天下苦秦久矣」，正是此等評判之依據。實則不然，這種轟然爆發而立即彌漫為整個社會大動亂的現象，固然與秦二世惡政有直接關聯，也與始皇帝時期的帝國施政有關聯，但不是必然性關聯，尤其不是長期「暴政」激發一朝大亂的必然性因果關聯。基本的原因是，秦帝國並非暴政，更不是長期暴政。秦末大動亂其所以驟然爆發且立即全面化，其所以成為人類歷史之唯一，根本的原因，取決於那個時代獨有的特質。不理解或有意忽視這一特質，則無法深刻解析這一歷史現象。

秦末社會的獨有特質，在於戰國大爭傳統依然是主導性的時代精神。

這種精神，決定著時人對種種事件的認知標準，也決定著隨之而來的反應方式與激烈程度。為此，要深徹體察兩千餘年之前的那場劇烈大爆發，首先得理解那個時代的價值理念，理解那個時代的行為方式。否則，不足以解釋其普遍而劇烈的反應，不足以解釋其大規模地酷烈演進。作為解析人群活的歷史奧祕的探索者，最不能忽視的，是發掘那個時代已經被史書風乾了的鮮活要素。否則，曲解是必然的。

首先要關注的大背景，是秦帝國建立後不同群體的社會心態。

秦帝國惡性政變發生之時，一統天下尚只有短短的十二年。無論以哪個時代的變化尺規衡量，十二年，都是個太短太短的時段。其時，七大戰國生死拚殺的那一代人，全部正在盛年之期。新生一代，尚處於上一代人的風信標之下。家國興亡所導致的巨大的精神鴻溝，尚深深植根於種種社會群體之間，尚有很遠的距離才可能彌合。就權力層面說，戰勝者成了一統天下的君王與功臣，戰敗者則成了失國失地的臣民或罪犯。此間鴻溝，既不可能沒有，也不可能不深。就民眾層面說，戰勝國臣民的主宰感、榮譽感與尊嚴感，以及獲取巨大的戰勝利益的愉悅感，都倍加強烈。滅亡國家的民眾濃烈的淪喪感、失落感與自卑感，以及在社會利益分割中的不公平感，被鮮明地放大了。此間鴻溝，既不可能沒有，也不可能不深。就關注焦點而言，作為戰勝者的帝國政權與本體臣民，立即將全部心力投入到了大規模的文明創制之中，力圖以宏大的建設功業達到人心聚化，從而達到真正的天下大治。作為戰敗亡國的山東六國臣民，其需求則要複雜得多：民眾孜孜以求的是，力圖從統一新政中獲得實際利益的彌補，獲得精神淪喪的填充。六國貴族則殷殷渴求於復辟，殷殷渴求奪回已經失去的權力、土地與人民。此間鴻溝，不可能沒有，更不可能不深也。

凡此種種鴻溝，意味著這時的社會心理尚處於巨大的分裂狀態。帝國政權的統一，距離天下人心的真正聚合，尚有很大的距離。

雖然，從總體上說，天下民眾確定無疑地歡迎統一，並欣然接受了統一。始皇帝大巡狩刻石中的「皇帝並一海內，天下和平」並非虛妄之辭。然則，歷史與社會的複雜性便在這裡：對於一個魄力宏大且又洞徹天下的政權而言，上述種種社會鴻溝都可能在妥善的化解中漸漸趨於平復；而對於一個不知深淺的惡變政權，上述種種社會鴻溝，則可能立即從潛藏狀態驟然轉化為公開狀態，精神鴻溝驟然轉化為實際顛覆。

就其實質而言，秦帝國統一初期，整個社會心理仍舊處於一種不定型的可變狀態，天下對秦帝國一統政權尚未形成穩定的最終認可。渴望重新回到戰國大爭時代的精神需求，仍然是一股普遍而強勁的社會思潮。無論是帝國中央在確立郡縣制中爆發的「諸侯封建」說，還是六國貴族在當時的復辟言論與復仇暗殺行動，以及山東民眾與當年封主的種種聯結，甚或對貴族暗殺行動的實際掩護、民間流言、反秦石刻生發不息等等，都證明了這種可變性的強烈存在。

唯其如此，在後世看來相對尋常的種種事變，在這個時期都具有數倍數十倍放大的強烈反應後果。如秦二世胡亥般低能昏聵的君主，前世有之，後世更多有之。然則，其時社會反應之遲鈍緩慢，遠遠無法與秦末之激烈快速相比。自西漢末期的綠林、赤眉農民軍暴動起，任何時代的農民起義都是反覆醞釀多年方能發動，發動後又長期轉戰，很難得到社會有效支持，至於普遍回應，更是極其罕見。此種現象，越到中國後期越明顯。宋王朝享樂庸主多多，且內憂外患頻仍，農民反抗經久不斷，卻數十年不見天下轟然而起。明代昏君輩出，首代殺盡功臣，此後外患政變迭出，後更有「家家皆淨」之號的盤剝皇帝嘉靖，而明代釀成農民大起義，卻竟然是在二百餘年之後。縱觀中國歷史，其對昏暴君主的反應差別之大，直教人懷疑戰國華夏族群與後世國人簡直就不是一個種族。

此間根本，正在於活歷史中的時代精神的巨大差別。

關注的根本點，是直接延續於秦帝國時代的戰國精神。

春秋戰國時代乃「多事之時，大爭之世」，普遍的生命狀態是「凡有血氣，皆有爭心」。當此之時，世風剛健質樸，不尚空談，求真務實，對國家大政的評判既直截了當，又坦蕩非常。春秋戰國時代的普遍現象是：國有昏君暴政，則人才立即出走，民眾立即反抗，或紛紛逃亡。這種剛健坦蕩精神，既包括了對昏聵政治的毫不容讓，也包括了對不同政見者的廣闊包容，因之釀成了中國歷史上的一系列政治奇觀。在中國歷史上，只有春秋戰國時代的貴族／掌權者可以因政見不同而流亡，並能在流亡中尋覓時機以再度奪取政權。也只有這一時代的政治失敗者，能在被貶黜流放中再度崛起，重新返回權力場。也只有在這一時代，士人階層能以政見理念為標準，選擇效力的國家，能「合則留，不合則去」，其特立獨行千古罕見。也只有這一時代的民眾，可以自由遷徙，「危邦不居」，可以對自已不能容忍的暴政一揮手便走，否則便聚而抗爭。也只有這一時代的民眾，真正地千刀萬剮過昏暴的君主……凡此等等奇觀，皆賴於這一時代的根基精神，皆為這一時代的社會土壤所開出的絕無僅有的奇葩。

這一時代現象，便是天下問政的風尚。

這一風尚的實際內涵，是對失敗者的寬容，對在位者的苛刻。

在秦統一中國之後的十二年裡，這種春秋戰國遺風仍然以濃烈的歷史傳統，存在於現實社會。整個社會對已經滅亡的六國，並沒有因為嚮往和平與統一而從精神上徹底拋棄。對具體到個人的六國貴族的復仇，更沒有因為遵奉秦法而一概冷落。至於對復辟舊制帶來的惡果，則因為沒有復辟大毀滅的歷史先例，其時尚無法深切體察。其時，天下民心對帝國大政的基本態勢，仍然是春秋戰國的價值法則：你果真高明，我便服你；你果真低能，我便棄你。始皇帝雄風烈烈大刀闊斧開天闢地大謀天下生計，誰都會看在眼裡。好！帝國施政縱有小錯，民也容忍了。秦二世低能昏聵殺戮重臣，享樂與聚斂併發，大謬也，是可忍孰不可忍！在那個時代，沒有漫長的忍耐與等待，沒有基於種種未來與現實利益而生發的反覆權衡，沒有「臣罪當誅兮，天子聖明」的愚忠世風，沒有「竊以為如何如何」的萎縮表達方式。人同此心，心同此理，一切都是簡單明瞭的。

轟然之間，社會直感立可爆發為巨大的社會風暴。

這便是社會土壤，這便是時代精神。

就歷史事實說，始皇帝以戰止戰而一統天下，民眾無疑是真誠地歡迎，真心地景仰。一個新政權堪堪立定，便致力於破解人身依附、取締封地舊制、決通川防、修築道路、消除邊患、建立郡縣、統一文字、統一交通、統一田疇等等天下生計作為。再加上帝國君臣上下同心，政風清廉，遵奉法度等等後世罕見的清明政風。歷經春秋戰國數百年錘鍊的天下臣民，不可能沒有分辨力，不可能不真誠地景仰這個巍巍然崛起的新帝國。唯其如此，天下臣民容忍了相對繁重的徭役，容忍了相對繁重的賦稅，也容忍了種種龐大工程中夾雜的與民生無關的奢華工程，如拆毀六國都城而在咸陽北阪寫放重建。甚或，也容忍了勤政奮發的始皇帝任用方士求仙採藥而求長生不老的個人奢靡與盛大鋪陳。

歸根結底，人民是博大、明智而通達的。事實上，人民在期待著始皇帝政權的自我校正。畢竟，面對始皇帝這樣一個不世出的偉大君主，人民寧可相信他是願意寬政待民，且能夠自我校正的。這種天下心態，雖非春秋戰國時代的主流精神，然卻也是基本的複雜人性的活化事實，既是正常的，也是前世後世屢見不鮮的。

在人類歷史上，偉大的君主不惜以累積民怨為代價而追求宏大功業，是極為常見的。這種君主，其歸宿大體不外三途：其一，暮年自我校正，且能清醒善後，戰國如秦昭王，後世如唐太宗；其二，有所悔悟而來不及自我校正，然卻在生前能清醒善後，擇賢君而立，故其弊端被後世繼承者校正，後世漢武帝為此典型；其三，既來不及自我校正，又來不及清醒善後，驟然撒手而去，留下巨大的權力真空，導致巨大的顛覆性惡變。

無疑，始皇帝屬於第三種情形。

始皇帝身後的惡性政變，既滑出了始皇帝的政治個性邏輯，又滑出了帝國法治的常態穩定性邏輯，本身便是一個歷史罕見的偶然性。且作一條歷史的延長線：若沒有陳勝吳廣的農民暴動及其引發的復辟惡潮，度過胡亥趙高的惡政之後，由子嬰繼位秦三世，帝國政治能否恢復平穩狀態？應當說，答案是肯定的。果然如此，後世對秦政秦文明的評價又當如何？這一假設的意義，在於展現歷史邏輯，在於清楚認識惡性政變並非因始皇帝時期的秦政而發，並不具有必然性。當然，秦帝國的法治並非高端文明時代的法治，其自身邏輯的歷史展現力是相對脆弱的，其法治原點的高度集權性，具有足以破壞其穩定傳承性的力量。法家學說之慎到派之所以注重對「勢」的研究，蓋出此因也。

於是，歷史的邏輯在這裡突然斷裂了。

偶然的惡性政變，遭遇了深厚的歷史傳統。

強大的慣性力量，絞殺了本質上具有可變性的歷史邏輯。

這便是秦帝國突然滅亡的歷史本質。

……

偉大的秦帝國驟然消逝於歷史的天宇，是中國文明史的一個巨大變數。

偉大的原生文明淡出高端文明視野，是中國文明史的一幕深刻悲劇。

滄海桑田，白雲蒼狗，我們民族的歷史腳步在艱難泥濘中並未停歇。雖然，我們對那個偉大的帝國及那個偉大的時代，有著太多太深的誤解，但是，我們畢竟在那個時代的光焰所照耀的旅程上走了過來。時空漸漸深邃，光焰漸漸暗淡。是歷史的煙塵淤塞了遙遠的文明之光，還是現實的紛擾遮蔽了我們的視野，抑或，我們已經飛入了歷史的太空，再也不需要民族傳統的根基？

驀然回首，遙望帝國，一掬感動的熱淚盈眶而出。

有哪一個時代，承受了無盡的指控，卻依然堅實地支撐著她的後世子孫們！

【跋】

無極之外 復無極也

一

歷經十六年案頭跋涉，《大秦帝國》筆耕的主體工程終於告結了。

中國文明史的博大汪洋陵谷交錯，及其在漫長歷史中形成的無數溝壑、黑洞與變形，使每個力圖遨遊其中的探索者都為之浩歎。當我以十六年時光，一葉扁舟潛入又浮出偉大的原生文明時代，驀然回首，竟不知自己該說什麼了。

慨當以慷，潮湧心頭者，我族文明恆久不滅之精義也。

從洪水時代開始，我們民族創造了自己獨特的國家形式。從列強大爭的春秋戰國開始，我們的民族以將近六百年的艱難探索與烈烈奮爭，開創了鐵器時代特立獨行的偉大文明體系，轟轟然進入了氣象萬千的帝國時代。這個偉大的帝國時代，是我們民族文明史的「加冠」之期。從偉大的秦帝國開始，我們的中華文明「冠劍及身」，進入了歷史成熟期與曾經的最高峰。不管我們的文明腳步在後來的兩千多年裡有過何等曲折，那閃爍著亙古文華的標誌性的高高秦冠，都永遠地矗立在我們飛揚的黑髮之間，那蓬勃著求變圖存精神的錚錚秦劍，都恆常地滲透在我們沸騰的熱血之中。我們的歷史很久很久，我們的未來很長很長。「水之積也不厚，其負大舟也無力。」唯其根基深長，唯其累積深厚，唯其飽經滄桑，我們可再生，我們可負重，我們可遠行。

我們的生命，與人類世界共久遠。

我們的文明，與天地宇宙共始終。

莊子說得好，無極之外，復無極也。

中國文明與人類文明繁衍拓展而生生不息，寧非如此哉！

作為再現中國原生文明高峰的一部作品，《大秦帝國》是我們這個時代的民族精神所催生的產物，絕不僅僅是我個人心血來潮、靈感湧動的結果。在我們這個時代曾經的十字路口，求變圖存再次成為我們這個民族的歷史抉擇。我們曾經衣衫襤褸，我們曾經食不果腹，我們曾經內鬥不休，我們曾經滑到了崩潰的邊緣。積澱的文明激發我們求變，貧弱的境地催生我們圖存。當此之時，在我們民族的文明歷史中尋求啟迪，召回我們曾經失落的魂靈，洗刷我們曾經品嘗的恥辱，淘洗我們曾經氾濫的自卑，鼓蕩我們曾經乾癟的底蘊，洗刷我們曾經有過的迷茫，遂成為連綿湧動的時代思潮。而在我們民族的漫長歷程中，面臨巨大深刻的歷史轉折而能奮然拓展出嶄新文明的時代，只有我們民族的原生文明聖地——春秋戰國秦帝國時代。於是，回望探索兩千多年前那個「凡有血氣，皆有爭心」，以「求變圖存」的「大爭」精神創造新文明的偉大帝國時代，自然成為有識之士的共同心聲。

不期然，我提起了筆，坐到了案頭。

於是，有了始料不及的十六年耕耘，有了六部十一卷的《大秦帝國》。

二

在日每筆耕的十六年中，得到的各方關注與助益多多。

永遠不能忘記的，是已故的著名秦漢史專家、中國秦漢史學會會長林劍鳴先生。啟耕之初，時任法律出版社社長的林先生對我的創作給予了極大關注，多次長談，反覆說及以文學藝術形式反映秦帝國時代的重大意義。林先生說，他很長時間以來，都在思索如何將繁難遙遠的歷史及其研究成果，以生動的文學藝術形式普及於社會大眾，也嘗試過歷史小說這種形式。林先生拿出了他自己當時已經大體寫成的戰國歷史小說《一代政商呂不韋》與我一起商討。以林先生的學養與學術地位，能以歷史小說的形式展現歷史研究的成果，給我的震撼是巨大的。林先生烙在我心頭最深的一句話是：「大秦帝國這一題材，其意義不亞於任何重大的當代題材。」一九九七年，林劍鳴先生於北京逝世，其時我正在大西北的黃河岸邊蝸居筆耕，未能到林先生靈前一拜，誠為深重遺憾。

歷經曲折，我還是選擇了繼續走完這段路。

我決意在已經完成一百三十六集文學劇本之後，重寫歷史小說。

只有歷史小說這種形式，能夠承載帝國時代極其豐厚鮮活的文明內涵。

由此，我進入了實際的自由職業狀態。為了選擇一個相對不受干擾的環境，一九九〇年代後期的一個春天，我來到了海南。在老朋友曹錫仁、劉安、程鵬、周沂林，以及企業家王力先生的大力幫助下，我在海南居住了下來，開始了十餘年的筆耕生涯。朋友們的幫助不僅僅是具體化的多方面的，還是有寫作助益與精神助益的。凡此種種，無不使我時時銘感在心。尤其是錫仁老友，在劇本創作階段為將其推上螢幕曾付出了巨大的努力，雖因種種原因未能如願，然為《大秦帝國》電視劇的後期實施起到了很大的推動作用，我恆常念之。海南省委宣傳部也給予了《大秦帝國》多方關注，省委常委、宣傳部長周文彰先生之關注與助益尤多，尤為感謝。

十多年中，我對幾乎成為我第二故鄉的海南，有了種種獨特的理解與感受。在包括我在內的往昔之內地人眼裡，這個瀰漫著濃郁商品經濟氣息的海島，是文化的沙漠，其赤裸裸的利益交換關係使之成為文化的墳場。然則，在深入其中的十多年裡，我卻深深感受到海南的包容、廣闊與滲透於人際交往中的實際精神。沒有虛妄，沒有偽善，不寬容懶惰，不縱容矯情。無論是鋪排奢華的酒店宴會，還是粗簡愜意的路邊大排檔，縱情唏噓面紅耳赤之後，下次又是熱烈坦誠的擁抱。無論是同事操業，還是人際交往，顧忌最少，羈絆最小，心結最淡，成見最淺。一切的一切，都取決於你自身的努力。五湖四海都匯聚在這片美麗的海島，競爭著，協同著，衝撞著，擁抱著，吵鬧著，奔跑著，前進著。依稀之間，常常覺得這片海島是某種戰國精神遙遠的折射，恍惚游離的種種影像之中，隱藏著我們這個時代最真切的追求與嚮往。一個北京朋友來到海南，坐在明亮得有些刺眼的陽光下，盯著在海風中婆娑的椰子樹，惶惑地說，這樹，綠得有些假。

我感喟萬分，大笑不止。

這個紛紜的時代，真在哪裡？假在何處？

真成假，假成真，我們的目光要多少歷史的淚水來沖洗？

清晨的陽光下，當我徐步走在金黃雪白的沙灘，望著蒼茫大海自由地長嘯，將一腔鬱悶與五臟六腑的污濁在吼嘯中噴發出去的時候，每每感動不能自已。傳說中的靈魂淨化在哪裡？寧非如此哉！

三

二〇〇一年，歷史小說開始正式出版，出版界的朋友們使我感觸良多。

在中國作協周明先生的推薦下，河南文藝出版社最先關注並追蹤《大秦帝國》的寫作。其時的楊貴才社長、藍紀先責任編輯的發軔之功，我時時感念。儘管，我們曾經有過工作性質的分歧與衝突。此後，中原出版傳媒集團主要領導、河南文藝出版社王幅明社長，上下共識凝聚社力，將《大秦帝國》作為河南出版界重點專案開發經營，其團體之勃勃生氣令人感奮、銘刻難忘。世間萬事在人，中原出版界之雄風新貌，令人刮目相看矣！

其間，長江文藝出版社周百義社長、方平副社長、劉學明社長（先後三任），都對本書出版起到了良好的推動作用，亦使我難以忘懷。

尤其要說的，是責任編輯許華偉先生。

多年來，我之所以能夠與河南文藝出版社並中原出版傳媒集團保持緊密良好的合作關係，多賴許華偉之功。人言，責任編輯是出版社與作者之間的橋梁與紐帶。信哉斯言！華偉年輕坦誠，信守約定，朝氣蓬勃且極具專業素養與職業精神，人與之交，如飲醇酒，如踏土地，厚重坦蕩火熱堅實，信任感不期而生，彌久愈堅。使我多有感喟者，是華偉所身體力行的那種當下編輯已經很少具有的獨特的專業理念與實幹精神。

以專業理念而言，華偉尊重作品，尊重作者，更尊重作品內容所體現的價值原則，始終本著「可改可不改者一律不改」的理念，從不對作品作無端刪削與扭轉，輒有改動，必徵求作者意見。此點，對於一個極具鑒賞力與筆下功夫的責任編輯，實屬難能可貴。

以實幹精神而言，華偉不事空談，極富負重苦做之心志。《大秦帝國》出版週期長，編輯工作量超大。其間，無論是座談會議還是應急材料，抑或緊急編輯事務，華偉都是兢兢業業不捨晝夜，甚至拉上出版社的年輕人一起加班。本次全套推出，十一卷五百萬字全部重新編輯重新裝幀，而時間只有短短三四個月。要在二〇〇八年三月底前各道程序工序全部走完，以在四月份的第十八屆全國書市上全面推出，實在是一件繁重任務。面對艱難，華偉意氣風發地笑稱，要開始一次「編輯大戰」。之後，華偉與美編劉運來等同事立即開始投入此戰，週末亦極少休息。每每從電話中聽到華偉在編輯室關於種種細節勘定的急迫聲音，我都不期然生出一種感慨——如此自覺負重的職業精神與任事意志，何其可貴也！

四

還得說說全套出版與前四部修訂的相關事宜。

首先，《大秦帝國》陸續出版發行以來，遇到的讀者質詢與專業非專業的評論多多。對所有這些評論、褒揚、質詢、批評，我都衷心地表示真誠的感謝。人，生也有涯，知也無涯。面對我們民族的文明聖地，我無疑是極其「有涯」的。

我，感恩於那個激起我們強烈共鳴的偉大的原生文明時代。

我，感恩於所有能夠關注與批評《大秦帝國》的讀者朋友與專家師長。

本次全套十一卷出版，其中的第五、第六兩部，是尚未出版印行的新書；前四部八卷，則是已經發行幾年以上的。本次出版全套，並非已完部分與印行部分的簡單合成，而是前四部修訂本與最後兩部新書的完整推出。就實際而言，六部十一卷是一套完整的新書。

本次前四部修訂，主要涉及三個方面，分別具體說明。

關於個別歷史人物的錯位

讀者質詢的人物錯位，主要在前三部的幾個人物：第一部的荀子墨子，第二部的戰國四大公子，第三部的廉頗。除了老墨子是涉嫌太晚，其餘人物都是出現太早。這次我做了不同修訂，大體是四種處置方式：

其一，甄別史料，依據學說傳承確定重大政治人物之間的關係。這一問題主要是商鞅師承何人。一種史料云：商鞅老師是尸佼，又云是學生。然則，傳世的《尸子》全書，除了提出一個「宇宙」詞根屬創新之外，其政治理念全然是王道主張，與商鞅的純正法家體系風馬牛不相及。也就是說，尸子為商鞅老師，或為商鞅學生，皆無依據，皆不相宜。鑒別之下，此說可能為當時或後世之坊間傳聞，不足信。故此，第一部商鞅故事尸子這個人物沒有出現。在第五部魏國滅亡的進展中，有尸子後裔的故事，體現了我的鑒別與推論。

其二，錯位人物置換，而思想留存。小說第一部有荀子與孟子的人性善惡論戰。這次，荀子被置換了，論戰保留了。畢竟，荀子之前的戰國社會是醞釀產生性惡論的基礎，不可能沒有人涉及。

其三，修改人物出場年齡與關係，而不做人物改變。一是第三部中的廉頗，不再一出場便是老將，但廉頗的出場時間並沒有改變。二是第二部中的戰國四大公子，相對理順了其與周圍人物的關係，但四大公子仍然是第二部的風雲人物。在這裡，我選擇了歷史精神的真實，割捨了對散漫史實的刻板追求。

其四，對生卒年代模糊的人物不做變動，老墨子與墨家仍然在第一部體現。墨家以「兼愛」為基礎理念的抗暴精神，是中國文明史最光輝的篇章之一。以墨家理念審視戰國變法，既是藝術典型化的需要，也是歷史哲學的需要，更是文明史價值審視的需要。僅僅以墨子「可能」死在此前（墨子生卒年代不詳）的可能性考據，而犧牲其在藝術作品中再現的權利，是不可取的。

關於「有沒有」的問題

以歷史小說形式展現原生文明時代，最基本的問題之一，是各種各樣的「有沒有」。小麥有沒有？饅頭有沒有？包子有沒有？鍋盔有沒有？毛筆有沒有？絲棉有沒有？麻布有沒有？棉布（棉花）有沒有？床鋪有沒有？桌子椅子有沒有？長劍有沒有？長兵器有沒有？地圖有沒有？戰船有沒有？大蒜有沒有？小蒜有沒有？大蔥有沒有？石碑有沒有？果酒有沒有？白酒有沒有？苜蓿有沒有？馬鐙有沒有？女子冠禮有沒有？某個成語有沒有？某個詞根有沒有？某種藥材有沒有？某種禮儀有沒有？某種蔬菜有沒有？某條河流有沒有？圍棋黑白先後規則有沒有？民眾自由歡呼萬歲有沒有？等等等等，問題隨時隨地都可能迎面撲來。舉凡日常物事，幾乎都牽涉「有沒有」問題。寫其後時代，當然也有此類問題，但一定是少了許多。

就實說，事物之有沒有，尚算相對簡單。其中最繁難者，是語言中的辭彙詞根。先秦語言，是我們民族語言的根基。幾乎十之七八的基本語彙，都在那個時代創造了出來。然則，隨著漫漫歷史，國人反倒陌生了諸多基本語彙的起源，對《大秦帝國》使用的諸多原生語彙，反倒生出一種質疑。譬如奴隸、人民、群眾、和平、小康、國家、制度、革命、法官、法律、執一、介紹、身體、不二、大爭、春秋、戰國，等等等等，都是那時的語彙。

於是，從第四部開始，我對有可能「涉嫌」的主要詞根與事物出典，皆作了注解，或借人物之口說明根源。在本次修訂中，我對讀者們通過各種途徑所砸來的「磚頭」，都以是否果真有據做出了相對合理的處置。雖然如此，仍然可能有尚未發現的錯誤，我仍然期待著種種糾錯批評。

關於個別歷史事件的有無問題

《大秦帝國》中，重大的歷史事件全部是真實的。只有第一部中的六國會盟分秦，是依據歷史邏輯推定的。戰國時代的山東六國會盟多多。倡明分秦宗旨的會盟，確實沒有史料記載。然則，「六國卑秦，不與會盟，醜莫大焉」是秦孝公的刻骨銘心的仇恨。將秦國排除在外的六國會盟，能說一定不會有分割秦國的預謀？是以，六國會盟分秦不是全然的虛構，本次修訂中也沒有捨去這一引子事件。

歷史文學作品，某種意義上如同推理破案，某種意義上又如化石復原。史料所呈現出來的，是既定的結局，是已經塵封且夾雜著諸多「破壞」的作案現場，是已經風乾了的種種骨骼。歷史小說的使命，是復活歷史的腳步，是復原人物的血肉。為此，就要依據被史料記錄下來的種種結局，依據被風乾的種種骨骼，推演出活化的歷史。活化是什麼？就是在邏輯推定的基礎上剔出其滲透異物，修補其曾經遭受的破壞，彌補其聯結中斷點，復活其被風乾的血肉。譬如，秦始皇沒有皇后，秦二世也沒有皇后，這是兩千餘年帝制中的唯一現象。為什麼？背後的歷史邏輯是什麼？隱藏著什麼樣的衝突與事件？這些，是歷史家無法完成的。在發現確證的史料之前，歷史學家可以不理睬這個為什麼，而只相信這個結論。而歷史小說不能，既然有這個重大的「現場遺存」，就必須推演出其聯結中斷點，復活導致這一「遺存」的種種過程，否則不是歷史小說。其中，推定事件是必然的。推定得如何，則既有作者的歷史想像力，又必須有歷史邏輯的根基。

努力地最大限度地接近歷史真實，我是自覺的，也是問心無愧的。

面對那樣一個神聖的時代，我有義務仔細甄別，我沒有權利肆意虛構。

我追求歷史精神的真實，也追求歷史事實的基本真實。

肆意虛構，是對那個偉大時代的褻瀆，是對我們文明聖地的褻瀆。

五

最後，再說說兩件相關事宜。

關於一九九六年的前三部文學劇本出版事

一九九〇年開始，我進入對《大秦帝國》的寫作醞釀。當時深感電視歷史正劇對民眾的普遍影響，遂決意先以電視劇的藝術形式喚起社會對中國原生文明的關注。一九九三年秋，我開始進入文學劇本的寫作，於一九九七年秋完成了一百三十六集文學劇本的寫作，大體計約三百餘萬字。其間，一九九六年初，人民日報出版社擬議將已經成型的前三部文學劇本出版，我也贊同。由於種種原因，當年出版的作品形式不盡如人意。出版社與我，皆感未達預期，一致贊同不再印行，並停止此後改編。

二〇〇一年歷史小說開始出版之後，多有讀者誤將一九九六年版的劇本改編出版物，等同於歷史小說《大秦帝國》。雖然，我在網上已經作了說明，然誤解依然常被提出。故此，在《大秦帝國》歷史小說全六部十一卷完成之際，我對此事再度作以說明。同時，我申明：此後，我將不再以任何形式出版原先的文學劇本。

《馬背諸侯》不再附於本版《大秦帝國》之後

第一部序言中，我曾申明作為早秦歷史展現的《馬背諸侯》附於全書之後。

然則，隨著寫作與研究的進展，我對整個秦文明的認識也在不斷深化，深感原先計畫的一個二十餘萬字的小長篇不可能肩負如此重任。這也是我開首說《大秦帝國》是主體部分告結，而不是全部告結的原因。一九九八年，我已經寫出了《馬背諸侯》的事件大綱並十餘萬字的初稿。後來，因全力以赴於主體工程，《馬背諸侯》暫時擱置了。若等待其完成，再將《大秦帝國》完整推出，時日實在太久。

最重要的原因是，在寫完帝國六部之後，我深感早秦歷史隱藏著包括中國早期文明史與早期民族史的諸多重大歷史事件與基本問題，其豐厚程度遠非一個小長篇所能包容。一個最基本的事實是：早秦部族是與大禹夏部族共同治水的遠古功勳部族，在華夏文明的創造中起到了至為重要的奠基作用。如何展現洪水時代具有神話史詩特質的偉大歷史，如何展現大禹大費大業幾位無與倫比的英雄人物，如何展現秦部族在此後夏商周三代的傳奇沉浮及再度崛起，絕非「趕活」心態所能寫好的。

反覆思忖，只有此後稍作喘息，再獨立成篇了。

為此，我得向列位看官真誠地致以歉意，只能以此後依舊不失底氣的作品，來報答看官們對原生文明時代的關注。

六

中國文明的發展是一個無極世界。

人類文明的發展是一個無極世界。

探索中國文明的歷史足跡，同樣是一個無極世界。

無極之外，復無極也。

對多年殷殷期待後續兩部與全套推出的讀者們，表示由衷的敬意與感謝。

感恩於我們這個求變圖存重塑華夏新文明的偉大時代。

感恩於曾經幫助過我的每一個師長、朋友與家人。

【全新修訂版跋】

秦文明的永恆光焰

一

朋友，您在讀的這部《大秦帝國》，是上海世紀版的新書。

二〇一二年四月，我與中原出版集團及河南文藝出版社合約到期。儘管，在法律意義上我是自由的。但是，基於十二年來的合作交往友誼，此前，我們還是就後續版權進行了友好磋商（不是外交辭令），達成了雙方理解的決斷。中原朋友們理解我的選擇，同意我與上海世紀出版集團的後續版權合作。

當此新版問世之際，我對中原老朋友們再次表示衷心的謝意。

需要說明的是，這次新版，我作了一次新的全面修訂。

這次修訂，主要是兩個基本方面：一則，對知識性的錯誤與模糊，以及未被發現的筆誤，進行了全面糾錯；二則，對原來靠近通俗話本的某些寫法，進行了文風的校正。可以說，上海世紀版的《大秦帝國》是歷史知識進一步精確化明晰化，敘事文風進一步整肅化厚重化的一個版本。

一部大作品一旦定型，任何修訂都只能是修葺性的，而不應該是結構性的。我們中國人歷史意識的基本缺陷，不在事實不清，而在是非不明。我們有龐大的史料庫，對歷史事件的記載與研究之豐厚，無疑為世界之最。可是，我們對中國文明歷史的總體認知與階段解析，以及對文明座標式歷史人物的價值評判等，既像是一片嚴重荒漠，又像是一個巨大泥潭。說荒漠，是因為我們幾乎還沒有文明史研究意識，說泥潭，是因為我們的歷史意識充滿了矛盾混亂陳腐臆斷，糾葛交錯，說不清任何一個文明史的基本問題。在這樣的社會歷史意識條件下，一部歷史文學作品，最大的難點不是其所敘述故事的史實性，而是能否以新文明理念重新解讀歷史。解決了這個最大難點，這部作品的基本面就完成了。

《大秦帝國》全新修訂版的問世，上海世紀出版集團與北京世紀文景公司作出了巨大的努力，辛勤的勞動。重新排版、重新校訂、重新設計、再度編輯，等等等等，時間緊迫，工作量極大。在世紀集團總裁陳昕先生的統籌指導下，在集團副總、世紀文景總經理施宏俊先生，副總經理王蕾女士的率領下，世紀文景的一群年輕朋友們蓬勃勞作，一體作戰，殊多辛苦。責任編輯李文青及其所屬小組成員楊越江、閆柳君，審讀室何曉濤博士，行銷編輯鄧宇等，更是在具體工作中奮發認真，令人銘刻在心。在此，我對上海世紀出版集團的領導得力，對這些年輕朋友們的奮發勞作，再次表示衷心的感謝！另外，集團郭志坤編審提出了高水準的審讀報告，在此一併感謝。

二

理清中國文明史，有兩個最為基本的問題。

第一個是如何評價秦帝國，第二個是如何評價儒家。從中國歷史意識在「前現代」時期的呈現方式看，一個是「非秦」問題，一個是「獨尊儒術」問題；從「五四」以來的近現代思潮看，一個是

「評秦」問題，一個是「批孔」問題。也就是說，中國文明史的這兩個基本問題，一直貫穿秦帝國滅亡之後兩千餘年的歷史意識。從中國五千年歷史看，所有涉及文明史的問題，都不具有這兩個問題獨具的普遍性與深遠性。對夏商周三代的認知，對秦帝國之後兩千餘年文明史的認知，儘管也有普遍性問題，但其對我們民族歷史意識的深遠影響力，無疑遠遠遜於「非秦」與「獨尊」這兩個最基本問題。

這部《大秦帝國》，正是基於澄清「非秦」煙霧而問世的。

對於秦帝國及其賴以生成的春秋戰國的評價，則有三個基本問題。

第一個，對這三大時代文明史地位的總體認知評判。

第二個，對秦帝國統一中國文明的總體認知評判。

第三個，對秦帝國政權性質及其施政實踐的總體認知評判。

依據我們在秦後兩千多年形成的歷史意識，這三個問題的基本答案，幾乎都是否定性的。第一個問題，我們已經形成的傳統的普遍認知是：春秋戰國秦帝國三大時代，都是中國歷史上的黑暗時代。對這一理念的表述，二十五史中比比皆是。第二個問題，我們的傳統普遍認知是：統一中國文明，開於秦而成於漢。事實上，我們將統一中國文明的歷史功績，更多地賦予了漢代，又以否定秦帝國施政實踐的方式，實際否定了秦帝國作為統一文明正源的文明史地位。第三個問題，我們的傳統普遍認知是：秦帝國政權是專制政權，秦帝國施政實踐是暴政，秦始皇是暴君。總而言之，秦之為秦，「暴秦」兩字足以蔽之。

傳統認知構成的事實是，我們對自己民族與國家文明歷史最基本座標的確立，繞過了春秋戰國秦帝國三大時代，而在事實上將夏商周三代與西漢看成了一個完整延續的文明史序列。中間最重要的樞紐時代，被我們全部確認為黑暗時代，一體否定了。

文明歷史的真相，果真如此麼？

對隱藏於深遠歷史煙霧之後的遙遠時代，我們果真不能甄別麼？

三

假如我們民族沒有系統的史料，沒有堅實的歷史遺跡，而只有遙遠模糊的碎片傳說，也許，我們不會提出對傳統認知的歷史質詢，而只能以傳統的認知為認知，以傳統的評判為評判。可是，事實恰恰相反，我們偏偏有世界罕有其匹的各種形式的詳盡史料，文字的、考古的、實物遺存的，等等等等，林林總總，無比豐厚。對於技術性的事件研究、編年研究、局部細節研究而言，當然還有許多不清楚的時段與細節。但是，對於尋求社會基本認知的大視野的文明史研究，我們的史料對於理清自己的文明歷史足跡，已經足夠扎實了。在這樣的歷史條件下，我們仍然自囚於舊時代對中國文明史的陳腐認知，無疑是文明的悲劇。

一個顯然的要害是清楚的：我們的歷史腳步是歷代史官記載的，既往對這些歷史事件與歷史人物的評價，自然也是依據過去時代的價值理念作出的。我們可以不懷疑被記載事件的基本真實性，可是，我們對那些陳腐的評價尺規，則完全有充分的糾正理由。

不是事實清楚，而是是非不明。這是我們的基本狀況。

在既定史實（史料）被普遍認知的情況下，以新的理念去整理歷史，去重新解讀評判歷史，是每一個時代必須做到，而且能夠做到的。任何一代人，都必須必然要用自身所處時代的文明理念來重新評價歷史，藉以確定該時代前進的歷史根基。戰國時代，如果沒有當時思想家群體秉持「法後王」理念而立足現實對歷史作出的深刻反思，就不會有一浪接一浪的變法運動，從諸侯分治到統一國家的文明跨越也不會完成。從更為廣闊的意義上說，人類各個國家的思想史與學術史，都顯示了這樣一個基本事實：作為人文領域的基本陣地，歷史學第一要做的大事，是理清一個國家的文明歷史脈絡，並確立該國該民族最基本的文明歷史座標；國家民族以這種文明史研究為基礎，進而形成國家民族的文明話語權。

我們的現狀，遠遠不是這樣的。

我們的歷史研究，在明清兩代思想禁錮下形成了考據主義傳統，對歷史基本上只作技術性研究。一八四〇年之後，直到今天，將近兩百年，我們仍然沒有從根本上走出這一傳統，長期沉溺於事件研究、編年研究、技術細節研究。當然，這些研究是需要的，也是各個國家都有的。但是，任何文明發達的國家，都沒有因為具體的技術性研究而忘記文明史課題。只有我們，被歷史這壺老酒灌醉了，失去了清醒的文明評判，呼呼沉睡在傳統的大夢裡。

梳理文明史並給國家民族提供文明話語權，是一代學人的基本使命。漠視這一使命，是我們的文明悲劇。

四

《大秦帝國》，是一部歷史文學作品。

作為基於澄清歷史煙霧而創作的一部文學作品，人們自然有理由認為它是理念先行的。對此，我的說法是：《大秦帝國》是一部精神本位的作品。儘管，當下文學的沉淪，已經使人們對「文以載道」這樣的命題嗤之以鼻了。但是，我讚賞這種精神。文若無道，人何以堪？

雖然如此，作為歷史文學作品，除了基於連接歷史中斷點而生發的必要的文學虛構，以及基於集中體現歷史精神而對局部人物關係的調整之外，《大秦帝國》對歷史的敘述是忠實的。惟其忠實於歷史的真實，《大秦帝國》連綿不斷的激烈衝突與無數烈士英雄的風骨節操，是戰國歷史真相的實然，而不是我所「想像」出來的。

所以選擇文學形式，是因為那個時代太過遙遠，人們已經很難有真切的感覺了。文學的細節真實是根基，大量的鮮活細節在歷史研究著作中是無法呈現的。通過文學的細節真實與生活質感，特定的歷史風貌與歷史精神，會以涓涓細流滲透我們的感知，使時尚而沉淪的當代人有親切的認同。當然，未必人人感覺如此。但是，作為走進後人精神世界的一種歷史生活，大約這是最為合適的方式了。

秦帝國的根本偉大處，不在於統一了國家，而在於統一了文明。

惟其有統一的中國文明，我們的民族雖歷經劫難，但生命永恆。

體驗秦帝國歷史的驕傲感，正在於她穿越歷史而照耀我們精神的生命力。

正因為如此，作為深度再現帝國文明創造力的文學作品，無論因為作者的局限而有多少缺點，它的歷史精神與基本理念，都是經得起歷史考驗的。

是為上海世紀全新修訂版《大秦帝國》跋。

國家圖書館出版品預行編目資料

大秦帝國．第六部，帝國烽煙／孫皓暉著．-- 初版．-- 臺北市：麥田出版：家庭傳媒城邦分公司發行，2013.02
冊；　公分．--（歷史小說；52）

ISBN 978-986-173-879-6（平裝）

857.7　　101027948

歷史小說 52

大秦帝國　第六部 帝國烽煙

作　　者／孫皓暉
責任編輯／黃暐勝　吳惠貞　林怡君
校　　對／陳雅娟

副總編輯／林秀梅
編輯總監／劉麗真
總 經 理／陳逸瑛
發 行 人／涂玉雲
出　　版／麥田出版
104 台北市民生東路二段 141 號 5 樓
電話：(886)2-2500-7696　傳真：(886)2-2500-1966；2500-1967
部落格：http://blog.pixnet.net/ryefield
發　　行／英屬蓋曼群島商家庭傳媒股份有限公司城邦分公司
104 台北市民生東路二段 141 號 2 樓
書虫客服服務專線：(886)2-2500-7718；2500-7719
24 小時傳真服務：(886)2-2500-1990；2500-1991
服務時間：週一至週五 09:30-12:00・13:30-17:00
郵撥帳號：19863813　戶名：書虫股份有限公司
讀者服務信箱 E-mail：service@readingclub.com.tw
歡迎光臨城邦讀書花園　網址：www.cite.com.tw
香港發行所／城邦（香港）出版集團有限公司
香港灣仔駱克道 193 號東超商業中心 1 樓
電話：(852) 2508-6231　傳真：(852) 2578-9337
E-mail：hkcite@biznetvigator.com
馬新發行所／城邦（馬新）出版集團【Cite(M)Sdn. Bhd.】
41, Jalan Radin Anum, Bandar Baru Sri Petaling,
57000 Kuala Lumpur, Malaysia.
電話：(603) 9057-8822　傳真：(603) 9057-6622

封面設計／小子設計
印　　刷／一展彩色製版有限公司

■ 2013 年 2 月 1 日　初版一刷　　Printed in Taiwan.

定價／ 450 元

ISBN 978-986-173-879-6